있는 그대로 참 예쁘고 선한 _____에게

있는 그대로

참 예쁘고 선한
너라서

있는 그대로

참 예쁘고 선한
너라서

김지훈 에세이

진심의꽃한송이

1.
·
삶
이
어
려
울
때

프롤로그 … 012

많이 힘들지? … 018

따뜻해서 외로울 때. … 024

있는 그대로 사랑해. … 030

공감할 줄 아는 사람. … 038

다정하되 순진하진 말아. … 044

나를 위힌 용서. … 050

내 안의 행복. … 056

강한 사람. … 062

아름다운 변화. … 068

공허함에 사무칠 때. … 074

히틀러와 마더 테레사. …080

예민해서 쉽게 상처받을 때. … 086

자주 서운할 때. … 092

있는 그대로 받아들이기. … 098

무르익음의 시간. … 104

우울함의 이유. … 110

기적. … 118

감사의 대상. … 126

후회에 가슴이 미어질 때. … 132

상처받지 않는 영혼. … 138

진실한 친절. … 144

장점을 바라보는 사람. … 150

빛과 어둠의 기로. … 156

아픔이라는 선물. … 162

두려워 용기가 나지 않을 때. … 168

이왕 이기적일 거라면. … 172

아름다운 후회. … 178

다정함의 물감. … 182

진정한 겸손. … 188

오늘, 가장 반짝이는 사람. … 194

사랑하기 위해 태어난 사람. … 200

모든 순간의 선물. … 206

2
·
사
랑
이
어
려
울
때

함께한다는 것. ··· 216

사소해서 귀여운 사람. ··· 224

질투심 가득할 때. ··· 230

존중과 함께하는 사랑. ··· 236

외로움이 아닌 오롯함으로. ··· 242

좋은 인연. ··· 248

정성을 다하는 사랑. ··· 254

죄책감의 지옥에서 사랑의 꽃으로. ··· 260

인정하고 사과할 줄 아는 사람. ··· 266

서로의 전부가 되는 사랑. ··· 272

사랑하는 일. ··· 278

익숙함의 소중함. ··· 284

이별의 결정. ··· 290

이별, 그 아름다움. ··· 296

3 · 물음과 답

용서가 어려울 때. … 304

나를 믿지 못해 자꾸 무기력할 때. … 306

이제는 진짜, 다정하고 싶을 때. … 308

하루의 목적이 없어 자꾸만 공허하고 불안할 때. … 313

무엇을 해도 잘 해내는 사람, 행복한 사람이고 싶을 때. … 315

사람들에게 선한 영향력을 미치는 아름다운 내가 되고 싶을 때. … 319

예쁜 미래를 맞이하고 싶을 때. … 325

외부에 의해 변하지 않는 행복과 함께하고 싶을 때. … 328

마음이 예뻐서 행복한 사람이 되고 싶을 때. … 333

삶과 죽음의 갈림길 위에서 절망한 채 두려움에 떨고 있을 때. … 337

행복을 선택함으로써 행복할 수밖에 없는 사람이 되고 싶을 때. … 340

스스로 행복할 줄 아는 완전하고 오롯한 내가 되고 싶을 때. … 344

함께 예쁜 성숙을 향해 나아가는 사랑을 하고 싶을 때. … 346

늘 섣불리 사랑에 빠져서 아픔도, 후회도 많을 때. … 349

존재의 목적을 잊어 자꾸만 공허할 때. … 353

나의 역할에 대한 책임감으로부터 보호받고 싶을 때. … 356

지난 실수에 대한 죄책감에서 이제는 벗어나고 싶을 때. … 359

다정하되, 순진하지는 않는 지혜를 배우고 싶을 때. … 362

서로의 일을 존중하는 사랑을 하고 싶을 때. … 366

늘 비슷한 문제를 겪으며 아플 때. … 371

늘 쉽게 상처받고 서운함을 느끼는 유리 멘탈에서 벗어나
이제는 진정한 자존감과 함께하고 싶을 때. … 373

이제는, 진실함으로부터 보호받고 싶을 때, 예쁜 사랑을 하고 싶을 때. … 375

예쁜 생각으로부터 예쁜 열매를 맺고 싶을 때. … 381

이제는 나의 평화와 행복을 지켜내는 판단과 함께하고 싶을 때. … 386

삶에 대한 감사를 회복하여 행복을 되찾고 싶을 때. … 390

내 영혼의 채움을 위한 진짜 사랑을 하고 싶을 때.. … 394

함께하는 이들의 미성숙함으로부터 상처받고 싶지 않을 때 … 398

이제는 진짜 좋은 인연을 만나고 싶을 때. … 401

시련 앞에서 더 이상 무너지고 싶지 않을 때. … 407

이제는 아름다운 방향을 향해 나아가고 싶을 때. … 410

겉모습이 아닌 마음이 예쁜, 진짜 아름다운 사람이 되고 싶을 때. … 414

나의 행복을 위해 이기적이기보다 이타적이고 싶을 때. … 419

세상을 살아가되, 세상에 속하지는 않는 자유를 누리고 싶을 때. … 423

이제는 내 영혼의 이로움을 위해 일하고 싶을 때. … 428

타인의 마음을 지켜주는 건강한 다정함을 향해 나아가고 싶을 때. … 433

매일 일을 하면서도, 또한 행복을 놓치고 싶지 않을 때. … 438

나를 진짜 행복하게 하는 것을 가까이하는 지혜가 필요할 때. … 445

지금의 아픔을 통해 더욱 예쁜 꽃이 되어 피어나고 싶을 때.… 447

이제는 쉽게 화내지 않는 다정함으로 사랑을 마주하고 싶을 때. … 450

성공할 수밖에 없는 사람이 되고 싶을 때. … 457

옳고 그름의 미움에서 벗어나 사랑하고 싶을 때. … 462

아름다운 과정과 함께 빛나는 사람이고 싶을 때. … 466

나의 평화를 해치는 비난하는 태도에서부터 벗어나고 싶을 때. … 468

예쁜 사랑을 하기 위해, 예쁜 사람을 만나고 싶을 때. … 474

자꾸만 나의 다정함이 시험에 빠지는 기분이 들 때. … 478

아름다운 내면으로부터 예쁜 운명을 맞이할 수밖에 없는 사람이고 싶을 때. … 482

이제는 나를 위해, 용서하고 싶을 때. … 487

최고가 되어 성공할 수밖에 없는 사람이고 싶을 때. … 491

용서하기 어려운 사람, 상황 앞에서 갈등을 겪게 될 때. … 496

자꾸만 내 마음을 갉아먹고 소진시키는 사람이 내 곁에 있을 때. … 503

내 하루 안에서 숨겨진 의미를 찾는 행복한 습관을 갖고 싶을 때. … 506

이제는 답이 있는 곳에서 답을 찾아 지금을 이겨내고 싶을 때. … 509

공감할 줄 아는 따뜻한 사람이 되고 싶을 때. … 514

다정하지만, 우유부단한 사람은 아니고 싶을 때. … 516

서운함을 느끼지 않는 완전한 사랑을 하고 싶을 때. … 519

사랑하기 위해 태어났기에 사랑하며 살아가고 싶을 때. … 523

내면이 예뻐서 예쁜 세상을 바라보는 사람이고 싶을 때. … 527

이제는 아름다움을 가까이하는 지혜로운 사람이고 싶을 때. … 530

있는 그대로 참 예쁘고 선한

너에게

안녕하세요, 지훈이에요. 또 이렇게 새로운 책으로 인사를 드리게
되었어요. 늘 저의 인사를 책으로 보시고 만나주시는 독자 분들께
언제나 진심을 다해 감사합니다. 그리고 그건 저의 책을 통해
느끼고 싶은 소중한 의미를 늘 기다려주시기 때문이겠죠. 그래서
참 고민이 많았어요. 신간은 어떤 책을 쓰면 좋을까, 고민하며
너라는 계절 책의 후속편을 거의 3분의 1정도 쓰다가, 또 다정한
신뢰에서 언급했던 제가 아주 오래 전부터 준비하고 있던 책을
완성 거의 전까지 쓰다가, 예쁜 말이 담긴 위로를 전하는 책을
쓰다가, 그렇게 쓰다 말았다 한 원고만 수두룩하게 쌓일 만큼이요.
그러다, 제 첫 작품이자 가장 많은 분들에게 사랑을 받았다고 할 수
있는 책,

참 소중한 너라서의 후속편을 써보자 결심하게 되었어요. 최대한
그때의 느낌과 감정을 잘 살려보고자 노력했고, 제가 여덟 살이나

더 먹었기에 주제는 조금 더 성숙한 주제를 다뤄보면 어떨까, 하고 생각하게 되었어요. 그래서 지난 시간 안에서 제가 완성한 마음의 성숙을 그때 그 참 소중한 너라서의 감정으로 표현하고자 노력했답니다. 하여 이 책이 그때 그 참 소중한 너라서 책처럼, 많은 위로와 응원이 되어줄 수 있기를 바라요. 그 간절한 마음을, 정말 사랑과 진심을 다해 담았으니, 꼭 그런 책이 되어줄 거라 믿어요. 그러면서도 그때의 참 소중한 너라서와는 또 다른 매력과 감동을 전해줄 수 있기를 바라요.

이 책을 쓰며, 참 소중한 너라서 책을 한 번씩 꺼내어 읽어보는데, 참 많은 시간이 지났더라고요. 제가 글을 쓰기 시작한 날로부터 말이에요. 그리고 그 시간 동안 저, 한 번도 글쓰기를 놓지 않았더라고요. 정말 힘든 시간도 있었고, 참 많은 일도 겪었는데요, 그럼에도 글을 계속 써왔던 건 저의 글을 사랑해주신 여러분이 있어서이고, 그 마음에 보답하기 위한 제 마음의 감사와 사랑이 늘 저와 함께했기 때문이라고 생각해요. 그래서 앞으로도 제 힘이 닿는 데까지, 글과 함께하며 늘 좋은 책으로 인사드릴 수 있도록 할게요. 그러기 위해 저, 제 삶에서 더욱 많은 것을 느끼고 배우며 성숙하며, 또 내면의 수련에도 매 순간 성실히 임하며 더 많은 것을 채우며 나아가도록 할게요. 그리고 그 모든 성숙과 예쁜 마음들을 나누며, 여러분과 동행하도록 할게요. 저의 성숙하기 위한, 행복하기 위한 그 모든 노력을 공유함으로써 여러분의 마음에도 꼭 예쁜 성숙과 행복의 꽃을 피울 수 있기를 가득 바라면서요.

참 예쁘고 선한 너라서, 그래서 이게 이 책의 제목이 되었어요. 참 바쁘고 고된 하루하루를 살아가면서도 마음 안에서 성숙과 행복을 찾고 완성하기 위해 노력하고 있는, 때로는 이기적이고 차가운 세상을 마주하며 그 모든 예쁜 마음을 무너뜨리고 싶지만 그럼에도 그럴 수 없는, 저와 여러분이 생각나서요. 그리고 그 모든 시간을 살아오며 제가 배운 건, 갈등하는 시간도, 그래서 상처받는 순간도 있지만 결국 그 시간을 딛고 더 아름다운 성숙을 완성해내고 나면 그 파도는 끝내 멎는다는 것, 그리고 그 자리에는 잔잔하고 고요한 마음의 빛이 비로소 드러난다는 것, 바로 그거였어요. 그러니 정말 잘하고 있고 잘 해낼 거예요. 어렵지만 서서히, 반드시 그 빛을 발견하게 될 거예요.

참 예쁘고 선한 너라서.

- 김지훈 작가 올림.

1 · 삶이 어려울 때

다 지나갈 거야.
너의 이 아픔도, 고민도, 깊은 갈등도.

그 모든 시련의 시간 안에서
그것을 이겨내기 위해 애쓰고 노력했던 수고와
그로 인해 피어난 네 마음의 성숙,
그 아름다운 꽃을 빼놓고는 정말,
정말 다 지나갈 거야.

참 어렵고 힘겨웠던 지난 시간 안에서
느끼고 배웠던 그 모든 지혜로 너,
지난 시간의 미성숙으로 바라보던 이 세계를
성숙의 시선으로, 보다 큰 이해와 사랑의 시선으로,
그 찬란함으로 바라보게 될 거고,
그래서 아픔은 남김없이 지나가지만
네가 완성한 성숙은 영원히 네 곁에 남아서
너를 지켜주고 너를 보호해주는 거야.

그래서 지금 아파하고 있는 너,
그 성숙의 선물을 위한 시간을 보내고 있는 것이기에
정말 괜찮고, 잘하고 있는 거야.

정말 다 지나갈 거고, 아픔이 지나고 난 그 자리엔
행복하게 웃는 너와, 너의 예쁜 성숙,
그 꽃만이 남아 흐드러지게 피어있을 테니까.
그게 지금의 아픔이 너를 찾아온 모든 이유인 거니까.

많이 힘들지?

많이 힘들지.

어떻게 힘들지 않을 수 있겠어.
확신할 수 없는 내일이
이토록이나 막연해서
불안함에 잠 못 드는 날을 보내고 있는데.

잘할 수 있을까, 잘 해낼 수 있을까,
나에게 수도 없이 물어보지만
여전히 그 답을 내게 해주지 못할 만큼
내가 닿고자 하는 이 길의 끝이
까마득하게 멀어 아득하게만 느껴지는데.

그런데 그거 알아?
너, 정말 잘하고 있다는 거.

힘들다고 꿈을 포기한 채
모든 사람이 걷는 쉽고 편안한 길을
걸을 수 있음에도 그러지 않고 있는 너잖아.

너의 삶, 너무나도 아끼고 사랑하기에
더 좋은 내일을 맞이하기 위해
네가 임할 수 있는 유일한 시간인 지금 이 순간을
이토록이나 최선을 다해 보내고 있는 너잖아.

힘들기에 포기할 수도 있었고,
확신할 수 없기에 접어둘 수도 있었고,
오늘 편하기 위해 내일을 잊을 수도 있었고,
하지만 넌 그러지 않은 거야.

힘들었지만 포기하지 않았고,
확신할 수 없기에 더욱 최선을 다했고,
너의 꿈을 위해 오늘,
나태함을 이겨내기로 결심한 거야.

그러니까 나는 너에게 해줄 말이
기특하고, 고맙고, 잘하고 있고,
그런 너라서 반드시 잘 해낼 거라는 말,
이 말밖에 없는걸. 정말 그럴 너니까.

그러니까 너에게도 그 말을 해줬으면 해.
늘 불안해하고 두려워하느라,
지친 하루를 보내며 아파하느라
오랜 시간 웃지도 못한 채
잦은 한숨과 예민함만 가득했던 너잖아.
사실은 그래서 참 소중하고 잘하고 있는 너인 건데.

그러니 이제는 잘하고 있다고,
오늘 하루도 잘 보내줘서 참 고맙다고,
기특하고 소중하다고, 너에게 말해줘.

너의 하루, 그 말을 듣기에
충분히 소중했고, 참 아름다웠으니까.

아무리 하염없이 걷고 또 걸어도
나의 꿈은 도무지 내 손에 닿질 않는
까마득히 먼 거리에 있는 것만 같아.
그 아득함이 너무나 짙고 막연해서 두려워.
그래서 오늘 하루를 편하게 보낼 수가 없어.
오늘 쉬면, 그 꿈, 영원히 내 곁에서 사라질까 봐.

언제까지 이렇게 계속 걸어야만 할까,
어쩌면 영원히 이 노력을 쏟아야 하는 건 아닐까,
그런 생각에 문득 모든 걸 내려놓고 싶을 만큼
두렵고 겁이 나지만, 그 두려움보다도
내 꿈에 대한 사랑이 더 거대하기에 나,
오늘도 마음을 잡은 채 다시 걷기 시작해.

그런 날의 연속을 오래도록 보내느라 너,
얼마나 많이 힘들고 또 지쳐왔어.
하지만 또한 그런 너라서 참 잘하고 있는 거야.

꿈 없는 사람들이 하루를 무의미로 지워가고 있을 동안에도,
그, 다시는 돌아오지 않을 소중한 시간을 참 지루하다고 여긴 채
그 시간, 삭제하고 싶어 안달이라도 난 사람처럼 지워가고 있을 동안에도,
너는 너의 하루, 마치 이 삶의 마지막 하루라도 되는 것처럼
네 모든 열정과 진심을 다해 보내왔잖아.
하루 이틀이 아니라 셀 수조차 없을 만큼 긴 시간을 그렇게,
지치지도 않은 채 보냈잖아. 그 노력이 하나의 사랑이 될 만큼.

그런 너라서 참 잘하고 있는 거야.
정말 기특하고 소중한 너인 거야. 꼭 잘 해낼 너인 거야.

네가 살아온 이 모든 하루의 노력들은 결코 헛되이 사라지지 않은 채
영원한 너의 습관과 당연함이 되어 아름답게 굳어질 테고,
그렇게 네가 어떤 일 앞에서도 이 정도의 노력은 당연하다는 듯
거뜬히, 기꺼이 기울일 수 있는 힘 있는 사람이 되게 해줄 거야.
그러니까 너의 이 하루들, 네 삶의 마지막까지
너와 함께하고 너를 지켜주는 아름다운 보호막이 되어주는 거야.

그래서 너, 남들이 조금 더 했다고 불평하고 투정 부리는 순간에도
네 삶에 대한 책임과 사랑으로 오직 최선을 다할 뿐인
왜소함을 넘은 위대함으로 하루를 보내는 빛나는 사람이 되는 거야.

너의 꿈에 네가 닿을지 아닐지, 그건 나도 잘 몰라.
하지만 분명한 건 네가 보낸 모든 하루의 노력이,
이 불안함과 걱정, 그리고 두려움을 견뎌왔던
그 모든 최선의 시간들이 네가 무엇을 하든,
그 어떤 일 앞에서도 너를 지켜주고 지탱해줄 거라는 것,
그래서 무엇이든 잘 해낼 수밖에 없는 네가 되도록
너를 늘 보호하고 지지하고 이끌어줄 거라는 것,
그것만큼은 나, 누구보다 확신 가득 말해줄 수 있어.

그러니 너, 꼭 잊지 않고 간직했으면 해. 지금을 보내며 너,
무엇보다 아름다운 성숙을 완성해내고 있는 거라는 것과
그 내면의 찬란한 성숙이 네가 마주할 모든 평생 앞에서
너의, 삶을 대하는 태도와 자세를 꽃처럼 찬연하게 해줄 거라는 것.

그래서 너를 위해 최선을 다하고 있는 너는 그 자체로
참 아름답고 멋진 사람이라는 것, 무엇보다 그래서 너,
잘 해낼 수밖에 없는 사람이라는 것, 이 아름다운 진실을 말이야.

그러니까 나는 너에게 해줄 말이
기특하고, 고맙고, 잘하고 있고,
그런 너라서 반드시 잘 해낼 거라는 말,
이 말밖에 없는걸. 정말 그럴 너니까.

따뜻해서 외로울 때.

나는 늘 최선을 다해
사람들의 아픔 앞에서 공감해주고,
먼저 손을 내밀고 도움이 되고자 노력했어.

바쁠 때도 시간을 내어 귀 기울여 들어주었고,
내 하루가 버거워 감정이 남아 있지 않을 때도
마음을 다해 위로와 응원의 말을 건네줬어.

하지만 정작 내가 힘들 땐
아무도 내게 그런 품을 내어주질 않더라.
그래서 참 속상하고 외롭고, 또 억울하기까지 하더라.

자신의 감정이 지금 버겁다고
내 이야기를 짧게라도 들어주지 못한 채
인상을 찌푸리고선 예민하게 말하는 사람들,
자신이 아플 때 내가 그랬다면
참 크게도 아파하고 속상해했을 거면서
나에게는 아무렇지도 않게 그러는 사람들,

그런 사람들의, 이런 세계를 살아가면서
그들이 내게 아픔을 털어놓을 때
나까지 복수심에 확 외면해버릴까 싶을 만큼
화가 나기도 하고, 그러면서도 그러질 못하는
그런 내가 참 안타깝고 불쌍하기도 해.

그런데 그거 알아?

너는 결국 타인에게 최선을 다하는 사람일 거고,

그게 스스로 아무리 억울해도 변하지 않을 거라는 거.

왜냐면 넌, 따뜻하고 사랑이 많아 그들의 아픔을

결코 외면하지 못하는, 마음이 참 예쁜 사람이니까.

때로 억울하고 분하고 속상한 순간에도,

그래서 타인에 대한 미운 생각이 시작된 순간에도

결국 그 생각의 끝에서는 그들을 이해하고,

또 아픈 그들에게 미움을 품었던 너를

스스로 자책하고 마음을 다잡고 있는 너겠지.

그러니 어차피 그럴 너라면,

어차피 이런 세상의, 이런 사람들인 거라면

넌 그저 따뜻한 사람이라서 따뜻한, 그런 사람이 되자.

그들이 나와 같이 그렇게 해주길 바라기보다,

그렇게 해주지 않아 속상해하고 아파하기보다

네가 따뜻한 사람이라서 따뜻한 사람이 되는 거야.

왜냐면 그들은 너처럼 따뜻하기에는

여전히 차갑고 품이 작은 왜소한 사람들이고,

자신이 당했을 땐 뻔히 화내고 아파할 거면서

정작 타인에게는 그 행동을 아무렇지 않게도 하는

조금은 닫혀있고 자신밖에 모르는 부족한 사람들이니까.

그래서 사실 너의 그 마음은 그 자체로 선물이자 축복인 거야.

왜냐면 너는 아주 힘겹게 노력해야만 얻을 수 있는

그 아름답고 예쁜 마음을 이미 타고난 사람이니까 말이야.

그리고 사람들은 네가 억울해하고 미워하기에,
사실은, 어쩌면, 안타까운 점이 참 많기도 많아서
미워하기보다는 연민의 눈으로 바라봐야 하는 거야.
그들은 그런 그들의 성향과 삶의 태도로 인해서
결국 따뜻하고 다정하지 못해 끝없이 불행할 사람들이니까.
마음에 다정한 생각을 품지 못하는 사람의 마음이
얼마나 각박하고 행복 없을지, 그걸 한 번 생각해봐.

자신의 아픔, 자신의 기쁨, 자신의 이익, 자신의 입장,
그렇게 늘 자신만을 생각하는, 그 좁고 어두운 틀 안에 갇혀
왜소하고 이기적인 생각만을 하며 존재하는 그들의 마음 안에는
너의 마음 안에 핀 것처럼 예쁘고 아름다운 꽃도 없을 것이고,
너의 마음을 향해 불고 있는 다정하고 맑은 바람도,
그 하늘에 맺힌 수천 개의 반짝이는 별도, 달도 없을 거야.
그저 흐린 날의 먹구름과 진흙, 잔뜩 시들어진 우울과 공허의 꽃,
그런 잿빛의, 그런 우중충함의, 진득진득한 습도가 전부겠지.

하지만 그 잿빛 불행이 그들이 추구할 수 있는
가장 최선의 행복이자, 그들이 선택할 수 있는
가장 최선의 태도이자 자세, 그것이 되어 굳어버린 거야.

그러니 너, 너의 따뜻한 마음에 얼마나 감사해야겠어.
그리고 너, 타인의 따뜻하지 않은 마음을
얼마나 안타깝게 여긴 채 조금이라도 응원해줘야겠어.
거기에 네가 속상해하거나 억울해할 건 하나도 없는 거야.

그러니 조금은 더 감사하고, 조금은 더 안타깝게 여겨 봐.
그렇게, 지금의 속상함을 딛고 더욱 아름답게 피어나는 거야.

나와 같은 사람, 이 세상에 눈을 씻고 찾아봐도 잘 없다는
그 지독한 외로움과 진인한 공허에 의해 폴싹 무너지던 날,
왜 사람들은 내가 그들의 아픔을 잘 들어줘서,
나의 품이 참 따뜻해 기댈 수 있어서 내가 좋다 말하면서,
또 자신의 아픔 앞에서 누군가가 성의 없이 굴 때는
그 건성을, 하여 그 사람을 참 미워하기도 하며 멀리하면서,
정작 내가 힘들 때는 자신이 그토록 싫어하는 그 차가움과 예민함,
그 상처 주는 표정과 자세로 나를 마주하는 건지, 그런 생각에
따뜻함이 냉각되어 혹한의 차가움이 되어버릴 만큼 속상해.

그러다 문득 낙하하는 별처럼 내게 쏟아진 하나의 생각,
사람은 모두가 자신이 추구할 수 있는 최선의 행복을 추구하고,
그래서 그 왜소하고 작은 행복이 자신이 추구할 수 있는
가장 최선의 행복이자 삶의 자세가 되어 굳어진 그들은
사실 얼마나 안타깝고 불행한 사람인 걸까, 하는.
그렇다면 나, 그들과 같이 왜소하지 않을 수 있음에 억울해하기보다
얼마나 감사하고, 또 얼마나 기뻐하고 축복해야 하는 걸까, 하는.

하여 속상함과 억울함의 혹한기를 뚫고 연민과 사랑의 따스함으로
다시 세상과 사람들을 봄의 고즈넉한 별처럼 마주하기 시작하고,
내게 주어진 따뜻한 마음이라는 그 축복에, 기적에 감사함으로써
그 선물을 그저 누리며 따뜻함에 책임을 다하기 시작하고,
그렇게, 따뜻함에 아주 작게라도 보답을 바라기에 따뜻했던
그 성숙의 한 계단을 지나 마지막 성숙의 관문으로,
그러니까 내가 따뜻한 사람이라서 따뜻함으로 세상을 마주하는,
그 아름다운 성숙의 꽃을 내면에 활짝 피워내는 거야.

그렇게 '진짜' 따뜻한 사람이 되어 더 크게 행복한 내가 되는 거야.

내가 따뜻한 건, 내가 따뜻한 사람이라서,

따뜻하게 구는 게 내가 더 편하고 좋아서,

그게 내가 선택할 수 있는 최선의 행복이라서,

그게 나의 만족과 기쁨이라서 그렇게 하는 거니까.

그래서 내 따뜻함에 누군가가 따뜻함으로 보답하지 않는다며

속상해하거나 아파할 필요도, 화낼 필요도 없는 거니까.

보답하지 않는다면 그건, 그 사람에게 안타까운 일일 뿐인 거니까.

여태 이 차가운 세상 속에서 그 따뜻함을 지켜내느라

얼마나 지치고 힘겨웠을지, 외로웠을지 나도 잘 알아.

외로웠기에 따뜻함을 버리고 싶었던 적도 셀 수 없었고,

하지만 그럼에도 따뜻할 수밖에 없는 네가

때로는 참 밉고 원망스럽기도 했겠지.

하지만 여태 너의 따뜻함, 그럼에도 잘 지켜줘서 고마워.

네 따뜻함 덕분에 네 마음의 예쁜 꽃,

시들어지지 않은 채 여전히 싱그럽게 피어있을 수 있었고,

때로는 갈등의 맹렬한 바람에 위태로이 흔들리기도 했지만, 그럼에도

더욱 밝고 짙은 꽃잎을 흩날린 채 무탈하게 자라날 수 있었던 거야.

그리고 그 모든 흔들림과 갈등, 고민을 딛고 일어선 너기에

앞으로는 더 강하고 생명력 가득한 꽃이 되어 피어날 너인 거야.

그렇게 너, 이제는 더 이상 고민하지 않아도 될 만큼

사랑과 따뜻함, 다정함이 그 자체의 본성인 네가 되어

영원히 지지 않을 사랑의 찬연한 꽃을 가득 피워낼 거야.

그래서 그 아름다운 인고의 시간을 보내고 있는 너,

참 많이 힘들고 속상하겠지만 그럼에도 무너지지 않았으면 해.

지금의 이 시간을 지나 반드시 더욱 빛나는 행복을 마주하게 될 너니까.

있는 그대로 사랑해.

있는 그대로 사랑해.
단, 있는 그대로 사랑해도 될 만한 사람을 만나
그 사람의 있는 그대로를 사랑해주길 바라.

네가 아무리 선하고 예쁜 마음을 지녔다고 해도,
상대방이 그 마음을 예쁘게 받을 준비가 되지 않았다면
그 사랑, 비극으로 끝이 정해진 사랑일 테니까.

네가 너의 다정한 마음에 감사하기보다
그 마음을 약한 마음이라 여긴 채
쉽게 이용하고 함부로가 되는 사람,
그렇게 너의 예쁜 마음 앞에서 얄팍해진 채
너에게 무리한 요구를 참 쉽게도 하는 무례한 사람,
네가 다정한 사람이라는 것에 대해 확신한 순간부터
너에게 더욱 강하게 굴며 통제하고 강요하는 사람,
그런 사람을 만날 때 그 사람은 너의 그 예쁜 마음을
결코 예쁘게 여기지도, 하여 너를 사랑하지도 않을 테니까.

네가 아무리 있는 그대로를 사랑해줘도
그 사람, 자꾸만 자신의 환상과 이기심을 내세운 채
너의 있는 그대로는 사랑해주지 않고
너에게 어떤 변화만을 끝없이 요구하고 강요할 사람이니까.

그러니 너와 같이 예쁜 사람을 만나 있는 그대로 사랑하길 바라.

그리고 그 예쁜 사랑을 하기 위해,

너 또한 있는 그대로 사랑받을 만한 사람이 되어줘.

그러기 위해 매 하루를 성실하게 성숙하며 나아가줘.

네가 여전히 미성숙하고 온전하지 않아서

타인의 마음을 이용하고자 하는 이기적인 사람일 때,

혹은 쉽게 분노한 채 타인을 억누르는 사람일 때,

쉽게 상처받은 채 상대방의 마음을 오해하는 사람일 때,

질투하고, 텃세를 부리고, 감정적인 자극,

그 폭풍에서부터 오는 미묘하고도 거짓된 마음 안에서

작고도 가치 없는 기쁨과 행복을 찾는 사람일 때,

그때는 너의, 있는 그대로 사랑해달라는 요구가

상대방의 마음을 자꾸만 아프게 하고 미어지게 할 뿐일 테니까.

그러니 있는 그대로 사랑받을 만한 네가 되기 위해

너에게 주어진 하루 앞에서 최선을 다해 예쁜 성숙을 완성함으로써

예쁜 사람을 맞이할 준비를, 너 또한 늘 기울이며 나아갔으면 해.

네가 먼저 예쁘고 지혜로운 마음을 지니고 나면 너,

그 성숙으로부터 보호받기에 더 이상은

너의 마음을 훼손하는 사람으로부터 유혹받지도 않게 될 거야.

네가 감정적인 자극, 거짓된 마음에서부터 오는 기쁨,

그러한 것에서 더 이상 행복을 찾지 못하는 사람이라면

그러한 것에서 행복을 찾는 사람과 함께할 때 너,

가치를 느끼지 못해 지루할 테고, 불편함을 느낄 테고,

그래서 그때는 그 사람과 자연스럽게 닿지 않게 될 테니까.

그러니까 그 성숙이, 언제나 너와 함께하며 너를 지켜줄 테니까.

그래서 예쁜 사랑을 하기 위한 가장 최소한의 준비물은
아름답게 꽃 핀 성숙으로 네 존재를, 그 향기와 빛을
촘촘하게 농익힌 너라는 사람의 무르익은 사랑스러움인 거야.

네가 그 준비를 다하지 못해 때가 무르익지 않은 채라면 너,
너에게 상처를 주는 사람을 사랑할 수밖에 없을 테고,
왜냐면 네가 여전히 감정적으로 울퉁불퉁한 사람이라
누군가가 미울 때 그것을 내려놓기보다 쉽게 분노한다면
그때의 넌 너의 그 미움에 편들어주는 사람과 함께할 때
편안함과 행복을 느낄 수밖에 없을 것이기 때문이야.

잔잔하고 고요한, 진짜 좋은 사람과 함께할 때,
그때의 넌 자주 서운할 거고, 또 자주 지루함을 느낄 테니까.

그러니 있는 그대로 사랑하라는 말은,
있는 그대로 사랑해도 될 만한 사람을 사랑하라는 말인 거야.
또 있는 그대로 사랑받으라는 말은,
먼저 있는 그대로 사랑받을 만한 네가 되어
상대방으로부터 있는 그대로의 사랑을 받으라는 말인 거야.

내가 사랑하게 될 사람이 꼭 좋은 사람인 것은 아니니까.
나는 나의 성숙의 수준 안에서, 정확히 그 틀과 한계 안에서
내게 좋은 사람이라 여겨지는 사람을 사랑하게 될 뿐인 거니까.

그러니까 나와 잘 맞는 사람, 내가 끌리는 사람이
꼭 좋은 사람이라 할 수는 없는 것이고,
하여 그 불일치를 완전한 일치로 완성하기 위해서는
내가 먼저 예쁜 성숙을 이루어내야만 하는 거야.

그러니 매 하루 앞에서 그 성숙을 꽃 피우기 위해
네 마음을 쏟고 네 진심을 다하며 나아가도록 하자.

내 마음 안에 미움이 있다면 그 미움을 가득 분출하며
전과 같이 복수하고자 하고, 증오하고, 분노하기보다
이제는 내려놓고 용서하기 위해 최선을 다해 노력하고,
그 과정 안에서 예쁜 성숙의 꽃을 피우며 나아가는 거야.

내 마음 안에 나의 욕망을 위해 타인을 이용하고자 하는
그 이기심이 잠재되어 있다면 이제는 고스란히 이기적이기보다
그 마음을 정직하게 인정하고 바라본 채
내가 소중하듯, 타인 또한 소중한 사람이라는 것을 간직하며
내가 당하고 싶지 않은 것을 나 또한 주지 않고자 하고,
또 내가 받고자 하는 것을 나 또한 먼저 주고자 하는
그 아름다운 마음을 향해 전심을 다해 나아가는 거야.

그렇게 전과는 달리 네 마음이 성숙의 아름다움으로 물들 때,
네 존재의 빛에서 뿜어져 나오는 향기와 사랑스러움,
그 밀도와 채도, 광도와 깊이, 그 모든 것이 짙어지기 시작할 테고,
그 예쁜 변화로부터 네가 있을 장소, 네가 만날 사람, 너의 시선,
네 존재의 습관, 그 모든 것들이 자연스럽게 변하기 시작하는 거야.

네가 전에 끌림을 느끼던 것들은 더 이상 너를 끌어당기지 못하고,
하여 너는 이제 새로운 곳을 향해 끌리기 시작할 테니까.
마찬가지로 너에게 끌림을 느끼던 것들은 이제 더 이상 너로부터
어떤 끌림을 느끼지 못해 다른 곳을 향해 흩어져나갈 테니까.

그렇게, 이제는 예쁜 사랑이 가장 자연스러운 네가 되는 거야.

그러니 꼭 너의 있는 그대로를 사랑해주는 사람을 만나는,
그러니까 너의 예쁜 마음을 예쁘게 간직하고 아껴주는,
그 마음에 더 예쁜 마음으로 보답하고자 사랑스럽게 노력하는
그런 사람을 만나는 그 진짜 행복을 네가 누렸으면 좋겠다.

그 사람을 만날 생각에 그 몇 시간 전부터
위로와 기쁨의 파도가 네 마음 안에서 물결치는,
그렇게 만나 함께하는 내내 서로의 마음에 기대며
오늘 하루, 언제 힘들었냐는 듯 회복되고 치유되는,
그 진실한 사랑을, 영원한 사랑을 네가 꼭 했으면 좋겠다.

진실하고도 영원한 사랑, 그건 결국
예쁜 성숙과 온전함을 완성한 사람들만이 누릴 수 있는 특권이며,
그 성숙의 책임을 다한 아름다운 보상이자 선물인 거니까.

그러니 내가 좋아하고 끌리긴 하지만
함께하는 시간 내내 서운함과 상처만을 쌓을 뿐인,
위로와 응원을 주고받기보다 감정과 육체의 피로만을 쌓을 뿐인,
서로 상처 주고, 화해하고, 하지만 여전히 변하지 못해
또다시 상처를 주고받을 뿐인, 그런 온전함 없는 관계로부터
이제는 영원히 벗어나기 위해 먼저 예쁜 네가 되어줘.

그 변화에, 모든 아름다움이 자연스레 따라올 테니까.
억지를 부리고 애쓰지 않아도, 전전긍긍한 채 앓지 않아도,
모든 것이 어느 순간 완전한 조화로 조율되어 있을 테니까.

그러니 있는 그대로의 너인 채 사랑받는 그 진짜 사랑을 위해
이제는 너에게 주어진 성숙과 온전함을 먼저 완성해줘.

함께하고는 있지만 그것이 서로를 사랑하고 있는 건 아닌
그런 관계 안에서 느낄 수밖에 없는 쓸쓸함의 지옥,
그 잔인한 공허가 너무나도 외로워 벗어나고 싶지만,
그 외로움에서 벗어나기 위해 또다시 그 사람에게 돌아가
제발 좀 사랑해달라고 울부짖고 사랑을 갈구하는 비참함,
그 지옥 같은 악순환의 무한한 반복 끝에 어느새
존재의 생기와 기쁨, 그 촉촉함이 메말라 바스라진 나라는 꽃.

더 이상은 이렇게 내 소중한 사랑의 시간을 낭비할 순 없어.
이제는 나도 상처 주는 사랑이 아닌 기쁨을 주고받는
배려와 존중의 그 진짜 아름다운 사랑을 하고 싶어.

그런 생각에 이를 악문 채 아름다운 변화를 위한 한 걸음을 내딛고,
그 한걸음으로부터 피어나기 시작하는 예쁜 성숙의 꽃,
그 성숙의 행복을 안 순간부터 다른 행복은 너무나도 작고도
보잘것없게 느껴지기에 이제는 이를 악물지 않아도 자연스럽게,
나를 위해 계속해서 아름다운 성숙을 향해 나아가고 있는 나.

그 변화로부터 내 꽃잎에 붙어있던 나와 함께하던 모든 것들이
나의 변화를 감지한 채 다른 꽃을 향해 날아가기 시작하고,
또 나의 변화를 감지한 새로운 모든 것들이 내게 오기 시작하고,
그렇게 나의 모든 것이 예쁜 변화와 함께 아름다움으로,
존중과 진실함, 배려와 다정함, 그것이 당연한 예쁨으로,
그렇게 내게 당연한 것들이 이제는 전과 같은
사랑스럽지 않음이 아니라 강렬하고도 짙은 사랑스러움으로
변하고 탈바꿈하기 시작하는 거야. 그 한 걸음을 시작으로.

그러니 이제는 너를 위한 그 한 걸음을 내디뎌줘.

그렇게, 이제는 함께하지만 사랑하는 것은 아닌
그런 사랑 아닌 관계를 넘어 함께하는 내내
서로를 사랑 가득한 눈빛과 마음으로 마주하는
그 농밀하고도 진실한 사랑을 하며 흐드러지게 피어나는 거야.

그 사랑을 하기 위해 필요한 건
네 존재의 사랑스러움이 무르익는 것,
그러니까 너의 때와 성숙이 가득 무르익는 것,
그것만이 필요했을 뿐임을 그렇게 알게 되는 거야.

사랑하고 사랑받기 위해 태어나 존재하지만,
사랑하지도, 사랑받지도 못해 여전히 외롭고 공허한
그 존재의 목적을 상실한 공허와 외로움에서 벗어나기 위해
그러니 이제는, 이제는 너의 첫발을 꼭 내디뎌줘.

그렇게 너의 발이 닿는 모든 곳에 아름다움을 꽃 피우는
그 찬란한 성숙의 한 걸음 한 걸음을 진심을 다해 내디디며
그 모든 나아감 안에서 사랑의 준비를 완성하는 거야.

그렇게 이제는 진짜 사랑하고, 진짜 사랑받는
이 세상 그 어떤 시련이 너에게 찾아와도
내가 사랑하는 사람이 함께하고 있다는 그 사실 하나에
든든한 위로와 안정을 느낄 수 있는
그, 진짜 사랑을 함께할 수 있는 사람을 만나는 거야.

그러니 이제는 너의 있는 그대로가
참 진실하고도 사랑스러워 존재만으로 눈부시게 빛나는
그런 네가 되어 그런 사람을 꼭, 반드시 만나길 바라.

공감할 줄 아는 사람.

타인의 마음에
깊이 공감할 줄 아는 사람은
그만큼 사랑이 깊고 큰 사람이야.

왜냐면 공감할 줄 아는 사람만이
타인의 아픔과 기쁨을 자신의 것처럼 여긴 채
하나의 마음으로
진실한 사랑을 할 수 있기 때문이야.

누군가가 자신의 처지를 털어놓을 때
그 사람의 입장에서 그것이 참 힘들겠구나,
참 아프고 고되겠구나, 싶어서
마음이라도 조금 더 괜찮아졌으면 좋겠다는 생각에
최선을 다해 들어주고,
걱정 가득한 눈빛으로 바라봐주고,
그것만으로도 부족해서 어떤 도움을 주고자 노력하는 건,
그러니까 그 예쁜 사랑을 주는 사람이 되는 건 결국
타인의 마음에 먼저 공감할 때라야 일어나는 따뜻함이니까.

그래서 공감할 줄 모르는 사람은
결코 타인을 진실하게 사랑할 수도,
그러한 사랑을 향해 나아갈 수도 없는 거야.
그러한 마음을 먹을 생각조차 하지 않을 테니까.
자신의 입장만이 중요한 이기심에 갇힌 사람들이니까.

그러니 나는 네가 공감할 줄 아는 사람이었으면 해.

타인의 기쁨을 바라보는 것이 너 또한 기뻐서
그 기쁨을 질투한 채 경쟁심을 느끼기보다
기꺼이 온 마음을 다해 축복하는 마음을 가지게 되고,
타인의 아픔을 바라보는 것이 너 또한 아파서
그 아픔을 외면한 채 나의 이득만을 생각하기보다
기꺼이 손을 내밀어주고, 마음으로라도 들어주고,
그렇게 최선을 다해 그 아픔,
덜어주고자 하는 참 따뜻하고도 예쁜 마음을 지니게 되고,
그 모든 것이 공감할 줄 아는 마음에서부터 싹트는 거니까.

그래서 공감하는 사람은 사랑하는 사람이고,
동시에 사랑받는 사람이야.
누구나 자신의 마음에 공감해주는 사람과 함께할 때
위로와 응원을 얻게 되고, 편안함을 누리게 되고,
잃었던 용기와 씩씩함을 되찾은 채
다시 삶을 향해 나아갈 힘과 의지를 선물 받게 되니까.
그 사람이 내 곁에 있어 그래도 이 삶,
외롭고 차갑지만은 않구나, 하는 생각에 따뜻해지니까.
그러니까 그 든든함을 선물해주는 사람이니까.

그렇다면 공감할 줄 몰라 나를 외롭게 하고,
함께하는 데도 혼자 있는 기분이 들게 하고,
자신의 입장과 이기심, 이득만을 생각하기에
내 마음에 자꾸만 속상함과 불편함을 전해주는 사람,
그런 사람보다 공감할 줄 아는 사람이
더 진심으로 사랑받게 되는 건 어쩌면 당연한 거 아닐까?

그러니 이제는 타인의 기쁨과 슬픔 앞에서
내 일이 아니라는 생각에 차갑게 지나치기보다
진심으로 공감할 줄 아는 따뜻한 사람이 되어줘.
그렇게, 진짜 사랑하고 진짜 사랑받는,
외로울 틈이 없을 만큼 행복한 사람이 되어줘.

여태 이 세상, 참 외롭고 차갑다는 생각에
늘 마음의 문을 닫은 채 혼자가 되었던 너잖아.
그러면서도 참 간절히도 너에게 공감해주는
그런 따뜻한 품을 기다리고 또 기다려왔던 너잖아.
그런 사람을 네가 마주하게 된다면,
놓치지 않고 간절하게 사랑할 거라고 생각했던 니잖아.

그렇다면 네가 먼저 그런 사람이 되어보는 게 어때?
그렇게, 너와 같은 외로움을 느끼고 있을 많은 사람들에게
그 간절함과 진심, 따뜻함의 온도를 전해주는 네가 되는 거야.

기다리기보다 먼저 다가가는 것,
내가 받고자 하는 것을 먼저 주는 사람이 되는 것,
그 마음이야말로 별처럼 아름다운 마음이니까 말이야.

그리고 네가 먼저 그런 사람이 되고 나면
너, 언제 외로웠냐는 듯 사랑으로 둘러싸인 네 존재를,
너의 삶을 꼭 발견하게 될 거야.

공감할 줄 아는 사랑스러움을 지닌 사람은
가득 사랑받을 수밖에 없는 사람이니까.
그래서 너, 참 많은 사랑을 받고 있을 테니까 말이야.

내 마음을 자신의 마음처럼 여기는 사람이 없다는
그 하나됨의 부재로 인해 불어오는 쓸쓸함의 바람,
그렇게 바스라진 낙엽처럼 거리를 슬프게도 떠돌며
이런 삶이 무슨 가치가 있겠냐는 생각에
우울함의 늪에 첨벙 빠지고, 헤어 나오지 못해 허우적.

왜 사람들은 자신의 기쁨과 슬픔만이 소중하고,
타인들의 기쁨과 슬픔 앞에서는 관심이 없는 걸까.
사회성을 익힌 채 관심을 기울이는 척하지만
그들의 진심 없는 말에 여전히 공허하기만 할 뿐이야.

그런 생각에 또다시 미어지는 가슴을 붙든 채 아파하다,
그렇다면 넌 어떤 사람이야? 하고 묻는 마음의 울림에
부끄럽고 민망해서 붉어진 채 왜 나는, 여태 단 한 번도
나에게는 그런 잣대를 들이밀지 않았던 걸까, 묻게 되고,
그 물음의 빛이 내 닫힌 마음의 상자에 작은 구멍을 내고,
하여 마침내 어두컴컴한 마음에 한 줄기 빛이 쏟아져 알게 돼.

결국 나 또한 내가 받고자 하는 걸 주고자 하지는 않는,
공감과 이타심의 마음이 없는 이기적인 사람이었단 걸.
그런 나라서 외롭고 쓸쓸할 수밖에 없었다는걸.

공감할 줄 아는 따뜻함의 사랑은 결국 내 마음에 있는 것이고,
그리고 그 사랑이 이미 자신의 마음 안에 있음을 아는 사람들은
자신에게는 언제나 사랑할 수 있는 힘과 능력이 있음을 알기에
사랑을 받고자 하기보다 오직 아름다운 마음으로 먼저 줄 뿐이니까.
그리고 내가 받고자 하는 것을 먼저 주는 것,
기꺼이 그렇게 할 때 그것을 받는 것, 그것이 사랑의 법칙이니까.

태초부터 영원히 알고 있었지만 스스로 망각했던
그 사랑의 법칙이 내 물음의 한 줄기 빛에 의해 그 모습을
마침내 드러내기 시작하고, 하여 나, 이제는 기억하게 된 거야.

외부는 줄수록 줄어들기 마련이지만,
마음은 줄수록 내 마음에 더 차곡히 쌓이기 마련이고,
진정 힘 있는 것은 외부가 아니라 내 마음이기에
마음의 풍요 앞에서 외부의 풍요는 따라오기 마련이라는 것을.

그래서 더 많이 사랑하는 사람은 언제나 행복할 수밖에 없고,
그 사랑을 주는 만큼 더 많은 사랑을 받는 사람이 된다는 것을.

하여 나, 이제는 나의 입장에 갇힌 이기심을 벗어던진 채
타인의 아픔을 나의 아픔으로, 타인의 기쁨을 나의 기쁨으로 여기는
하나의 마음을 향해, 그 진짜 사랑을 향해 나아가기 시작하고,
그 모든 발걸음 속에서 공감할 줄 아는 마음이 가득 피어나기 시작하고,
그렇게 나, 마침내 타인의 기쁨과 슬픔을 나의 것처럼 여길 줄 아는
그, 하나의 감정으로 사랑하고 사랑받는 따뜻한 내가 되어가는 거야.

먼저 그런 내가 되었기에 사람들 또한 나를 진심으로 좋아하기 시작하고,
하지만 나는 그 마음을 받기 위해 내 마음을 주는 것도 아니고,
오직 나의 기쁨과 예쁜 성숙을 위해서만 그렇게 하고 있을 뿐이고,
그렇게 사랑의 법칙을 완전히 되찾은 채 하나의 사랑을 하고 있는 내가,
그, 순수하고 벅차게 기뻐하고 있는 사랑스러운 내가 되어가는 거야.

사랑하는 건 결국 공감하는 마음에서부터 비롯되는 것이고,
사랑받는 것 또한 마찬가지로 공감하는 마음에서부터 비롯되는 것이고,
그러니까 사랑한다는 말의 동의어는 공감한다는 말이라는 것을.

다정하되 순진하진 말아.

타고나길 참 따뜻하고 예쁜 너라서
매사에 다정하게 사람들을 마주했지만,
너의 다정함을 이용하기만 하는
참 많은 사람들을 마주하며 이제는
다정하기가 두려워 주저하게 되는 너.

그래서 애써 다정한 마음을 숨긴 채
차가운 겉모습을 연기하기도 하며,
너와 맞지 않는 방어적인 옷을 입고서는
사람들이 너에게 함부로가 되지 않게
너를 지켜내고자 전혀 너답지 않은 모습으로
억지를 부리고 애쓰고 있는 너.

다정함이 옳은 것 같은데,
왜 다정함을 숨겨야만 하는 건지,
왜 차갑고 무뚝뚝한 겉모습을 연기해야만 하는지,
오히려 성숙한 태도를 포기한 채
스스로 미성숙의 늪으로 추락한 기분이 들어
알 수 없는 죄책감과 속상함에 미어질 것만 같아.

그런 생각에 아픈 시간을 보내고 있는 네가 이제는
마음껏 다정해도 되는, 너와 같이 다정함이 가장 자연스러운,
그런 사람들과 함께했으면 좋겠어. 그렇게 가득 행복했으면 좋겠어.
함께하며 더 이상 아프지 않아도 되는 사람들과 말이야.

고마운 게 있다면 마음껏 고마워해도 되는,
너의 고마워하는 마음을 이용하지 않고
참 예쁘다 생각한 채 소중히 여길 줄 아는,
그래서 다시 고마움으로 돌려주는, 그런 사람들과 말이야.

다수가 다정하지 않은 곳에서는 다정함이 '약함'이 되고,
다수가 다정한 곳에서는 다정하지 않음이 '불편함'이 되고,
그러니까 그게 이 세상이고, 이 세상이 굴러가는 방식이니까.

그러니 이제는 다정하되, 더 이상 순진하지는 말아.
사람은 원래 자신의 관점으로만 세상을 바라보기 마련이라
네가 순수하고 다정한 사람이라면 너,
세상 모든 사람이 너와 같을 거라고 쉽게 믿곤 해.

하지만 이 세상엔 육식동물도, 초식동물도 있고,
쉽게 도둑질을 하는 사람도, 타인을 이용하는 사람도,
쉽게 타인에게 폭력을 행사하는 사람도,
자신의 구미에 맞게 타인을 조종하려 드는 사람도,
그러니까 그 모든 다양함이 어우러져 있는걸.

육식동물의 본성은 자신이 아닌 다른 생명을 해침으로써
자신의 생존을 유지하는 것이고,
초식동물의 본성은 그 무엇도 죽이지 않은 채
풀도 뿌리 끝까지는 뜯어먹지 않고도
자신의 생존을 유지하는 것이고,
도둑의 본성은 네가 믿음으로 방치한 물건에
쉽게 손을 댐으로써 자신의 이득을 추구하는 것이고,
그러니까 그때의 네 믿음은 사실 '순진함'이 되는 거야.

그러니까 있는 그대로 바라본다는 것,

그건 네가 순수하고 다정하다고 해서 그렇지 않은 사람을

너와 같을 거라고 함부로 착각하고 믿는 게 아니라

그들의 본성을 본성 그대로 바라보고 존중하는,

하여 늑대에게 내 손을 내밀지는 않는 지혜를 갖추는

그 진짜 진실함의 눈빛으로 세상을 마주하는 시선인 거야.

그러니 도둑에게 너의 차 열쇠를 맡기지는 않는

그러니까 도둑에게 도둑질의 유혹을 제공하지 않는

그런 지혜를 가진 채 이 삶을 마주하고 살아가 봐.

있는 그대로 사랑하지만,

그들의 있는 그대로를 너의 순수함으로 왜곡하지 않고

진짜 그들의 있는 그대로를, 그 본질을 바라본 채

너의 다정함이 훼손당하지 않게 너 자신을 지켜내는 거야.

그러니까 다정하되, 순진하지는 말아.

있는 그대로를 존중하고 사랑하되,

함께하기에 위험한 사람과 특별한 관계로 맺히지는 말아.

그저 철창 안에 있는 사자를 멀리서 바라보고 사랑하듯,

그렇게 가까이서 함께하지는 않고 멀리서 사랑하는 거야.

그러니까 이 세상 절대다수가 다정하지 않다고 해서

너까지 너의 다정함 저버린 채 차가워지기보다

너는 여전히 다정한 채, 하지만 또한 너 자신에 대한 다정함으로

이제는 너를 스스로 지켜낼 줄 아는 지혜를 갖춘 네가 되는 거야.

다정해도 되는 곳에만 다정함을 쏟길 선택함으로써 말이야.

결국 다정함이 더욱 아름다운 성숙의 태도이니까.
그래서 네가 스스로 다정하지 않길 선택하는 건
네가 태어나 존재하고 살아가는 유일한 이유인 성숙의 목적을
스스로 저버린 채 오히려 미성숙을 향해 걸어가는 일이며,
하여 그때는 네 존재의 목적을 상실했다는 그 사실로 인해
너, 공허함과 죄책감에 몸서리친 채 아파할 수밖에 없는 거니까.

그러니까 이제는 아름답게 꽃 핀 지혜로 너를 지켜내줘.
함께할 사람과 함께하지 않을 사람을 구분하는 신중함의 지혜로
모든 사람은 사람인 그 자체로 존중받고 사랑받아 마땅하다는
그 보편적인 사랑은 네 가슴에 여전히 간직한 채 사랑하지만,
가까이서 특별하게 함께하는 사람은 엄중하게 선택하는 거야.

그렇게, 다정함이 정상으로 여겨지는 다정한 곳에서,
아름다움이 아름다움으로, 사랑이 강함으로 여겨지는
그 올바른 성숙의 기준을 무너뜨리지 않은 지혜로운 곳에서,
너, 마음껏 다정하며 마음 졸이지 않은 채 사랑하며,
혹여나 네가 이용당할까, 너의 다정함을 약함으로 여긴 채 세상이
너에게 함부로가 되지 않을까, 그런 걱정에 불안해하지 않고
너의 온 마음을 다해 방어를 내려놓고 다정하게 사랑했으면 해.

그러기 위해 이제는 너 자신을 스스로 지켜내는 거야.
그렇게, 사람들의 본성을 그 본성 그대로 바라보는 네가,
네가 함께할 사람, 네가 있을 장소를 신중하게 선택하는 네가,
이기적인 타인에게 이기심의 유혹을 제공하지 않는 네가,
양의 탈을 쓴 늑대를 구분한 채 피해갈 줄 아는 네가 되어
순진함을 넘어선 강렬한 순수함으로 빛나는 진짜 사랑을 향해,
그 지혜와 온전함의 땅, 그 기쁨의 천국을 향해 나아가는 거야.

그러니까 너에게 잘못된 건 없는 거야.

다정한 게 성숙의 태도고, 그게 올바른 거니까.

분노보다 사랑이, 판단보다 이해가, 미움보다 용서가,

이기심보다 관대함이 약함이 아니라 강함이라는 것,

그건 약함의 편에 서 있는 사람들도 알고 있는

영원히 불변할 이 세상의 유일한 진실이자 진짜 진실이니까.

다만, 조금 순진했을 뿐인 거야.

그래서 다정함을 쏟아서는 안 될 곳에도

너의 온 마음을 다해 다정함을 쏟았고,

그래서 너, 상처받은 채 무너질 수밖에 없었던 거야.

하지만 그 또한 잘못이 결코 아닌 것은

그렇다고 해서 너의 다정했음을 틀렸다고 말할 사람도,

탓하고 비난할 사람도 없을 만큼 넌

너의 성숙할 책임과 사랑할 의무 앞에서 최선을 다한 것뿐이니까.

다만 아직 이 세상엔 너의 그 최선을 함부로 이용하는,

그 최선 앞에서 함부로 오만해지고 강해지는,

타인의 무엇인가를 빼앗아야만 자신이 얻을 수 있고,

또 자신이 이길 수 있다고 믿는 육식동물의 본성을 지닌,

사랑의 법칙이 아닌 결핍의 법칙, 그 무지와 오류를 믿는

지혜롭지도, 온전하지도 못한 사람들도 많이 있을 뿐인 거야.

그러니까 배고픈 늑대가 참 사랑스럽고 안타깝다고 해서

너의 손, 그 늑대에게 함부로 내밀어서는 안 되는 것처럼,

하지만 여전히 멀리서 늑대를 사랑스럽게 바라볼 수는 있는 것처럼,

다만 가까이서 함께하지는 말고, 멀리서 여전히 사랑하도록 하자.

그 지혜를 배우기 위해 지금 이렇게 상처받아야만 했던 거야.
하지만 상처는 너의 성숙으로 인해 곧 치유될 테고,
네가 얻은 지혜는 너의 곁에서 사라지지 않은 채
영원히 너를 보호하고 너를 지켜줄 선물이 되어줄 거야.

그러니 그 지혜를 배우기 위한 경험의 시간과 선물들,
이제는 외면하지 말고 온 마음을 다해 끌어안자.
그렇게 그 지혜, 완전한 너의 것으로 소유한 채 나아가자.

성숙하기 위해 태어나 성숙하기 위해 살아가는 이곳에서,
모두가 자신의 성숙을 향해 나아가고 있으며,
하지만 그 성숙의 수준과 속도는 저마다 다르기에
여전히 미성숙하고 이기적이고 온전하지 않은 사람들도 있는 거야.

하지만 그들 또한 그곳에서부터 배운 채
서서히, 하지만 반드시 아름다운 성숙을 향해 나아가게 될 거고,
지금도 그 성숙을 위한 배움을 충분히 겪고 있을 뿐인 거야.
네가 지금 이토록 상처받은 채 배워야만 했던 것처럼.

그래서 그들을 미워할 필요도, 세상을 원망할 필요도 없는 거야.
그래서 완전하게 아름다운 이 세상이고, 하지만 다만,
너는 너의 지금의 성숙이 정상적으로, 아름다움으로 여겨지는
그곳에서 그 사람들과 함께 손을 잡은 채 나아가면 되는 거야.

그러니까 너를 스스로 지켜내기 위해,
너의 성숙을 뒷걸음질 치지 않게 하기 위해 너,
함께함을 선택할 지혜를 배울 필요가 있었던 것뿐이야.
다정하되, 순진하지는 않는 그 찬란한 지혜를 말이야.

나를 위한 용서.

누군가가 너무나도 미워서,
그 미운 생각을 곱씹느라 하루의 행복과 웃음,
아름다운 생각을 온통 잊은 채 아파하고 있는 너에게
나, 그래서 너 자신을 위해 그만 용서하라고,
상대방이 아니라 너의 행복을 위해서,
이제는 매 하루에 마주할 찬란함과 아름다움을,
너의 예쁜 웃음을 되찾기 위해 용서하라고 말해주고 싶어.

그 사람을 미워하느라 여태 너무나 힘든 시간을 보내왔잖아.
친구들을 만나서도 선하고 예쁜 주제로 대화할 수 있는데,
그 소중한 시간을 낭비한 채 그 사람의 이야기를 하게 되고,
이제는 그만 참아야지, 하면서도 또 이야기하는 너를 발견하고,
그러느라 네가 지키고 싶은 참 소중한 관계 또한
그 보잘것없는 미움에 물들이게 했다는 생각에 속상해해왔잖아.

그러니 이제 너 자신을 위해 그만 내려놓자.
미움의 생각이 찾아올 때마다 복수심에 그 생각을 곱씹고,
그렇게 이야기에 이야기를 더하는 식으로
그 미움, 떨쳐내지 못한 채 골몰하고 이어가기보다
이제는 그 생각이 찾아오는 그 즉시 내려놓는 거야.

네가 지금 내려놓으면, 점차 그 미움은 그 힘을 잃은 채
크기가 작아지고 엷어지기 시작할 거야.
그렇게 서서히 조각난 채 흩어지고 사라지기 시작할 거야.

하지만 반대로 네가 내려놓지 못해 계속 곱씹는다면
그 미움은 너의 그 집중에 의해 힘을 받아 눈덩이처럼 불어나
더 큰 미움이 되어 너를 괴롭히고 아프게 할 거야.

그러니 이제는 그 한 번의 내려놓음을 완성하자.
지금 한 번 내려놓으면, 다음의 한 번은 더 쉬울 거야.
그렇게 내려놓고, 미움에 쓰느라 남아있지 않았던 에너지를
이제는 네 소중한 삶과 사람들에게 쏟기 시작하는 거야.

미움 없는 평화가 얼마나 대단한 행복인지 한 번 알게 되면,
미움이 주는 작고도 왜소한 행복이 얼마나 가치 없고 보잘것없는지,
너, 반드시 알게 될 거고, 그렇게 용서가 더 쉬워질 거야.

결국 모든 감정은 내가 선택하는 것이고,
나는 내가 지금 이 순간 가장 중요하다고 생각하는 감정을
선택하고, 또 선택함으로써 나의 세계를 창조하게 되는 거야.

그러니 너에게 가장 중요한 감정이 되어버린 게 미움이라면,
그건 너 자신을 얼마나 스스로 아프게 하는 걸까.
그러는 동안 네 마음은 얼마나 불안함에 웅크린 채
두려워하고, 아파하고, 미어지게 상처받고, 슬퍼 울게 될까.

그래서 사실 누군가를 미워하는 일이란 내 마음 안에
미움의 고통과 불행을 스스로 담길 선택하는 일이기에
그건 내가 나를 스스로 미워하는 것과 다르지 않은 거야.
네가 너 자신을 진정으로 아끼고 사랑한다면 너,
너의 불행이 아니라 너의 행복을 위해 최선을 다할 테고,
그 최선은 결코 미움 따위가 될 수는 없을 테니까 말이야.

그러니 이제는 너 자신을 사랑해줘.
네가 누군가를 미워할 때 그 미움이 담기는 곳은
그 미움의 대상이 아니라 네 마음 안이 될 수밖에 없기에 너,
그토록이나 슬프고 불행할 수밖에, 아파할 수밖에 없는 거야.

반대로 네가 너 자신을, 그리고 누군가를 사랑할 때
그 사랑이 담기는 곳 또한 네 마음 안이기에
사실 타인을 사랑하는 일은 너 자신을 사랑하는 일과 같고,
그래서 용서하는 일 또한 너 자신을 용서하는 일과 같은 거야.

그러니 이제는 네 마음에 용서와 사랑을 담아줘.
타인을 용서하고 사랑함으로써 너 자신을 용시하고 사랑해줘.
여태 미움이라는 그 무거운 짐을 멘 채
삶의 모든 행복과 기쁨을 잃고 아파했던 너 자신에게
미안하다고, 여태 힘들게 해서 정말 미안했다고,
그렇게 사과함으로써 먼저 너에게 용서를 빌고,
하여 이제는 스스로의 마음을 돌보겠다 각오함으로써
네가 너 자신을 먼저 진실하게 아껴주고 사랑해주는 거야.

매 순간의 감정을 선택할 수 있는 힘은 너에게 있고,
그래서 네 마음의 하늘에서 별처럼 쏟아지는 이 미운 생각들은
사실 용서와 사랑을 실현함으로써 타인에게 빼앗겼던
네 감정의 주권과 힘을 되찾을 기회이자 선물의 꽃인 거야.

그러니 미운 생각을 미워하기 위한 계기가 아니라
용서하고 사랑함으로써 너 자신의 힘을 되찾고 더욱 행복해질
그 기회이자 선물의 꽃으로 여긴 채 그 선물, 이제는 끌어안아줘.
그렇게 꼭, 용서를 완성함으로써 너의 예쁜 웃음을 되찾아줘.

이제는 내 하루를 지배하는 습관이 되어버린 미움 앞에서
전처럼 무기력하게, 의식을 상실한 사람처럼
습관적으로, 무의식적으로 같은 미움을 반복하기보다,
그렇게 내가 그 미움에 의해 힘들고 아파하고 있다는
그 사실조차 자각하지 못할 만큼 미움과 하나 되기보다,

니를 위해 미움을 내려놓겠다는 의지의 강렬한 빛으로,
나를 아끼고 사랑하기에 용서하겠다는 사랑의 무한한 힘으로,
어떤 미움이든 그것이 나를 아프게 한다는 것, 그 자체로
그 미움, 정당화하고 합리화할 수 없다는 지혜의 찬연한 꽃잎으로,
그렇게 너 자신을 위한 용서의 한 발을 내딛는 거야.

용서는 마치 그 말의 생김새가 타인을 위한 것처럼 보이지만
사실 미워할 때 가장 아플 사람이 바로 나 자신이고,
용서할 때 가장 행복해질 사람 또한 나 자신이게
전적으로, 완전하게, 단 하나의 오해도 없이 오직 나를 위한 것.

그러니 이제는 너 자신을 위한 그 용서를 완성해줘.

여태 미워하느라 네 행복의 근원을 상실한 채
외부에 네 모든 힘과 감정의 주권을 빼앗긴 너잖아.
그래서 마치 피해자가 된 듯 외부를 탓하고 공격하며
그 공격으로 인해 사실 가장 아픈 사람이 너 자신이라는 걸
이제는 생각조차 하지 못할 만큼 미움에 깊이 잠겨버린 너잖아.

그러니 이제는 네 행복의 근원과 감정의 주권을 되찾아줘.
용서할 힘도, 사랑할 힘도 너 자신에게 있다는 것과
미워하는 것 또한 전적으로 너 자신의 선택이라는 것을 앎으로써.

그렇게 미움의 유혹이 너를 찾아오는 그 즉시
그 미움을 정당화하고 합리화하기보다,
그 미움을 곱씹은 채 더욱 큰 에너지를 부여하기보다
이제는 어떤 미움도 너를 유혹할 수 없고,
오직 너 자신만이 미워하길 선택할 수 있다는 것을
또렷하게 기억함으로써 그 유혹을 망설임 없이 거절해줘.

그렇게 이제는 미워하느라 메말라버린 네 마음의 꽃에
용서와 사랑이라는 촉촉한 비를 내려줌으로써 활짝 피어나게 하고,
하여 빨주노초파남보 다채로운 세계, 그 향과 색,
그 모든 무지개처럼 선명하고도 아름다운 행복을 되찾아오는 거야.

그래서 사실 미움은, 네가 잃었던 행복을 되찾게 해주고,
미움에 머물렀던 그 지옥처럼 잔인한 불행을 기억하기에
다시는 지금의 행복, 잃고 싶지 않다는 간절한 마음을 품게 해주고,
그렇게 네가 다시는 불행의 절벽으로 추락하지 않도록
너를 붙들어주고 지켜주는 아름다운 성숙의 선물이자 그 꽃인 거야.

그래서 지금은 이토록이나 힘들고 아픈 너지만, 또한
이 미움의 강을 건너며 전에 없던 행복을 반드시 소유하게 될 너고,
그러니까 사실 너, 지금의 미움으로부터 배우고 있는 거야.

그러니 미움이라는 이 예쁜 성숙의 선물 앞에서
이제는 감사한 마음을 가진 채 그 선물, 가득 끌어안자.
미움이 찾아올 때마다 용서와 사랑을 배울 계기로 여긴 채
삶이 너에게 미움을 가져다준 모든 이유와 목적을 완성해내자.

내일의 미움이 아니라 바로 지금 이 순간의 미움으로부터.

내 안의 행복.

행복은 바깥에서 찾고 구하는 게 아니라
너의 마음 안에서 발견하는 거야.

그러니 이제는 행복하기 위해
외부가 어떻게 되어야 한다고 믿은 채
외부에게 기대하고 바라고 외부를 통제하는 식으로
행복을 얻고자 했던 그 모든 오류를 벗어내고
지금 네 안에서 행복을 발견하는 네가 되어줘.

여태 행복을 바깥에서 찾느라 그토록 애썼지만,
지금까지 단 한 번도
영원한 행복을 너의 마음 안에 소유한 채
불안함 없이 행복했던 적, 없었잖아.

끝없는 통제와 강요의 시도 끝에
너의 기대를 충족시켰던 적도 있었지만,
그러느라 너는 진이 빠진 채 허덕이게 되었고,
하지만 기뻤던 것도 잠시,
또다시 모락모락 피어나는 불만족과 결핍의 불씨에
너, 더 많은 외부의 것들을 찾아 나서야만 했잖아.

그러는 동안 너, 얼마나 많이 힘들고 아팠어.
그리고 너의 주변 또한 얼마나 지치고 힘들게 했어.
그러니 이제는 너의 존재로부터 행복한 네가 되어줘.

행복을 바깥에서 얻는 것이라고 믿을 때,
너는 네 내면의 힘과 주권을 바깥에 떠넘긴 채
그것에 의해 네가 행복해질 수도, 불행해질 수도 있다고
스스로 선언하는 것과 다르지 않은 거야.

그래서 누군가가 너에게 이렇게 해줘야만
네가 비로소 행복해질 수 있다고 믿는 너는
네가 기대하는 것과 다른 반응, 태도를 볼 때
끔찍하게 아파하고 서운해질 수밖에 없고,
그래서 그 불행에 때로는 분노하기까지 하는 거야.

그래서 너의 행복을 지켜내기 위해 너,
더욱 강력하게 외부를 통제하고자 하는 사람이 되고,
그렇게 타인의 사소한 표정과 말투까지도
네가 기대하는 환상에 맞추어 변화시키고자 애쓰는
그런 자존감 없고 왜소한 사람이 되는 지경에 이르는 거야.

그리고 그러느라 무엇보다 너는 애써야만 하고,
고군분투해야만 하고, 그래서 너의 감정에는 여유와 체력이
더 이상은 남아있지 않아 너라는 꽃, 점점 시들어져 가는 거야.
하루하루 살아가는 것조차 힘들다고 여겨질 만큼
우울하고 무기력한 사람이 되어 바싹 메말라져 가는 거야.

그러니 여태까지의 불행과 네 모든 소진과 메마름,
그것이 행복은 절대 바깥에서 구할 수 없다는 증거야.
지금 네가 전혀 행복하지 않다는 것,
그래서 또 다른 행복을 찾고 구해야 한다고 믿는 것,
그것이 그 자체의 너무나도 선명한 오류의 증거인 거야.

그러니 이제는 너의 마음 안에서 행복을 찾는 네가 되어줘.
네가 외부에 너의 행복을 의존할 때,
너는 늘 상실의 불안함에 떤 채 더 많이 집착함으로써
그것을 움켜쥐기 위해 더 많은 에너지를 쏟아야 했지만,
그럼에도 행복할 수 없었고, 그것을 붙들 수도 없었어.

하지만 네가 그저 스스로 행복한 사람이 될 때,
그때의 너는 영원한 안도감과 함께 평화를 누리게 될 거야.
더 이상 무엇인가를 통해 행복을 얻을 필요가 없는 너는
타인에게 무엇인가를 기대하고 바라며 그들을 통제하지도,
그들에게 무엇인가를 강요하지도 않을 테고,
그래서 그런 너로부터 다정함과 편안함을 느낀 사람들은
네가 애쓰지 않아도 네 곁에서 머물고자 할 거야.

그래서 그때의 너, 상실의 불안감에서, 메마른 결핍에서부터 벗어나
안도와 만족의 영원한 행복, 그 무한한 찬란함으로 나아가는 거야.
더 이상 불안해하지 않아도 되며, 더 이상 기대하지 않아도 되며,
내게 없는 것에 집중한 채 바깥을 바라보느라 지치지 않아도 되며,
그러니까 이미 너에게 있는 것들에 너, 그저 감사할 뿐인데,
그래서 언제나 자비와 풍요, 감사와 너그러움, 그 모든 사랑을
너 자신의 내면에서부터 존재하는 매 순간에 느끼고 있을 텐데
이제 네가 어떻게 불안감과 결핍에 시달리며 아파할 수 있겠어.

그러니 이제는 너, 네 행복과 운명의 주권자가 되어줘.
지금 이 순간 네 마음 안에 있는 허기진 마음에 의해
외부로부터 끝없이 무엇인가를 욕망하고 기대하고 바라는 대신에
너의 존재에, 너에게 주어진 것들에, 이미 네가 가진 것들에,
그 모든 행복에 셀 수 없이 감사하고 또 촘촘하게 축복함으로써.

지금 한 번 사랑스러운 미소를 지어봐.
너는 어렵지 않게 미소 지을 수 있을 것이고, 그래서
그 미소를 지을 수 있는 힘의 근원은 너 자신에게 있는 거야.

너는 지금이 너무나 불행해 웃을 수가 없을 거라 생각했지만,
그 모든 상황에도 불구하고 방금 웃을 수 있었고,
그건 전적으로 너의 선택과 결정에서부터 비롯된 거였어.
그리고 그것이, 네 모든 감정의 주권과 힘은 너에게 있으며,
하여 네가 행복하기로 마음먹기만 한다면 너,
그 어떤 순간과 상황 앞에서도 행복할 수 있다는 증거인 거야.

네가 조금 더 만족하고 감사하는 것도, 이해하고 사랑하는 것도,
포용하고 관대한 사람이 되는 것도, 내려놓고 용서하는 것도,
그 모든 것이 지금 이 순간 너의 결정에 달린 일인 거야.
그리고 네가 그, 당연하지만 여태 외면해왔던 진실을
단 하나의 오해도 없이 분명하고 확실하게 이해할 때,
그 앎 하나만으로 외부에 빼앗겼던 모든 힘을 되찾게 되는 거야.

그러니 네 감정의 주권과 힘을 이제는 되찾아줘.
그렇게 외부에 의해 네가 불행해질 수 있다는 왜소한 믿음,
그 어두운 환상을 지나 그 무엇에도 불구하고 너,
네가 마음먹기만 한다면 행복할 수 있다는 위대한 진실로,
그 권능과 주권으로, 네 존재의 진짜 정체성을 향해 나아가줘.

그렇게, 행복은 이미 네 안에 있고, 그렇지 않은 적이 없었고,
하지만 네가 쌓아둔 환상에 의해 가려져 있었을 뿐이고,
하여 네가 찾고 구하고 두드리기만 한다면 얻을 수밖에 없는
영원한 너 자신의 소유였음을, 네 내면의 빛이었음을 기억해줘.

세상이 내게 이렇게 해줘야만 행복해질 수 있을 거라는
그 왜소한 오해를 지나 어떤 상황에도 만족하고 감사할 줄 아는
그 내면의 진실한 힘으로, 하여 빛나기 시작하는 네 존재와 행복,
그렇게 네게 주어진 모든 감정의 주권을 네게로 되찾아온 채
더 이상 세상의 가련한 피해자가 되지 않기로 결심한 너.

그 위대한 내면의 힘으로부터 네 존재의 빛,
더욱 아름다이 반짝이기 시작하고, 네 존재의 꽃,
더욱 흐드러지게 피어나기 시작하고, 그렇게 너,
네 모든 힘을 다해 불행하기 위해 노력했던
지난 시간의 오류를 바로잡은 채 그 모든 힘을
이제는 행복하기 위해 쏟고 기울이기 시작하는 거야.

네가 불행하기 위해 스스로 애쓸 때는,
그리고 그 불행 안에 행복이 있을 거라 잘못 알았을 때는,
진실한 행복을 향해 나아갈 때와는 달리
버거워 쓰러질 만큼의 감정과 에너지를 쏟고도 너,
행복의 발끝에도 닿지 못한 채 무너져야만 했어.

하지만 진실한 행복을 향해 나아갈 때는
그 어떤 수고와 노력 없이도, 중력이 모두 사라진 것처럼,
온 우주가 너를 지지하고 너를 밀어주고 당겨주는 것처럼,
그저 기쁨과 활력 가득 자연스레 나아갈 뿐이었고,
그렇게 나아갈수록 더욱 채워지고 행복해질 뿐이었어.
어떤 힘 하나 들일 필요 없이 살아가고, 사랑할 뿐이었어.

그건 너의 진짜 모습을 네가 되찾았기 때문이야.
바로 사랑이라는, 영원한 빛이라는, 너의 진짜 모습을 말이야.

그렇게 전에 없던 노력을 다해 하루를 살았음에도
지치기는커녕 에너지가 남아도는 그 생명력 가득한 기분에
너, 가슴에서 전류처럼 쏟아지는 찌릿함과 함께
온 우주와 사랑에 빠진 것처럼 행복함을 누리게 되는 거야.
그게 네가 너 자신의 힘을 되찾았을 때
네가 소유하게 될 빛과 사랑, 행복과 평화인 거야.

그러니 이제는 그 힘을 외부에 스스로 내맡긴 채 외부에 의해,
외부로부터 행복해지고자 하는 그 터무니없는 오해를,
지금부터 네 삶의 마지막 순간까지 미련 없이 벗어던지는 거야.
이루어질 수도, 이룰 수도 없는 그 환상 안에 갇혀
영원한 미로를 헤매이며 불행하고 싶지 않다면 말이야.

그렇게, 외부가 이렇게 될 때는 잠시 행복했다가,
저렇게 될 때는 또 속상해진 채 불행했다가, 하는
그 변덕스러운 가짜 행복을 지나 이제는 변하지 않는,
너의 마음 안에서 늘 너를 지켜주고 휘황찬란하게 빛나는
그 영원한, 유일하게 진실한 행복을 향해 나아가는 거야.

그러기 위해 필요한 건 너 스스로 그렇게 하겠다고 마음먹는 것,
오직 그 단순한 결심과 너를 향한 작디작은 사랑뿐이었던 거야.
그 결심으로부터 너, 지금 네가 존재하고 살아있다는 것,
그 기적 하나에도 벅차게 감사하고 기뻐할 줄 아는 네가 되어
그 어떤 삶의 순간에도 그 기적을 느끼고 누린 채
가득 웃고, 춤추고, 살아가고, 사랑하는 자가 될 테니까.

그러니 이제는 네 행복의 근원이 네 안에 있음을 앎으로써
네 감정의 주권과 힘을 회복해줘. 그렇게 영원히 행복해줘.

강한 사람.

약한 사람은 탓하는 사람이고,
강한 사람은 책임지는 사람이야.

그래서 약한 사람은 쉽게 희생자가 된 채
누군가로 인해 자신이 피해를 봤고,
이런 삶을 살게 되었고, 이런 일을 겪게 되었고,
늘 그런 식으로 외부를 탓하지만,
강한 사람은 그 모든 일 안에서 배우고,
그런 현실에 대한 자신의 책임을 느낀 채
최선을 다해 아름다운 변화를,
예쁜 성숙을 일으키기 위해 노력하며 나아갈 뿐이야.

이 세상은 결코 나를 휘두를 수 없다는 믿음으로,
내가 바라보는 세상은 내가 결정한다는 내면의 힘으로,
나의 선택에 따라 미래는 얼마든지 달라질 수 있다는
그 긍정의 시선과 자신감, 오늘에 대한 책임감으로 말이야.

그러니 이제는 탓하지 말고 책임지는 사람이 돼.

여태 탓하고 비난하느라, 피해의식에 사로잡힌 채 아파하느라
바꿀 수 있는 오늘, 충분히 웃고 행복할 수 있는 오늘,
그 지금 이 순간을 얼마나 오래 낭비한 채 과거의 감옥에 갇혀왔어.
충분히 더 나은 내일을 위한 오늘을 보낼 수 있었고,
그 경험으로부터 아름다운 지혜를 꽃 피울 수 있었는데 말이야.

때로 실수도 있었고, 잘못도 있었지만
그때는 그게 최선인 줄 알았기에 그렇게 했던 것뿐이잖아.
더 잘하려고, 잘 해내려고 그렇게 했던 것뿐이고,
다만 결과가 그렇지 못했을 뿐인 거야.
그리고 그 모든 선택과 결정에 아주 작게라도
나의 동의와 허락이 있었고, 그래서 탓할 건 없는 거잖아.

그저 충분히 배운 채 부족함을 채울 필요가,
같은 일을 반복하지 않기 위해 성숙하고 변할 필요가,
정직하고 진실하게 나를 돌아볼 필요가 있을 뿐이야.

결국 우리가 이곳에 태어나 살아가는 이유와 목적은
더 많은 돈을 버는 것도, 더 높은 지위를 쌓는 것도 아니며,
누군가를 탓하고 미워하기 위한 것은 더더욱 아니며,
그러니까 과거보다 지금, 지금보다 미래에 더 성숙한 사람이 되는,
오직 그 성숙의 목적 하나로 존재하고 있는 우리인데,
그렇다면 실수와 잘못은 탓하고 미워하기 위한 계기가 아니라
그곳에서부터 배우고 성숙하기 위한 계기가 되는 게 맞는 거잖아.

그러니 그 성숙을 가르쳐주기 위해 찾아온 선물 앞에서
이제는 탓한 채 스스로 약해지기보다 책임진 채 강해지고,
그 강한 내면의 힘으로 오늘을 더욱 빛내며 살아가줘.

결국 모든 외부는 나의 내면에 의해 따라오기 마련이고,
그래서 네가 이제는 그 내면의 힘으로 책임지며 나아갈 때,
그 강력한 결정 하나로, 그 아름다운 자존감의 선언 하나로 너,
지난 시간의 잘못과 손해를 금방이면 회복하고 치유하게 될 것이고,
그보다 훨씬 더 풍요롭고 반짝이는 오늘을 금세 맞이하게 될 거야.

결국 외부의 풍요는 내면의 의식에 따라오는 거니까.

그래서 강한 사람은 결코 결핍에 시달릴 수도,

가난에 시달릴 수도, 외로움에 시달릴 수도 없는 거니까.

그러니까 외부에게는 우리에게 무엇인가를 행할 힘이 전혀 없으며,

우리가 그것에 힘을 부여할 때만 그 힘을 갖게 되는 거니까.

그래서 네가 탓할 때, 넌 외부에 그 힘을 주는 것이고,

네가 책임질 때, 넌 그 힘을 너 자신의 소유로 확정 짓는 거야.

그리고 매 순간 그 힘의 주고받음이 이루어지고 있으며,

그것이 네가 너의 말과 행동에 더욱 신중해야만 하는 이유고,

더욱 책임감을 가진 채 너의 내면을 마주해야 하는 이유인 거야.

그러니 이제는 네 삶의 행복과 풍요, 아름다운 성숙을 위해서

탓하고 싶은 마음이 너를 강렬하게 유혹하며 찾아올지라도

그 마음을 너 자신에 대한 사랑으로, 행복에 대한 간절한 열망으로,

여전히 네 마음 안에 있는 그 주권과 힘으로 분명하게 거절해줘.

탓하는 것에서부터 얻을 수 있는 작고도 왜소한 기쁨과,

너의 잘못을 없는 것으로 여길 수 있는 정당화와 합리화,

그렇게 타인에게 모든 잘못을 넘긴 채 죄책감을 덜고자 하는 시도,

그 모든 것을 이제는 기꺼이, 미련 없이 포기한 채 책임지는 거야.

그렇게, 진실한 눈과 마음, 겸허한 태도로 과거에서부터 배우고,

너의 부족함을 더욱 채운 채 아름다운 성숙을 완성하고,

하여 너, 이제는 그 성숙에서부터 오는 크고 위대한 기쁨을,

그 진짜 행복을 아는 사람이 되었기에 왜소함의 유혹에 빠질 수도,

탓하길 선택함으로써 너에게 주어진 성숙의 기회, 그 선물을 스스로

상실할 수도, 외면할 수도 없는 진짜 강한 사람이 되는 거야.

지난 순간의 실수와 잘못으로 인해 지금의 아픈 상황을 마주한 너,
그래서 그 과거를 되돌리고 싶어 후회하고, 탓하고, 미워하고,
그 모든 원망의 시간을 보내느라 하루의 행복을 완전히 잃은 채
그때 이렇게 했어야 했는데, 저 사람과 함께하지 말았어야 했는데,
하는 식으로 끝없이 과거를 편집하며 하루를 지워가지만,
분명한 건 과거는 되돌릴 수 없으며, 오늘은 다시 돌아오지 않으며,
너에게 아름다운 변화의 선물을 줄 수 있는 건 그 과거가 아니라
영원한 현재, 오직 지금 이 순간의 찬란한 빛뿐이라는 거야.

그러니 지나간 것은 지나간 대로 두고, 그곳에서부터 배우고,
너는 오늘을 최선을 다해 마지막 날인 것처럼 살아가는 거야.
그렇게, 주어진 오늘 안에 네가 쏟는 모든 감정과 정성이
하나의 거룩한 사랑이 될 만큼의 진심으로 하루를 살아가는 거야.

그게, 네가 지금을 가치 있게 쓰는 유일한 방법이니까.
너 자신의 행복을 위해 오늘을 살아가는 유일한 길이니까.
너 자신의 성숙과 사랑의 완성을 위한 유일한 자세이니까.

그러니 지난 순간을, 이제는 전과 같이 탓하기 위해 사용하기보다
너의 힘을 너 자신에게로 다시 되찾아올 소중한 기회로 여긴 채
태초부터 영원히 너이지 않은 적이 없었던 강한 너 자신을,
그 책임감 있고 사랑 가득한 진짜 너의 모습을 회복하고 되찾아줘.

너는 외부를 탓할 만큼, 외부에 의해 휘둘릴 수 있는 존재도,
그 과거에 굳어진 채 찬란한 미래를 맞이하지 못할 만큼 약한 존재도,
그 과거에 갇힌 채 오늘을 불행하기 위해 살아갈 만큼
소중하지 않은 존재도, 행복할 자격이 없는 존재도 아니니까.
너, 미움이 아니라 사랑을 위해 태어난, 사랑 그 자체의 존재니까.

그러니 더 이상 스스로 왜소함을 선택한 채 약해지지 말아줘.
네가 약해지길 스스로 선택하지만 않는다면
너에게 약함을 강요하는 외부는 그 어디에도 없으니까.
오직 너만이 너에게 그것을 강요할 수 있을 뿐인 거니까.

여태 너 자신으로부터 행복과 사랑이 아닌 그 왜소함을 강요받느라
네 마음속 진짜 너는 얼마나 불안함에 떤 채 아파왔을까.
얼마나 오래 어둠 속에 갇힌 채 빛을 보지 못해 시들어져왔을까.
그 불행의 긴 터널 안에서 웅크린 채 슬픈 눈물을 흘려왔을까.

그러니 이제는 빛을, 사랑을, 강한 책임을 선택해줘.
그렇게 너 자신을 그 불행의 어둠으로부터 구원해줘.
네가 스스로 창조한 그 결핍과 가난의 마음에서부터,
그 외로움과 인색함의 자유 없는 마음에서부터 건져줘.

네가 너 자신의 빛을, 사랑을, 그 위대함을 믿는다면
너, 더 이상 과거의 손해와 피해를 생각하느라 이토록이나
탓하고, 분노하고, 슬퍼하고, 좌절하고, 원망하지 않을 거야.
너 자신이 얼마나 크고 위대한 존재인지, 하여 그게 무엇이든
네 감정과 생각의 결정으로 인해 창조하고 이룰 수 있는 존재인지,
그것을 네가 기억할 수만 있다면, 하여 믿을 수만 있다면 말이야.

너는 정말로 말하고 생각한 대로 해낼 수 있는 힘 있는 사람이란다.
너는 정말로 용서가 무엇인지조차 모르는 미움 없는 사랑이란다.
너는 정말로 탓할 게 없을 만큼 지금도 완전한 아름다움이란다.
너는 정말로 그 무엇으로부터도 훼손될 수 없는 영원한 빛이란다.

그게, 네가 너의 힘을 되찾기로 선택할 때 네가 찾게 될 진짜 너야.

아름다운 변화.

세상을 바꾸려 하지 말고
세상을 바라보는 너의 시선과 관점,
그 마음가짐을 아름답게 바꿔 봐.

그때 넌 같은 색과 같은 채도, 같은 날씨의 세상,
그 단 하나도 변하지 않은 있는 그대로의 세상을
네 예쁜 마음의 형형색색의 물감으로 색칠한 채
눈부시게 빛나는 아름다움으로 마주하게 될 테니까.

완벽주의적인 성향으로 인해
늘 잘못된 점, 바로잡아야 할 점을 보고,
그래서 미워하고 지적할 것도 참 많아
속에 답답함의 분노가 타오르고, 그랬던 세상이
이제는 실수가 있기에 귀엽고 사랑스러운,
그래서 인간적이고 아름다운 세상으로 변할 거야.

타인이 네 앞에서 늘 눈치를 보고 의기소침하고,
너에게는 속마음을 털어놓기를 어려워했다면,
이제는 너에게 기대고 너에게 자신의 이야기를
가득 털어놓으며 위로받은 채 의지하게 될 거야.

너는 이제 속도를 낸 채 타인에게 변화를 강요하기보다
다정하게 기다려주는 사람, 예쁜 말투로 권유하고 이끌어주는 사람,
차분하게 들어주며 지지하고 응원해주는 사람이 되어있을 테니까.

타인이 자신의 실수 앞에서 그 이유를 설명할 때
이전의 너는 그것을 변명이라 생각한 채 귀를 닫고,
또 마음의 문을 닫고, 그렇게 소통의 고리를 끊었지만,
이제는 그것이 변명이 아니라 사랑해달라는 요청임을,
있는 그대로 사랑받고 싶은 예쁜 욕구임을 알게 될 거야.

전에는 참 미운 점 많고 이해하기 힘든 세상이었지.
너와 같지 않은 사람들이 참 답답해서 화가 나기도 했었지.
그래서 그들의 있는 그대로를 사랑 없는 눈빛으로 바라본 채
자주 한숨을 쉬고, 자주 상처 돋는 말을 건네곤 했었지.

하지만 이제는 네 내면의 아름다운 변화로 인해
같은 세상, 같은 사람, 그들의 있는 그대로의 빛이 반짝인 채
너에게 사랑스럽게 보이기 시작하고, 그렇게 너,
미움에 빠졌던 세상과 이제는 사랑에 빠지게 되는 거야.

네가 변화를 강요할 때 그들은 자신의 있는 그대로를
훼손당했다는 생각에 늘 저항한 채 네가 미는 만큼의 힘으로
너를 밀어내고, 그렇게 너와의 관계의 수평을 유지하고자 했고,
그래서 너, 늘 더 큰 힘으로 그들을 누르기 위해 애써야만 했고,
그 악순환의 반복 끝에 너, 가득 소진된 채 지쳐야만 했던 거야.

하지만 이제는 힘을 쓰지 않아도 너의 아름다운 변화에 의해
그들의, 너를 향한 마음까지도 서서히 변하기 시작하고,
네가 그들에게 다정하게 권유할 때면 그것이 사랑의 문장임이,
자신을 진정 사랑하기에 해주는 말임이 충분히 가득 느껴지기에
사람들 또한 너에게 마음을 연 채 진심과 최선을 다하게 되는 거야.
힘으로는 할 수 없는 것이 사랑으로는 너무나 쉽게 가능하니까.

그러니 이제는 너의 마음을 먼저 아름답게 색칠해 봐.

미운, 부족한, 답답한, 화나게 하는, 그런 형용사의 물감에
네 마음의 붓을 찍은 채 세상을 칠하던 과거의 습관을 내려놓고
이제는 사랑스러운, 예쁜, 아름다운, 존중받아 마땅한,
충분히 소중한, 있는 그대로 빛나는, 기특한, 고마운, 귀여운,
그 모든 예쁜 색을 지닌 형용사의 물감에 붓을 찍는 거야.

그렇게 그 모든 휘황찬란한 색들로 너의 세상을 칠하는 거야.
네가 바라보고 살아갈 세상은 다름 아닌 네 마음의 붓으로,
오직 너 스스로 그리고 칠하고 창조하고 결정하는 세상이니까.
그것이 너라는 화가가 지닌 자격이자 권능이고, 힘이니까.

그리고 네가 너에게 주어진 그 힘과 자격, 권능으로
이제는 세상을 아름다운 빛으로 바라보고 칠하기 시작할 때,
너의 같은 하루는 모든 것이 전과 다를 게 하나도 없지만,
또한 모든 것이 모든 면에서 전과 완전히 달라지기 시작하고,
바로 그 색의 변화, 그 시선과 마음의 변화가 바로 기적인 거야.

그러니까 기적은 너를 위해 세상 모든 것이 변하는 것도,
너에게 모든 부와 명예가 따라와 너를 가득 채워주는 것도 아닌
다름 아닌 세상을 바라보는 너의 시선과 관점, 마음이 변하는 것,
하여 같은 세상을 이제는 아름답게 바라보고 사랑하기 시작하는 것,
그래서 네 마음에 행복의 꽃이 가득 피어나고 빛나기 시작하는 것,
그렇게 매 순간의 천국을 살아가게 되는 것, 바로 그 변화인 거야.

그러니 이제는 그 기적을 위한 모든 기회의 순간들을 끌어안은 채
네 시선을, 마음을 아름답게 가꾸므로써 변화의 기적을 맞이해줘.

늘 너를 아프게 하는 형용사를 모든 단어 앞에 붙임으로써
스스로 세상과 미움에 빠지고, 지금의 불행에 빠지고,
평화 없는 분노에 빠지고, 그러느라 너, 얼마나 상처받아왔어.
그리고 얼마나 자주 상처를 준 채 외로운 사람이 되어왔어.

그 누구도 너에게 불행의 형용사를 쓰라고 강요하지 않았고,
그 형용사를 쓰는 습관을 스스로 갖추게 된 건
다름 아닌 너 자신의 결정과 선택의 결과였기에 무엇보다 너,
너 자신을 스스로 불행하게 했다는 무의식적 죄책감에,
그 사랑의 상실에 늘 공허함에 시달린 채 불안해해왔잖아.
단 한 번도, 평화로운 안도 안에서 쉬어간 적이 없었잖아.

그러니 이제는 너를 위해 너의 시선을 아름답게 바꿔줘.
전에 쓰던 미움과 불평의 형용사들을 이제는 기꺼이 포기한 채
그것에 사랑이라는 아름다운 색의 형용사를 덧칠하기 시작하고,
그러길 선택하자마자 네 마음 안에서 흐드러지게 꽃 피기 시작하는
기쁨과 행복, 그 가슴 뛰는 설렘을 가득 느끼고, 그럼으로써 너,
무엇이 진정 너를 위한 것인지를 너 스스로 분명하게 안 채
그 어떤 억지도 없는 자발적인 변화의 한발을 내디디는 거야.

기적은 세상을 변화시키려 할 때 나타나는 게 아니고
세상을 바라보는 네 시선과 마음을 변화시킬 때 비로소 나타나는,
네가 너를 스스로 기쁨과 사랑에 가득 젖게 하는 천국의 행복인 것.

그러니 이제는 내일의 천국을 기다리지 말고 지금 이 순간
단 하나의 결정을 함으로써 기적이란 이름의 현재의 천국을,
그 영원한 지금 이 순간의 기쁨과 행복을, 그 다함 없는 평화를,
온 세상과 사랑에 빠지는 지침 없는 사랑을 너의 것으로 소유해줘.

미움과 증오의 환상에서부터 벗어나 사랑의 진실을 바라보는
지고한 지혜의 눈빛, 그 아름다운 시선과 마음의 반짝임으로,
실수를 죄로 보던 판단의 늪, 그 어둠의 무한한 지옥에서 벗어나
인간적인 아름다움을 바라보는 무죄의 선언, 그 광휘의 천국으로,
그 모든 시선의 변화로 인해 내게 임하는 기적이란 이름의 선물.

그렇게 사랑하지 못했던 모든 것들을 사랑하게 됨으로써
사랑하지 못했던 나를 또한 그 사랑으로 감싸 안게 되고,
그 사랑의 평화가 주는 기쁨에 모든 공허와 불안에서 벗어나
영원한 안도 속으로, 그 지금 이 순간의 천국과 행복의 땅에
마침내 닿게 되고, 그렇게 잃었던 나라는 이름의 사랑을
이제는 완전하게 기억하게 됨으로써 비로소 알게 되는 것들.

그 모든 변화의 시작은 다름 아닌 내 오늘의 선택에 있었음을.
미움을 용서함으로써 기꺼이 내게 행복을 주고자 하는 선택,
타인을 사랑함으로써 내 마음의 사랑을 회복하고자 하는 선택,
내게 주어진 모든 것들에 오직 감사함으로써 지난 모든 불평을
만족과 기쁨으로, 그 결핍 없는 사랑으로 대체하고자 하는 선택,
그러니까 바로 그, 내가 미루어왔던, 외면해왔던 오늘의 선택에
처음부터 영원히 내 것으로 정해진 사랑과 행복이 있었음을.

그러니 이제는 선택해줘. 미움이 아니라 용서를, 판단이 아니라
이해를, 불평이 아니라 감사를, 결핍이 아니라 사랑을,
그러니까 결코 너일 수 없는 것들이 아니라 진정으로 너인 것들을.

네가 마주하는 오늘의 모든 것들에 네가 붙이고 칠하는
그 형용사의 색을 이제는 사랑과 아름다움의 색으로 물들임으로써.
하여 매 순간 너에게 주어진 기적의 기회를 선물로 끌어안음으로써.

공허함에 사무칠 때.

공허함은 마음의 간절한 외침이야.

이제는 네 존재의 목적과 이유를 기억해달라는,

그렇게 이제는 하루의 행복을 되찾아달라는,

하여 너의 있는 그대로의 모습을 되찾아달라는,

그 간절하고 절절한 마음의, 너를 위한 울림인 거야.

그러니까 마음은 언제나 공허함을 통해

너에게 신호를 보냄으로써 너의 중심을 잡아주고자 하는 기야.

그래서 네가 아프게만 생각한 채 미워했던 공허는

사실 마음이 너에게 건네는 아름다운 선물이자,

그 무엇보다 너를 위한 사랑이 담긴 다정한 문장인 거야.

하루하루 내면의 성숙을 추구하기 위해 삶을 선택한 채

이곳에 태어나 존재하고 살아가고 있는 너는

어느새 그 성숙이란 이름의 네 사명과 존재의 이유를 잃었고,

하여 미움과 욕망, 탐닉과 이기심, 그 사랑 아닌 것들에

스스로 젖어드느라 마음의 빛을 상실할 수밖에 없었던 거야.

그렇게 언제 해맑게 웃었는지, 그걸 기억하지도 못할 만큼

불행의 시간을 하염없이 걸으며 너의 있는 그대로인 사랑을,

그 태초부터 영원한 너 자신의 진실한 이름을 까마득히 잊은 채

이유를 알 수 없는 슬픔과 텅 빈 마음의 허기에 사무쳐 너,

모든 기쁨과 행복의 빛을 잃은 채 시들어지고 희미해져갔고,

하여 존재의 목적을 상실했다는 공허에 사무칠 수밖에 없었던 거야.

그러니 이제는 공허라는 이름의 사랑의 울림을 외면하지 말아줘.
그 누구보다 너를 사랑하는 마음은 너에게 말하고 싶었던 거야.
이제는 네가 태어나 존재하길 스스로 선택했던,
하여 참 간절히도 이곳에 오길 순수하게 고대하고 열망했던,
그 태어남 이전의, 육체를 입기 전의 영혼의 각오와 다짐을
반드시 기억한 채 성숙을 향해, 사랑의 완성을 향해 나아가달라고.

너의 불행과 아픔을 바라보고만 있을 수 없었던 마음은,
단 한 순간도 빼놓지 않고 너에게 이제는 행복해달라고 외쳤고,
하지만 세상과 너무 가까워진 너는 그 소리를 전혀 들을 수 없었고,
그래서 마음은 네가 들을 수밖에 없는, 알아차릴 수밖에 없는
공허라는 이름의 아픔을 통해 너에게 울부짖기 시작한 거야.

그래서 너, 지금 공허에 사무쳐 아파할 수밖에 없었던 거야.
그러니 너, 그 공허함이 아파서 눈물이 쏟아질 만큼 힘들다면
이제는 마음이 너에게 외치는 그 간절한 울림에 귀 기울여줘.
그렇게 이제는 너 자신의 영원한 이름을 되찾기 위한,
네 존재의 목적과 이유를 완성하기 위한 여정을 시작해줘.

그러니까 주어진 매 순간 안에서 성숙하며 나아감으로써
너로부터 흩어져 떨어진 사랑의 조각을 되찾아 나가는 거야.
그렇게 이제는 사랑이라는 너 자신의 영원한 이름을 되찾는 거야.
하여 태초부터 영원히 너, 단 한 순간도 빼놓지 않고 너,
사랑이 아닌 적이 없었던 사랑 그 자체였음을, 존재 자체로
눈부시게 빛나는 완전한 사랑이었음을 이제는 기억해내는 거야.

자신이 누구인지를 까마득히 잊은 자, 목적을 잃고 유람하는 자,
사랑을 잃고 방황하는 자의 마음은 공허할 수밖에 없는 거니까.

여태, 공허에서 벗어나기 위해 늘 외부에서 헤매왔던 너잖아.
하지만 너의 가슴은 여전히 텅 빈 공허에서 벗어나지 못했고,
그건 네가 행복이 없는 곳에서 행복을 찾았기 때문이야.

행복은 네 마음 안에 있는데, 네가 그 진짜 행복을, 그 빛을,
그 사랑을 한 번 흘낏 바라본 채 아주 잠깐이라도 느껴 본다면 너,
다시는 오해할 수 없을 만큼 그 진실을 알 수밖에 없는데,
여태 그 한 번을 바라보지 않은 채 너, 외부에만 매달려왔던 거야.

그러니 이제는 행복이 있는 곳에서 행복을 찾는 네가 되어줘.
그렇게 지금의 이 지독하게 슬픈 공허에서부터 벗어나
너의 기쁨과 예쁜 웃음을, 너라는 이름의 사랑을 되찾는 거야.
그 한 번의 바라봄을, 그 첫걸음을, 그러니까 이제는 내디딤으로써.

그 첫걸음을 시작으로 공허가 밉고 두려워 외면하기 위해
외부에 더 크게 탐닉하는 식으로 마음의 간절한 울림을 피해왔던,
그렇게 외부로 숨 가쁘게 도망쳐왔던 이전의 습관에서부터 벗어나
이제는 공허가 너를 위한 마음의 선물임을, 사랑의 외침임을 안 채
너의 마음에 깊게 감사하며 네 마음, 사랑으로 바라봐주고 안아줘.

그렇게 네가 마침내 너의 내면을 바라보기 시작할 때,
여태 네가 얼마나 많은 성숙의 기회를, 사랑할 기회를,
이해하고 용서할 기회를 놓친 채 도망쳐왔는지를 알게 될 거야.
그래서 너, 너의 마음에게 눈물을 흘리며 용서를 구하게 될 거야.
그리고 너의 마음은 너를 단 한 번도 미워한 적 없이 사랑했기에
너의 그 사과를 기쁨과 함께 받으며 너에게 빛을 건네줄 거야.
모든 공허를 순식간에 몰아낼 만큼의 사랑의 빛을, 행복의 빛을.

그러니 이제는, 너를 위한 그 사랑의 한 발을 꼭 내디뎌줘. 오직 지금.

어두운 하늘의 비처럼 공허가 내 마음 안에서 쏟아질 때
나는 그 흐린 날의 공허가 두려워 애써 외면한 채
흐리지 않은 맑은 날의 바깥을 바라보고자 해왔던 거야.

하지만 내 마음 안에 맑게 갠 밝은 빛이 임하지 않을 때,
나는 그 흐리고 어두운 마음으로 모든 세상을 바라보게 될 것이고,
그래서 아무리 밝은 외부를 찾고 바라본들 그곳에서는 결코
나의 구원을, 나의 천국을, 나의 행복을 찾을 수 없었던 거야.

결국 나는 내 마음의 하늘로 세상을 바라볼 수밖에 없으니까.
그게 바로 하늘나라는 네 마음 안에 있다는 말의 진정한 의미니까.
그러니까 지금 이 순간의 천국과 지옥, 그것을 결정하는 것은
다름 아닌 내 마음의 빛과 사랑, 평화와 맑고 순수한 빛인 거니까.

그러니 이제는 그것을 분명하게 앎으로써 더 이상 도망가지 말아줘.
여태 너의 바라봄만을 기다려왔던 네 마음에게 바라봄을,
그 따뜻하고 사랑 가득한 눈빛을 전해줌으로써 가득 안아주는 거야.
그렇게 바라봄의 빛이 가득 흘러내려 네 마음의 어두운 공허를,
흐리고 어두컴컴한 날씨를 몰아낼 수 있게 그 진실의 빛에게
네 마음속 모든 어두운 먹구름을 대신할 자리를 내어주는 거야.

그 한 번의 시선과 따뜻한 끌어안음, 그것만을 애타게 기다리며
마음은 너에게 한 번을 쉬지 않고 공허라는 아픔을 통해 외쳐왔고,
그러니까 네가 이제는 행복해지기만을 간절히 소원하는 마음에게
괜찮다고, 여태 얼마나 외롭고 아파왔냐고, 두려워왔냐고,
내가 참 미안하다고, 이제는 외면하지 않고 마주하고 바라보겠다고,
참 따뜻하게도 말해주며 너의 온기가 없어 잔뜩 시들어져버린,
텅 비어버린 네 마음을 그 사랑의 따스함으로 안아주고 채워줘.

결국 공허는 사랑의 반대말이었고, 그래서 네가 공허를 채우기 위해
사랑이 아닌 탐욕과 욕망, 그 모든 외부로의 탐닉을 선택할 때
그건 여전히 사랑의 반대말이기에 너, 공허할 수밖에 없는 거야.

그래서 공허를 치유하기 위해 필요한 건 다름 아닌 사랑을 꼭 닮은
이해와 용서, 감사와 예쁜 웃음, 내려놓음과 받아들임,
그 모든 사랑의 동의어를 스스로 선택하고자 하는 의지였고,
마침내 네가 그 사랑을 선택할 때 너, 공허로부터 구원되는 거야.

그러니 너 자신만이 구해낼 수 있는 너를, 너의 마음을,
이제는 그 사랑의 의지로 구해낸 채 꽉 찬 행복을 누려줘.
다른 그 무엇도 너를 구해낼 수 없다는 것을 앎으로써
외부에서부터 구원을 얻을 수 있다는 환상에서부터 벗어나줘.

내 모든 진심을 다해 나, 네가 행복했으면 좋겠어.
다시 순수하고 예쁜 웃음을 찾았으면 좋겠고,
잃었던 감사를 되찾은 채 만족과 풍요를 누렸으면 좋겠어.
무엇보다 사랑받기 위해 태어나 사랑받기 참 마땅한 너임을 알고
너 자신을 사랑해줬으면 좋겠고, 그렇게 눈부시게 빛났으면 좋겠어.

하지만 내가 아무리 소원하고 바란들, 네가 선택하지 않으면
너는 내가 너에게 바라는 그 소원을 결코 누릴 수 없을 것이기에
나, 그 모든 소원에 앞서 네가 선택하기를 소원해.
이제는 행복을, 사랑을, 너 자신을 바라봐주고 안아주는 따뜻함을.

부디 내 소원이 내일이 아니라 오늘 네 마음에 닿아서
지금 이 순간 네가 그 선택을 내리는 데 작은 보탬이 되기를,
하여 너, 반드시 오늘, 행복하기를. 오늘, 예쁘게 웃기를 바라.

히틀러와 마더 테레사.

문득 그런 생각이 들 때가 있어.
늘 사람들에게 상처와 피해를 주고, 차갑고 이기적이고,
그럼에도 자기 자신밖에 몰라 변화의 여지가 없는,
그런 사람들은 이 세상에 왜 존재하는 걸까, 하는.

그래서 그런 유의 사람들은 사라졌으면 좋겠다,
그러면 이 세상, 참 따뜻하고 아름다워질 텐데,
나도 더 이상 세상을 경계하고 방어적인 필요기 없을 텐데,
하여 예쁜 사람들과 마음껏 다정하게 함께할 수 있을 텐데,
하는 그런 생각에 답답하고 화가 날 때가 있어.

그리고 너와 같이 그런 생각을 했던 과거의 사람들 중에는
히틀러도 있고, 테레사 수녀님도 있어.
그리고 히틀러는 독재를 시작한 채 사람들은 선동하고,
또 무자비한 학살자가 되어 유대인들을 죽이고 가뒀고,
전쟁을 일으켜 참 많은 무고한 희생자들을 만들어냈지.

하지만 테레사 수녀님은 그런 생각이 들 때마다
히틀러와 같이 바깥에서 모든 문제를 찾은 채 외부를 미워하고,
하여 외부를 강압하는 식으로 변화를 이루어내고자 하지 않았어.
오직 그런 세상을 바라보는 자신의 시선과 마음을 바꾸고자 했고,
그러기 위해 늘 기도하고 명상하며 깊은 마음으로 진실을 청했고,
그렇게 그러한 생각들을 끝내는 딛고 초월한 채 연민과 사랑이라는
그 진정한 진실에 닿아 아름다운 내면의 성숙을 완성해낸 거야.

그리고 너의, 세상에 대한 그러한 생각은
히틀러와 테레사 수녀님의 생각, 그 사이 어디쯤에 있을 거야.
하나의 긴 선을 긋고 그 선의 가장 왼쪽을 가장 진한 어둠과 검정,
가장 오른쪽을 가장 진한 빛과 흰색이라고 한다면 너의 생각과
네 존재의 성숙은 그 사이 어딘가의 희미한 빛과 회색이겠지.

그리고 네가 앞으로 어느 쪽을 향해 갈지는,
지금부터 네가 누구처럼 마음먹고 생각하느냐에 달린 거야.
그 결정에 따라 너는 테레사 수녀님의 흰색에 가까워질 수도,
히틀러의 검정에 더욱 가까워질 수도 있는 거니까.

그리고 너의 마음은 이미 네가 가야 할 방향을 알고 있는 거야.
그래서 네가 잘못된 길로 갈 때는 너에게 공허와 불행,
슬픔과 불안함, 그러한 신호를 통해 너의 길을 안내해주려 할 테고,
제대로 된 길로 갈 때는 기쁨과 꽉 찬 행복, 평화와 고요,
그 사랑의 아름다운 신호를 통해 너의 길을 지지해주려 할 거야.

그러니 이제는 네 마음의 소리에 귀를 기울여 봐.
그리고 너의 진실한 행복을 위한 결정을 내리는 거야.
결국 천국과 지옥, 그것은 같은 생각을 어떻게 바라보고,
하여 어떤 방식으로 삶을 실현하느냐, 그 한 끗에 달린 거니까.

히틀러와 테레사 수녀님 모두 삶에 대한 깊은 고민이 있었고,
또 사람에 대한 섬세한 관찰력이 있었어.
그래서 남들보다 더욱 짙고 깊게 사람의 이기심을 느꼈을 거고,
또한 그들은 사람의 마음을 울리고 움직이는 카리스마가 있었지.
하지만 그들이 선택하고 결정한 그 한 끗의 실현에 따라
그들이 도착한 곳은 완전한 극과 극, 천국과 지옥이었던 거야.

히틀러는 '힘'을 사용하여 사람들을 통제하고자 했고,
자신과 다른 뜻을 가진 사람들은 굴복시키고자 했어.
테레사 수녀님은 '사랑'을 사용하여 사람들을 고쳐시켜줬고,
자신과 다른 뜻을 가진 사람들의 마음은 안타깝게 여긴 채
그들이 사랑받아 마땅한 존재임을 스스로 알 수 있게 사랑해줬고,
그로부터 진실하고도 영원한, 아름다운 내적 변화를 일으켜줬어.

히틀러는 자신의 카리스마로 사람들을 움직여 전쟁을 일으켰고,
수많은 사람들이 타인을 증오하고 미워하게 만들었어.
테레사 수녀님은 자신의 카리스마로 사람들을 움직여
사랑의 봉사에 동참하게 했고, 수많은 사람들이 이 세상과 사람을
더욱 용서하고 이해하게, 더욱 마음을 디해 사랑하게 만들었어.

그리고 히틀러는 그 힘을 사용한 대가로 저항하는 힘을 만들었고,
하여 자신이 선택한 결과로 인해 결국에는 파멸을 맞이했고,
그렇게 우리는 히틀러 같은 사람은 되지 말아야 한다고 배웠지.
하지만 테레사 수녀님은 그 사랑을 사용하는 대가로
온 세상의 사랑을 끌어당겼고, 하여 평화와 사랑의 상징이 되었고,
그렇게 우리는 테레사 수녀님 같은 사람이 되어야 한다고 배웠지.

그리고 지금 너의 미래가 너의 선택을 기다리고 있는 거야.
사랑을 선택할지, 증오를 선택할지, 천국을 선택할지,
지옥을 선택할지, 하늘을 선택할지, 땅을 선택할지를 말이야.

그리고 너의 마음은 이미 그 답을 알고 있는 거야.
그렇다면 우리, 망설임 없이 빛과 사랑, 그 하얀 순수를 향해,
하늘과 천국을 향해, 그 지고한 기쁨과 행복을 향해 나아가자.
지금 이 순간의 네 선택이 네 미래의 운명을 결정지을 테니까.

존재하는 매 순간의 선택이 너에게 천국과 지옥을 묻고 있고,
하여 너, 그 선택으로 인해 행복 혹은 불행의 답을 받게 되고,
그렇게 네 존재의 색은 더욱 짙은 회색, 혹은 더욱 엷은 회색,
그 검정과 흰색을, 어둠과 빛을 입은 채 매 순간 변하는 거야.

그래서 네가 마주한 지금 이 순간은
그 변화를 위한 완벽한 기회이자 계기이며, 선물인 거야.
용서하고 사랑함으로써 더욱 하얀 빛을 입을 기회,
하여 존재만으로 빛나는 사랑 그 자체가 될 기회 말이야.

그러니 이제는 그 소중한 기회를 미움에 쓰느라,
분노와 증오에 쓰느라, 무기력과 슬픔에 쓰느라 낭비하지 말아줘.
너의 그 대수롭지 않은 무의식적 선택의 결과에 의해,
그 한 끗의 선택으로 인해 너, 천국과 지옥을 결정하는 거니까.

그 선택이 쌓이고 쌓여 입게 될 너라는 존재의 색이, 그 운명이,
하여 더욱 아름다운 순수의 빛이 될 수 있게 이제는 용서를,
사랑을, 이해를, 받아들임을, 존중을, 감사를 선택하는 거야.
그렇게 너, 불행의 지옥이 아닌 행복의 천국을 향해 걸어가는 거야.

세상이 너의 마음에 차지 않을 만큼 차갑고 이기적이라는 거,
늘 상처를 주고 아프게 한다는 거, 내가 왜 모르겠어.
하지만 우리에게 이 세상이 성숙과 사랑의 기회이듯,
그들에게 또한 이 세상, 그들의 성숙을 위한 나름의 기회인 거야.

그래서 사실 그 기회를 그렇게 쓰고 있는 그들은
안타깝고 불쌍한 사람들일 뿐이며, 그것에 보탤 미움은 없는 거야.
그들은 이미 그들의 선택으로 인해 검정 지옥에 닿고 있으니.

무엇보다 네가 너에게 주어진 기회를 세상을 미워하는 데 쓴다면,
너 또한 너 자신의 선택으로 인해 검정 지옥에 닿게 될 거야.
그 미움으로 인해 지금 너, 벌써부터 하루의 평화를 잃고, 웃음을 잃고,
기쁨을 잃은 채 가득 아파하고 있고, 그러니까 그게 그 증거인 거야.

그러니 이제는 너, 세상과 타인의 그러한 면들을 미움에 쓰지 말고
용서와 사랑의 기회로, 따뜻한 연민을 향해 나아갈 기회로 여겨줘.
그렇게 존재만으로 타인의 마음에 아름다운 변화를 일으킬 만큼,
기쁨과 평화의 흐드러진 꽃을 피울 만큼 가득, 사랑이 되어줘.
매 순간 더욱 사랑이 될 기회를, 사랑하는 데 씀으로써 말이야.

결국 세상을 변화시킬 수 있는 건 힘의 행사가 아니라
사랑의 끌어당김인 것이고, 그 아름다운 내적 성숙인 거니까.
힘은 결국 숱하게 많은 저항하는 힘을 마주하게 될 것이고,
하여 힘을 사용하는 자, 그 결과로 인해 스스로 무너지는 거니까.
하지만 사랑은 그 어떤 저항도 없이 끌어안으며, 하여 느리고
더디지만 영원하고도 진실한 변화를 이루어내는 유일한 것이니까.
그러니까 사랑이야말로 진짜 힘이라 할 수 있는 유일한 힘이니까.

그러니 이제는 세상에서 문제점을 찾은 채 세상을 미워하기보다
문제가 보일 때마다 너 자신의 성숙을 완성할, 천국을 완성할
그, 아름다운 선물로 여긴 채 용서와 사랑을 실현하는 네가 되어줘.
그렇게, 매 순간의 선택으로 반드시 행복을 되찾는 네가 되어줘.

죽기 전에 단 한 번이라도 만나보고 싶은 간절한 사람,
존재만으로 존경받고, 눈빛만으로 치유하는 빛나는 사람,
사랑받아 마땅한 나라는 걸 알게 해준 고맙고 은혜로운 사람,
그 진짜 빛나는 네가 되는 건 오직 지금, 네 선택에 달린 거니까.

예민해서 쉽게 상처받을 때.

예민해서 쉽게 상처받는 너에게
나, 꼭 말해주고 싶은 게 있어.

예민함이란, 남들이 바라보지 못하는
작은 변화마저도 깊이 알아차린 채
그것에서부터 무엇인가를 느끼고,
또 표현할 줄 아는 섬세한 마음가짐이야.

그래서 예민한 너는 타인의 보이지 않는 친절,
수고와 노력, 그것을 지나치지 않은 채
고맙다고, 참 수고했다고 표현할 줄 알고,
그렇게 사람들의 기쁨을 고취시켜주는 사람이야.

같은 하늘에서도 너는 참 깊은 아름다움을 느낀 채
그 하늘에 감사할 줄 알고, 감명받을 줄 알고,
그래서 같은 하루를 살아감에 있어서도 너는
그 하루를 살아가는 깊이가 달라서
참 많은 것을 느끼고 새긴 채 성숙하는 사람이야.

그 누구도 자신의 마음을 알아주지 못한다며
홀로 속상해하고 있는 사람도 네 곁에서는
말하지 않아도 공감과 위로를 받을 수 있기에
너는 그 사람들에게 살아갈 힘과 용기를 주는,
그래서 참 사랑받는 예쁘고 따뜻한 사람이야.

하지만 예민해서 때로는 크게 상처받기도 하는 너야.
남들이 너를 바라보는 작은 표정 변화와 너에 대한 감정,
그 사소한 무관심과 불친절함까지 너는 속속들이 느끼기에
속상한 일도 잦고, 또 외롭다고 느끼는 일도 참 많으니까.

그저 지나칠 수 있는 일도 너무 깊게 너의 마음에 닿기에
너는 오래도록 그 일에 골몰해야 하고, 곱씹어야 하고,
그래서 하루의 다른 소중함을 놓치기도 하고,
잠에 드는 데도 남들보다 더 오랜 시간이 걸리기도 해.
그래서 때로는 그런 너로 살아가는 일이 참 버겁기도 하지.

누군가가 서운함과 아픔을 느끼지만 겉으로는 꼭꼭 숨길 때
그게 너에게는 훤히 보여서 너, 지나칠 수 없고,
그래서 그걸 풀어주느라 너의 힘과 감정을 참 많이도 쓰고,
때로는 그게 참 무거워서 소진되고 지칠 때도 많아.

타인의 작은 이기심조차도 너에게는 너무 크게 닿기에
때로는 세상이 크게 밉기도 하고, 그래서 너의 마음 안에는
너를 아프게 하고 힘들게 하는 분노가 가득 쌓여있기도 해.

좋은 사람, 나쁜 사람, 그 기준도 얼마나 섬세하고 촘촘한지
조금만 선을 넘는 사람이 있으면 그 사람을 밀어내야 하고,
그렇게 세상이 아름답고 선해지기를 늘 기도해야 하는 너야.

딱 봐도 좋지 않은 사람인데, 그걸 모르는 둔한 사람들이 답답하고,
그래서 네가 나서서 설명하지만, 사람들은 여전히 그걸 못 느끼고,
그래서 너무 많은 감정을 담아 말하다 보니 그들을 위한 말이
괜한 오해를 사서 너 자신만의 미움처럼 여겨지는 일도 참 많지.

맞아. 너의 예민함에는 분명한 밝음과 어두움이 있고,
그래서 너는 예민함 덕분에 행복할 수도,
예민함 때문에 더 큰 불행에 갇힐 수도 있는 거야.
그러니 늘, 그 밝은 면을 더욱 키우기 위해 노력하고
어두운 면을 줄이기 위해 네 마음의 정성을 다했으면 해.

남들은 눈치채지 못하지만 너의 눈에는 늘 들어오는
타인의 실수와 악고 거짓된 마음, 그러한 것들을 보는 일에
너의 예민함을 사용하느라 미움과 분노에 빠지기보다
이제는 장점과 예쁜 마음, 그러한 것들을 더욱 찾고 발견함으로써
타인을 고쳐시켜주고 지지해주는 것에 네 예민함을 사용하는 거야.

그러니까 빛에 너의 시선을 더욱 둔 채 그 밝기를 더욱 키워가고
어둠으로부터는 너의 시선을 거둔 채 그 어둠, 소멸시켜가는 거야.
그렇게 너, 예민해서 쉽게 상처받고 쉽게 화내던 너에서
예민해서 참 섬세하고 촘촘하게 사랑하고 사랑받는 너로,
너 자신의 행복을 위해 네가 있을 자리를 서서히 옮겨가는 거야.

지금 너의 마음 안에는 얼마나 많은 답답함이 쌓인 채 곪아있니.
분노와 미움, 압박감, 부담감, 어떤 억울함, 그 답답함의 잔해들이
네 마음 안에서 해소되지 않은 채 남아서 너는 자주 짜증스럽고,
그 감정이 이제는 감당이 안 되어 외부를 향해 표현하게 되고,
그렇게 어느새 예쁘고 다정하던 너는 온데간데없고 쉽게 화내는,
그 울퉁불퉁한 너만이 남아 세상과 사람들을 미워하게 되었잖아.

그리고 그 마음으로 인해 가장 힘든 사람이 바로 너잖아.
그러니 이제는 너의 예민함을 너의 행복을 위해 사용해줘.
너의 그 섬세함으로 어둠을 피하고 빛을 더욱 선택함으로써.

고작 이런 내가 되려고 나, 이토록이나 애쓰며 존재해왔던 걸까.
나로서 살아가는 내가 나조차도 불쌍하게 여겨질 만큼
나라는 사람의 성향으로 세상을 살아가는 일이 참 벅차고 고돼서
이제는 두 다리가 버틸 수가 없을 것만 같아. 무너질 것만 같아.

사람들의 알팍한 이기심과 겉으로는 아닌 척 다정하게 웃지만
그 속은 타인을 이용하고자 하는 욕망에 사로잡힌 새까만 검정.
그 차갑고 어두운 마음들이 너무나도 선명하게 보여서 이제는 나,
더 이상 사랑할 수 없을 것만 같아. 살아갈 수 없을 것만 같아.

그런 생각에 예민함이 짜증으로 바뀌어 더욱 북받쳐 오르고,
그래서 주어진 소중한 하루를 포기한 채 모든 것을 뒤로하고
무기력과 우울에 젖어 그저 쉬고만 싶다는 생각이 들 만큼
모든 감정과 에너지를 잔뜩 소진한 채 기진맥진하고 있는 너.

그건 네가 너의 예민함을 너를 아프게 하는 데 써왔기 때문이야.
그래서 너에게는 그 따가운 예민함을 따뜻한 예민함으로,
참 촘촘하고 섬세한 다정함으로 살짝 바꿔줄 필요가 있을 뿐이야.

너무나도 뻔히 보이는 실수에 답답함이 치밀어오르던 너에서
이제는 그 실수를 잘 발견하기에 타인을 더욱 잘 이끌어주는 너로,
너는 그런 실수가 잦으니까 앞으로는 이런 식으로 해보면 어떨까,
하고 다정하게 권유하고 기다려줄 줄 아는 그 따뜻한 마음의 너로,

장점보다 단점이 더 많은 사람은 많지만, 장점이 전혀 없는 사람은
이 세상에 거의 존재하지 않으며, 무엇보다 예민한 너는 그래서
그 누구보다 그 장점을 찾고 발견할 수 있기에 그걸 바라봄으로써
타인의 빛을 더욱 고취시켜주는 너로, 그렇게 옮겨가는 거야.

사소한 불친절과 무관심에 일일이 서운해하던 너에서 이제는
그 반응을 줄인 채 고요하고 초연한 마음의 중심을 지닌 너로,
그렇게 너 자신을 사랑하는 마음으로 너의 행복을 지키기 위해
스쳐 지나갈 수 있는 것은 거뜬히 스쳐 지나가는 그 지혜로,

하지만 아름다움과 예쁨은 결코 스쳐 지나가지 않은 채
스스로에게 더욱 깊고 자세하게 보여주고 들려주는 너로,
하여 네 마음 안에 아름다움과 선함이 더욱 넘쳐흐르도록,
그렇게 너라는 존재 자체가 그 아름다움이 되도록 옮겨가는 거야.

예민한 너라서, 그 누구보다 빨리 배우고 성숙하는 너잖아.
마주하는 모든 세계로부터 깊은 마음을 느끼고 새길 줄 알기에
너라는 사람의 밀도와 채도는 그 누구보다 빨리 짙어져왔잖아.
그래서 이 배움 앞에서도 누구보다 잘 해낼 너야. 나는 믿어.

지금 이토록이나 짜증이 가득한 채 무너질 것만 같은 것도
결국 누구보다 깊게 배우고 성숙하는 너라서 그런 거야.
그래서 그 성숙의 기회가 너에게 이토록이나 빨리 찾아온 거고,
너는 반드시 지금의 이 아픔을 잘 이겨내 더욱 아름답게 빛날 거야.

결국 아픔은 그 아픔을 감당할 수 있을 만한 사람에게,
그 사람이 감당할 수 있을 만큼의 크기로 찾아오는 거니까.
그래서 예민해서 남들보다 자주 아픔을 앓아왔던 너는
그 누구보다 깊고 아름다운 사람이 될 수 있었고,
또 그래서 지금의 아픔 또한 누구보다 빨리 맞이하게 된 너니까.

그러니까 너, 반드시 예민해서 더 자주 행복한 네가 될 거야.
그런 자격이 있는 너라서 지금의 아픔을 선물로 맞이한 너니까.

자주 서운할 때.

자꾸만 사소한 일에도 서운함을 느끼는 일이 잦아서
하루를 살아가기가 무엇보다 지치고 힘든 너에게 나,
그 서운함을 네 마음의 빛과 사랑을 회복하고 관대함을 되찾을
그 성숙의 기회로 여긴 채 그 서운함에서부터 배워달라고,
그렇게 외부로부터 네 마음의 평화를 상실하지 않을 수 있는
그 단단한 자존감을 소유하는 선물의 시간으로 완성해달라고,
그렇게 지금 네가 마주하고 있는 서운함을 통해 너,
지금보다 훨씬 강렬한 내면의 위대함과 아름다운 빛과 함께하는
그런 네가 되어달라고, 그 기회를 놓치지 말라고 말해주고 싶어.

사실 외부의 그 무엇도 너를 서운하게 만들 수 없어.
오직 너 자신만이 너를 서운하게 만들 수 있고,
왜냐면 서운함의 근원은 오직 네 안에 있기 때문이야.

지금 너의 서운함이 올라오는 그 장소를 한 번 느껴봐.
네 마음 안에서 폭풍처럼 휘몰아치는 서운함의 감정과
그 감정에 의해 솟아오르는 서운함을 울부짖는 내면의 목소리들,
미움이 들끓어 상대방을 향한 사랑의 눈빛을 증오로 바꾸고,
하여 상대방을 향해 마음과 말의 문을 꼭 닫게 만드는 왜소함,
그 모든 서운함이 올라오고 있는 곳은 바로 네 마음 안이잖아.

그래서 너, 서운함의 근원을 바깥에서 찾은 채 바깥을 탓하고,
끝없이 미워하고, 그래서는 그 서운함, 결코 극복할 수 없는 거야.
서운함이 올라오는 근원은 정확히 네 마음 안, 바로 그곳이니까.

여태 서운함의 근원을 바깥에 둔 채 바깥을 미워하느라,
하여 상대방을 변화시키려 애쓰느라 너, 얼마나 많이 힘들었어.
그러는 동안 너의 관계는 그 부정성이 쌓이고 쌓여서
이제는 회복하기가 힘들 만큼 낡고 오래된 증오로 가득 물든 거야.
그래서 서로를 바라보는 눈빛에는 더 이상 사랑이 존재하지 않고,
오직 공허와 차가움, 미움과 증오, 그 상처만이 가득해진 거야.

무엇보다 자주 서운해하는 그런 너의 상향으로 인해
이 세상을 살아가기가 가장 두렵고 힘든 게 바로 너잖아.
그게 너무 두렵고 아파서 타인이라도 탓해야만 했고,
그렇게 타인을 변화시켜서라도 너의 안전을 찾으려고 했던 거잖아.

괜찮아. 다만 잘 몰랐을 뿐이고, 이제는 더 잘 해내면 되는 거야.
그러니까 너의 안전은 다름 아닌 네 마음에서만 찾을 수 있고,
하여 네가 너의 마음의 빛과 사랑을 회복하며 나아갈 때,
그때야 비로소 그 무엇으로부터도 상처받고 훼손당하지 않는
찬연히 빛나는 진짜 너, 그 강하고 아름다운 네가 되어 진짜 안전을
내면에 소유한 채 두려움 없는 평화의 세계를 마주하게 된다는 것,
이제는 그것을 앎으로써 네 마음을 변화시키며 나아가면 되는 거야.

그러니 지금 네 마음 안에 서운함을 들끓게 하는 일이 있다면
이제는 그 서운함과 하나 되기보다, 그렇게 서운함을 실현하기보다
그 서운함, 오직 네 마음 안에서 일어나고 있는 환상임을 안 채,
사실 너는 그 무엇에도 서운할 수 없는 완전한 존재임을 기억한 채
오직 내려놓고, 그렇게 네 마음의 위대함을 되찾고 회복할 선물로,
더 다정하고 너그러운 너, 그 진짜 너를 기억해낼 선물로 끌어안아줘.

네가 지금 이 기회를 놓친 채 서운함을, 그 왜소함을 실현한다면
너, 다음에도 그럴 테고, 그래서 오직 지금, 간절히 선택함으로써.

바깥에는 너를 서운하게 만들 힘도, 자격도 없는 거야.
왜냐면 지금 서운할지, 서운하지 않을지, 왜소할지, 위대할지,
환상을 선택할지, 진실을 선택할지, 그 어둠과 빛을 결정하는 힘은,
그 자격과 권한은 오직 너 자신에게 있고, 네가 선택하는 거니까.

저 하늘의 태양을 봐. 때로 구름이 낀 채 눈에 보이지 않지만,
그렇다고 해서 태양이 사라진 것도, 그 빛이 줄어든 것도 아니잖아.
그리고 너라는 존재도, 그 빛과 위대함도 마찬가지로 그런 거야.
너는 외부의 무엇에도 훼손당할 수도, 상처받을 수도 없는 빛이며,
오직 너만이 그럴 수 있다고 잘못 보고 착각할 수 있을 뿐인 거야.

그러니까 네 마음 안에서 서운함이 느껴질 때마나 명심해.
실재는 위협받을 수 없고, 비실재는 존재하지 않는다는 것을.
그러니까 진짜 너는, 그 빛은 그 무엇에도 상처받을 수 없고,
상처받을 수 있다고 믿는 그 모든 생각과 관념은 환상이라는 것을.

정말로 너는 그런 사람이란다. 언제나 그런 빛이자, 사랑이란다.
그러니까 태초부터 영원히 단 한 번도 빛과 사랑이, 그 완전함이
아니었던 적이 없는 너를 너 스스로 왜소하게 여기고 만들지 말아줘.

매 순간의 서운함이 너를 찾아올 때마다 너에게 묻는 거야.
또다시 서운함을 선택한 채 외부에 의해 상처받을 수도,
흔들릴 수도, 훼손당할 수도 있는 왜소한 너로 너 자신을 여길래,
아니면 이제는 그 서운함을 내려놓은 채 초연하게 반응하고,
진실을 직시한 채 완전함을 지켜내고, 하여 평화를, 그 진짜 안전을
너의 것으로 소유한 채 너를 위대한 너로 여길래, 하고 말이야.

그러니까 이제는 그 서운함을 성숙의 선물로 여긴 채 끌어안아줘.

문득 타인의 무심한 말투, 무관심한 표정에 상처받은 채
가득 서운해하던 평화를 상실한 어떤 흐린 날의 내 마음,
그렇게 그 서운함을 곱씹은 채 서운함을 현실로 만들어내고,
하여 들끓는 미움과 분노의 억센 비를 가득 쏟아내지만
그 비가 쏟아지는 곳, 그 근원은 다름 아닌 내 마음 안이라는
그 진실로 인해 도리어 아픔에 흠뻑 젖어버린 그 어떤 날의 나.

그래서 내가 아무리 정당한 이유로 서운함을 느낄지라도,
그 서운함으로 인해 가장 아플 사람은 바로 나 자신이라는 것,
그리고 그 서운함을 내려놓을 때 가장 행복할 사람도,
평화를 가득 누린 채 자유로울 사람도 바로 나 자신이라는 것,
그 진실을 앎으로써 서운함을 내 마음의 빛과 사랑을,
평화와 기쁨을 되찾을 기회로 여긴 채 진짜 안전을 되찾는 나.

작은 일에도 서운함을 느낀 채 아파하던 왜소한 나에서,
그렇게 웬만한 일에는 평화를 거뜬히 지켜내는 위대한 나로,
서운함이 아파서, 서운하지 않기 위해 타인을 통제하고자 하고,
그들의 반응과 표정까지도 강압하고자 하던 힘 없는 나에서,
이제는 서운함의 근원이 내 마음 안이듯 행복의 근원 또한
내 마음 안에 있다는 앎으로 외부의 무엇에도 불구하고 행복한,
행복을 느끼고 지켜낼 줄 아는 힘과 권능을 완전히 회복한 나로.

그 모든 아름다운 변화는 지금 이 순간 나를 찾아온 서운함을
여전히 서운할 계기로 여기느냐, 내려놓고 위대한 내면의 빛을,
그 무엇에도 줄어들거나 사라지지 않는 그 나라는 존재의 빛을
되찾을 계기로 여기느냐, 바로 그 찰나의 선택에 달린 거야.

그러니까 이제는 왜소함 대신에 위대함을, 그 빛을 선택해줘.

너무나도 쉽게 서운함을 느끼고 감정적으로 흔들리는 나라서
평화와 안전을 상실했고, 그래서 내가 선택한 방법은
다름 아닌 외부를 통제함으로써 내 안전을 지키고자 하는 거였어.
하지만 그 방법은 언제나 그곳에 수많은 에너지와 힘을 써야했고,
그럼에도 결국에는 이루어지지 않아 나만 너덜너덜해질 뿐이었어.

어떤 표정을 마주할 때 서운하기에 이런 표정을 강요했고,
어떤 말투를 마주할 때 서운하기에 이런 말투를 강요했고,
어떤 행동을 마주할 때 서운하기에 이런 행동을 강요했고,
그래서 나와 함께하는 타인은 자신의 진짜 모습을 잃은 채
평화를 잃고, 자존감을 잃고, 사랑을 잃고, 그 모든 불편함에
자기 자신의 행복을 되찾기 위해 나를 떠나갈 수밖에 없었던 거야.

하지만 어떤 모습에 서운해하는 것도, 그 모습을 귀여워하는 것도,
그건 내가 선택할 수 있는 나의 힘과 권한이었고, 그러니까 이제는,
이제는 그것을 앎으로써 모든 서운함 앞에서 꺾이고 무너지기보다
그 서운함을 사랑으로, 평화로, 기쁨으로 바꿀 예쁜 선물로 여겨줘.

그렇게 모든 서운함 앞에서 너의 힘과 사랑을 되찾으며 나아갈 때,
어느새 너, 그 어떤 일 앞에서도 서운함을 겪지 않게 될 테고,
왜냐면 네가 내려놓은 서운함은 영원히 안전과 평화로 바뀌어서
더 이상 네가 같은 일 앞에서 서운하지 않도록 너를 지킬 테니까.

그러니 그 진짜 안전과 자존감, 평화와 기쁨을 위해 너를 찾아온
이 서운함이라는 성숙의 선물을 이제는 외면하지 말고 받아줘.
그렇게, 한 번의 서운함에, 한 번의 위대함과 빛, 사랑을 회복하고,
그렇게 함으로써 네 마음 안에 있는 모든 왜소함과 인색함 너머의
영원한 평화와 안전의 천국에 끝내는 닿아서 너, 꼭 진짜 행복해줘.

있는 그대로 받아들이기.

있는 그대로를 받아들이는 일은
나 자신을 포함하여 나를 둘러싼 외부 세계,
환경과 조건, 모양과 생김새, 그 모든 것들에
단 하나의 저항감도 품지 않고 전적으로 감사하는 일이야.
하여 그 완전한 허용에서부터 오는 평화의 파도가
내 내면에 가득 물결치게 하는 일이야.

그러니까 있는 그대로를 받아들인다는 것은
내가 세상에 품었던 수많은 기대와 바람, 원함들,
그리고 그것에서부터 생기는 결핍과 불만족, 불평들,
그 모든 환상의 세계를 지나 있는 그대로의 빛,
그 진실의 세계로 이제는 내 눈과 마음을 옮기는 일이야.
결국 만족과 불만족은 지금 내가 감사를 선택하는지,
아니면 여전히 감사하지 않음을 선택한 채 방황하는지,
오직 나의 그 결정으로 인해 완성되어지는 것이고,
내게는 언제나 선택할 수 있는 힘과 능력이 있으니까.

그러니 지금 자꾸만 마음에서 샘솟는 결핍 때문에
산만하고 공허하다면, 하여 계속해서 방황하게 된다면,
이제는 너에게 주어진 결정의 힘으로 받아들임을 선택해봐.

그저 눈을 감은 채 지금 너에게 주어진 모든 것들을
단 하나의 불만도 없이 완전하게 허용한 채 감사하는 거야.
그렇게 매 호흡마다 감사와 만족의 숨결을 가슴에 채우는 거야.

일을 할 때도 내 마음에 있는 어떤 저항으로 인해
얼마나 짜증스러운 마음으로 그 시간을 마주해왔어.
한숨을 쉰 채 억지로 일을 하느라 능률은 떨어졌고,
매 순간의 행복과 기쁨 또한 상실한 채 불행과 함께해왔지.

하지만 이제는 그 모든 시간 안에 받아들임의 평화가
가득 흘러 들어갈 수 있게 어깨에 힘을 풀고 허용하는 거야.
지금 내가 일하는 환경과 장소, 시간과 공간, 그리고 의무감,
그 모든 것들을 있는 그대로 받아들인 채 숨을 마시고 내뱉고,
그렇게 단 하나의 저항도 없이 감사하고 받아들이는 거야.

그때, 너의 마음 안에서 알 수 없는 생명력의 빛이 반짝이며
전에 잃었던 생기와 활력을 너로부터 회복시켜줄 것이고,
그렇게 너, 기쁨과 행복의 고요함 속에서 묵묵히 나아가게 될 거야.
입에는 미소를 지은 채 온화한 표정으로 즐거움을 누리게 될 거야.
변한 건 오직 하나, 너의 숨결과 마음가짐일 뿐인데 말이야.

감사할 게 아무리 없다고 해도 전혀 없을 수는 없어.
그래서 받아들일 줄 아는 사람은 단 하나의 감사함만이 있을지라도
그것을 아주 세세하고 깊게 바라본 채 감사하는 사람인 거야.
불평의 어둠과 감사의 빛이 있다면, 오직 빛만을 선택한 채
빛만을 바라보고 더욱 강화시키는 진정 힘 있는 사람인 거야.

그리고 단 한 사람도 빼놓지 않고 모두에게 주어진
그 무엇보다 크고 깊게 감사해야 할 감사거리가 우리에겐 있어.
바로 내가 태어나 존재하고 있다는 그 생명에 대한 감사,
지금 이 순간 살아 숨 쉬고 있다는 그 기적에 대한 감사 말이야.
그리고 그것만으로 모든 불평을 넘어 감사하기에 충분한 거야.

그러니 태어나 존재하고 살아가고 있다는 그 기적이 일어났음에,
경험하며 배운 채 성숙할 수 있다는 그 선물이 너에게 주어졌음에,
불평과 저항이 생길 때마다 잠시 멈추어 서서 눈을 감고 감사해 봐.
그때마다 너의 가슴으로 쏟아지는 기쁨과 아름다움의 물줄기를,
그 황홀한 설렘을 가득 느낌으로써 너의 불평을 치유하는 거야.

결국 불평도, 공허도, 싫증도, 지루함도, 어떤 모양의 결핍도,
그 모든 것이 지금 이 순간을 있는 그대로 받아들이는 것에 대한
저항의 신호이자 표현이고, 그때마다 네가 그 표현을 치유하지 않고
있는 그대로 외부에 표현한다면 너의 삶, 딱 그렇게 굳어지는 거야.

짜증스러운 표정으로 공허한 한숨을 쉬는 너, 금방이면 싫증 낸 채
그 무엇도 꾸준하고 성실하게 해내지 못하는 무기력한 너,
지루함에 허덕이며 자꾸만 집중하지 못해 다른 곳에 눈을 돌리는
그 산만함과 함께 방황하는 너, 끝없이 마음에서 솟아오르는 결핍을
감당하지 못해 먹을거리에, 볼거리에 탐닉하며 욕망을 부풀리는 너,
그런 모습의 너를 외부에 표현한 채 사람들로부터 그렇게 여겨지는
그런 네가 되어 너, 굳어지게 되는 거야. 그렇게 사랑에서부터,
빛과 아름다움에서부터, 행복과 평화로부터 아득히 멀어지는 거야.

그러니 지금 이 순간 네가 내리는 선택이 영원한 너의 모습을
서서히 짓고 결정하는 창조의 선택이라는 것을 간직한 채
이제는 감사를, 받아들임을, 허용을, 사랑을, 평화를 선택해줘.

그렇게 네 마음 안에 있는 그 감사와 사랑스러움, 평화와 기쁨을
외부에 잔뜩 표현하는 네가 되어 그로부터 가득 사랑받고,
무엇보다 지금 이 순간 안에서 완전한 행복을 느끼고, 하여 너,
이제는 영원히 반복되는 지금을 벅찬 기쁨으로 누리는 너이길 바라.

마음 안에서 멈출 줄 모르고 쏟아지는 불평과 결핍의 감정에
하염없이 방황하고 아파하다 그 모든 불행의 비를 피하기 위해
더욱 깊이 외부로 시선을 돌린 채 탐닉의 우산을 써보지만
그 우산은 여기저기 구멍이 난 비를 피할 수 없는 우산이었고,
기껏 해봐야 몇 줄기 비를 잠시 막아줄 뿐인 일시적 방편이었어.

그렇게 하염없이 쏟아지는 비에 흠뻑 젖은 채 추워 떨다가,
언제쯤 밝은 빛과 따뜻한 마음의 온도에 녹아 행복할 수 있을지,
과연 그런 날을 맞이할 수나 있을지, 하는 의문에 깊은 한숨을 쉬다가,
끝내는 그 예민함과 짜증이 가득 쌓인 마음을 바깥으로 표현하기 시작해.
그렇게라도 하지 않으면, 쌓여있는 불평의 우물을 길러낼 수가,
마음의 공간을 조금이라도 회복한 채 행복의 빛을 되찾을 수가
도무지 없을 것만 같아서. 그 외에 다른 방법은 떠오르지가 않아서.

그 모든 아픔의 시간을 보내고 있는 너에게 나,
지금 너에게 주어진 모든 것들에, 있는 그대로의 모습에
단 하나도 빠짐없이 전적으로 완전히 감사하라고 말하고 싶어.
삶이 이 지경인데 어떻게 감사할 수 있겠냐고 묻고 싶겠지만,
너의 삶, 너의 있는 그대로, 그 모든 너의 모습, 감사하기에
정말 충분하다고, 충분히를 넘어 벅찰 만큼이라고 말해주고 싶어.

결국 모든 것이 내면의 투사이기에 지금의 아픔까지 내몰린 너는
여태 기대와 바람만을 쌓은 채 그것만을 투사했기에 그런 것이고,
그래서 그 결핍과 불만족의 시선이 너의 전부가 되어버린 너에게
있는 그대로 만족하고 감사하라는 말은 네 존재 전체를 뒤흔들고
휘청거리게 할 만큼 받아들이기가 무척이나 힘든 말이 되겠지만,
그럼에도 그게 진실이고, 이제는 너, 그 진실을 받아들일 때인 거야.
너의 삶, 너의 존재, 있는 그대로 충분하다는 그 진실을 말이야.

무엇보다 여태 그렇게 존재하느라 가장 힘들었던 게 너잖아.
그래서 지금 이토록이나 아파한 채 허덕이고 있는 너잖아.
그렇다면 이제는 전과는 달라야 하는 거야. 같아서는 안 되는 거야.
그럼에도 네가 여전히 네가 선택해왔던 것에서 구원을 찾을 때 너,
그 무지의 오류로 인해 더욱 깊은 불행에 갇힐 수밖에 없는 거야.

그러니 이제는 외부에서부터 찾고 구하던 만족을 거두고
너의 내면으로 너의 시선을, 마음의 중심을 완전히 옮겨내길 바라.
그렇게 눈을 감은 채 너의 내면 안에 완전한 받아들임과 허용,
모든 것에 대한 감사, 그 찬연한 빛들을 가득 비춰주는 거야.

그렇게, 늘 불평하고 바라고 기대하느라 놓쳤던 소중함을,
잃어왔던 기쁨과 평화를, 완전히 잊었던 너라는 이름의 사랑을
이제는 되찾은 채 사랑스러움으로 가득 물든 너로 존재하는 거야.

늘 짜증 내고 예민하게 구는 사람, 불평불만이 습관인 사람,
그런 사람과 함께할 때 모두가 불편함을 느끼고 소진되기에
사람들은 그런 사람과 함께한 채 기꺼이 사랑하려고 하지 않아.
그와 마찬가지로 우주도, 삶도, 신도, 그것을 뭐라고 부르든
그 지고한 존재 또한 당연히 사랑스러운 사람을 한 번이라도
더 바라보고, 더 챙기고, 더 도와주고, 그럴 수밖에 없는 거야.

그래서 늘 짜증스러운 표정과 마음으로 세상을 살아가던 너는
그렇게 애쓰고 노력함에도 늘 원하던 바를 이뤄내지 못했지만,
이제는 사랑스러움 가득한 표정과 넉넉한 마음, 예쁜 눈빛,
그 모든 아름다움을 외부로 가득 표현하고 있는 너는
그 어떤 애씀과 억지도 없이 참 쉽게도 목표를 이뤄내고,
무엇보다 그 결과와 관계없이 지금 가득 행복한 너인 거야.

그러니 이제는 저항하기보다 받아들인 채 허용해 봐.
눈을 감은 채 주어진 모든 것, 순간에 세세하게 감사해 봐.
그렇게 있는 그대로의 너를 가득 끌어안은 채 사랑해주는 거야.

결국 사랑이란 있는 그대로를 받아들이고 존중하는 마음이고,
그래서 지금의 너를 그대로 허용하는 것만큼 너를 스스로 사랑하는,
너를 스스로 아끼고 존중하는 행위 또한 이 세상엔 없는 것이고,
또한 자신을 스스로 사랑하는 만큼만 타인을 사랑할 수 있기에 너,
이제는 너 자신을 포함하여 너와 함께하는 사람들을, 생명을,
그 모든 우주를 진심과 진실함을 다해 사랑하는 네가 되는 거야.

그 모든 기적이 지금 너에게 주어지기 위해 참 간절하게도
너를 기다리고 있는 거야. 너의 선택을, 너의 결정을 말이야.
네가 이제는 감사를 선택하기만을, 받아들임을 선택하기만을,
저항 없는 허용과 평화를, 있는 그대로의 사랑을 선택하기만을.

그러니 그 더없는 지금 이 순간이라는 기회를 이제는 끌어안아줘.
너에게 다가가 너를 끌어안기만을 영원히 기다려온 그 기적이
이제는 너의 품에 살포시 앉아 너에게 선물을 전해줄 수 있게
내일이 아닌 지금, 잠시 뒤가 아닌 지금, 받아들임을 선택하는 거야.

너를 둘러싼 모든 세계가 변함없이 같은 색과 같은 모양일 테지만,
너, 이제는 네가 선물로 끌어안은 그 기적으로 인해 그 모든 것을
사랑으로, 아름다움으로, 빛으로, 기쁨으로, 감사로 바라보게 될 거야.
그러니 그 기적을 위해 아주 작은, 너를 위한 선택을 하는 거야.

그저 눈을 감은 채 너에게 주어진 모든 것들을 받아들이고,
모든 것들에 감사하고, 그러니까 그 사랑을 가슴에 품는 선택을.

무르익음의 시간.

문득 하루가 나도 알 수 없는 이유로 무의미해진 것만 같고,
온 세상이 잿빛으로 물든 채 시들어진 것만 같이 느껴지고,
그렇게 기쁨과 즐거움, 생명력과 활기를 온통 잃은 채
끝없이 나를 짓눌러오는 그 깊은 시련에 아득해질 것만 같이
아프고, 무기력해지고, 슬퍼지고, 공허해지는, 그런 순간이 있어.

전과 다를 게 하나 없는 하루인데, 분명 어제는 충분히 즐거웠던
그 하루인데, 오늘 마주한 이 하루는 그 색과 공기가 너무나 달리서
더 이상의 즐거움도, 의미도, 기쁨도 존재하지가 않는 것만 같아.
늘 만나던 소중한 사람들과의 시간도 나를 자꾸만 공허하게 하고,
그 알 수 없는 텅 빈 기분에 함께하는 내내 가슴이 답답해져만 가.

그리고 그건 네가 이제는 무르익음의 시간을 맞이했기 때문이야.
그러니까 삶이 너를 한계치까지 내몰아 아프게 하는 그 순간은
이제는 네가 지금 서 있는 곳에서부터 자리를 옮겨 다른 곳으로,
그 새로운 성숙을 찾아 나설 때가 되었다고 삶이 너에게 알려주는
너의 아름다운 성숙과 무르익음을 위한 선물이자 그 신호인 거야.

우리는 늘 그런 식으로 몇 번의 엄청난 시련을 마주하게 될 텐데,
그건 영원히 같은 곳에서 안주한다면 성숙할 수 없기 때문이야.
그리고 성숙하지 않는다면, 더 큰 기쁨을 누릴 수 없기 때문이야.
그래서 시련을 마주하고, 극복한 채 더 큰 행복을 누리게 되고,
그 행복 안에서 어느 정도 머물다가 또다시 더 큰 시련을 마주하고,
그게 성숙하기 위해 태어나 존재하는 우리 모두의 숙명인 거야.

그러니 지금 그 무르익음의 시간이 너를 찾아와 미어지게 아프다면
이제는 너, 이 깊은 아픔이 너를 찾아온 이유와 목적을 기억해줘.
아픔의 목적과 이유를 모를 때는 더욱 깊이 방황해야 하지만
그 이유를 분명히 안다면 더 이상 헤맬 필요는 없는 거니까.

네가 마지막 성숙의 관문에 닿을 때까지, 그러니까 이곳에 태어나
존재하고 살아가는 그 모든 목적을 완성해낼 때까지 너,
몇 번은 더 무너지고 몇 번은 더 휘청거려야만 하는 거야.
그리고 그건 오직 너의 성숙만을 위해 찾아온 아픔과 시련이기에
사실은 새로운 성숙을 위한 고마운 선물이자 그 기회인 거야.

이제 네가 가치 있다고 여겨왔던 같이는 너에게 더 이상 어떤
가치와 의미를 가져다주지 못하고, 그래서 너, 더욱 깊은 가치를,
더욱 짙은 의미를 찾아 새로운 같이를 향해 나아가게 될 거야.
모든 만남에는 너를 위한 배움이 있고, 이제 그 만남 안에서 너,
네가 찾아야 할 배움과 너에게 필요한 성숙을 모두 완성했으므로.

여태 친구들과 함께 서로에게 상처 주었던 사람을 함께 비난하고,
그런 것에서 의미와 가치를 찾고, 안정과 평화를 찾던 너였다면
이제는 너, 그것에 의문이 드는 거야. 과연 이게 최선인 걸까, 하는.
그렇게 너, 함께 비난하기보다 이제는 함께 내려놓고 용서하는,
그렇게 서로의 부정성에 편들어주기보다 긍정성을 향해 나아가는,
그런 보다 깊고 아름다운 사랑의 관계를 향해 나아가게 되는 거야.

모든 의미는 결국 각자의 성숙의 수준에 따라 주관적이기 마련이고,
그래서 사랑한다면 편들어주는 거다, 라는 너의 관념과 기준은
지금까지의 너에겐 너무나 옳고 완벽한 것으로 여겨졌지만 이제는
무르익음의 시간이 너를 찾아와 그걸 세차게 흔들기 시작했으므로.

그렇게 너, 무조건 편들어주는 함께함에서 상대방의 진실한 행복을
더욱 깊이 염려하고 살피는 함께함으로 관계를 옮겨가게 되는 거야.
여전히 미움이 있을 때 그만큼 마음은 평화를 상실할 수밖에 없고,
그래서 용서를 통해 진정한 평화를 찾을 수 있도록 이끌어주는,
함께 미워하는 것이 주는 왜소하고 일시적인 기쁨과 안도가 아니라
미움이 전혀 없는 마음의 위대하고 영원한 그, 진짜 기쁨과 안도로,
그렇게 매 순간 서로를 이끌어주며 나아가는 그런 관계로 말이야.

그 무르익음의 시간을 맞이한 너라서 전과 같은 관계 안에서 너,
더 이상 온전하게 기뻐하고 마음 놓고 행복할 수가 없었던 거야.
삼삼오오 모여서 함께 누군가를 비난하고 조롱하고 웃는 관계,
그것이 당연한 위로로 굳어진 관계는 이제 너에게 그 어떤 위로도,
기쁨도, 행복도 전해주지 못할 테고, 가치 없게만 느껴질 테니까.

마음의 이야기 없이 수다에 탐닉하며 외적인 재미를 쫓는 관계도,
짜릿한 욕망을 찾고 채우기 위해 함께 긴 밤을 즐기는 관계도,
혼자인 시간이 외로워 그저 함께이길 선택했던 모든 형태의 관계도,
서로가 추구하는 이익이 맞아서 오랜 시간 사랑으로 위장한 관계도,
각자가 마주한 무르익음의 시간에 따라 그 매력을 상실하는 거야.

그래서 이제는 그것이 어떤 형태이든, 어떤 성숙의 모양이든,
전과는 달라야 하는 거야. 전보다는 성숙한 모양이어야 하는 거야.
늘 자신의 이익에 맞게 배신하던 사람은 그곳에서 의미를 잃은 채
이제야 편들어주는 관계를 향해 나아가며 그 자리를 옮길 것이며,
그렇게, 자신의 성숙에 알맞은 각자의 성숙을 향해 나아가는 거야.

그러니 지금 너를 미어지게 하는 무의미와 무가치를 마주한 너,
그래서 더욱 깊고 빛나는 네가 될 것임을 믿고 그 시간, 잘 보내줘.

늘 하던 일이지만 여태 오직 물질적인 가치를 쫓아 일했다면
이제는 문득 그 가치가 다 무슨 소용일까 싶어 무의미에 빠지고,
하여 전과 같은 행복과 기쁨을 더 이상은 느끼지 못하게 되고,
그래서 너, 이제는 보다 깊고 위대한 가치를 갈망하게 되는 거야.

그렇게 돈만이 중요해서 돈을 위해서라면 진실함을 저버리는 것,
그 앞에서도 주저함이 없었던 너는 이제 고작 돈 따위를 위해서
진실함, 사랑, 따뜻함, 배려, 그것에서부터 오는 진정한 만족,
그 기쁨을 결코 포기할 수 없는 보다 반듯하고 아름다운 네가 되어
전과는 비교할 수 없을 만큼 빛나는 행복을 마주하게 되는 거야.

그게 어떤 의미의 변화이든, 너는 지금의 아픔과 시련을 통해
무르익게 될 것이고, 거듭나게 될 것이고, 아름다워질 것이고,
하여 여전히 절대적인, 영원하고도 진실한 행복은 아닐지라도 너,
너의 이전보다는 확연히 다른, 빛나는 행복과 함께하게 되는 거야.

그래서 같은 하루가 더 이상 행복하지가 않아 깊은 불행에 빠지고,
무의미와 무기력함에 젖어 하늘을 바라보는 행복조차 잃게 되고,
나에게 기쁨을 주던 일, 관계가 나를 더 이상은 기쁘게 하지 않고,
숨을 쉬고 걷는 것조차 힘들어 자꾸만 깊은 한숨을 쉬게 되고,
그 모든 무의미의 지옥에 삼켜져 첨벙, 휘청거리고 있는 너,
이제는 변화의 시간을 마주한 거야. 깊고 아름다워질 그 시간을.

삶이 송두리째 뒤흔들리는 것만 같은 아픔과 고통이 아니라면 너,
결코 변화에 대한 간절함을, 성숙에 대한 절절함을, 그 의지를
너의 가슴 안에 품지 못할 테고, 하여 그것을 아는 삶은 너를 위해,
너를 향한 사랑으로, 너의 행복을 염려하는 그 깊은 다정함 하나로
너에게 지금의 무의미를, 사실은 무르익음의 시간을 선물해준 거야.

그래서 지금의 이 아픈 시간을 잘 보내고 나면 너, 반드시 전보다
크고 깊은, 아름답고도 위대한 행복과 함께하게 될 테고,
이전에 찾던 행복은 결코 행복이 아니었음을 알게 될 테고,
그렇게 새로운 빛과 행복, 성숙과 기쁨에 젖어 찬란히 빛날 거야.

이전의 너로서 늘 살아갈 때는 그 삶에 나름 만족했지만,
또 너의 모습에 나름 자신감을 가진 채 기뻐하며 나아갔지만,
무르익음의 시간을 건너고 나면 너, 그때의 너로 돌아간다는 게
끔찍하게 싫을 만큼 더욱 빛나는 기쁨과 감사와 함께하게 될 테고,
그래서 행복의 정의, 사랑의 정의, 그 모든 게 바뀌게 되는 거야.

절대 변하지 않을 영원한 진짜 행복과 사랑에 닿을 때까지,
그렇게 우리, 몇 번의 무르익음의 시간을 겪어내야만 하는 거야.
지금 내 행복이 어떤 빛을 띠고 있으며 어떤 색을 입고 있든,
그보다는 더 밝고 빛나는 빛과 색의 행복을 향해 나아가기 위해서.

그래서 지금 이토록이나 무너진 채 아파하고 있는 너라서,
사실은 그 누구보다 잘하고 있는 너인 거야. 정말 그런 거야.
이 시간, 끔찍이도 슬프고 무의미해서 벗어날 수 없을 것만 같지만
너, 지금도 충분히 많은 것을 배우며 한 걸음씩 나아가고 있으며,
너무나 깊은 아픔과 불행에 잠시 눈과 마음이 아득하게 어두워져
다만, 너 스스로는 그 사실을 자각하지 못하고 있을 뿐인 거야.

그러니 누구보다 너를 위한 아픔의 시간을 잘 보내고 있는 너에게
나는 해줄 말이 잘하고 있고, 정말 잘 해낼 거라는 말밖에 없어.
영원히 그 아픔 속에 굳어져 제자리걸음 할 것만 같아 두렵겠지만
언제 그랬냐는 듯 반드시 그곳에서부터 나와 더욱 밝은 곳에 서서
누구보다 예쁜 웃음 지으며 행복할 너고, 그러기 위한 지금이니까.

우울함의 이유.

자꾸만 무기력한 기분이 들고 우울함에 사무쳐서
마주한 하루를 슬픈 눈물과 텅 빈 한숨으로 보내게 돼.
언제쯤 이 어두운 터널을 벗어나 빛을 볼 수 있을까,
그게 가늠이 되질 않아 살아갈 희망을 온통 상실하게 되고,
그렇게 잠 못 든 채 지새우는 무겁고도 무서운 밤은 늘어만 가고,
그걸 도무지 해소할 방법을 모르겠어서 깊은 절망에 빠져들어.

하루를 살아갈 생명력을 잃었기에 마주한 오늘이 비겁고 막막해서
눈을 감은 채 깊은 잠으로 도망가며 하루를 지우기도 하고,
온갖 재밌는 영상에 탐닉하며, 그게 이제는 재밌는지도 모르겠지만
그럼에도 가장 쉽고 편하게 시간을 삭제할 수 있는 방법인 것 같아
이것저것 셀 수 없이 많은 영상거리를 찾아 끝없이 도피하기도 해.

그렇게라도 하지 않으면, 하여 조금이라도 고요한 순간이 찾아오면,
그 작은 틈 속으로 미칠 듯이 흘러들어오는 무기력과 우울이,
그 모든 무의식의 방황과 산만함의 파도가 나를 가득 삼킬 것이고,
그렇게 나, 그것을 감당할 수 없어 아득하게 혼미해져야만 하니까.

하루의 의미를 그렇게 상실한 채 의미를 상실한 공허를 어떻게든
외면하기 위해 이런저런 탐닉의 댐을 쌓으며 우울함에 범람하는
눈물과 무기력함을 막아보려 하지만, 그럴수록 나라는 사람이,
나라는 사람의 삶이 지독하게 가치 없게만 여겨져 살아갈 이유가,
존재할 의미가 더욱 희미해지고 옅어져만 가. 그래서 아프고 슬퍼.
그럼에도 나를 위해 해줄 수 있는 게 뭔지 모르겠어서 절망하게 돼.

그 마음, 내가 전부는 아니겠지만 내가 이해하고 공감할 수 있는
최대한의 범위로는, 그럼에도 너에게는 아주 작고도 부족할 게 뻔한
그, 최소한의 범위로는 나도 공감하고 이해해. 가슴이 속상해서
미어지게 답답하고 아플 만큼, 그래서 너에게 힘이 되어주고 싶은
그 간절함과 절절함이 내 마음에 가득 맺혀 눈물이 되어 흐를 만큼.

그럼에도 나, 너에게 그저 한 번 위로가 되고 조금 안도가 될 뿐인
같이 슬퍼하고, 같이 아파하고, 가득 들어주고, 가득 안아주고,
그런 오늘만의 위로와 힘을 전해주고 싶진 않아. 늘 그래왔지만,
그럼에도 그것이 전해주는 힘의 빛은 아주 잠깐 반짝일 뿐이었고,
그래서 너, 혼자가 된 뒤에는 또다시 그 암흑처럼 어두운 시간을
홀로 지새운 채 두려움과 불안함에 몸서리치게 아파해야 할 테니까.

그래서 지금 당장에는 너에게 조금 차갑고 아프게 닿을지라도,
나는 네가 홀로 일어설 수 있는 근본적인 치유와 회복의 말을,
그 진실의 빛이 가득 담긴 너를 위한 가장 최선의 문장, 그 사랑을
너에게 전해주고 싶어. 네가 이제는 혼자서도 괜찮을 수 있게.
그리고 다시는 이 세상에서 가장 소중하고 예쁜 사람인 네가
이 지독한 우울을 겪으며 또다시 스스로 삶을 포기하고 싶다는 그,
이 세상에서 가장 슬프고 아픈 생각을 하며 무너지지 않을 수 있게.

그러니까 너에게 가장 어울리는 생각인 사랑과 기쁨만을 느끼며
너에게 가장 어울리지 않는 생각인 우울함과 공포, 무기력함은
이제 네가 느끼고 싶어도 더 이상 느낄 수조차 없을 만큼 너,
지금을 지나 더욱 완전한 빛과 사랑이 되어 피어날 수 있게 말이야.

가장 너다운 것, 그건 다름 아닌 기쁨과 사랑의 완전한 빛이니까.
그래서 가장 너답지 않은 것, 그게 바로 우울과 무기력이니 말이야.

그러니 가장 먼저 네가 지금 이토록이나 우울함에 빠져들게 된
그 이유와 근원에 대해서 먼저 깊이 생각해 볼 수 있었으면 해.

우울함은 다름 아닌 네가 너에게 주어진 하루를 살아가는 데 있어
더 이상 너 스스로 너의 감정을 선택하고 결정할 수 없다는,
감정의 주권과 통제력을 너로부터 완전히 빼앗긴 채 상실했다는,
그 무기력함에서부터 너를 찾아와 짓누르기 시작하는 감정이야.

그래서 우울함에 빠져있을 때 네가 느끼는 공포와 두려움은
마주한 하루를 네가 더 이상 주체적으로 살아갈 수 없다는 것,
그 무기력함에서부터 오는 불안함이었고, 막연함이었던 거야.

오늘 네가 하고 싶은 것, 해야만 하는 것, 그 모든 것 앞에서
너에게 찾아오는 무의식적 저항과 이전 습관의 관성을 너,
더 이상은 이겨낼 자신도, 이겨낼 힘도 없다고 느낄 때, 그래서 너,
가득 우울할 수밖에, 공포와 두려움에 잔뜩 떨 수밖에 없었던 거야.

그래서 네가 영원히, 완전하게 우울함에서부터 회복되기 위해서는,
그 진정한 치유를 위해서는 너, 가장 먼저 외부에 빼앗겼던
너 자신의 감정의 주권과 결정권을 오롯이 되찾아와 너의 것으로
다시 소유해야만 하고, 그렇게 너의 내면에서부터 네가 바라보고,
느끼고, 하고 하지 않고를 결정할 힘을 온전히 되찾아야 하는 거야.

그러니 그러길 선택하는 것에서부터 오는 네 마음속 모든 저항과,
안 된다는 무기력한 합리화와 정당화, 오늘만 더, 라고 울부짖는
그 모든 나태함과 관성의 무게들, 그것들 앞에서 꺾이지 않은 채
오늘, 너 자신을 향한 진실하고도 간절한 사랑으로 한 발을 내딛고,
그렇게 오늘, 지금 이 순간, 너, 이제는 그 빛을 향해 나아가줘.

오늘 해내지 않으면, 오늘 못 해냈다는 그 관성과 습관이 더해져
내일 해내기란 더욱 어려워질 것이고, 그렇게 내일의 너는
오늘보다 더 크고 깊은 우울과 정말에 빠져 허덕여야만 하는 거야.
그래서 오늘을, 여태 해왔던 것처럼 지워가고 삭제하는 식으로
더 이상은 낭비해서는 안 되는 거야. 결코 놓쳐서는 안 되는 거야.

그러니 누구보다 이제는 행복하고 싶은, 다시 활짝 웃고 싶은,
예쁜 하늘을 바라보며 참 아름답다, 생각한 채 감동받고 싶은,
너에게 주어진 하루를 이렇게 무의미하게 낭비하고 싶지 않은,
마음에 사랑과 기쁨을 가득 느낀 채 생명력 가득 살아가고 싶은,
그, 너 자신을 위한 너 스스로의 사랑으로 한 발을 내디뎌줘.

그 어떤 우울한 생각이 너를 찾아오든 이제는 그 생각을 곱씹은 채
스스로 더 깊은 우울함에 빠지고, 그 우울함이 감당이 안 되어
숱하게 많은 외부 세계에 탐닉한 채 무의식의 늪으로 들어가고,
그러기보다 너 자신을 향한 진실한 사랑으로 그때마다 빛을,
사랑을, 완전함을, 기쁨을, 해내는 힘을, 그 확신을 선택하는 거야.

주어진 순간의 아주 작은 사소한 무기력과 우울조차 그래서 너에게
이제는 힘과 주권을 회복할 기회와 선물의 꽃이 되어 맺히는 거야.
청소를 해야지, 하는 그 사소한 의지 앞에서조차 너를 막는 무기력,
그것 앞에서 이제는 너 자신을 향한 사소한 사랑을 선택함으로써
그것을 해내는 너, 그렇게 조금씩 힘과 주권을 회복해나가는 거야.

미운 사람이 있다면 그 미움을 더 이상 내가 어떻게 할 수 없다는
그 감정의 주권을 상실한 공포와 무기력 앞에서 다시 허덕이기보다,
그렇게 이제는 너 자신의 힘과 빛으로 용서와 평화를 선택하고,
네 온 마음을 다해 그것을 해냄으로써 너 자신의 빛을 되찾는 거야.

그렇게, 여기저기 도처에 깔려있는 그 모든 우울을 극복할 기회와
선물의 꽃을 이제는 한아름 끌어안는 그 마음으로 하루를 마주해줘.

그렇게 의미를 완전히 상실한 채 우울하고 아팠던 너의 하루는
그 성숙의 짙은 빛과 색의 의미로 휘황찬란하게 빛나기 시작하고,
하여 모든 하루가 너에게는 힘과 주권을 회복한 채 빛과 사랑이,
더욱 성숙한 사람이 된 채 더 기쁘고 행복한 사람이 될 그 소중한
기회이자 아름다운 선물이 되어 너의 가슴을 가득 설레게 하고,
그래서 너, 더 이상은 하루를 마주하는 게 우울할 수가 없는 거야.

무엇이든 하고 해낼 수 있다는 그 자신감이 이전에 네가 세웠던
무의식의 늪에 깊이 빠지는 그 탐닉의 댐을 대신해 니를 지켜내고,
그렇게 너, 하루를 네가 마음먹는 대로 살아가고 보낼 수 있다는
그, 감정의 주권과 결정권을 완전히 회복한 빛나는 자신감으로
주어진 하루를 생명력과 기쁨, 희망과 설렘 가득 보내게 되는 거야.

그 어떤 부정적인 감정이 너를 찾아와도 이제는 그것을 너 스스로
잘 다스리고 처리할 수 있다는 그 진정한 힘과 빛이 너의 내면에
완전한 평화와 안도의 울림을 완성하여 더 이상 네가 두려움에,
공포에, 불안함에 떨지 않도록 너를 단단하고 완전하게 지켜주는데,
이제 네가 어떻게 하루를 무의식에 휘청거리며 보낼 수가 있겠어.
그래서 네가 어떻게 하루를 무의미하고 우울하게 보낼 수가 있겠어.

하여 이제는 너, 가장 너다운 사랑이라는 모습으로 살아가는 거야.
여태 너와 어울리지도 않는 우울함과 무기력의 옷을 입었기에 너,
그토록이나 불편하고 아픔 가득하게 하루를 보낼 수밖에 없었고,
하지만 오늘부터는 다른 거야. 그때와 결코 같을 수가 없는 거야.
온통 사랑과 기쁨에 젖은 너의 마음이 너를 자꾸만 웃게 할 테니까.

하루를 살아가는 게 두렵고 무서우리만치 우울하고 무의미할 때,
그건 이제는 내 감정의 주권과 결정권을 되찾아달라는
마음의 간절한 신호이자 울림이었고, 오랜 시간 동안 그 소리를,
마음의 나를 향한 그 사랑을 외면해왔기에 나, 이토록이나 깊은
우울과 절망감에 빠져 슬픔과 무의미에 첨벙일 수밖에 없었던 거야.

하지만 그럼에도 마음 한켠에 꺼지지 않은 채 남아있던 나를 향한
그, 작은 사랑의 불씨로, 그 빛으로 이제는 더 이상 이렇게 하루를,
내 삶을 허무하게 낭비할 수 없다는 간절한 의지에 빛을 비추어
내 마음을 밝히기 시작하고, 그렇게 내 마음의 소리에 귀를 기울여.

원망과 증오, 슬픔과 무기력, 그 모든 불행의 구름이 자욱해질 동안
단 한 번도 그것을 제대로 해소하고 정화하지 않은 채
어쩜 그렇게나 나를 방치하고 아프게 할 수 있냐는 그 절규가,
사실은 사랑의 호소가 그렇게 내 귀에 온통 울려 퍼지기 시작하고,
하여 나, 이제는 나를 향한 사랑으로 치유의 한 발을 내딛기로 해.

외부가 나를 아프게 할 수 있고, 외부가 나를 슬프게 할 수 있고,
외부가 나에게 원망감을 심어줄 수 있고, 증오를 심어줄 수 있고,
그 모든 환상을 굳게도 믿고 단 한 번의 의심도 품지 않았던 나는
그래서 정말 그럴까, 라는 의심의 빛을 그 어둠에 비추기 시작하고,
그 어떤 거대한 어둠도 아주 작고 희미한 빛조차 이겨낼 수 없기에
그 빛에 의해 모든 자욱한 어둠이 존재감을 잃은 채 걷히기 시작해.

하여 내 감정을 결정하고 선택할 수 있는 힘은 나 자신에게 있다는
그 진실한 믿음과 빛으로 나의 힘을 스스로 인정하기 시작하고,
지난 모든 무기력에 사무쳐 한 발을 내디딜 수조차 없었던 나태를
완전히 뒤로한 채 하고, 해내는 그 빛나는 하루를 보내기 시작해.

그렇게 무엇이든 하고 해낼 수 있다는 주체성을 서서히 되찾고,
삶 여기저기에 숨겨져 있는 그 주체성을 되찾게 해줄 그 모든
성숙의 기회를 단 하나도 외면하지 않은 채 촘촘하게 끌어안으며,
비로소 생각하는 순간 곧바로 해내는 힘 있는 나의 모습을 회복해.

모든 하루 안에 숨겨져 있는 그 성숙의 기회를 이제는 바라보기에
하루는 내게 온갖 성숙의 기회, 그 시간으로 여겨지기 시작하고,
하여 성숙하며 나아간다는 의미와 기쁨이 매 순간 나를 채우기에
나, 더 이상 무의미를 겪을 수도, 우울함을 겪을 수도 없는 거야.

그러니까 그 모든 빛나는 하루의 소중함과 성숙의 기회를,
이제는 단 하나도 빠짐없이 바라보고 끌어안는 네가 되어줘.

하루가 너무나 무의미해서 잠을 자거나 외부에 탐닉하는 식으로
시간을 삭제하고 지워갔던 너는 이제 하루가 참 간절하게 소중해서
잠을 자기가 아깝지만, 자야만 하기에 어쩔 수 없이 자야 할 만큼
농밀하고도 조밀하게 너의 하루를 살아가고 사랑하게 될 테고,
그 모든 너의 삶에 대한 사랑이 이제는 너를 완전히 지켜줄 테니까.

결국 우울함은 너라는 사랑이 그 사랑을 까마득히 잊고 잃은 채
마치 네가 사랑이 아니기라도 한 것처럼 하루를 보내고 살아갈 때,
이제는 너라는 사랑이 그 진짜 너를 되찾아달라고 보내는 신호였고,
하여 네가 사랑을 회복할 때 우울함은 네게 있을 이유가 없는 거야.

그러니 존재하는 모든 순간을 너 자신의 사랑을 회복하고 되찾을
그 기회이자 선물로 여긴 채 매 순간 왜소함 대신에 위대함을,
어둠 대신에 빛을, 불행 대신에 행복을, 그 모든 사랑을 선택해줘.
그게, 지금의 우울함이 너를 찾아와 너를 끌어안은 모든 이유니까.

기적.

기적이란, 태고의 증오가 현재의 사랑으로 바뀌는 일.
나는 외부의 그 무엇에도 불구하고 변함없는 사랑이기에
외부에 의해 결코 훼손되거나 상처받을 수 없음을 알고
더 이상 외부로부터 헛된 안전을 찾고 구하지 않는 일.
나는 다름 아닌 내가 만들어낸 환상과 지각의 오류만을
용서할 수 있으며, 하여 나 자신의 왜곡된 시선 외에는
용서할 것이 없기에 미움 그 자체가 환상임을 이해하는 일.

그러니까 기적이란 새롭게 맞이한 아침에 눈을 떴는데 갑자기
나를 위해 세상 모든 사람들이 바뀌어 나의 욕구를 충족시켜주거나
내게 주어진 환경, 조건 모두가 바뀌어 내가 부자가 되어있거나,
유명한 사람이 되어있거나, 하는 외부의 급작스런 변화가 아니라
내가 세상을, 사람을 바라보는 시선과 마음가짐이 완전히 바뀌어
같은 세상을 더욱 깊고 따뜻한 사랑의 마음으로 마주하게 되는 일.
그래서 온 세상과 사랑에 빠지는 일. 하여 기뻐 울게 되는 일.

타인의 작은 불친절과 무관심에도 쉽게 상처받은 채 서운해하고,
화내고, 미워하고, 토라지는 그 모든 왜소함을 넘어 이제는
내 마음의 위대한 중심으로 더 이상 쉽게 상처받지 않게 되는 일.
이 세상 모든 일에는 나를 위한 배움이 있음을 이제는 알기에
그 어떤 일이 나를 찾아오더라도 저항하며 불평을 품기보다
오직 감사하는 마음으로 나 자신의 성숙을 완성하며 나아가는 일.
살아있다는 것, 존재하고 있다는 것, 그게 너무 벅차게 감사해서
더 이상은 이 세상에 바랄 축복과 은혜가 없을 만큼 충족되는 일.

이전에는 나의 이기심과 환상, 그 필요를 충족시키기 위해
관계를 맺은 채 나의 결핍을 그들을 통해 해소하고자 했다면,
그래서 이제는 그럴 필요가 없기에 타인의 있는 그대로를
더욱 존중하고 사랑하는 일. 그래서 타인을 편안하게 해주는 일.
나는 이미 나의 존재로부터 깊은 행복과 완전함을 느끼기에
더 이상 누군가가 이렇게 해줘야만 내가 행복해질 수 있다는 그,
결핍의 환상을 넘어섰고, 하여 그저 주는 관대한 사람이 되는 일.

그렇게, 받는 것보다 더 많이 주는 건 손해라는 결핍의 환상을 지나
마르지 않는 채워짐의 선물을 나는 이미 받았으므로 무한히 주는,
주면 줄수록 내가 더 채워지는 그, 사랑의 진실을 회복하는 일.
그래서 더 이상은 이기심의 왜소함에 빠져 손해를 곱씹으며
누군가를 원망하고 미워할 필요를 못 느끼기에 오직 고요한 일.
하여 이제는 그, 완전히 회복된 사랑의 진실로부터 진정 사랑하기에
사랑이 없어 외로운 모든 이들의 영을 가득 채워주게 되는 일.

세상에 대한 내 모든 습관적 반응이 부정성에서 긍정성으로
그 자리를 완전히 옮겼기에 언제나 온화함을 잃지 않는 일.
하여 매 순간의 미소로 세상과 사람들을 마주하고 맞이하는 일.
하루를 살아가며 단 한 사람의 마음이라도 진정 평화롭게 했다면,
그 하루만큼 위대한 하루는 없는 것이기에 그 온화한 미소로부터
매일의 위대한 하루를 살아가게 되는 일. 타인을 고쳐시켜주는 일.

이제는 어둠 대신에 빛을, 존재하지 않음 대신에 존재함을,
사랑 아닌 것 대신에 사랑을, 그러니까 늘 타인의 약점과 단점.
그 비실재의 환상을 바라보던 마음의 인색함에서부터 벗어났기에
실재의 빛, 그 사랑만을 바라보는 관대함으로 타인을 마주하고,
하여 그 사랑의 시선으로 모든 고통을 녹이는 위로를 전해주는 일.

그러니까 기적은 외부가 아닌 내 내면의 변화로부터 같은 세상을
이제는 더욱 사랑 넘치는 시선으로 살고 마주하게 되는 일인 거야.

너 자신이 하루하루를 살아가며 완성했던 너의 찬란한 성숙이
너의 눈과 마음에 아름다운 변형을 일으켜 여태 진실이라 믿어왔던
너 자신의 모든 왜곡된 지각과 오류, 그 환상에 균열을 일으키고,
그 균열의 틈 사이로 진실의 빛이 흘러들어와 너의 마음을 채우고,
그렇게 매 순간의 지옥을 살아가던 너, 이제는 매 순간의 천국,
그 하늘의 고요와 평화의 마음으로 매 하루를 살아가게 되는 일,
그러니까 그게 바로 기적이자, 기적이 너에게 주는 선물인 거야.

언제나 너는 네가 가장 가치 있게 여기는 것, 오지 그것을
이 삶으로부터 얻기 위해 너의 시간과 최선을 쏟아붓기 마련이며,
그러니까 이전에는 미움이, 증오가, 불평이, 슬픔이, 욕망과 탐닉이,
그 모든 해묵은 부정성이 네가 너 자신의 행복을 실현하기 위해
찾고 추구할 수 있는 가장 최고의 기쁨이자 가치였다면 너, 이제는
그곳에서부터 그 어떤 기쁨과 매력도 찾지 못할 만큼 성숙했고,
그래서 더 이상은 그곳에 스스로 머물러 있을 수 없게 된 거야.

이제는 너, 결코 사랑하지 못할 만한 사람을 사랑하게 되는 일이
너의 마음에 가져다줄 축복과 은혜를 바라보는 사람이 되었고,
너의 눈에는 엄청난 손해처럼 여겨지는 끔찍이도 미운 일, 시련이
때로 너의 영에게는 엄청난 이득과 성숙의 선물이 된다는 것을
알게 됐고, 하여 기꺼이 받아들이고 용서하고자 하는 그 내려놓음의
아름다운 지혜를 선택할 줄 아는 사람이 되었고, 그것에서부터
네가 취할 수 있는 성숙의 기쁨을 이미 스스로 아는 사람이 되었고,
그리고 그 성숙의 기쁨과 비교할 수 있을 만한 기쁨이라는 게
이 세상에는 결코 존재하지 않는다는 것을 아는 사람이 되었으니까.

그러니 매 하루의 삶이 지옥처럼 여겨질 만큼 지치고 아파서
너의 삶에 기적이 일어나기를 참 간절히 기도하고 있는 너에게
나는 너를 그곳에서부터 결코 구해낼 수 없는 외부의 기적이 아닌,
너를 반드시 그곳에서부터 건져내고 구원해줄 내면의 변화라는
그, 진정한 힘이 있는 진짜 기적만을 구하고 청하라는 말을 건네.

그러기 위해 매 삶의 순간, 성숙할래, 성숙하지 않을래, 라고
너에게 묻고 있는 삶의 선택지 앞에서 이제는 성숙을, 그 선물을
기꺼이 선택함으로써 이제는 우울 대신에 기쁨이, 불만족 대신에
만족과 감사가, 판단 대신에 이해가, 미움과 증오 대신에 용서가,
그 모든 진실한 사랑의 가치가 너의 마음을 가득 채우게 하는 거야.

기적은 오직 사랑의 울림만을 들을 수 있고, 하여 오직 사랑에게만
자신의 답을 전해줄 수 있고, 그래서 사랑을 선택하겠다는 각오는
기적을 청하는 일과 전혀 다르지 않으며, 하여 네가 사랑할 때,
너의 청을 들은 기적이 너에게 찾아와 반드시, 너를 구해낼 테니까.

그러니 지금 이 순간 선택할 수 있는 기회라는 선물, 그 꽃 앞에서
이제는 성숙을, 사랑을, 기적을 선택함으로써 지금의 아픔에서부터
너 자신을 구해줘. 그 오래되고 희망 없었던 지옥에서부터 말이야.
그러기 위해 지금 이 순간을, 더 이상 헛되이 낭비하지 말아줘.
네가 선택할 수 있는 가장 최선의 가치가 진정한 행복일 수 있게,
하여 누가 아무리 말려도 너, 진짜 행복만을 향해 나아갈 수 있게,
이제는 더 이상 미움에서부터, 과거와 미래에서부터, 슬픔에서부터,
욕망에서부터 그 어떤 매력과 가치도 찾거나 구하지 않음으로써.

그것만으로 너, 하루하루를 더해갈수록 반드시 더 행복해질 것이며,
그 하루가 쌓인 언젠가의 오늘엔 꼭, 기적과 함께하고 있을 테니까.

자기 전 미움을 곱씹느라 겨우겨우 잠에 들었는데, 눈을 뜨자마자
또다시 나를 삼키는 미움에 아침부터 허덕인 채 나, 무너지고 있어.
그렇게 하루 온종일 그 미움을 생각하느라 기쁨을 잃은 지 오래야.
그게 너무 힘들어 떨쳐내려 해봐도, 미움은 점점 더 자욱해져만 가.
그런 매일을 살아오며 지친 나, 이제는 행복할 수 있을까, 그게
가득 의심되고 두려울 만큼 불행에 너무나 가까이 닿은 것만 같아.

그럼에도 나만큼은 나를 포기할 수가 없어서, 그래서 최선을 다해.
미움을 이겨내기 위해 수많은 책을 찾아보고, 명상을 배워보고,
요가를 해보고, 그 모든 나를 향한 사랑으로 나를 돌보는 거야.
그럼에도 쉽지 않지만, 여전히 힘겹고 어렵지만, 미움에 아프지만,
며칠 중 아주 잠깐이라도 문득 평화와 기쁨의 빛이 내 마음을 향해
가득 쏟아지고 내리쬐는 것을 나, 느낄 수 있었고, 그 잠깐의 빛,
그 고요와 평화가 너무 그리워서 자꾸 그것만을 찾게 되는 거야.

그렇게 오랜 시간을 나아오다, 문득은 자기 전 미움이 아닌
사랑과 기쁨의 생각을 가득 곱씹은 채 미소와 함께 잠드는 나를
스스로 발견하게 되고, 아침부터 맑고 개운한 기분에 미소 짓는
그런 나를 발견하게 되고, 그렇게 같은 하루가 전과는 완전히 다른
새롭고도 따뜻한, 밝고도 기쁨 가득한 하루가 되기 시작하는 거야.
예전에는 아파서, 슬퍼서 울었는데, 이제는 기쁨에 겨워 울게 되고,
그렇게 온 세상을 미워하던 내가 온 세상을 사랑하고 있는 거야.

그 기적을 한 번이라도 가슴에 품어본 사람은 다시는 누군가에게
미움을 품는 일이 완전히 불가능해질 만큼, 그 기적은 내 마음을,
나의 삶을, 완전히 변형시키고, 아름다움으로 물들게 하고, 정말로
그건, 그 어떤 말로도 표현할 수 없을 만큼의 무한한 기쁨인 거야.
그래서 말 그대로 기적이고, 다시는 나, 전과 같을 수가 없는 거야.

그게 미움이든, 삶의 어떤 어려움이든, 그 무엇이든 결국 그 시련은
내게서 그 찬란한 기적을 되찾게 해주기 위한 기회와 선물인 거고,
그러니까 너, 이제는 너를 향한 사랑의 마음으로 네 마음의 회복을,
치유를 위해 네가 할 수 있는 모든 최선을 다해 지금을 끌어안아줘.

그 하루의 사랑이 쌓이고 쌓여, 마침내 기적이 그 사랑을 바라보고
들을 수 있을 만큼의 사랑이 되면, 그때는 네가 따로 청하지 않아도
기적이 알아서 너를 찾아와 끌어안을 테니까. 그렇게 너의 삶에,
너의 마음에 아름다운 변형을 일으키고 새겨 너, 다시는 전과 같이
부정적인 감정에 사로잡혀 하루를 아프게 보낼 수 없을 테니까.
그러고 싶어도, 더 이상은 그게 불가능할 만큼 너, 전과는 완전히
다른 사람, 그 영구적인 변화를 소유한 사람이 되어있을 테니까.

그렇게 이제는 너를 미움에 빠지게 했던 다른 사람의 성향이
귀엽고 사랑스럽게 보이기 시작하고, 너를 지치고 힘겹게 했던
하루를 살아가는 일이 기쁨과 즐거움으로 가득 물들기 시작하고,
온통 삭막한 외로움과 깊은 공허에 물들었던 너의 모든 관계가
사랑의 채워짐과 반짝임으로 가득 차 진심과 진실함을 주고받으며
함께하는 내내 위로와 응원을 잔뜩 주고받는 관계가 되기 시작하고,
하여 더 이상 슬픔을, 무기력을, 미움을, 이기심을, 외로움을,
공허를, 짜증과 예민함을 겪는 게 불가능한 네가 되어가는 거야.

그렇게, 숱하게 많은 물질과 사람들에게 둘러싸여서도 여전히
알 수 없는 불행에 고통스러워해야만 했던 그 왜소함을 넘어서
이제는 너, 그 어떤 외부의 조건에도 불구하고 네게 주어진 오늘에,
그 지금 이 순간에 만족하고 감사할 줄 아는 위대함을 소유한 채
행복할 자격이 태초부터 영원히 충분했던 너의 그 자격을 누리며
오늘을 가득 사랑하며 살게 되는 거야. 오직 그 기적으로 인해서.

그러니 매 삶의 순간 앞에서 너, 이제는 사랑을 선택함으로써
그 기적을 청하고 네 마음에 영원하고도 아름다운 변화를 일으켜줘.

네가 이제는 타인을 더욱 진실하게 사랑하는 데 있어서, 또 이제는
진정 행복한 사람이 되는 데 있어서 다른 무엇이 필요한 게 아니야.
그저 너의 마음을 위해 아주 조그마한 사랑의 용의를 내는 것, 그,
정말로 작은 사랑이 필요한 것뿐이야. 그, 너를 위한 진심과 사랑이.

지금 미운 사람이 있다면 그러니 이제는 기적에게 청하고 기다려봐.
이 사람을 다름 아닌 나를 위해 지금과는 다르게 보게 해달라고.
네가 그렇게 청하고 눈을 감은 채 기다리면, 너를 위한 너 자신의
사랑, 그 사랑의 울림을 기적이 반드시 듣고 너에게 답할 데고,
그 순간 너는 그 사람을 전과는 완전히 다르게 바라보게 될 테니까.
그게 어떤 어려움이든 네가 그렇게 청하고 기다릴 때, 그 순간 너,
모든 상황을 전과는 완전히 다르게 경험하고 바라보게 될 테니까.

다만, 그 기적이 찾아왔을 때 자신의 전부를 잃게 될까 두려워하는
너의 이기심, 너의 무지와 환상들, 그 어둠이 네 마음에 드리워져
또다시 거짓된 목소리를 통해 너에게 말하고, 너에게 속삭일 테고,
그래서 다만, 그 모든 유혹에 더 이상 눈과 귀를 기울이지 않은 채
오직 고요 속에서 기다리는 것, 그 진실한 용기가 필요한 것뿐이야.

그러니 너, 너를 위한 작은 사랑의 용의와 진실한 용기를 내어줘.
그 빛으로 네 마음 안에 자욱한 거짓된 자아의 어둠을 소멸시켜줘.
그렇게 죽음으로써 다시, 그리고 진짜 살아가는 네가 되는 거야.

그러니 이제는 그 새로운 생명과 빛, 그 진짜 삶을 위해 선택해줘.
사랑을, 다르게 보는 것을, 고요와 함께 기다리는 것을, 그 기적을.

감사의 대상.

나는 네가 타인에게 감사를 바라기보다,
너 자신에게 조금 더 감사할 줄 아는 사람이었으면 해.
네가 타인에게 감사를 바랄 때, 네가 기대하고 바라는 만큼
너에게 감사를 충분히 표현해주는 사람이 없어서
너는 늘 서운함에 빠질 테고, 자주 외로울 테니까 말이야.

하루 스물네 시간 너의 마음을 듣고, 너의 마음을 알고,
그럴 수 있는 사람은 너 자신밖에 없기에 너의 아픔도,
고통도, 어떤 선한 마음과 따뜻한 온도의 배려도,
그 모든 마음의 모양과 생김새를 속속들이 아는 사람은
이 세상에 오직 너 자신밖에 없는 거고,
그래서 이 세상엔 결코 네가 바라고 기대하는 만큼
너에게 감사를 표현해줄 사람도, 공감해줄 사람도 없는 거니까.

네가 그런 마음을 내기까지 어떤 어려움과 깊은 갈등이 있었고,
하지만 그럼에도 불구하고 끝내 그런 마음을 썼다는 것,
타인은 그것의 아주 조그마한 일부분은 가늠할 수 있을지라도,
결코 너만큼은 그것을 촘촘하게 가늠할 수 없을 테고,
그래서 그들은 그들이 가늠할 수 있는 크기만큼만 너에게
고마워할 수 있고, 또 그 감사를 표현할 수 있는 거니까.

그리고 그건 사실 우리 모두에게 너무나 당연한 일인 거야.
그래서 그 당연함 앞에서 네가 자주 서운한 채 무너진다면,
너는 다름 아닌 너를 위해서 그 마음을 극복할 필요가 있는 거야.

그러니 이제는 네가 타인에게 따뜻하고 예쁜 마음을 내기까지
어떤 어려움과 힘겨움이 있었는지를 가장 잘 아는 네가
그 마음을 속속들이 알아주고 너에게 스스로, 충분히 감사해줘.

사실 그런 마음을 낼 수 있다는 건 참 기특한 일인 거잖아.
그건 그 자체로 왜소함을 스스로 넘어선 사랑의 노력이었고,
하지만 이 세상엔 그럴 수 있는 사람이 잘 없고,
어쩌면 그런 시도를 하고자 마음먹는 사람조차 잘 없고,
그래서 그런 무수한 노력 끝에 따뜻하고 예쁜 마음을 끝내
누군가에게 건넸다는 것, 그건 그 자체로 참 기특한 일인 거야.
그러고자 하는 마음을 먹을 수 있고, 또 그럴 수 있다는 것,
그래서 그 예쁜 마음에 가장 감사해야 할 사람은 바로 너인 거야.

왜냐면 그로 인해 네가 전보다 너그럽고 관대한 사람이 되었고,
그 왜소함을 딛고 일어서기 위해 마음을 쓰고 노력한
그 모든 과정 안에서 다름 아닌 네가 더 예쁜 사람이 되었으니까.
대부분의 사람들이 평생 왜소함과 인색함에 갇혀 살아가는 동안,
그래서 너는 그보다 더 큰 사랑의 기쁨과 행복을 알게 되었고,
그 사랑을 실현할 수 있는 예쁘고 아름다운 사람이 되었고,
그래서 그건 그 자체로 네가 너에게 감사해야 할 부분인 거야.

그러니 네가 그럴 수 있는 사람이라는 것, 그 자체에 감사해 봐.
눈을 감은 채 너의 그런 면들에 네가 스스로 감사하기 시작할 때,
네 마음 안에 있던 서운함들, 모두 눈 녹듯이 사라질 테니까.
그렇게 네가 너에게 감사함으로써 네 마음 안에 여전히 남아있던
그 왜소함의 잔해들까지 완전히 극복하고 이겨내고 나면 너,
진정한 사랑의 빛과 그 평화에 감싸여 그 어떤 불안함도 없이
오직 기쁨과 사랑 가득한 마음으로 살아가고 사랑하게 될 테니까.

더 이상 타인에게 감사를 기대하고 바라지 않아도 된다는 것,
하여 더 이상 타인에 의해 내 소중한 마음을 훼손당한 채
서운함과 실망감을 느끼며 속앓이하지 않아도 된다는 것,
그 오롯한 마음이 주는 깊은 안도는 그 자체로 얼마나 평화며,
얼마나 기쁨이고 행복일지, 지금의 너는 아마 잘 모를 거야.

하지만 앞으로 네가 너 자신에게 스스로 감사함으로써 서서히,
아주 희미하게라도 그 빛을 보기 시작할 때 너는 여태 네가
얼마나 깊고 큰 불행 안에 갇혀 살아왔었는지를 이해하게 될 테고,
그렇게 너, 이제는 너의 행복을 위해 그 누가 너를 막아서더라도
너 스스로 그 길을 계속해서 걸어갈 수밖에 없는 사람이 될 거야.

사람은 모두가 자신이 아는 한 최선의 행복을 추구하고 있으며,
이제 너는 무엇이 진정한 행복인지 더욱 깊이 아는 사람이 되었고,
그래서 이전에는 왜소함과 인색함, 타인에게 의존하는 행복,
끝없이 감사를 바라고 구하며 서운해하고 절망하는 마음의 태도,
그 안에 행복이 있다고 믿었기에 그 행복만을 추구해왔던 너는
이제는 더 이상 스스로 그 불행을 추구할 수 없게 되었을 테니까.

그래서 너에게는 딱 한 번, 지금 네가 행복이라 믿고 있는 것보다
더 크고 깊은 행복이 있다는 것을 스스로 느낄 필요가 있는 거야.
그리고 나는 오직 지금, 그 한 번을 네가 꼭 느낄 수 있길 바라.
그저 눈을 감은 채, 타인이 그를 위한 너의 어떤 노력과 예쁜 마음,
선한 행동을 알아주지 않는다며 서운해하고 미워하던 그 감정을
이제는 곱씹기보다 그저 고스란히 바라보고, 초연히 느끼고,
그렇게 해서 생긴 빈 공간 안에 너 자신에 대한 스스로의 감사를,
그 빛을, 진실한 사랑의 마음을 딱 한 번, 가득 채워 넣음으로써.
그렇게 이제는 보다 오롯이, 스스로 행복할 줄 아는 네가 되어줘.

누구보다 예쁘고 기특한 마음으로 선한 행동을 했지만 나,
그것을 알아주지 못하는 세상과 타인들에게 서운함을 느낀 채
그 서운함에 빠지고 골몰하느라 그 예쁜 사랑의 마음을 스스로
바래지게 하고, 시들어지게 하고, 못난 인색함으로 탈색하고,
그러느라 어느새 아름다웠던 내 마음은 그 색과 모양이 변해버렸어.
그렇게 미움과 서운함, 그 왜소함만이 내게 남은 전부가 되어버렸어.

왜 그 마음을 스스로 자랑스럽게 여기고, 스스로 소중히 여기고,
하여 그럴 수 있었던 나 자신에게 스스로 감사하지 못했을까.
세상이 알아주지 못할수록 내가 알아줘야 했던 내 마음인 건데,
그렇게 내가 지켜주고 보호해줘야 했던 나의 예쁜 마음들인 건데,
무엇보다 그럴 수 있다는 것 자체로 이미 충분히 감사한 일이며,
그건 내가 거저 받은 축복과 은혜, 그 자체의 아름다움인 건데.

그러니 이제는 네가 예쁜 마음을 건네줄 수 있는 사람이라는 것,
그 사실에 너 자신이 너에게 가장 먼저, 가장 크게 감사해줘.
감사를 받고자 하는 마음에서 비롯된 서운함과 미움에 대한
가장 적절하고 효과 빠른 처방전은 다름 아닌 내가 나에게
스스로 충분한 감사를 전해주는, 그, 나 자신에 대한 감사이니까.

네가 너에게 감사할 때, 타인이 너에게 감사하는 것과 마찬가지로
너의 마음 안에는 감사가 채워질 것이고, 하여 이미 감사로 가득 찬
너의 마음은 더 이상 외부로부터 감사의 결핍을 느끼지 못할 테고,
그래서 너는 너 스스로 채워지는 그 오롯함과 함께하게 될 테니까.

그러니 그 오롯함을 완성하기 위해 너에게 주어진 지금의 서운함,
결핍, 미움, 그 모든 감사하지 못한 마음에서부터 비롯된 왜소함을
이제는 오롯함을 완성하기 위한 선물로 여긴 채 가득 끌어안아줘.

네 마음 안에서 그런 식의 서운함이 생길 때, 전에는 그 서운함을
주어진 매 순간 곱씹으며 끝내 미움이 되도록 부풀려갔던 너지만,
이제는 너, 그 서운함을 너 자신에 대한 스스로의 감사로 치유하고,
그렇게 함으로써 더욱 오롯한 네가 되기 위한 선물로 여기는 거야.
그 선물이 지금도, 아주 조금 뒤의 지금도, 정말이지 매 순간
너의 마음 안에서 별처럼 쏟아지고 있기에 너, 그래서 설레는 맘으로
그 모든 선물을 끌어안은 채 더욱 빛나고 행복한 네가 되는 거야.

그래서 타인에게 감사를 받지 못해 서운함이 드는 순간은
이제 더 이상 너에게는 아픔과 미움의 계기가 되지 못하는 거야.
그 순간은 너 자신에게 감사를 전해줄 소중한 사랑의 시간이자,
그렇게 함으로써 너 자신의 오롯함을 더욱 완성하고 꽃 피울
너를 위한 예쁜 성숙의 시간이고, 이제 너는 그걸 분명히 아니까.

그렇게 더 이상 외부의 감사에 의존할 필요가 없을 만큼
온전하고 오롯한 네가 되고 나면, 너는 타인의 그 어떤 무성의와
무관심, 차가움과 냉정함에도 결코 훼손되거나 상처받을 수 없는
그 완전함과 함께하게 될 테고, 그래서 너, 그 진짜 안전과 함께
이제는 더욱 풍요롭고 위대한 오늘을 기쁨 가득 살아가게 될 거야.

왜냐면 그때의 너는 진실로 스스로 충족되는 사람일 테니까.
이미 네 마음엔 너 스스로 건넨 감사와 사랑이 너무 많이 쌓여서 너,
그 풍요에 결핍을 잊은 지 오래일 테고, 그래서 너, 그 관대함으로
세상과 사람들에게 네 마음에 가득 흘러넘치는 그 감사와 사랑을
그 어떤 대가도 바라지 않고 기대 없이 건네는 빛나는 사람일 테고,
하지만 그래서 또한 더욱 감사와 사랑을 받는, 그때의 너일 테니까.

그러니 그 진짜 행복을 위해, 이제는 네가 너에게 스스로 감사해줘.

후회에 가슴이 미어질 때.

때로 지난 시간의 내 선택이 너무나도 후회가 돼서
가슴은 미어질 듯이 답답하고, 눈에서는 눈물이 자꾸만 흐르는,
후회와 죄책감으로 얼룩진 아픈 시간을 보내게 될 때가 있어.
머릿속에는 자꾸만 지난 일이 떠오르고, 나는 그 과거에 빠진 채
그 과거를 끝없이 머릿속으로 편집하고 새롭게 재구성하고,
그럼에도 과거는 다시는 돌이킬 수 없다는 절망에 빠져 절규하고,
그런 하루를 보내느라 내 삶의 모든 행복을 잃게 되는 시간 말이야.

그런데 말이야. 네가 지난 시간을 그토록이나 후회하게 된 건
그때의 너와 지금의 너 사이에 성숙의 간격이 생겼기 때문이고,
그래서 그 후회는 사실 네가 그만큼 성숙했다는 하나의 증거야.
네가 그때로 돌아간다고 해도 그때의 너에게는 그게 최선이었기에
너는 네가 믿는 최선의 행복을 바탕으로 같은 선택을 할 테고,
하지만 지금의 너는 그때와 달리 다른 최선이 있음을 알게 되어서,
그래서 후회라는 걸 할 수 있게 된 거니까. 그만큼 성숙했으므로.

그러니 그 후회에 너무 오래 빠진 채 고통스러워하진 않았으면 해.
아픔과 함께 배우는 시간은 분명 너의 성숙을 확고히 하는 데 있어
큰 도움이 되겠지만, 앞으로 나아가지는 않은 채 그 아픔 안에
계속해서 갇혀 있다면 너, 그만큼 네가 이루어낸 그 성숙을 통해
새롭고 아름다운 삶을 마주하고 살아갈 시간을 상실하게 될 테니까.
그래서 지난 시간의 잘못을 아름다움으로 갚아가야 한다는 그,
지난 후회에 대한 책임을 다할 수 있는 유일한 일 앞에서도 너는
그만큼 소홀할 수밖에 없을 테고, 그건 여전히 미성숙일 테니까.

그러니까 지난 시간의 후회를 지금의 죄책감으로 갖고자 하는
그 오류에 갇혀 진정한 갚음의 시간을 헛되이 낭비하지 말아줘.
죄책감은 너를 아프게만 할 뿐, 그것에 변화의 힘은 결코 없으니까.
그저 보다 아름다운 네가 되어 그 아름다운 마음과 시선으로
너에게 주어진 삶을 마주하는 것, 전보다 더 다정한 네가 되는 것,
그게 너의 잘못을 갚아가는 힘 있는 유일한 변화의 방법이고,
네가 그렇게 할 때라야 너로 인해 너의 곁 또한 웃게 될 테니까.

그러니 죄책감이 아닌 너 자신에 대한 사랑과 진실한 책임감으로
너에게 주어진 후회를 딛고 나아가줘. 그렇게 성숙을 완성해줘.
너는 죄책감을 느끼기 위해서가 아니라 사랑하기 위해 태어났고,
그래서 지난 시간의 후회는 너 자신을 탓하고 아프게 하는
그 죄책감이 아니라 오직 사랑으로 갚아 나가야 하는 거니까.
그게 지난 시간의 후회에 아파하고 있는 너 자신을 끌어안는
네가 너에게 건넬 수 있는 가장 최선의 아름다운 사랑인 거니까.

사람은 모두 각자의 나름으로 최선과 진심을 다해 선택하고 있고,
그래서 그것에는 사실 잘못된 것도, 탓할 만한 것도 없는 거야.
그때는 그게 내게 가장 좋은 일로 보였기에 그렇게 했을 뿐이고,
그래서 그건 그때의 나에겐 나를 향한 최선의 사랑이었을 뿐이니까.
다만 모두가 완벽하지 않아 배우기 위해 이곳에 태어나 존재하고 있기에
조금 부족할 수밖에 없고, 또 실수할 수밖에 없을 뿐인 거야.
그렇게 배워가고 채워가는 것, 그 성숙이 우리 존재의 이유니까.

그렇게 늘 성숙하며 나아가는 너이기에 지난 시간의 네 선택이
때로 너무나 부족하게 여겨져 미어지게 후회될 때도 많겠지만, 괜찮아.
이제는 네 존재의 목적을 기억하는 네가 되었으니, 더욱 사랑하며,
또 더욱 큰 사랑으로 존재하며, 그 아름다움으로 갚아나가면 되는 거야.

이전에는 너의 욕망을 채우기 위해 거짓말이라도 하는 것이
너의 행복을 위해 가장 최선이라고 여겨졌기에 그렇게 했지만,
이제는 너의 이득을 위해 누군가를 속이는 게 결코 허락되지 않는
참 진실하고 예쁜 네가 되었고, 그래서 그건 성숙의 증거인 거야.

이전에는 화가 날 때면 그 감정을 고스란히 분출하는 너였지만,
그렇게 네가 편하기 위해 남을 아프게 해도 괜찮은 너였지만,
이제는 너, 타인의 마음을 더욱 바라보고 배려하는 네가 되었기에
어떤 순간에도 다정함을 지키고자 하는 참 따뜻한 네가 되었잖아.

이전에는 타인의 작은 예민함에도 하루 종일 마음이 불편할 만큼
타인이 너를 대하는 태도 하나에도 온 감정이 무너진 채
그것을 곱씹고, 신경 쓰고, 또 원망하느라 평화를 잃던 너였지만,
이제는 너 자신을 위해 네 마음의 평화를 스스로 지켜낼 줄 아는
참 단단하고 자존감 있는 네가 되어 너를 더욱 사랑하게 되었잖아.

그 모든 게 지난 시간의 경험 안에서 네가 배우며 성숙한 것들이고,
성숙했기에 지금의 너와는 달리 미성숙했던 과거가 아픈 것이고,
그래서 그거면 된 거야. 이제는 너의 성숙으로 갚아가면 되는 거야.

더욱 진실하고, 더욱 다정하고, 더욱 오롯한 너로서 타인을 대하고,
하여 타인을 불편하게 하던 전과 달리 편안하게 해주는 네가 되고,
타인의 얼굴에 예쁜 미소의 꽃이 한 아름 피어나게 하는 네가 되고,
그렇게, 네가 완성한 모든 성숙과 사랑을 더해 타인을 마주함으로써
타인의 얼굴에 슬픔의 멍에를 남겼던 지난 모든 순간을 아득히 넘어
기쁨과 행복의 미소를 남기는 날들이 결국에는 더 많아지게 하는 것,
타인뿐만이 아니라 너 자신에게도 그 사랑을 가득 전해주는 것,
그게 지난 시간의 후회를 딛고 갚아나가는 가장 최선의 지혜니까.

지난 시간의 후회가 거대한 해일처럼 밀려와 나를 삼킬 때,
나는 죄책감에 빠진 채 그 고통의 심연을 헤집으며 아파했고,
그렇게 내 마음과 몸이 망가질 만큼 괴롭고 슬픈 시간을 보내왔어.
고통을 느끼며 아파하는 것, 그게 지난 시간의 잘못을 갚아나가는
내 최선의 책임이자 타인에 대한 보상이라고 굳게 믿어왔으니까.

그렇게 눈물과 자책에 겹게 얼룩진 아픈 시간을 보내다 문득,
나의 고통과 죄책감이 해결할 수 있는 건 아무것도 없다는 것을,
그런다고 해서 나의 책임이 덜어지는 것도 아니고, 그런 나를 보며
누군가가 행복을 느끼며 기뻐하는 것도 아니라는 것을 알게 돼.
결국 그때는 그게 나의 최선이었고, 그런 나와 함께하는 것 또한
상대방의 선택이었고, 그래서 그것에 잘못된 것은 없었다는 것을.

다만, 그 시간 안에서 서로는 서로로부터 무엇인가를 배웠고,
그 배움을 위해, 그 성숙의 뜻을 완성하기 위해 함께했을 뿐이며,
서로가 충분히 배우고 무르익었기에 이제는 더 나은 곳을 향해,
자신이 생각하는 더 아름다운 최선을 향해 자리를 옮겼을 뿐이며,
그래서 그 불완전 또한 결국은 완전함이었고, 뜻이 있었던 거야.

그러니 지금 네가 할 수 있는 가장 최선은 아름다운 네가 되는 것,
지난 후회를 다시는 반복하지 않는 성숙함으로 나아가는 것,
더 따뜻하고 다정한 네가 되어 네게 주어진 모든 하루와 곁을
마치 오늘이 마지막 날인 것처럼 사랑하고 아끼고 보살피는 것,
하여 비로소 사랑이란 선한 영향력을 전해주는 네가 되는 것인 거야.

그게 지난 시간의 후회가 너에게 찾아온 모든 의미이니까.
무너지게 아파하고 죄책감과 고통에 죽도록 시달리라는 말이 아닌,
오직 사랑의 책임을 다해달라는 그 말을 전해주기 위해서 말이야.

그러니 이제는 네가 후회할 수 있음에, 그 찬란한 성숙의 증거에
너 스스로 충분히 감사하며 죄책감이 아닌 사랑과 함께 나아가줘.
지난 시간 동안 너 자신을, 너의 곁을 아프게 했던 그 시간이
진심으로 미안하고 후회가 된다면, 이제는 그보다 나은 네가 되어,
더 새롭고 아름다운 네가 되어 그것을 갚아가고자 선택하는 것,
그게 행복이라는, 네가 그들에게 건넬 수 있는 가장 최고의 보상이니까.

너의 마음은 늘 올바른 답을 알고 있고, 그 답은 언제나 사랑이기에
네가 사랑이 아닌 다른 선택을 할 때 너, 언젠가는 반드시 너의 그,
사랑 아닌 선택을 후회하게 되는 날을 마주할 수밖에 없는 거야.
그리고 너는 사랑을 선택하지 않았음을 죄책감으로 갚으려는
잘못된 시도 안에 갇혀 스스로를 탓하며 너를 아프게 하는 거야.

하지만 너, 그럼에도 또다시 같은 잘못을 반복하기 일쑤였고,
그건 네가 변화의 힘이 전혀 없는 죄책감을 선택했기 때문인 거야.
왜냐면 너는 죄책감을 통해 스스로를 아프게 함으로써
지난 시간에 대한 잘못을 충분히 갚았다고 스스로 생각하기에
또다시 죄책감으로 너를 벌주는 순간이 오기 전까지 시간을 벌었고,
하여 진정한 뉘우침의 시간을 겪지 못한 너는 결국 전과 같을 테니까.

무엇보다 네가 진정으로 변하게 되고 거듭나게 되는 순간은
지난 시간의 미성숙을 알게 된 그 후회와 자괴의 순간이 아니라,
그 후회 안에서 충분히 배운 채 그 후회를 완전히 딛고 일어선,
다시는 같은 후회를 반복하지 않겠다고 아름답게 마음먹은,
그 오늘의 성숙과 온전함으로 마침내 하루를 마주하는 순간이니까.

그러니 사랑하기 위해 태어난 너, 이제는 사랑 아닌 죄책감으로
너를 아프게 하기보다 오늘의 너와 네 곁을 가득 사랑해주길 바라.

상처받지 않는 영혼.

감정적으로 취약해서 쉽게 상처받고, 쉽게 서운함을 느끼고,
또 쉽게 화내고 원망하게 되는 너에게 나는 이렇게 말해주고 싶어.
너의 진짜 모습은 그 무엇에도 상처받을 수 없는 영혼이고,
다만 네가 너 자신을 그 영혼이 아닌 육체라고 오해하고 있기에 너,
공격과 방어를 주고받는 상처의 늪 안에서 서성이게 되는 거라고.

너라는 영혼은 빛이자 생명이며, 그 어떤 세상의 것에 의해서도
결코 변할 수도, 달라질 수도 없는 그 자체의 사랑이기에
태양에 구름이 꼈다고 해서 태양이 사라지거나 작아진 게 아니듯
너라는 사랑 또한 마찬가지로 외부에 의해 훼손될 수 없는 거야.
다만, 네가 그럴 수 있다는 오해를 스스로 굳게 믿을 수 있을 뿐.

그러니 외부에 의해 네가 상처받았다는 생각이 들어 속상할 때마다
너의 진짜 모습이 어떤 존재인지를 간직하고 기억했으면 해.
사실 그 상황, 사건 자체에는 너에게 상처를 줄 힘이 있지도 않고,
다만, 네가 상처받을 수 있는 존재라 믿는 너 자신의 왜소한 생각과,
하여 상처받았음을 곱씹은 채 앙갚음의 마음을 품고 가득 부풀리는
너의 그 사고방식만이 너에게 상처를 줄 수 있다는 것을 말이야.

어떤 일이 일어났을 때 네가 본능적으로 곱씹는 어떤 생각의 고리,
바로 그 습관적 생각만이 너에게 상처를 줄 수 있는 유일한 것이며,
왜냐면 외부에는 너에게 그런 영향력을 행사할 힘이 전혀 없지만
너에게는 그런 힘이 충분히 있으며, 그래서 네가 그런 생각을 통해
너 자신에게 상처 주길 선택할 때만 너, 상처받을 수 있는 거니까.

그러니 너 자신의 진짜 모습을 이제는 잊지 말아줘.
찬연하게 빛나는 영혼이자 사랑인 너의 진짜 모습을 말이야.
어떤 물질에 외부의 힘을 가해 그것을 아무리 깨뜨리고 부서뜨려도
그 물질의 성분은 여전히 전과 같은 것처럼, 너라는 영혼 또한
마찬가지로 그 무엇에도 불구하고 여전히 너이며, 사랑인 거니까.

너는 영원하며, 결코 죽거나 사라질 수 없는 생명의 빛이야.
그러니 네가 어떤 것에 의해 상처받았다고 여겨질 때마다,
이제는 너를 다른 어떤 것이 아니라 진짜 너로 여긴 채 바라봐봐.
그저 눈을 감은 채 네 존재의 영원함과 무한함, 그 위대함을
온전히 느낌으로써 네가 너 자신의 강렬한 빛을 바라볼 때 너,
네가 상처받을 수 있는 존재라 믿는 거짓된 오해와 환상을 그 즉시
그 빛으로 소멸시킬 테고, 하여 그 거짓은 흩어지고 사라질 테니까.

너는 고작 한 생을 살고 끔찍한 죽음을 맞이할 육체 따위가 아니며,
그저 잠시 육체의 옷을 입은 채 이곳에서 어떤 성숙을 이루기 위해
이곳, 지구로 내려온 영원한 영이자, 사랑의 빛이자, 지구별 여행자야.
그리고 네가 이곳에서 배우길 선택한 어떤 성숙이라는 것, 그것은
신의 자비로 망각의 강을 건너 너 자신의 영원한 기억을 잊은 채
이곳, 지구에 태어났지만 이곳에서도 너 자신의 진짜 모습을
이곳에서의 모든 경험을 통해 기억해내는 것, 바로 그것인 거야.
그래서 삶의 모든 순간들은 정확히 너에게 그 기억의 회복을 위한
기회이자 배움으로써 너에게 주어지는 간절한 성숙의 선물인 거야.

그러니까 지금의 상처받는 순간은, 네가 너의 진짜 모습을
다시 되찾고 회복하기 위한 가장 최적의 기회이자 선물이며,
그래서 마침내 네가 이 순간의 이유를 완전히 기억해 낸 채 지금을
오직 그 성숙의 계기로 여길 때 너, 기쁨을 누릴 수밖에 없는 거야.

그러니 네 영혼의 목적을 완성하고 있다는 그 완전한 기쁨을 위해
상처받는 모든 순간들을 네 영혼의 기억을 회복할 더없는 기회로,
너 자신의 영원한 이름인 사랑을 다시 되찾을 완벽한 기회로,
네가 이곳에 존재하는 이유와 목적을 완성할 완전한 기회로 여겨줘.

그래서 이제 상처받는 순간은 더 이상 아픈 순간이 아닌 거야.
그 순간을 마주할 때마다 너는 설렘과 기쁨으로 가득 찬 채
너 자신의 빛을 되찾고 회복할 선물만을 바라보고 있을 테니까.

한 번 눈을 감은 채 깊고도 고요하게, 진실하게 생각해봐.
이 세상 어느 누구도 너에게 상처받으라고 강요하는 이는 없어.
강요할 수 있는 이도 없고. 그러니까 오직 너 자신만이 니에게
상처받으라고, 화내라고, 미워하라고 강요할 수 있을 뿐인 거야.

그러니 이제는 너 자신의 진실한 힘과 권능을 기억한 채
너를 아프게 하는 모든 부정적 감정의 유혹을 단호하게 거부해줘.
너에겐 그걸 선택하고 허락할 수 있는 힘이 있고, 그래서 그만큼
그것을 거절하고 허락하지 않을 힘 또한 분명하게 있는 거니까.

너는 정말로 그런 힘과 권능이 있는 무한하고 위대한 사랑이란다.
너 자신의 아름다운 성숙을 완성하고, 그 성숙을 위한 모든 여정을
기꺼이 즐기고 사랑하기 위해 태어나길 선택한 예쁜 빛의 영이란다.
망각의 강을 건너 태어남 이전의 모든 기억을 잊게 될지라도,
그럼에도 사랑과 용서를, 이해를 반드시 선택하겠노라고 다짐한,
그 분명한 뜻과 목표를 가진 채 태어남을 선택한 기특한 여행자란다.

그러니 이제는 상처받기 위해서가 아니라 사랑받기 위해,
사랑하기 위해 태어난 너, 네 존재의 이유를 꼭, 반드시 기억해줘.

그 무엇도, 그 누구도, 진실로 너에게 너의 진짜 모습을 잊으라고,
잊은 채 왜소하고 거짓된 오해의 늪에 빠져 그 오해를 부풀리라고,
그것을 부풀림으로써 외부로부터 공격받을 수 있다는 환상을,
그 오해를 스스로 창조해내고 또 굳게 믿으라고 강요하지 않았고,
그러니까 여태 네가 너에게 그 오해를 스스로 강요해왔던 거야.
그래서 너, 이토록 상처투성이가 된 채 두려움에 떨어야 했던 거야.

그렇게 너, 너라는 사랑이라는 빛, 그 위대한 힘과 권능을 잃은 채
너 스스로 힘과 주권을 외부에 내어줬다는 그 죄책감과 공포에
매일 같이 시달리고 아파해야만 했고, 그러느라 얼마나 힘들었어.
그러면서도 행복하기 위해, 사랑받기 위해 세상과 타인에게
나는 이럴 때 상처받는 사람이니 너는 내게 이래야 한다는 그,
결코 이루어지지 않을 부탁, 혹은 강요를 하며 전전긍긍해야만 했고,
그러느라 얼마나 불안함에 떨며 울어야만 했어. 또 미워해야만 했어.

그러니 이제는 너에게 너 스스로 왜소함의 환상을 강요하지 말아줘.
네가 상처받을 수 있는 존재라는 그 말도 아닌 오해를 거두어낸 채
너 자신의 힘과 권능, 주권을 되찾기 위해 주어진 하루를 살아가줘.
그러니까 누군가가 너에게 상처를 주는 그 순간마다 이제는
전과 같이 상처받은 채 그 사람을 미워하거나 바꾸려 하기보다
너 자신의 내면을 상처받지 않는 완전함으로 변화시켜 나가는 거야.

그렇게 외부로부터 상처받는 순간이 너에게 찾아올 때마다
이제는 너, 그 순간을 너의 완전함과 사랑의 빛을 회복할 기회로,
회복한 채 너 자신의 무한한 힘과 권능을 완전히 되찾아낼 선물로,
하여 네가 까마득히 잊었던 너라는 이름의 찬연한 사랑을 기억해낼
그 아름다운 성숙의 계기로 여긴 채 감사함으로 마주하고 나아가줘.
그 마음만으로 너, 이미 훨씬 강하고 단단한 네가 되어있을 테니까.

그렇게 너, 매사에 쉽게 상처받고 쉽게 미워하고 쉽게 서운해하는
그 어둠의 긴 터널을 지나 마침내 밝고 찬연한 사랑의 빛으로,
그렇게 네 진짜 존재의 근원인 내면의 사랑을 마주함으로써
더 이상 너의 행복을 외부에 의존하지 않아도 되는 자유와 안도로,
하여 너는 너인 그대로 이미 완전하고 오롯한 기쁨이라는 진실을
마침내 마주함으로써 너, 네가 상처받을 수 있는 존재라는 그,
터무니없는 환상의 장막을 영원히 거두어낸 채 빛나기 시작하는 거야.

너의 진짜 모습은 너의 왜소한 생각에 갇힌 육체가 아닌
영원한 빛과 사랑으로 지어진 찬란한 영임을 그렇게 기억해내고,
기억함으로써 네 영혼이라는 실재는 결코 상처받을 수 없으며,
네 왜소한 생각, 그 비실재는 애초에 존재한 적도 없는 환상이므로 너,
외부로부터 결코 훼손될 수 없는 완전함이라는 진실을 마주하는 거야.

그 모든 회복과 기억의 시간을 위해 너, 상처받아야만 했던 거야.
쉽게 상처받는 너로서 살아가는 아픔이 너의 발길을 행복으로,
진실과 사랑의 길로 돌아서게 만들었고, 그래서 지금의 이 시간,
사실은 아파하고 무너지는 시간이 아닌 더욱 굳건히 일어서는,
그 새로운 성숙을 위한 발돋움이자 소중한 기회의 시간인 거야.

그러니 그 성숙을 위해 이곳에 태어나 존재하길 선택한 너,
이제는 네 존재의 목적과 이유를 기억해줘. 다시는 잊지 말아줘.
너는 상처받기 위해서가 아니라, 미워하기 위해서가 아니라,
다만 상처를 극복한 채 더욱 위대한 사랑이 되기 위해 태어났고,
그래서 너의 그 존재의 목적에 딱 알맞은 선물을 받고 있는 거니까.
다만, 네가 그 선물을 지금은 선물로 바라보지 못하고 있는 것일 뿐.

그러니 그, 온갖 너를 위한 사랑의 선물을 이제는, 가득 끌어안아줘.

진실한 친절.

진실한 친절은 내가 건넨 마음에 상대방이 감사하지 않는다고 해서
서운함이나 미움을 느끼거나 하지 않는 그 자체의 예쁜 마음이야.
그러니까 내가 준 것, 줄 수 있다는 것, 그래서 상대방에게 기쁨을,
행복을 선물했다는 것, 그 자체가 나의 만족이 되는 다정인 거야.

교묘하게 나의 친절을 알림으로써 상대방이 내게 잘하길 기대하는,
그 은밀한 조종과 통제의 시도는 그래서 결코 친절이 아닌 거야.
왜냐면 그건 결국 상대방에게 무엇인가를 받길 기대함으로써 주는
그 마음의 이기심에 불과하며, 하여 여전히 친절으로 위장한,
사람들을 나의 구미에 맞게 변화시키고자 하는 통제의 시도이니까.

그러니까 그때는 상대방이 내가 원하는 무엇인가를 주지 않을 때,
그 무엇인가가 물질이든, 어떤 행동이든, 어떤 감정의 표현이든,
그게 무엇이든 그것을 주지 않을 때 나는 곧 서운함을 느낄 테니까.

하지만 진실한 친절은 어떨 때는 친절했다 어떨 때는 그러지 않는,
그런 식의 감정적인 변덕을 부리지 않는 일관된 다정함인 거야.
결국 내 친절함에 이유가 있다면, 하여 그 이유가 충족되지 않을 땐
곧 미움으로 바뀔 친절이라면, 그래서 그건 여전히 이기심일 뿐인 거야.

그건 결국 친절함과 미움 사이를 끝없이 왔다 갔다 하며 상대방에게
네가 이렇게 할 때만 나는 너에게 친절할 거고, 그게 아닐 때는
언제든 너를 미워할 수 있으니 넌 내게 이런 사람이어야만 한다는,
친절함을 통한 감정적인 협박이자 나만을 위한 왜소함일 뿐이니까.

그러니 나는 네가 그런 식의, 친절함을 대가로 하는 거래를 하기보다
너 자신이 좋은 사람이라서, 다정한 사람이라서 친절할 수밖에 없는,
그 성숙의 찬란한 빛을 향해 더욱 나아가는 진실한 사람이었으면 해.
그게 너의 마음에 더욱 깊은 평화와 안전을 가져다줄 거라 믿으니까.

네가 친절했음에 대해 늘 어딘가에 적어둬야만 하고, 기억해야만 하고,
그래서 나는 이렇게까지 했는데 그럼에도 너는 내게 불친절하다는
그 왜소한 자기 연민에 빠져 피해자가 된 채 고통스런 미움을 품고,
네가 그런 사람일 때, 그건 너의 삶을 참 지루하게 만들 테고,
아름다움의 빛을 모두 잃은 공허한 잿빛 세계로 물들일 테니까.

그때의 너는 늘 나는 너에게 이렇게까지 했는데, 하는 식으로
상대방에게 서운함을 가득 쏟으며 상대방의 마음을 불편하게 하고,
죄책감이 들게 하고, 그러니까 너, 그 행복 아닌 불행을 통해
상대방을 네가 원하는 대로 변화시키고자 하는 사람일 테니까.

하지만 오직 성숙하기 위한 목적 하나로 이곳에 존재하는 너에게
그런 식의 친절함, 아니 거래가 너에게 어떤 도움을 줄 수 있으며,
또 어떤 기쁨을, 아름다움을, 가치와 의미를 건네줄 수 있겠어.
그저 사랑하며 너의 다정함을 대가 없이 건네기에도 짧고 모자란
이, 다시는 되돌아오지 않을 아까운 하루를 그렇게 보낸다면 말이야.

너의 머릿속에, 너의 가슴 안에 그런 식의 왜소한 친절로 인해
기쁨과 평화, 보람이 아닌 슬픔과 미움, 생색의 울퉁불퉁함,
그 불행만이 가득 차 있다는 게 거짓 친절은 너에게 전혀 가치가 없는,
소중한 시간과 감정의 낭비일 뿐이라는 그 자체의 증거인 거야.

그러니 이제는 너의 행복을 위해 대가 없이 다정한 네가 되길 바라.

그저 내가 친절한 사람이라서, 그게 나의 습관이자 태도라서
매 순간 친절한 나이기에 내가 친절했음을 기억조차 하지 못하는
그 진실한 친절함을 향해 네가 나아갈 때, 너는 그 친절로 인해
생색을 내야만 하는 지루함, 서운함을 느껴야만 하는 왜소함,
그 모든 불행을 서서히 너의 마음 안에서 지워가기 시작할 것이고,
그게 너의 마음에 가져다줄 깊은 안도와 평화를 한 번 상상해봐.

내가 친절했음에도 타인은 내게 친절하지 않아도 된다는 여유의 빛이
너를 모든 왜소한 생각의 늪에서부터 완전히 구원해줄 것이고,
그래서 너, 더 이상 그런 서운함과 미움을 곱씹지 않아도 되는 거야.
그러한 일들을 하루에도 몇 번씩이나 떠올리고 세고 생각한 채
은근한 복수심을 느끼며 인상을 찌푸리지 않아도 되는 거야.
그게 얼마나 평화이자 그 자체의 천국일지, 그러니까 한 번 상상해봐.

타인이 너의 친절로 인해 기쁨을 느꼈다는 것, 그 자체로
네가 친절했던 모든 이유가 완성되어 너, 꽉 찬 만족을 느낀다면
그게 너의 삶을 얼마나 아름답게 물들이고 빛나게 할지를 말이야.

지금은 내가 그런 사람이 되는 것에 대한 어떤 두려움과 저항이,
의심과 의문이 너의 마음속에서 너를 자욱하게 가로막을지 몰라도,
이미 그런 친절함을 완성한 사람은 그런 불안을 느낄 필요조차 없이
그저 친절할 뿐이며, 그들은 그 자체로 기뻐하고 만족할 뿐이라는 것,
드물지만 어딘가에서 한 번은 듣거나 본 적이 있는 그들의 미소,
그것을 떠올린다면 너 또한 분명, 예쁜 친절을 완성할 수 있을 거야.

그러니 너의 행복을 위해, 그 진실한 친절을 완성하는 데 있어
너에게 찾아오는 모든 억울함과 저항의 왜소한 목소리들을 딛고 너,
꼭, 진정한 너그러움과 위대함으로 빛나는 친절을 완성하길 바라.

어떤 식으로든, 그게 형태가 있든 형태가 없든 대가를 기대하며
줄곧 건네왔던 친절에 나의 마음 안에는 어느새 이기심과 왜소함,
서운함과 미움, 욕망이 충족되었음에서부터 오는 얄팍한 거짓 기쁨,
그 불행만이 가득 차게 됐고, 그렇게 나, 진심을 완전히 잃어버렸어.

내가 준 만큼 받고자 하는 것, 그 마음은 결코 사랑이 될 수 없는
하나의 거래에 불과했고, 그러니까 나, 그 대가를 바라는 마음에 의해
사랑을 기억하고 되찾기 위해 태어나 살아가는 모든 순간 안에서
그 사랑을 완전히 잊고 잃은 채 정처 없이 헤매고 방황하게 된 거야.

그래서 내 마음은 사랑에서부터 하염없이 멀어져만 가고 있는
참 불행한 나를 어떻게든 붙잡고 지켜주기 위해 공허함을 통해
내가 잘못된 길을 가고 있음을 끝없이 외치며 나에게 알렸고,
하지만 그 마음의 소리에 귀를 기울이기에 나, 너무나 먼 곳에,
세상의 소리와 계산으로 가득한 너무나 어두운 곳까지 와버린 거야.

그래서 나, 사랑하기 위해서가 아니라 미워하기 위해서 이곳에서
태어나기라도 한 사람처럼 준 만큼 받지 못했다는 서운함을 세며
세상과 사람들을 온통 미워하게 되었고, 어느새 그 미움으로 인해
나의 마음에서 행복을 완전히 상실했다는 것조차 자각하지 못할 만큼
건네고, 기대하고, 서운해하고, 미워하고, 죄책감을 통해 강요하고,
그러한 것이 너무나 당연한 내 일부이자 습관이 되기에 이르렀어.

사랑은 산소처럼 그저 내게 주어진 감사한 선물이자 공짜인 건데,
그러니까 나, 사랑을 건네고자 하면 언제든 사랑을 줄 수 있고,
삶은 내게 그 사랑의 마음을 그 어떤 대가도 없이 그저 줬는데,
나는 왜 내가 공짜로 받은 그 사랑에 가격표를 붙인 채 그 사랑을
온갖 대가를 바라며 판매하고자 하게 되었는지, 그게 참 슬프고 아파.

그러니 이제는 잊지 말아줘. 오직 사랑하기 위해 태어나
그 사랑을 완성하기 위해 이곳에서 존재하고 살아가고 있는 너임을.
그래서 너, 사랑을 그저 줄 때마다 네 존재의 목적을 완성하고 있다는
그 빛나는 성숙의 기쁨을 너의 마음으로부터 선물 받게 된다는 것을.
그리고 그 기쁨과 비교할 수 있는 기쁨은 네 마음 바깥에서는
눈을 씻고도 찾을 수 없을 만큼 그건 유일한, 진짜 기쁨이라는 것을.

그러니 공짜로 주어진 그 사랑을, 그래서 네가 마음만 먹으면
언제든 너의 마음 안에서 한량없이 쏟아져 흘러나오는 그 사랑을,
이제는 그저 건넴으로써 너, 그 기쁨을 선물로 끌어안는 네가 되어줘.

네가 ㄱ 기쁨을 알 때, 너는 네기 침 오래도록 머물러 있었던
그 왜소함의 지옥이 얼마나 끔찍한 불행인지를 느끼게 될 것이고,
하여 너, 다시는 함부로 그곳으로 돌아가고자 마음먹지 못할 만큼
너 자신을 위해 대가 없이 사랑을 건네는 사람이 되어있을 테니까.

그리고 그때는 너로 인해 너와 함께하는 사람들 또한 행복해질 테고,
무엇보다 그런 너로 인해 매 순간 한순간도 너와 떨어지지 않은 채
너와 온종일 함께하는 너 자신이 기쁨에 겨워 울게 되는 거야.
더 이상 내가 건넨 친절에 대가를 기대하고 바라지 않아도 된다는,
하여 더 이상 실망하거나 서운해하거나 미워할 필요조차 없다는,
그 영원한 기쁨과 평화의 빛이 이제는 너의 마음을 가득 채울 테니까.

그러니 이제는 그 진짜 친절함을, 사랑을 완성하는 네가 되길 바라.
여태 대가를 바라는 그 왜소함의 지옥을 마음에 품고 살아가느라
무엇보다 너 자신이 가장 지치고 힘들었잖아. 가장 많이 아팠잖아.
그러니 이제는 너, 그 모든 왜소한 감정의 엉킨 덩어리들을 풀어내고
진실한 친절의 빛으로 너의 위대함과 너그러움을 되찾아 꼭, 행복해줘.

장점을 바라보는 사람.

나는 네가 무엇보다 타인에게서 그 어떤 단점도 바라보지 않는
그, 순수하고 맑은 시선을 회복한 채 더 많이 사랑받고 사랑하는,
참 예쁜 사람이 되었으면 해. 넌 충분히 그럴 수 있는 사람이니까.

그러니까 타인의 장점을 바라봐 줌으로써 그것을 고쳐시켜주는 사람,
하여 타인의 있는 그대로의 빛을 더욱 드러내주고 발견해주는 사람,
그래서 너와 함께 있으면 나, 참 편안하고 자신감이 생기는 것 같아,
리는 말을 타인으로부디 듣는 참 따뜻하고 다정한 사람 말이야.

네가 타인에게서 인정하는 장점, 그 빛은 사실 너의 내면에 있는
너의 사랑과 다정함을 바라보고 인정하는 것이기에 그건 다름 아닌
너 자신의 내면에 있는 빛과 사랑을 더욱 밝히고 키우는 일이야.
그처럼, 네가 타인에게서 단점을 바라봄으로써 그것을 확대할 때,
그건 네 안에 있는 그러한 성향 또한 똑같이 비난하는 일이기에
네 마음의 어둠과 죄책감을 스스로 더욱 키우고 확장하는 일인 거야.

그러니까 그게, 용서함으로써 용서받고 판단함으로써 판단 받는다는
그 말의 진정한 의미인 거야. 사실 네가 외부에서 바라보는 것들은
정확히 네 내면 세상의 반영인 것이고, 하여 네 마음 안에 없는 것을
너는 결코 외부에서 발견하거나 바라보지 못할 테니까 말이야.

그 모든 것을 떠나, 네가 장점을 더욱 바라보는 사람일 때 넌,
너의 그러한 성향으로 인해 미움을 자주 겪을 필요가 없으며,
그래서 무엇보다 그건 너 자신의 행복과 평화를 위한 일인 거야.

그래서 해줄 좋은 말이 없다면, 아무 말도 하지 말라, 라는
오래된 지혜의 말은 사실 정말 깊은 진실을 품고 있는 말인 거야.
그 말은, 장점이 전혀 없는 사람이라 한들 단점을 바라볼 필요는 없고,
하여 차라리 아무것도 없음을 바라본 채 다만 미움을 품지는 말라,
그렇게 너는 너의 평화를 지켜내라, 라는 뜻이 포함된 말인 거니까.

그러니 너는 너의 평화를 지켜내기 위해서라도 단점을 바라보던
그, 낡고 해묵은 지난 습관과 어둠의 시선을 이제는 완전히 벗어내고
타인의 장점을 바라보고자 너의 정성과 마음을 다해 노력하길 바라.

네가 타인의 모습에서 사랑을 발견하고자 하는 마음을 품는다면,
그 마음을 품은 채 사랑을 의도하고 고요하게 기다린다면 너,
반드시 타인에게서 어떤 사랑과 어떤 장점, 어떤 빛을 보게 될 텐데,
그건 모든 사람은 존재하고 있는 것 자체로 이미 사랑받을 만하며,
그러니까 그의 육체가 행하고 있는 어떤 말과 행동의 습관,
그 모든 겉모습 너머에 있는 그의 빛은 여전히 사랑이기 때문이야.

그러니 나는 네가 모든 사람에게서 그 숨겨진 빛을 발견할 줄 아는
태초부터 영원히 사실은 네 것이자 네 안에 있었던 그 사랑의 시선을
이제는 되찾은 채 모든 이에게서 선명히 뿜어져 나오고 있는 그 빛을
아름다움으로 바라보며 흠뻑, 감동에 젖을 줄 아는 사람이었으면 해.

그러기 위해 너, 지금의 애써 단점을 찾고 바라본 채 곱씹고자 하는
너 자신의 태도와 너에게 자꾸만 미움을 가져다주는 그 사람에게서
용서를 배울 것이며, 하여 이제는 너의 빛과 사랑의 시선을 회복해줘.
그러한 순간이 너에게 찾아올 때마다 이제는 사랑을, 빛을 찾겠다고,
그렇게 마음속으로 가득 의도한 채 고요히 그들을 바라보는 거야.
네가 그렇게 하고자 의도하는 순간, 넌 이미 빛을 보고 있을 테니까.

그래서 이제 너에게 있어 타인의 단점이 눈에 보이는 순간은
더 이상 타인을 미워하거나 비난할, 깎아내릴 계기가 아닌 거야.
너는 그 순간 그들에 대한 미움이나 판단을 곱씹고 세기보다,
이제는 그들의 단점을 바라보는 네 마음을 고요하게 바라볼 테고,
하여 그 바라봄의 빛을 네 마음에 채운 채 네가 그들을 바라보는
그 시선의 방식과 습관을 예쁘고 아름답게 변화시켜나갈 테니까.

그리고 그때가 되면 알게 될 거야. 이 세상에 죄는 없으며,
죄라는 것은 나의 미성숙한 시선이 빚어낸 환상일 뿐이었다는 것을.
네가 누군가에게서 죄를 볼 때, 그건 이 세상에 죄가 있다는 인정이며,
하여 그건 너에게도 죄가 있을 수 있다는 가정이자 선언이며,
그래서 그때는 너, 죄책감의 공포에 시달리며 떨 수밖에 없는 거야.
그리고 그 죄책감의 공포를 끝내 감당하지 못해 두려움에 사무친 너는
그 죄책감을 네 마음 안에서 부정한 채 느끼지 않기 위해서라도
타인에게 더욱 죄를 씌운 채 그들을 죄인으로 만들어야만 하는 거야.

그래서 그때의 너는 모든 죄는 네가 아닌 타인에게 있다는
그 죄책감의 투사를 통해 너의 죄를 벗고자 끝없이 시도할 테고,
하여 너, 타인을 더욱 미워하고 비난하기 위해 애쓸 수밖에 없는 거야.
하지만 네가 그럴수록 이 세상에 죄가 있음을 더욱 인정하는 것이기에
네 마음 안에 있는 죄책감의 공포는 더욱 거대해질 수밖에 없으며,
하지만 그 진실을 모르는 너는 그 악순환을 반복할 수밖에 없는 거야.

그러니 이제는, 그 무의미한 공포와 불행을 끝낼 진실을 마주해줘.
모든 세상에서 무죄를 바라봄으로써 죄라는 환상을 완전히 씻어내줘.
그렇게 함으로써 너 자신의 무죄를, 그 천국을 영원히 확정 지어줘.
주어진 모든 순간을 장점과 무죄를 발견하고 바라보는 데 씀으로써
너의 아름다운 시선을 회복할 소중한 성숙의 기회로 완성함으로써.

타인의 단점에 골몰한 채 그 단점을 바라보느라 가장 아픈 사람은
다름 아닌 나 자신이었고, 왜냐면 나, 그로 인해 기쁨을 잃었으니까.
누군가와 함께하고 있든 함께하고 있지 않든 그 시선으로 인해
나는 내게 주어진 아깝고 아름다운 시간을 미움으로 온통 탕진했고,
그래서 하루를 살아가는 기쁨과 행복을 상실한 지 까마득히 오래니까.

누군가는 너그럽게 넘어갈 수 있는 일 앞에서도 나는 멈춰야만 했고,
그렇게 그 행동을 마음속으로 세고 곱씹고 따져야만 했고, 그래서 나,
그 사람의 눈을 사랑으로 바라보지 못해 언제나 불안함과 흔들림,
미움과 증오, 서운함, 그런 두려운 모양의 눈빛으로 바라봐야만 했고,
그렇게 나의 세계는 온통 그 죄책감에 물들어 검게 바래졌으니까.

그러면서도 나의 그 어두운 시선을 세상에 너무 적나라하게 드러내면
미움받을까, 그것이 두려워 웃고 있는 가면 안에 애써 감추어내고,
하지만 여전히 타인의 단점을 찾고 골몰하는 나의 마음은 그대로고,
그래서 내 마음, 그 불행의 끔찍한 지옥과 검게 타오르는 죄책감에,
미움과 증오에 평화와 순수한 기쁨의 빛을 완전히 상실하게 되었고,
하여 그 죄의 세상을 도저히 감당할 자신이 없는 나는 결국 타인을 향해
분노를, 미움을 가득 분출한 채 죄의 책임을 떠넘길 수밖에 없게 된 거야.

하지만 죄를 누군가에게서 바라본다는 것, 그것은 결국 나에게도
죄가 있을 수 있다는 인정이었고, 그래서 나, 여전히 죄책감에 떨며
불안함과 두려움에 몸서리칠 수밖에 없었고, 그럴수록 역설적으로 나,
죄의 책임을 더욱 타인에게 떠넘기고자 시도할 수밖에 없게 되었고,
하여 그 악순환의 먹구름에서 쏟아지는 비는 그칠 줄을 몰랐던 거야.

그러니 이제는 진정하고도 영원한 안전이 있는 무죄의 세상 속에서
너의 안전을, 너의 행복을, 너의 빛을 찾고 구하기 위해 노력해줘.

모든 사람은 존재하는 것만으로 사랑받을 만한 자격이 있다는
그, 생명의 본질과 근원에 대한 사랑, 그 보편성의 위대한 사랑으로
네가 찾고 바라보고자 하는 아주 작은 죄와 실수, 단점의 어둠을
이제는 기꺼이 몰아내고 그 자리에 빛과 아름다움을 채우는 거야.

때로 너무나 이해하고 용서하기 힘든, 사랑하기 힘든 상황과 사람을
네가 걸어가는 여정 속에서 마주쳤을 땐, 그래서 갈등이 생길 땐,
이 상황을, 이 사람을, 다르게 보게 해주세요, 라고 너의 마음에게,
그 사랑에게 그저 고요하고 진실하게 요청한 채 그 답을 기다려봐.
그 순간, 너는 이미 어둠으로만 바라봤던 그 사람, 혹은 상황에서
서서히 드러나기 시작하는 빛과 사랑을 바라볼 수 있게 될 테니까.

결국 사랑하고 사랑하지 않고는, 그 사람과 그 상황에 달린 게 아니라
오직 너의 마음과 너의 결정에 달린 것이고, 왜냐면 사랑의 능력은,
그 주권과 권능은 태초부터 영원히 너에게 주어진 너의 자격이니까.
그래서 네가 사랑하길 의도하고 청할 때, 넌 반드시 사랑할 수 있고,
너의 그 위대한 사랑 안에는 그 어떤 제약이나 한계도 없는 거니까.

그러니 너, 이제는 죄가 아니라 오직 작고 귀여운 실수만을 바라보는
너 자신의 예쁘고 아름다운 시선을 회복한 채 살아가고 사랑해줘.
그 회복을 위해 사랑하기 힘든 모든 상황이 너에게 선물로 주어진 거야.
그리고 너에게 묻고 있는 거야. 이제는 기꺼이 사랑할래, 아니면
여전히 사랑하지 않길 선택한 채 죄와 미움의 지옥에 머무를래, 라고.

그러니 이제는 그 물음에 오직 사랑이라는 답을 내는 네가 되어줘.
그렇게 사랑하기 위해 태어나 이곳에 존재하는 너의 소중한 시간을,
네가 존재하는 이유와 목적에 맞게 사용함으로써 모든 공허와 슬픔,
죄책감 너머에 있는 진짜 기쁨과 행복의 천국을, 지금, 맞이해줘. 꼭.

빛과 어둠의 기로.

빛과 어둠의 기로에 선 채 끝없이 갈등하고 고민하고 있는 너에게
이제는 분명하게, 망설임 없는 확신과 함께 오직 빛을 선택하자고,
그렇게 너의 마음 안에 자욱이 드리워진 끔찍한 고민의 아픔,
그, 너를 소진시키고 갉아먹는 갈등의 고통에서부터 벗어나자고,
하는 말을 나는 내 모든 진심과 다정함을 다해 권유해주고 싶어.

네가 너의 행복을 위해 빛을 선택해야 한다는 것을 분명히 알 때,
너는 빛을 선택하는 것에 있어 더 이상 갈등하지 않게 될 거야.
그래서 지금의 갈등은, 너 스스로 빛이 옳은지 어둠이 옳은지,
무엇이 너를 위해 가장 최선인지, 너 스스로 여전히 확신하지 못해
짙은 안개 속을 헤집고 있기에 싹트는 애매모호한 감정인 거야.
그래서 그런 너에게 필요한 건 빛을 선택하는 것, 무엇보다 그게
너를 위한 최선이라는 것을 분명하게 아는 지혜의 꽃인 거야.

결국 누군가를 미워하며 고통스럽지만 그럼에도 계속 미워하는 건
그 미움 안에 나를 위한 행복이 있을 거라는 어떤 믿음 때문이며,
미움을 내려놓는 것이 오히려 나를 불행하게 만들지도 모른다는
어떤 막연한 두려움 때문이며, 그러니까 그따위의 사람을 용서하는 것,
그게 나의 삶을 바보처럼 만들고 저버리는 것일지도 모른다는 식의,
그게 무엇이든 그런 형태의 미움에 대한 미련과 집착 때문인 거야.

그 사람이 내게 입힌 손해, 상처, 아픔, 그러한 것들을 내려놓는 순간
나는 그 사람에게 내가 받은 그 모든 피해를 보상받을 수 없게 되고,
그래서 끝없이 곱씹고 원망한 채 너를 보호하고자 하는 너인 거니까.

하지만 그게 너의 마음에 주는 끔찍한 고통과 불행의 지옥을
네가 조금이라도 이해하거나 바라볼 수 있다면 너는 너 자신을 위해
그 미움을, 원망을, 곱씹음을 결코 붙들고 있으려고 하지 않을 거야.
네가 입은 피해를 보상받고자 하는 그 마음이 주는 기쁨과 행복은
내려놓음이 주는 행복과 기쁨의 빛에 비하면 너무나 작고 왜소하며,
그러니까 네가 그것을 분명하게, 아주 확실하게 알고 있다면 말이야.

그게 미움이든, 슬픔이든, 욕망이든, 그 어둠의 형태가 무엇이든,
그래서 네가 기꺼이 너를 위해 그 어둠을 포기하고 빛을 선택할 때,
너는 그 내려놓음에서부터 오는 평화와 안도를 경험하게 될 것이고,
가슴 깊숙한 곳에서부터 느껴지는 찌릿한 전율을 느끼게 될 것이고,
하여 더 이상은 갈등할 수가 없어서 갈등하지 않는 사람이 되는 거야.
이제는 무엇이 진정한 행복인지를, 고민하고, 세고, 따지고, 곱씹고,
그럴 필요가 없을 만큼 너는 이미 분명하게 알고 있는 채일 테니까.

그러니 이제는 더 이상 빛과 어둠 앞에서 고민하지 말아줘.
네가 그를 용서할 때, 너는 사실 과거의 너를 용서하는 것이며,
그래서 네가 지금 용서하길 망설인 채 여전히 미움을 붙든다면,
그건 너 자신을 용서하길 스스로 망설이는 것과 다르지 않은 거야.
지금은 성숙했기에 그런 행동과 생각을 전혀 하지 않는 너지만,
언젠가의 너는 그런 생각을 아주 작게라도 품었던 적이 있었고,
그래서 사실 지금의 미움은 그랬던 너 자신을 용서할 기회인 거니까.

그러니 지금 누군가가 밉고, 그 미움 때문에 끔찍이 고통스럽다면,
그럼에도 여전히 스스로 그 미움에 집착한 채 미움을 붙들게 된다면,
너, 이제는 그가 아니라 너 자신을 용서하는 마음으로 용서해줘.
그리고 네가 내려놓고 용서할 때, 네가 입은 손해와 아픔들은
전 우주가 헤아리고 보살피기 시작할 테니, 너무 걱정하지 말아줘.

이제 너는 망설임 없이 빛을 선택하는 사람이 된 것에 대한 선물로
너보다 훨씬 위대하고 거대한 손에 의해 보살핌을 받게 될 것이고,
하여 늘 고통받고, 애쓰고, 소진되고, 이를 악물고, 미간을 찌푸리고,
그렇게 네 모든 힘을 다해 나아갔지만 여전히 미약했던 시절을 지나
그 어떤 고통과 억지도 없이 오직 기쁨과 미소와 함께 해내는 네가,
모든 우연과 운명이 겹쳐 모든 일을 수월하게 해내는 네가 될 테니까.

빛은 빛을, 사랑은 사랑을, 위대함은 위대함을 끌어당기는 법이니까.
그와 마찬가지로 어둠은, 왜소함은, 거짓은, 연약함은 자신과 꼭 닮은
어둠과 왜소함, 거짓과 연약함만을 끌어당길 수밖에 없는 거니까.
그게 이 우주의 절대불변하는 법칙이자 진실의 힘과 권능인 거니까.

그러니 이제는 너를 위해 오직 빛과 장대함을, 진짜 행복을 선택해줘.
그, 너를 위한 일 앞에서 망설이며 더 이상 너를 저버리지 말아줘.
네가 더 이상 빛과 어둠 사이에서 고민하지 않아도 될 만큼 분명할 때,
이제 너의 마음 안에 자욱했던 갈등의 안개는 걷히기 시작할 것이고,
그 틈 사이로 진실의 눈 부신 빛이 강렬하게 쏟아져 들어올 것이고,
그렇게 너, 고민하지 않아도 되는 평화와 행복을 누리게 되는 거야.

그리고 갈등하는 자신에 대해 너무 죄책감을 가지진 않았으면 좋겠어.
이 세상엔 정말 단 한 순간의 고민도 없이 어둠을 선택하는 사람도,
그렇게 망설임 없이 이기적이고, 잔인하고, 거짓말하고, 상처를 주는,
그런 완전한 어둠의 사람들도 많이 있으며, 그래서 갈등하고 있는 너,
그 자체로 이미 기특하고, 예쁘고, 소중한 면이 참 많이 있는 거니까.

무엇보다 너, 죄책감을 갖는 것보다 너를 위해 할 수 있는 일이 많고,
그건 바로 지금 이 순간 빛을, 사랑을, 이해를, 용서를 선택함으로써
너 자신에게 진정한 평화와 기쁨을 알리고 선물해주는 일인 거니까.

어둠의 왼 편과 빛의 오른 편, 그 사이 어느 지점 위에서
어느 쪽을 향해 가야 할지가 어려워 심란한 고민에 빠진 너에게
나는 이제는 고민 없이 오른 편의 빛을 향해 나아가라고,
지금은 갈팡질팡하기에 너무나도 어렵고 혼란스럽고 불안하지만,
네가 서서히 빛을 향해 나아감으로써 빛에 의해 젖어들 때 너,
그 진실로 인해 갈등의 잠재움을 얻게 될 것이고, 하여 무한한 평화,
그 완전한 안전과 보호 아래에 거한 채 흐드러지게 피어날 거라고,
그 말을 전해주고 싶어. 무엇보다 너를 위한 진실한 사랑의 마음으로.

지금 미워하느라, 욕망하느라, 슬퍼하느라 이토록이나 불행한데,
그렇다면 너, 왜 스스로 불행하고 싶기라도 한 사람처럼
그 불행을 끝없이 움켜잡은 채 불행에 스스로 집착하고 매달리는 거야.

여태 그러느라 무엇보다 네가 가장 아프고 상처받아 왔잖아.
어려운 고민 끝에 어둠의 결정이 옳다고 여겼기에 어둠을 선택했지만,
그 어둠으로 인해 너, 너덜너덜해진 심장의 상처와 미어짐의 눈물,
그것만을 얻은 채 여전히 불안함에 휩싸여 두려움에 떨 뿐이었어.
그래서 이제는 그 무수한 갈등의 안개를 거두어내고 빛을 향해,
사랑과 용서, 이해를 향해 한 번은 나아가볼 차례가 된 거야.

네가 얼마나 깊은 상처를 받았는지, 얼마나 큰 손해를 입게 됐는지,
그래서 그걸 내려놓는다는 게 너를 더욱 위험에 빠뜨릴 것만 같이
얼마나 두렵고 어려운 일인지, 불안한 일인지, 나도 잘 알아.
하지만 그럼에도 너를 위해서 내려놓음의 빛을 선택해야 하는 거야.
네가 진실과 빛에 대한 믿음을 보여주고, 하여 그것에 의지할 때,
이제는 진실과 빛이 너를 도울 것이고, 그건 네가 상상할 수 있는
이 세상의 그 어떤 도움도 아득히 넘어선 위대한 사랑의 도움이니까.
그래서 너, 금방이면 네가 받은 상처와 손해를 회복하게 될 테니까.

지금은 네가 빛과 어둠 사이, 그 중간 어딘가에 있어 모르겠지만,
네가 거의 완전한 빛 위에 서게 될 때, 그때의 너는 지금의 갈등을,
지금의 불안과 두려움을 이해하지도 못할 만큼 이미 완전할 테고,
그래서 너, 그런 왜소함을, 고민을 너의 마음에 품지조차 못할 거야.
더 이상 너, 연약한 존재가 아니므로. 이제는 너, 세상에 빼앗겼던
너 자신의 힘과 주권을, 권능과 위대함을 완전히 되찾고 회복했으므로.

그러니까 이제 너는 용서와 사랑의 완전한 지지와 보호 아래에 섰고,
하여 너, 영원한 현재만이 존재하는 이 우주에서 과거와 미래라는
그 환상의 어둠을 거의 완전히, 아득히 넘어선 채이며, 그래서 너,
마음에 품은 모든 것은 결국 현실로 나타난다는 그 우주의 법칙을
완전히 소유한 창조자 되어, 그 어떤 왜소함의 한계와 방해도 없이
네가 생각한 것을 지금 이 순간 곧바로 너에게로 가득 끌어당기는
너라는 세상의 주권자이자 창조자로서 세상을 살아가고 있을 테니까.
영원한 현재만이 존재하며, 과거와 미래는 지각이 빚어낸 환상이며,
마음에 품은 것은 시간은 걸리겠지만, 결국에는 때와 조건에 맞게
현실로 반드시 나타나기 마련이라는 그 지고한 우주의 법칙에 의해서.

그러니까 지금만을 살아가는 너에게 시간의 환상은 이미 지워졌고,
더 이상 마음 안에 갈등의 안개가 없는 너의 마음 안에는 이 우주가
보고 들을 수밖에 없을 만큼의 선명한 빛만이 품어져 있을 테니까.
그래서 이 세상이 기적이라고 부르는 어떤 절묘한 우연, 혹은 운명이
너에게는 매 하루의 평범한 하루에서 늘 마주하는 일상이 되고,
하여 그 위대함과 풍요로운 마음, 그 빛 안에 완전히 거한 너에게
더 이상 세상의 손해와 미움을 세고 따지는 일은 의미가 없을 테니까.

그러니 그 진실의 힘을 믿고, 이제는 더 이상 두려워하지 말아줘.
오직 분명한 확신과 함께 망설임 없이 빛을 선택하는 네가 되어줘.

아픔이라는 선물.

감당하기 힘든 시련의 파도에 흠뻑 젖은 채 폴싹 주저앉고 있다면,
매일 밤 엄습하는 무기력과 우울, 불안 때문에 펑펑 울고 있다면,
아무리 고민해도 답이 보이지 않는 막연함에 털썩 무너지고 있다면,
그래서 희망 없는 절망 속에서 바짝 메말라가고 시들어지고 있다면,

그럼에도 세상은 네가 감당하지 못하는 아픔은 너에게 주지 않고,
그래서 너, 이 시련을 반드시 딛고 일어설 수 있는 사람이라는 것을,
지금은 제자리에 굳어져 완전히 멈춰버린 것만 같아 미어지지만,
그 모든 시간 또한 사실은 버티고 나아가고 있는 성숙의 시간임을
나는 네가 꼭 잊지 않았으면 해. 넌 정말 해낼 수 있는 사람이니까.

모든 아픔에는 너를 위한 숨겨진 뜻과 이유가 반드시 있기 마련이고,
너의 눈에는 끔찍한 손해와 아픔처럼 여겨지는 일이 너의 영에게는
그 무엇과도 바꿀 수 없는 축복이자 은혜로운 선물이기도 한 거야.
이 아픔을 통해 너는 네가 꼭 갚아야 하고 책임져야만 하는 일을,
네가 지금은 망각의 강을 건넜기에 기억하지는 못하는 그 어떤 일을,
하지만 태어남 이전에 반드시 책임지고 싶다고 굳게 각오했던 그 일을,
신의 자비로 그 책임의 빚을 대부분 탕감받고 남은 그 나머지만을,
지금, 갚아나가고 있는 것이며, 그렇게, 그 빚을 태우고 있는 거니까.
그래서 사실 그건 영에겐 용서받을, 책임질 기회이자 선물인 거야.

그게 아니더라도 삶은 오직 사랑의 깊은 뜻과 마음으로 너에게
너의 행복을 위한 무엇인가를 전해주고 싶어서, 말해주고 싶어서,
그 성숙을 일깨워주기 위해 너에게 아픔을 선물하기도 하는 거야.

그래서 지금은 네가 믿기 어렵겠지만, 지금의 아픔, 아니 모든 아픔은
너를 위한 선물이며, 더없는 성숙의 기회이자 계기이며, 그 꽃이며,
그래서 너, 지금을 지나고 나면 반드시 지금의 아픔에 감사할 날을,
그때 그 아픔이 있었기에 지금의 행복하고 성숙한, 다정하고 따뜻한,
이런 내가 있게 된 거라고 감사할 날을, 꼭, 반드시 마주하게 될 거야.

그래서 나는 다만, 아픔을 마주하는 너의 마음만큼은 지켜냈으면 해.
아플 수밖에 없는 지금이지만, 그 아픔을 마주하는 네 마음만큼은
꿋꿋하고, 오롯하고, 완전하고, 또 밝은 빛과 함께했으면 하는 거야.
그게 지금의 시련의 강을 더 빨리 건널 수 있게 너를 도와줄 테고,
무엇보다 너, 보다 열린 마음으로 숨겨진 뜻과 의미를 찾게 될 테니까.

언젠가도 너를 완전히 삼키고 무너뜨리는 희망 없는 아픔을 너,
마주한 적이 있었고, 하지만 지금은 그 아픔을 기억하지도 못할 만큼
완전히 그 아픔을 딛고 일어선 너잖아. 그리고 그 아픔을 지나며
지금의 보다 성숙하고 예쁜 네가, 지혜롭고 다정한 네가 되었잖아.
그리고 지금의 아픔 또한 반드시 그때의 아픔처럼 지나갈 거고,
그 아픔이 지나고 난 자리엔 너의 예쁜 성숙만이 남아 널 지켜줄 거야.

그렇게 성숙하기 위해 태어나, 사랑을 배우기 위해 태어나,
정확히 그 존재의 목적과 이유를 완성하기 위해 지금을 맞이한,
너의 영이자, 네 존재이며, 그래서 너, 지금도 잘하고 있는 거야.

그러니 하나만 기억해줘. 아픔은 너를 무너뜨리기 위해서가 아니라
너를 끌어안은 채 더욱 높고 위대한 곳으로 널 일으켜 세우기 위해서,
그 사랑의 목적과 뜻 하나로 너에게 찾아온 아름다운 선물이며,
그래서 지금의 너, 그 아픔 앞에서까지 아파할 필요는 없다는 것을.
오직 오롯한 맘으로 그 성숙의 선물을 완성하면 되는 것이라는 것을.

그리고 무엇보다 너를 너 스스로 더 많이 믿어줬으면 좋겠어.
네가 너를 믿어주지 않은 채 늘 의심의 눈초리로 너를 바라보는 사람,
그런 사람과 함께할 때 잘하던 일도 괜히 잘 못하게 되었던 것처럼,
하지만 너를 믿어주고 잘 해낼 거라는 눈빛으로 널 바라보는 사람,
그런 사람과 함께할 때는 못 하던 일도 괜히 더 잘하게 되었던 것처럼,
네가 너를 스스로 믿어주지 않을 때도 그와 똑같은 일이 생길 테니까.

365일 단 하루, 단 한 시간, 단 몇 분 몇 초도 빼놓지 않고 영원히,
그 셀 수 없는 촘촘함으로 너와 함께하는 사람이 바로 너인 거잖아.
그래서 다른 누구보다도 네가 너를 어떻게 바라보고 대하는지,
그게 너에게 가장 큰 영향력을 미치고 행사할 수밖에 없는 거잖아.
그래서 네가 너를 스스로 잘 못 해낸 사람이라고 바라보는 것과
네가 너를 스스로 잘 해낼 사람이라고 바라보는 것의 결과는
하늘과 땅, 아니 그보다 더 큰 차이가 날 수밖에 없는 것이고,
그래서 나는 네가 너에게 잘 해낼 거라고 꼭, 자주 말해줬으면 해.

정말 잘하고 있고 잘 해낼 거야. 여태까지도 힘든 일 많았지만 너,
그 모든 시간을 잘 딛고 일어섰기에 지금의 너에게 닿은 거잖아.
그렇게 너만의 경험과 배움의 색으로 이 세상에 하나밖에 없는
아름다운 빛깔의 네가 되었고, 마찬가지로 너, 지금 이 순간을 더해
반드시 더욱 깊고 짙은 색과 향을 지닌 꽃이 되어 활짝 피어날 거야.

그러니 그런 너를 완성시켜 주기 위해 찾아온 지금의 아픔이라는
참 소중한 성숙의 선물, 부디 기쁘고 오롯한 마음으로 받아줘.
그렇게 영혼이었던 네가 너 자신에게 다짐한 그 예쁜 약속을,
너에 대한 사랑과 책임으로 이행한 채 네 존재의 목적을 완성해줘.
무엇보다 그 모든 시간 안에서 너 자신을 스스로 더욱 믿어줘.
너, 지금도 참 기특하고 잘하고 있으니까. 누구보다 잘 해낼 거니까.

내 마음의 그릇이 감당하기가 벅찰 만큼의 시련이 나에게 엄습하고,
시련이 찾아올 거라 전혀 예상하지 못해 무방비했던 나는, 그래서,
그 시련의 높고 큰 파도를 바라보며 아무런 힘도 쓰지 못한 채,
도망갈 엄두도 내지 못한 채 무기력하게 시련을 맞을 수밖에 없었어.
그렇게 나를 온통 적시고 끌어안은 그 시련의 차갑고 아픈 파도는
이윽고 내 마음 너머까지 범람하기 시작하고, 하여 내 온 하루가,
온 세계가 그 차갑고 아픈 파도에 잔뜩 젖어 붉게 물들기 시작해.

괜찮은 걸까, 잘 해낼 수 있는 걸까, 하고 나에게 수없이 물어보지만,
전혀 괜찮지도 않고, 잘 해낼 수도 없을 것만 같아 와르르 무너져.
희망 없는 그 잔인한 절망과 해낼 수 없을 거라는 그 끔찍한 불신,
그리고 언제 끝날지 모른다는 그 아득한 막연함, 그 슬픔만이 남아
매일 하염없이 흘러내리는 눈물과 차마 감당할 수 없는 무기력함,
그 모든 아픔에 의해 이제는 살아갈 이유조차 상실하게 된 것만 같아.
그렇게, 살아가는 게 아니라 죽어가는 잿빛 하루를 보낸 지 오래야.

그런 너를 내가 감히 어떻게 위로하고 또 힘을 전해줄 수 있을까.
나 또한 도무지 그 답을 알 수가 없어. 너와 완전히 같지는 않겠지만
너의 아픔에 충분히 공감할 수는 있을 만큼 나도 아팠던 날이 있었고,
그 아픔은 다시 떠올리기만 해도 웅크려 떨게 될 만큼의 공포였으니까.
그래서 지금은 그저 너를 걱정하는 눈빛으로, 힘이 되어주지 못해
나도 내가 참 밉고 답답하다는 그 눈빛으로 너를 가득 바라봐주고,
또 너를 위해 따뜻하게 데운 나의 품에 너를 가득 품는 것 말고는
내가 너에게 해줄 수 있는 게 없어. 그 아픔은, 정말 그런 거니까.

하지만 그럼에도 나는 너를 무조건 믿어. 네가 너를 믿지 못하고,
또 세상이 너를 믿지 못하는 그 순간에도 나는, 너를, 믿어.
정말 잘 해낼 것이고, 반드시 더 예쁜 웃음을 짓게 될 너라는 것을.

지금보다는 덜 끔찍한, 그러니까 지금의 아픔을 마주하기 전에는
너의 삶을 통틀어 가장 끔찍했었던 그때 그 아픔에서도 너,
무너진 채 펑펑 울었었고, 웃음을 완전히 잃은 채 시들어졌었고,
하지만 결국에는 딛고 일어섰잖아. 그러고는 더 성숙하고 지혜로운,
참 예쁜 네가 될 수 있었다며 감사해했었잖아. 늘 웃음이 예뻤지만,
내가 본 너 중에는 가장 눈부시고 예쁜 웃음을 가득 지은 채 말이야.

그리고 지금을 딛고 일어선 언젠가의 오늘에는 그때 그 웃음보다
더 예쁘고 사랑스러운 미소가 있을 수 있을까, 하고 생각했던 나에게
너, 또다시 세상에서 가장 예쁜 웃음을 보여주며 나를 놀랠 거잖아.

그래서 지금 네가 아픈 모습을 바라보는 게 누구보다 아픈 나지만,
그럼에도 너만의 예쁜 성숙을 완성하고 있는 너임을 알기에 나,
그저 너를 묵묵히 응원할 거야. 다만, 네가 조금만 더 힘낼 수 있길,
아픈 와중에도 건강을 잃지는 말기를, 하며 속으로 간절히 기도하면서.

네 한 평생에 어떤 모양의 나이테가 되어 굳어질 지금 이 순간은
지금은 제발 좀 사라졌으면 좋겠다며 간절히 바라고 원망하게 되는
다시는 마주하고 싶지 않을 만큼의 끔찍하고 잔인한 아픔이지만,
지금을 지나 더 많은 나이테를 너의 평생 안에 만들고 세긴 그,
언젠가의 너는 반드시 지금을 아름다운 추억과 선물로 기억할 테니까.
그때, 그 아픔이 있었기에 지금의 내가 있는 거라고, 그래서 그 아픔,
없어서는 안 될 축복이자 선물이었다고, 꼭 말하게 될 너일 테니까.

정말로 그게, 지금의 시련이 너를 찾아온 모든 뜻과 이유이니까.
네가 아주 먼 옛날 저질렀던 어떤 실수를 통해 너를 가르쳐주기 위해,
너의 찬란하고 예쁜 성숙을 위해, 그러니까 그 모든 너의 행복을 위해,
무엇보다 사랑인 너에게 네가 사랑임을 이제는 완전히 일깨워주기 위해.

그래서 너, 지금도 정말 잘하고 있고, 누구보다 잘 해내고 있는 거야.
성숙하기 위해 태어나 성숙을 완성하기 위해 존재하고 있는 너,
지금보다 그, 너 자신의 존재 이유와 목적에 충실한 적도 없었고,
다만 지금의 너는 너무나 아파서 그 사실을 바라보지 못하겠지만,
이 아픔의 안개가 조금만 더 걷히고 나면 너 또한 지금 이 사간이
다름 아닌 성숙의 시간이었음을 반드시 바라보고 알게 될 테고,
그래서 그때는 너 스스로도 충분히 꿋꿋하고 오롯할 수 있을 거야.

그게 관계적인 아픔이든, 경제적인 아픔이든, 육체적인 아픔이든,
감정적인 아픔이든, 꿈의 아픔이든, 그 어떤 모양의 아픔이든 간에
지금의 아픔은 너에게 너를 위한 말을 전해주기 위해 찾아온 것이고,
그러니까 너, 그 말의 뜻과 의미를 찾고 바라보기 위한 시간을,
알고 헤아리기 위한 시간을, 그 깊어짐의 시간을 보내고 있는 거니까.

그래서 네가 끝내 너의 눈과 마음에 수북이 쌓인 먼지를 닦아낸 채
아픔 뒤에 있는 너를 위한 언어를, 선물을 바라볼 수 있을 만큼
충분히 무르익고 나면, 성숙하고 나면, 깊어짐을 완성하고 나면 너,
사실은 너를 위한 축복과 은혜였을 뿐인 이 아픔. 이라는 선물을
이제는 선물로 바라본 채 벅찬 진심과 기쁨으로 감사하게 될 테고,
그렇게 너, 전과는 완전히 다른, 아름다움과 사랑에 겨워 반짝 빛나는
그 성숙한 시선과 마음으로 너에게 주어진 삶을 마주하게 되는 거야.

그러니까 그 눈빛과 마음을 선물하기 위해, 더 깊고 아름다운 너를
완성시켜주기 위해, 이제는 더 좋은 사람을 만나게 해주기 위해,
세상으로부터 쉬이 상처받지 않는 단단한 너를 만들어주기 위해,
지난 시간의 잘못과 책임을 갚고 너를 용서할 기회를 주기 위해,
사랑인 네가 사랑임을 지금부터 영원히 기억할 수 있게 해주기 위해,
오직 사랑의 마음 하나로 너를 끌어안은 지금의 아픔임을 잊지 말아줘.

두려워 용기가 나지 않을 때.

남들은 아무렇지도 않게 하는 일, 살아가는 하루가 너에게는
참 많은 용기가 필요할 만큼 평소에 두려움이 많은 너라면,
그래서 너에게는 그만큼 성숙할 선물이 더 많이 주어져 있다는 걸,
그러니까 너, 사실은 더 축복받은 사람이라는 걸 알았으면 해.

모든 일 앞에서 위기를 겪어야 하는 너, 지금은 그렇지 않은
보통의 사람들이 참 부럽고, 또 그런 네가 밉고 싫겠지만
그 모든 순간을 두려움을 이겨내고 용기를 완성할 기회로 여긴 채
하루를 마주하고 나아간다면 너는 네가 부러워했던 그들보다
훨씬 더 크고 위대한, 아름다운 성숙을 완성할 수 있을 테고,
무엇보다 이전의 두려움 많았던 너를 잊지 않고 기억하는 너이기에
너는 너의 그 하루들에 매 순간 새롭게 감사할 수 있을 테니까.
그래서 그 감사의 빛에 의해 너, 더욱 반짝이게 행복할 테니까.

그러니 이제는 두려움에 사무쳐 너에게 주어진 성숙의 기회를
스스로 외면한 채 도망가지 말아줘. 더 이상 용기를 미루지 말아줘.
처음에는 현기증이 날 만큼, 땀에 흠뻑 젖을 만큼 두렵겠지만,
한 번 해내고 나면 그 해냄의 기쁨이 네 모든 두려움을 대신해서
너의 마음 안을 가득 채울 테고, 그래서 두 번은 어렵지 않을 거야.
그때는 내가 이제 도망가자고 너를 아무리 말리고 막아서도,
그 기쁨을 다시 느끼기 위해서라도 계속해서 도전하는 너일 거야.

그러니 지금 이 순간, 너를 위한 그 딱 한 번의 용기를 내어줘.
네가 두려워하는 것이 무엇이든, 지금의 그 두려움 앞에서 말이야.

네가 두려워할 때 너는 네가 두려워하는 바로 그것에게
너 스스로 너를 지배하고 휘두를 힘을 넘겨주는 거야.
그래서 이제 더 이상 너는 너의 오롯한 의지와 뜻으로
너에게 주어진 삶을 마주하고 살아갈 수가 없게 되어버리는 거야.

그러니 이제는 네 마음 안에서 두려움이 느껴질 때마다 그것을
네 마음에 이미 잠재되어 있는 용기를 찾고 발견할 기회로,
하여 그 용기를 너의 마음에서 한 스푼씩 꺼내어 사용할 기회로,
그렇게 네 마음 안에 용기가 있음을 너 스스로 확실히 알고
그것을 마음껏 사용할 수 있는 너의 힘을 되찾을 기회로 여겨줘.

누군가에게 어떤 말을 해야만 하는 일적인 상황이 닥쳤을 때,
그래서 이제 그 상황은 너에게 더 이상 전과 같은 두려움을
불러오고 부풀리는, 긴장과 공포의 아찔한 순간이 아닌 거야.
너, 이제는 그 상황을 너 자신의 힘을 되찾을 성숙의 기회로,
네 마음 안에 있는 용기를 되찾고 네 것으로 확정할 기회로 여긴 채
오직 설렘과 기쁨 가득한 마음으로 그 상황을 마주할 테니까.

그리고 그 성숙의 기쁨에 가득 젖은 채 나아가다 보면,
너, 어느새 보통의 사람들조차 어려워하는 자신감과 용기를
너 자신의 것으로 완전히 소유한 빛나는 사람이 되어있을 거고,
그러니까 그게 성숙에는 지금 네가 느끼고 겪고 있는 것과 같은
너를 무너뜨리는 위기와 아픔의 순간들이 때로 필요한 이유야.

사람은 위태로운 불행 앞에서 행복에. 두려움 앞에서 용기에,
끔찍한 미움 앞에서 완전한 용서에, 나를 무너뜨리는 미성숙 앞에서
나를 일으켜 세울 아름다운 성숙에 더욱 간절해지는 법이니까.
지금 두려워하고 있는 너, 그래서 괜찮고, 잘하고 있는 거야.

나를 위태로이 흔들고 무너뜨리는 지금의 두려움 앞에서
그럼에도 용기를 내지 못해 늘 주저한 채 망설이고 있는 너,
이제는 너의 행복을 위한 단 한 번의 용기를 내어줘. 꼭.

그 한 번의 용기가 너의 삶에 일으킬 변화의 아름다운 물결을,
그 행복의 깊은 파도를 눈을 감은 채 한 번 상상해 보는 거야.
그리고 그 상상이 주는 기쁨, 희망, 그것에 너의 마음을 기대어
더 이상 두려워할 필요가 없는 빛나는 삶으로 나아가는 거야.

여태 두려워하느라 얼마나 자주 속앓이한 채 지쳐왔어.
누군가는 그저 하는 아무렇지도 않은 일 앞에서조차 앓은 채
전전긍긍하고 온 마음을 다해 걱정하느라 행복하게 보내기에도
모자란 너의 소중한 하루를 기쁨 없이 보내며 아파해왔잖아.
하지만 그럼에도, 여전히 너를 스스로 아끼고 사랑하는 너잖아.

그러니 너 자신에 대한 그 사랑으로 용기의 한 발을 내디뎌줘.
두려움 많던 너는 아무렇지도 않게 무엇인가를 해내는 사람들이,
아무렇지도 않기에 느끼지 못했던 성숙의 기쁨을 알게 될 것이고,
또 제자리에 굳어져 있는 그들은 품지조차 못하는, 네가 변할 수 있고,
변하고 있다는 사실에 대한 감사를 너는 네 마음에 품게 될 것이고,
그래서 너, 결국에는 보통의 사람들보다 더 행복한 네가 될 거야.

그리고 그 행복에 닿고 닿지 않고는 바로 지금 이 순간의
너 자신을 위한 한걸음에, 그, 너 자신을 향한 작은 사랑에 달린 거야.
그러니 무엇보다 너를 향한 스스로의 사랑으로 한 발을 내딛길 바라.
두려움이 찾아오는 순간은 지레 겁먹고 도망칠 기회가 아니라,
두려움을 극복한 채 성숙의 기쁨을 선물로 받을 기회이며,
너 자신의 힘과 주권을 회복할 더없이 소중한 기회임을 앎으로써.

이왕 이기적일 거라면.

나는 네가 이왕 이기적일 거라면, 진정 너의 행복을 위해,
너의 기쁨과 아름다운 존재의 완성을 위해 이기적이었으면 해.
너는 늘 너 자신을 위해 이기적이지만, 내가 그런 너를 볼 때면
넌 전혀 너를 위해 이기적인 사람으로는 보이지가 않으니까.
내 눈에는 너, 늘 스스로 더 불행하고 아파하기 위해, 외롭기 위해,
그러니까 너 자신을 위하지 않기 위해 이기적인 사람처럼 보이니까.

그래서 나는 네가 너 자신을 위한 진정한 최선이 무엇인지,
그러니까 어떻게 해야 네가 더 행복한 사람이 될 수 있는지,
하는 그것에 대해 먼저 분명하게 이해하는 사람이 되었으면 해.
너는 지금 불행을 행복으로 완전히 오해한 채 그 불행 안에서
너의 행복을 완성하기 위해 이기적이고 있고, 그래서 너,
그런 하루를 더할수록 더욱 불행한 사람이 되고만 있을 뿐이니까.

그러니까 너는 너의 행복을 위해 누군가를 속이고 조종해서라도
어떤 물질적인 이득을 얻는 것이 너에게 이롭다고 오해한 채,
너의 행복을 위해 누군가에게 상처를 주고 아프게 해서라도
그 관계 안에서 너만 편할 수 있다면 그게 이로움이라고 오해한 채
끝없이 너를 위해 이기적이었지만, 사실 그래서 너는 아주 잠깐의 만족,
하지만 곧이어 따라오는 공허와 결핍, 그로 인해 더 불행해졌을 뿐이고,
그러니까 영원하고 진실한 만족, 그 진정한 행복에서는 더욱 아득히,
까마득하게 멀어졌고, 무엇보다 너조차도 네가 정말 좋은 사람이라
스스로 확신하지 못하게 되었기에 신뢰와 자신감을 완전히 잃었고,
그 모든 왜소함에 의해 더욱 깊은 불행에 빠지게 되었을 뿐이니까.

그러니 이제는, 너의 진실한 행복을 위해 이기적인 사람이 되어줘.
누군가가 미울 때, 그럼에도 불구하고 내려놓고 용서하는 것,
그게 더 많이 미워하는 것보다 네 마음에 더 큰 평화와 행복을,
기쁨과 안도를 가져다줄 것이라는 것을 이제는 분명하게 안 채
그, 너를 위한 진정한 평화와 행복을 위해 이기적인 사람이 되는 거야.

여태 누군가를 속여서라도 물질적인 이득을 취하는 것 앞에서
아무렇지도 않은 너였다면, 이제는 너, 그렇게 해서 얻은 이득은
너의 힘과 선한 의지로 성취한 것이 아니기에 그 안에서 결코
무언가를 배우고 초월했음에서부터 오는 성숙의 기쁨을 느낄 수 없고,
그러니까 그렇게 해서 얻은 이득은 너의 진정한 실력과 능력이 아니기에
결국 너는 그 거짓에 늘 의존해야만 하는 약한 사람이 될 뿐이고,
그래서 너에게 필요한 건 모든 어려움과 한계를 딛고 일어선 채
너 자신의 힘과 진실함으로 무엇인가를 이루어내고 성취하는 경험이며,
그러니까 이제는 그 진실한 힘만이 너를 영원히 지켜줄 수 있는,
그 어떤 상황 안에서도 해내는 네가 되게 하는 진정한 능력임을 안 채
그, 너를 위한 진정한 힘과 능력을 위해 이기적인 사람이 되는 거야.

그리고 너는 주는 것이 곧 잃는 것이라는 세상의 눈과 관점으로만
이 세상을 바라보고 해석하기에 주지 않기 위해 이기적이었고,
또 더 많이 빼앗기 위해 이기적이었지만, 그 결과 너라는 존재는
더욱 공허하고 왜소해졌을 뿐이고, 왜냐면 진정한 진실의 법칙은
주는 것은 잃는 것이라는 결핍의 법칙이 아닌 주는 만큼 받는다는,
주는 것보다 더 많이 받기 마련이라는 사랑의 법칙을 따르기 때문이며,
그러니 이제는, 너, 잃음에 대해 걱정할 필요가 없는 사랑의 법칙 안에
너를 스스로 둠으로써 더욱 넘치는 풍요와 행복을 받는 네가 되어
물질뿐만이 아니라 감사와 사랑, 진심 또한 아까움 없이 건네는
그, 너를 위한 진정한 풍요와 채움을 위해 이기적인 사람이 되는 거야.

여태 인색함과 왜소함의 지옥에 갇힌 잘못된 행복의 관점 안에서
너 스스로의 불행을 위해 이기적이느라 너, 얼마나 아프고 외로웠어.
너는 너를 위해 최선을 다해 이기적이었지만, 시간을 더해갈수록 너,
그로 인해 더욱 불안하고 결핍 많은 사람이 되었을 뿐이고, 너의 마음,
그래서 평화를 잃은 갈등과 미움에 휩싸인 채 고통스러울 뿐이었어.

그러니 이제는 너의 진정한 행복을 위해 욕심과 이기심을 내어줘.
더 많이 이해하고 감사하는 사람이 되기 위해 욕심을 내고,
더 많이 용서하고 사랑하는 사람이 되기 위해 욕심을 내는 거야.
누군가가 너에게 미움을 불러일으킨다면, 그래서 이제는 너,
너의 행복을 위한 이기심으로 그 누구보다 욕심을 잔뜩 부린 채
용서를, 이해를, 관용을, 사랑을 마음껏 선택하는 사람이 되는 거야.

지금 네 앞에 거짓말을 해서 타인의 손해와 아픔을 통해 이득을 볼,
사실은 불행과 공허함을 얻을 기회가 있다면, 그래서 이제는 너,
망설임 없이 진실함을 선택함으로써 그 거짓의 기회를 거절하고,
그렇게 함으로써 너 자신을 너 스스로 신뢰할 수 있는 그 자신감,
진정한 자존감을 회복하고, 그렇게, 네가 좋은 사람이라 너 스스로
믿지 못하는 불신과 너의 마음을 스스로 속인 채 거짓을 선택한,
그 진실의 부재에서부터 오는 죄책감의 지옥에서 벗어나는 거야.

그러니 이득으로 자신을 가장한 손해가 너를 어떻게 유혹하든
이제는 너, 나는 나의 진정한 행복과 평화를 스스로 지켜낼 거야,
그게 진정 나를 위한 거니까, 그게 나를 위한 진정한 이로움이니까,
하고 선언한 채 공허와 결핍, 분노와 미움, 거짓과 죄책감, 슬픔,
그 모든 너를 위하지 않은 가짜 이득을 너를 위해 기꺼이 포기해줘.
그렇게 너, 누구보다 너의 진정한 행복을 위해 이기적임으로써
여태 놓쳐왔던 너의 순수한 웃음과 행복을 이제는, 되찾고 회복해줘.

나는 늘 나를 위해 최선을 다했지만, 그로 인해 내가 얻은 건
끔찍한 공허와 불행의 지옥, 죄책감과 외로움, 자신감 없음,
나를 향한 스스로의 불신과 그칠 줄 모르는 불안과 공포, 슬픔,
사랑받지 못함, 공격과 방어, 시들어짐, 그, 상처와 아픔뿐이었어.

무엇이 나를 위한 최선인지, 그래서 스스로 의심할 수밖에 없을 만큼
이제 나, 나를 위해 무엇을 해야 하는지, 그걸 몰라 가득 아득해져.
내가 편하기 위해 나는 늘 타인을 이용해왔고, 조종해왔고,
내가 이득을 보기 위해 조금의 거짓말을 하는 것 앞에서는 전혀
망설임이 없었고, 나, 그게 나를 위한 거라 늘 합리화하고 정당화한 채
나를 스스로 설득하기에 바빴어. 하지만 지금은 그런 생각이 들어.
내가 나를 설득해야만 한다면, 그게 과연 올바른 것일까, 하는.

그렇게 여태 믿어왔던 내, 모든 나를 위한 최선이라는 관념에
이제는 균열이 일어나기 시작하고, 차라리 고민 없이 이기적일 때는
이토록 불안하고 죄스러운 기분을 느끼지는 않았는데, 이제는 나,
자꾸만 나를, 내 과거의 발자취를 돌아보며 가득 의심하게 돼.

그런 너에게 나는 이제 너, 진짜 행복을 향해 나아갈 준비가 됐고,
그 진짜 행복을 위해 마음껏 이기적인 사람이 되라고 말해주고 싶어.
네가 지금 겪고 있는 그 의심과 불안의 혼미하고 고통스러운 시간은
이제는 너에게 성숙할 때가, 행복할 때가 왔음을 알리는 신호고,
그러니까 너, 여태 네가 네 마음의 칠판에 정성스레 써내려 왔던
네가 믿는 행복에 대한 관념의 글씨를 그 의심의 지우개로 지운 채
백지상태가 된 네 마음의 칠판 위에 진짜 행복을, 사랑을, 이해를,
진실함을, 용서를, 그 모든 빛의 글씨를 새로 새길 차례가 된 거야.
그래서 너, 그 지움과 새로 채움의 시간을 겪느라 고통스러운 거야.
네가 믿어왔던 모든 관념을 허물고 지워내야만 하는 시간이니까.

하지만 변화의 고통은 곧 지나갈 거고, 너의 마음 안에는 이제
진짜 행복이라는 태양이 뜬 채 따스한 볕으로 너를 비춰줄 거야.
그러니 조금만 잘 견뎌줘. 이, 무엇보다 너를 위한 사랑의 시간이
참 힘들고 고통스럽다고 해서 다시 불행으로 도망가지 말아줘.
정말로 이 시간, 네 마음에 있는 모든 어두운 먹구름을 거두고
따스하고 밝은 태양을 맞이할 준비를 하는, 그 사랑의 시간이니까.

다만 너는 너를 위한 행복이 무엇인지 여태 잘못 알았을 뿐이고,
그래서 너에게는 그걸 바로잡고 이해할 필요가 있었던 것뿐이야.
너는 언제나 너를 사랑하기에 너의 행복을 위해 최선을 다할 테고,
전에도 누구보다 그래왔고, 또 앞으로도 누구보다 그럴 테니까.
그래서 중요한 건 무엇이 진짜 행복인지, 그걸 아는 마음이었고,
그러니까 그 앎의 시간을 보내느라 지독한 갈등과 불안 속에서
흔들리고 아파하고 있는 너, 그래서 누구보다 잘하고 있는 거야.

그렇게 너, 누군가가 너의 마음에서 미움을 불러일으키기 위해
그 어떤 유혹을 너에게 건네든, 너는 네 마음의 중심과 평화를,
행복을 지켜내기 위해 흔들림 없이 그 유혹을 거절하게 되는 거야.
그 사람이 아무리 미워 마땅한 못난 행동을 너에게 하더라도,
미워하는 게 손해라는 것을, 미워하지 않는 게 이득이라는 것을,
이제는 누구보다 분명하게 아는 너는 너 자신을 위한 이기심으로
그 유혹을 망설임 없이 거절할 테니까. 그렇게 너, 너 자신을
시험에 빠지게 하는 모든 일과 상황으로부터 너를 지켜내게 되는 거야.

그러니까 그게 미움이든, 욕망이든, 슬픔이든, 그 어떤 모양의 유혹이든,
그 앞에서 너 자신의 마음을 지켜낼 줄 아는 그 단단한 중심을,
빛나는 성숙을, 아름다운 지혜를 선물로 받기 위해 이토록이나
아픈 시간을 보내고 있는 너, 그러니 꼭, 부디, 포기하지 말아줘.

아름다운 후회.

어차피 후회 없이는 살아갈 수 없는 게 이 삶이라면,
나는 네가 되도록 아름다운 후회를 하는 사람이었으면 해.
그러니까 누군가에게 더 많이 상처를 주지 못했음을,
더 많은 슬픔과 고통을 전해주지 못했음을 후회하기보다
그때 조금은 참았어야 했는데, 그럼에도 다정했어야 했는데,
나라도 내 마음의 중심을 지킨 채 반듯했어야 했는데, 하고
네가 아름답지 못했음에 대해 후회하는 사람이었으면 해.

네가 그런 식의 아름답고 사랑스러운 후회를 하는 사람일 때,
너는 그 후회를 통해 더욱 예쁘고 찬란한 삶을 향해 나아갈 테고,
그 나아감의 모든 과정 안에서 네가 내디딘 발자취, 그 땅 위에는
예쁘고 맑은 꽃들이 피어나 짙고 그윽한 향기를 가득 풍길 테고,
그래서 네가 걸어온 그 성숙의 발자취를 바라보는 모든 사람들,
그 다채로운 꽃이 전해주는 아름다움과 향기에 젖어 감동받을 테니까.
그렇게 그들 또한, 너와 같은 아름다움을 가슴에 간직하게 될 테니까.

무엇보다 너, 후회를 거듭하며 더 못난 사람, 더 미움 가득한 사람,
더 많은 분노의 응어리를 가슴에 묻어두는 사람이 되기보다
더 다정한 사람, 더 진실하고 아름다운 사람, 사랑이 가득한 사람,
너그러움과 이해심의 관대함을 가슴에 가득 꽃 피운 사람이 될 테니까.

그렇게 너는 존재함만으로 사람들에게 선한 영향력을 전해주는,
존재의 눈빛과 분위기만으로 사람들의 마음에 치유를 일으키는,
이 세상에 없어서는 안 될 귀하고 간절한 사람이 되어 맺히는 거야.

우리는 늘 당장에는 더 미워하지 못했음을, 더 아프게 하지 못했음을,
더 속이지 못했음을, 더 조종하고 이용하지 못했음을 후회하지만,
결국 그 잠깐의 시간, 찰나, 미성숙과 감정의 소나기, 흐린 날씨,
그 계절을 지나 세월이라 부를 만큼의 무르익음의 때를 보내고 나면,
더 다정하지 못했음을, 더 용서하지 못했음을, 더 사랑하지 못했음을,
더 진실하지 못했음을, 더 배려하고 이해하지 못했음을, 꼭, 반드시
더 후회하게 되며, 왜냐면 그게 세월의 나이테가 우리의 가슴에 피우는
성숙이란 이름의 꽃이며, 결코 피할 수 없는 인간 존재의 숙명이니까.

그래서 아름다운 후회를 하는 사람은 찰나의 얕음, 그 미성숙이 아닌
영겁의 깊음, 그 진짜 자신의 존재를 완성하고 이루는 성숙의 꽃으로
주어진 삶을 마주하고 살아가는 사람이며, 그러니까 지난 삶을 돌이켜
자신이 무엇을 진짜 후회하게 될지를 아는 지혜로 지금을 마주하는,
하여 자신이 해왔던 후회 앞에서는 더 이상 후회하지 않아도 되는
하루하루를 더해 더욱 반짝이는 사랑으로 무르익어 가는 사람인 거야.

결국 죽기 전에 이르러서까지 자신이 더 많이 미워하지 못했음을,
더 많이 이용하고 조종하지 못했음을, 더 많이 상처 주지 못했음을,
더 많이 가자지 못했음을 후회하고 아파하는 사람은 없는 법이고,
그러니까 사람은 결국 삶의 마지막에 닿아서는 더 아름답지 못했음을,
더 사랑이지 못했음을, 더 사랑하지 못했음을, 더 용서하지 못했음을,
더 이해하지 못했음을, 더 들어주지 못했음을 후회하기 마련이니까.

그러니 어차피 후회할 거라면 너, 아름다운 후회를 하며 나아가줘.
그렇게 그 후회를 통해 더욱 사랑이 되어감으로써 삶의 끝에 이르러
네가 해왔던 후회 앞에서만큼은 후회하지 않아도 되는 네가 되어줘.
그때 나는 왜, 더 미워하지 못했음을 후회했을까, 하고 후회하기보다
그러니까 나, 그럼에도 최선을 다해 사랑했노라, 라고 말할 수 있게.

사랑하기 위해 태어나 그 사랑을 완성하기 위해 살아가고 있는 너라서
지금 이 순간의 너는 결코 완전한 사랑이 아니고, 그래서 너의 삶에는
후회가 없을 수가 없는 거야. 이미 네가 후회하지 않아도 될 만큼의
완전한 사랑이었다면 너, 이곳에 태어나 존재할 이유조차 없었을 테고,
그러니까 후회는 성숙하기 위해 태어남을 선택한 채 지금, 이곳에
존재하는 우리 모두의 피할 수 없는 숙명이자, 성숙의 표지판이니까.

그러니까 후회는 우리에게 여태 이런 미성숙을 추구한 채 살아왔다면
이제는 그 미성숙을 넘어선 새롭고 아름다운 성숙을 추구해달라는,
그렇게 네가 이곳에 존재하는 이유와 목적을 완성하며 나아가달라는
마음의, 나를 위한 사랑의 신호였고, 그래서 지금 고통스러운 후회의,
사실은 찬란한 성숙의 시간을 보내고 있는 너, 정말 잘하고 있는 거야.

그렇게 지금의 미성숙에서 그 미성숙보다는 더 나은 성숙의 꽃으로,
하지만 지금 꽃 피운 성숙 또한 완전한 사랑의 꽃은 아닐 것이기에
지금의 성숙이 미성숙처럼 여겨지는 무르익음의 시간, 그 계절을
또다시 내 가슴 안에서 맞이하고, 그렇게 또다시 지금보다 더 나은
아름답고 선명한 색의 성숙의 꽃으로, 그 사랑의 짙은 꽃내음으로,
그러니까 그 무수한 피고 짐의 고통스럽지만 찬란한 시간을 지나
마침내 사랑이라는 이름의 완전한 성숙의 꽃이 되어 피어날 때까지
하염없이 후회하고, 성숙하고, 후회하고, 성숙하는 그 유구한 세월을
보낼 수밖에 없는, 보내야만 하는, 우리 존재며, 그 꽃이니까.

그러니 그 사랑이란 꽃의 운명을 완성하기 위해 존재하는 너,
더 이상 너 자신을 스스로 미성숙에 가두는 사랑 아닌 후회를 하며
너의 소중한 운명과 계절을, 피어날 기회와 선물을 낭비하지 말아줘.
이제는 오직 아름다운 후회를 하며 그 후회를 통해 더욱 사랑이 되고,
사랑의 색으로 너를 온통 물들이며, 사랑이란 이름의 꽃으로 피어나줘.

다정함의 물감.

나는 네가 무관심과 무감정, 차가움, 혹은 분노와 미움, 불친절,
그런 탁한 색의 물감을 너의 말이라는 붓에 칠해 말하기보다
다정함과 사랑, 친절함, 온화함, 미소, 이해와 배려, 따스함,
그런 맑고 예쁜 색의 물감을 너의 말이라는 붓에 칠해 말했으면 해.

어떤 사람은 말 한마디를 예쁘게 하지 못해 미움과 인색함을 사고,
그래서 자신에게 사람들이 사랑과 응원, 위로를 아끼게 만들지만,
또 어떤 사람은 말 한마디를 예쁘게 해서 사랑과 관대함을 사고,
그래서 자신에게 사람들이 사랑과 응원, 위로를 아낌없이 주고 싶게,
내가 바라거나 말하지 않아도 그들이 먼저 그런 마음을 내게 간절히,
그 어떠한 아까움도 없이 마음과 정성을 다해 주고 싶게 만들고,
그러니까 나는 네가 너 자신의 사랑스러움으로 사랑과 따스함을
너에게로 가득 끌어당기는, 예쁜 말의 습관을 지닌 사람이 되었으면 해.

누군가가 지치고 힘든 날을 보내고 있을 때 그를 마주하는 너의
따스한 햇볕과도 같은 온화함과 밝은 친절, 그리고 자발적인 태도,
그 모든 다정함이 묻어나는 말, 그건 어떤 위로보다 더 깊은 포용을
그들에게 전해줄 수 있고, 그래서 사람들은 너와 함께하는 시간이
너무나 편안하고 다정해서 그들 스스로 너와 함께하고자 할 테고,
하여 그때의 너, 집착하고 강요하지 않아도 한가득 사랑받는,
존재만으로 짙고 그윽한 향기를 풍기는 예쁜 꽃이 되어 맺힐 테니까.

네가 늘 사랑의 물감을 너의 말에 묻혀 네가 할 수 있는 최대한으로
늘 다정하고 예쁘게 말하고자 하는 진심 어린 사람이 된다면 말이야.

결국 말이라는 건 그 사람의 인생을 알 수 있게 해주는 한 사람의
결과 분위기, 존재의 꽃이며, 그러니까 사람들은 자신이 힘들 때
누군가가 자신에게 건네는 그 사람의 말을 보고 그가 어떤 사람인지,
어떤 맘으로 삶을 마주하는 사람인지를 느끼고 이해하게 되어있으니까.

그러니까 누군가가 힘들 때 네가 그에게 건네는 잘 해낼 거야,
나는 너를 믿어, 라는 응원과 다정함의 말은 다름 아닌 너 자신이
지치고 힘든 시간을 보내고 있을 때 네가 스스로에게 건넸던 말이며,
너는 못 해낼 거야, 어쩜 그렇게 엉망진창이니, 라고 건네는
그 불친절한 말 또한 네가 힘들 때마다 너에게 스스로 건넸던 말이며,
그러니까 네가 타인에게 건네는 말은 결국 네가 너에게 어떤 사람인지,
하는 너라는 존재의 결과 나이테를 타인에게 보여주는 거울인 거니까.

그러니 나는 무엇보다 너 자신에게 네가 예쁜 말을 건넬 줄 아는
스스로를 가장 먼저 아끼고 사랑하고 배려하는 사람이 되었으면 해.
어떤 억울하고 가슴 아픈 시간을 마주하고 있을 때, 그럼에도 네가
너에게 진실함을 지켜내자는 각오와 다짐의 말을 건네는 사람이라면,
그 말이 곧 너의 결과 분위기가 될 것이고, 하여 사람들은 너를
진실함의 아름다움과 향이 가득 느껴지는 참 맑고 예쁜 사람이라고,
그래서 함께하며 배우고 싶은 참 좋은 사람이라고 여기게 될 테니까.

그러니 이제는 예쁘고 다정한 색의 물감을 너의 말에 가득 묻혀
너에게, 그리고 사람들에게 건넬 줄 아는 사랑스러운 네가 되어줘.
늘 탁한 물감을 찾고 칠하는 사람은 늘 세상을 미워하고 탓하며
세상이 자신을 사랑하지 않는다고 말하지만, 사실 그건 그 자신이
선택하고 칠한 물감의 결과며, 그래서 그는 그 스스로 자신의 삶을,
인생을, 존재를 세상으로부터 기피당하고 소외되도록 만든 것이며,
그러니까 그 자신의 선택, 그게 그가 사랑받지 못한 유일한 이유니까.

그러니 너는, 사랑받을 만한 네가 됨으로써 가득 사랑받아줘.
네가 사랑스러움의 빛으로 가득 반짝이는 사람이 되면,
그때는 네가 찾거나 바라지 않아도 세상과 사람들이 너를 찾아와
너를 가득 아끼고 존중하고 사랑할 테고, 그러니까 그때의 너는
사랑받기 위해 다른 무엇을 할 필요가 없을 만큼 존재만으로,
네가 내비치는 예쁘고 짙은 색의 분위기와 그, 그윽한 향기만으로,
네가 너의 삶을 통해 완성한 그, 성숙의 결만으로 사랑받을 테니까.

그러기 위해 이제는, 천 냥 빚을 지는 못난 모양의 말을 하기보다
만 냥 빚을 갚는 예쁘고 사랑스러운 모양의 말을 하는 네가 되어줘.
네가 건네는 말은 그저 너의 입에서 나와 허공에서 사라질 뿐인
공허하고 생명력 없는 소리가 아니라 한 사람의 생명을 죽일 수도,
또 살릴 수도 있을 만큼의 강한 힘을 지닌 생명 자체라는 것을 너,
또한 잊지 말아줘. 하여 말로써 생명을 피어나게 하는 네가 되어줘.

결국 네가 너에게 스스로 건네고 있는 말들이 타인에게 네가
건네게 될 말을 결정하고 확정 짓는다는 것을 또한 잊지 않음으로써
너, 이제는 너의 마음 안에 품고 있는 생각과 감정들, 그것들이 먼저
예쁨이고 아름다움이 될 수 있게 네 마음의 밭을 먼저 가꾸고,
그렇게 함으로써 네 마음 안에서 곧 말이 되어 입 밖으로 나갈
네 감정과 생각의 꽃들이 형형색색의 아름다운 꽃들이 되어 피어나게,
하여 네가 건네는 모든 표현이 상대방의 가슴에도 그 꽃을 피울 수 있게
너의 진심과 사랑을 다해 너, 너의 마음에 예쁜 생각의 꽃을 심어줘.

네 마음의 팔레트에는 네가 자주 찍는 물감의 색들이 담겨 있을 테고,
그 물감의 색들, 부디 미움과 분노, 무관심과 차가움, 냉정과 외면,
부정과 깎아내림, 자부심과 우월감의 탁한 색들은 아니기를 바라.
그 색, 부디 다정함이자, 사랑이자, 친절이자, 예쁨이자, 이해이기를.

모든 말은 하나의 강력한 선언이자 약속이라는 것을 아는 사람은
자신이 내뱉은 말에 책임과 의무를 다하기 위해 노력하는 법이고,
그래서 그들은 결코 허투루, 얇고 엷은 맘으로 말하는 법이 없는 거야.
문을 닫고 나가겠다고 말했으면, 문을 닫고 나가라는 그 단순한 말,
그러니까 그 안에 마음의 강력한 힘에 대한 앎의 지혜가 담겨 있는 거야.

자신이 한 말이 허공에서 사라지는 것을 지켜만 보는 책임감 없는 사람,
하여 신뢰받지 못하는 사람은 그만큼 내면의 힘을 상실한 사람이며,
그래서 그는 자신의 마음에 품은 것을 외부에 실현해내는
그 마음의 창조력과 권능, 주권을 스스로 부정하고 외면했기에
힘없는 왜소함으로 희미하고 수동적인 삶을 살아갈 수밖에 없는 거야.

그래서 땅으로부터도 하늘로부터도 어떤 맹세도 하지 말라는 말처럼,
진실로 네가 내뱉는 모든 말은 네가 상상할 수도 없을 만큼의 힘과
생명력, 반드시 책임져야 할 약속과 선언이 담겨져 있는 것이기에
너의 말은 사실 너의 운명이자 인생이 되어 굳어지기에 충분하며,
그것이 네가 너의 말 앞에서 함부로 얇아서는 안 되는 이유인 거야.

그러니 모든 말 안에 너의 진심과 사랑을 가득 담는 네가 되어줘.
하여 너의 말에 반드시 담기기 마련인 너의 감정의 향기가
찬란한 색의 꽃이자 아름다운 이름의 다정함이 될 수 있게,
진심과 진실함의 책임감이자 선한 사랑의 선언이 될 수 있게 너,
너의 온 마음을 다해 네 마음의 정원을 먼저 가꾸며 나아가줘.
결국 네 마음에 가득 차 있는 것을 너는 바깥으로 표현하기 마련이고,
하여 네 마음이 예쁜 감정과 생각의 물감만을 담는 팔레트가 될 때,
너는 자연스레 예쁘고 사랑스러운 말을 하는 네가 되어있을 테니까.

하여 너의 말에는 짙고 선명한, 예쁘고 선한 색의 물감만이 젖어있기를.

늘 무관심하고 차가운 감정으로 삶을 살아가는 사람은
자신의 말에도 그 감정만을 담아 말하기 마련이고,
그래서 그와 함께하는 사람은 그 무감정의 색이 가득 묻어있는
그 사람의 말 앞에서 늘 상처받고 서운할 수밖에 없는 거니까.
그러니까 그게 말이 한 사람이라는 생명의 꽃을 피어나게 할 수도,
시들어지게 할 수도 있는 이유며, 무엇보다 그게 말이,
자신의 인생을 타인에게 보여주는 거울이 된다는 말의 뜻인 거니까.

결국 삶의 매 순간 단 하루도 쉬지 않고 함께하는 자신에게,
사람은 자신의 마음에 담고 있는 감정과 생각을, 그 모든 말을
가장 많이 건네기 마련이고, 그래서 곧 말이 되어 나오기 마련인
내 마음의 감정과 생각들, 그것이 예쁨이고 아름다움일 수 있게,
사랑이자 선함, 다정함일 수 있게 살피고 가꾸는 건 다름 아닌
내가 나를 스스로 아끼고 보호하는, 나 자신을 향한 사랑인 거니까.

그러니까 너, 여태 네 마음 안에 사랑 아닌 감정과 생각들만을
가득 담아둔 채 너 자신을 얼마나 많이, 자주 아프게 해왔던 거야.
그리고 너와 함께하는 사람들을 얼마나 깊이 시들어지게 해왔던 거야.
피어짐의 생명력이 아닌 꺾임과 시들어짐의 척박함으로 너의 마음,
이토록이나 황폐하고 건조한, 생명이 자랄 수 없는 환경이 되어버렸어.
그래서 너를 비롯한 너의 소중한 사람들 또한 너와 함께하는 시간이
편안하지 않아 불편하고, 채워지지 않아 소진될 수밖에 없었던 거야.

그러니 이제는 그 모든 예쁨과 사랑스러움 없는 마음의 지옥에서
너를 스스로 구원해줘. 무엇보다 너로 살아가는 게 가장 힘들었을 너를.
하여 이제는 사람들의 가슴에 한 송이의 꽃을 심는다는 마음으로
진심과 정성을 다해 예쁘고 사랑스러운 감정을 가득 담은 말을,
선함과 진실함, 아름다움을 가득 담은 말을 하는 너이기를. 소중하게.

진정한 겸손.

세상에 의해, 사람에 의해 자주 상처받은 채 늘 속앓이하는
그런 나로 살아가는 게 무엇보다 내가 지치고 아파 눈물이 날 때,
늘 사랑받지 못할까 두려운 맘에 사랑받기 위해 애쓰고 앓는
그런 나로 살아가는 게 무엇보다 내가 자신감 없고 의기소침할 때,
나, 그런 네가 너의 있는 그대로의 빛을 정확히 알고 회복하게 해주는
겸손함의 힘으로 매 순간 그 상처와 불안으로부터 보호받길 기도해.

겸손은 나는 정말 보잘것없기에 나를 함부로 대해도 좋다는
그 자기 비하에서부터 오는 거짓된 낮음의 자세가 결코 아니야.
겸손은 나를 있는 그대로의 나로 인정하고 바라보는 진실함이며,
있는 그대로의 나는 사랑이라는 것을 아는 지혜의 빛과 꽃이며,
하여 나라는 존재는 처음부터 영원히 사랑이라는 것을 나 스스로
진정 알고 인정하는 진짜 나라는 존재에 대한 앎, 그 수용인 거야.

그래서 겸손한 사람은 자신의 있는 그대로가 사랑임을 알며,
또한 그 사랑이라는 정체성에 자신의 자부심이나 자격지심을
결코 더하거나 빼지 않으며, 하여 세상이 나를 어떻게 바라보든,
사람들이 나를 어떻게 바라보든 나는 영원히 사랑이라는 그,
완전한 정체성에 대한 이해에 의해 결코 상처받지 않는 자존감을,
그 진정한 힘과 보호를 매 순간 느끼며 나아가는 사람인 거야.

사랑만이 실재이며, 사랑이 아닌 것은 애초에 존재하지 않는 환상이며,
하여 사랑 아닌 모든 것들은 존재한 적조차 없는 비실재이기에 나에게
그 어떤 영향도 미칠 수 없음을 완전히 아는 마음, 그게 겸손이니까.

그래서 겸손한 사람은 누군가가 자신에게 무관심하거나, 불친절하거나,
퉁명스럽거나, 어떤 감정적인 공격을 가하거나, 그런 것에 대해
어떤 면역을 가진 사람처럼 온화하고 흔들림이 없는데, 그건
언제나 사랑인 나는 그럼에도 불구하고 사랑이라는 것을 아는 믿음과
타인의 그러한 식의 사랑 아닌 공격은 사랑이 아니라는 사실 하나로
애초에 존재하지도 않는 환상이며, 하여 아무런 힘도, 영향도 없는
왜소함일 뿐이라는 앎 때문이며, 그러니까 그 믿음과 앎으로부터 그들은
결코 상처받지 않는, 상처받을 수 없는 영원한 보호를 받게 된 거야.

그렇다면 그, 진짜 나의 정체성을 아는 앎과 믿음은 그 자체로
얼마나 안도며, 얼마나 기쁨이며, 얼마나 사랑이며, 얼마나 행복이겠어.
어떤 공격이 나를 향하는 순간 진짜 내가 어떤 존재인지를 알며,
하여 그것에 전혀 휘둘리지 않으며, 그 사랑과 힘과 권능에 의해
내면의 위기를 전혀 느끼지 않아도 되는 안전이라는 것은 말이야.

이미 내가 완전한 사랑임을 알기에 나의 실수 앞에서 인정하고
사과하는 것 앞에서도 수치심, 혹은 자존심의 위기를 겪지 않아도 되며,
하여 기꺼이 미안하다고 사과할 줄 아는 반듯한 사람으로 존재하며,
또한 애써 옳고 그름의 싸움에서 이기기 위해 나를 부풀리거나,
타인에게 상처를 주거나, 오직 이김을 위한 거짓에 빠지지 않아도 되며,
왜냐면 그러한 것이 주는 왜소하고 연약한 아주 잠깐의 거짓 기쁨,
그것에 전혀 유혹받지 않아도 될 만큼 나는 이미 완전한 기쁨을,
완전한 사랑과 만족을 나의 내면에서부터 매 순간 느끼고 있으니까.

내가 이미 사랑이며, 무엇보다 내가 그것을 이미 알고 있는데,
내 마음에 어떤 결핍이 있어서 내가 불만족의 늪을, 불행의 지옥을,
환상으로 얼룩진 거짓 마음의 어두운 터널을 스스로 헤매겠어.
그렇게 애쓰지 않아도 이미 내 마음, 환히 빛나고 있음을 내가 아는데.

그러니 나는 네가 그 겸손으로부터 보호받는 사람이었으면 해.
더 이상 자존심의 위기를 겪지 않아도 되는, 더 이상 사랑을
네 마음이 아닌 외부에서 찾고 구하느라 다치고 상처받지 않아도 되는,
더 이상 네가 누구인지를 몰라 공허함과 결핍에 허덕이지 않아도 되는,
더 이상 진짜 네가 아닌 너의 육체, 그 껍데기를 너라고 오해한 채
그것을 지키고 보호하느라 늘 공격과 방어를 주고받아야만 하고,
늘 위협과 불안을 느껴야만 하고, 이제 다시는 그러지 않아도 되는,
그 진정하고도 영원한 안전 안에서 네가 가득 쉬어갔으면 좋겠어서.

그러기 위해 너에게는 다만 네가 누구인지를 이제는 기억한 채
그 진짜 정체성을 되찾고 회복하는, 너를 알아가는 시간이,
외부에 모든 시선과 마음을 두느라 한 번도 바라보지 못했던 그,
진짜 너를 알아가고 바라보는 시간이 아주 잠깐 필요할 뿐이야.
잠시라도 네가 진짜 너를 느끼고 알아본다면 너, 다시는 너를
다른 너로 오해할 수가 없을 만큼, 그러고 싶어도 그게 불가능할 만큼,
너를 알고 기억할 수밖에 없을 테니까. 그 반짝이는 행복에 의해.

그러니 이제는 진짜 너인 사랑으로, 너를 인정하고 바라봐줘.
눈을 감은 채 너의 마음 안에 가득 드리워져 있는 모든 먹구름을,
그 먹구름에서부터 쏟아지는 사랑 아닌 목소리와 생각의 비들을,
오직 사랑으로 바라봄으로써 그 사랑의 빛과 시선으로 거두어내는 거야.
눈을 감고 있는 지금의 사랑스러운 너를 사랑스럽게 바라보는 너,
네 마음 안에서 울려 퍼지는 모든 목소리를 사랑스럽게 바라보는 너,
그러니까 여태 너라고 생각해왔던 너를, 사랑으로 바라볼 수 있는
네 안의 또 다른 존재, 그게 바로 진짜 너였음을 지금, 알아가는 거야.

그렇게 진짜 너로서 존재한 채 너의 모든 모습들을 속속들이 사랑할 때,
너, 진짜 네가 누구인지를 영원히 잊을 수 없을 만큼 알게 될 테고,
진짜 네가 누구인지를 너 스스로 아는 것, 그게 바로 겸손함이니까.

살아가는 매 순간 내가 얻은 지식과 경험으로 만들고 쌓아온
나라는 존재의 정체성, 그 우상을 나라고 완전히 믿어왔던 나는
내가 믿는 옳음과는 완전히 다른 옳음을 마주하게 되었을 때
나라는 존재 자체가 부서지고 무너지는 것만 같아 그 옳음을
완전히 부정하고, 미워하고, 외면하고, 공격할 수밖에 없었고,
그런 식으로 나는 나라는 존재를 지켜내기 위해 늘 고군분투해왔어.
하지만 그래서 내 하루, 공격과 방어의 진흙탕에 완전히 빠졌고,
하여 나, 잔뜩 소진된 채 불안함에 몸서리칠 수밖에 없었던 거야.

하지만 오늘부터는 다른 거야. 지난 모든 시간 동안 내가 해왔던
그 모든 우상 숭배와 거짓 정체성의 성벽을 두껍게 쌓아가는 일들,
그것들은 결코 나를 보호하지도 못하며, 무엇보다 그럴수록 진짜 나,
그 잿빛의 완고한 성벽에 가려져 빛을 더욱 잃어갈 뿐이라는 것을,
하여 더욱 바래진 채 잔뜩 피폐해지고 공허해질 뿐이라는 것을 나,
이제는 분명하게 아니까. 그러니까 진짜 내가 누구며 어떤 존재인지를.

처음부터 영원히 사랑으로 창조된 나는 외부의 그 무엇으로부터도
결코 커지거나 작아질 수 없는 완전한 빛이자 아름다움, 그 꽃이며,
그러니까 나는 결코 상처받을 수도, 결코 자존심이 상할 수도 없는,
무엇에 의해 낮아지거나 높아질 수도 없는, 하여 공격할 필요도,
방어할 필요조차 없는 절대불변의 사랑이라는 이름의 영이라는 것을.

그러니 이제는 있는 그대로의 너를 있는 그대로 바라보는 겸손으로
너라는 사랑을 사랑인 그대로 알고 바라봐줘. 오직 영원한 사랑으로.
네가 너를 네가 아닌 다른 누군가로 스스로 오해하지만 않는다면 너,
결코 불행할 수도, 슬퍼할 수도, 지칠 수도, 서운할 수도, 불안할 수도,
무기력할 수도, 분노할 수도, 미워할 수도, 공허할 수도 없는,
그게 전혀 불가능할 만큼의 완전한 기쁨이라는 것을 알게 될 테니까.

그러니까 늘 같은 자리에서, 같은 크기로 네 마음 안에서 영원히,
너의 눈길만을 간절히 기다려온 너의 마음을 이제는 가득 바라봐줘.
처음부터 영원히 사랑의 순수하고 맑은 빛으로 반짝여온 그, 진짜 너를.
그때, 너의 바라봄만을 오랜 세월 동안 아득히 기다려왔던 너의 마음은
네 바라봄에 대한 보답으로 완전하고도 영원한 보호와 안도를,
그, 진짜 너로 살아가는 평화와 기쁨을 너에게 선물해줄 테니까.

진짜 너는 오직 사랑이기에 사랑 아닌 너의 눈빛에는 반응하지 못하고,
그래서 네가 너의 눈빛에 오직 사랑을 가득 묻혀 너를 바라볼 때,
그때만 너는 진짜 너를 알아볼 수도, 바라볼 수도 있는 것이며,
그러니까 이제는 오직 사랑의 눈빛으로 너 자신을 바라보는 거야.
아침에 일어나 침대에 누워 조금만 더 잘까 고민하는 사랑스러운 너,
그럼에도 일어나기 위해 기지개를 켜는. 그러고는 부스스한 눈으로
일어나 하루를 시작하고 마무리하는 그, 참 예쁘고 사랑스러운 너를
시간이 날 때마다, 되도록 빠짐없는 매 순간 사랑으로 바라보는 거야.
그 사랑스러운 너, 를 사랑으로 바라보는 너, 그게 바로 진짜 너며,
마침내 내가 누구인지를 기억해내는 것, 그게 우리, 존재의 이유니까.

너는 정말 그런 사람이란다. 누군가에 의해 결코 상처를 받을 수도,
마음 상할 수도, 원망을 품을 수도 없을 만큼의 그 자체의 빛이며,
사랑받기 위해 애써 노력하지 않아도 될 만큼의 그 자체의 사랑이며,
옳음을 지키기 위해 공격과 방어의 진흙탕에 빠질 필요가 없을 만큼의
그 자체의 진실이며, 그러니까 이곳에 사랑이 있다는 사랑의 증거란다.
네가 너를 고작 육체나, 네가 쌓아왔던 우상, 그 거짓 정체성이나,
너의 왜소하고 악한 생각, 다만 그런 것들로 오해하지만 않는다면
너는 정말 태어나 존재한 이래로 한순간도 그렇지 않은 적이 없었단다.

그러니 이제는 오직 겸손한 마음으로 그, 진짜 너를 받아들여주길 바라.

오늘, 가장 반짝이는 사람.

너는 그 어느 때보다도 오늘, 가장 눈부시게 반짝이는 사람이야.
때로 과거의 어느 날로 돌아가 네가 했던 지난날의 선택을
돌이키고 싶다는 생각에 빠져 아파하고 슬퍼하기도 하는 너지만,
그 모든 지난 시간을 더해 지금의 가장 성숙한 너에게로,
너의 삶에서 가장 다정하고 예쁜 지금의 너에게로 닿은 너니까.

그러니 이제는 너 스스로도 너의 지금에 자긍심을 가졌으면 해.
너는 사람들을 만날 때마다 전보다 어딘지 모르게 성숙해진 것 같다,
분위기가 깊어진 것 같다, 차분해진 것 같다, 다정해진 것 같다,
그런 말을 듣는 너의 삶에서 가장 예쁜 꽃으로 존재하고 있으며,
무엇보다 너무나 후회되는 순간, 그때로 돌아가 너의 선택과 결정을
돌이킨다 하더라도 너의 지금, 외부적으로는 조금 더 나아졌을 수 있어도
내면적으로는 그 일을 완전히 겪은 네가 훨씬 더 아름답게 무르익었으며,
결국 외부의 껍데기가 아닌 내면의 빛, 그게 바로 진짜 너이기에,
또한 내면의 성숙, 그 무르익음의 정도가 네 삶의 기쁨과 행복,
그것을 전적으로 책임지고 결정하는 것이기에 너, 지금이 가장 예쁘니까.

나라고 후회가 되지 않는 순간이 어떻게 없을 수 있겠어.
하지만 그럼에도 나는 지금의 내 모습을 가장 사랑하고 아껴.
그래서 누군가가 내게 이전의 어떤 때로 다시 돌아갈 수 있다면
어떻게 하겠냐고 물을 때, 나는 늘 그러지 않겠다고 답하는걸.
어떻게 그때의 미성숙했던 나로, 불행했던 나로, 쉽게 상처받고
또 쉽게 상처를 주던 나로 돌아가길 스스로 원할 수 있겠어.
그때를 지나 지금의, 이토록이나 찬란한 내가 되었는데 말이야.

무엇보다 마음 안에 그때와는 비교할 수조차 없을 만큼의
기쁨과 평화를 담고 있고, 하여 그 행복을 고스란히 누리고 있으며,
전에 했던 실수를 반복하지 않기 위한 지혜와 신중함을 얻었고,
하여 나를 그 어느 때보다 스스로 지켜낼 줄 아는 내가 되었으며,
전에는 용서하지 못해 미움을 곱씹으며 원망해야만 했던 어떤 일,
상황, 사람의 결을 마주해도 지금은 그저 웃어넘길 수 있을 만큼의
너그러움과 넉넉한 마음을 내 가슴 안에 소유하게 되었는데 말이야.

그래서 그 모든 선물을 모두 포기한 채 고작 어떤 외부적인 이득,
혹은 고작 젊음을 위해 과거의 어느 때로 돌아간다는 건
나에게 있어서는 고민할 필요조차 없을 만큼의 선택지인걸.
그 불행에서 벗어나기 위해 그 모든 불행 안에서 버티고 애쓰며
최선을 다해 지금의, 가장 반짝이는 나에게로 닿은 나니까,

그러니 우리, 가장 행복하고 찬란한 시간이 지금 이 순간임을,
가장 예쁘고 아름다운 내가 바로 오늘의 나임을 분명하게 알고
이제는 과거에 대한 미련을 곱씹으며 우리가 쏟아왔던 이 모든
성숙의 노력을, 생명의 피어남을 향한 치열하고도 절절한 열정들을,
그 모든 행복을 향한 수고와 울었고 웃었던 간절한 애씀들을
스스로 알아주지 못해 폄하하고 외면하는 일은 더 이상 하지 말자.

그 모든 시간을 더해 지금의 나에게 닿은 나를 무엇보다 나 스스로
기특해하며 잘 해왔다고 격려해주자. 고생 많았다며 따뜻이 안아주자.
누구보다 멋지다며 자랑스러워해주자. 참 아름답다며 예뻐해주자.
정말, 지금 가장 눈부시게 예쁜, 눈을 뜨고 바라볼 수 없을 만큼
반짝 빛나는 참 기특하고 소중한 너니까. 그저 사랑하게 될 만큼.

그리고 오늘을 지나, 언젠가의 오늘에는 더욱 그럴 너일 테니까.

그러니 우리, 이미 돌이킬 수 없는 과거의 어느 지점을 콕 집은 채
아무런 힘 없는 후회와 상상으로 그 지점을 돌이키기 위해
헛되이 애쓰고 끝없이 편집하기보다, 그렇게 과거에 갇히기보다
이제는 우리의 미래를 더욱 예쁘게 만들 수 있는 유일한 시간인
지금 이 순간을, 오늘을 더욱 사랑스럽게 보내기 위해 나아가자.

지난 시간의 모든 순간이 쌓이고 쌓여 지금의 찬란한 너를 만들었듯
언젠가의 더욱 예쁘고 사랑스러운 너를 만들어가게 될 지금이니까.
무엇보다 너의 지금은 다시는 돌아오지 않을 유일한 순간이며,
하여 감사하고 사랑하며 보내기에도 아까운 소중한 순간이니까.
다만 지금의 너에겐 지금의 너는 네가 될 수 있었던 가장 최선의,
예쁘고 사랑스럽고 다정한 너라는 것, 그것을 잊지 않은 채
언젠가의 너에게 또한 가장 최선의 예쁘고 사랑스럽고 다정한
그 찬란한 너를 선물해줄 책임이 오직 주어져 있을 뿐이니까.
그게, 미래의 너에게 지금의 네가 줄 수 있는 가장 큰 사랑이니까.

그러니까 과거를 돌아보며 너를 위한 너의 책임과 의무를 미루기보다
과거의 모든 경험을 더해 완성한 지혜로 최선을 다해 고민한 채
가장 반듯하고 예쁜 선택을 하고, 그 선택을 통해 성숙하기 위해
이제 다시는 뒤를 돌아보지 않은 채 꿋꿋이 앞으로 나아가는 마음,
그 마음으로 내가 기울일 수 있는 모든 정성과 사랑을 다해 오늘을
살아내는 것, 그게 너에 대한 너의 몫을 다하는 유일한 방법인 거니까.

그러니 아직 정해지지 않아 희미하고 흐릿한 언젠가의 네 모습,
그 미래에 네가 이 모든 여정을 더해 마침내 닿게 되었을 때,
그때 네가 마주하게 될 너는 부디 이 세상 그 무엇보다 반짝이는
눈부신 별이자, 아름다운 꽃이자, 사랑스러운 미소이기를 바라.
그러기 위해 오늘을, 가장 최선의 사랑과 간절함으로 보내는 너이길.

가끔 나의 지금에 만족하지 못하는 어떤 결핍에 휩싸인 채
깊은 회의감의 바다에 빠져 슬픔의 바닥을 허우적거리게 되는 너에게
나는 분명하고도 또렷한 확신을 가지고 이 말을 꼭 해주고 싶어.

너의 지금은 네가 수없이 마주해왔던 그 어느 때의 지금보다
가장 예쁘고 아름답고 소중한, 더없이 반짝이는 지금이라는 말을.
네가 너의 외부라는 환상에 초점을 두지 않고 너의 내면에,
그 진실한 너, 그 진짜 너에게만 초점을 둔다면 너 또한 결코
스스로 모를 수가 없을 만큼 너, 너의 삶 그 어느 때의 너보다
가장 짙은 색의 꽃이며, 가장 깊은 분위기의 바다라는 말을.

때로 나이가 들어가는 겉모습을 보며 지레 겁먹은 채
무기력과 우울에 빠지기도 하는 너이지만, 육체는 네가 이곳,
지구에 정해진 시간 동안 여행하기 위해 잠시 빌린 도구일 뿐이고,
하지만 그 사실을 스스로 망각한 너는 육체를 너라고 여긴 채
아주 오랜 시간 동안 그 환상과 오해를 스스로 부풀려왔지만,
네가 육체는 네가 아니며, 너는 오직 영이라는 그 영원한 진실을
스스로 오해한다고 해서 그 진실이 바뀌는 것은 결코 아니기에 너,
사실은 이곳, 지구에 성숙하기 위해 머무르는 그 시간의 끝이
너에게 다가올수록 그 어느 때보다 아름답고 예쁘게 빛나는 거야.
너라는 영, 그 영원한 사랑이란 이름의 진짜 너는 시간을 더해
성숙할수록 더욱 기쁨과 사랑스러움의 빛으로 가득 충만해지기에.

그러니까 지금의 네가, 과거 그 어느 때의 너보다 가장 빛나는 것은
너는 고작 시간이 지남에 따라 시들고 소멸할 뿐인 육체가 아니며,
결코 죽음을 맞이할 수 없는 사랑의 영, 영원한 생명이기 때문이야.

그러니 이제는 눈부시게 반짝이고 있는 너의 진짜 모습을 바라봐줘.

살아온 모든 시간을 더해 너, 너의 인생에서 가장 지혜로운,
가장 다정하고 따뜻한, 가장 반듯하고 진실한 너에게로 닿았고,
앞으로도 이곳 지구에서 너의 목적을 다하는 그날까지 너,
무엇보다 오늘, 가장 예쁘고 찬란한 너로서 나아갈 거야.
그러니까 오늘 가장 예쁘고 찬란한 너는, 내일의 오늘은 지금보다
더 예쁘고 찬란할 것이기에 과거와 미래라는 환상을 지나
영원한 오늘만이 존재하는 진실의 눈으로 너를 바라보자면 너,
단 하루도 빠짐없이 오늘, 가장 예쁘고 찬란한 너인 거야.

그래서 네가 너의 그 오늘을, 진짜 너를 진실의 눈으로 볼 수 있다면
너, 영원히 결핍과 불만족, 무기력과 자신감 없음에 빠질 수 없을 만큼
너의 매 순간의 모습들을 자랑스럽고 기특하게 생각하느라 바쁠 테고,
그리고 그 순간이 바로 네가 이 지독한 불행을 끝내고 영원한 행복으로,
그 빛나는 천국으로 네가 있을 자리를 완전히 옮기게 되는 순간인 거야.

성숙하기 위해, 그 성숙을 완성하기 위해 이곳 지구에 태어난
지구별 여행자인 너에게 있어 가장 성숙한 순간은 바로 오늘이며,
그리고 앞으로도 영원히 그 사실만큼은 변하지 않을 것이며,
그래서 너의 오늘은, 네가 이곳에 존재하길 선택한 그 이후로
가장 눈부시게 빛나는 너에게로 닿은 오늘이기에 참 감사하고,
참 자랑스럽고, 참 소중하고, 참 기특하고 사랑스러운 날인 거야.

그러니 이 눈부신 오늘에 닿느라 지난 모든 날의 수고를 겪으며
울기도 참 많이 울었고, 상처받기도 참 많이 받았고, 무너진 날도,
하지만 다시 일어선 날도 참 많았던 너, 정말 기특하고 고생 많았어.
그리고 이제는 네가 너에게 이 말을 스스로 전해줄 수 있길 바라.
내가 가장 사랑하고 아끼는 사람아, 정말 고생 많았고, 고맙다.
참 자랑스럽고 기쁘다. 너로 인해 지금, 이토록 행복한 나다. 라고.

사랑하기 위해 태어난 사람.

나는 네가 늘 받기만 하기보다 주고자 하는 사람이었으면 해.
마음이 넉넉하고 사랑이 많은 사람은 그만큼 결핍이 없어서
그게 눈에 보이는 물질이든, 눈에 보이지 않는 감정이든,
갈망하고, 받길 욕망하고, 집착하고, 받지 못해 서운해하고,
그러기보다 먼저 주고자 하며, 또한 주는 행위 그 자체에서,
그러니까 자신이 줄 수 있는 사람이라는 것 그 자체에서
기쁨과 감사를, 아름다움을 가득 느끼며 행복해하는 사람이니까.

결핍과 함께하는 사람은 그래서 늘 자신의 부족함, 인색함, 왜소함,
그러한 식의 자신이 가지고 있지 않은 것에 집중하는 사람이며,
하여 늘 그 부족함에 허덕이며 더 큰 부족함을 끌어당기지만,
마음이 넉넉하고 관대한 사람은 자신이 이미 가지고 있는 것,
그 있음에 집중함으로써 주어진 소중함에 셀 수 없이 감사하는 사람이며,
하여 그 풍요로운 마음에 의해 더 큰 풍요와 채움을 끌어당기는 거야.

무엇보다 그들은 세상을 향해 내뿜는 분위기와 에너지, 그 결 자체가
너무나 반짝이고 생명력 가득해서 사람들에게도 기분 좋은 느낌을,
편안함을, 기쁨을 전해주기에 사랑받길 원하지 않아도 사랑받으며,
그렇게 자신의 존재만으로 잔뜩 사랑받는 아름다운 사람들이야.

늘 부족함을 바라보며 타인에게 변화를 바라고, 더 해주길 바라고,
그렇게 타인을 불편하게 함으로써 사랑받지 못하고, 하지만 그 자신은
자신이 왜 사랑받지 못하는지 몰라 더욱 세상을 원망하고 미워하고,
그런 식으로 빛없이 바래진 채 시들어진 꽃으로 존재하는 것과는 달리.

결국 우리가 미성숙할 때는 오직 원인만을 바라본 채 그 원인에서
자신의 불행과 사랑받지 못하는 상태의 문제점을 찾고자 하지만,
더욱 성숙한 사람은 원인을 넘어선 결과로서 이미 존재하는 사람이며,
하여 풍요와 채움의 번영을 가득 누리는 사랑스러운 사람이 되기 위해
우리가 할 일은 그저 그런 사람으로 이미 존재해버리는 것,
그러니까 결과가 됨으로써 모든 원인을 바꾸는 것, 그게 다인 거야.

그러니 이제는 불행과 사랑받지 못하는 원인을, 가난의 원인을
바깥에 투사한 채 그것에서부터 그것을 극복하고자 하기보다
그저 사랑받을 만한 사람이라는 결과로서 존재함으로써 나는 네가
진정으로 행복한 사람, 마음이 가득 채워진 넉넉한 사람,
그 마음의 넉넉함으로부터 외부의 풍요를 또한 끌어당기는 사람,
하여 잃음에 대해서는 전혀 걱정할 필요가 없을 만큼 다 가진 사람,
그래서 받기보다 기꺼이 주고자 하는 사람, 그런 사람이 되었으면 해.

마음에 자기 연민이 없어 위로받기보다 위로를 주고자 하는 사람,
누군가가 자신이 원하는 어떤 감정을 주지 않았다고 해서
서운함을 겪을 필요가 전혀 없을 만큼 스스로 완전하며 오롯한 사람,
자신의 마음 안에 넘쳐흐르고 있는 사랑을 늘 충분히 느끼고 있기에
타인으로부터 사랑을 갈구하지 않아도 외로움을 느끼지 않는 사람,
하여 사랑받기보다 그저 사랑을 주고자 하며, 자신이 준 만큼
누군가가 그 사랑을 돌려주지 않는다고 해도 아까워하지 않는 사람,
네가 그런 사람이 되는 건 세상과 사람들에게 큰 기쁨과 평화를,
사랑을 가득 선물해주는 일이기도 하지만, 무엇보다 그건 너 자신에게,
스스로 기쁨을 선물해주는 사람이 되는, 너의 행복을 위한 일이니까.

그러니 이제는 너의 마음 안에서 마를 새 없이 넘쳐흐르고 있는 그,
사랑의 근원을 발견함으로써 기꺼이 주고자 하는 넉넉한 네가 되어줘.

그러기 위해 스스로 충분히 행복하기에 쉽게 만족하는 사람,
하여 작은 일에도 고마움을 표현할 줄 아는 참 예쁜 사람,
그래서 자꾸만 더 잘 해주고 싶고, 더 잘 보이고 싶고,
그 예쁜 눈빛을 한 번이라도 더 받고 싶고, 칭찬받고 싶고,
그런 마음에 그 어떤 억지도 없이 사랑을 아낌없이 주고 싶은,
그런 사람으로서 지금 이 순간 이미 존재하길 선택하는 거야.

결국 그런 사람이 되는 것과 여전히 그런 사람이 아닌 채 존재하는 것,
그건 전적으로 너의 선택에 달린 것이고, 하여 선택하기만 한다면 너,
지금 이 순간 그 어떤 지체도 없이 그런 사람이 될 수 있으니까.
그럴 수 있는 힘은 오직, 그리고 이미, 너의 마음 안에 있으니까.

그러니 이제는 망설임 없이 이미 그런 네가 된 것처럼 생각하고,
느끼고, 행동하고, 말하는 네가 되길 바라. 너의 마음 안에 있는
너의 위대함과 넉넉함, 관대함, 그런 것들을 눈을 감은 채 느끼고,
하여 네가 허락하기만 하면 온 세상을 향해 금방이면 가득 뻗쳐나갈
그 사랑의 근원을 찾음으로써 이제는 그 근원과 너를 동일시하는 거야.
세상을 바라보는 눈을 감고 바라보는 내면의 너, 그게 진짜 너며,
그 진짜 너는 결핍과 인색함에 대해 전혀 이해하지도 못할 만큼
무한하게 채워진 사랑이며, 풍요며, 빛과 아름다움이며, 완전함이니까.

그러니 온통 세상을 향해왔던 너의 눈과 귀를 이제는 닫은 채
너의 내면에, 그 진짜 너에게 고요함과 함께 눈과 귀를 기울여봐.
그리고 그, 너의 근원에서부터 가득 흘러넘치는 사랑을 느껴봐.
그러고는 그 사랑으로 온통 둘러싸인 너의 육체, 그 겉옷을 느끼고,
그 사랑이 너의 마음에서 너의 육체로, 온 세상을 향해 흘러가는 것을,
하여 온 세상이 사랑스럽게 느껴지기 시작하는 것을 느껴 보는 거야.
그게 바로 너며, 너의 결과며, 너의 존재며, 너라는 완전한 사랑임을.

매 순간 결핍과 없음에 집중하느라 불만족의 강에 빠진 너는
너에게 주어진 셀 수 없는 축복과 은혜를 모두 외면해왔고,
그래서 더욱 빛을 잃은 채 공허와 슬픔에 가득 젖어버린 거야.
이미 주어진 소중함과 아름다움이 너의 곁에 흘러넘치는데도 너,
그 모든 빛에는 단 한 번의 눈길도 주지 않은 채 한두 개의 불행,
오직 그 어둠에만 집중한 채 너 스스로 모든 행복을 걷어차 왔으니까.

사람들을 바라볼 때도 있음이 아니라 없음에 골몰해왔던 너는
타인의 장점과 사랑스러움, 그 빛이 아닌 단점과 미운 점,
그 어둠을 그들에게서 찾고 바라보느라 눈코 뜰 새 없이 바빴고,
너의 그 결핍 가득한 시선과 태도에 의해 너와 함께하는 사람들,
그, 사랑받기 위해 태어난 존재들은 하여 사랑받지 못해 아팠고,
그래서 너와 함께하는 데서 결코 행복을 느낄 수 없었던 그들은
그들 자신의 행복을 위해서라도 너를 떠날 수밖에 없었던 거야.

그래서 네가 그러는 동안 가장 외롭고 아픈 사람은 다름 아닌
너 자신이었고, 그러니까 그 결핍의 눈과 네가 함께하는 동안 너,
기쁨의 꽃이 흐드러지게 피어난 예쁘고 사랑스러운 미소가 아닌
메마른 채 곧 바스라질 것만 같은 생기 없는 시들어짐과 찌푸림,
그 어두운 불행의 그늘진 슬픔과 함께해왔고, 때로는 분노에 의해
잔뜩 일그러진 못난 표정과, 미움을 내내 곱씹느라 평화를 잃은
불안함 가득한 눈빛과 함께해왔고, 그러니까 그 모든 불행의 표정이
네가 결핍의 눈과 함께할 때 전혀 행복하지 않다는 증거인 거야.

사랑하고, 사랑받기 위해 태어난 태초부터 영원히 사랑인 너에게
가장 자연스러운 것은 사랑인데, 너는 너에게 가장 자연스럽지 않은
그, 사랑 아닌 것들의 옷과 색을 입은 채 매 순간 존재해왔고,
그렇다면 그때의 네가 어떻게 평화와 행복과 함께할 수 있겠어.

그러니 이제는 가장 너다운 것, 그 사랑으로 존재하는 네가 되어줘.
너는 결코 누군가를 미워하기 위해, 또 결핍과 가난을 겪기 위해,
무엇보다 없음에 집중하느라 불만족의 강 속에서 허우적거리기 위해,
그러니까 그 모든 불행을 위해 태어나 살아가는 사람이 아니니까.
오직 지금 이 순간 반짝일 만큼 행복하기 위해 태어난 사람이니까.

그러니까 사랑에게 자연스럽지 않은 것들, 미움과 분노, 왜소함,
인색함과 잃음에 대한 걱정, 그 불안함, 비판적인 태도, 깎아내림,
그것들은 가장 너답지 않은 것이기에 그것들과 함께할 때 너,
당연히 평화를 가득 잃은 불안함의 불행과 함께할 수밖에 없는 거야.
마음속에 흐르는 마르지 않는 풍요에 의해 아낌없는 사랑을 주는 사람,
그렇게 함으로써 더 넓고 깊은 사랑의 강을 마음 안에서 발견하는 사람,
하여 잃음에 대해서는 걱정할 필요가 전혀 없을 만큼 이미 채워진 사람,
그게 가장 자연스러운 너의 모습, 그러니까 가장 너다운 사랑이니까.

그러니 너에게 가장 잘 맞는, 너와 가장 잘 어울리는, 하여 입었을 때
가장 예쁘고 아름다운 네가 되는, 그 사랑의 옷을 입는 너이길 바라.
그렇게 사람들로부터 참 예쁘고 사랑스러운 사람이라는 말을 들으며
사랑받고 사랑하기 위해 태어난 네 존재의 목적에 걸맞은 너로서,
존재의 목적을 완성하며 나아가고 있다는 기쁨에 이제는 더 이상
공허를, 슬픔을, 불안과 외로움을 느낄 수 없는 너로서 나아가는 거야.

너는 정말 너라는 존재만으로 사랑받기에 충분한 사람이란다.
네가 스스로 잊지만 않는다면 영원히 사랑스러운 예쁜 빛이란다.
결코 잃음에 대해 걱정할 필요가 없는 늘 채워지는 완전함이란다.
사랑을 전혀 아까워할 필요가 없을 만큼의 마르지 않는 사랑이란다.
정말로 너는, 다만 네가 스스로 잊을 수 있을 뿐, 처음부터 영원히,
땅에서부터 하늘까지 그런 사람이란다. 그러니까 그걸, 잊지 말아줘.

모든 순간의 선물.

정말 많이 힘든 시간을 보내느라 마음이 새까맣게 타버린 너는
하루를 살아가는 모든 기쁨과 활력을 잃은 채 시들어졌고,
그렇게 깊은 한숨을 내쉬며 그저 존재하는 게 할 수 있는 전부인,
할 수 있는 최선인, 그러니까 살아있는 것마저도 버거울 만큼
모든 감정과 힘을 소진한 채 지금 이 순간의 무너짐에 닿았어.

아무리 예쁜 생각을 하려고 노력해도 슬픔에 펑펑 울게 되고,
아무리 용서하려고 해도 미움에 마음에 답답함이 치오르고,
아무리 내려놓으려고 해도 억울함과 어떤 미련에 곱씹게 되고,
아무리 웃어 보려고 해도 모든 일이 잿빛 무의미로만 느껴지고,
그래서 존재하는 것 자체가 힘겨울 만큼 가득 무너져버린 거야.

어디서부터 잘못된 걸까, 어디서부터 이토록 엉키고 꼬인 걸까,
그렇게 처음으로 돌아가 다시 새로운 마음을 찾아보기도 하지만,
도무지 그 답을 모르겠어. 그리고 이 지옥 같은 시간은 그 끝이
전혀 보이지 않을 만큼 아득하기만 해. 그래서 자꾸, 희망을 잃게 돼.

너의 그 마음, 내가 왜 모르겠어. 그 마음에 정말 깊이 공감할 만큼,
그래서 이 글을 쓸 수 있을 만큼이나 너의 마음, 잘 아는 나인걸.
나 또한 그런 시간을 수도 없이 겪어봤으니까. 그렇게 내가 흘린 눈물,
모아 담으면 깊은 호수가 될 만큼 울어도 봤고, 내가 뱉은 한숨,
모아 담으면 흐린 날의 먹구름이 될 만큼 절망을 내쉬기도 해봤고,
누군가 묻는 안부 인사조차도 겁이 날 만큼 모든 감정을 소진해서
말과 감정의 문을 굳게 닫은 채 완전한 혼자가 되어 지내도 봤는걸.

정말 오늘 숨을 쉬며 존재하는 것조차 버거워 하루 온 종일
무기력에 새하얘진 머릿속을 바라보며 죽음에 대해 생각하기도 해봤고,
그것 말고는 이 지옥 같은 고통을 끝낼 방법을 도무지 모르겠어서,
하지만 그럼에도 삶에 대한 악착같은 미련을 버리기엔 또 두려워서,
그래서 그저 살아있는 게 다일 만큼의 시간들을 보내도 봤는걸.

하지만 결국 그 짙고 자욱한 어둠의 끝을 찾았고, 하여 회복했고,
지금은 그때의 나로서는 상상하지도 못할 만큼의 평화와 행복,
빛과 사랑이 가득 넘치는 아름다운 하루를 살아가게 된 나야.
그리고 그래서, 너에게도 반드시 이 시간, 지나갈 거라는 말을,
그리고 그 끝에서 너, 찬란하게 빛나며 예쁘게 웃고 있을 거라는 말을,
그러니까 포기하지 말아 달라는 말을, 그때의 내가 들어야만 했던,
하지만 아무도 해주지 않았던 이 말을 꼭 전해주고 싶은 나인 거야.

모든 시련은 내 마음 깊숙한 곳에서 사랑을 찾아달라는 신호였고,
그리고 아주 깊은 시련일수록 마음의 그 사랑을 향한 간절함이,
그 절실함이 큰 것이고, 그러니까 마음의 그 깊은 울림에 의해
더 미어지게 아플 수밖에, 완전히 부서질 수밖에 없는 것이고,
그러니까 너, 네 마음 안에서 이제는 사랑을 찾을 시간이 된 거야.
그리고 그 시간, 더 이상 미룰 수 없을 만큼 때가 무르익은 거야.
그래서 지금의, 이토록 잔인하리만치 아픈 시간을 마주하게 된 거야.

그러니까 지금의 무기력은 너에게 이제는 사랑을 선택해달라는,
지금의 미움 또한 마찬가지로 너에게 이제는 사랑을 선택해달라는,
지금의 우울도, 분노도, 절망도, 두려움도, 그 깊은 아픔 모두가
오직 너에게 이제는 사랑을 선택해달라는 그 말을 건네기 위해,
그 목적 하나로 너에게 찾아온, 사실은 너를 위한 선물이었던 거야.
지금은 그 선물이 선물로 보이지 않아 너무나도 밉고 원망스럽겠지만.

그래서 그때의 나, 아파야만 했던 거고, 지금의 너 또한 마찬가지로
아파야만 하는 거야. 이 아픔 속에서 사랑을 찾고 배우기 위해서.
그리고 너는 삶이 너에게 원하는 만큼의 사랑을 꼭 찾게 될 것이고,
그때가 되면 지금의 먹구름, 완전히 걷히고 네가 상상할 수 없을 만큼의
따뜻하고 눈 부신 태양을 너, 너의 마음 안에서 맞이하게 될 거야.

그저 전보다 네 마음으로 느끼고 실감할 수 있을 만큼 강렬하게,
더욱 빛나게 행복한 네가 되기 위해 필요한 그만큼의 사랑을,
그래서 너, 지금 이 시간 안에서 찾고 배울 필요가 있을 뿐인 거야.
그럼에도 네가 너무 아플까 봐, 감당하지 못할까 봐, 삶은 너에게
완전한 사랑도 아니고 그저 지금의 너에게 딱 필요한 만큼의,
정확히 그만큼의 사랑만을 너에게 요청하는 그 디정한 마음 하나로
지금의 너를 아픔으로, 사실은 그 무엇보다 사랑으로 끌어안은 거니까.

그리고 무엇보다 이 아픔이 얼마나 아픔인지를 아는 나는
너에게 지금의 아픔이 왜 찾아왔는지를 말해줌으로써 네가 하루빨리
너에게 주어진 사랑의 배움을 찾고 완성하길 바라고 소원할 뿐인 거야.
네가 다시 씩씩하고 사랑스럽게 웃으며 행복한 하루를 보냈으면, 하고
그 누구보다 간절히 원하고 바라는, 그래서 매일 기도하는 나니까.

그러니까 지금 너무나도 끔찍한 경제적인 시련을 맞이해 아픈 너는
그 시련의 원인이 되는 사람이라고 믿는 사람을 미워하기 바쁘지만,
그 시련이 너를 찾아온 이유는 너에게 그 미움과 원망이 아닌
오직 사랑을 가르쳐주기 위해서기에 네가 사랑을 선택하기 전까지,
너는 그 깊디깊은 아픔의 골짜기에서 결코 벗어날 수가 없는 거야.

그게 어떤 모양의 아픔이든, 그래서 결국 너, 사랑을 배워야만 하고,
그리고 나는 네가 이제는 그렇게 함으로써 지금을 꼭 잘 보냈으면 해.

사랑인 네가 사랑임을 잊었고, 그래서 사랑임을 기억하기 위해
이곳에 태어나 존재하길 선택한 너인데, 그 목적을 잊고 잃은 채
사랑에서부터 너무나도 멀리 떨어진 채 존재할 때, 삶과 마음은
너를 아끼고 사랑하는 그 마음 하나로, 너에 대한 깊은 책임감으로
너를 다시 사랑으로 안내하기 위해 모든 최선을 기울이기 마련이고,
그러니까 지금의 모든 아픔은 너에게 네 존재의 목적과 이유를,
그 사랑의 완성을, 사랑을 되찾고 기억해내는 일을, 그 완전함을 향해
이제는 다시 발길을 돌려달라는 마음의 아름다운 울림인 거야.

그래서 지금의 아픔은 너를 무너뜨리기 위해서가 아니라,
너를 완전함 위에 다시 세우기 위한 그 사랑의 마음 하나로
너를 찾아온 삶의, 너를 향한 아름다운 사랑의 표현인 거야.
그래서 너무나도 끔찍이 아픈 지금이지만, 그럼에도 이 시련,
반드시 겪어야만 하고, 또 반드시 지나 보내야만 하는 너인 거야.
그렇게 너, 이 아픔 안에서 무너지고 부서지며 새로운 의미의 꽃을,
그 깊은 무르익음과 사랑의 꽃을 너의 가슴에 피워내야만 하는 거야.

너의 그 성숙을 위해서, 이제는 같은 삶을 다르게 보는 시선과
너를 아프게 했던 일 앞에서 아파하지 않을 줄 아는 마음과
결코 용서하지 못했던 사람을 미워할 필요가 전혀 없을 만큼의
넓고 관대한 마음, 그 너 자신의 평화를 지켜낼 줄 아는 이해심과
그 모든 짙고 깊은 무르익음의 꽃을 위해서, 그래서 지금의 너,
아픔이라는 선물을 끌어안은 채 그 아픔을 완성하고 있는 거니까.

삶의 모든 어려움은 아주 깊은 곳에서 너의 사랑을 갈구하는,
그렇게 이제는 사랑 없음의 지옥 같은 마음에서 벗어나 사랑의,
가득 반짝이는 기쁨과 평화의 천국으로 나아가달라는 신호인 것이며,
그. 너를 위한 예쁜 시간을 보내고 있는 너, 그래서 잘 해낼 거야. 꼭.

문득 삶의 모든 부분이 빛에서 어둠으로, 희망에서 절망으로,
그렇게 온통 검게 바래지고 건조하게 메말라 바스라지는 것만 같이
무너지고, 부서지고, 휘청거리고, 주저앉게 되고, 그런 시간이 있어.
그래서 살아 숨 쉬는 것조차 버겁고 힘들게 느껴져 아득해지고,
나는 왜 사는 걸까, 하는 존재 자체에 대한 의문이 끝없이 들고,
하여 살아가는 게 아니라 죽어가는 시간을 보내게 되는 그런 시간,
그 깊은 무의미와 깊은 무기력과 깊은 슬픔의 지옥 같은 시간이.

마음속에서는 자꾸만 나를 갉아먹는 아픈 생각들이 끝없이 쏟아지고,
그 쏟아지는 생각들을 어떻게 치유하고 내려놓을지 도무지 몰라
그저 지켜만 봐야 하는, 그 혼미하고도 나 자신의 주권을 상실한 시간,
하여 그 생각의 피해자가 된 채 고통받으며 이 고통을 끝낼 방법,
그것을 무수히 찾아보지만 결국에는 그 방법, 죽음밖에 떠오르지 않아
죽거나 아프거나, 그 양자택일의 선택까지 내몰리는 시들어짐의 시간.

하지만 여기서 죽을 것이 있다면 단 하나, 바로 지금까지의 너이며,
그러니까 여태 너를 스스로 아프게 하는 생각들에 집착하던 너,
그 왜소하고도 미움과 이기심, 증오로 가득 찬 사랑 없는 너이며,
그래서 지금의 이 순간, 죽음으로써 다시 사는 생명의 시간인 거야.
그 생명과 피어남, 사랑과 너 자신의 주권의 회복, 그 빛과 행복을 위해
과거와는 너, 달라야만 하고, 그래서 그 변화를 맞이하기 위해 너,
너를 송두리째 뒤흔드는 아픔, 아니 사실은 선물을 받은 것뿐인 거야.

그러니 이제는 죽음으로써 다시 살자. 그 피어남을 위한 이 시간,
포기하지 않은 채 꿋꿋이 잘 보내자. 그렇게 가득 무르익은 채 빛나자.
이 시간 안에서 너에게서 털어내야만 하는 것들, 미움과 왜소함,
인색함과 진실 없는 거짓들, 이기심, 탐욕과 증오, 그 모든 것들을
완전히 벗어내고 더욱 사랑 가득한 네가 되어 그렇게, 꼭 행복하자.

그렇게 마음이 좁아 작은 외부조차 담지 못해 쉽게 화내야만 했던,
쉽게 미워하고 쉽게 서운해하고 쉽게 상처받아야만 했던 너에서
웬만한 외부는 너에게 그 어떤 영향도 미치지 못할 만큼의 넓은 너로,
하여 그저 사뿐히 스쳐 지나갈 뿐인 초연하고도 관대한 너로,
지금의 아픔을 지나며 네가 있을 자리를 옮겨가고 있는 너인 거야.

날씨가 갑자기 추워질 때 갑자기 심한 몸살을 앓게 되는 것처럼
변화는 늘, 우리에게 아픔을, 사실은 적응을 위한 선물을 주며,
그래서 그 예쁜 변화를 맞이하느라 이토록이나 아파하고 있는 너,
지금도 충분히 잘하고 있고, 또 충분히 기특하고 소중한 거야.
지금을 지나 얼마나 예쁜 네가 될지 지금의 너는 상상조차 하지 못해
그저 아파하는 것 말고는 할 수 있는 게 아무것도 없을 만큼 아프겠지만.

하지만 내가 잠시 미래로 가서 네가 잘 지내고 있는지 보고 왔더니,
너는 너 스스로 결코 이겨내지 못할 거라 믿었던 지금의 아픔을
참 거뜬하게도 잘 딛고 일어선 채 사랑스러운 미소 가득 지으며
너의 소중한 곁들과 함께 행복한 시간 보내며 잘 지내고 있더라.
지금을 지나 더욱 깊은 마음을 얻었기에 타인을 더욱 배려하며,
그들의 아픔에 더욱 공감하며 귀를 기울이는 참 기특한 네가 되어
너뿐만이 아니라 타인에게도 더욱 큰 기쁨을 주는 네가 되어있더라.

그러니 아직 바라보지 못해 믿지 못할 뿐인 너의 그 찬란한 미래를
이제는 너 스스로도 믿어주며 조금만 더 꿋꿋하게 나아가도록 하자.
외부에 잃었던 힘과 주권을 되찾은 힘 있는 너, 더욱 사랑 많은 너,
더욱 사려 깊은 마음과 예쁜 표정과 함께하는 맑고 빛나는 너,
그런 너로 다시 태어나기 위해, 하여 그렇지 못한 너를 너로부터
완전히 털어낸 채 죽음으로써 새 생명을 얻기 위해 지금의 너,
너를 위해 반드시 아파야만 하는 그, 사랑의 시간을 보내고 있는 거니까.

하지만 내가 잠시 미래로 가서 네가 잘 지내고 있는지 보고 왔더니,
너는 너 스스로 결코 이겨내지 못할 거라 믿었던 지금의 아픔을
참 거뜬하게도 잘 딛고 일어선 채 사랑스러운 미소 가득 지으며
너의 소중한 곁들과 함께 행복한 시간 보내며 잘 지내고 있더라.
지금을 지나 더욱 깊은 마음을 얻었기에 타인을 더욱 배려하며,
그들의 아픔에 더욱 공감하며 귀를 기울이는 참 기특한 네가 되어
너뿐만이 아니라 타인에게도 더욱 큰 기쁨을 주는 네가 되어있더라.

그러니 아직 바라보지 못해 믿지 못할 뿐인 너의 그 찬란한 미래를
이제는 너 스스로도 믿어주며 조금만 더 꿋꿋하게 나아가도록 하자.

2.

사랑이 어려울 때

사랑한다는 건 나를 위해서 상대방을 헌신시키는 게 아니라
상대방의 기쁨을 위해 나의 작고도 왜소한 이기심,
그것에서부터 오는 거짓 기쁨들을 기꺼이 포기하는 마음이야.

그러니까 상대방을 사랑하는 일이란, 상대방을 마주하는
그 모든 시간 안에서 내 마음 안에 솟아오르는 사랑 아닌 마음들,
분노와 이기심, 미움과 단점을 보는 마음, 판단의 태도,
그것들을 내려놓으며 더욱 진실한 사랑을 향해 나아가는,
하여 그 시간 안에서 혼자일 때는 결코 배울 수 없었던 사랑을
함께함으로써 마침내 배우고 완성하는,
하여 혼자일 때의 나보다 둘일 때 더욱 예쁜 내가 되는
그 아름다운 여정을 두 손을 맞잡고 함께하는 일인 거야.

그러니 이제는 사랑한다면서 상대방을 아프게 하는,
그 사랑 아닌 사랑 안에 갇히고 굳어진 채로
그것이 사랑이며, 또한 너 자신의 기쁨을 위한 일이라는
말도 안 되는 오해와 환상을 스스로 믿고 숭배한 채 너를,
그리고 너의 소중한 사람을 더 이상 아프게 하지 말아줘.

진실한 사랑에서부터 네가 멀어질 때, 너, 삶의 모든 기쁨과
아름다움을 잃은 채 공허와 죄책감에 허덕일 수밖에 없고,
그러니까 그건 너 스스로 너의 불행을 위해 애쓰는 일이니까.

그러니까 이제는, 진실한 사랑을 위해 너의 마음을 헌신하며
매 순간 네 눈 앞에 펼쳐지는 상대방을 사랑하기 위한 기회 앞에서
사랑을, 용서를, 이해를, 감사와 다정함을 선택하는 너이길 바라.

함께한다는 것.

각자였던 둘이서 만나 이제는 하나가 되어 함께하길 선택하는 건,
서로에게 상처를 준 채 마음에 아픔을 남기기 위해서가 아니라,
매 순간 서로의 기쁨과 행복을 염려함으로써 상대방의 마음에
더욱 따듯한 볕의 태양과 다채로운 색의 꽃들을 피워내기 위해서야.

성숙하고 사랑하기 위해 이곳에 태어나 매 순간의 경험을 통해
그 목적을 완성하기 위해 존재하고 있는 너희 둘이기에 함께함 또한
그 예쁜 성숙의 여정을 함께하고 고취시켜주는 일이어야 하고,
그런 함께함이어야만 같이의 가치가 있어 소중함으로 물드는 거니까.

그러니 이제는 사랑한다면서 상대방의 마음에 고통을 주고,
또 상처를 남기고 슬픔과 어두움의 그늘을 얼굴에 지게 하는
그런 함께함을 하며 서로의 존재의 이유를 낭비하지 말아줘.
혼자일 때보다 너와 함께하기에 더욱 안전하다고 느끼게 해주는,
너로 인해 더욱 자주 웃음 짓는 사람이 됐다고 생각하게 되는,
그런 사랑스러운 곁으로 남아 서로를 지지해주는 너희 둘이 되어줘.

나의 옳음을 지켜내는 게 중요해서 어떻게든 승리하고자 하고,
그러기 위해 상대방에게 힘을 사용하며 아픔과 상처를 남기고,
그러기보다 예쁜 차분함으로 기다려주고, 강요하기보다 이끌어주는,
할 말이 있어도 적절한 때에 다정하고 부드러운 표현으로 하는,
하여 이기기 위한 말이 아니라 상대방을 위한 사랑의 말이라고
상대방 또한 충분히 느낄 수 있기에 너의 말에 귀를 기울이게 하는,
그 지혜와 다정함의 자세로 둘 모두가 서로를 마주함으로써 말이야.

나의 어떤 욕망과 이기심을 실현하기 위해 상대방을 이용하고자 하고,
그러기 위해 교묘하고 은밀하게 상대방을 조종하고 통제하고자 하고,
그러기보다 오직 진실한 마음으로 상대방의 성숙과 기쁨을 염려하고,
하여 나의 뜻과 이기심이 아니라 둘 모두를 위한 선한 방향으로,
그 진실함을 향해 함께 손을 잡고 나아가고자 늘 마음을 살피기에
그 마음의 선함과 자신을 위한 진실함을 충분히 느낀 상대방 또한
존중의 마음으로, 그 예쁜 마음에 대한 감동과 감사의 마음으로
그 어떤 억지도 없이 그 선한 뜻과 변화에 동참하고자 마음먹게 하는,
그 진심 어린 마음으로 둘 모두가 서로를 마주함으로써 말이야.

함께함으로써 서로의 단점을 바라보기보다 장점을 바라보는
그 용서와 이해의 눈을 더욱 키워가는 거울이 서로에게 되어주며,
또 어느 한 사람이 마음에 큰 상심을 얻어 어려움을 겪고 있을 때는
그 사람을 더욱 깎아내림으로써 나의 우월감을 채우고자 하기보다
나는 너를 믿어, 넌 정말 잘 해낼 사람이야, 그리고 그런 일이라면
누구나 무너질 만큼 아팠을 거야, 그러니 우리 같이 이겨내 보자,
하는 응원과 지지를 전해주는 힘과 용기의 존재가 서로에게 되어주며,

누군가가 쉬이 극복할 수 없을 만큼의 미움에 빠져있을 때는
함께 복수심을 불태우기보다 깊은 공감과 따뜻한 위로를 전해주며,
하지만 그럼에도 자신의 마음을 위한 용서를 향해 나아갈 수 있게
치유와 정화를 향해 이끌어주는 진정 서로를 위한 서로가 되어주며,
그렇게, 혼자서는 결코 해낼 수 없었을 성숙을 둘이서 함께하기에,
서로가 서로를 매 순간 지켜주고 지지해주기에 이루어내게 되는 그,
유일하게 같이의 가치가 있는 아름다운 사랑을 함께함으로써 말이야.

결국 성숙과 함께하지 않는 관계 안에는 불행과 공허가 싹트기 마련이며,
하여 그 관계, 함께만 하고 있을 뿐 서로를 사랑하는 관계는 아닐 테니까.

그러니 이제는 그저 함께만 하고 있을 뿐인 시들어진 사랑이 아니라
함께하는 영원히, 서로를 사랑의 눈빛으로 바라보고 아껴주는 그,
진짜 사랑이라고 할 수 있는 유일하고도 영원한 사랑을 하길 바라.

함께하는 매 순간 서로가 서로의 거울이자 성숙의 장이 되어줌으로써
하루하루 서로에게 주어진 각자의 성숙을 함께함으로써 더욱 완성하며,
그렇게 함께하는 매 순간 각자의 존재가 더욱 아름답게 꽃 피는,
하여 서로를 마주하는 각자의 시선 또한 더욱 성숙한 사랑으로 빛나는,
그 시들어지고 지칠 틈 없이 기쁨으로 가득 채워지는 사랑을 말이야.

그 성숙을 함께하지 못해 함께함으로써 더욱 미성숙해질 뿐인,
그러니까 서로가 서로를 신뢰하지 못해 늘 불안에 떨어야 하고,
미움 가득한 맘에 사랑의 눈빛으로 서로를 담지 못해 외면해야 하고,
자기 전 상대방이 내게 준 상처를 곱씹으며 복수심에 불타며,
하여 오늘, 상대방에게 더욱 불친절한 내가 됨으로써 복수하며,
그렇게 서로를 향한 응어리가 더욱 커지고 굳어질 뿐인 사랑, 아니,
내 감정과 내 욕심만이 중요할 뿐인 이기심으로 함께하기보다 말이야.

그렇게 가슴속에 맺혀야 할 꽃을 피우지 못한 채 답답함만을,
미움과 분노, 슬픔과 공허함만을 가득 담은 채 그럼에도 나,
너를 사랑한다고 말하는 그 말도 안 되는 오해를 반복하기보다 말이야.

그건 상대방을 사랑하는 게 아니라 나의 이기심과 환상, 왜소함,
그, 나 자신의 감정만을 소중히 여길 뿐인 집착에 불과하고,
그럼에도 그 감정, 나를 향한 사랑 또한 전혀 아니기에 그로 인해
나의 삶 또한 더욱 피폐해지고 불행해질 뿐인 그 자체의 오류니까.

그러니 나는 네가 이제는 진짜, 사랑하길 바라. 너를 위해서라도.

매일 밤 가슴 한구석이 답답하고 미움의 파도가 거세게 일렁여서
깊은 한숨을 쉬며 그 미움과 답답함을, 복수심을 곱씹으며 잠들어.
상대방이 내게 준 상처에 대해 제대로 된 대가를 치르게 하지 못해서,
또 내가 상대방에게 준 상처가 상대방이 내게 준 것에 비해서는
너무나도 작고 모자란 것 같아서 그것을 어떻게 갚아줄까를 곱씹느라
모든 평화와 새벽의 고요를 잃은 나는 그로 인해 내가 불행하다는,
전혀 행복하지 않다는 사실조차 자각하지 못한 채 끝없이 앓는 거야.

하지만 그럼에도 그 사람과 헤어질 것을 생각하면 겁이 나는 걸 보니
나, 그 사람을 참 많이 사랑하나 봐. 밉고 부족한 점 참 많지만,
그래서 내가 고치고 바꿔야 할 것들투성이지만, 그래서 답답하지만,
끝없이 강요하고 통제하다 보면 언젠가는 내게 맞춰 변해 있을 테고,
그때가 되면 나, 비로소 그 사람에 대해 만족할 수 있을 것 같아.
그리고 그때가 되면 우리, 비로소 운명과도 같은 인연이 되겠지.

하지만 그 끝없는 변화의 시도에도 불구하고 우리, 행복은커녕
상처와 서로를 향한 분노, 불신과 미움에 너덜너덜해졌을 뿐이고,
하여 그, 내 모든 마음의 바람, 이루어지지 않을 환상이었을 뿐임을,
상대방에게 변화를 강요할수록 상대방은 내게 저항하기 마련이고,
그게 힘의 법칙이며, 하여 사랑이 아닌 힘으로 상대방을 마주할 때,
그 관계는 영원할 수도, 행복과 함께할 수도 없다는 것을 나, 알게 됐어.

그리고 내가 원하는 어떤 모습으로 상대방을 변화시키고자 한다면,
그건 상대방을 사랑하는 게 아니라 내 마음의 이기심과 환상을,
그 어떤 욕망을 사랑해서 상대방을 이용하고자 하는 것일 뿐이며,
무엇보다 내가 그런 마음으로 상대방을 마주할 때 그는 가슴속에
평생 지울 수 없는 상처를, 사랑받기 위해 태어나 사랑받지 못했다는
그 영원한 슬픔으로 굳어질 상처를 품은 채 어쩌면 남은 평생을,
어떤 두려움과 불안함에 시달리며 살아가야만 하게 된다는 것을.

그러니 이제는 나만을 위한 이기심으로 서로가 함께하기보다,
이 관계 안의 진정한 행복을 위해 함께하는 둘이 되어줘.
상대방의 기쁨이 나의 기쁨이 되는, 상대방의 아픔이 나의 아픔이 되는,
그 하나의 마음으로 둘 모두가 서로를 마주하며 나아가는 거야.

그렇게 상대방이 아플 때 진심으로 걱정하고 살피는 서로가,
상대방이 기쁠 때 진심으로 기뻐하고 축복할 줄 아는 서로가,
상대방이 어떤 미움을 품고 있을 때 상대방의 행복을 위해
그것을 모든 진심을 다해 참고 들어주되, 함께 미워하기보다
용서와 이해를 향해 나아갈 수 있도록 다정하게 치유해주는 서로가,
그러니까 상대방의 진실한 행복을 진정으로 위하는 서로가 되는 거야.

또한 서로가 서로의 거울이 되어줌으로써 함께하는 시간 안에서
각자의 어떤 미성숙이 드러날 때마다 그것을 함께 딛고 일어설 것이며,
하여 시간을 더해갈수록 더욱 예쁘고 아름다운 서로가 될 것이며,
그렇게 함께하는 내내 예쁜 성숙의 꽃을 피워내며 나아가는 거야.
그 성숙이 매 순간 함께한다면 그 사랑, 공허와 외로움에 의해
시들어질 틈 없이 활짝 피어날 것이고, 하여 영원함으로 굳어질 테니까.

성숙하기 위해, 그리고 그 성숙을 완성하기 위해 살아가고 있는 너,
그래서 함께함 또한 그 성숙의 목적에 반드시 기여해야만 하고,
그렇지 못할 때, 그건 혼자서 성숙을 향해 나아가는 것보다 훨씬 더
가치가 없어서 너의 삶을 그저 낭비할 뿐인 무의미로 전락하는 거야.
그걸 아는 너의 마음은, 그래서 아픔과 공허함의 소리를 통해
그 함께함 안에서 내내 울부짖는 거야. 너의 길을 알려주기 위해.

그러니 이제는 그 평생의 성숙을 함께 나누고 성취할 수 있는
그런 사람과 함께 그런 사랑을 완성하며 나아가는 너이길 바라.

때로 서로의 마음이 달라 옳고 그름의 다툼을 하게 될 때,
둘 모두가 성숙을 향한 지향이 있는, 그러니까 우리가 이곳 지구에
존재하는 이유가 다른 무엇이 아니라 성숙하기 위함임을 안다면,

그때는 어느 한쪽이라도 그 성숙에 그 어떤 도움도 되지 않는
옳고 그름의 싸움을 멈춘 채 상처받은 상대방의 마음을 바라보며
내가 미안했어, 괜찮아? 하고 마음을 풀어주기 위해 노력할 것이고,
상대방 또한 순간적으로 부풀러 올랐던 어떤 답답함을 그제야 깨닫고
나도 실수했어, 먼저 마음의 중심으로 돌아와줘서, 그리고 나 또한
그 중심으로 이끌어줘서 고마워, 아까는 미안했어, 라고 말할 테고,
그래서 둘은 이 세상의 그 어떤 기쁨과도 비교할 수 없는 진짜 기쁨을,
바로 미성숙을 내려놓은 채 성숙을 선택했다는 그 기쁨과 함께한 채
매 순간 그 기쁨을 위해 관계를 마주하는 아름다움으로 굳어질 거야.

그렇게 미성숙을 위해 성숙과 그 진짜 기쁨을 포기하고 헌신시키는
어리석음을 넘어 진정한 행복을 위한 지혜의 꽃을 가슴에 피운 채
진정한 기쁨을 위해, 성숙을 위해 내 마음의 작고도 왜소한 이기심을,
미성숙과 오류들을 헌신시키는 둘이 되어 둘, 함께하는 매 순간을 더해
더 행복한 나를, 더 아름답고 예쁜 나를 완성하며 나아가는 거야.
그렇게, 존재의 이유와 목적을 또한 완성하는 사랑을 함께하는 거야.

그게 옳고 그름의 싸움이든, 상대방을 향한 미움, 혹은 이기심이든,
판단의 태도든, 삶에서 마주하는 어떤 식의 두려움이든, 그래서 둘은
함께하는 매 순간을 통해 그 모든 미성숙을 극복하는 사랑을 할 것이며,
또 나를 찾아온 시련, 그것을 마주하며 나타나는 나의 어떤 부족함,
그것들 앞에서 서로를 지지하고 지켜주며 함께 딛고 일어설 것이며,
그렇게 모든 날, 모든 순간 안에서 아름다운 성숙을 완성한 채
서로를 더욱 신뢰하고 아끼고 사랑하게 되는 사랑을 하게 되는 거야.

하여 함께하는 것만으로 삶의 모든 어려움 앞에서 든든함을,
안전함과 모든 불안을 넘어선 보호를 느끼는 사랑을 하게 되고,
세상이 결코 이해해주지 않았던 나의 어떤 약점과 트라우마,
그래서 꼭꼭 숨겨둔 채 바라보지조차 않아 극복할 수 없었던
그 모든 상처와 아픔들을 상대방에게만큼은 믿음과 신뢰로 꺼내어
보여줄 수 있게 되고, 그 순간, 매 순간 서로를 마주하는 서로의 눈빛,
괜찮아, 그래도 나는 너를 사랑하는걸, 하는 그 눈빛을 받음으로써
그것을 치유하고 또 극복하게 되며, 그렇게 완전하지 않은 둘이 만나
더욱 완전해지는, 더욱 빛과 사랑이 되는 그런 사랑을 하게 되는 거야.

네가 성숙하기 위해 그 관계 안에서 함께하길 선택한다면,
그리고 상대방 또한 그 성숙을 향한 지향과 뜻이 있는 사람이라면,
과연 이런 사랑이 현실에서 가능하기라도 할까 싶은 이 사랑,
너 또한 반드시 할 수 있고, 누릴 수 있고, 무엇보다 너,
마땅히 그럴 자격이 있는 사랑하고 사랑받기 위해 태어난 사람이며,
그리고 성숙을 완성하기 위해 이곳에 태어난 너이기에 그런 사랑은,
처음부터 끝까지 네가 닿을 곳으로 정해진 너의 자격이자 운명이니까.

그래서 네가 그러길 선택하는 그 순간이 그 운명이 시작되는 순간이며,
다만 네가 그 선택을 하기만을 그 예쁜 운명은 기다리고 있을 뿐이며,
그러니 오직 지금, 그 운명을 너의 것으로 소유하는 네가 되어줘.
이제는 내 존재의 이유와 목적을 기억해내겠다고, 그리고 그것을 위해,
그러니까 아름다운 성숙과 진실한 사랑의 완성을 위해 살아가겠다고,
하여 관계 또한 그 완성만을 위해 마주하겠다고 약속함으로써 말이야.

네가 그런 마음으로 관계를 마주할 때, 그 마음 하나만으로 관계는
매 순간 더욱 아름다움과 찬란함으로 물들어갈 것이며, 하여 너,
영원히 같이의 가치가 사라지지 않는 진짜 사랑을 꼭, 하게 될 테니까.

사소해서 귀여운 사람.

안 그래도 하루를 살아가는 데에는 지치고 힘든 일이 많은데,
함께하는 사람이 내 마음에 평화와 안정을 가져다주기보다
자꾸만 감정의 짐과 평화를 잃게 하는 불안을 안겨주는 사람이라면,
그 함께함은 결코 오래가지 못할 테고, 하여 그 끝이 이미 정해진,
지금은 참고 함께하고는 있지만 결국은 헤어질 것이 정해진 그 만남은
그래서 함께하는 모든 순간이 어쩌면 시간 낭비일 뿐인 관계일 거야.

나에게 어떤 이야기를 할 때마다 예쁘고 차분한 감정이 아니라
드세고 응어리 가득한 감정으로 말하는 사람과 함께할 때,
우리는 금방이면 소진되고, 지치고, 하여 마음이 황폐해지기 마련이고,
그래서 그 만남 이후에 주어진 오롯한 내 삶을 살아갈 때도 나,
그 이유를 정확히 알고 있을 수도, 여전히 모를 수도 있겠지만
어쨌든 그 만남의 영향으로 인해 예민함, 혹은 무기력함으로
나의 하루를 마주하게 되고, 그래서 모든 곳에서 황폐해진 나를,
기쁨과 활력을 온통 잃은 채 허덕이는 나를 발견하게 될 테니까.

나에게 어떤 일이 있었어, 라고 말할 때도 자신의 마음에 있는
응어리진 미움과 분노를 여과 없이 상대방에게 쏟는 사람은
사실 솔직한 사람이 아니라 상대방을 향한 배려심이 없는 사람이고,
왜냐면 그러한 자세는 타인의 감정까지 갉아먹고 훼손하기 마련이니까.
그래서 그런 사람과 함께할 때 나, 위로와 응원을 받으며 채워지기보다
더욱 큰 고통의 짐과 감정의 소진됨을 얻은 채 비워지고 시들어지고,
무엇보다 그건 털어놓음의 문제, 들어주고 귀를 기울이는 문제,
그러한 것이 아니라 관계를 마주하는 태도와 자세, 그 자체의 문제니까.

그래서 그러한 사람과 함께하는 시간이란 같이의 가치가 참 없어서,
그러니까 각자의 삶을 살아내고 난 뒤에 그 마음의 지침과 아픔에
고요함과 평화를, 기쁨과 채워짐의 고즈넉함을 서로가 서로로부터
받고 주기 위해 함께함을 선택하는 우리에게 있어 그러한 함께함이란
굳이 선택할 필요가 없을 만큼의 무의미이자 감정 낭비일 뿐이라서,
내가 그런 사람일 때, 나는 나의 이기심과 배려심 없음의 결과로
소외되고 기피당할 수밖에 없고, 사실 그건 내 선택의 결과인 거야.

그러니까 사랑받기 위해, 예쁜 관계를 오래도록 이어가기 위해 나,
사랑받을 만한 예쁘고 사랑스러운 나로 존재하기만 하면 되는데,
그리고 나에게는 그런 힘과 선택권이 충분히 주어져 있는데,
그럼에도 그렇게 존재하길 선택하지 않은 채 끝없이 고집부리는 건
내가 나를 사랑받지 못할 만한 사람으로 스스로 굳어지게 하는 거니까.
그 누구도 나에게, 그렇게 존재하라고 강요하는 사람은 없는 거니까.

그러니 이제는 너부터가 상대방의 마음에 위로와 안정을 전해주는,
힘과 활력을, 기쁨과 평화를, 응원과 용기를 전해주는 사람이 되어줘.
그런 네가 된다는 것이 너의 아픔과 고민을 털어놓지도 않은 채
늘 혼자 삭이고 감내해내는 외로운 사람이 되는 걸 뜻하는 건 아니야.
오히려 그때의 너, 더 많은 것을 기대며 위로받는 존재가 될 테니까.

털어놓되, 나누고 기대되, 예쁘고 차분한 감정으로 하는 네가 된다면,
너는 그렇게 한 결과로 인해 오히려 더욱 사랑받는 네가 될 테고,
왜냐면 사소하게 나 이런 일이 있어서 속상하고 서운해, 라고 하는 것과
격정적으로 이런 일이 있었는데 저 자식을 죽이고 싶어, 라고 하는 것은
상대방의 마음에 닿기에 하늘과 땅 차이며, 그래서 네가 사소할 때,
그건 상대방의 마음에 오히려 충분히 귀엽고 사랑스럽게 닿을 테니까.
그래서 그때의 너는 내게 털어놔줘서 감동이야, 라는 말을 들을 테니까.

그러니 먼저 감정이 차분해서 편안함을 주는 네가 되길 바라.
너에게 주어진 그 차분함과 예쁜 표현의 성숙을 완성한 뒤에야 너,
오래도록 예쁨 가득한, 서로의 마음에 위로와 응원을 전해줌으로써
함께하는 것만으로도 든든한, 하여 삶의 모든 부분에서 용기를 얻는
그, 진짜 사랑을 하게 될 테니까. 네가 완성한 그 성숙으로 인해.

그 전에 네가 하게 될 사랑이란 아마도, 너 혼자만의 편함을 위해
상대방을 불편하게 하는 일 앞에서는 전혀 망설임이 없는 이기심,
혹은 각자의 삶을 살아가는 일도 벅찬데 함께함으로써 더욱 지치는,
서로의 기쁨을 염려하는 사랑이 아니라 서로에게 고통을 주기 위해
함께하기라도 하는 것처럼 상처를 주고받는 공허와 외로움일 테고,
무엇보다 너는 그런 거짓된 마음을 위해 태어나 존재하는 게 아니니까.

이야기를 할 때마다 답답함이 쌓이고, 분노와 미움이 응어리지고,
그래서 함께하는 시간을 더해갈수록 치유는커녕 불행만을 더해가는,
그 관계 안의 네 모습을 한 번 바라봐. 얼마나 척박하고 시들어졌는지를.
오직 사랑하고 사랑받으며 존재하기에도 아까운 지금 이 순간을,
그런 황폐함과 불행의 지옥 속에서 허덕인 채 낭비하고 있는 너를.

그러니 이제는 그 지옥에서부터, 너를 스스로 구원해내는 거야.
너 자신을 구할 수 있는 사람은 이 세상에 단 한 사람, 너밖에 없고,
그 구원은 오직 구원하겠다는 각오와 선택 하나로 이루어지는 것이며,
그러니까 너, 지금 이 순간 상대방을 위한 차분함을, 다정한 인내를,
예쁘게 말하는 표현력을, 응원과 힘을 주는 말투를 선택하는 거야.
무엇보다 네가 차분해서 모든 면에서 사소하게만 감정적일 때,
그로 인해 가장 행복할 사람이 너며, 그래서 그건 너를 위한 일이니까.

그러니 너의 행복과 예쁜 사랑을 위해, 너의 차분함을 먼저 완성해줘.

나는 늘 내 감정의 응어리를 내 마음 안에서 오래도록 풀지 못해
그 덩어리를 내 시선과 마음에 그대로 담은 채 세상을 마주해왔고,
그래서 이미 지나간 과거의 일들을 여전히 지금의 일처럼 품은 채
내 앞에 있는 사람에게 또한 고스란히 그 미움과 분노를 전해온 거야.

무엇보다 그러느라 나 자신이 평화와 기쁨을 온통 상실한 채
끔찍이 불행한 하루를 보내고 있다는 것을 바라보지 못한 채로.
또 그래서, 나의 그런 차분함과 온전함 없는 마음의 태도에 의해
마음의 짐과 피곤함을 얻게 된 내 곁에게 나, 불편한 존재가 됐고,
하여 서서히 기피당해 더욱 외로운 존재가 됐다는 걸 모르는 채로.

조금만 사소하게 미워하고, 조금만 사소하게 불평하고, 그렇게 조금만,
조금만 더 사소했더라면 나의 그 감정, 귀여운 투정 정도가 되어
타인이 내게 더욱 품을 내어주는 사랑스러움이 될 수도 있었는데,
나는 사소하지 못해 격정적이었고, 내려놓지 못해 한가득이었고,
무엇보다 그 감정의 덩어리를 품고 있는 내 하루가 힘겨워서 나,
그것을 덜어낼 타인의 품을 찾는 그 이기적인 일에 몰두하게 됐고,
그렇게 자신의 하루를 오롯이 보내기도 지치고 버거운 타인에게
그 감정의 짐을 고스란히 떠넘긴 채 나라도 편해지고자 했던 거야.

하지만 결국 내가 스스로 내려놓고 정화하는 성숙을 완성하지 못하면
내 마음, 타인에게 그것을 털어놓은 뒤에도 다시 응어리지게 되고,
그래서 그 악순환은 내가 성숙하기 전까지 반복될 수밖에 없다는 진실.
그리고 아름다운 관계란 모든 것을 털어놓을 수 있는 관계가 아니라
서로의 마음을 배려하고 존중하기에 상대방의 감정까지도 생각하는,
하여 꼭 털어놓아야 하는 마음의 어려움과 깊은 고민마저도
상대방에게 다정하고 차분하게 이야기할 줄 아는 그 예쁜 배려가
서로가 함께하는 매 순간 늘 함께하고 지켜주는 관계라는 진실.

그토록 오래도록 외면해왔던 그 진실을 이토록 불행한 내가 되어서야, 이토록 외로운 내가 되어서야 비로소 나, 바라볼 수 있게 된 거야. 그래서 이제는 나의 행복을 위해서라도 내게 주어진 차분함의 성숙을, 그, 나 자신의 감정을 스스로 치유하고 다스리고 정화할 줄 아는 내려놓음의 자세와 예쁘게 표현할 줄 아는 사랑의 깊은 배려를 나, 내게 주어진 매 삶의 순간을 통해 완성하고자 마음먹게 되었고, 그것이 나를 위한, 그리고 상대방을 위한 진정한 사랑이라는 것을 내 마음에 간직하고 있는 것만으로도 이미 그런 내가 되기 시작한 거야.

여태까지의 불행이 내가 고집스럽게 지켜왔던 지난 태도 안에는 결코 행복과 아름다움이 깃들어있지 않다는 것을 내게 알려줬고, 그래서 나, 그렇게 존재하는 것에 대해 그것이 옳은 것일까, 하는 의문을 품게 되었고, 그 의문의 빛이 내가 결코 전과는 같을 수 없도록 나를 더욱 예쁘고 사랑스러운 존재의 방식으로 이끌어주게 되었으니까.

그러니까 이전에는 타인이야 어떻든 나만 편하면 된다는 이기심이 나를 편하게 해주는 것이라 생각했다면 나, 이제는 나를 위해서도, 타인을 위해서도 둘 모두가 함께하는 순간에 차분한 평화와 함께, 기쁨과 함께 존재하는 게 나를 위한 편안함이라고 생각하게 됐고, 그래서 이전의 이기심은 선택하고 싶어도 선택할 수 없는 불편함이 되어 나, 사랑스러운 게 편해서 사랑스러울 수밖에 없는 사람이 되었으니까.

그러니 그 사랑스러움을 위해 오늘, 모든 격정적인 불평과 분노를 타인에게 가득 쏟아내고 싶은 그 유혹 앞에서 한 번 인내한 채 네가 할 수 있는 가장 다정한 마음으로 타인에게 사소하게, 차분하게, 하여 예쁘고 사랑스럽게 너의 어려움을 나누고 기대는 네가 되어줘. 그 한 번의 예쁜 인내가, 평생의 너를 사랑스럽게, 예쁘고 소중하게 만들어준다는 것을 간직함으로써. 무엇보다 너의 행복을 위해서.

그 사랑스러움이, 사랑받기 위해 태어난 너에게 가장 자연스러운 것이며,
그래서 네가 그렇게 존재할 때, 너는 전에는 느낄 수 없었던 평화와,
그, 네 존재에 가장 어울리는 옷을 입은 데서부터 오는 홀가분함과
매 순간 함께할 수밖에 없고, 무엇보다 그로 인해 너의 소중한 사람 또한
너와 함께하는 시간 내내 치유와 위로를 가득 받은 채 행복할 테니까.

그래서 이제는 네 마음에서 일렁이는 분노와 미움의 거친 파도는
더 이상 너의 평정심과 온전함을 무너뜨리고 부서뜨리기 위해 찾아온,
하여 타인에게 또한 거침없이 쏟아질 수밖에 없는 못난 네가 되도록,
그로 인해 더욱 외롭고 왜소한 네가 되도록 찾아온 시련이 아닌 거야.
다만 너의 사랑스러움과 너의 행복을 위한 차분함의 성숙을 위해
너에게 찾아온 성숙의 기회일 뿐이며, 이제는 너 또한 그걸 아는 거야.

하여 그 모든 순간 안에서 너, 이제는 유혹받기보다 꿋꿋할 뿐이며,
마음의 모든 갈등과 위기를 기꺼이 성숙을 향한 의지로 지나칠 뿐이며,
그렇게 하루를 쌓아갈수록 더욱 사랑스럽고 차분한 네가 되어가는 그,
너 자신을 바라보고 발견하는 성숙의 기쁨을 가득 느끼며 누린 채
사랑스러움의 빛으로 온통 둘러싸인 아름다운 너를 완성해나가는 거야.

그렇게 털어놓음으로써 더욱 사랑받는 네가, 소중히 여겨지는 네가,
마음의 짐으로 여겨지기보다 지켜주고 싶다는 생각이 들게 하는 네가,
용기를 내어 나에게 기대어줘서 참 고맙다는 생각이 들게 하는 네가,
하루 온 종일 불평함에도 그게 불평으로 여겨지기보다는 예쁨으로,
귀여움으로, 사랑스러움으로 여겨져 오히려 상대방의 마음 안에
기쁨의 꽃을 흐드러지게 피어나게 하는 그런 네가 되어가는 거야.

그러니 지금 너의 마음 안에서 너의 소중한 사람에게 쏟아내고 싶은
그 감정의 거친 파도, 그 유혹 앞에서 이제는 너의 성숙을 위해,
너의 예쁜 사랑을 위해 내려놓음을 선택할 줄 아는 네가 되길 바라.

질투심 가득할 때.

내가 함께하는 사람이 다른 사람에게도 다정하거나 친절할 때
마음속에서 일렁이는 질투 때문에 밉고 괴롭다면 나는 너에게
너의 그런 모습, 참 귀엽고 사랑스럽지만 그럼에도 조금씩,
아주 조금씩이라도 질투를 내려놓고 편안함을 되찾아달라고,
그렇게 질투가 느껴지는 그 순간마다 그것을 미움의 계기가 아니라
너의 편안함을, 너그러움을 되찾을 성숙의 기회로 여겨달라고,
하여 너, 그 모든 순간 안에서 더욱 예쁜 사랑의 꽃을 피워내어
네가 함께하는 사랑 또한 더욱 아름답게 물들여가달라고 말해주고 싶어.

질투는 사소하게라도 화내고 서운해함으로써 내 사람의 사랑이,
타인에게 베푸는 친절과 존중이 오직 나에게만 향하게 하고자 하는,
그렇게 내 사람의 다정함을 제한하고자 조종하고 강요하는 시도며,
무엇보다 나의 진짜 정체성인 사랑을 기억하고 되찾기 위해
이곳에 태어나 존재하는 우리이기에 그건 그 존재의 목적의 실현을,
사랑으로의 성숙의 완성을 가로막는 일이기에 결코 아름답지 않은 거야.

단, 그 친절이 인간 동료에 대한 존중과 다정함으로써의 친절이 아니라,
어떤 욕망을 위한 친절이자, 하여 함께함에 대한 책임과 신뢰를 저버리는
진정한 사랑의 발끝에도 닿지 못하는 아름답지 못한 얄팍함이자,
진실하지 못해 검게 그을린 거짓이자, 그런 이기적 의도에서 비롯된
너의 평생에 이성에 대한 불신을 가져올 가짜 친절이 아니라면 말이야.

만약 그래서 신뢰할 수 없는 사람이라면, 질투할 것이 아니라
너 자신의 행복과 아름다움을 지켜내기 위해 헤어지는 게 맞겠지.

그리고 질투에는 내가 사랑하는 사람의 다정함에 대한 질투뿐만이 아니라
내가 사랑하는 사람이 나 이전에 만났던 사랑에 대한 질투도 있을 텐데,
그것에 대해서도 네가 질투를 할 필요는 없는 것은 네가 사랑하는 사람,
그 지난 사랑이 있었기에 지금의 참 예쁘고 성숙한 사람이 될 수 있었고,
또한 네가 그 사람에게 건네는 다정함에 대해 고마워할 줄 아는,
아름답게 여기고 간직할 줄 아는 마음을 가진 사람이 될 수 있었고,
왜냐면 사람은 때로 지나가고 사라진 뒤에야 후회 안에서 배우고,
또 그렇게 배우고 완성한 성숙을 새로운 사람에게 기울이게 되는 거니까.

네가 첫 회사를 다닐 때 그 회사에서는 어떤 점이 참 불만이었고,
그래서 다른 회사로 이직하게 되었는데, 그리고 보니 이전 회사의 장점도,
또 새로운 회사의 장점과 단점도 더 잘 이해할 수 있게 되는 것처럼,
그래서 새로운 회사의 장점을 더욱 소중히 여길 수 있게 되는 것처럼,
그렇게 몇 번의 이직 끝에 닿은 마지막 회사에서는 더 선명한 기준으로
이런 점은 참 좋은 거야, 라고 아름답게 간직할 수 있게 된 것처럼,
기준이 없을 때는 무엇이 좋은지 아닌지를 명확하게 알 수 없는 게
우리 인간이며, 이처럼 너희 둘 또한 지난 모든 사랑의 경험을 더해
서로를 더욱 소중히 여기고 아낄 수 있는 지금의 사랑에 닿은 거니까.

그래서 너, 상대방의 지난 사랑에 대해 질투하기보다 감사해야 하는 거야.
그 모든 경험을 통해 더욱 예쁜 꽃이 되어 맺어진 너희 둘의 사랑이고,
서로가 서로에게 건네는 다정함의 농도를 더욱 깊이 이해할 수 있게 됐고,
각자의 온도와 결, 채도와 그 모든 존재의 색을 더욱 짙고 선명하게
바라보고 이해할 수 있게 됐고, 그래서 지난 사랑처럼 찢어진 채
아픈 이별을 맞이할 필요가 없을 만큼의 영원의 색을 띠게 된 거니까.

그래서 어떤 이유로도, 사실 네가 질투심을 느낄 필요는 없는 거야.
무엇보다 질투하며 불안해할 필요가 없을 만큼 예쁘고 소중한 너니까.

많은 사람들이 사랑은 서로에게 '만' 향해야 하는 특별함이고,
하여 각자인 둘이 하나로서 함께하기 시작한 그 시간 이후로 둘은
다른 무엇보다도 둘만을 소중히 여기고, 또한 각자의 이득과 실리,
그것을 이제는 둘 모두의 것으로 여긴 채 함께 지켜내고자 하고,
그런 식으로 둘에게는 사랑이지만, 둘 바깥에 있는 모두에게는
마음의 벽을 세운 채 이기적일 뿐인 그런 감정이라 생각하지만,
사실 진실한 사랑은 둘이서 모든 생명을 향해 더욱 큰 다정함을,
기쁨의 빛을 전해주는 그 성숙을 향해 함께 나아가는 사랑인 거야.

그 사랑을 완성하는 일이 이곳에 우리가 존재하는 이유이며,
그래서 그 사랑의 완성을 함께하지 않는 둘만의 특별한 관계는
함께하는 시간을 더해갈수록 더욱 아름답게 빛나고 피어나기보다
더욱 건조하게 메마르고 시들어질 뿐인 공허한 지옥일 뿐이고,
왜냐면 이 세상에서 진짜 행복이라 말할 수 있는 행복은 진실로
사랑을 완성하는 데서부터 오는 그 성숙의 기쁨밖에 없는 거니까.

그 성숙의 기쁨을 한 번이라도 느껴 본 사람은, 그래서 욕망의 충족,
이기심의 실현, 미움과 분노로부터 은밀한 단물을 짜내는 것,
피해자 역할을 자처한 채 세상을 탓하고 자기 연민에 탐닉하는 것,
어떤 감정의 격정적인 파도에서부터 묘한 기쁨을 찾는 것,
그러한 환상을 추구하는 것에서부터 얻을 수 있는 거짓 만족감에
결코 만족할 수 없으며, 왜냐면 성숙의 기쁨, 진실한 사랑의 기쁨에 비해
환상의 추구와 감정의 탐닉에서부터 찾고 느낄 수 있는 기쁨들은,
그때는 기쁨이라 착각하고 믿을 수 있을진 몰라도 진정한 기쁨을 안
그 순간부터는 기쁨이라고 할 수조차 없을 만큼의 텅 빈 공허이자,
잿빛 상실감이자, 산만한 허덕임과 시들어진 무의미임을 그때는 아니까.

그러니 이제는 함께함으로써 진정한 사랑을 향해 더욱 나아가는,
하여 아름다움이 가득 흘러넘치는 그 진짜 사랑을 하는 네가 되어줘.

문득 내가 함께하는 사람에게 질투심이 들어 가슴이 답답해지고,
마음이 혼란스러워지고, 어딘지 모르게 서운하고 불안하고, 두렵고,
화가 나고, 그래서 상대방에게 더욱 집착하게 될 때가 있어.
그 사람이 내가 아닌 다른 사람을 향해 건네는 예쁜 미소, 어떤 친절,
다정한 말투와 표정, 그 모든 것들이 나에게만 향했으면 좋겠는데,
내가 아닌 다른 사람을 향할 때는 자꾸만 밉고 속상한 기분이 드는 거야.

때로는 내 마음의 질투심을 통해 내가 그 사람을 사랑하고 있다는,
또 그 사람 또한 내가 그를 사랑하고 있다는, 그 확인을 얻기도 하지만,
그래서 사랑해서 그런 거라는 합리화를 하며 애써 위로하기도 하지만,
사실 사랑은 믿는 것이고, 질투하기보다 편안하게 해주는 것이고,
마찬가지로 상대방의 질투심을 유발하기보다 편안하게 해주는 것이며,
누군가를 향한 내 사람의 친절에 질투하기보다 오히려 그 친절,
더욱 지지하고 격려해주며 함께 성숙을 향해 더욱 나아가는 태도이고,
그러니까 그게 진짜 사랑이라는 것에는 반박의 여지가 없는 것 같아.

그리고 나 또한 이제는, 그런 사랑을 하고 싶다는 생각에 간절해져.
여태 늘 불안해하고 집착하느라 무엇보다 내가 평화를 온통 잃었고,
나의 그 집착으로 인해 상대방 또한 압박감을 느낀 채 답답해했고,
그렇게 우리의 관계, 서서히 서로를 향한 불신과 예민함에 물들어
사랑 없는 눈빛과 마음으로 서로를 대하는 지금의 지옥에 닿았으니까.

서로를 바라보는 눈빛과 마음 안에 사랑스러움과 다정함이 없는데,
질투의 불안과 불신만이 있는데, 그게 어떻게 사랑일 수 있겠어.
그 지옥 안에서 고통스러웠지만, 그럼에도 미련을 버리지 못했던 나,
그런 생각에 이제는 그 지옥에 대한 미련을 완전히 떨쳐내고자 해.
사랑한다면서, 전혀 사랑의 모양을 닮지 않은 감정들을 주고받으며
사랑하기 위한 내 소중한 시간들을 더 이상 낭비하고 싶지가 않아서.

그렇게 질투심이 드는 순간마다 상대방을 향한 믿음으로 내려놓고,
또 상대방이 모든 생명에 대해 친절할 줄 알고 존중할 줄 아는,
그런 예쁜 사람이라는 생각에 오히려 안도한 채 감사의 마음을 품고,
하여 질투심의, 사랑 없는 집착과 불신의 흔들리는 눈빛이 아니라
사랑의, 기특함과 사랑스러움을 가득 담은 기쁨과 평화의 눈빛으로
이제는 내가 사랑하는 사람을 내 눈과 마음에 담고 간직하는 거야.
그, 바라보는 것만으로도 상대방을 가득 고쳐시켜주고 치유해주는
진짜 사랑이 가득 느껴지는 눈빛으로, 아름다움 가득 묻은 마음으로.

문득 질투심을 유발하여 상대방의 서운함과 고통, 혼란스러움,
그러한 것들을 바라보며 사랑을 확인하고자 하는 미성숙을 넘어
이제는 또한 그런 욕구가 들 때마다 상대방을 향한 사랑으로,
상대방의 마음을 편안하게 해주고 싶다는 그 진실한 사랑의 울림으로
그 욕구를 기꺼이 내려놓고, 하여 상대방의 마음을 흔들기보다
상대방의 마음 안에 고요함과 평화를 심어주는 내가 되는 거야.
그렇게, 서로를 진짜 신뢰할 수 있는, 하여 서로가 말하지 않아도,
또 멀리 떨어져 있는 순간에도 서로를 믿기에 불안하지 않을 수 있는
그 진짜 하나 됨의, 영원하고도 진실한 사랑을 향해 나아가는 거야.

그리고 그런 사랑을 하는 데 있어 필요한 건 진실로 오직 단 하나,
내가 그런 사랑을 하길 진정으로 원하는 것, 하여 선택하는 것,
정말 그것밖에 없는 거야. 정말로 원하면, 이제는 선택할 테니까.
그래서 원한다면서 여전히 전과 같이 질투하고 서운해한다면,
하여 상대방에게 집착하고 상대방을 구속하고자 한다면,
그렇게 상대방의 사랑, 그리고 너의 사랑을 제한하고자 한다면,
그때의 너는 사실 사랑이 아닌 지옥을 여전히 원하고 있을 뿐인 거야.

그러니 이제는 선택해줘. 모든 질투 너머에 있는 진짜 사랑, 그 아름다움을.

존중과 함께하는 사랑.

진정 예쁜 사랑은 서로가 서로에게 관여하고 통제한 채
어떤 방식을 늘 강요하며 대적하고 싸우는 관계가 아니라
나란히 선 채 예쁘고 아름다운 방향을 향해 함께 나아가는,
두 손을 맞잡은 채 함께 성숙을 완성하며 나아가는 사랑이야.

우리는 늘 함께하며 상대방에게 간섭하며, 다름을 인정하기보다
그것을 틀린 것으로 만든 채 옳고 그름의 투쟁을 하지만,
그렇게 상처와 고통을 주고받으며 그럼에도 사랑한다고 말하지만,
진실로 고통이 있는 그 무엇도 결코 사랑일 수가 없는 거야.

왜냐면 사랑은 오직 치유하고 회복시킨 채 평화를 줄 뿐이며,
서로를 존중한 채 그 어떤 환경 안에서도 그럼에도 다정할 뿐이며,
변화를 요구하기보다 있는 그대로를 받아들이고 이해할 뿐이며,
나의 욕망과 이기심, 그 환상을 위해 상대방을 헌신시키기보다
오직 진실한 것, 그 사랑을 위해 나의 환상을 헌신시키며 나아가는,
하여 분리의 고통과 상처를 겪을 수가 없는 완전함이기 때문이야.

평생을 서로 다른 환경에서 살아온 둘이기에 잘 맞지 않는 것,
그건 당연한 것이며, 하지만 그래서 싸우고 강요하는 게 아니라
서로를 배려하고 편안하게 해주기 위해 노력하고 맞춰감으로써
더욱 다정하고 예쁜 내가 되어가는, 그 사랑을 배우고 채우는 것,
그게 서로 다른 둘이 만나 함께하는 것의 유일한 가치인 거니까.

그래서 그 배움을 위해 너희가 함께한다면, 둘, 반드시 예쁠 거라 믿어.

평생을 함께 살아온 가족끼리도 서로 맞지 않는 것이 참 많으며,
그래서 배려와 존중이 함께하는 가정이 아름다운 것이라 말하듯,
이제는 새로운 가족이 되어 함께할 너희 둘 또한 그런 거야.
맞지 않는 것이 지금은 참 많지만, 그 모든 것을 애써 맞추기보다
그저 그 안에서 서로를 인정하고 배려하는 그 깊은 존중으로,
그 예쁜 사랑의 마음으로 함께하면 될 뿐이고, 그게 어렵다면,
그래서 금방이면 포기한 채 상대방에게 무엇인가를 강요하려 하기보다
어렵기에 더욱 나의 성숙을, 이 관계 안의 행복을 위해 노력하겠다는
그 겸손한 마음으로 살피며 나아간다면, 그것만으로 이미 그 관계,
아름다움의 꽃을 가득 피울 테니까. 같이의 가치라는 이름의 꽃을.

그러니 이제는 다름 앞에서 스트레스를 받기보다, 그 다름,
너의 너그러움을, 다정함을 더욱 채우고 피어나게 할 성숙의 선물로,
그 예쁜 기회로 여긴 채 다름을 마주할 때마다 이해하기 위해 노력해봐.
하여 그 다름을 마주하는 순간 마음 안에서 거세게 일렁이는 분노를
이제는 그저 바라본 채 잔잔케 하고, 그 잔잔함과 고요함 위에
사랑과 다정함의 빛을 입힌 채 그 눈빛으로 상대방을 마주하는 거야.

너의 차분하고 다정한 말투와 고요한 눈빛에 상대방 또한 분명
전과는 다른 예쁘고 사랑스러운 반응을 할 테고, 그렇게 그 관계,
이제는 상처와 상처, 복수와 복수, 공격과 방어, 그 부정성만을
서로로부터 주고받은 채 미움과 답답함만을 키워가던 전과 달리
다정함과 사랑, 이해와 너그러움, 존중과 차분함, 그 아름다움을
서로로부터 주고받은 채 다정함과 사랑의 빛을 더욱 키워갈 테니까.

그러니 네가 너만의 성격과 결을 공격한 채 어떤 것을 강요하기보다
그것을 존중한 채 이해와 사랑으로 마주해줬던 어떤 사람 앞에서
더없이 편안했고 사랑스러웠던 것처럼, 너 또한 그것을 주길 바라.

서로가 서로의 다름 앞에서 인상을 쩌푸린 채 한숨을 쉬고,
그렇게 답답해하며 미운 눈빛으로, 너는 부족하다는 실망의 눈빛으로
서로를 가득 바라보는 것만큼 서로에게 상처가 되는 순간은 없는 거야.

그 미움의 눈빛을 통해 네가 변하지 않으면 나는 너에게 결코
사랑의 감정을 전해주지 않을 거라는 감정적인 협박을 하고,
그런 식으로 나의 뜻대로 상대방을 변화시키려고 하는 식의 강요는
무엇보다 사랑하고 사랑받기 위해 존재하는 둘 모두의 존재 이유를,
그 모든 삶의 목적을 송두리째 낭비하는 것이기에 오직 무의미하며,
그러니까 더 이상은 그렇게, 너의 삶을 무의미하게 낭비하지 말아줘.

사랑은 영원히 언제나 너에게 그저 주어진 선물이기에 네가 원하면,
네가 마음먹기만 하면 너, 언제든 그 순간 곧장 사랑할 수 있고,
그러니까 이 세상에서 가장 쉽고 값싼, 하지만 가장 가치 있는
그 공짜 선물인 사랑을 그렇다면 너는 왜 누리지 않으려고 하는 거야.

네가 그토록 미워했던 사람도, 네가 지금 이 순간 마음먹기만 하면
너, 언제 미워했냐는 듯이 사랑할 수 있고, 그게 너에게 주어진
사랑이란 이름의 힘과 권능인데, 너는 왜 그것을 모르는 사람처럼
스스로 왜소함에 갇혀 사랑하기가 그토록 어려운 듯이 구는 거야.

그토록 쉽고, 그토록 싸며, 그럼에도 너에게 오직 주기만 할 뿐
그 어떤 대가와 값도 너에게 치르게 하지 않는 공짜 선물 앞에서
온갖 이유와 변명을 대며 주저하고 망설이는 것만큼 어리석은 것도,
지혜롭지 않은 것도 없는 것인데, 너는 왜 그토록 저항하는 거야.

이래서 사랑하지 못해, 이래서 사랑하면 안 돼, 이래서 저래서...
그러니 그 모든 왜소한 변명과 저항 앞에서, 이제는 사랑을 마음먹어줘.

사랑, 그것은 상대방의 있는 그대로를 존중하는 마음이며,
하여 너, 지금도 충분히 예쁘고 소중해, 라고 말해줌으로써
상대방이 평생에 걸쳐 극복하지 못했던 어떤 트라우마를 그 순간,
곧장 이겨내고 초월하게 해줄 만큼의 치유를 전해주는 마음인 거야.

그리고 우리 모두는 오직 그 사랑을 배우고 완성하기 위해
스스로 이곳, 지구라는 별에 태어나길 선택한 간절한 여행자이며,
그래서 우리에게 주어진 모든 순간, 정확히 그 배움을 위한,
그 아름다운 성숙을 위한 기회와 선물의 장이자, 그 꽃인 거야.

지금 너희가 함께하고 있는 그 순간은, 그래서 더없는 사랑의 기회이자,
존재의 이유와 목적을 완성할 선물인 것인데, 그렇다면 언제까지
그 소중한 선물 앞에서 여전히 망설인 채 스스로 뒷걸음질 칠 거야.
지금 이 순간 그럼에도 불구하고 사랑하길 선택함으로써, 다름 아닌
너 자신이 행복해질 기회가 바로 여기, 그저 주어져 있는데 말이야.

그러니 이제는 사랑하지 못할 온갖 이유를 만들고 곱씹은 채
미움의 이유를 찾고 부풀리는 그 무의미한 일을 기꺼이 멈추고,
그렇게 존재의 이유와 스스로 반대되게 살아가는 어리석음을,
기억 상실증을 기꺼이 내던지고, 오직 사랑을 선택하는 네가 되어줘.
그렇게 네가 이곳에 태어나 존재하는 유일한 이유인 사랑을,
지금 이 순간부터 영원히 완성하며 나아가는 기특한 네가 되어줘.

정말로 너는, 그 사랑을 배우기 위해 이곳에 태어났단다.
그리고 네 앞에 있는 그 사람 또한 마찬가지로 그렇단다.
그리고 너희 둘 모두, 사랑하고 사랑받기 위해 태어난 존재란다.
그리고 정확히, 너희 둘이 함께하고 있는 지금 이 순간은
그 사랑의 목적을 완성하기에 가장 완벽하고 적절한 순간이란다.

그러니 그 사랑을 완성하기 위해 만나 함께하게 된 너희 둘,
이제는 사랑하기에 더없이 완벽한 지금 이 순간 서로를 사랑해줘.
그저 그렇게 하겠다고 너의 마음속으로 간절히 원하는 그 순간
너는 이미 네가 전에 내세웠던 모든 사랑하지 못할 이유를 넘어
상대방을 그 누구보다 진실한 마음으로 사랑하고 있을 거야.
그게 태초부터 영원히 너에게 주어진 사랑의 권능과 힘이니까.

너는 정말로 사랑을 스스로 망설여야 할 만큼 왜소한 존재가 아니며,
그보다 더 나아가 미움을 곱씹으며 그 미움 앞에서 고통받아야 할 만큼
너 자신의 감정을 스스로 선택할 수 있는 힘을 상실한 존재가 아니며,
정말로 온갖 이유를 넘어서 그럼에도 불구하고 사랑할 수 있는,
마음만 먹으면 그 무엇이든 사랑할 수 있는 사랑의 존재이니까.
그러니까 너는 처음부터 끝까지 사랑 그 자체로 지어진 존재니까.

그러니 지금 이 순간 네 마음속에 가득 피어있는 미움과 답답함을
너 자신의 영원한 정체성인 사랑을 되찾을 기회로 여긴 채 너,
이제는 이해를, 사랑을, 용서를, 너그러움을, 다정함을 선택해줘.
그렇게, 상대방과 함께하는 매 순간을 그 사랑을 위해 사용해줘.
그러니까 더 이상은, 미워하고 상처 주기 위해 태어나기라도 한 것처럼
서로에게 아픔을 주고 씻을 수 없는 멍에를 남기는 너이진 않길 바라.

네가 상대방을 사랑하지 않았던 모든 순간은, 그래서 상대방의 마음에
상처를 새겼던 그 모든 순간은, 결국 고스란히 너에게로 돌아와
너를 아프게 하고, 너에게 상처를 주고, 너를 괴롭게 할 테고,
왜냐면 사랑하기 위해 태어난 너에게 있어 그러지 못했던 모든 순간은
언젠가의 네 가슴을 찢고 도륙 낼 만큼의 미어지는 후회로 남아
왜 그때 나, 사랑하지 못했을까, 미운 눈빛을 전해줬을까, 하는
평생의 먹먹함으로 남을 테니까. 그렇게 네 가슴을 후벼팔 테니까.
그러니 이제는 너, 오직 사랑하길, 사랑이길 바라. 지금부터 영원히.

외로움이 아닌 오롯함으로.

하루하루를 견디고 살아가는 게 너무나 공허하고 외로워서
그 외로움을 덜어내기 위해 연애를 하고 싶다는 마음이 차오를 때,
나는 너에게 외로움으로 시작한 연애 안에는 행복이 있을 수 없으니
먼저 너에게 주어진 오롯함의 성숙을 완성하라고 말해주고 싶어.

왜냐면 외로움의 근원은 바깥이 아닌 네 마음 안에 있는 것이기에
그 외로움을 타인과의 만남이라는 외부를 통해 해소하고자 하는 것은
애초에 답이 없는 곳에서 답을 찾고자 하는 오류에 불과하기에 너,
여전히 외로움에 허덕일 수밖에 없을 테고, 그래서 그때의 너는
그 끔찍한 외로움을 어떻게든 외면하기 위해 상대방에게 더욱
집착하고 의존하게 될 테고, 하여 외로움에 의해 시작한 그 관계,
결국 그 외로움으로 인해 휘청거린 채 그 끝을 맞이하게 될 테니까.

무엇보다 외로움의 먹구름에 의해 눈과 마음이 자욱이 가려진 채일 때,
그때의 너는 타인이 너와 잘 맞는 사람인지, 그가 어떤 결을 지닌 채
어떤 시선과 마음으로 세상을 마주하고 살아가는 사람인지, 하는
그 사람의 진짜 모습, 그 본질에 대해 차분하게 알아보는 시간을
외로움에 의한 조급함으로 인내하지 못한 채 섣불리 지나치게 될,
그러니까 그 사람을 네가 믿고 싶은 대로의 사람으로 함부로 오해한 채
관계를 맺을 가능성이 높고, 그래서 그때의 네가 사랑하게 될 사람은
너의 외로움이 온갖 미화와 달콤한 속삭임을 통해 자아낸 어떤 환상,
사랑할 만한 사람으로 여기기 위해 어떻게든 정당화한 그 환상일 테고,

그래서 그 시작, 너의 안전을 전혀 고려하지 않은 위험함이 될 테니까.

그러니까 그 사람이 진짜 좋은 사람인지, 선하고 다정한 사람인지,
하는 그것에 대해 그때의 너는 제대로 알아보지도 않은 채
일단은 외로운 지금이 너무 아파서 관계를 맺을 가능성이 높고,
만약 그 사람이 너에게 평생토록 지우지 못할 상처를 남길 만큼의
어떤 미성숙과 선하지 않은 마음을 품은 채 존재하는 사람이라면,
그래서 너, 그 외로움의 도박으로 인해 아픈 운명을 맞이하게 될 테고,
그러니까 그때의 너, 너를 그 운명으로 스스로 몰아세운 게 되는 거야.

운이 좋아 그 사람이 정말 좋은 사람일지라도, 너는 그 예쁜 운을
너의 선물로 가득 끌어안을 만큼의 성숙을 여전히 갖추지 못했기에
그때의 너, 좋은 그 사람을 좋은 사람으로 전혀 바라보지 못한 채
끝없이 네 마음 안의 어떤 결핍과 불만족을 그 사람에게 투사할 테고,
그러니까 그 사람의 부족함과 단점을 바라보는 일에만 급급할 테고,
하여 그 관계, 준비되지 못한 너의 마음으로 인해 끝내 그 끝을,
충분히 예쁠 수 있었는데 그러지 못한 아픈 끝을 맞이하게 되겠지.

그러니 네 사랑의 예쁜 운명을 위해서라도 지금, 너의 오롯함을,
그 완전함과 너 스스로 행복할 줄 아는 온전함을 먼저 완성해줘.
너의 운명을 위험에 빠지지 않게 하기 위한 너 자신에 대한 사랑으로,
네가 사랑하게 될 사람을 아프게 하지 않기 위한 사랑의 책임감으로,
무엇보다 외로움에 빠진 채 아파하고 있는 너 자신의 행복을 위해서.

그러기 위해 지금의 외로움, 어떤 만남이든 좋으니 일단은 맺어짐으로써
그 관계를 통해 벗어나 보겠다는 그 오류를 부풀리기 위해 사용하기보다
내게 주어진 삶에 스스로 만족하지 못하고 있는 마음의 결핍과 불만,
그 우물을 발견한 채 기쁨과 만족의 물을 가득 채우기 위한 계기로,
그, 나 자신의 오롯함을 되찾고 완성하기 위한 아름다운 성숙의 계기로,
그 꽃으로 여긴 채 이제는 너, 그 오롯함의 성숙을 완성하며 나아가줘.

결국 외로움의 근원은 내 마음 안에 있는 것이기에 내 마음에서부터
그 외로움을 해소하고 치유하지 못하면 나, 그 무엇을 어떻게 해도
외로움의, 그 지독한 공허에 사무친 채 아파할 수밖에 없는 거니까.

무엇보다 지금의 외로움, 이제는 나 자신을 향한 스스로의 사랑을,
그 기쁨과 영원한 만족을 되찾아달라고 내 마음이 내게 울부짖는
예쁜 신호이자 울림이며, 그러니까 오직 그 성숙의 완성만을 위해
내 마음 안에 그 꽃을 피운, 사실은 외로움이 아닌 성숙의 선물이니까.

내가 내 마음 안에 어떤 결핍과 불만족스러운 마음을 가득 품었고,
또 그것을 얼마나 오래도록 방치해왔기에 나, 지금 이토록이나
외롭고 공허한지, 그래서 내겐 그것을 살피며 나아갈 필요가,
하여 내 그 텅 빈 마음에 나의 눈길과 사랑을 가득 쏟을 필요가,
그러니까 내가 나를 더욱 아끼고 사랑해줄 필요가 있을 뿐이니까.
결국 나를 향한 나의 사랑이 부족해서 나, 외로움에 사무치는 거니까.

그러니 이제는 타인의 사랑을 찾고 갈구하기보다 네가 너 자신을,
스스로 아끼고 사랑해줘. 지금 이 순간 너의 마음을 바라봄으로써.
그것과 더불어 네 마음 안에서 오래도록 굶주려 건조하게 메말라버린
세상을 향한 감사와 사랑, 그 아름다운 마음을 또한 채우며 나아가줘.
외로운 감정이 너를 온통 사로잡을 때마다 이제는 너에게 주어진,
셀 수 없이 많은 감사거리를 세어보며 만족과 기쁨의 찬란한 빛을
네 텅 빈 맘에 채워감으로써, 그 성숙을 위해 외로움을 사용함으로써.

그러니까 외로움은 타인의 사랑이 너에게 없어서 네 마음에 싹트는
외부로부터 비롯된 감정이 아니라 너 자신의, 너를 향한 사랑이 없어서
네 마음 안에 싹트는 너로부터 비롯된 감정이라는 것을 잊지 않은 채
너, 외로움에 사무칠 때마다 너의 오롯함을 완성하며 나아가길 바라.

아무리 외부의 사랑을 길어다 부어도 채워지지 않는 내 마음의 우물,
그 텅 빈 공허와 외로움이 감당이 안 돼 나, 길을 잃은 느낌이야.
그래서 이게 정답이 아니라는 걸 스스로도 막연하게는 알면서도 나,
당장의 외로움이 어려워 타인의 사랑을 찾아 먼 길을 나서게 되는 거야.

하지만 내 마음의 텅 빈 우물에 부족한 건 새로운 우물이 아니라
나 자신을 향한 사랑과 세상을 향한 만족과 감사, 그 물이라는 진실.
새로운 우물이 내 옆에 놓인다 한들, 내 마음의 우물은 여전히
바싹 메마른 채 그 바닥이 보일 만큼 비워져 있기에 그때의 나,
여전히 그 부족한 물의 굶주리고 결핍된 시선으로 우물 밖의 세상을,
내 옆에 놓인 우물과 나를 둘러싼 세계를 바라볼 수밖에 없다는 진실.

하여 외로움에 의해 시작한 관계는 결국 그 외로움으로 인해 아픈 끝을,
함께하지만 여전히 외로울 뿐이라는 진실을 마주하게 되는 그 슬픈 끝을
맞이하기 마련이며, 내가 맺어왔던 모든 관계, 결국 그 증명이었음을.

그래서 그 외로운 마음을 바탕으로 사랑을 시작하고자 마음먹는 것은
내가 나를 스스로 사랑하지 않겠다는 각오며, 외로움에 병 든 내 맘,
영원히 치유하지 않은 채 외면하겠다는 다짐이며, 무엇보다 영원히,
아픈 운명으로 끝이 정해진 관계 안에서 나, 헤매며 방황해도 괜찮다는
암묵적 허락이며, 그러니까 스스로를 그 정도의 가치만을 지닌 존재로,
사랑받을 자격이 전혀 없는 존재로 제한하는 외면과 저버림의 시도며,
그래서 나에게조차 사랑받지 못한 그때의 나, 영원한 외로움이라는
한 줄기 빛조차 들어오지 않는 감옥에 갇혀 눈물과 상실의 공포로
남은 모든 삶을 지새워야 한다는 것을. 그 한 줌의 사랑을 받지 못해서.

그러니까 그 지옥 같은 외로움에서 나를 구원하기 위해 필요한
나를 방치하지 않겠다는 결심, 그 한 줌의 사랑을 내게 건네지 못해서.

그러니 이제는 너무나 당연했던, 하지만 참 오래도록 미뤄도 왔던
그 사랑의 결심을 너에게 건넴으로써 너, 오롯함을 향해 나아가줘.
그렇게 외로움에 의해 네 아깝고 예쁜 운명을 내맡겨왔던 무관심에서
네 운명을 스스로 지키고 반짝이게 하는 너를 향한 진실한 사랑으로,
네 마음속 모든 외로움과 결핍, 불만족의 텅 빈 우물을 한가득 채우는
이 세상 모든 것을 향한 아름다운 감사와 사랑의 맘으로 나아가는 거야.
그 모든 사랑의 예쁜 나아감 안에서 네 마음의 텅 빈 우물 속으로
참 맑고 아름다운 빛깔의 물이 서서히 채워지고 차오르기 시작할 테고,
그때는, 네가 찾지 않아도 온 생명이 알아서 너를 찾아오기 시작할 테니까.

그렇게 너를 찾아온 사람들, 함께하기에 정말 안전한 사람인지,
함께함으로써 더욱 예쁘고 아름다운 성숙을 향해 나아갈 수 있는
그런 다정하고 선한 마음을 지닌 사람인지, 더 이상 외롭지 않은 너,
꼭 누군가와 함께하지 않아도 너 혼자서도 행복할 자신이 있는 너,
그 오롯함의 여유로 충분히 그들 마음을 들여다보고 알아감으로써
그때는 정말로 너와 함께 예쁜 운명을 완성할 수 있을 만한 사람과,
함께함으로써 혼자일 때보다 더욱 반짝이게 될 그 아름다운 사람과
오직 함께하게 되는 거야. 예쁘지 않을 거라면 혼자여도 괜찮은 너니까.

그렇게 네 사랑의 운명, 예쁜 사랑을 할 수밖에 없는 찬란함으로,
함께하는 시간을 더해갈수록 더욱 깊어지는 그런 좋은 사람을 만나
네 삶의 모든 것을 다정하게 나누고 공유한 채 기댈 수 있는,
그런 사랑을 할 수밖에 없는 반짝임으로 영원히 확정 짓는 거야.
네가 외로움에 지지 않고 꿋꿋이 감당한 채 완성한 네 마음의 오롯함,
그 완전함이라는 이름의 꽃으로 인해. 그 찬란한 향과 색으로 인해.

그러니 문득 외로움이 네 마음을 찾아와 너를 온통 사로잡은 채
너를 지배하고 조종하고자 할 때, 이제는 그것에 네 힘을 내어주기보다
너, 네 오롯함의 성숙을 완성할 계기로 여긴 채 너를 아껴주고 사랑해줘.

좋은 인연.

정말 좋은 인연은 서로의 생각과 가치관이 너무나 잘 맞아서
함께하는 내내 갈등과 충돌을 겪지 않아도 되는 운명 같은 인연,
그러니까 서로의 결이 너무나 닮아서 끌리게 되고 사랑하게 되는,
하여 함께함으로써 서로의 뜻과 이익이 상충하지 않기에 편안한,
꼭 그런 인연은 아니야. 중요한 건 서로의 결과 가치관, 뜻과 방향,
그 모든 것 안에 선함과 진실함이 함께하고 있는지, 하는 그것이니까.

그러니까 네가 끌리는 사람이 마찬가지로 너에게 끌린디고 해서
그 인연이 꼭 아름답고 좋은 인연이라고 할 수는 없는 거야.
그리고 서로의 뜻과 입장이 늘 비슷해서 싸울 필요가 없다고 해서
서로가 서로에게 꼭 좋은 사람이라고 할 수도 없는 거고.

만약 네가 너만의 이득을 지키기 위해 남을 속이는 일 앞에서
어떤 망설임도 없이 그게 좋은 거고 옳은 거라고 생각하는 사람일 때,
그때의 너는 너와 함께 그 일에 동참해주고 너를 응원해주는,
그런 사람과 함께할 때 마음이 더 편해서 잘 맞는다고 느낄 테지만,
그러니까 그렇게 하는 건 옳지 않은 거고 진실하지 않은 거야, 라고
너에게 말해주는 사람과 함께할 때 충돌하고 대립하게 될 테지만,
사실 너에게 정말 좋은 사람, 인연은 전자가 아니라 후자인 것이고,
왜냐면 그 사람이 너를 더욱 선하고 진실한 방향으로, 예쁜 성숙으로
이끌어줄 수 있는 사람이자, 그 성숙을 함께할 수 있는 사람이니까.

그래서 네가 좋아하고 너의 마음을 편안하게 해주는 사람이라 해서
너에게 좋은 영향을 주는 예쁜 인연이라고 꼭 말할 수는 없는 거야.

네가 쉽게 분노하는 사람일 때, 너는 어떤 사람의 사소한 불친절, 그조차 넘어가지 못해 앙갚음의 마음을 품은 채 복수하고자 할 테고, 하여 그때의 너는 네가 먼저 화를 내기도 전에 그 사람에게 달려가 화내고 따져주는 사람 곁에 있을 때 든든함을 느낄 수도 있겠지만, 그리고 너의 그런 마음 앞에서 불편함을 느낀 채 그건 아니라고, 조금만 참고 다정한 마음을 연습해 보자고 하는 사람과 함께할 때 오히려 밉고 속상할 수도 있겠지만, 사실 너에게 진짜 좋은 인연은 함께 화내주는 그 사람이 아니라 너를 정화하고 달래주고자 하는, 하여 더욱 예쁜 평화를 알려주고자 노력하는 바로 그 사람인 거니까.

서로가 자신의 이득만을 세고 중요시하는 이기심에 갇혀 있을 때, 그때의 서로는 함께 누군가를 속여 어떤 경제적인 이득을 얻었을 때 서로를 참 기특해하며 우리 정말 고생했다, 오늘, 이라고 말하며 서로에게 감사함과 만족감을 가득 느낀 채 기뻐할 수도 있겠지만, 그렇다고 해서 그 인연, 아름답고 예쁜 인연이라 할 수는 없는 것이고, 왜냐면 그때의 서로가 믿고 추구하는 행복이 고작 그런 왜소함일 때, 그들은 그 끔찍한 불행을 자신들이 추구할 수 있는 최선의 행복이라고, 자신의 마음에 평화와 기쁨을 가져다줄 유일한 가치라고 믿고 오해한 채 그 지옥에 갇혀 자신들이 불행한 줄도 모르는 채로 삶을 살아갈 테고, 그래서 그 인연, 아름답지도, 예쁘지도, 무엇보다 소중하지도 않으니까.

그러니까 정말 좋은 인연은 함께함으로써 성숙의 빛을 더해가기에 함께하는 순간이 쌓이며 더욱 아름답게 빛나는 사랑, 그 인연이며, 서로가 서로의 마음에 더욱 선한 영향력을 전해줌으로써 서로를 더욱 진실한 행복으로, 진짜 기쁨과 평화가 있는 그 천국의 땅으로 다정하게 밀어주고 당겨주는 아름다움 빛과 함께하는 관계인 거야. 그러니까 이기심의 충족에서부터 오는 얄팍하고 일시적인 만족감, 그 왜소함이 아니라 진실함과 성숙을 함께 완성하는 데서부터 오는 영원한 기쁨, 그 진짜 만족감을 함께 누리고 채워가는 관계 말이야.

그러니 이제는 좋은 내가 되어, 좋은 너를 만나는 너이길 바라.
먼저 좋은 네가 되어야지만, 정말 좋은 사람을 좋은 사람이라고
네 마음에 담고 느낄 수 있을 것이고, 네가 여전히 미성숙할 때,
그때의 너는 아무리 좋은 사람을 만난다고 해도 그 사람,
결코 좋은 사람으로 느끼고 간직하지 못한 채 답답해만 할 테니까.
그러니까 그때의 너는 네가 여전히 좋은 사람이 아닌 딱 그만큼,
예쁘지도, 선하지도, 다정하지도 않은 사람에게 끌릴 테고,
하여 그 사람과 함께할 때 참 편하고 잘 맞는다고 느낄 테니까.

그래서 좋은 사람을 만나기 위한 가장 최소한의 준비물은
다름 아닌 좋은 네가 되는 것, 다정하고 성숙한 네가 되는 것,
그 아름다운 네 존재이며, 그래서 너, 매 삶의 순간을 살아가며
네가 할 수 있는 가장 최대한의 성숙을 완성하기 위해 노력한 채
미운 누군가가 있다면 용서하기 위해, 이기심에 사로잡혀 있다면
그 마음을 내려놓기 위해, 쉽게 분노하게 된다면 차분함을 위해,
결핍과 불만족이 있다면 감사와 만족을 향해, 그러니까 그 모든
아름다운 성숙을 완성하기 위해 네 하루를 바치며 나아가야 하는 거야.

그게 무엇보다 너의 진정한 행복을, 만족과 기쁨을 위한 일이니까.
그러면서 동시에 너의 예쁜 사랑을 위한 일이기도 한 거니까.
네가 성숙하고 무르익은 만큼, 예쁘고 선한 가치를 지닌 만큼,
정확히 그만큼 너는 그런 사람에게 끌릴 테고, 하여 너의 성숙,
사실 네가 만날 미래의 그 예쁜 인연에게 네가 건넬 수 있는
가장 소중한 선물, 바로 사랑스러운 네 존재라는 이름의 선물이니까.

그러니 이제는 너, 매 삶의 순간 앞에서 최선을 다해 성숙함으로써
마침내 진짜 좋은 사람을 좋은 사람이라 여기고 바라보는 네가 되어
함께하는 영원토록 서로의 존재라는 이 세상에서 가장 예쁜 선물을
서로에게 주는, 그 기쁨으로 가득 채워진 진짜 예쁜 사랑을 하길 바라.

이제는 나, 진짜 행복하고 싶어. 진짜 예쁜 사랑을 하고 싶어.

여태까지의 나는 세상을 향한 나의 이기심에 반기를 들기보다

나와 뜻과 마음이 너무나 닮아서 그것에 기꺼이 동참해주는 사람,

그러니까 나의 이득이 훼손당했을 때는 함께 미워하고 분노해주는,

나의 이득이 성취되었을 때는 함께 기뻐하고 축하해주는, 그런 사람이

나와 운명 같은 인연, 나와 참 잘 맞는 좋은 인연이라고 여겨왔고,

하지만 문득, 그런 생각이 드는 거야. 그게 정말 좋은 인연일까, 하는.

고작 어떤 이득을 성취하기 위해 이곳에 태어난 나는 아닐 텐데,

그 이득을 위해 절망하고 슬퍼하고, 또 미워하고 분노하고,

고작 그런 왜소함을 위해 나, 이토록 치열하게 살아가는 건 아닐 텐데,

그보다 더 높고 아름다운, 위대하고 진실한 뜻이 분명히 있을 텐데,

이 일시적이고 공허한 기쁨보다 더 영원하고 진실한 기쁨이,

또 그런 기쁨을 함께할 수 있는 정말 예쁜 인연이, 꼭 있을 텐데,

하는 생각에 자꾸만 가슴 어딘가가 답답하고 아리기 시작하는 거야.

하지만 괜찮아. 그 답답함과 지금의 아픔, 너의 예쁜 성숙을 위한,

그 성숙으로부터의 예쁜 사랑을 꽃피우기 위한 선물의 시간이니까.

네 마음에 자욱이 드리워진 깊고도 짙은 어둠에 이제는 진실의 빛이,

그 기쁨과 천국의 빛이 균열을 내고 새어 들어오고자 하기에 생긴,

그러니까 낡고 오래된 너의 어둠과 그 사랑의 빛이 싸우기에 생긴

사실은 너를 위한 아름다운 통증이니까. 너의 예쁜 무르익음을 위한.

네가 아무런 의심과 갈등도 없이 미성숙하고 이기적인 사람일 때,

그때의 너는 고민 없이 어둠을 선택해왔기에 아픔을 몰랐지만,

이제는 여태까지의 어둠이 옳은지, 앞으로의 빛이 옳은지, 하는

그 깊은 고민이 네 마음 안에 생겼고, 그래서 너, 이토록 아픈 거야.

지난 모든 습관을 딛고 눈 부신 빛을 향해 무거운 발길을 옮기느라.

지난 시간의 미성숙을 도려내고 아름답고 찬란한 성숙을 네 가슴속에
가득 채워 넣는, 하여 더욱 예쁘고 생명력 가득한 꽃으로 거듭나는,
그리하여 좋은 내가 되어 좋은 너를 만날 수밖에 없을 만큼의 너를
새로운 사랑을 위해 준비해두는 그 성숙의 찬란한 시간을 보내느라,
그 성숙의 향기로운 바람을 맞느라 너라는 꽃, 흔들리고 있을 뿐인 거야.

그렇게 너, 한쪽이 누군가를 미워할 때 함께 그 미움을 부풀리기보다
다른 한쪽은 그것을 치유하고 정화하기 위해 애쓰는 사랑으로,
내가 나의 이득을 위해 진실함을 저버리고자 고민하고 있을 때,
그것을 지지하기보다 진실함을 위해 사적인 욕망, 그 왜소함을
기꺼이 헌신할 수 있도록 이끌어주는, 하여 진실한 행복과 만족이
무엇인지 알려주는 사랑으로, 그 진짜 예쁜 사랑을 향해 나아가는 거야.

이제는 너, 운전을 할 때 다른 운전자가 너의 마음을 상하게 한다면
그때 화를 내며 그 사람을 향해 죽일 듯이 달려가는 사람과 함께할 때
든든함을 느끼기보다 불편함과 부끄러움을 느끼는 사람이 되었으니까.
그러니까 이제는 네가 끌릴 사람, 선하고 다정한 가치를 품은 사람이며,
그런 사람이 아니라면 너, 그 어떤 운명의 끌림도 느끼지 못할 테니까.

그렇게 이제는 욕망이 충족되었음에서부터 오는 얄팍한 만족의
공허하고도 일시적인 미소가 아니라, 진실함을 지켜낸 것에서부터 오는
영원하고도 꽉 찬 만족감의 미소를 띠는 사랑을 하는 네가 되는 거야.
매 순간 함께함으로써 아름다운 성숙을 더욱 완성해나가는 사랑,
하여 함께하는 시간을 더해갈수록 서로를 존중하고 신뢰하게 되는 사랑,
그, 영원히 꺼지지 않는 불씨로 서로를 따뜻하게 안아주는 사랑을.

그러니 이제는 그 예쁜 운명을 완성하기 위해 먼저 좋은 네가 되기를,
그러기 위한 지금의 찬란한 성숙의 시간, 꿋꿋이 완성하는 너이길 바라.

정성을 다하는 사랑.

사랑하는 일이란 서로가 서로에게 정성을 아낌없이 기울이는 일이며,
그 일에 있어 어떤 부담감이나 의무감, 압박감의 억지가 아니라
상대방을 향한 사랑으로 우러난 자발성과 기쁜 마음으로 임하는,
상대방의 예쁜 미소를 지켜보는 게 무엇보다 내가 설레고 기뻐서
내 모든 마음을 다해 상대방의 가슴에 기쁨의 꽃이 피어나게 하는,
하여 마침내 피어난 예쁜 꽃을 보며 그 자체로 만족감에 겹게 되는
한 송이의 꽃을 심고 그 꽃이 잘 자라도록 돌보는 일과 같은 거야.

그래서 사랑에도 소질이나 재능이 있다는 말을 나는 믿지 않아.
그 누구나 관심이 있다면 정성을 다하기 마련이고, 그 정성이 깃들 때
그 사랑, 아무리 서툴고 부족한 이의 마음일지라도 가득 피어날 테니까.
식물에 물이 필요한지, 혹은 물이 많지는 않은지 살피는 관심과 정성,
햇볕이, 바람이, 혹은 영양이 부족하지는 않은지 살피는 관심과 정성,
그 정성 어린 맘으로 식물을 마주한다면, 그 사람 곁에 있는 식물은
그 어떤 사람의 곁에 있을 때보다 무럭무럭 잘 자라게 되어있는 거니까.

여름에 너무나 덥지만 식물들은 추울까 싶어 에어컨을 자제하고,
비가 오는 날이면 새벽에도 일어나 빗물을 맞게 해주기 위해
무거운 식물을 들고 계단을 오르내리고, 내 일이 바쁜 순간에도
식물이 잘 자라 더 넓은 화분으로 옮길 때가 되었을 때는 그 때를
놓치지 않은 채 분갈이를 해주고, 또 매일 습도와 광도를 살피고,
계절이 바뀔 때마다 햇볕의 위치와 세기가 달라지기에 화분의 위치를
식물에게 가장 적절한 환경으로 옮겨주고, 그러니까 그 정성이라면
그 어떤 식물이든 그 사람의 곁에서 결코 시들어질 수가 없는 거니까.

그래서 많은 사람들이 내게 어떻게 그렇게 많은 식물들을 키우며
죽거나 시들지 않게 관리를 하냐며, 자신은 하나의 식물조차도
잘 키우지 못해 금방이면 죽게 하는데, 참 소질이 많은 것 같다며
그렇게 물을 때마다 나, 길게는 말하지 않지만 이렇게 답하는 거야.
내가 기울일 수 있는 최대한의 사랑과 정성을 다해 길러요, 라고.
그리고 내가 나는 이런 식으로 식물을 기른다고 길게 설명하지 않는 건,
결국 사람마다 사랑한다면서 기울일 수 있는 정성의 크기가 다르고,
그 정성의 크기는 그 사람이 성숙할 때라야 마침내 커지는 거니까.

나 또한 어릴 적 가끔 물만 주면 되는 선인장 하나를 키우지 못해
금방이면 죽게 하고 시들어지게 할 만큼 사랑이 부족한 사람이었으니까.
하지만 그때의 나에겐 그게 내가 할 수 있는 가장 최선의 사랑이었고,
그래서 누군가가 내게 아무리 더 큰 사랑이 있음을 알려줘도 나,
그때는 결코 그렇게 하지 못했을 테니까. 오히려 저항했을 테니까.

하지만 어느 순간 내 마음의 불행과 지옥을 스스로 알아차리게 됐고,
그 순간부터 매 순간을 아름다운 성숙을 완성하기 위해 노력했고,
그렇게 나아가는 어떤 길 위에서 우연히 식물과 함께하게 됐고,
그렇게 나, 어느새 식물에게 그런 정성을 당연한 듯이 기울이고 있는,
식물뿐만이 아니라 강아지와 모든 생명, 사람들에게 그 정도의 정성을,
사랑을 주는 게 너무나 당연한 내가 되어있음을 발견하게 되었으니까.

그리고 그때가 되어 알게 된 거야. 사랑은 정성과 관심을 주는 일이며,
그 마음 하나가 있다면 그 어떤 사랑이든 기쁨의 빛으로 물든다는 걸.
또한 억지로 정성을 내고 또 요구하는 관계는 금방이면 지치기 마련이며,
하지만 진실한 사랑은 끊임없이 줌에도 오직 무한하게 채워질 뿐,
결코 지치거나 시들지 않는다는 것을, 정말 영원히, 그렇다는 것을,
그저 나로 인해 누군가가 행복해졌다는 그 사실 하나에 오직 기쁘기에.

그래서 그 사랑, 어느 정도의 성숙을 완성한 사람만이 누릴 수 있는
특권이자 자격이며, 그러니까 먼저 내 마음 안에 있는 사랑의 결이
타인에게 집착하고 타인을 아프게 하지 않을 만큼의 예쁨이 되어야만,
그때가 되어야만 그 사랑을 할 수 있고, 또 하게 되는 우리인 거야.
그 전에 내가 상대방에게 건넬 사랑의 꽃은 상대방의 기쁨이 아닌
나의 기쁨과 만족에만 그 뿌리를 두고 있을 것이기에 그때의 나는
상대방을 끝없이 아프게 하면서도 그게 사랑이라고 믿고 있을 테고,
하여 사랑의 정성을 받지 못한 상대방은 시들어질 수밖에 없는 거니까.

물을 많이 줘야 더욱 피어나는, 물을 많이 주면 더욱 시들어지는,
햇볕을 많이 받아야 더욱 피어나는, 반대로 그늘에서 더욱 피어나는,
이처럼 각자의 식물마다 받아야 할 사랑의 모양이 저마다 다르듯
사랑은 나 자신의 만족만을 위해 무엇인가를 주는 이기심이 아니라
상대방의 만족에 그 뿌리는 둔 채 살피고 배려하는 정성인 것이며,
그러니까 사랑은 결국 내가 나의 기쁨과 만족만을 중요하게 생각하는
그 이기심을 넘어선 만큼 더욱 예쁜 모양과 색을 띠는 것이며,
하여 그 예쁜 사랑을 하기 위해, 먼저 예쁜 내가 되어야만 하는 거야.

그러니 이제는 내가 아닌 상대방의 기쁨과 만족에 그 뿌리를 두는
그 진실한 사랑의 꽃을 피우기 위해 너, 먼저 너의 성숙을 완성해줘.
모든 삶의 순간 안에서 네가 마주하는 모든 생명들에게 친절함으로써,
그리고 너에게 주어진 모든 경험을 오직 성숙의 선물로 여긴 채
이제는 미움 대신에 용서를, 판단 대신에 이해를, 욕망 대신에 감사를,
이기심 대신에 관대함을, 그 모든 성숙의 태도를 선택함으로써 말이야.

그 나아감 안에서 너의 가슴에 예쁜 성숙의 꽃이 충분히 무르익고 나면,
너도 모르는 사이에 너, 정성과 섬세함 가득한 그 사랑을 상대방에게,
모든 생명에게 주고 있는 참 맑고도 아름다운 사람이 되어있을 테니까.

함께함에도 서로를 향한 정성이 없어 애정에 가득 굶주린 채
서로를 향해 그 애정을 갈취하기 위해 감정적으로 늘 싸우고,
그래서 고단함과 피곤함에 한숨을 쉬지만 그럼에도 단 한 번의,
그 사랑의 눈길을 받기 위해 포기하지 않고 고군분투하는 우리,
문득 그런 우리가 참 외롭고 왜소해 보여 속상함에 사무치게 돼.

그 어떤 것도 요구하지 않은 채 있는 그대로를 받아들여주는
그 진짜 농밀하고도 짙은 사랑의 눈빛 하나면 주어진 하루를,
아니 일주일, 혹은 한 달을 행복하게 보낼 수도 있을 텐데,
우리는 왜 서로에게 그 눈빛 하나를 아낀 채 인색하게 구는 걸까.
그 눈빛에 돈이 드는 것도, 엄청난 땀과 인내를 필요로 하는
불굴의 노력이 드는 것도, 긴 시간이 필요한 것도 아닌데 말이야.

결국 사람은 돈이 조금 모자랄 때는 어떻게든 살아갈 수 있지만,
사랑이 없을 땐 매 순간 지옥 같은 공허와 외로움에 시달린 채
물과 햇볕을 오래도록 받지 못한 식물이 끝내 시들어져버리듯
메말라가고, 생기와 활력을 잃고, 그렇게 서서히 죽어간다는 것을.
하여 외부를 향해 끝없이 외치는 우리의 모든 불만과 결핍의 외침은,
그 형태와 모양이 어떻든 간에 나 좀 사랑해달라는 요청이었다는 것을.

그러니까 이 세상에는 오직 사랑을 주거나, 사랑을 구하거나,
이 두 가지의 표현만이 있을 뿐이며, 하여 사랑을 주는 게 아닌
다른 모든 형태의 표현은 제발 나 좀 사랑해달라고 하는 요청이며,
하지만 진짜 사랑을 제대로 받아본 적이 없는 서툰 우리이기에
그 표현을 때로 못난 모양의 방식으로 하고 있을 뿐이라는 것을.

그러니까 그 사랑을 받기 위해서, 그 사랑을 받지 못해서, 이토록이나
거칠고 외롭고 왜소한 모습으로 치열하게 존재하고 있는 우리라는 것을.

그러니 이제는 그 사랑을, 그 생명을 한가득 건네는 네가 되어줘.
그러기 위해 너에게 주어진 모든 삶, 네 마음 안에 부재한 사랑을,
오직 그 사랑을 되찾고 회복하기 위한 마음 하나로 마주하는 거야.
네가 그토록이나 간절히 바라고 갈구했던 그 사랑, 하지만 단 한 번도
제대로 받아본 적이 없었던 그 사랑, 그래서 참 아프고 외로웠던 너,
그러니까 이제는 그 사랑을 네가 먼저 세상에 주는 사람이 되는 거야.
내가 받고자 하는 것을 먼저 주는 것, 그게 기특하고 아름다운 거니까.

그리고 마침내 네가 사랑을 받기보다 주고자 하는 사람이 될 때
너는 이제 더 이상 세상으로부터 사랑을 갈구하지 않게 될 텐데,
왜냐면 그때는 네 마음 안에 이미 사랑이 흘러넘치고 있어서 그 사랑을
외부로부터 구하고 채우는 일이 너에겐 더 이상 필요하지 않을 테니까.
그래서 사랑을 주고자 하는 마음은 너를 이 지독한 외로움의 지옥에서,
이 끔찍한 왜소함의 불행에서 스스로 건져내고 구원하는 일인 거야.

그러니 타인을 위해서가 아니라 너 자신을 위해 너, 사랑해줘.
한 번, 네가 사랑을 주고자 할 때마다 정확히 너의 마음 안에 한 번,
사랑이 채워질 것이고, 왜냐면 사랑을 먼저 주고자 하는 일은
네 마음 안에 있는 사랑의 빛을 찾고 발견하게 해주기 때문이며,
그래서 사실 타인을 사랑하는 일은 너의 마음 안에 있는 사랑을
네가 되찾고 기억하게 해주기에 너 자신을 사랑하는 일과 같은 거니까.

정말로 너는 그 사랑을 이 세상에 전해주기 위해 태어난 참 맑고
아름다운 사명을 지닌 존재란다. 미워하고 싸우고, 사랑받지 못해
외로움과 슬픔에 허덕이고, 그러기 위해 태어난 존재가 아니라
정말로 처음부터 영원히 사랑으로 지어진, 오직 사랑의 존재란다.

그러니 오직 사랑하기 위해 태어난 너, 이제는 사랑하길 바라.

때로 사랑하기 어려운 사람, 혹은 어떤 환경을 마주하는 순간에도
네 존재의 목적과 이유를 기억한 채 끝내 사랑하기 위해 노력한다면
너, 그 노력 끝에 그만큼 너의 마음 안에서 사랑을 키운 채일 테고,
하여 서서히 너의 이름을, 사랑이라는 그 이름을, 처음부터 끝까지
단 한 번도 너의 정체성이 아닌 적이 없었던 그 사랑을 너,
반드시 기억해낼 것이고, 그리고 그때가 되면 꼭 알게 될 거야.

이 세상에는 사랑을 주거나, 사랑을 구하거나, 오직 이 두 가지의
표현방식만이 존재할 뿐이고, 그래서 사랑을 주지 않는 표현이라면
그 생김새가 어떻든 그것은 나에게 사랑을 구하는 요청이라는 것을.
하여 그 순간은 내가 그 사람을 미워한 채 외면할 계기가 아니라
그 사람을 사랑 없는 지옥에서 구원해줄 더없이 소중한 기회라는 것을.

또한 애초에 완전한 사랑의 존재였던 나는 결코 상처받을 수 없으며,
언제나 사랑의 완전한 보호 아래에 있기에 두려워할 수도 없다는 것을.
누군가가 나를 공격한다고 해서 사랑인 내가 사랑이 아니게 되는 것도,
빛인 내가 어둠이 되는 것도 아니기에 그 공격은 애초에 환상이며,
그래서 사실은 용서조차도 환상이라는 것을. 그러니까 용서는 우리를
사랑으로 이끌어주는 계단이지만, 사랑은 용서를 알지도 못한다는 것을.

그러니 이제는 그 진짜 완전한 너의 정체성을 기억하기 위해 너,
길고도 긴 사랑의 여정 위에 너의 두 발을 살포시 올려두길 바라.
그렇게 사랑을 배우고 기억하는 그 모든 여정 속에서 너, 자연스럽게
그 누구보다 예쁘고 정성 가득한 사랑을 건네는 사람이 되어있을 테고,
이전에는 결코 그렇지 못했던 내가 이제는 예쁜 사랑을 주는 사람이,
그런 이해와 다정함의 꽃을 건네는 사람이 되었다는 것, 그 자체가
그 무엇보다 소중한 선물이 되어 너에게 끝없는 기쁨을 안겨줄 테니까.
이전에는 사랑하지 못했던 것을, 지금은 사랑할 수 있게 됐다는 기쁨을.

죄책감의 지옥에서 사랑의 꽃으로.

나는 사랑하며 가장 지양해야 할 태도가 바로 상대방의 마음에
죄책감의 지옥을 심음으로써 상대방을 죄인으로 만들고자 하는,
하여 상대방이 내게 그 죄책감을 바탕으로 더 잘 해주길 바라는,
하지만 결국에는 서로가 그 죄책감의 공격과 방어를 주고받을 뿐인,
그래서 남는 건 사랑받지 못한 상처가 될 뿐인 태도라고 생각해.

사랑하고, 또 사랑받기에도 모자란 다시는 돌아오지 않을 삶의
소중한 한순간 위에서 상대방의 마음에 사랑에서 가장 멀리 떨어진
죄의 감정을 심음으로써 너는 이토록 못나고 부족한 사람이지만
그럼에도 내가 너를 받아주고 있으니 그만큼 내게 잘해야 한다는,
그 죄책감의 왜소하고 인색한 감정을 전해주는 것만큼 내 삶을,
그, 사랑을 위해 존재하는 순간들을 낭비하는 일은 없는 거니까.

무엇보다 각자의 삶 속에서 온갖 이유들로 스스로 품고 지니게 된
가지각색의 죄책감 때문에 이미 무겁고 지친 하루를 보내고 있는
너희 둘인데, 하여 서로에게 너는 죄인이 아니야, 실수할 수도 있지,
그럼에도 넌 사랑받기에 충분한 존재고, 내가 사랑하는 사람이야,
그러니까 그곳에서부터 배우고, 더 아름다운 우리가 되어가자,
정말 그 성숙을 위해 찾아온 순간들일 테니 너무 아파하진 말자,
하는 치유와 해소의 감정을 전해주기에도 모자란 이 순간들인데,
서로의 그 무거운 하루에 더 큰 부담과 아픔을, 상처와 외로움을,
사랑받지 못한 상실감을 심어주는 건 가혹하다 못해 잔인한 거니까.

그러니 이제는 죄책감이 아닌 사랑의 감정을 전해주는 너이길 바라.

상대방을 정말 사랑해서 한 일이라면 그건 희생이 아니라
내 마음에서 우러난 진심이고, 하여 나의 만족과 기쁨을 위한 일이고,
그렇다면 그 일을 통해 생색을 내고 어떤 감사의 마음을 강요하는,
또 미안한 마음을 심음으로써 나의 뜻대로 은밀히 조종하고자 하는
그 시도는 내가 건넸던 나의 예쁜 진심을 스스로 거두어들인 채
사랑의 찬란한 그 색, 죄책감의 탁한 색으로 오염시키는 일이니까.

처음에는 내가 상대방의 가슴에 심은 그 죄책감에 의해 상대방은
미안하기도 하고, 그래서 더 잘해야겠다는 생각을 할 수도 있겠지만,
결국 그 태도가 반복될 때는 상대방 또한 어떤 압박감을 느낀 채
나에게 저항하기 마련이고, 하여 그때의 나는 더욱 거세게 죄책감을,
그 지옥 같은 감정을 상대방에게 심어주기 위해 애쓰고 노력할 테고,
그래서 상대방은 내게 더욱 거세게 저항하게 될 테고, 하여 그때는
서로가 죄책감의 폭탄을 한 차례씩 서로의 가슴에 던지길 반복하며
그 폭탄, 언제 터질지 모른다는 불안함과 공포 속에서 벌벌 떨며
사랑이 완전히 사라진 시들어진 가슴으로 서로를 마주하게 될 테니까.

하여 서로를 탓하고 원망하기 바쁜 그 관계는 모든 문제의 근원을
상대방에게서 찾음으로써 나는 문제가 없다는 증명을 얻고자 할 테고,
그래서 죄책감을 상대방에게 떠넘기기에 더욱 급급한 관계가 될 테고,
그 무한한 악순환 끝에 남는 건 상처에 의해 너덜너덜해진 가슴,
그리고 나도, 너도 사랑받지 못할 만한 존재라는 오해에 대한 확신,
그 죄책감의 폭탄으로 인한 상처의 잔해와 폐허밖에 없을 테니까.

그러니 이제는 그 무의미한 악순환의 고리, 네가 먼저 끊어내줘.
사랑받기 위해 상대방의 죄책감을 자극하기보다 사랑받을 만한 네가,
왜소함이 아닌 너그러움과 사랑 가득한 미소로 상대방을 마주하는 네가,
그, 사랑을 통해 진실한 사랑을 끌어당기는 예쁜 네가 먼저 됨으로써.

결국 내 마음속에 덕지덕지 끼어 있는 죄책감의 검은 때들은
그 죄를 타인에게 투사함으로써 나는 문제가 없다고 믿는 탓함이 아니라
사랑받기 위해 태어난 우리에게 있어 죄는 전혀 불가능하다는
그 무죄의 선언으로만 벗을 수 있는 것이고, 왜냐면 내가 여전히
죄라는 환상을 믿고 있을 때, 하여 죄가 존재한다고 믿고 있을 때,
그때의 나는 죄책감을 벗어내고자 하는 그 어떤 시도를 통해서도
결코 죄의 고통에서 벗어나지 못한 채 오직 시달리고만 있을 테니까.

죄책감은 사랑의 반대말이며, 그래서 내가 진심을 다해 사랑할 때,
나는 그 어느 곳에서도 결코 죄를 찾거나 바라보지 못할 것이며,
그러니까 그 무죄를 보는 눈빛, 그것이 내 눈과 마음에 깃든 채
나와 함께할 때라야 나는 죄는 애초에 존재한 적조차 없으므로
나 또한 죄가 없다는 그 사랑의 진실을 완전히 믿을 수 있을 테니까.

결국 타인에게 죄가 있다고 믿는 것은 죄의 존재를 확인하는 것이며,
그래서 그것은 나 또한 죄가 있을 수 있다고 스스로 확인하는 것이며,
하여 그때의 나, 의식적 무의식적 죄책감에 고통스럽게 시달린 채
나는 무죄라는 영원한 안도가 아닌 죄 있음의 불안과 공포에 떨며
그 불안의 지옥에서 어떻게든 벗어나기 위해 이 거짓을 사용할 테니까.
모든 죄는 네 것이기에 내게는 죄가 없다는 그 말도 안 되는 거짓을.

하지만 괜찮아. 여태까지의 너, 죄책감에 의해 너무나 고통받았지만
그 누구도 그것을 해소하는 방법과 진짜 행복이 무엇인지에 대해
너에게 알려주지 않았고, 그래서 다만 잘못 알고 있었을 뿐이니까.
그러니까 너는 너의 고통에서부터 벗어나기 위해 최선을 다했지만,
그 방법이 애초에 잘못되었기에 그곳에서 벗어날 수 없었던 것뿐이야.

그러니 이제는 너의 행복을 위해, 오직 사랑함으로써 죄책감을 벗어내줘.

다만, 몰랐을 뿐이야. 내가 나의 죄 없음을 확인하기 위해
타인에게 죄를 투사할 때, 그 탓함을 통해 나의 죄를 벗고자 할 때
그것은 오히려 나의 죄 있음에 대한 확인과 증명이 될 뿐이며,
왜냐면 영원한 사랑으로 지어진 우리에게는 죄가 있을 수 없으며,
하지만 그 누구에게라도 내가 죄가 있을 수 있다고 믿는다면,
그건 죄라는 환상을 믿는 것이기에 당연히 나에게도 죄가 있다고
스스로 선언하는 일과 같다는 것을. 정말로 다만, 몰랐을 뿐이야.

몰라서 그렇게 하는 것은 실수며, 알고도 그렇게 하는 것은 방치며,
그러니까 지금부터 너, 너를 방치하지 않겠다고 다짐하면 되는 거야.
하여 이제는 상대방에게서 죄를 봄으로써 나의 죄를 확인하기보다
상대방에게서 오직 무죄만을 봄으로써 나의 무죄를 확인할 것이며,
그러기 위해 죄가 보이는 모든 순간에 그 죄의 오해를 벗게 하는
용서라는 너에게 주어진 선물을 사용함으로써 영원한 사랑의 세상으로,
더 이상 죄책감에 시달리지 않아도 되는 무죄의 안도와 완전한 보호로,
죄의 공포가 아닌 사랑의 평화가 지배하는 그 천국으로 나아가는 거야.

그런 네가 되어, 이제는 상대방에게 죄책감을 안겨주는 네가 아닌
당신은 그럼에도 사랑받기에 충분한 사람이에요, 하는 사랑을,
평생토록 그 사랑 한 번을 받지 못해 외로움과 상실감의 슬픔에 젖은
이 세상 모든 이에게 그 사랑의 따뜻함을 전해주는 네가 되어
사랑하기 위해 태어난 네 존재의 목적과 사명에 맞게 살아가는 거야.
무엇보다 너와 함께하는 인연으로 맺어진 네가 사랑하는 사람,
그 사람에게 그런 위로와 응원을 전해주는 네가 되기 위해서라도.

여태 사랑받기 위해 태어난 그 사람에게 얼마나 사랑을 아끼며
상처 주는 말만을 가득 쏟은 채 사랑받지 못한 슬픔을 전해줘왔니.
내 곁에 사랑의 꽃이 아닌 죄인으로 존재하는 아픔을 전해줘왔니.

그러니 이제는 내 사람, 내 곁에서 오직 사랑의 꽃으로 피어나도록
여태 심어줬던 죄책감을 서서히 사랑의 눈빛으로 지워주고 치유해주고,
내가 건넸던 죄책감에 의해 하루를 버틸 수가 없을 만큼 시달리기에
이제는 그 죄책감이 감당이 되질 않아 다시 나에게 던지고자 할 때,
그럼에도 불구하고 영원한 사랑인 나는 죄가 있을 수 없다는 것을
분명하게 아는 그 지혜의 빛과 앎으로 그것에 반응하기보다 소멸시키고,
하여 끝없이 죄책감을 주고받는 그 지옥의 고통에서 벗어나는 거야.

네가 타인에게서 무죄를 보는 것은 너의 무죄를 확정 짓는 것이고,
그래서 너의 관계, 서로의 죄를 찾고 바라보는 관계가 아니라
서로의 무죄를 확인하는 그 사랑의 성숙을 완성하기 위한 관계로
그 목적과 태도를 옮겨야지만 소중할 수도, 아름다울 수도, 무엇보다
서로를 진심으로 아끼고 사랑하는 관계가 될 수도 있는 것이며,
그러니 이제는 너희 둘, 함께함으로써 그 사랑을 연습하길 바라.

하여 죄책감을 통해 은밀히 조종하고 강요하지 않으면 그 사람,
내가 잘 해준 것을 도무지 알지 못할 거라는 불신을 주기보다
상대방의 사소한 친절에도 감사한 마음을 품고 표현할 줄 아는,
그리고 상대방의 그 감사의 표현을 무기 삼아 이용하고자 하기보다
나의 행복을 위해 한 일이기에 그렇게 고마워하지 않아도 되는데
고맙다고 표현까지 해주니 더 기쁘고 보람 있다고 여기기에
마음껏 고마워해도 얕잡아 보거나 이용하지 않는다는 신뢰를 주는,
누군가가 실수를 했을 때는 그것을 계기 삼아 상대방을 비난하고,
그렇게 함으로써 관계 안에서의 기득권을 가져오고자 하기보다
괜찮아, 그럴 수도 있지, 라고 말하고 격려해줌으로써 존중을 주는,
그 진짜 아름다운 사랑의 꽃을 함께하는 내내 피워내길 바라.

영원한 사랑을 배우고 확인하는 성숙의 장이, 둘의 사랑이 되게 함으로써.

인정하고 사과할 줄 아는 사람.

하나의 사랑을 오래도록 지켜내기 위해 가장 중요한 것은
바로 인정하고 사과할 줄 아는 겸손한 마음가짐이라고 생각해.
나는 완벽하지 않으며, 그래서 때로 실수할 수도 있으며,
그러니까 자신이 성숙하고 부족함을 채우기 위해 이곳에 태어나
모든 순간의 경험들 안에서 배우며 나아가고 있음을 알기에
자신의 부족한 부분에 대해 늘 열려있으며, 하여 고집을 부린 채
방어하고 공격하기보다 수용할 줄 아는 그 예쁜 마음가짐 말이야.

그런 사람은 자신의 부족함에 대해 누군가가 말해줬을 때,
그것을 자신에 대한 공격으로 받아들인 채 위협을 느끼기보다
성숙의 기회로 여기기에 감사한 마음으로 돌아볼 줄 알고,
그래서 내가 이런 점은 조금 부족했구나, 속상하게 해서 미안해,
앞으로는 조금 더 노력해볼게, 대신 시간은 걸릴 수도 있으니
가끔 그런 부분이 또 나오더라도 과정이라 생각하고 기다려줘,
라고 말한 채 진심으로 그 부분을 채우기 위해 노력할 테니까.

그렇게 나아가는 과정 안에서 자신이 더 좋은 사람이 되고 있음에,
성숙할 수 있음에 기쁨과 만족을 느끼기에 또한 그 변화의 노력을
억지로 하며 예민하게 굴지 않으며, 그 예쁜 노력을 바라보는 게
무엇보다 나에게 또한 기특함과 깊은 감사의 마음을 가져다주기에
나, 함께하는 시간을 더해갈수록 그를 더 신뢰하고 사랑하게 될 테니까.

그래서 겸손한 마음가짐, 사랑하는 관계에 있어 참 중요한 거야.
변함은 없지만 예쁜 변화는 가득한, 그 영원의 사랑을 하고 싶다면.

성숙함으로써 더 좋은 사람이 되어가는 내면의 일에는 관심이 없기에
상대방에게 상처를 주는 자신의 어떤 성향에 대해서 돌아보지도,
또 그것에 대해 누군가 이야기를 해줘도 귀 기울여 듣지도 않으며
무엇보다 그것을 자신에 대한 공격으로 받아들이기에 화내고,
하여 말해주는 일 자체를 피곤하고 불편한 일로 만드는 사람,
그래서 변화의 여지가 전혀 보이지 않기에 포기하게 되는 사람,
그 겸손함이 없는 사람과 함께할 때 그 관계 안에는 성숙이 없기에
텅 빈 공허만이 함께할 테고, 하여 그 함께함, 시간 낭비일 뿐일 테니까.

그러니 함께하는 매 순간 서로를 향한 사랑은 변함이 없지만
각자의 마음은 늘 예쁜 변화를 겪으며 나아가는 그 영원한 사랑을,
같이의 가치가 있기에 늘 기쁨으로 충만한 그 유일한 사랑을 위해
관계 안에 놓인 둘 모두가 그 관계를 성숙의 거울로 삼은 채
각자의 예쁜 성숙, 그 존재의 이유를 더욱 완성하며 나아가는,
그러니까 혼자일 때는 미처 몰랐던, 하지만 함께함으로써 알게 되는
서로의 어떤 부족함을 발견함으로써 그것을 채우며 나아가는,
무엇보다 그러기 위해 인정하고 사과할 줄 아는 겸손한 마음으로
서로를 마주하고 함께하는, 이제는 그런 사랑을 하는 네가 되길 바라.

옳고 그름과 승리가 아닌 함께하는 순간의 소중함이 중요한 사랑,
하여 내가 상처 준 일에 대해서는 기꺼이 사과할 줄 아는 사랑,
나아가 그 부족함을 채우기 위해 진심을 다해 마음을 쏟는 사랑,
가장 중요한 건 승리가 아닌 관계 안의 기쁨임을 아는 사랑,
하여 그런 사랑을 하는 네가 된다면, 너, 함께하는 매 순간 안에서
보다 다정하고 예쁜 사람이 되어가고 있다는 성숙의 기쁨에 젖은 채
함께하는 것만으로 이 세상 모든 걱정을 내려놓을 수 있는 든든함을,
그 완전한 보호와 지지의 꽃을 가슴에 흐드러지게 피워낼 것이고,
무엇보다 그 사랑, 같이의 가치가 시들지 않기에 영원할 테니까.

그래서 그때의 너희 둘은 시간을 초월하는 사랑을 하게 될 거야.
함께하는 매 순간이 너무나 아름답고 소중하기에 시간을 잊게 되는,
그저 함께하고 마주하고 있다는 사실 하나에 무엇을 하는지,
어디에 있는지, 그런 것이 이제는 더 이상 중요하지 않게 되는,
하여 시간과 공간을 초월한 채 사랑의 기쁨을 가득 꽃 피우는,
그 진짜 농밀하고도 짙은 이 세상 가장 아름다운 사랑을 말이야.

그러니 이제는 그 사랑을 위해, 옳고 그름이 너무나 중요하다는
그 환상을 숭배하기에 어떻게든 이기기 위해 고집을 부리는,
그 거짓 정체성을 지키기 위해서라면 상처 주는 것도 마다하지 않는,
그 공격과 방어의 무의미를 내려놓고 상대방과의 기쁨과 행복을,
함께하는 시간 안에서의 웃음을 가장 소중히 여기는 네가 되어줘.

하여 이 관계 안의 행복을 위해 기꺼이 나의 부족함을 돌아볼 줄 아는
그 겸허한 마음가짐의 빛으로 공격과 방어의 모든 유혹을 거두어내고
이기고 싶은 욕구가 드는, 나의 옳음이 위협받는다고 여겨지는 순간마다
그 순간을 겸손함의 성숙을 완성할 기회로 여긴 채 나아가는 거야.

그렇게 네가 방어하기보다 인정하고 수용할 줄 아는 사람이 되면
너, 외부에 의해 오히려 쉽게 상처받지 않는 자유를 얻게 될 텐데,
왜냐면 네가 완성한 수용력과 겸손함의 정도만큼 너는 외부에 의해
더 이상 상처받지 않는 자존감의 보호막을 네 존재의 안과 바깥에
형성하게 되기 때문이고, 그만큼 너, 너그러운 사람이 되었을 테니까.

그래서 네가 너의 예쁜 사랑을 위해 완성하고자 하는 그 겸손함은
너에게 그 완전한 보호를 성숙의 선물로 덤으로 가져다줄 테고,
그러니 너, 너에게 찾아오는 매 순간의 공격과 방어의 유혹을 이제는
너의 겸손함과 너그러움을 완성하기 위한 선물로 여긴 채 나아가줘.

늘 나의 단점만 확대한 채 그것을 비난함으로써 나를 주눅들게 하지만
자신의 부족함에 대해서는 전혀 돌아보지도, 인정하지도 않는 사람,
그것을 공격으로 받아들이기에 더 큰 분노로 덮고자 하는 사람,
그 뻔뻔함으로 내 마음에 답답함과 분노의 응어리를 지게 하는 사람,
하여 더 이상 이 관계가 좋아질 거라는 기대를 하지 않게 만드는 사람,
그런 사람과 함께하며 이제는 사랑하는 일 자체가 두려워질 될 만큼
내 마음, 모든 사람에 대한 신뢰를 잃는 지경까지 이르게 된 거야.

그 사람과 함께하는 시간의 폭풍이 남긴 그 상처의 깊이는
언제 아물게 될지, 언제쯤 다시 마음을 열고 사람을 신뢰하게 될지,
하여 다시 사랑하게 될지를 가늠조차 하지 못하게 할 만큼이었고,
그렇게 이제는 타인에게 어떤 말을 건네는 것 자체가 조심스러울 만큼
나, 모든 관계 안에서 의기소침한 채 눈치를 보는 사람이 된 거야.
사랑스럽고 자신감 넘치던 씩씩하고 밝은 내 모습은 온데간데없이.

그래서 알게 됐어. 한 사람과 사랑이라는 인연으로 맺어진 채
서로의 곁에서 함께하는 일에 있어 가장 중요한 것은 대화며,
그러니까 대화가 잘 통하는 사람, 대화를 하고 있자면 주어진 삶의
모든 슬픔과 아픔에 대해 잊게 될 만큼 치유와 위로를 받게 되고,
서로 마주한 채 대화하고 있다는 그 일 자체가 무엇보다 즐거워서
시간과 공간조차 잊게 될 만큼 어떤 농밀한 영원함을 느끼게 되는,
그런 사람과 함께해야 한다는 것을. 그게 가장 중요하다는 것을.

그러니까 열린 마음과 수용력을 갖추고 있는 겸손한 사람,
하여 어떤 말 하나에 상처받은 채 예민하고 뻐딱하게 굴지 않으며
늘 깊은 배려와 다정함으로 나를 마주하기에 먼저 말하지 않아도
내가 어떤 점에서 불편함을 느끼는지를 살피고 챙겨주는 사람,
하여 방어와 공격의 무의미한 마음을 품을 필요가 전혀 없는 사람.

그저 미안하다는 말 한마디면 용서할 수도, 잊을 수도 있는데,
그 미안하다는 말을 건네지 못하는 오만함 때문에 미움을 사는 사람,
늘 정당화하고 합리화하기 바쁘며, 그러기 위해서라면 거짓말을,
오직 승리를 위한 분노를 선택하는 것 앞에서도 망설이지 않는 사람,
하여 돌아보거나 뉘우치지 않기에 늘 같은 실수를 반복하는 사람,
그것 때문에 아프고 상처받는 상대방의 마음은 바라보지도 않은 채
그 실수 때문에 아프다는 내 말 한마디에 온갖 공격을 퍼부으며
머리가 하얘질 만큼, 심장이 떨릴 만큼 나를 혼미하게 만드는 사람,

그러니까 자신의 그 정체성의 환상을 지키는 게 무엇보다 중요해서
자신의 진짜 정체성인 사랑은 오직 뒤로한 채 그 거짓에 갇혀 사는 사람,
그런 사람과 함께하는 일만큼 안 그래도 힘들고 바쁜 내 삶에
더 큰 고통과 상처를, 무의미의 공허를 가져다주는 일도 없는 거니까.

하지만 그럼에도 그 사람을 탓할 수는 없는 거야. 그 함께함 또한
전적으로 너의 선택이었고, 하여 그 선택으로 인한 아픔 또한
감당한 채 스스로 딛고 일어서야 할 오롯한 너의 몫이고 책임이니까.
다만 그곳에서부터 다시는 같은 아픔을 반복하지 않기 위해 배우고,
하여 지혜와 성숙을 채운 채 나아간다면 그게 아름다운 거니까.

그러니 이제는 같은 아픔을 반복하지 않기 위해 너, 다른 무엇보다
예쁜 마음가짐, 겸손함, 수용력, 다정함, 배려심, 진실함, 이해심,
그 내면의 기준을 바탕으로 사람을 보기 위해 오직 노력하고,
그 기준이 아닌 다른 기준들에 현혹되어 마음을 빼앗기는 순진함은
다시는 반복하지 말자. 그 지혜를 위한 지난 시간의 아픔이었으니,
여전히 그것을 배우지 못해 네가 겪은 아픔까지 무의미하게 만들지 말자.
그리고 너 또한 더욱 마음 다정하고 예쁜 사람이 되도록 노력하자.
네가 받았던 아픔과 같은 모양의 아픔을 주는 사람은 아니기 위해.

사람은 자신의 어떤 부족함 앞에서 저항한 채 고집부리기보다
그것을 진실하게 인정하는 순간 그것을 넘어설 수 있는 거야.
내 마음 깊숙한 곳에서부터 인정하고 변하겠다고 마음먹으면,
그때부터 나는 모든 삶의 순간들을 통해 그것을 개선하기 위해
자연스레 내가 기울일 수 있는 모든 최선을 다하게 되어있고,
하여 반드시 변하게 되는 거니까. 그래서 스스로 인정하는 것,
그게 예쁜 변화와 성숙을 맞이하기 위한 가장 최소한의 준비물인 거야.

하지만 그것을 인정하지 못해 늘 정당화하고 합리화하기 시작하면
그때는 나를 위한 그 예쁜 변화의 순간을 결코 맞이할 수 없고,
또한 상황을 모면하기 위한 순발력으로 겉으로는 인정하지만
속으로는 전혀 아닌, 겉으로는 겸손하지만 속으로는 여전히 오만한,
그런 식의 진심 없는 마음일 때 또한 결코 변화를 맞이할 수 없는 거야.

늘 다음부터 잘할게, 라고 말하지만 늘 같은 실수를 반복하는 사람,
그래놓고 또 다음부터 잘할게, 라고 말하는 사람, 그 사람이 지닌
말의 무게는 너무나도 얕고 왜소해서 신뢰할 수가 없을 만큼이고,
무엇보다 그가 그 상황을 마주하는 스스로의 진심 또한 가볍기에
그는 예쁜 변화를 일으킬 만큼의 준비가 전혀 되지 않은 사람이며,
늘 허투루 말하는 그 습관 때문에 스스로도 자신을 믿지 못할 테며,
그러니까 사실 그 사람이 사과해야 할, 그리고 약속해야 할 사람은
상대방이 아닌 바로 그 자신인 거야. 타인에게 건네는 모든 말은
지키기 위해 건네는 말이며, 그건 자신과의 약속이기도 한 거니까.

그러니 이제는 예쁜 변화, 그 성숙에 대한 간절함이 있는 사람,
자신이 뱉은 말을 지키기 위해 할 수 있는 모든 일을 다하는 사람,
그 예쁘고 신뢰할 수 있는 책임감이 있는 사람과 함께하길 바라.
그리고 너 또한 그런 네가 되기 위해 늘 더욱 노력하며 나아가길 바라.

서로의 전부가 되는 사랑.

상대방의 표정 하나에도, 연락 한 번에도, 말 한마디에도
내 마음에 있는 태양이 밝게 뜨기도 하고 또 지기도 하는,
상대방의 연락을 하루 종일 간절하게 기다리며 지치고 소진되는,
하지만 끝내 연락이 왔을 때는 언제 그랬냐는 듯 활짝 피는,
아주 작은 일에도 서운해지기도 하고, 또 아주 작은 일에도
너무나 기뻐서 온 세상과 사랑에 빠진 듯 상기되기도 하는,
그렇게 내 삶의 시선과 내 하루의 마음을 온통 상대방에게 둔 채
상대방만을 바라보며 내 행복과 불행을 상대방에게 의지하는,
그 상대방을 향한 열정적인 감정의 뜨거움, 나도 무엇인지 잘 알아.

하지만 오래도록 예쁜 사랑을 하기 위해서는 그 뜨거움을 넘어
차분하고도 꾸준한 잔잔함과 따스함으로, 조금은 미지근한 온도로,
상대방에게 의존하고 집착하기보다 각자의 삶과 간절한 꿈,
그리고 성숙의 일 또한 저버리지 않는 성실함과 오롯함으로,
서로의 하루를 더욱 존중하고 지지하는 받아들임의 마음으로
결국에는 서서히, 하지만 반드시 나아가야 한다고 나는 생각해.

사랑이 더 이상 나의 전부가 아니게 될 때 역설적으로
나의 전부가 되는 사랑을 하게 되는 거라고 나는 믿으니까.

정말 예쁜 사랑은 나라는 꽃을 꺾어다 바치는 사랑이 아니라
나는 여전히 나라는 꽃인 채, 너는 여전히 너라는 꽃인 채 피어있지만
서로가 서로의 옆에서 함께 바람과 비, 햇볕을 받으며 흔들리는,
서로의 옆자리를 오롯이 지킨 채 함께 성숙하며 나아가는 사랑이니까.

그러니까 각자의 삶, 그 소중한 꿈의 꽃을 포기하지 않은 채
함께함으로써 그 꽃의 색과 향, 더욱 찬란하고 짙게 피워내는,
상대방이 나라는 꽃에 완전히 흡수되어 사라지게 하려 하기보다
그는 그곳에서, 나는 이곳에서 더욱 아름답게 피어나 흩날리게 하는
그 오롯함과 존중의 마음으로 서로를 지지한 채 함께한다면
그 사랑, 자연스럽게 서로의 전부가 되는 사랑이 되어있을 거야.

서로가 서로의 전부가 되게 하려고 늘 애쓰고 집착할 때는
평화 없는 불행과 고통의 지옥 속에서 방황하게만 될 뿐이었고,
오히려 서로의 마음, 서로에게서 돌아선 채 엇나가기만 할 뿐이었고,
서운함과 원망의 깊은 동굴 안에서 어쩌다 한 번 바깥에서 들어오는
그, 상대방의 내 맘에 쏙 드는 어떤 행동과 표현이라는 한 줄기의 빛,
오직 그 빛에만 나의 모든 희망을 의지한 채 겨우 견뎌낼 뿐이었고,
그러니까 그토록 애썼지만 결코 이루어내지 못했던 그때와는 달리 너,
아주 자연스럽게 그런 사랑을 이미 하고 있는 너를 발견하게 되는 거야.

그러니 이제는 너, 너라는 꽃을 완전히 꺾어다 상대방에게 바치는
그, 네 행복의 근원을 상대방에게 완전히 넘긴 채 의존하는 식의
상대방에 의해 행복했다 불행했다, 떴다 졌다 하는 사랑이 아닌
각자의 있는 그대로의 꽃인 채 함께함으로써 더욱 오롯이 피어나는,
하여 자연히 서로가 서로의 전부가 되어가는 그런 사랑을 하길 바라.

그러기 위해서 너, 상대방을 통해 행복을 찾고 얻으려 하기보다
너 스스로 행복할 줄 아는 힘과 능력을 매 순간 기르며 나아가줘.
결국 네가 누군가를 통해서, 외부에 의해서 행복해지려고 하는
그 습관을 먼저 내려놓기 전까지 너는 그런 사랑을 할 수 없을 테고,
그래서 네가 먼저 오롯하고 행복한 너를 준비해야만 하는 거니까.
그리고 좋은 네가 된 만큼, 반드시 좋은 사람을 만날 너일 테니까.

네가 너 스스로 영양분을 충족하지 못하는 불완전한 꽃일 때,
너는 끝없이 타인이 내게 이렇게 해줘야만 내가 행복할 수 있어,
타인이 이렇게 변해야만 나, 비로소 행복할 수 있어, 하는 식의
결핍된 생각에 사로잡힐 테고, 하여 그때의 너, 네가 행복하기 위해
타인의 있는 그대로를 존중하기보다 통제하고 변화시키고자 하는
그 집착과 의존의 감정으로 상대방이라는 꽃을 훼손하게 되는 거야.

그래서 그때 너의 마음속에는 상대방의 삶과 꿈을 지지하기보다
그 꿈을 나를 위해 포기하게 만들기 위해 노력하는 마음이 싹트고,
상대방의 모든 하루의 중심이 나에게 있었으면 하는 집착이 피고,
상대방의 어떤 표정 하나에도 쉽게 불행해지고 서운함을 느끼기에
상대방의 모든 행동과 마음을 나의 뜻대로 조종하고자 하는,
그렇게 하지 않으면 행복할 자신이 없어 늘 불안함에 시달리는 그,
너의 주권을 완전히 상실한 의존성의 어둠이 드리워지게 되는 거야.

무엇보다 너의 그 뜨거운 마음에 의해 왜소함과 불행의 짙은 화상을,
그 오롯함 없는 불안함의 상처를 입을 사람은 상대방뿐만이 아니라
너 자신이기도 하다는 것을 마음속 깊숙한 곳의 진짜 너는 알고 있고,
그래서 너의 맘, 혼란과 불안의 고통을 신호 삼아 울부짖고 있는 거야.
이제는 스스로 행복한 사람이 되어달라고, 그러길, 꼭, 선택해달라고.

그러니 이제는 그 불안함을 해소하기 위해 더욱 뜨거워지기보다,
그렇게 상대방에게 더욱 집착하고 의존하는 오류에 빠지기보다
오직 너의 오롯함을 완성해줘. 그 오롯함의 물로 네 마음, 식혀줘.
그러기 위해 네 삶 곳곳에 아주 세밀하게 감사하고 만족함으로써
너 혼자서도 충분히 행복한 너를, 그 꽃을 먼저 만들어가는 거야.
혼자서도 행복한 네가 되어서야 비로소 둘일 때 더 행복한 사랑을,
서로가 서로의 전부가 될 만큼의 예쁜 사랑을 할 수 있는 거니까.

내 머릿속에 온통 가득 찬 채 나의 전부가 되어버린 사람,
그 사람을 향한 열애의 감정이 내 가슴속에서 뜨겁게 타올라
나, 그를 계속해서 생각하게 되고, 어떤 상상에 질투하게 되고,
가슴 쩌릿하게 기쁘기도, 가슴 쩌릿하게 아프기도 하게 되고,
그래서 혼란스럽고 불안하지만, 그럼에도 사랑해서 그런 거라고
나를 끝없이 위로한 채 그 감정의 소용돌이를 낭만적으로 미화하고,
그런 식으로 나, 마음의 평화와 기쁨 전부를 상실한 이 관계 속에서
이토록이나 견뎌왔던 거야. 그 뜨거움에 의해 온갖 화상을 입은 채.

내가 나의 감정으로 끝없이 그 사람에 대한 환상을 부풀렸기에 그 사람,
어느새 그 사람의 본연보다 내게는 더 크고 거대한 사람이 되었고,
하여 나, 아주 잠깐의 사랑 없는 눈빛에도 전부를 잃은 듯 아프게 되고,
아주 사소한 사랑 없는 말투에도 세계가 무너진 듯 상처받게 되고,
그렇게, 무엇보다 네가 없으면 이 세상을 살아갈 수가 없을 것 같다는
그 오롯함을 완전히 상실한 의존성의 왜소함에 완전히 사로잡힌 채
스스로 행복할 수 있는 힘 전부를 외부에 빼앗기게 되어버린 거야.

하여 사랑하는 내내 가련한 희생자의 낭만, 그 환상에 빠진 채
사랑한다면 헌신하는 거라면서 나의 아픔을 아름답게 미화하고,
동시에 그 아픔에 대한 자기 연민을 느낀 채 여기저기에 털어놓으며
타인들로부터 공감과 동정심을 구하고, 하지만 마음속 깊숙이는
여전히 자신의 희생자 역할에 대한 어떤 숭고한 자부심이 있고,
그래서 털어놓는 동안에도 은근슬쩍 스스로의 아픔을 낭만화하는 그,
아무런 아름다움도, 소중함도 없는 무의미만을 되풀이하고 있는 거야.

스스로 활짝 피어나는 법을 잊은 꽃은 그 피어남의 기쁨을 잃었기에
고작 피해자 역할에 대한 자기 연민에 빠지는 왜소하고도 거짓된 기쁨,
그 정도가 행복의 전부라 믿을 만큼 불행에 그 뿌리를 내린 채이니까.

스스로 행복할 줄을 몰라 타인에게서 행복을 얻고자 하고,
그래서 자신의 행복할 줄 아는 힘과 권능을 외부에 온통 떠넘긴 채
누군가가 내게 이렇게 해줘야만 나, 비로소 행복할 수 있을 거라는
그 이루어지지 않을 환상의 비에 가득 젖고, 그 축축함에 문득
불행의 한기가 들어 온몸을 떨며 타인의 온기에 더욱 의존해 보지만,
결국 불행의 감기를 옮기는 나를 사람들은 피하기만 할 뿐이었고,
그래서 먼저 스스로 행복한 내가 되어야만 건강하고 온전한 관계를,
오롯함이 가득 꽃 핀 영원하고 진실한 사랑을 할 수 있는 것임을.

결국 내가 상대방을 사랑하는 그 뜨거운 감정에 사로잡힌 채일 때,
나는 내 삶의 중심을 잃은 채 가득 휘청거릴 수밖에 없을 테고,
하여 그 흔들림의 불안으로 상대방을 마주한 수밖에 없을 테고,
무엇보다 나의 그 미성숙으로 인해 어떤 균열이 생긴 그 관계인데,
그때의 나는 여전히 그 진실을 바라보지 못한 채 상대방만을 탓할 테고,
그래서 그 관계, 아무리 서로가 서로에게 딱 맞는 예쁜 인연일지라도
그 예쁜 서로를 가득 덮은 채 드리워진 그 감정의 먹구름으로 인해
서로는 있는 그대로의 진짜 서로를 보여주지도, 또 바라보지도 못해
서로에 대해 제대로 안 적도 없이 그 감정만을 서로라고 오해한 채
그 끝을 맞이하게 될 테니까. 내 감정만을 앞세운 그 뜨거움 때문에.

그러니 이제는 너, 감정을 벗은 진짜 너의 모습 그대로를 보여주고
또 감정의 콩깍지를 벗은 채 상대방의 있는 그대로를 바라봐주는,
그 오롯함의 꽃으로 차분하고도 잔잔하게, 오래도록 따뜻하게
서로가 서로의 곁에서 함께하는 그 영원의 사랑을 향해 나아가길 바라.

그러기 위해 너. 너의 지금 이 순간에서 행복을 찾을 줄 아는 힘을,
그 능력과 권능을 먼저 되찾아줘. 오직 주어진 지금에 감사함으로써.
하여 타인에 의해서가 아닌, 너에 의해서 행복할 줄 아는 네가 됨으로써.

사랑하는 일.

한 사람을 사랑하는 일은 그 사람의 지금이라는 단편이 아니라
그 사람이 여태까지 견디며 살아왔던 인생과 그 모든 경험 속에서
무너지고 다시 일어서길 반복하며 이루어낸 아름다운 빛깔의 성숙,
하여 완성된 그 사람의 결과 영혼의 색, 다정함과 어떤 습관, 그,
그가 지금의 아름다운 꽃이 되어 피어나기까지의 모든 장편의 역사를
내 마음에 품고 사랑하는 일이야. 그 소중하고 아름다운 존재의 인생을.

그래서 한 사람과 함께하는 일 안에서 우리는 그 삶에 대한 존중과
상대방이 만들어온 숭고한 성숙의 역사에 대한 경이의 마음과
내게 오기까지 아팠고 무너졌던, 하지만 그럼에도 일어나 걸었던
그 모든 발걸음에 대한 위로와 격려의 마음, 따뜻한 포옹의 마음,
또한 나와 함께하는 사랑 안에서 그가 내게 보여주는 지혜와 다정함,
그것을 완성하기 위해 사랑했고, 이별했고, 그 찬란함과 미어짐을
무수히 반복하며 가슴 찢어지는 아픔을 버티고 견뎌온 시간들,
하여 마침내 지금 내게 건네는 사랑의 색과 모양을 완성하게 된
나를 위해 그가 보내왔던 인고의 세월, 그것에 대한 깊은 감사의 마음,
그 모든 아름다운 마음들을 더하고 더해 그를 품고 사랑해야 하는 거야.

그런 그가 나를 사랑한다는 것, 그리고 내가 그를 사랑하게 됐다는 것,
그것은 이토록이나 깊고도 긴 서로의 아름다운 역사를 서로에게
건네고 보여주며 서로가 보내왔던 모든 성숙의 시간을 서로를 위해
쏟겠다고 다짐하는 일이기에 정말로 이 함께함, 기적 같은 선물이며,
하여 그 행운을 우연히 선물 받게 된 우리는 우리가 할 수 있는
가장 최선의 감사와 사랑으로 상대방을 내내 마주해야 하는 거니까.

그러니 함께하는 매 순간, 그 사람의 단편이 아니라 장편을 바라보며
그가 내게 오기까지의 기적이 얼마나 감사한지를 늘 가슴에 새긴 채
지금의 그 사람이 아니라 그 사람의 역사를, 세계를, 영혼의 나이테를,
여태까지 살아오며 완성한 성숙을, 그 모든 소중함을 바라보고 사랑해줘.
그가 내게 하는 사소한 실수나 그의 어떤 부족함, 그러한 것들이
내 마음에 어떤 감정을 전해주기에 너무나도 보잘것없게 느껴질 만큼
바다처럼 깊고 큰 감사와 사랑의 마음으로 그를 내내 마주하는 거야.

여태 그토록 소중하게 여긴 채 가득 아껴주기에도 모자란 그 기적을
너, 얼마나 기적처럼 여기지 못한 채 소중하지도, 다정하지도 않게
마주하고 대하며 지워지지 않을 상처와 아픔만을 전해줘 왔던 거야.
그토록이나 치열하게 존재한 채 피어나 너에게 닿은 그 사람인데,
그 사람의 그 모든 너를 향한 사랑의 발걸음이 민망하고 허탈할 만큼
너는 사랑을 아껴왔고, 하지만 만약 네가 아닌 다른 사람에게 갔다면
닳도록 사랑받을 수도 있었던 그 사람이기에 너, 그래서는 안 되는 거야.
다른 누군가가 아니라 너에게 닿아서 참 다행이고 고맙다는 생각이
너와 함께하는 매 순간 자연스럽게 들 만큼 너, 네가 할 수 있는
가장 최선의 다정함과 사랑으로 그를 아껴주고 사랑해줘야 하는 거야.

그게 너에게 걸어오기까지 참 모질고 힘든 시간을 보내고 견뎌왔고,
그럼에도 너를 위해 꺾이지 않은 채 더욱 찬란히 피어 온 그에 대한
가장 최소한의 예의이자, 그 꽃을 마주하는 가장 기본적인 자세이니까.
그보다 더 사랑할 수는 있어도, 그보다 덜 사랑해서는 안 되는
사랑이라 불릴 수 있는 가장 마지막 선이자, 기본이자, 자격 말이야.

그러니 이제는 사랑한다면서 전혀 사랑하지 않는 사람처럼 행동하고
또 말하는 너이기보다, 사랑이라 불릴 수 있는 가장 최소한의 마음,
그곳에서부터 더욱 아름다운 색의 사랑을 향해 나아가는 너이길 바라.

네가 그런 마음으로 상대방을 마주한다면 그 사랑은 분명히,
함께하는 시간을 더해갈수록 더욱 짙고 선명한, 눈부시게 반짝이는
빛과 색을 온통 내뿜는 사랑으로 그 형태를 점점 옮겨갈 테고,
무엇보다 그 과정 자체가 사랑이라 불릴 만큼의 아름다움이기에
그때는 서로의 마음에 기쁨의 꽃이 피어나게 할 수밖에 없는 사랑,
그 유일하고도 예쁜 진짜 사랑을 이미 하고 있는 너희 둘일 테니까.

때로 서운하고 화가 나는 순간에도 예전처럼 그저 쏟아내기보다
그 사람의 인생 전체를 바라보려 노력하기에 더욱 인내하게 되고,
미움의 생각보다 이해의 생각을 더 많이 하게 되고, 그럼으로써
더 많이 들어주게 되고, 하여 상대방의 마음, 응어리지게 하기보다
그 차분함으로 더욱 풀어주게 되는, 그러니까 그런 사랑을 말이야.

무엇보다 그가 홀로 견뎌왔던 시간 안에서 이토록이나 성숙했던 것처럼,
나와 함께하는 시간이 또한 그에게 예쁜 기억과 의미를 선물해줬으면,
하여 그의 나이테 한 부분에 다정함으로 새겨짐으로써 그의 평생에
어떤 선한 영향력과 아름다운 성숙을 남기고 전해주는 순간이었으면,
하여 혹여나 그가 나와 아픈 이별을 맞이하게 되는 순간에도 나와의
그 시간, 그의 평생을 다정하게 지켜주고 보호해주는 그런 순간이었으면,
하는 그 사랑의 마음으로 네가 상대방을 품고 마주한다면 말이야.

그런 마음이라면 그때의 너, 어떤 순간에도 사랑의 마지막 자격, 그,
사랑이라 불릴 수 있는 가장 마지막 선에 못 미칠 일이 없을 테고,
하여 내내 다정함을 놓치지 않았던 너는 영원을 생각한 적은 없지만
자연히 영원으로 굳어지는 그 시들지 않는 사랑을 하고 있을 테니까.

그러니까 네가 이제는 상대방이 내게 닿은 기적에, 그 모든 발걸음에
내내 감사하는 마음으로 상대방을 네 가슴에 품고 마주한다면 말이야.

한 송이의 꽃을 내 가슴에 품고 내내 아끼고 사랑하는 일이란,
내가 그 꽃을 처음 본 그 순간부터의 단편만을 바라보는 게 아니라
내가 보기 전에도 그 꽃이 보내고 견뎌왔던 모든 세월의 역사를,
때로는 메말라 시들어지기도 했지만 그럼에도 끝내 지지 않은 채
이토록이나 예쁜 색의 꽃이 되어 피어나기까지의 모든 성숙의 과정,
그 억겁의 시간을 관통하여 가늠하고 헤아린 채 바라보고 사랑하는 일.

그럼에도 전부를 헤아릴 수는 없기에 여전히 부족함이 많겠지만,
그래서 더욱 바라보고자 내 모든 마음의 정성을 기울임으로써
함께하는 시간을 더해갈수록 어제보다는 오늘 더 많이 헤아리게 되는,
반드시 그렇게 될 만큼의 지고한 정성과 사랑으로 품고 마주하는 일.
그 헤아림을 매 순간 내 가슴에 쌓아감으로써 감사와 존중의 마음을,
이해와 사랑의 시선, 그 아름다움을 더욱 고취시키며 나아가고,
하여 그 꽃, 내 곁에 있을 때 가장 생명력 가득 피어나게 하는 일.

그 피어남의 지난 시간 안에서 내가 함께하지 못했음을 아쉬워하며,
그럼에도 이토록 예쁜 꽃이 되어 피어나 내게 맺혔음에 감사해하며,
내게 오고 닿기까지의 그 모든 고생에 기특함과 미안함을 느끼며,
무엇보다 그가 될 수 있었던 가장 성숙한 꽃이 되어 피어난 그가
다른 누군가가 아닌 내게 그 아름다운 성숙을 기울이게 되었음을
기적처럼 여기기에, 부족함 많은 내가 우연히 받은 선물처럼 여기기에
당연해지기보다 겸손한 마음으로 늘 새롭게 아끼고 사랑하며,
그 모든 마음을 다해 마주하기에 사랑할 수밖에 없어 사랑하는 일.

때로 상대방에게 서운함이 왈칵 밀려오는 그 순간에도 그 기적을,
그가 내게 오기까지 보내왔던 어려움과 고단함을, 그럼에도 견디고,
일어서고, 지고 피기를 무수히 반복하며 치열하게도 내게 닿아왔던
그 모든 발걸음을 잊지 않고 간직하기에 기꺼이 내려놓고 사랑하는 일.

정말 두 사람이 이 넓은 우주에서 인연으로 맺어지고 함께하는 일은
그저 우연으로 일어나는 일이 아니며, 정말 높은 뜻과 이유가 있어서,
둘이서 함께하며 더욱 완성하며 나아가야 할 분명한 성숙이 있어서,
또 둘은 기억하지 못하지만 아주 먼 옛날 그때에도 함께했던 너희 둘,
다음 생에도 우리, 꼭 서로를 만나 사랑하자, 그리고 그때는 지금보다
서로를 더 많이 이해하고 아껴주는, 지금의 부족함을 더욱 채워가는,
그런 사랑을 하자, 하는 약속을 했고, 하여 그 약속을 지키기 위해
무수히 많은 어려움과 시련들을 서로에게 닿기 위해 견디고 이겨낸 채
끝내 함께하게 된 둘이며, 그러니까 그 운명의 약속을 지키기 위해서,
그래서 둘, 지금 함께하게 된 것이며, 그런 둘이기에 둘, 서로에게
각자가 기울일 수 있는 최선의 다정함과 사랑을 쏟아야 하는 거야.

그러니까 미워하고 싸우기 위해서가 아니라, 못난 점과 부족함만을
내내 찾고 곱씹은 채 실망하고, 하여 변화를 강요하기 위해서가 아니라,
함께하는 내내 미움을 용서와 이해로 대체하는 성숙을 완성하기 위해,
또 늘 상대방에게서 부족함을 찾는 내 마음 안의 결핍된 시선을
있는 그대로를, 그 이미 예쁘고 사랑인 완전함을 바라보고 받아들이는
만족과 감사의 눈으로 대체하는 성숙을 완성하기 위해 너희 둘,
함께하고 있는 것이며, 그러니까 이제는 그 목적을 위해 함께해줘.
정말로 그 배움을 함께함으로써 더욱 완전한 사랑이 되기 위해서,
그 각자의 진짜 모습을 찾기 위해서 함께하고 있는 둘일 테니까.

너희가 기억하지 못하는 이전의 만남에서도 너희가 후회했던 것은
다만 조금 더 이해하고 사랑해주지 못했던 것이었으며, 그게 너무나
가슴 아파서 다음 생에 또다시 만나 그때는 꼭 이런 사랑을 하자고,
그렇게 약속했던 둘이며, 그러니까 이제는 그 약속을 꼭 기억해줘.

그렇게, 둘이 함께하기까지 각자가 보내왔던 그 치열한 인고의 세월과
둘이 함께하게 된 깊은 이유를 늘 세어봄으로써 둘, 꼭 예쁜 사랑하기를.

익숙함의 소중함.

꾸준하며, 성실하며, 늘 부지런히 살피고 배려하며, 존재하는 매 순간
상대방에게 기쁨을 선물하기 위해 최선을 다하는 그 진실한 사랑은,
그 변함 없지만 늘 더욱 예쁜 색의 변화를 겪으며 빛나는 진짜 사랑은
그렇게 존재하는 게 어떤 열애의 감정에 빠졌기에 특수하게 일어나는
그 순간만의 반짝임이 아니라 자신의 존재가 이미 그런 사람이라서,
그러니까 그렇게 존재하는 게 습관이 된 어떤 성숙을 완성한 채라서
지금의 함께함 이전에도 그래왔고, 또 앞으로도 영원히 그렇게 존재할
그 사랑의 방식이 숨을 쉬는 것과 같이 당연한 내가 되었을 때라야
비로소 할 수 있게 되는 예쁜 성숙을 완성한 자들만의 특권인 거야.

그래서 평소에 감정의 성실함을 기르지 못해 배려에 무관심하거나,
쉽게 일렁인 채 분노하기도, 어떤 약속을 세운 채 불타오르지만
금방이면 식은 채 다시 무기력과 나태에 빠지기도 하는 사람은
사랑에 흠뻑 젖은 감정이 주는 찰나의 활력과 흥분에 의해 아주 잠깐,
자신의 원래 수준보다 더 다정해지기도, 더 부지런해지기도 하지만,
결국 그 감정의 폭풍이 지나가고 나면 다시 자신의 본연으로 돌아와
무관심으로, 쉽게 분노하는 차분함 없음으로, 무기력에 빠진 나태로,
그 미성숙하고 사랑 없는 존재의 습관으로 세상을 마주하게 되어있고,
그래서 그런 사람들은 익숙함의 소중함을 따분하고 지루한 것으로,
가치 없는 것으로, 당연해서 함부로 해도 되는 것으로 여긴 채
귀찮음과 나태함에 시들어진 공허한 눈빛으로 대하게 되어있는 거야.

그래서 예쁜 성숙을 완성했기에 평소에 사랑 앞에서 꾸준한 사람,
그런 내가 되어, 그런 너를 만나는 것, 그게 이토록이나 중요한 거야.

너를 빼놓고는 모든 사람에게 불친절한 사람은 존재할 수 없으며,
너를 빼놓고는 모든 약속 앞에서 불성실한 사람은 존재할 수 없으며,
너를 빼놓고는 모든 생명에게 무관심한 사람은 존재할 수 없으며,
그러니까 이제는 더 이상 사랑의 특수성에 대해 믿지 않았으면 해.

결국 매사에 친절하고 다정한 사람이 너에게도 친절할 수밖에 없고,
매사에 성실하고 약속을 지키기 위해 최선을 다하는 사람이
너와의 만남에서도 부지런하고, 꾸준하며, 성실할 수밖에 없으며,
평소에 감정을 잘 다스리는 사람만이 너와의 관계 안에서도
자신의 감정을 잘 다스린 채 차분함으로 너를 대하는 것이며,
그러니까 평생을 이렇게 살았지만, 너에게만큼은 달라, 라는 말의
거짓말에 더 이상 속지 않았으면 해. 시간이 조금 더 지나고 나면
결국 그 거짓말은 벗겨질 것이고, 그 자리엔 너를 빼놓고 모든 사람에게
그가 대해왔던 그 존재의 습관만이 버젓이 남아 이제는 너를 향해서도
거침없이 그렇게 하고 있는 그 사람을 너, 반드시 바라보게 될 테니까.

그러니 이제는 너에게만 특별하게 좋은 그 사람의 모습이 아닌,
평소에 그 사람이 어떤 사람인지 하는 그 사람의 진짜 모습을
시간을 두고 천천히, 오래도록 느끼고 들여다보기 위해 노력해줘.
결국 사람은 자신의 성숙의 수준과 비슷한 사람들끼리 어울리며,
왜냐면 다정함이 당연한 곳에서는 다정하지 않음이 불편함이 되며,
다정하지 않음이 당연한 곳에서는 다정함이 불편함이 되는 것이
이 세상이 굴러가는 방식이기에 결국 사람은 자신이 편안한 곳에서,
자신의 행동이 정상적으로 여겨지는 곳에서 머무르게 되어있는 것이며,
그러니까 그 사람이 오래도록 함께해온 사람들이 어떤 사람인지,
그리고 그 관계 안에서 그 사람이 어떻게 행동하는지를 보는 것 또한
너와 오래도록 함께하기에 그 사람이 정말 예쁘고 무해한 사람인지를
알아보는 좋은 지표이자, 지혜로운 태도가 되어줄 거라고 나는 믿어.

그리고 너 또한 하나의 사랑 안에서 너 자신의 미성숙으로 인해
상처 주는 사람, 금방이면 시들어지는 사람, 예쁘고 소중한 점이 아닌
밉고 못난 점을 바라봄으로써 상대방을 의기소침하게 만드는 사람,
감정적으로 쉽게 상처받는 너의 성향으로 인해 자주 오해하고,
그 오해로 인해 상대방의 있는 그대로를 바라봐주지 못하는 사람,
하여 익숙함의 소중함을 아끼기보다 시간이 지날수록 더욱 쉽게
너의 미성숙을 함부로 털어놓을 도구로 그 익숙함을 사용하는 사람,
그런 사람으로 존재하지 않도록 너의 예쁜 성숙을 먼저 완성해줘.

매 순간 어떤 상황 속에서도 사람들에게 친절하게 대하고자 노력하는 것,
그것이 식물이든, 강아지든, 새든, 개미든, 모든 생명들 안에 깃든
사랑스러움을 바라보고자 노력하고, 그렇게 함으로써 존중하는 것,
미움과 원망의 생각보다 이해와 너그러움의 생각을 하고자 노력하며,
그러기 위해 마음의 성숙에 이로운 영상이나 책을 가까이하는 것,
매 하루 안에서 소중함과 감사할 점을 찾고, 하여 같은 하루를
지루하게 여기기보다 늘 기쁨과 사랑의 마음으로 보내고자 하는 것,
꾸준함의 아름다움을 찾고 그것에 사랑과 경이로운 마음을 품는 것,
하여 어떤 일이든 나 또한 지치지 않고 사랑을 다해 꾸준하게 해보는 것,
그 모든 성숙을 위한 노력을 너의 하루 안에서 또한 함께함으로써 말이야.

네가 그런 마음으로 하루를 보낼 때, 이제는 그 성숙의 노력으로 인해
전과 다를 게 하나도 없는 너의 하루, 예쁨과 아름다움의 색으로 흠뻑,
물들기 시작할 테고, 무엇보다 그때는 네가 세상을 마주하는 습관 자체가
꾸준한 다정함이 되어있을 것이기에 사랑의 뜨거움이 식은 뒤에도 너,
너와 사랑이라는 인연으로 맺어진 그 사람에게 여전히 다정할 테고,
하여 그 사랑, 익숙함에 속아 소중함 잃지 않는 영원으로 굳어질 테니까.

그런 네가 된다면, 너, 반드시 그런 사람을 만날 테고, 아까도 말했듯
그게 바로 이 세상이 굴러가는 방식이니까. 그러니 먼저 좋은 네가 되길.

매일 반복되는 일상이 지루하고 권태로워서 늘 벗어나고자 했지만,
그렇게 늘 새로움으로, 더 큰 자극이 있는 짜릿함을 찾아 헤매왔지만,
그것을 통해 지금의 공허와 따분함에서 벗어나고자 했던 나의 환상은
결코 충족되지 않았고, 그래서 나, 여전히 텅 빈 채 메말라있는 거야.

새로움이 주는 흥분과 자극은 아주 잠깐 내게 단맛을 주기도 했지만,
결국 그 단맛에 익숙해진 나는 또다시 결핍에 시달려야만 했고,
하여 더 큰 자극이 있는 새로움의 추구, 잠깐의 만족, 또다시 결핍,
그 끝없는 반복 속에서 나, 이제는 알게 된 거야. 그것의 무의미를,
그리고 매일의 같은 일상, 그 단순함 안에서 행복을 찾지 못하면
결국 나는 그 무엇 안에서도 결코 행복을 발견할 수 없다는 진실을.

그리고 세상을 바라보기 시작해. 전에는 몰랐던 꾸준함의 경이가
이제는 내 눈에 아름다움의 빛으로 반짝이기 시작하고, 하여 나,
늘 불평 없이 주어진 하루를 꾸준히 살아내는 사람들, 그들을 보며
부러움과 존경심을 느끼기 시작하는 거야. 금방이면 지루함을 느낀 채
늘 새로움을 추구해왔던 나는 그 무엇 하나 꾸준히 사랑한 적이 없었고,
그것이 일이든, 관계든, 그래서 내게 남은 건 가벼움이 주는 공허와,
진심 없는 차가움, 고요함 없는 산만함, 그 얕음밖에 없었던 거야.

결국 꾸준하지 않다는 것은 사랑하지 않는 것과 완전히 같은 말이며,
왜냐면 어떤 생명이든 꾸준함으로 돌보지 않으면 시들기 마련이며,
어떤 일이든 꾸준함을 담지 않으면 그 자신의 잠재성을 이 우주 속에
펼쳐내지 못한 채 위대할 수 있었지만 지워진 꿈으로만 남을 뿐이며,
친절과 다정함 또한 꾸준하지 않으면 아름다운 성숙이 되지 못한 채
사람들의 마음에 기쁨의 꽃을 피어나게 하기엔 턱없이 부족하고 모자란
찰나의 반짝임이 될 뿐이며, 그래서 여태 꾸준한 적이 없었던 나,
사실은 그 무엇도 진심으로, 진실하게 사랑한 적 또한 없었던 거야.

꾸준히 정성을 기울이지 않으면 금방이면 시들어버리는 식물처럼,
내가 사랑하는 사람 또한 그 사랑이 없으면 사랑받기 위해 태어나
사랑받지 못한다는 결핍과 공허에 가득 굶주린 채 시들어지기 마련이며,
그래서 상대방에게 기쁨과 행복을 주는 진짜 예쁜 사랑을 하기 위해
나, 무엇보다 내게 주어진 꾸준함의 성숙을 먼저 완성해야 했던 거야.

평소에 내가 어떤 결을 지닌 사람인지, 어떤 마음으로 살아가고 있으며
또 어떤 시선으로 세상을 바라보고 있는지, 하는 그 있는 그대로의 내가
결국은 처음 사랑에 빠진 끌림에 의한 뜨거움이 완전히 식은 뒤에
내가 사랑하는 사람을 대하고 마주하고 있을 유일한 진짜 나니까.
무엇보다 이런 사람인 것처럼 행동하여 만나 사랑으로 맺어진 뒤에
금방이면 식고, 하여 마침내 그 자리에 드러난 내가 미성숙한 나라면,
하여 쉽게 화내고 쉽게 무감정해지고 쉽게 이기적으로 구는 나라면,
그게 고의는 아니었을지라도 나, 상처 주는 사람일 수밖에 없을 테고,
그로 인해 내가 사랑하는 사람, 지울 수 없는 아픔을 입게 될 테니까.

그러니 이제는 너, 평소에 다정하고 예쁜 사람인 너를 먼저 만들어줘.
하여 상대방의 마음을 얻기 위해 배려심 많은 척하는 네가 아니라,
너의 기쁨을 위해 배려하는 그 예쁜 습관이 이미 만들어진 너라서
상대방을 배려하는, 그런 네가 됨으로써 타인을 배려하는 게 손해고,
또 귀찮은 일이라 배려하지 않는 너, 그런 모습의 네가 지금의 뜨거움이
식은 뒤에 드러나는 일은 없도록 먼저 예쁜 너를 만들어가는 거야.
주어진 삶에 감사할 줄 알기에 나의 관계에도 감사할 줄 아는 사람,
불친절보다 친절이 편해서 늘 친절한 사람, 나로 인해 누군가가
웃을 때 기쁨을 느끼기에 늘 살피고 아껴주는 사람, 그런 너를 말이야.

그렇게 완성한 너의 예쁜 습관, 상대방의 평생을 지켜주고 아껴줄
아름다운 사랑의 표현과 행동이 되어 그 관계를 늘, 축복할 테니까.
하여 그 관계, 영원히 익숙함의 소중함을 잃지 않는 진짜, 사랑일 테니까.

이별의 결정.

함께하는 시간을 더해가며 서로를 향해 미소 짓는 시간보다
답답한 눈빛, 짜증스러운 말투, 예민한 표정, 귀찮다는 분위기,
그 모든 다정하지 않음으로 서로를 마주하는 시간이 더 많아지고,
하여 둘, 서로로부터 오직 상처와 서운함만을 주고받은 채
더 이상 서로가 서로를 사랑하는지에 대해 확신하지 못하게 되고,
그래서 이별에 대해 고민하게 되지만, 그럼에도 오래 함께했고,
그 함께함의 긴 시간을 무의미로 만들기엔 아깝다는 미련 때문에,
다시 이 세월을 새로운 누군가와 쌓는 것은 엄두가 나지 않는다는
그 막연함에 대한 두려움 때문에 마지못해 함께하고는 있는,
하지만 그렇다고 해서 영원히 이 사람과 함께하는 것에 대해서는
여전히 망설여져서 자꾸만 고민하게 되는 시간을 보내고 있는 너에게

나, 그 사람과 함께 더 이상 예쁜 성숙을 향해 나아갈 수 없을 것 같다면
그건 함께함보다 더 중요한 네 존재의 이유인 성숙을 저버리는 것이기에
이제는 망설임 없는 결정을 해야 할 시간이 온 거라고 말해주고 싶어.
유일하게 가치 있는 같이는 함께하며 성숙을 향해 나아가는 같이며,
그래서 성숙하지 않는 같이는 가치가 없어 오직 공허할 뿐일 테니까.
그럴 거라면 차라리 혼자서 성숙하며 나아가는 게 더 가치 있을 테니까.

그러니 혼자인 게 외로워 누군가와 함께하기 위해 태어난 게 아닌,
더욱 성숙하여 오롯이 행복하기 위해 이곳에 태어나 존재하는 너,
그런 너에게 있어 가장 중요한 성숙의 의무와 책임을 잊지 않은 채
함께함으로써 더욱 예쁜 성숙을 향해 나아갈 수 있는 사랑을 하길 바라.
하여 지금의 고민 앞에서도 그 성숙을 놓고 결정하는 너이길 바라.

성숙하여 더욱 사랑이 되기 위해 이곳에 태어나 존재하는 너이기에
그 성숙을 향해 나아가지 못할 때, 넌 존재의 이유를 잃은 공허와
존재의 목적을 상실한 무의미에 삼켜져 행복을 잃게 될 것이고,
그래서 함께함에 있어서도 성숙하며 나아가지 못할 때, 그때는
그 관계가 너에게 어떤 의미로 소중하든 간에 너, 결코 그 안에서
행복할 수도, 만족감에 꽉 차오르는 미소를 지을 수도 없을 테니까.

그러니 아무리 생각해봐도 함께 성숙을 향해 나아갈 수 없는 관계며,
그러니까 다정함을 예쁨과 소중함으로 간직하기보다 약함으로,
하여 함부로 당연하게 여긴 채 마음껏 이기적이어도 되는 가치로,
옳고 그름의 싸움에서 이기는 것에서부터 오는 우쭐함과 우월감을
상대방의 기쁨과 평화보다 더욱 중요하게 여기기에 늘 이기고자 하고,
그러니까 평화의 고요함을 지키기 위해 지는 것을 자존심 상함으로,
사랑에서부터 오는 기쁨보다 이기심에서부터 오는 거짓 기쁨을
진정한 이로움이라 생각하기에 나의 편리함을 위해 상대방을 끝없이
불편하게 만들고, 억누르고 통제하고, 그 나를 전혀 위하지 않은 것을
나의 성숙을 위해 기꺼이 포기하는 것을 손해와 불합리함으로 여기는
그런 관계가 지금 네가 맺고 있는 관계며, 또한 무엇보다 그 관계,
더 이상 개선의 여지가 없다면, 그러니까 상대방이 성숙의 가치에
전혀 무관심하며 완전히 닫혀있는 사람이라면 너, 너의 행복을 위해,
네가 이곳에 태어나 존재하는 이유를 완성하기 위해 이별을 결정해줘.

그 이별 앞에서 네가 단호해도 되는 것은, 그 함께함을 지속할수록
그만큼 너뿐만이 아니라 상대방 또한 이곳에 태어나 존재하는 이유를
계속해서 낭비하게 되는 것이며, 하여 그 관계를 그럼에도 지속한다 한들
그건 둘 모두에게 어떤 의미도, 아름다운 가치도 남기지 못할 테니까.
이별을 결심하는 것이 참 아프겠지만, 그럼에도 그 아픔, 단언컨대
그 함께함을 지속하는 것보다는 덜 아프며 둘 모두를 위한 일일 테니까.

그리고 지금은 서로의 소중함을 전혀 알아보지 못해 함부로일지라도,
헤어진 뒤에는 그 소중함을 뒤늦게라도 알게 되는 순간이 올 테고,
그 순간이 되면 그 이별, 서로의 마음에 충분한 배움과 의미를 주는
아름다운 선물이 되어 서로의 마음속에서 반드시 반짝 빛날 테고,
하지만 그전에는 둘, 아마도 결코 그 아름다움을 보지 못할 테니까.
그것을 바라볼 수 있는 둘이었다면, 이미 바라보고 있을 것이기에.

그래서 둘, 영원한 아름다움으로 굳어지는 사랑을 하기 위해
아직 몇 번의 사랑과 이별을 더 반복하며 배울 필요가 있는 것이며,
그렇게 충분히 무르익은 뒤에야 헤어짐을 겪지 않아도 같이의 가치,
그 아름다움과 소중함을 내내 아끼고 사랑하는 다정함이 싹틀 테고,
그러니까 아직은 둘, 각자의 성숙을 더 완성할 필요가 있을 뿐인 거야.

그래서 이별을 결심하는 것, 당장에는 상대방에게 아픔을 줄지라도
결국 그로 인해 상대방, 더욱 성숙할 테고, 찬란히 무르익을 테고,
하여 헤어지지 않았다면 기울이지 못했을 아름다운 모양의 사랑을
언젠가 그가 만날 미래의 사람에게 기울인 채 기쁨의 꽃을 피울 테고,
너 또한 마찬가지로 그럴 테며, 그렇기에 어차피 아닌 사랑이라면
둘 모두에게 선물이 될 이 이별 앞에서 망설일 이유는 없는 거야.

그러니 이제는 둘, 성숙하지 않으므로 무의미할 뿐인 그 사랑 안에서
더욱 지치고 시들어지기보다 서로에게 사랑의 가치를 다시 일깨워줄
이별이라는 이름의 성숙을 선물하는 것을 시작으로 사랑을 배우고,
이 사랑 안에서 나, 왜 이토록 아프고 불행했는지를 충분히 돌아보고,
또 내가 얼마나 다정하지 못했는지를, 하여 상처를 전해줬는지를
가슴 미어지게 후회하고, 그렇게 각자의 자리에서 더욱 성숙하길 바라.

이 이별이 있기에 다음 사랑은 반드시 더 아름답고 다정할 테니까.
꼭 함께 성숙하며 나아가는, 같이의 가치가 가득 꽃 핀 사랑일 테니까.

사랑했던 사람과 이별하는 일이란, 사랑했지만 사랑하지 않았던,
사랑이어야 했지만 사랑이지 않았던 지난 시간의 사랑 없음을,
이제는 미어지는 이별의 아픔 속에서 사랑으로 가득 채우는 일.
하지만 내 곁에 더 이상 그 사람은 없기에 사랑했어야 했는데,
사랑이어야 했는데, 하며 내가 함부로 당연하게 건넸던 뾰족한 말,
붉은 장미의 아름다움이 아닌 가시로 그를 마주한 채 상처 주고
또 할퀴었던, 하여 사랑받지 못한 아픔에 가득 웅크린 상대방을 두고
그럼에도 내 곁에 있을 사람이니 그래도 된다고 생각했던 오만함,
그 모든 다정하지 않았던 시간들을 돌이킬 수 없어 후회하는 일.

왜 있을 땐 몰랐을까, 떠나고 나서야 알게 되는 걸까, 하고
미어지는 가슴 움켜잡은 채 두 눈에서 가득 쏟아지는 눈물 닦아내며
함께하는 내내 사랑스럽지 않았던 적이 없었던 그의 사랑스러움을
이제야 바라보게 되고, 느끼고, 하여 함께할 때는 사랑하지 않았지만
헤어지고 나서야 그 사람의 진짜 모습을 바라보며 사랑하게 되는 일.
늘 곁에 있어 완전히 잊고 살지만 없으면 살아갈 수 없는 산소처럼
사라지고 나서야 비로소 없어서는 안 될 산소와 같은 소중함이었음을
뒤늦게 알게 된 채 숨 막히는 아픔과 살아갈 희망 없는 절망에 치여
무너지고 허덕이게 되는 일. 그럼에도 다시, 돌아갈 수는 없는 일.

더 많이 웃게 해줘야 했는데, 예쁜 꽃도 자주 선물해줬어야 했는데,
다정하게 손도 꼭 잡아줘야 했고, 이야기도 더 많이 들어줬어야 했는데,
그러지 못한 채 귀찮다는 표정으로 한숨 쉬었던, 무관심과 퉁명스러움,
그 모든 예민함으로 그를 마주했던 순간이 자꾸만 떠올라 이제는,
내가 나를 미워하게 되는 일. 그럼에도 지금의 기억을 잊은 채
그때로 다시 돌아간다고 해도 나, 똑같이 못나고 부족했을 것이기에
할 수 있는 게 아파하는 일 말고는 떠오르지가 않아 더 슬픈 일.
하여 그때는 그럴 수밖에 없었던 나의 최선을 끝없이 탓하게 되는 일.

하지만 그래서 너, 그 지독하게 아픈 후회를 다시는 반복하지 않기 위해
더 좋은 사람, 더 예쁘고 다정한 마음을 습관으로 지닌 사람,
그런 사람이 되기 위해 네가 할 수 있는 최선을 다하게 될 테고,
그렇게 다음 사랑에는 지난 후회를 통해 배웠던 모든 성숙을 기울여
지금보다는 훨씬 더 아름다운 모양의 사랑을 꼭, 건네고 있을 거야.
그럼에도 그 사랑 또한 부족함이 많아 아픈 이별을 겪어야 할 수도 있고,
그렇게 몇 번의 사랑과 이별을 지나고 나면 너, 너와 마지막을 함께할
그 사람에게는 완전하지는 않더라도 부족함은 없는 다정함을, 사랑을,
네 모든 시간의 아픔을 더하고 더해 완성한 그 마음을 주게 될 거야.

그래서 이별은 어쩌면 서로가 함께할 때는 영원히 배우지 못했을
다정함을, 보다 성숙한 사랑, 그 찬란함을 서로가 배울 수 있게 해주는
무르익음의 기회이자 계기의 꽃이며, 그 사랑을 향해 나아가는 통로며,
무엇보다 성숙하기 위해 태어나 존재하는 우리이기에 성숙을 멈춘 사랑,
그 관계 안에서는 존재의 목적을 잃은 공허가 함께할 수밖에 없기에
이제는 서로가 성숙을 향해 나아갈 수 있도록 자리를 비워주는 배려며,
그래서 아프지만 이토록 아름다우며, 무너지는 것 같지만 깊어지는 것이며,
멈춘 것 같지만 치열하게 나아가는 시간이며, 그 모든 아름다움인 거야.

결국 미성숙과 미성숙이 만나 계속해서 미성숙으로 머무는 게 아니라
만나고 찢어지고, 아파하고 무너지고, 하지만 다시 딛고 일어서고,
그 무수한 성숙을 향한 발돋움을 통해 완성한 찬란한 성숙의 꽃으로
마침내 서로를 마주하는 일, 그러니까 함께하기에 무해하고 안전한,
함께하는 시간을 더해갈수록 더욱 아름다운 성숙을 향해 나아가는
그 언젠가의 사랑을 위해 지금의 사랑도, 이별도 존재하는 거니까.
하여 충분히 무르익기 전까지, 둘의 만남은 그 과정의 의미인 거니까.

그러니 너의 사랑, 사랑 없으며 성숙하지 않기에 공허할 뿐인 관계라면
너, 이제는 둘 모두의 찬란함을 위한 과정으로써의 이별을 선택해줘.

만남의 소중함을 모르는 사람들은 그 소중함을 알기 위해
헤어짐의 미어지는 아픔을 반드시 겪어야만 하고, 그래서 이 이별,
돌이켜 둘의 언젠가의 사랑을 지켜주는 찬란한 선물이 될 테니까.
내가 했던 후회, 하여 가슴 깊이 각오했던 다정함에 대한 다짐들,
그것들이 영원히 나의 곁에서 나를 지켜주고 나를 축복해줄 테니까.

이 사랑을 끝내고 나면 나, 언제 또 누군가를 만나 추억을 쌓으며
서로에게 익숙해지고, 물들고, 그 시간을 쌓을 수 있을까 겁이 나
여전히 망설여지고 엄두가 나질 않겠지만 이 사랑을 지나 반드시,
더 예쁜 꽃이 되어 피어날 너이기에 너, 언제 이런 걱정을 했냐는 듯
누군가와 사랑에 빠지고 사랑하고 있을 테고, 그때의 그 사랑은
영원으로 굳어짐을 걱정할 필요가 없을 만큼의 아름다움일 테니까.

무엇보다 함께 더욱 아름다운 가치를 향해 성숙하며 나아갈 수 없는,
그러니까 그럴 여지가 전혀 보이지 않는 완전히 멈춰버린 관계라면
그 같이는 가치가 없어서 무의미할 뿐이며, 또한 공허할 뿐이며,
영원히 함께할 수는 있지만, 영원히 서로를 사랑하는 것은 전혀 아닌,
하지만 어떤 두려움과 망설임 때문에 여전히 함께하고는 있는,
빛을 완전히 잃은 사랑 없는 관계며, 하여 시간 낭비일 뿐이니까.
성숙하기 위해 태어나 성숙을 완성하기 위해 이곳에 존재하는 시간을
성숙하지 않기 위해 이토록이나 애쓰고 살아가는 시간 낭비 말이야.

그러니 이제는 그 성숙을 위한 찬란한 과정으로써 존재했던 이 만남,
그 몫과 의미를 모두 다했기에 더 이상 지속하는 것은 무의미며,
서로가 서로에게 줄 상처와 공허함만을 더할 뿐이라는 것을 알고
이 관계 안에서 유일하게 성숙의 선물로 남은 이별을 서로에게 줌으로써
나를 위해, 너를 위해, 이 관계 안의 그럼에도 소중했던 추억을 위해
이별을 선택해줘. 하여 그 마지막 성숙의 선물을 통해 미어지게 배우고,
부족함 없이 무르익은 뒤에 각자의, 더없이 예쁜 사랑을 하고 있는 둘이길.

이별, 그 아름다움.

서로 다른 둘이 만나 함께하는 시간을 더해 서로에게 물들고,
하여 새로운 하나의 색을 만들어가고, 그렇게 하나가 되었던
그 사람과 이제는 이별하는 일은 그저 헤어짐을 각오한 순간
각자의 삶으로 돌아가 아무 일 없었다는 듯 살아가는 일이 아니라
네가 내가 됐고, 내가 네가 됐던 그 모든 서로에게 물은 서로를
완전히 떼어내고 지우는 일이기에 내가 더 이상 내가 아닌 것 같은
공허와, 내가 나를 떼어내는 것 같은 찢어지는 아픔과, 그 슬픔,
그 모든 내 가슴을 찢고 후벼파는 고통을 감내해야만 하는 일.

그럼에도 여전히 너의 어떤 말투로 말하고 있고, 너의 어떤 행동,
너의 어떤 몸짓으로 표현하고 있는 나를 계속해서 발견하게 되고,
하여 완전히 이전의 나로 돌아갈 수는 없다는 것을 알게 되는 일.
그게 너를 자꾸만 그리워하게 만들어서 문득 펑펑 울게 되지만,
그럼에도 끝내는 그게 이별이라는 것을 인정하고 받아들여내는 일.
그래서 헤어진 순간 이별이 완성되는 게 아니라, 그 순간부터
아픔과 눈물 없이 너를 아름다이 간직하게 되는 그날까지 울고,
아파하고, 그럼에서 견디고 일어서고, 하여 마침내 아무는 그 순간이
사랑했던 너와의 길디긴 이별을 이제는 완전히 완성하는 순간인 것.

결국은 헤어질 사랑이었는데, 고작 이렇게 아프려고 사랑한 걸까,
하는 생각에 지난 사랑에 대한 헛헛함과 회의적인 감정이 들어
함께했던 시간을 아까워하고, 그 시간에 차라리 다른 사람을 만날걸,
혹은 다른 일에 더 집중할걸, 하는 후회의 감정이 밀려오기도 하지만
끝내는 내 곁에 없는 그 사랑, 그래서 무의미하게만 여겨졌던 그 사랑,
사실은 평생토록 나의 곁에서 나를 지켜주는 아름다움임을 알게 되는 일.

그와 함께했던 모든 순간 안에서 내가 기울였던 다정함,
어렵고 서툴렀지만 그럼에도 건네고자 했던 어떤 사랑의 마음들,
그렇게 전보다 더 사랑 많은 내가 되었던 모든 순간의 성숙들,
그 성숙의 꽃은 그가 떠난 뒤에도 여전히 내 가슴 안에서 피어난 채
내가 이 세계를, 그리고 앞으로의 사랑을 더욱 예쁘게 마주할 수 있도록
그 짙고 아름다운 향기로 내내 지켜주고, 이끌어주고, 보호해줄 테니까.

그리고 내가 그에게 부족했던 기억들, 하지만 함께할 때는 몰랐고,
몰라서 그 부분을 채울 생각조차 하지 못했던 한때의 당연했던 미성숙들,
그것들을 이별한 뒤에는 선명하게 바라보게 되고, 하여 아파하게 되고,
그래서 이별의 아픔 속에서만 그 꽃을 피울 수 있는 어떤 다정함을
눈물과 함께 완성함으로써 나의 것으로 소유해내고, 가득 피워내고,
하여 다음 사랑에는 전과 같은 후회, 다시는 반복하지 않을 나일 테니까.
그렇게 내가 상대방에게 건넬 수 있는 가장 최선의 아름다움을, 성숙을,
다정함을, 사랑을, 배려를, 다음 사랑에는 기울이게 될 나일 테니까.

또한 내가 그와 함께하며 그에게 참 고마웠던 기억들, 그러니까
그와 내가 참 잘 맞았던 부분, 또한 그와 내가 잘 안 맞았던 부분,
하여 참 많이 싸우기도 다투기도 하며 서로를 미워했던 기억들,
그 모든 기억들로 인해 나, 이제는 어떤 사람을 만나야 할지에 대한
더욱 선명하고 명확한 지혜와 함께하게 될 것이고, 그래서 다음 사랑,
그 모든 지혜를 더해 내가 만날 수 있는 가장 안전하고도 다정한,
그런 사랑일 테고, 그래서 그 사랑, 더욱 영원의 색을 가득 띨 테니까.

그래서 이별, 그 아름다움은 내 영혼의 안내자가 되어 내가 영원히,
안전하고 예쁜 사랑을 할 수 있도록 이끌어주고 보호해주는 소중함인 것.
또한 그와 함께하며 사랑하고 싸우고 이해하고 미워했던 그 모든 기억,
그래서 결코 무로 사라지는 허망함이 아니며, 영원한 성숙의 꽃으로
내 가슴 속에 피어나 내가 영원히 다정하게 살아가게 해주는 향기인 것.

그러니 지금 이별 앞에서 아파하고 있는 너에게 나, 사랑했다면
아픈 것이 당연한 것이니 그 아픔 앞에서만큼은 아파하지 말고,
또 지금의 아픔, 너무나도 예쁜 성숙의 꽃을 피우는 시간이기에
도망가기 위해 애쓰기보다 꿋꿋이 마주하고, 오롯이 감당하고,
그렇게 함으로써 그 아픔 뒤에 놓여진 너를 위한 선물들을 꼭,
가득 끌어안고 누리는 찬란한 네가 되었으면 좋겠다고 말해주고 싶어.

그런 마음이라면 너, 이 이별의 아픔, 금방이면 치유한 채 성숙할 테고,
그렇게 너, 다시는 지금과 똑같은 모양의 아픔을 반복하지 않는,
그러니까 다시는 지금과 같은 다정하지 않음으로 사랑을 마주하지 않는,
또 다시는 지금과 같은 다정하지 않은 사람과 사랑에 빠지지 않는
그 예쁜 지혜의 꽃과 함께하게 될 테고, 하여 그때는 감사할 테니까.
그때 그 사람이, 그때 그 사랑이, 그때 그 아픈 이별이 있었기에
지금의 예쁜 사람을 만나 예쁜 사랑을 하고 있는 내가 되었음에.

그렇게 만남과 이별을 더하고 더해 너, 가장 마지막의 사랑을 향해,
그 영원으로 굳어질 아름다움을 향해 치열하게 걸어가고 있는 거야.
어쩌면 너와 이별한 그 사람도, 그리고 너 또한 그 미래의 사랑을 위해
서로에게 배움과 성숙을 전해주는 과정으로써 만나 그 의미를 다했고,
그렇게 각자의 마지막 사랑을 만나기 위한 예쁜 서로를 준비하는 시간,
그 무르익음을 위한 아름다운 몫을 다했기에 이별하게 된 것일지도 몰라.

지금은 그 마지막 사랑을 만나기 전이라 나의 말이 서운할지라도,
언젠가 그 마지막 사랑에 닿고 나면 너 또한 꼭 그렇게 생각할 거야.
이 만남을 위해 그때의 만남과 이별이 있었던 것일지도 모른다고,
그리고 그때의 만남과 이별이 없었다면 과연 나, 지금의 사랑을
온전히 지켜낸 채 영원한 다정함으로 이어갈 수 있었을까, 하고 말이야.

정말로 지금의 이별, 그래서 아름다운 것이니, 그 선물, 기쁘게 완성해줘.

참 오랜 시간을 함께하며 서툴고 부족한 점도 많았지만
그럼에도 내가 기울일 수 있는 모든 정성과 사랑을 다해왔는데,
이렇게 이별에 닿게 되니 그 시간이 아깝게만 느껴져서 공허한 것 같아.
차라리 함께하지 않았더라면, 이런 무의미를 느끼지 않아도 되며,
또다시 둘로 나누어지는 이 찢어지는 아픔을 겪지 않아도 되었을 텐데,
그런 생각에 자꾸만 후회와 원망에 사무치는 답답한 기분이 드는 거야.

어떻게 괜찮을 수 있겠어. 여전히 완벽하고 완전하진 않더라도
그럼에도 네가 살아오며 완성한 모든 삶의 지혜와 다정함을 더해
최선을 다해 사랑했던, 싸우고 미워한 날도 셀 수 없이 많았지만
그럼에도 이해하고자 무수히 노력한 끝에 지금에 닿을 수 있었던
네 지난날의 사랑인데, 그 사랑이 끝내 맞이하게 된 이별인데 말이야.

하지만 그 모든 시간, 결국 사라지고 말 안개 같은 무의미는 아닐 거야.
네가 그럼에도 이해하고자 노력했던 그 마음은 너의 이해의 폭을
넓히고 확장시켜 너 자신의 영원한 너그러움이 되어 굳어졌고, 하여 너,
그렇게 완성한 너의 이해심을 바탕으로 평생을 살아가게 될 테니까.
그리고 그럼에도 포기하지 않고 이해하고자 노력해왔던 그 마음들은
앞으로도 이해하기 힘든 상황 앞에서 너로 하여금 이해를 포기하지 않고
끝없이 노력하게 만드는 너의 다정한 인내심이 되어 굳어졌고, 하여 너,
그만큼 미움을 갈등하지 않는 평화로 사랑하고, 살아가게 될 테니까.

또 그럼에도 이해할 수 없었던, 결코 이해해서도 안 되는 그 사람의
어떤 다정하지 않은 모습과 행동들은 너에게 다시는 그런 사람과는
만나고 사랑해서는 안 되겠다고 하는 신중함의 지혜를 줬고, 하여 너,
그렇게 완성한 지혜를 통해 더 예쁜 사람을 만날 수밖에 없게 될 테고,
또한 너, 찰나의 미안함 때문에 거절하지 못했던 우유부단함을 넘어
너 자신을 지킬 줄 아는 온전함으로 이제는 또렷이 거절할 줄 아는,
보다 오롯하고 너를 더욱 진실하게 사랑할 줄 아는 네가 될 테니까.

그리고 헤어지기 전에는 결코 바라보지도, 알지도 못했던 너의
어떤 미성숙한 모습들이 헤어진 뒤에는 너에게 드러나기 시작하고,
그렇게 문득 어떤 모습의 상처 주던 너, 어떤 모습의 이기적이던 너,
그 모든 네가 갑자기 떠올라 너, 가슴 아픈 후회를 수없이 하게 될 테고,
하여 너, 그 사랑과 이별이 없었더라면 영원히 채울 수 없을 수도 있었던
너의 어떤 미성숙을 그렇게 마주한 채 다시는 그런 너이지 않기 위한
찬란한 성숙의 시간을 보내며 지금보다 훨씬 더 아름다이 피어날 테니까.

그렇게 너, 그 모든 성숙을 더하고 더해 다음 사랑을 마주하게 될 테고,
하여 너, 다음에 하게 될 사랑에는 이전의 사랑에 기울였던 것보다는
훨씬 더 깊은 지혜와 다정함을, 넓은 이해심과 사랑을 기울이게 될 테고,
그렇게 너, 보다 영원의 색을 띠는 사랑을 향해 나아가게 될 테니까.

그럼에도 그 사랑 또한 영원으로 굳어지기에는 여전히 많이 부족해서
또다시 너, 아픈 이별을 맞이한 채 찢어지고 미어져야만 할 수도 있지만,
그때는 이전의 이별이 너에게 줬던 찬란함을 기억하고 있을 너이기에
너, 보다 꿋꿋하고 온전한 마음으로 그 이별의 아픔을 마주할 테고,
그렇게 몇 번의 사랑과 이별을 더해 완성한 가장 최선의 다정한 너,
그런 너로서 언젠가의 너, 너의 가장 마지막 사랑, 그 운명에 닿을 테고,
하여 그때는 가장 최선의 완전함으로 서로를 마주하고 사랑할 테고,
무엇보다 그 사랑 안에는 헤어질 만큼의 미성숙과 부족함이 이제는
둘 모두에게 없을 테기에 둘, 함께하며 더욱 완전함으로 나아가는,
더욱 예쁜 성숙을 향해 나아가는 그 영원의 사랑을 하게 될 테니까.

그러니까 너, 그 운명에 닿을 무르익음의 시간을 보내고 있는 거야.
그래서 이 시간, 결코 무의미하지도, 헛되이 아픈 시간도 아닌 거야.
언젠가 영원을 약속할 그 사람에게 아픔과 상처를 전해주지 않기 위해
반드시 겪어야만 하는 아름다움과 찬란함의 시간이며, 그 꽃이며,
그러니까 그 선물의 시간을 보내고 있는 너, 부디 꿋꿋이 소중하기를.

3 · 물음과 답

예전에는 네가 물었고, 내가 답했지만,
이제는 내가 너에게 물어보고 싶어.

너는 지금 행복하기 위해 살아가고 있는지,
사랑하기 위해 살아가고 있는지를 말이야.

어쩌면 여전히 행복하고 싶다면서 스스로 불행하기 위해
치열하게도 미워하고, 욕망과 이기심에 탐닉하고,
자기 연민에 빠진 채 세상을 탓하고, 또 우울에 빠지고,
그 모순과 역설의 시간을 보내고 있는 건 아닌지 말이야.

그래서 너에게 묻고 싶어.
이미 행복할 수 있는 모든 답을 알고 있는 너,
왜 여전히 그 행복을 선택하지 않은 채
끝없이 망설이고 머뭇거리고 있는 거야, 하고.

이 모든 나의 물음이, 너 스스로 그 답을 향해
나아갈 수 있게 하는 꽃이 되어 피어나길 바라며.

행복을 선택하면, 행복할 너니까.
그리고 행복이 뭔지, 이미 알고 있는 너니까.

그러니까 너, 이제는 행복할 거야.
아니면 여전히, 불행할 거야.

용서가 어려울 때.

용서는 상대방을 위해서가 아니라 나 자신의 평화와 행복을 위해서 하는 것입니다. 왜냐면 하루 종일 누군가를 미워할 때, 그 미움으로 인해 가장 고통받고 불행하고 아플 사람이 바로 나 자신이기 때문입니다. 그러니 나 자신의 행복과 평화를 위해서 용서하세요.

그리고 용서했다고 해서 당신에게 유해한 사람과 그럼에도 계속해서 함께할지에 대해서는 언제나 신중하세요. 그들을 당신이 아무리 용서해도, 그들은 또다시 당신에게 용서할 거리를 가져다줄지도 모릅니다. 그래서 끝없이 당신의 마음에 원망감을 심어주는 사람과 그럼에도 함께하길 선택하는 것은 다정한 마음이 아니라 순진함일 뿐이며, 하여 그건 나 자신을 스스로 위험에 빠뜨리는 무지일 뿐입니다. 그러니 그런 사람들은 마지막으로 한 번만 더 용서한 뒤에 기꺼이 멀리하세요.

진실한 사랑은 상대방의 있는 그대로를 바라보는 순수한 눈빛입니다. 그리고 우리는 용서를 통해 상대방에 대한 나의 미움과 적대감을 내려놓고 상대방을 더욱 있는 그대로 바라볼 수 있으며, 하여 용서야말로 우리를 진실한 사랑으로 이끌어주는 유일한 통로인 것입니다. 그러니 지금의 미움을 그 진실한 사랑을 향해 나아갈 기회이자 선물로 여기세요. 그러기 위해 용서를 통하세요.

상대방을 있는 그대로 바라본다는 것은 상대방을 그 상대방의 있는 그대로보다 더욱 좋게 미화해서 바라보는 순진함을 뜻하는 것도, 그보다 더욱 안 좋게 바라보는 나 자신의 미움을 투사하는 미성숙을 뜻하는 것도 아닙니다. 그건 말 그대로 그 사람을 그 사람대로 바라보는 가장 진실한 눈빛을 뜻하는 것입니다. 그러니 용서하고 사랑하되, 또한 나에게 온전하지 않은 감정이 들게 하는 온전하지 않은 사람들과 함께하진 마세요.

그러니까 사자에게 사자의 본성이 있음을 알고 그 본성 그대로를 바라보고 존중할 줄 아는 것, 그것이 바로 용서를 통해 상대방의 있는 그대로를 바라보는 진실한 눈빛인 것입니다. 그래서 사자를 사자의 본성대로 바라보지 못하고 초식동물처럼 바라보는 것은 순진함이 될 것이며, 또한 그보다 더 나쁘게 바라본 채 미워하는 것은 나 자신의 미성숙의 투사가 될 뿐인 것입니다. 그러니 용서하고 사랑하되, 순진하진 마세요.

당신이 처음으로 용서하고자 마음먹으며 나아갈 때, 당신에게 이 세상은 유혹투성이인 곳으로 보일지도 모릅니다. 끝없이 분노를 일으키고, 끝없이 원망감을 불러일으키는 이기적이고 차가운 세상으로 말이죠. 그래서 이 세상의 모든 것이 당신의 용서를 가로막는 유혹으로 느껴질 수도 있을 것입니다. 하지만 당신이 그럼에도 끝없이 용서하며 나아갈 때, 어느 순간 세상은 당신에게 있어 유혹투성이인 곳이 아니라 기회투성이인 곳으로 바뀌어 보이고 있음을 당신은 알게 될 것입니다. 분노를 일으키는 상황을 마주하는 순간 그것은 이제 당신에게 있어 용서를 실현할 기회이자 선물로만 여겨지고 있을 테니까요.

그래서 처음 한 번이 힘든 것입니다. 하지만 그래서 또한 처음 한 번을 꼭 해내야만 하는 것입니다. 그러니 처음 한 번을 꼭 성공해서, 세상이 당신에게 준 온갖 선물을 바라보고 끌어안는 사람이 되세요. 지금 이 순간에도 당신의 머릿속에는 미움이라는 용서할 기회이자 선물이 떠올라 용서를 실현함으로써 당신이 더욱 큰 행복을 맞이할 수 있도록 당신에게 기회를 주고 있을 것입니다. 그러니 그 선물을 이제는 더 이상 외면하지 마세요. 그건 진실로 유혹이 아니라 행복의 기회이며 선물입니다. 그것을 잊지 마세요. 그것이 당신의 용서를 도와줄 것입니다.

그리고 정당한 미움은 없다는 것을 기억하세요. 모든 미움이 그저 미움일 뿐입니다. 미워하거나, 용서하거나, 이 두 가지만이 존재하는 것이 높은 성숙의 관점입니다. 그러니 이건 용서하고, 저건 너무나도 정당하기에 계속해서 미워하고, 이런 식의 차이점을 두지 마세요. 용서하는 것에 있어 내용은 중요하지 않습니다. 용서하는지, 하지 않는지만이 중요합니다. 하지만 내용을 중요하게 생각하는 순간, 당신은 또다시 정당한 미움의 유혹에 빠지게 될 것이고, 하여 오랜 시간 불행 안에서 헤매야만 할 것입니다.

그러니 나의 행복을 위해서 용서하는 사람이 되세요. 용서하면 내가 행복하고, 용서하지 못하면 내가 불행한 것입니다. 그래서 미움의 가장 큰 희생자는 내가 될 뿐이고, 용서의 가장 큰 수혜자 또한 내가 될 뿐인 것입니다. 또한 그렇게 용서하고도, 여전히 함께할 만하지 않은 사람과는 그저 함께하지 않길 선택하면 될 뿐입니다. 중요한 것은 미워해서 함께하지 않는 것인지, 나의 행복을 위해 함께함을 '선택'하지 않는 것인지, 그것이니까요.

그렇다면 당신 자신의 행복을 위해서, 용서와 미움 중 당신의 선택은 무엇입니까.

나를 믿지 못해 자꾸 무기력할 때.

우리에게 과거를 후회하고, 원망하고, 탓하고, 그렇게 오늘을 불행하게 살아가라고, 미래를 두려워하고, 불안해하고, 신뢰하지 못하고, 그렇게 자신감 없이 오늘을 살아가라고 강요하는 외부는 없습니다. 오직 나 자신만이 나에게 그러한 것을 강요할 수 있을 뿐이며, 하여 모든 것이 진실로 우리 자신의 전적인 선택인 것입니다.

그래서 우리는 선택의 기로에 매 순간 놓여져 있는 것입니다. 변하지 않는 지금 이 순간이며, 변하지 않는 지금 이 순간의 외부라면, 그렇다면 사실 나 자신을 더욱 믿어주고, 더욱 사랑해주고, 그러한 마음에서부터 나 자신의 마음 안에 더욱 좋은 생각이 깃들도록 행복한 마음을 품고, 그렇게 하는 것이 무엇보다 나를 위한 선택이지 않겠습니까.

나를 미워하고, 나를 혼내고, 나를 탓하고, 나에게 자꾸만 못난 사람이라고 비난하는 사람 앞에서 우리는 주눅이 들어서 우리의 창의성을 제대로 발휘하지 못하게 되고, 해서 더욱 부족한 사람이 될 수밖에 없을 것입니다. 그렇다면 내가 나에게 그러한 감정을 품은 채 나를 대한다면, 내가 어떻게 행복할 수 있겠으며, 또 지금을 어떻게 잘 이겨낼 수 있겠습니까. 하루에 일분일초도 빼지 않고 나와 함께 하고 있는 나 자신일 텐데 말입니다.

그러니 스스로를 더욱 믿어주고, 무엇보다 나 자신에게 스스로 자신감 가득한 말을 자주 전해주세요. 또한 지나간 과거에 얽매이기보다, 다가오지 않은 미래를 두려워하기보다, 오늘을 이 세상에서 가장 다정하고 행복한 마음으로 살아가주세요.

그렇게 내가 나를 이 세상 누구보다 아껴주고 믿어주고 사랑해줄 때, 우리는 분명 잘 해낼 것입니다. 더디더라도 서서히, 반드시 지금을 이겨낼 것입니다. 왜냐면 저는 당신을 신뢰하기 때문입니다. 당신이 잘 해낼 거라는 것을 의심하지 않기 때문입니다. 당신은 충분히 그럴 수 있는, 그럴 자격이 있는 멋진 사람이기 때문입니다.

그러니 그런 당신 자신을 스스로 바라보지 못해 자꾸만 아픈 생각들을 가득 채우며 몰아세우지 마세요. 그럼에도 지금 이 순간 당신만큼은 당신을 믿어주고, 아껴주고, 사랑해주세요. 그 마음으로 오늘을 행복하게 보내세요. 내일을 불안해하는 대신에, 차라리 다시는 되돌아오지 않을 지금 이 순간을 내 인생의 마지막 순간이라 생각하고 행복하게 보내세요. 그 오늘을, 지금부터 평생에 걸쳐 쌓아가세요.

외부가 도대체 무엇이길래 그것으로 인해 우리가 무너지고 불행해야 하나요. 외부는 우리에게 그럴 자격도, 그럴만한 힘도 없습니다. 왜냐면 그건 정말로 나 자신이라는 존재에 비하면 그 소중함의 가치가 너무나도 작은 것이기 때문입니다. 내 마음의 힘에 비하면 나에게 영향력을 행사하기에 그 힘이 너무나도 미약한 것이기 때문입니다.

그러니 나라는 소중함을, 내 존재의 주권을 그 아무것도 아닌 외부 앞에서 저버리는 사람이 되지는 마십시오. 당신이라는 소중함, 당신이라는 행복, 당신이라는 사랑, 당신이라는 힘, 그 모든 당신 자신의 것을 스스로 훼손함으로써 전혀 당신을 닮지 않은 것으로 당신을 규정한 채 스스로를 아프게 만드는 사람이지는 마십시오. 당신은 누군가의 자랑이며, 누군가의 행복이며, 누군가의 사랑이며, 누군가의 소중함이며, 그리고 그 무엇보다 당신 자신에게 당신이 그런 사람일 것입니다.

그러니까 지금 이 순간 오직 당신만이 당신의 감정을 결정하고, 당신이라는 행복의 오늘과 미래, 그 운명을 결정지을 수 있을 텐데, 그렇다면 당신의 선택은 무엇입니까. 진실로 당신에게 지금 아픔을 강요하는 것은 오직 당신 자신밖에 없을 텐데, 그러니까 당신의 선택은 행복입니까, 불행입니까. 천국입니까, 지옥입니까. 스스로를 위한 자신감과 확신, 다정함, 그 자존감입니까, 아니면 나 자신을 스스로 포기하는 식의 왜소함, 원망, 걱정, 불신, 그 자존감 없음입니까. 그러니까 무엇보다 당신 자신의 행복을 위해, 오직 당신의 선택이 결정하는 당신의 오늘과 미래는 무엇입니까.

이제는 진짜, 다정하고 싶을 때.

우리가 보다 성숙한 사람이 될 때, 우리와 함께하는 타인들은 그들 자신도 모르게 더욱 평화롭고 행복하게 존재하게 됩니다. 그러니까 우리가 만약 그들과 함께하는 동안 그들의 마음에 상처를 주거나, 불안함을 심어주거나, 통제하고 억압하며 화를 내거나, 그러한 부정적인 마음을 전혀 전해주지 않을 때, 그들은 그들이 우리의 다정함으로 인해 편안해졌다는 것을 분명하게 인지하지는 못하더라도 어쨌든 불편함 없이 행복한 시간을 보내게 될 것이고, 하여 우리와 헤어진 후에 집으로 가는 길 안에서 그 어떤 부정적인 곱씹음도 없이 안온한 밤을 보내게 되는 것입니다. 하지만 만약 우리가 충분히 다정하지 않았다면 그들은 분명 공허하거나, 원망스럽거나, 후회스러운 밤을 보내게 되었겠죠. 그래서 저는 상대방의 마음을 불편하게 하지 않는 것, 그것이 가장 기본적인 다정한 마음이라고 생각합니다.

그러니까 만약 제가 저의 SNS에 저의 사적인 일들을 올리며 이 사람이 저의 글을 그대로 베끼고 있니, 저 사람은 작가의 탈을 쓴 사기꾼이니, 오늘은 이런 일을 당했니, 저런 일을 당했니, 이러한 글들을 공유할 때, 사람들은 저로 인해 누군가를 미워하게 될 것입니다. 그래서 저는 그러한 일을 일일이 누군가한테 말하며 함께 화내주길 바라지 않는 편입니다. 하지만 사람들이 그렇다고 해서 저의 그 온전한 책임감으로 인해 더욱 행복하게 하루를 마무리하게 되었다고 분명하게 느낀 채 말하지는 않을 것입니다. 그저 불편하거나, 화가 난다거나, 그런 부정적인 감정을 느끼지 않았을 뿐일 것이고, 자신도 모르는 사이에 조금 더 행복한 기분이 들었을 수도 있을 뿐이겠죠. 제가 온전하지 않았더라면 느꼈을 불편함과 평화 없는 마음들을, 제가 온전했기에 느끼지 않아도 되었던 것, 어쩌면 그것이 다일 수도 있을 것입니다.

그러니까 우리가 온전한 사람이 될 때, 우리는 상대방의 마음을 결코 불편하게 만들지 않는 사람이 됩니다. 이 세상에는 이 말이 상대방의 가슴을 헤집어놓을 것이고, 상대방을 서운하게 만들 것이고, 상대방에게 지울 수 없는 상처를 남길 것이고, 그러한 것을 뻔히 알면서도 그러한 말을 하는 사람들도 있는 것입니다. 그러한 자극과 충동을 이용해 자신의 사적인 욕망을 채우는 사람들도 있는 것입니다. 자기 연민을 부추기고, 분노를 부추기고, 미움을 부추기고, 그러한 것을 통해 사람들을 자극하고, 인기를 얻고, 돈을 벌고, 그런 사람들도 있는 것이죠. 그래서 만약 당신이 그런 식의, 자신의 행동과 말의 영향력 앞에서 무책임한 사람들과 함께할 때, 당신은 아프고 상처받는 순간들을 자주 마주하게 될 수밖에 없는 것입니다.

그러니 당신은 온전한 책임감으로 타인의 하루에 불편함을 주지 않는 것에서부터 시작해 보세요. 더하여 상대방을 분명하게 행복하게 만들어준다면, 하여 상대방으로부터 너로 인해 나의 삶이 더 행복해졌어, 라는 말을 들을 수 있다면, 그보다 좋은 것은 없을 것입니다. 어쨌든 가장 최소한의 온전함, 다정한 마음은 상대방의 기분을 상하게 하지 않는 것에서부터 시작하는 것입니다. 그러니까 제가 당신과 함께하며 하루 종일 그저 무난했다면, 그러니까 당신으로 인해 상처를 받았다거나 속상했다거나 하는 일이 없었다면, 당신은 최소 저에게 다정한 사람인 것입니다. 그리고 그것을 위해 당신은 사실 깊은 책임감으로 저를 배려했을 것이고, 때로 어떠한 말을 할지 말지에 대해 온전한 판단을 바탕으로 고민하기도 했을 것입니다.

그러니까 다정함이 일상인 사람들에게는 그러한 식의 고민, 사려 깊은 마음, 온전한 책임감, 그 모든 것들이 그저 자연스럽고 당연한 마음인 것입니다. 하지만 이제야 다정하겠다고 마음먹고 노력하기 시작한 사람에게는 그 일상적인 다정함조차도 부단한 정성과 성숙을 위한 노력을 기울여야만 성취할 수 있는 어려움일 것입니다. 왜냐면 우리가 미성숙에서부터 어떠한 성숙을 향해 나아가고자 할 때, 그건 우리가 평생에 걸쳐 배워야 하는 마음들을 단번에 초월하고자 마음을 기울이기 시작하는 일이며, 하여 그 일의 완성에는 그만큼의 노력과 인내가 필연적으로 요구되기 때문입니다.

하지만 그럼에도 노력하십시오. 최소 당신과 함께하는 사람이 당신으로 인해 속상한 마음을 느끼지 않는다면, 당신은 이제 다정함의 영역에 발을 들인 것입니다. 제가 사업을 하며 누군가에게 사기를 쳤다면 상대방은 평생 그 기억으로 인해 고통받아야 할 것이지만, 제가 그저 진실했다면 그걸로 상대방은 무난한 나날을 보내게 되는 것입니다. 그렇다고 해서 그가 진실했던 저를 매번 기억하며 저에게 감사하기라도 하겠습니까. 그래서 그건 그저 아픈 기억으로도, 좋은 기억으로도 남지 않는 무난함일 뿐인 것입니다. 그 사람이 내내 아픈 일만 겪으며 상처받는 날들만을 보내온 것이 아니라면, 정말로 그건 좋지도 않고 나쁘지도 않은 일이 될 뿐일 것입니다.

하지만 우리는 그것이 얼마나 어려운 일인지 또한 알고 있습니다. 그저 매사에 진실하고, 매사에 상대방에게 상처를 주지 않기 위해 노력하고, 그러니까 그런 삶을 산다는 것, 혹은 그런 사람을 만난다는 것 말입니다. 왜냐면 세상에는 그런 사람보다, 그렇지 않은 사람이 확연히 더 많기 때문입니다. 그래서 사실 당신이 그저 상대방에게 상처를 주지 않는 그 기본적인 다정함만 당신의 마음에 소유한 채라도, 당신은 이 세상에서 상대방을 충분히 가득 행복하게 해주는 사람이 될지도 모릅니다. 당신이 좋은 사람인지 잘은 몰랐지만, 세상을 더 살아보니 당신 생각이 나고, 당신만큼 진실하고 다정한 사람은 없었다는 것을 알게 되었어요, 하고 당신을 찾아올지도 모르는 일이죠.

그래서 오랜 시간에 걸쳐 서서히 성공한 사람들은 그저 최선을 다해 진실하고 진심으로 고객을 대했을 뿐인데, 자신이 어느 순간 최고가 되어있더라, 하고 말하는 경우가 많이 있습니다. 그만큼 세상에는 자신의 이득을 타인의 손해에 기반을 둔 채 얻는 사람들이 많이 있는 것입니다. 하지만 또한 그 성취는 정말로 일시적일 뿐일 것입니다. 그들이 잘 되고 있는 것처럼 보이는 순간에도, 사실 그들의 무너짐은 이미 시작된 것입니다. 모든 사람은 상대방이 자신을 이용하는지, 진실과 진심을 다해 대하는지를 무의식적으로 다 느끼기 때문입니다.

그래서 우리는 진실한 사람에게, 결국에는 무난했던 사람에게 다시 찾아가게 됩니다. 세상을 많이 살아보고 많은 사람을 겪고 만나본 사람은, 그런 사람을 단번에 느낀 채 헤매는 일 없이 그 사람과 함께하고자 마음먹을지도 모릅니다. 그 당연한 진실함을, 당연하게 지키고 살아가는 사람들이 정말 드물기에 그들은 간절한 사람이기 때문입니다. 해서 장기적으로는 좋은지 나쁜지도 몰랐던 그 기본적인 다정함이 결국에는 좋은 것, 아름다운 것, 나를 지켜주는 것, 나를 행복하게 해주는 것으로 반드시 상대방에게 간직되어지는 날이 오는 것입니다. 물론 그걸 바라고 다정했던 적은 없겠지만 말입니다.

오직 나 자신만을 위한 것보다는 보다 다수의 행복을 우선시할 줄 아는 것, 그러니까 어떠한 것이 오직 나 하나, 그 개인적인 이득에는 도움이 될지라도 나와 몇몇을 제외한 대다수의 사람들에게는 해가 되는 것이라면 기꺼이 거절할 줄 아는 것, 그러니까 그것이 바로 온전한 책임감인 것입니다. 그러니 온전하고도 다정하십시오. 누군가를 크게 행복하게 만들어줄 수는 없더라도, 적어도 아프게 하는 사람이지는 마십시오. 그 순간부터 당신의 삶은 아름다운 삶이 되는 것입니다.

그렇다면 당신은 지금 무엇을 말하고, 무엇을 침묵하는 사람입니까. 그러니까 당신에게는 온전한 책임감, 가장 기본적인 다정함, 그러한 것들이 있습니까. 아니면 오직 당신 자신의 개인적인 이득, 감정만을 위한 이기심이 있을 뿐입니까. 그러니까 당신은 상대방의 평화를 지켜주는 사람입니까, 아니면 그 평화를 깨뜨린 채 속상함과 분노, 이러한 것들을 심어주는 사람입니까. 당신의 선택은 무엇입니까.

하루의 목적이 없어 자꾸만 공허하고 불안할 때.

우리에게 사랑하는 일이 있다는 건, 그러니까 간절히 이루고자 하
는 꿈과 목표가 있다는 건, 우리가 더 이상 무한한 시간 앞에서 불안
해하지 않아도 된다는 것을 뜻합니다. 오늘 밤에는 뭘 하지, 이렇게
심심하고 외롭고 공허한데, 그러니까 이 시간을 어떻게 달래고, 어
떻게 해소하지, 하는 식의 결핍과 탐닉 자체가 이제는 사라지게 되
는 것이죠. 왜냐면 그때의 나는 그러한 생각을 할 틈이 없을 만큼 내
가 좋아하는 일에 몰두하느라 바쁠 것이기 때문입니다. 그래서 어
떤 사람은 늘 붕 떠 있는 시간을 불안해하며 어떻게든 그 시간을 어
떠한 놀이, 만남과 같은 것으로 지워가고 소모하고자 할 테지만, 그
렇게 탐닉한 채 공허한 마음으로부터 일시적으로나마 도망가고자
할 테지만, 무엇인가를 진실로 사랑하는 사람에게는 그러한 식의
소모가 아깝게만 느껴질 뿐일 것입니다.

그래서 그때의 나는 모든 것에 진심인 사람이 됩니다. 심심해서
누군가를 만난다거나, 심심해서 무엇인가를 한다거나, 그러한 것이
이제는 불가능한 일이 되는 것이죠. 그러니까 그때의 나는 정말로
아깝고 간절한 내 시간을 쓰는 것이 전혀 아깝게 느껴지지 않는 소
중한 사람과만 함께하게 되는 것입니다. 왜냐면 그때의 나는 나의
시간을 내가 사랑하는 일에 모두 쏟기에도 바쁠 것이기에 그 시간
이 누군가의 심심함, 결핍, 공허함에 의해 소모되는 것을 견디지 못
할 것이기 때문입니다. 그래서 그때의 나는 아주 깊은 진심의 농도
와 밀도, 채도를 나눌 수 있는 만남, 관계가 아니라면 구태여 함께하
지 않게 됩니다. 해서 나의 하루 안에는 공허함이라는 것이 있을 틈
이라는 게 더 이상은 존재하지 않게 되는 것입니다.

그러니까 당신이 심심해서 하루 종일 놀고만 싶고, 그렇게 시간을
때우고 싶은 사람이라면, 아마도 저는 당신과 함께하는 그 시간들
을 견디지 못할 것입니다. 자꾸만 저의 소중한 시간이 아깝게만 느

껴질 것이고, 그리고 그 소중한 시간을 그렇게 낭비하고 있다는 것이 저를 자꾸만 공허하고 외롭게 만들 것이기 때문입니다. 결국 진심이 없는 만남은 나의 마음을 공허하고 외롭게 만들기 마련이라는 것을, 그때의 나는 분명하게 알고 있을 것이기 때문입니다. 진심이 없는 만남, 진심이 없는 일, 진심이 없는 말, 진심이 없는 마음, 그것이 무엇이든 말이죠.

그러니 무엇이든 진심이 가득한 사람이 되어보세요. 사실 당신이 심심해서 어떻게든 그 심심함에서 벗어나기 위해 누군가를 만나고자 한다면, 당신의 그 의도는 결국 이기심에 그칠 것입니다. 그래서 당신은 당신과 똑같은 의도를 가진 사람만을 만날 수밖에 없을 것입니다. 하지만 당신이 당신의 삶을 진심을 다해, 사랑을 다해 살아가고 있다면, 그렇게 어떠한 한 가지의 꿈과 목표에 전념하고 있는 채라면 당신은 결코 공허하거나 외로울 수 없을 것이고, 해서 그때의 당신은 정말로 함께하는 시간의 소중함과 가치가 더욱 빛나고 채워지는 만남만을 가질 수밖에 없게 될 것입니다.

왜냐면 그러한 만남이 아닐 때, 당신은 당신 삶에 대한 사랑과 의무, 책임을 저버리는 듯한 느낌이 들 것이고, 하여 이내 공허함에 빠지게 될 것이기 때문입니다. 공허함이 당신에게 신호를 보내며, 어떠한 만남을 가져야 당신이 안전하고 행복할지를 그렇게 알려주고 안내해줄 것이고, 그리고 그때의 당신은 그 마음의 소리에 충분히 귀를 기울이고 있는 채일 것이기 때문입니다.

그러니 오직 사랑과 사랑에 의해, 진심과 진심에 의해 무엇인가를 하는 사람이 되세요. 일이든, 관계든, 오직 그러한 의도로 마주하도록 해보세요. 그때는 함께하고 난 뒤에 집으로 돌아가는 시간이 결코 공허하지 않을 것입니다. 또한 혼자가 된다는 사실에 불안해하거나 그 시간을 어떻게 보낼지 몰라 전전긍긍하거나, 그러한 감정도 당신의 마음 안에서 더 이상 일렁이지 않을 것입니다. 그것이 바로 진실함, 사랑, 책임감, 온전함으로부터의 전념입니다.

그렇게 우리는 더욱 빛이 나고 진심 가득한 향기가 나는 사람이 됩니다. 우리는 우리 자신의 삶을 살아가고 사랑하는 데 있어 무엇보다 명확한 사람이고, 해서 그 또렷함으로부터 흔들림 없이 하루를 보내는 사람인 것이죠. 내가 흠뻑 사랑하는 일이 있고, 하여 하루 종일 그 일을 할 생각에 설레는데, 또 그렇게나 사랑하는 일을 잠시 접어두어도 전혀 아깝지 않은 사람과 나, 가끔씩 함께하는데, 그렇다면 이때에 이르러 더 이상 어떤 불안과 결핍이 우리와 함께할 수 있겠습니까. 더 이상 어떻게 공허라는 게 가능하겠습니까.

그러니 당신의 삶, 하루, 꿈을 보다 진심을 다해 사랑하도록 해보세요. 그렇게 당신의 하루하루를 더욱 깊게, 짙게, 가치 있게 보내도록 해보세요. 그 하루하루가 쌓여 당신이라는 존재의 미래, 그 밀도와 채도, 농도의 깊이를 결정하게 될 것입니다. 하여 당신 삶의 가치와 행복을 마침내 결정하게 될 것입니다.

그렇다면 지금 이 순간 당신의 선택은 공허입니까, 사랑입니까.

무엇을 해도 잘 해내는 사람, 행복한 사람이고 싶을 때.

모든 것의 시작과 끝은 바로 우리의 마음 안에 있습니다. 해서 우리의 삶은 연역법적인 사고방식에 따라 움직이는 것이라고 할 수 있습니다. 그러니까 우리는 대체로 무엇무엇이 이루어지면 그때야 비로소 내가 행복할 수 있을 거야, 이것이 이렇게 되고 저것이 저렇게 되면 그때야 비로소 내가 성공할 수 있을 거야, 라는 식의 귀납법적인 사고방식으로 우리 삶의 모든 것을 생각하고 정리하지만, 사실 내가 행복한 사람이 되고 나면 그때야 비로소 행복한 일들이 생기기 시작하는 것이고, 내가 성공할 만한 사람이 되고 나면 그때야 비로소 우리를 둘러싼 외부가 우리 자신의 내부에 맞게 성공을 끌어오기 시작하는 것입니다.

그러니 먼저 행복을 소유하세요. 먼저 성공을 소유하세요. 그것이 우리가 진정 행복한 사람이 되고, 또 외부적인 성공을 이루어내는 가장 빠르고 정확한 방법입니다. 내가 늘 가난하고 왜소하게 생각하고, 늘 한계 안에 갇혀 제한적으로 사고하는 사람이라면, 그때의 나에게 있어 성공은 사실 불가능한 일이 되고야 말 것입니다. 마찬가지로 내가 늘 불평불만만 일삼는 사람이라면, 그러니까 늘 이것이 잘못이고 저것이 잘못이고, 해서 이것이 이렇게 되고 저것이 저렇게 되어야만 내가 행복할 수 있을 거야, 라고 생각하는 사람이라면, 그때의 나에게 있어 행복 또한 불가능한 일이 되고야 말 것입니다.

그러니 행복이 없는 곳에서 행복을 찾지 마세요. 이제는 내 존재로부터 행복을 발견하고, 내 마음의 결이 행복할 수밖에 없는 결을 지녔기에 행복할 수밖에 없는 사람이 되세요. 그저 지금 이 순간 내가 보다 더 감사하고 사랑하는 사람이 될 때, 그 행복한 마음을 나 자신의 것으로 진정 소유한 채일 때, 그때의 우리는 이 삶의 어떤 상황 앞에서도 행복한 사람일 것이고, 해서 그 마음 안에 있는 행복을 외부에 또한 투사하며 삶을 보다 아름답게 바라보게 될 것이고, 하여 그 예쁜 시선과 마음에 대한 보답으로 세상이 비로소 내게 더욱 다정하고 좋은 일들을 가져다주기 시작할 것이고, 그러니까 그것이 바로 행복한 사람이 되는 유일한 길인 것입니다.

마음의 한계 없이 늘 확신의 빛에 가득 차 고취되어 있는 사람을 우리 모두 본 적이 있을 것입니다. 그리고 그들은 끝내 그 내면의 무한함으로부터 외부 세계를 서서히 변화시켜나가며 자신의 성공을 성취해내곤 하죠. 우리가 그들과 함께할 때, 그들은 탓하지 않으며, 왜소하게 생각하지 않으며, 늘 자신의 무한함을 믿고 의지한 채 진정한 자신감과 함께 나아가고 있다는 것을 우리는 또한 그저 느끼게 되곤 합니다. 그래서 그들의 곁에 우리가 있을 때, 우리는 그들로부터 고취되는 에너지의 물결을 전달받으며 우리 자신의 마음의 한계를 치유 받게 되기도 하죠. 그래서 우리는 늘 그런 사람들로부터 영감을 받을 수 있길 기대하게 되는 것입니다.

그리고 그때 우리가 그들로부터 영감받길 바라는 것은 다름 아닌 성공이라는 그들의 결과가 아니라, 오직 그들의 내면인 것입니다. 그들의 내면과 공유되길 바라고, 하여 그들의 내면으로부터 무엇인가를 전달받길 바라고, 그래서 우리는 그들과 함께하길 간절히 원하게 되는 것입니다. 그리고 마침내 우리가 아! 하고, 그들을 통해 우리 마음의 어떤 한계를 제거하게 되었을 때, 그러니까 어떠한 영감을 얻게 되었을 때, 이제 우리 또한 그들과 같은 성공을 마음에 지니게 되는 것이죠. 그리고 우리에게 그것을 주는 것은 그들의 방법, 그들의 결과, 그들이 가진 것, 그들의 겉모습, 그러한 것들이 아니라 바로 그들 내면의 결, 존재의 방식, 마음의 습관, 그러니까 다름 아닌 그들이 내뿜는 에너지의 물결인 것입니다.

그러니 당신이 진정 성공하길 바라고 원한다면, 당신 또한 성공한 사람들의 그 위대한 힘을 내면에 소유하십시오. 그 빛나는 확신과 한계 없는 무한함과 함께 자신을 정렬시키십시오. 안 된다, 안 된다, 하며 나 자신과 외부를 늘 탓하며 나를 한계 짓기보다, 안 되는 것을 되는 것으로 만들 만큼의 위대한 사람이 그저 되어버리십시오. 그리고 당신이 마침내 그 힘을 내면에 지니게 될 때, 당신이 여태 살아온 모든 습관과 내면의 결을 곧장 바꿔버릴 만큼의 힘의 빛이 당신을 통해 알아서 변화를 추구하고 일하기 시작할 것입니다.

그 사람이 될 사람인지 아닌지, 사실 그 사람이 지닌 마음의 결을 살짝만 느껴봐도 우리는 쉽게 짐작할 수 있습니다. 늘 가난하고 인색하게 생각하는 사람과 대화를 할 때, 우리는 그 사람이 결코 성공하지 못할 거라는 것을 이내 알 수 있을 것이며, 어쨌든 그런 사람과 함께 시간을 보내며 그들의 한계에 갇혀 있는 생각과 불평불만을 들어주는 일이란 참으로 지치고 고단한 일이 될 것이기 때문입니다.

그러니 모든 것의 시작과 끝이 마음에 있음을 잊지 마세요. 당신이 여전히 전과 같이 사고하고, 전과 같이 생각한다면, 당신에게 있어 행복과 성공이란 이번 생에는 성취하기가 불가능한 것이 되고야 말 것입니다. 그러니 마음을 먼저 바꾸세요. 세상을 바라보는 시선을 먼저 바꾸세요. 그렇게, 당신 존재의 에너지를 먼저 바꾸세요. 그 때, 그 모든 것이 당신을 향해 알아서 찾아올 것입니다. 그리고 그저 주어지는 그것을 당신은 받기만 하면 되는 것입니다.

제가 언젠가 사인회를 했을 때, 저는 한 독자가 곧 성공하게 될 것이라는 것을 곧장 느낀 적이 있습니다. 그래서 그녀에게 엄청 잘 될 거고, 곧 좋은 일이 찾아올 거라고 말했었죠. 물론 그녀는 휴학 중이던 대학생이었고, 아직 정확히 무엇을 하고 싶은지조차 잘 모르고 있던 상황인지라 곧 엄청난 일이 찾아올 것 같다는 제 말을 그래서 믿지도 않았겠지만, 그로부터 1년이 채 지나기도 전에 그녀는 정말로 성공하게 되었습니다. 갑자기 엄청난 팬들로부터 사랑을 받는 스타가 된 것이죠.

제가 그녀에게서 느낀 그것은 바로 그녀의 마음 안에 있는 한계 없는 마음이었습니다. 보통의 사람들이 제게 전해주곤 하는 한계들과, 가난한 마음, 왜소한 마음, 그런 것 하나 없는 정말로 뻥 뚫려 있는 듯한 마음을 저는 느꼈던 것이죠. 그녀의 마음은 빛나고 있었고, 그래서 저는 그녀가 잘 될 것이라는 것을 그 짧은 시간 안에 그저 느낄 수 있었던 것입니다. 보통의 사람들은 그것이 크든 작든 대체로 자기 연민과, 원망과, 불평과, 탓하는 마음과, 자신감 없는 왜소함과, 그러한 것들과 함께하고 있었고, 그래서 그러한 것이 없는 마음을 만난 것은 참으로 오랜만이었습니다. 어쨌든 그녀는 성공이라는 운명의 파도가 곧 자신을 덮칠 것이라는 것을 자신도 모르는 채 그 성공을 맞이하게 된 것입니다.

왜냐면 이 세상 사람들과 우주는 그러한 마음을 원하기 때문입니다. 정말로 그러한 마음을 지닌 사람을 우리가 만났을 때 우리는 무의식적으로 그들에게 끌리고, 그들을 원하게 됩니다. 그리고 그들을 응원하게 됩니다. 그래서 성공을 스스로 찾지 않아도, 그런 사람들에겐 성공이 알아서 찾아오는 것입니다. 그러니 먼저 그런 마음을 지닌 사람이 되세요. 진실로 모든 것의 시작과 끝은 결국, 우리 자신의 마음 안에 있는 것입니다.

그렇다면 당신의 마음 안에는 지금 무엇이 담겨 있습니까. 만약 가난한 마음, 인색한 사고방식, 불평불만, 탓하는 마음, 늘 결핍된 채 감사하지 못하는 마음, 원망과 분노, 안 될 거라는 믿음, 그러한 것이 가득한 채라면, 그 결과 당신은 불행할 것이고, 실패할 것입니다. 그렇다면 지금 이 순간 당신의 선택은 무엇입니까.

사람들에게 선한 영향력을 미치는 아름다운 내가 되고 싶을 때.

우리의 모든 행동과 말은 사람들에게 부정적, 혹은 긍정적 영향력을 행사하게 됩니다. 그래서 우리는 무엇보다 우리 자신의 행동과 말에 대해 책임감이 있어야 하며, 그러니까 우리는 무엇보다 우리 자신의 존재에 대해 책임감을 가져야만 하는 것입니다.

왜냐면 내가 나 자신의 존재에 대한 책임감을 가지고 매사에 더욱 온전하고 성숙한 사람이 되고자 노력하는 사람일 때, 나는 자연스럽게 사람들에게 나의 어떤 말과 행동이 미칠 영향력에 대해 신중하게 살피는 사람이 될 것이고, 하여 그 결과에 대해 책임을 다하는 사람으로서 존재하게 될 것이기 때문입니다.

그래서 우리는 지혜로워야 합니다. 예쁘고 선한 영향력을 지닌 말과 행동을 우리 자신의 마음 안에 품고 있어야 하고, 그러기 위해 먼저 우리 자신의 존재 자체가 훌륭한 메시지가 될 만큼의 성숙하고 온전한 내가 되어있어야만 하는 것입니다. 왜냐면 내가 그런 내가 되었을 때, 그때의 내가 누군가에게 전하는 말, 누군가에게 행하는 행동 안에는 자연히, 그리고 반드시 타인의 행복과 복지, 기쁨과 안녕을 고려하는 선한 의도가 깃들어있을 것이기 때문입니다.

더하여 우리는 우리 자신의 선한 의도를, 선하게 전달할 수 있어야만 할 것입니다. 제가 아무리 뛰어나고 좋은 주제를 가지고 있다고 해도, 그것을 전달하는 방식에 있어 재능과 실력이 부족하다면 상대방에게 그것을 온전히 전해줄 수는 없을 것이기 때문입니다.

그러니 내가 하고 있는 것이 무엇이든, 그것이 사람들의 행복과 안녕에 이바지하는 훌륭한 일이 될 수 있게 최선을 다하세요. 그러기 위해서 내면이 아름다운 사람이 먼저 되세요. 내가 아름다운 사람이라서, 모든 일과 행동 안에 아름다움을 품을 수밖에 없도록요. 그리고 내가 내 마음에 품고 있는 그 아름다운 의도가, 실제로 상대방의 행복과 안녕에 보탬이 될 수 있도록 최선을 다해 그것을 외부에 현현하는 사람이 되세요. 또한 그것을 사람들이 쉽게 이해하고 접할 수 있도록 설명하고 표현하는 일 앞에서도 부족함이 없도록 하세요.

제가 아무리 좋은 마음을 품은 글을 쓰고 있다고 하더라도, 그 좋은 마음을 글로써 제대로 표현하지 못한다면, 사람들에게는 그것이 결코 좋은 마음으로 닿지 못할 것입니다. 그래서 저에게는 최선을 다해 제가 표현하고자 하는 바를 예쁘고 아름답게 잘 표현할 책임이 있는 것입니다. 그것이 그림이든, 그것이 음악이든, 그것이 어떠한 상품을 만드는 일이든, 그래서 모든 것이 완성되는 지점은 그것을 접하는 사람이 그것들 받아들이는 순간일 것입니다.

아무리 좋은 프로그램을 개발했다고 해도, 그것을 사용하는 사람이 그것의 작동방식, 조작방식을 이해하기가 어려워 끝내 사용할 수 없게 된다면, 어쨌든 그것은 끝내 좋은 의도, 선한 영향력을 행사하기가 힘들게 되는 것이죠. 그리고 이것이 바로 로고스logos(아리스토텔레스 수사학의 설득의 3요소 중에는 로고스logos, 파토스pathos, 에토스ethos가 있다)입니다.

더하여 우리가 아무리 좋은 주제를 가지고, 최선의 지혜를 바탕으로 그것을 잘 전달했다고 해도, 그것을 받아들이는 사람의 수용력이 그것에 미치지 못한다면, 그래서 그것은 실패하게 될 것입니다. 누군가가 좋은 의도를 가지고 전 세계 사람들이 연결되고, 소통하고, 그렇게 모두가 서로의 문화를 공유하고 즐길 수 있는 SNS를 만들었다고 해도, 그것을 사용하는 사람들이 그 SNS를 악용하고, 범죄에 활용하고, 그렇게 된다면 그것은 아직 사람들이 그것의 아름다움을 받아들일 준비가 되지 않았다는 뜻일 것입니다.

어쨌든 누군가는 유튜브를 통해 지식을 채우고, 많은 세계를 더욱 빠르고 쉽게 접하며 견문을 넓히는 식의 교육을 위해 그것을 시청한다면, 누군가는 악의적으로 누군가를 공격하기 위해 유튜브를 시청할 것이고, 또 누군가는 하루의 공허함과 헛헛함을 달래기 위해 수많은 자극 거리에 탐닉하고자 유튜브를 시청할 것입니다. 그래서 청중의 수용력, 수준, 감정적인 위치, 즉 파토스pathos를 언제나 우리는 또한 고려할 줄 알아야 하는 것입니다.

그래서 당신이 지금 처한 위치와 환경, 주변 사람들의 수준, 그러한 것들 모두를 당신은 고려할 줄 알아야 합니다. 당신이 악의적이고, 매사에 비판적인 사람들에게 당신의 선한 메시지를 전달하고자 한다면, 당신은 그 메시지를 전달하지도 못할뿐더러, 오직 그것을 훼손당하게만 할 뿐일 것입니다. 해서 사실 그건 당신 스스로 당신의 소중한 그것을 훼손시키는 일이 되는 것이나 다를 게 없는 것입니다.

그러니 소중한 것을, 소중하게 받아들일 수 있는 사람들에게 소중하게 전달하십시오. 당신의 다정함을, 다정하게 받아들일 수 있는 곳에서 다정하십시오. 당신의 다정함을 우유부단함이라 여긴 채 당신을 이용하거나, 당신의 다정함을 약한 것이라 여긴 채 당신을 힘으로 짓누르려고 하는 사람들과 함께하기보다 말입니다.

그래서 당신이 지닌 최고를 최고 그대로 온전히 전달하기 위해서는 당신이 진정 최고를 소유하고 있어야 할 것이고, 또한 그 최고를 고스란히 최고로 닿게 할 만큼 그것을 표현하는 일에 있어서도 당신의 재능과 역량이 뒷받침되어야 할 것이고, 그러니까 그것을 온전히 전하고 표현할 책임 앞에서도 당신이 할 수 있는 최선의 정성과 노력을 기울여야 할 것이며, 더하여 최고가 된 그것을 최고로 전달하는 당신의 그것을 최고로 받아들일 수 있을 만한 사람들에게 한해 당신은 그것을 전해야 할 것입니다.

그것이 그저 사소한 인간관계에서의 다정함이든, 좋은 주제를 나누는 것이든, 더 나아가 당신의 일과 꿈을 사람들에게 보여주고, 그 꿈을 성취해내는 일이든, 어쨌든 당신이 그 두 가지, 즉 로고스와 파토스를 충족시킬 때 당신의 삶은 보다 풍족하고 행복해질 것입니다. 그때의 당신은 좋은 사람들과 함께 좋은 마음을 나누고 공유하게 될 것이고, 또 당신의 좋은 상품, 작품, 그러한 것들을 좋은 고객들과 함께 신뢰를 바탕으로 나누게 될 것이기 때문입니다.

무엇보다 그때의 당신은 사람들을 행복하게 해주는 무엇인가를 하는 사람일 것이고, 하여 그것을 접하는 고객들 또한 당신의 그것으로 인해 행복해질 것이고, 해서 모두가 이기고, 모두가 서로에게 감사하게 되는 가장 최선의 성공을, 그때의 당신은 이루어내게 될 것입니다.

그리고 마지막으로 중요한 것이 바로 에토스ethos입니다. 에토스란, 당신이 지닌 카리스마, 진실성, 당신이 위치, 지위와 같은 당신의 상징성이 외부에 어떻게 비춰지고 있는지, 하는 하나의 관념이라 할 수 있을 것입니다. 그리고 보통의 사람들은 로고스, 파토스, 에토스 중 가장 중요한 것이 바로 에토스라고 말하는데, 그 이유는 당신이 어떤 말을 하든 당신이 사회적, 혹은 정신적으로 신뢰받을 만한 사람일 때, 당신의 그것은 청중들에게 닿기에 이미 충분한 설득력을 갖춘 것이 되기 때문입니다.

하지만 그래서 저는 또한 이 에토스라는 것에는 위험한 요소가 가장 많이 포함되어 있기도 하다고 생각합니다. 제가 만약 선생님일 때, 제가 아이들에게 어떠한 잘못된 정보를 전달한다면, 그럼에도 아이들은 선생님인 저를 신뢰할 것이기에 그 정보를 고스란히 받아들일 것이고, 그래서 그것에는 늘 엄청난 책임이 뒤따르는 것이기 때문입니다. 사람들이 나를 향해 투사하는 상징성으로 인해, 그들은 나의 어떤 말이든 무분별하게 수용하게 될 수도 있으며, 하여 그것은 나의 의도와 관계없이 누군가의 인생에 엄청난 부정적인 영향을 행사하게 될 수도 있기 때문입니다.

그래서 우리가 타인에게 선하고 아름다운 영향력을 행사하기 위해서 우리는 우리 자신의 존재에 대한 책임 앞에서도 매사에 최선을 다하는 사람이어야 하는 것이고, 언제나 진실 앞에서 타협하지 않는 사람이어야 하는 것이고, 그렇게 나의 온전함을 스스로 지켜낼 줄 아는 오롯하고 지혜로운 사람이어야 하는 것입니다. 또한 그렇게 이루어낸 아름다운 성숙을 바탕으로 내가 충분히 신뢰받을 만한 사람이 되었고, 하여 사람들에게 정신적, 사회적으로 큰 영향력을 행사할 수 있을 만큼의 사람이 되었다고 하더라도, 그럼에도 우리는 늘 다시 돌아와 파토스 앞에서도 충실해야 하는 것입니다.

그러니까 제가 모든 사람들이 보는 방송에 출연해 어떠한 주제를 가지고 강연을 하게 된다면, 그때는 할 말 못 할 말이 많이 생기는 것입니다. 하지만 정말 나와 수준과 나아가고자 하는 방향이 비슷한 사람들과 함께하게 될 때는, 불특정 다수에게는 할 수 없었던 책임이 있는 말 또한 나는 공유할 수 있을 것이고, 그것을 통해 그들의 행복에 도움이 될 수 있을 것입니다. 그러니까 폭력적인 남편과 함께하는 여성에게 제가 인내와 용서를 말하게 된다면, 그것은 그녀를 더욱 우울하고 불행한 사람으로 만드는 조언이 될 수도 있을 것이고, 그래서 매사에 개별적인 상황과 수준, 맥락 또한 고려되어야만 하는 것입니다.

결국 모든 것이 로고스, 파토스, 에토스입니다. 우리는 이 세 가지 앞에서 최선의 책임을 다해야만 하는 것입니다. 제가 책을 출간할 때, 저는 제가 할 수 있는 최선의 메시지를 가지고 사람들의 행복에 이바지하기 위해 노력할 것이고, 또한 그것이 제대로 전달될 수 있도록 일 년이 넘는 시간 동안 밤낮없이 문장을 수백 번 다시 보며 토씨 하나라도 가다듬기 위해 노력할 것입니다(로고스).

또한 제가 써도 될 말과 쓰지 않아야 할 말 앞에서도 저는 최선을 다해 살피고 고민할 것입니다. 어느 정도 준비가 된 사람이 우울증을 극복하기 위해 어떻게 해야 하냐고 저에게 물을 때, 저는 그 사람에게 약을 끊고 정신적으로 스스로 치유하는 방향을 권유할 것이지만, 준비가 되지 않은 사람에게 그것을 권유할 때는 그 우울증이 더욱 심해질 수도 있는 것이기 때문입니다(파토스).

그리고 그것은 동시에 제가 가지고 있는 영향력에 대해 책임을 지는 태도가 될 것입니다. 저의 책을 읽고, 저의 말을 신뢰하고, 하여 저의 마음을 이해하고 존중하는 독자분들의 진실한 행복과 성숙을 지키기 위해, 제가 독자들이 오히려 성숙하지 않은 길로 가도록 부추기는 글을 써서는 안 될 것이기 때문입니다(에토스).

실제로 세상에는 자기 연민을 부추기고, 분노를 부추기고, 미성숙을 부추기는 수많은 책이 출간되고 있습니다. 그들의 자극은 때로 인기를 얻을 것이지만, 하지만 동시에 그것을 읽는 사람들의 마음은 더욱 파괴될 것입니다. 그래서 그것은 책임감 없는 행동입니다.

자신의 이득만을 생각하는 이기적인 행동입니다. 그리고 우리는 결국 그 책임감 없었던 모든 지난날 앞에서 언젠가 책임을 져야만 하는 날을 반드시 맞이하게 될 것입니다.

그러니 당신의 삶 앞에서 당신이 마주하는 모든 외부적인 표현들에 대해 당신은 로고스, 파토스, 에토스에 대한 최선의 선한 책임을 다하십시오. 그때 당신은 충분히 성공적일 것입니다. 그리고 스스로 할 수 있는 모든 책임을 다했다고 생각하는 그 내적 충족감, 만족감, 자존감으로 인해 내면에서부터 꽉 차오르는 기쁨을 느끼게 될 것이고, 그 진실한 기쁨과 매 순간 함께하게 될 것입니다.

그렇다면 지금 당신의 로고스, 파토스, 에토스는 무엇입니까. 당신이 품고 있는 가치는 무엇이며, 당신은 누구에게, 그것을 어떻게 표현하고자 하고 있습니까. 그 가치는 선하고 아름다운 것이 맞습니까. 무엇보다 당신은, 선하고 아름다운 사람이 맞습니까. 그리고 당신은 그 모든 것 앞에서, 얼마나 최선을 다하고 있습니까.

예쁜 미래를 맞이하고 싶을 때.

우리의 미래를 결정하는 것은 지금 이 순간 내가 내릴 선택에 달려 있는 것입니다. 우리가 어떠한 선택을 계속해서 반복할 때, 그것은 우리의 마음과 외부에서 더욱 우세하게 작동하기 시작할 것이고, 하여 바로 그것이 우리의 미래를 결정짓게 될 것이기 때문입니다. 그리고 그것은 양자 제논 현상에서 밝혀진 바와도 같습니다. 모든 물질은 우리가 그것을 관측하기 전까지는 어떠한 확률로서만 존재하는데, 우리가 그것을 관측할 때 그 측정의 행위가 대상에게 영향을 미치게 되고, 더하여 꾸준한 관측은 그것의 상태를 불안정에서부터 더욱 안정적인 상태로 확정 지어나가게 된다는 것이죠.

뉴턴과 아인슈타인이 포함된 고전 역학에서는 인간은 어떠한 법칙의 지배를 받는 하나의 거대한 부품이며, 하여 모든 인간의 미래는 과학적으로 계산하고 예상할 수 있는 것이라고 믿고 생각했었습니다. 즉, 어떠한 운명에 예속된 채 우리 인간은 그 틀 안에서 주어진 법칙에 따라 현재에서 미래를 향해 나아가고 있을 뿐이라는 것이죠. 지구와 달의 현 위치를 알 때 우리가 미래의 어느 시점에 지구와 달이 어떠한 위치에 있을 것인지를 예측할 수 있는 것처럼, 하여 월식, 계절 등을 미리 알 수 있는 것처럼 우리 인간 또한 자유의지로써 운명을 개척하는 게 아니라 정해진 법칙에 따라, 정해진 미래를 향해 정해진 지금을 살아가고 있는 것이라고 믿었던 것입니다.

하지만 오늘날의 양자 역학에 이르러 정해진 미래는 불가능한 것임이 밝혀졌습니다. 우리가 할 수 있는 최선은 전체 집단의 우세한 확률을 구하는 정도일 뿐, 하나의 개체의 정확한 확률을 예상하는 것은 불가능한 것이라는 게 밝혀진 것이죠. 그래서 양자 역학을 통해 우리는 인간의 자유의지를 더욱 인정하고 확장할 수 있게 되었으며, 또한 과학적으로도 지금 이 순간 반복하고 있는 우리의 선택이 어떠한 확률 높은 미래를 결정한다는 보다 내면의 힘을 인정하는 우주적인 진실을 재확인할 수 있게 된 것입니다.

그래서 저는 양자 역학을 공부하며, 그것이 우리가 성숙해가는 과정과 꼭 닮았다는 묘한 진실에 대해서 자주 느끼곤 합니다. 어쨌든 우리가 어떠한 것을 자주 판단하고, 자주 생각할수록 우리는 양자 역학에서도 그런 것처럼 그것의 관념과 정의, 그것이 일어날 확률을 강화시킬 것이고, 반대로 어떠한 것에 대해 아무런 관측이나 곱씹음도 하지 않은 채 주의를 덜 기울일수록 그것의 관념과 정의, 그것이 일어날 확률을 약화시키게 될 것입니다.

그러니까 지금 당신이 누군가를 증오하고 미워하는 생각에 사로잡힌 채 계속해서 그 생각을 관찰하고, 그 생각을 곱씹는다면 당신은 그 증오와 미움을 그만큼 더 강화하여 그것에 의해 더욱 강력한 지배를 받게 되는 것이죠. 또한 지금의 선택으로 인해 미래에도 당신은 용서와 이해보다 증오와 미움을 선택할 확률이 높아졌고, 그래서 그것은 당신의 미래를 더욱 부정적으로 바꾸고 결정짓게 되는 것입니다. 그러니까 지금 당신이 당신의 마음에 꾸준히 품고 곱씹고 있는 것, 바로 그것이 미래에 당신이 마주하게 될 현실이 되어 당신의 삶에 나타나게 되는 것입니다.

그러니 지금 그러한 상황, 사람 일체를 용서함으로써 용서를 강화하세요. 그렇게 용서와 사랑을 강화하고, 사랑스러운 생각을 당신 내면에 품은 채 그것을 관측하고, 하여 그것의 확률을 높이고, 그렇게 끝내 그것이 언젠가의 당신의 오늘이 되어 굳어지게 하세요. 그때, 당신이 마주하게 될 미래의 오늘은 행복과 사랑스러운 현실로 더욱 확정될 것입니다.

우리는 끝없이 무엇인가를 선택하며 살아갑니다. 우리의 마음 안에서는 끝없이 어떠한 감정을 선택할지, 어떠한 결정을 내릴지에 대한 물음이 떠오른 채 제시되어지고 있으며, 해서 우리는 끝없이 우리 자신의 미래를 어떻게 결정지을지에 대한 현재의 선택을 선물로 받고 있는 것입니다. 그리고 그 선택이, 정확히 당신의 미래와 운명을 결정짓게 될 것입니다.

당신이 지금 선택한 것은, 다음번 상황에서도 당신이 그것을 선택할 확률을 높일 것이고, 그러니까 당신이 지금 이 순간 미소 지은 채 친절하게 구는 것, 다정하게 구는 것, 사랑스러운 눈빛을 내뿜는 것, 보다 용서하고자 노력하는 것, 그러한 것들을 선택할 때, 그것은 양자 역학에 따라 통계적으로, 미래의 당신이 또한 미소를, 친절을, 다정함을, 사랑을, 용서를 선택할 확률을 높이고, 그러한 상태를 더욱 안정적으로 확정 짓게 될 것이고, 그래서 그것 자체가 당신 존재의 습관이 되어 굳어지게 되는 것입니다. 그리고 그 습관이, 당신의 운명, 그 미래의 현실을 결정짓게 되는 것이죠.

그렇다면 지금 이 순간 당신의 선택은 무엇입니까. 당신이 간절히 원하고 바라는 미래는 무엇입니까. 분노를 선택함으로써 늘 화내고 신경질적인 사람이 되고자 하십니까, 아니면 다정함을 선택함으로써 사람들에게 더욱 우호적이고 존경받는 사람이 되고자 하십니까. 끝없는 증오를 선택함으로써 아침부터 밤까지 매일 어떠한 상황과 일, 사람을 탓하고 미워하느라 불행한 인생을 살아가고자 하십니까, 아니면 용서를 선택함으로써 마음 안에 무한한 평화와 온전함이 깃든 행복한 인생을 살아가고자 하십니까. 찌푸린 인상과 미소 짓는 온화한 인상, 뾰족하고 삐딱한 마음과 사랑스러운 마음, 그러니까 불행과 행복, 지옥과 천국, 그 둘 중 당신이 원하는 미래는 무엇입니까.

그리고 그것을 지금 이 순간의 선택으로 결정지을 수 있는 것이라고 한다면, 당신 스스로 그 미래를 결정하는 것이 될 텐데, 그러니까 지금 이 순간 당신은 당신 자신의 자유의지를 바탕으로 무엇을 결정하길 선택할 것입니까. 결국 과거의 내가 반복해서 선택한 모든 습관과 말, 행동이 지금의 나와 나를 둘러싼 외부를 창조하였고, 우리는 그와 같이 지금 이 순간부터의 선택을 쌓아 우리 자신의 운명, 그 미래의 현실을 결정짓게 될 텐데, 그렇다면 당신은, 당신이라는 우주의 유일한 결정권자로서 당신의 운명, 그 미래의 현실을 어떻게 결정지으시겠습니까.

외부에 의해 변하지 않는 행복과 함께하고 싶을 때.

우리가 자기 자신의 한계를 그럼에도 있는 그대로 받아들이고 사랑할 때, 우리는 그만큼 자존감 있게 존재하게 됩니다. 왜냐면 자신의 한계를 스스로 받아들이지 못해 죄책감을 가지고, 불안해하고, 탓하고, 방어하고자 하고, 외부로 투사하고, 혹은 억제하고, 그러한 것들은 낮은 자존감의 상태에서 일어나는 주된 특징인 것이고, 하지만 우리가 그것을 스스로 인정하고 나는 그런 점이 부족하고 모자라다, 라고 말할 수 있게 될 때, 그건 그 자체로 낮은 자존감과는 반대되는 진정한 자존감의 특징이기에 우리는 그 자존감으로부터 더 이상 그것에 대해 숨기거나 불안해할 필요 없이 그 자체로 나를 더욱 존중하게 되며, 또한 그럼에도 내가 빛나고 소중한 존재임을 서서히 알아가고 인식하게 되기 때문입니다.

그러니 형편없고 못난 자신에 대해 받아들이세요. 그저 웃어넘기세요. 그 받아들임 자체가 이미 스스로 자존감 있길 선택하는 것과 같기에 그 결과 우리는 자존감 있을 것이며, 더욱 아름답고 평화로운 삶을 마주하게 될 것입니다. 저는 과거에 비해 살이 찌고 여드름이 많이 나 못나졌습니다. 그래서 그런 제 모습이 재밌고 사랑스럽습니다. 그렇다면 이것에 있어 제가 저를 비난하고 꾸짖을 필요라는 게 이제는 더 이상 어디에 있을까요?

그래서 우리는 우리 자신의 인간적인 한계와 있는 그대로의 모습들을 수용함으로써 우리 자신이 인간이고, 하여 인간성을 지니고 있음에 대해 그 자체로 아름답게 바라볼 줄 아는 사람이 됩니다. 그리고 그만큼 우리 자신의 자존감이 증가해 우리는 외부로부터 덜 상처받게 되고, 덜 휘둘리게 되고, 덜 취약하게 존재하는 일종의 보호막을 내면에서부터 지니게 되고, 그러니까 그만큼 우리는 우리 자신의 마음 안에 절대적인 평화와 행복을 지니게 되는 것입니다.

그리고 무엇보다 내가 나에게서 인간성을 인정한 만큼 우리는 타인의 인간적임 또한 더욱 이해하고 받아들이는 사람이 되며, 하여 그것을 존경한다고까지 말할 수는 없을지라도 우리는 타인의 인간성 앞에서 그럼에도 이해하고 공감할 수는 있는 사람이 되는 것이죠. 그렇게, 보다 너그러운 사람으로서 존재하게 되는 것입니다.

누군가가 실수만 했다 하면 얼마나 많은 사람들이 그들에게 돌을 던지기 위해 기다렸다는 듯 달려드는지 모릅니다. 하지만 사실 그들 자신 또한 돌을 던질 만큼 도덕적으로 완벽한 사람들은 결코 아닐 것입니다. 자신과 관련 없는 누군가를 향해 화를 내고 악의적으로 비난하고 증오할 수 있다는 건, 사실 그 자체로 그들의 수준이 거의 밑바닥에 있음을 그들 스스로 증명하는 것과 다르지 않으며, 그래서 사실 그럴 자격이 가장 없는 사람들이 바로 그들이기 때문입니다.

왜냐면 기본적으로 온전한 우리는, 그러한 것에 대해 살짝 언짢아하거나 이해하지 못할 수는 있어도, 그렇다고 해서 나의 하루를 망칠 만큼 그것에 대해 분노하지는 않기 때문입니다. 사실 증오심을 품는 것 자체가 나를 불편하게 하기에 꺼려지는데, 하물며 세상 모든 일에 일일이 덤벼들며 증오심을 품는다는 것이 우리에게 어떻게 가능한 일이겠습니까.

하지만 그럼에도 온전하길 선택한 우리는, 그들이 그렇게 존재하고 있음을 받아들이고 이해합니다. 결코 존경하거나 참여할 수는 없지만, 함께할 수도 없지만, 이해하고 받아들일 수는 있기 때문이며, 그게 결국은 내 마음을 더욱 평화롭게 한다는 것을 이제는 알기 때문입니다. 그래서 우리는 이제 그들을 안타깝게 바라봅니다. 그렇게밖에 존재할 수 없음을, 그러니까 그들이 더 나은 선택지를 바라보고 선택할 수 없을 만큼 제한적이게 존재할 수밖에 없다는 것에 대해 미움을 품기보다 안쓰럽게 여기게 되는 것이죠. 그리고 또한 그럼에도 나는, 저렇게 존재하지 않을 수 있음에 대해 우리는 감사합니다. 사실 나에게도 저렇게 존재했던 날, 혹은 존재하고 싶었던 유혹이 있었고, 그럼에도 나는 운이 좋아 다르게 존재할 수 있게 되었기 때문입니다. 그래서 그건 사실 삶으로부터 내가 그저 받은 축복이며, 하여 오직 감사해야 할 선물인 것이죠.

그렇게 우리는 타인이 어떤 식으로 존재하든, 우리 자신의 온전함을 지켜내는 사람이 됩니다. 마음의 평화와, 하루의 행복을, 내 삶의 건전함을 잃지 않는 자존감 있는 사람이 됩니다. 그래서 우리는 나와 타인의 인간적임을 받아들인 만큼, 더욱 외부 세계로부터 나 자신의 주권을 빼앗기지 않게 되며, 나의 세계를 스스로 훼손하는 식의 부정적 영향권 밖에서 존재하게 되며, 그러니까 그것이 바로 진정한 자존감이며, 그 자존감으로부터의 보호인 것입니다.

그러니 나를 비롯한 모든 사람들의 인간적인 한계를 그 자체로 받아들일 줄 아십시오. 그때, 당신은 더 이상 이 세상으로부터 취약하게 존재하지 않게 될 것입니다. 그래서 당신은, 더욱 행복하고 평화롭게 이 삶을 누리고 살아가게 될 것입니다. 누군가의 의견에 일일이 반응하며 그것에 과한 감정을 소모하지 않아도 될 것이며, 하여 스쳐 지나가는 의견 하나에도 하루를 망쳐버릴 만큼 자존감 없게 존재하지 않아도 될 것입니다. 더욱 너그럽고, 더욱 수용력 넘치며, 더욱 다정한 사람이 될 것입니다.

그래서 사람들 또한 당신과 함께하고자 당신을 찾아오게 될 것입니다. 왜냐면 이제 당신은 매력적인 사람이 되었기 때문입니다. 하지만 그럼에도 당신은, 또한 모든 사람과 함께하지는 않을 것입니다. 모든 사람의 인간성을 받아들이는 것과, 그럼에도 모든 사람과 함께하는 것은 엄연히 다른 일이기 때문입니다. 그러니까 사랑하는 것과 함께하는 것은 다르며, 지혜와 무분별한 순진함은 다르다는 것을 이때의 당신은 분명하게 알고 있기 때문입니다.

그러니까 당신은 이해하고 공감할 수는 있지만, 결코 존중받을 만한 가치를 지니고 있지는 않은 사람과는 결단코 특별한 관계에 놓이지는 않게 될 것입니다. 왜냐면 그것이 바로 당신 자신을 스스로 지키는, 당신 자신을 향한 다정함이자 온전한 책임이기 때문입니다. 배고픈 사자와 호랑이 곁에서 함께 머무르고자 하는 것은 진실로 위험한 일이며, 그건 나 자신의 생명을 스스로 존중하지 못할 만큼의 순진함에 불과한 것이기 때문입니다.

당신이 진실로 책임감 있게 당신 자신을 사랑한다면, 그래서 당신은 사나운 맹수에게도, 온전하지 않은 사람들에게도, 결코 당신의 손을 내밀지는 않을 것입니다. 여전히 그들을 이해하고, 그들의 의도를 어떻게든 공감할 수도 있겠지만, 그래서 미워하지 않고 사랑하겠지만, 그렇다고 해서 그들을 존중하거나 그들과 특별한 관계로 함께하지는 않는 것이죠. 그저 어릴 적 그림책에서 보았던 사자를 있는 그대로 사랑했듯, 그렇게 멀리서 사랑할 뿐인 것입니다. 그리고 그것이 바로 우유부단함을 넘어선 단단한 자존감의 수준인 것입니다.

그러니 당신은 당신 자신을 포함한 모든 생명체의 한계와 인간성을 있는 그대로 받아들일 줄 알되, 또한 동시에 당신 자신의 온전한 책임에 대해서도 최선을 다하는 사람이십시오. 그렇게 행복하고, 또한 그 행복을 스스로 지켜낼 줄 아는 사람이십시오. 결국 진정한 행복이란, 진정한 자존감이란, 그 어떤 외부 앞에서도 흔들리지 않을 만큼 나 자신의 존재와 정체성을 지켜낼 줄 아는 마음인 것입니다. 그래서 우리는 다른 사람들이 나를 바라보는 시선, 나를 향한 의견, 그러한 것에 이제는 크게 흔들리지 않게 됩니다. 왜냐면 나 자신을 바라보는 시선과 존재의 주권을 이제는 진정 내 것으로 소유했기 때문입니다.

하지만 그럼에도 우리는, 우리 자신의 존재의 성숙과 온전함에 대한 책임을 다할 것이기에, 또한 언제나 다정한 사람이 되고자 더욱 노력하며 나아갈 것입니다. 그러니까 우리 자신의 잘못된 욕구와 이기적인 충동 앞에서까지 그것을 있는 그대로 받아들이는 온전하지 않은 사람으로서 존재하지는 않는 것이죠. 그러니까 내가 결코 존중할 수 없을 만한 타인과는 함께하지 않는 것을 선택한 것처럼, 나에게 또한 내가 존중할 수 없을 만한 태도나 습관, 감정, 생각 같은 것들이 함께하지 않도록 언제나 최선을 다해 신경 쓰고 책임을 다하는 사람이 되는 것입니다.

그래서 이제 우리는 나 자신이 스스로 좋은 사람, 다정한 사람, 온전한 사람이라는 확신을 내면에 지닌 채 나아가게 됩니다. 그래서 매사에 진정한 자신감과 함께하게 되는 것이죠. 어떤 상황 앞에서도, 어떤 사람과 함께하는 순간에도 나는 다정한 사람일 수 있다는 그 진정한 자신감과 함께 말입니다. 내가 진정 스스로 행복하고 다정한 사람이 되었는데, 그렇다면 이제는 타인의 의견과 시선 따위에 크게 흔들리고 동요할 필요라는 게 어디에 있겠습니까. 이때는 진실로 그러한 것들은 나의 마음에 어떠한 파도를 일게 할 만큼 영향력 있는 것이 되지 못할 것입니다.

그래서 당신은 이제 안에서부터 진정 행복한 사람이 됩니다. 그리고 그 내면의 행복으로부터, 외부 세계에서 또한 그 행복을 찾고 발견하는 사람이 됩니다. 여태 외부로 인해 나의 행복과 불행이 결정된다고 믿고 생각해왔던 것과는 완전히 반대로 말이죠. 늘 변하는 외부의 조건에 의해 나의 행복과 불행, 감정과 생각들이 결정되게 하는 것이 아니라, 나 자신의 변함 없는 자존감과 행복, 아름다운 시선으로 세상을 마주하는 것, 그렇다면 그것이야말로 진정 평화로운 자의 마음가짐이 아니겠습니까.

그렇다면 오늘, 당신의 선택은 무엇입니까.

마음이 예뻐서 행복한 사람이 되고 싶을 때.

보통의 사람들에게 삶의 목표가 무엇인지 물어본다면, 거의 대부분의 사람들이 외부적인 성공에 자신의 목표를 둔 채 살아가고 있다는 것을 우리는 알 수 있을 것입니다. 그러니까 저의 목표는 내적으로 더욱 성숙한 사람이 되는 거예요, 라고 말하는 사람은 거의 없을 것입니다. 그래서 사실 주어진 삶을 통해 내적인 성숙을 완성해내겠다고 마음먹는 것만으로도 이미 우리는 다른 사람들보다 앞서 나가기 시작합니다. 보다 다정하고, 보다 이해하고, 보다 용서하고, 보다 사랑하고, 하여 보다 행복한 사람이 되기 시작하는 것이죠.

사실 누군가를 용서하기 위해 노력한다는 것은 때로 세상으로부터 이해받기 힘든 목표일지도 모릅니다. 왜냐면 사람들은 그저 아무렇지 않게 원망하고, 아무렇지 않게 탓하고, 그렇게 자신의 내적인 세계에 대해서는 그저 무책임하게 살아가기 때문입니다. 그런 그들의 미성숙으로 인해 주변 사람들은 고통받지만, 그럼에도 그들은, 그러거나 말거나 그저 무책임하게, 이기적으로 살아갈 뿐이고, 이러한 세상이기에 용서라는 것이 하나의 목표로 설정된다는 것이 이상하고 어리석은 일로만 여겨지는 것이죠. 용서하는 순간, 더 많은 손해를 감수해야만 하는 것처럼 느껴지기 때문입니다.

진실로 사람들은 진실한 행복, 외부의 그 어떤 것에도 불구하고 기뻐할 줄 아는 내적 자유, 그러한 것들에는 관심이 전혀 없어 보입니다. 그래서 그런 그들을 두고 나 혼자 용서하며 살아가는 것은 희생처럼 느껴질 수도 있습니다. 하지만 그래서 또한 당신이 용서하고자 노력하는 사람일 때, 당신은 이 세상의 그 누구도 감히 성취하지 못했던 진실한 행복에 닿아가기 시작할 것입니다. 그 내적 자유를 내면에서부터 소유하게 될 것입니다. 그리고 그 모든 노력의 과정 안에서 하루하루 진실의 빛과 진정한 행복이 당신의 내면을 더욱 채워줄 것이기에 당신은 외부의 그 어떤 것으로도 느끼지 못했던 꽉 차오르는 만족감, 기쁨과 함께하게 될 것입니다.

그래서 그때의 당신은 손해와 희생이 아니라 이득과 선물을 차고 넘치게 받길 선택한 것일 뿐이며, 외부적인 이득을 위해 그 행복을 놓친 수많은 사람들이 사실은 손해와 희생을 겪고 있는 것이라는 것을 또한 알게 될 것입니다. 당신은 당신의 행복을 위해 거짓 행복을 포기한 것이며, 그들은 그들의 불행을 위해 진짜 행복을 포기한 것이며, 그렇다면 진짜 손해와 희생을 겪게 된 사람은 누구이겠습니까.

그러니 지금 조금 힘들다고 해서 죄책감을 가지지 마세요. 이미 당신이 설정한 목표는 거의 모든 사람들이 선택하지 않는 목표고, 해서 어려운 것이 당연한 것입니다. 그저 하루하루 최선을 다해 노력하는 과정 안에서, 서서히, 그리고 반드시 좋아질 것입니다. 여태 살아온 모든 습관을 바꾸는 일이 어떻게 어렵지 않을 수 있겠습니까. 하지만 또한 그것이 나의 행복을 위한 일이라는 것을 내가 분명하게 안다면, 그 길을 어찌 걸어가지 않을 수 있겠습니까. 그러니 믿으세요. 그것이 당신의 진정한 행복을 위한 길이며, 또한 그 과정 안에서 반드시 행복할 당신이라는 것을.

그 모든 나아감 안에서 당신은 어제는 누군가를 그저 습관적으로 탓했었다면, 오늘은 그러기 전에 내가 사람들에게 한 반응과 태도를 먼저 돌아보는 사람이 되어갈 것입니다. 어제는 내가 생각한 대로 사람들이 움직여주지 않는다고 답답함을 느끼며 예민하게 굴고, 그렇게 신경질적으로 굴었었다면, 오늘은 조금 더 받아들이고 그럼에도 다정하게 굴고자 노력하는 사람이 되어갈 것입니다. 어제는 미간을 잔뜩 찌푸린 채 어떤 한 사람을 미워하며 마음 안에 분노와 원망만을 쌓아두며 나를 아프게 했었다면, 오늘은 그 모든 이미 지나간 과거를 나의 평화를 위해 내려놓고 놓아주는 사람이 되어갈 것입니다. 그렇게 서서히, 하지만 반드시 변해갈 것입니다.

우리 모두는 성숙하기 위해 태어나, 이 삶의 마지막 순간까지 그 성숙을 완성하기 위해 살아가고 있지만, 사람들은 여전히 그 존재의 이유와 목적을 완전히 잃은 채 그저 하루하루 부정적인 감정에 탐닉하고, 욕망에 탐닉하고, 그렇게 주어진 순간들을 탕진하며 살아가느라 정신이 없으며, 하지만 당신은 그 존재의 이유와 목적을 다시 기억해 낸 채 이제는 성숙을 향해 나아가는 사람이 된 것입니다. 그래서 보통의 사람들이 평생의 과정 동안 아주 조금의 성숙도 이루어내지 못할 때, 당신은 수많은 과정들을 초월하고, 그렇게 엄청난 수준의 성숙을 이루어내게 될 것입니다.

그래서 당신은 밝고 빛나는 사람일 것이고, 해서 서서히 사람들은 당신이 옳았다는 것을 알게 될 것입니다. 그들의 그 모든 과정 안에서 그들은 그토록이나 치열하게 임했지만, 그럼에도 그들의 그 목표는 그들을 행복하게 만들어주지 못했고, 하여 자신이 행복하기 위해서가 아니라 오직 불행하고 공허하기 위해 스스로 노력해왔다는 것을 끝내 알게 된 뒤에는 말이죠.

그래서 저는 잘하고 있다고 말해주고 싶습니다. 기특하다고 말해주고 싶습니다. 하루하루 조금 더 성숙해서 행복한 사람이 되고자 이토록이나 애쓰며 노력하는 당신이 그 자체로 아름답다고 말해주고 싶습니다. 참 눈부시게 빛나며, 누구보다 예쁘고 사랑스럽다고 말해주고 싶습니다.

그리고 포기하지 말라는 말을 해주고 싶습니다. 포기하지 마십시오. 당신이 세워둔 그 내적인 목표를 당신이 성취해나가는 그 과정 안에서, 당신이 포기하지만 않는다면 당신은 끝끝내 더욱 행복한 사람이 될 것입니다. 그럼에도 완전히 행복한 사람이 되었다고 말할 수는 없을지라도, 어쨌든 당신은 보통의 사람들보다는 훨씬 더 행복하고, 지혜롭고, 더욱 너그럽고 다정한 사람이 된 채일 것입니다. 이제는 사소한 일 앞에서도 그냥 넘어가지 못해 물고 늘어지며 상대방을 괴롭게 만드는 사람은 더 이상 아닌 것입니다.

그러니까 당신의 마음 안에 있는 수많은 부정적인 감정, 그 어둠들이 이제는 진실의 빛으로 대체된 채일 것이고, 하여 당신은 당신의 마음 안에 있는 부정적인 감정이 많이 정화되고 사라졌다는 사실 그 자체로 이미 보다 많이 웃고 행복한 사람이 된 채일 것입니다. 그래서 이제는 이기심에서부터 이타심으로, 증오와 원망에서부터 관용과 이해로, 집착과 통제에서부터 받아들임과 사랑으로 그 모든 부정적인 감정이 대체되기 시작할 것입니다.

해서 이제는 작은 미움 하나만 당신의 내면에 들어와도, 깨끗하고 하얀 천에 아주 작은 얼룩이 묻은 것처럼 그것은 당신을 신경 쓰이게 하고 불편하게 할 것이기에 당신은 그것을 버티지 못해 내려놓고자 할 것이고, 그러니까 이제는 진정 당신 자신을 위한 것이 미움을 곱씹는 것이 아니라 용서라는 것을 당신은 완전히 깨닫게 된 채일 것이고, 그렇다면 이때에 이르러 당신이 어떻게 행복하지 않을 수 있겠습니까.

그래서 당신은 이제 행복하지 않는 것이 불가능해서 행복한 사람이 됩니다. 나의 사소한 불친절조차 후회하고 아파하며 내일은 더 다정한 사람이 되겠다고 각오하는 사람이 됩니다. 그 여정이, 당신에게는 이미 시작된 것이고, 그래서 당신은 끝내 행복한 사람이 될 수밖에 없는 것입니다. 그렇다면 처음으로 돌아가 다시 묻겠습니다.

당신의 목표는 무엇인가요.

삶과 죽음의 갈림길 위에서 절망한 채 두려움에 떨고 있을 때.

정말 많이 지치고, 왜 내게 이런 일이 생겼을까 싶어 때로는 원망하기도 하고, 그렇게 절망하기도 하고, 당신이 그런 시간을 보내고 있을까 염려가 많이 됩니다. 제가 감히 그 아픔에 어떻게 공감할 수 있겠냐만, 그럼에도 부디 마음의 빛과 희망을 잃지 말고 꿋꿋이 행복한 당신이었으면 좋겠습니다. 여전히 마음을 결정하는 힘은 내게 있기에, 꿋꿋이 소중한 당신이기를 바랍니다.

분명 누군가는 그 아픔의 시간 안에서도 뜻과 이유를 찾고자 했을 것이고, 하여 감사하기 위해 노력했을 것이며, 하여 끝내 행복의 빛을 잃지 않았을 것입니다. 그러니 그럼에도 불구하고 당신이 행복했으면 합니다. 그럼에도 불구하고 당신이 당신 자신을 사랑해줬으면 합니다. 만약 기적이 일어난다면, 그것은 결국 사랑과 행복 안에서 일어나지 않겠습니까. 하여 저는 그 기적이 끝내 당신을 향할 것이라 믿고 소원하겠습니다. 그리고 그 기적이 당신에게 닿을 공간이 당신의 마음 안에서 준비가 되어있길 바라겠습니다.

누군가에게 기적이 일어났다면, 당신에게도 그 기적은 당연히 일어날 수 있는 것입니다. 또한 그럼에도 불구하고 누군가가 행복할 수 있었다면, 당연히 당신 또한 그와 같이 행복할 수 있는 것입니다. 저는 우주가 누군가를 특별하게 아끼고, 그런 식으로 편애한다고 믿지 않습니다. 인간조차도 궁극의 성숙을 이루고 나면 모든 이들을 평등하게, 보편적으로 사랑할 텐데, 하물며 우주가 그렇겠습니까. 다만 우리가 우리 자신이 성숙한 만큼 우리와 닮은 것으로 우주를 생각할 뿐이고, 하여 지금 내가 생각하는 우주의 모습은 결국 나 자신의 내면의 투사일 뿐이겠죠.

그러니 당신이 생각하는 대로의 우주가 아니라, 진짜 우주를 바라보고 그 우주를 믿으세요. 우주는 당신이 어떻게 생각하든 그 모습이 변하지 않겠지만, 당신의 그 생각은 당신의 지금에 분명 큰 영향을 미칠 테고, 그래서 당신이 절대적인 사랑의 우주를 믿는다면, 하여 당신에게도 기적과 행복을 받을 자격이 있다고 믿는다면, 그리고 우주가 반드시 당신에게 그것을 줄 것이라 믿는다면, 당신은 마음을 열어 그것을 받게 될 것입니다. 그러니 우주의 절대적이고 완전한, 따뜻하고 관대한, 그 보편적인 사랑을 믿으세요.

누군가에게나 마지막이 있을 것이고, 우리는 그 언젠가를 미소와 함께 받아들일 줄 아는 궁극의 성숙을 완성하기 위해 살아간다고 저는 믿습니다. 그러니 지금 그 숙명의 과제를 완성하세요. 지금을 그 과제를 완성하기 위한 완벽한 기회로 여기세요. 이 아픔이 내게 왜 찾아왔을까, 그것을 나 자신의 내면에 대고 묻고, 그 이유를 완성하고자 노력하며 나아가는 것입니다. 결국 그 성숙을 완성해낸다면, 어쨌든 그 성숙을 완성하기 위해 이곳에 태어난 당신이기에 당신에게는 이곳에 존재할 이유 또한 더는 없는 것입니다. 하여 미련 없이, 오직 미소와 함께 끝을 받아들일 수 있을 것입니다.

또한 육체의 죽음을 두려워하지 마세요. 육체의 죽음은 가능할지라도, 영혼의 죽음을 불가능하고, 해서 우리에게는 육체의 죽음을 경험할 길이 영원히 없을 것입니다. 육체가 눈을 감는 그 순간에도 우리의 영혼은 여전히 사랑스럽게 빛나고 있을 것이며, 하여 영원히 존재하고 있을 것이기 때문입니다. 그러니까 육체가 눈을 감는 그 순간, 우리는 이미 영혼이 되어 육체를 벗어난 채일 것이고, 하여 영원한 영혼인 우리가 육체의 죽음을 경험하는 것은 애초에 불가능한 일인 것이기 때문입니다.

신의 자비로 망각의 강을 건넜기에 수많은 삶과 죽음의 반복을 잊은 당신일 뿐, 당신에게 있어 이 한 번의 생은 결코 처음과 마지막이 아니며, 당신의 간절한 선택으로 인해 어떠한 아름다운 의미와 목적을 지닌 채 탄생 된 수많은 기회 중 어떤 한 번의 기회일 뿐이며, 그래서 당신이 어떤 아름다운 성숙을 반드시 이루겠다고 다짐한 채 태어나길 선택한 이 한 번의 기회 앞에서 당신이 할 수 최선은, 당신의 그 다짐을 기억한 채 그 성숙을 완성하는 것이며, 하여 비로소 당신이 그렇게 한다면 이 삶은 그 자체로 몫을 다한 것입니다. 그리고 당신은 또다시 영혼으로 돌아가 선택하겠죠. 이 생을 살아가며 꼭 이루었으면 좋았을, 하지만 끝내 이루어내지 못했던 성숙을 완성하기 위한 새로운 태어남을. 그래서 삶과 죽음은 그 성숙의 통로일 뿐, 그 자체로는 아무것도 아니며, 하여 두려워할 것도 없는 것입니다.

그런 당신의 이번 생이라고 한다면, 원망보다는 받아들임과 감사를, 불행보다는 행복을, 두려움보다는 존재의 영원함에 대한 믿음을 선택하는 것이 무엇보다 당신 자신을 위한 것이 아니겠습니까. 여전히 당신에게는 선택할 수 있는 힘, 그 주권과 권능이 남아있고, 그래서 지금 이 순간은 여전히 당신에게 있어 행복을 선택할 수 있는 기회이자 선물일 텐데, 그렇다면 지금 이 순간 행복을 선택함으로써 당신이 이곳에 태어나 존재하는 이유를 완성하는 것이 무엇보다 당신 자신을 위한 것이 아니겠습니까. 또한 육체의 아픔 앞에서 당신이 기울여야 할 책임은 육체적인 것뿐만이 아니라 마음적인 것도 있는 것이며, 하여 그 아름다운 책임으로부터 육체적, 마음적으로 모두 최선을 다함으로써 치유의 기적이 당신에게 더욱 가까이 다가오게 하는 것, 그것이 무엇보다 당신 자신을 위한 것이 아니겠습니까.

그렇다면 지금 이 순간 당신의 선택은 무엇입니까.

행복을 선택함으로써 행복할 수밖에 없는 사람이 되고 싶을 때.

우리는 자유의지를 가진 무한한 가능성을 지닌 각자의 존재들이지만, 또한 동시에 자유의지를 제한받고 있는 한계가 있는 존재들이기도 합니다. 왜냐하면 우리는 우리가 성숙한 만큼, 정확히 그만큼의 수준으로만 세상을 바라볼 수 있고, 하여 정확히 그 안에서만 무엇인가를 선택할 수 있기 때문입니다. 그래서 우리가 여전히 미성숙한 채일 때, 그때의 우리에게 있어 자유의지란 사실 자유가 아니라 속박이자 구속이 될 뿐일 것입니다. 그때의 나는 미움에 의해 미워하고, 분노에 의해 분노하고, 욕망에 의해 욕망하는, 존재의 주권을 완전히 상실한 왜소한 사람으로서 존재하고 있을 테니까요.

그러니까 제가 제 감정을 주체하지 못해 늘 쉽게 화를 내며 분노하는 사람일 때, 그때의 저에게 있어 용서를 선택할 확률이란 거의 존재하지 않을 것입니다. 그래서 그 분노라는 수준 안에서, 그 언저리의 것들을 선택하는 자유만을 지닌 채 저는 이 삶을 마주하고 살아가게 될 것입니다. 그러니까 그것이 자유의지를 우리가 지니고 있지만, 그 자유의지라는 것이 또한 우리에게 있어 제한되어 있는 것일 수밖에 없는 이유인 것입니다.

또한 그때는 분노하지 않은 채 다른 것을 선택할 자유가 내 눈에는 전혀 보이지 않을 것이기에, 그리고 나는 마음속에 일렁이는 분노를 나 자신과 완전히 동일시한 채일 것이기에 사실 그때의 분노는 엄밀히 말해서 내가 분노를 '선택'한 것이 아니라 분노할 수밖에 없어서 일어난 분노일 테고, 그래서 그때의 나는 분노하지 않을 수 있는 자유를 소유하지 못한 채 존재하고 있을 것입니다. 그리고 그것이 내가 미성숙한 만큼 우리에게 있어 자유의지란 자유가 아니라 속박이자 구속이 될 뿐인 이유인 것입니다.

당신 또한 당신의 자유의지를 바탕으로 지금 이 순간을 보내고 있을 것입니다. 여전히 쉽게 미워하고, 탓하고, 화내며, 그러한 것들을 선택하면서 말이죠. 그러니까 스스로 불행을 선택하면서 말입니다. 결국 행복은 선택이고, 우리가 행복을 선택할 때 우리는 행복할 수밖에 없을 것입니다. 하지만 그 선택이 눈에 보이지 않았던 당신이기에 여태까지의 당신은 그 행복을 선택할 수가 없어 선택하지 않아왔던 것이죠.

그렇게 당신은 지금 이 순간 어떠한 사람을 미워하는 것보다 용서하는 것이 당신을 더 행복하게 해준다는 것을 모르는 채로, 그러니까 그만큼 당신의 자유를 제한받은 채로 끝없이 스스로 미움을 선택해왔고, 왜냐면 그것이 당신의 행복을 위한 최선인 줄로만 알고 있었기 때문이고, 하지만 당신이 지금을 지나 조금만 더 성숙하고 나면 그건 행복하고 싶다고 말은 하면서도 스스로 끝없이 불행을 자처하는 오류에 불과함을 비로소 알게 될 것이고, 그래서 지금은 그 성숙을 위해 눈에 보이지 않아 갈 수가 없었던 길을 향해 그럼에도 한 발을 내디딜 때입니다.

그것이 아마도 더 큰 행복이고, 더 큰 성숙일 것이다, 라는 막연한 믿음으로라도 그 길을 향해 걸어갈 때입니다. 왜냐면 당신은 여태

당신을 행복하게 해줄 것이라 믿어왔던 것들을 최선을 다해 선택해
왔지만, 그럼에도 그것으로 인해 행복했던 적이 단 한 번도 없었기
때문입니다. 그래서 당신이 아는 분명한 한 가지는 지금 당신의 자
유의지로 당신이 선택할 수 있는 것 안에는 행복이 없다는 것이고,
그렇다면 이제는 기꺼이 다른 길을 향해 나아가 봐야 하지 않겠습
니까.

　당신은 이 글을 통해 무엇이 진짜 행복인지에 대해 생각해봤을
테고, 하여 이제는 진짜 행복이 희미하게나마 당신의 눈에 보이기
시작했을 테고, 그래서 지금이 바로 당신이 이제는 전과는 다른 것
을 선택할 때입니다. 분노와 미움에서 행복을 찾지 못했었기에 분
노와 미움의 반대편에 있는 용서와 사랑, 이해를 선택해볼 때인 것
입니다. 그리고 그것을 선택하고 나면 진짜 행복이 무엇인지 모를
수가 없어 알게 될 당신이며, 왜냐면 그곳이 진짜 행복이 있는 곳이
기 때문이며, 하여 그렇게 함으로써 이제는 행복을 선택할 수밖에
없어 행복을 선택하는 운명을 지닌 당신으로 당신을 만들어갈 때입
니다. 그렇게 용서가 보다 우세하고, 다정함이 보다 우세하고, 친절
과 사랑이, 너그러움과 관대함이 보다 우세한 당신이 되어 이 삶을
진정으로 행복하게 살아갈 시간입니다.
　그러니 당신이 진정 다른 삶을 살고 싶고, 진정 행복하고 싶다면,
지금 이 순간부터 당신의 선택을 바꾸십시오. 이제는 진짜 자유로,
진짜 행복을 선택하십시오. 당신이 여태까지 해온 선택으로 인해
지금의 불행에 당신이 이르렀다는 진실을 외면하지 마십시오. 하여
이제는, 또다시 같은 것을 선택하는 오류를 반복하지 마십시오. 오
직 선택을 바꾸십시오.
　당신이 현재 지니고 있는 수준 안에서의 자유의지를 넘어 보다
높은 수준의 선택을 하기란 진실로 힘과 의식적인 노력이 많이 들
것입니다. 하지만 그럼에도 당신이 간절하다면, 당신은 기필코 해낼

것입니다. 그러니 한 발을 내딛으십시오. 그렇게 한 번 선택하고, 두 번 선택하고, 세 번 선택해서 그것이 당신의 자유의지 그 자체가 되게 하십시오. 처음보다 그 다음이, 그리고 그 다음의 다음은 더 쉬울 것입니다.

왜냐면 지금 이 순간 당신이 한 선택 한 번이, 당신이라는 존재의 타성에 균열을 일으킬 것이고, 새로운 관성을 만들어낼 것이고, 하여 다음에도 그것을 선택하게 될 확률을 보다 높일 것이기 때문입니다. 그래서 두 번, 세 번은 처음보다 쉽습니다. 그리고 그 이후로는 높아진 선택의 확률로 인해 자동적으로 당신은 그것을 선택하게 될 것입니다. 그래서 그때가 되면 당신은 이제 이전과는 전혀 다른 사람이 되어있을 것입니다. 당신이라는 존재가 당신의 마음이라면, 당신은 이제 전과는 완전히 다른 마음을 지닌 사람이 되었기에 당신의 존재 자체가 완전히 달라졌다고 말할 수 있는 것이죠.

그렇게 당신은 보다 행복하고, 다정하고, 사람들에게 기쁨을 전해주는 사람이 되고, 하여 보다 매력적인 사람이 됩니다. 무엇보다 스스로 행복하고, 더 이상 작은 일 하나에도 부정적인 감정을 투사한 채 그것에 골몰하지 않아도 될 만큼 성숙하고 여유 있는 사람이, 다정하고 너그러운 사람이 된 채일 것입니다.

결국 모든 것이 당신의 선택이고, 무엇보다 당신은 자유의지라는 선물을 지니고 있는 사람일 텐데, 그렇다면 당신의 자유의지, 그것을 바탕으로 내릴 지금의 선택은 무엇입니까. 이제는 진짜 행복이 무엇인지 몰라 불행만을 선택해왔던 전과는 달리, 당신은 진짜 행복을 아는 사람이 되었고, 무엇보다 지금 한 걸음을 내딛지 않으면 영원히 그 수준 안에서 그 불행이 행복의 전부라 믿은 채 살아가게 될 당신일 텐데, 그렇게 당신 자신의 자유의지 자체를 스스로 속박하고 제한하게 될 당신일 텐데, 그러니까 당신의 선택은 무엇입니까.

● 스스로 행복할 줄 아는 완전하고 오롯한 내가
되고 싶을 때.

우리가 행복의 근원이 바로 우리의 마음에 안에 있는 것임을 알
때, 우리는 더 이상 타인에게 무엇인가를 기대하거나 의존하지 않
게 됩니다. 그러니까 우리가 스스로 행복한 사람이지 않을 때, 오직
그때만 우리는 외부 세계, 혹은 다른 사람들을 통해 우리 자신의 결
핍을 채우고자 하며, 하여 그로부터 행복을 얻고자 하는 그 이루어
지지 않을 환상을 끝없이 추구하게 되는 것입니다.

그러니 스스로 행복하고 완전하십시오. 당신이 당신 마음 안에 있
는 결핍을 주어진 삶과 당신 존재의 있는 그대로에 만족할 줄 아는
그 감사로 채우게 될 때, 하여 지금 이 순간 주어진 것들을 더욱 소
중히 여기게 될 때, 당신은 더 이상 결핍과 함께하지 않게 될 것이
고, 하여 외부 세계로부터 자신의 결핍을 채우고자 하는 오류에서
부터도 진정 자유를 얻게 될 것입니다. 해서 이제는 더 이상 타인의
어떤 반응에 의해 쉽게 상처받지 않게 되고, 타인으로부터 어떠한
반응을 기대하며 감정적인 기대심을 투사하지도 않게 될 것입니다.
하여 쉽게 분노하거나, 쉽게 절망하지도, 쉽게 감정적으로 취약해진
채 끝내는 원망으로 이어질 서운함을 앓지도 않게 될 것입니다.

왜냐면 이제는 그 모든 감정적인 원인이 바깥이 아니라 내 안에
있음을 당신은 진실로 깨달은 채이고, 또한 삶을 향한 주관적인 만
족도가 높아졌기에 감정적으로 쉽게 무너지고 흔들릴 만큼의 낮은
자존감에서부터도 당신은 더욱 벗어난 채일 것이기 때문입니다. 해
서 이제는 내 마음이 상하는 일이 생겼다면 그것에 탐닉하며 바깥
세계를 탓하며 부정성을 더욱 키워가기보다, 당신은 당신의 내면에
어떠한 결핍과 문제가 생겼음을 알고 그것을 다스리고자 할 것이
고, 그렇게 진정 성숙하며 진정 치유하며 나아가게 될 것입니다.

자존감이 높은 온전한 사람은 기본적으로 부정적인 감정을 불편해하고, 그와 반대로 자존감이 낮은 온전하지 않은 사람은 긍정적인 감정을 불편해하는 경향이 있습니다. 누군가의 진심 어린 친절, 따뜻한 태도를 어떤 사람은 그것 그대로인 사랑으로 느끼고, 어떤 사람은 나약함으로 느끼거나, 혹은 어떤 의도가 있는 친절로 느낀 채 의심하거나, 피하고 싶을 만큼 나를 어색하게 만드는 것, 혹은 비위를 약하게 만드는 것으로 느끼거나, 그런 식인 것이죠.

그리고 나는 이제 내가 삶을 향한 감사로 채우고 완성한 나 자신의 오롯함으로 인해 다정하고 온화한 태도를 지루하고 답답한 것, 불편한 것으로 여기던 나에서 그것을 따뜻함으로, 복수하지 않고 용서하는 것을 약한 것으로 여기던 나에서 그것을 진정 강한 것으로 여기는 내가 되어가는 것입니다. 예전에는 분노하고 화내는 게 당연한 나였다면, 이제는 분노의 감정이 내 마음에 있는 것 자체가 불편해서 견딜 수가 없는, 하여 그것을 내려놓고자 노력하는 내가 되어가는 것이죠.

그래서 이제 나는 내 마음 안에 부정적인 감정이 있을 때, 그것을 곱씹으며 더욱 부풀리기보다 나의 편안함, 평화를 위해 더욱 내려놓은 채 잊고 떠나보내고자 노력하는 사람이 됩니다. 그렇게 무엇보다 나 자신에게 더욱 다정한 사람이 됩니다. 내가 나의 마음 안에 보다 예쁘고 사랑스러운 세계를 담고 들려주는 것, 그것이 바로 나 자신을 향한 다정함이기 때문입니다.

그러니 지금 이 순간 모든 결핍과 부정적인 감정을 대체하는 빛을 소유하십시오. 보다 있는 그대로의 나를 존중하고, 그것에 감사할 줄 앎으로써 그렇게 하십시오. 상대방의 사소한 태도도 그저 지나치지 못해 감정적으로 쉽게 훼손된 채 그것에 의해 부정적인 감정을 강요당할 만큼 낮은 자존감과 함께하는 나로서 존재하기보다 말입니다. 내가 이미 행복하고 삶에 대한 만족도가 높은 사람이 되었는데, 그렇다면 이제는 나에게 있어 타인의 반응과 태도에 의존한 채 그것으로 나의 행복과 불행을 결정지을 필요라는 게 더 이상 어디에 있겠습니까. 이미 나는 스스로 완전하고도 온전하며, 하여 스스로 행복할 줄 아는 사람이 되었는데 말입니다.

그러니 끝없이 비교하기보다, 나인 그대로를 존중하고 사랑해주세요. 지금 당신의 현재 모습들에 감사하면서요. 언제나 외부에 의해 쉽게 좋았다 나빠졌다 하는 자아 정체성이란 쉽게 무너지기 마련인 일시적인 것에 불과하며, 하여 내가 그것에 의존할 때 나는 언제나 결핍된 채 왜소한 사람으로서 존재할 수밖에 없다는 것을 또한 명심하면서요. 무엇보다 나 자신의 진정한 자존감과 행복을 위해서요.

그렇다면 결핍과 만족, 지금 이 순간 당신의 선택은 무엇입니까.

● 함께 예쁜 성숙을 향해 나아가는 사랑을 하고 싶을 때.

서로가 서로를 마주하는 매 순간에 그 함께함이 하나의 성숙의 통로가 되어주는, 서로가 원래의 서로보다 더욱 예쁜 사람이 될 수 있게 서로를 마주하고 비춰주는 거울이 되어주는, 그런 사랑을 하세요. 그러기 위해 다른 것은 존중하고 맞춰나가되, 틀린 것은 올바른 방향으로 이끌어주는, 또 자신의 부족한 점을 상대방과 함께하는 시간을 통해 발견하게 되었을 때는 고집을 부리기보다 그것을 성숙의 선물로 여긴 채 기꺼이 겸손한 마음으로 인정하고 더 나은 사람이 되고자 노력하는, 그런 사람이 되세요. 그렇게 함께하는 동안 서로의 다정하지 않은 면들, 온전하지 않은 면들을 교정함으로써 더욱 성숙한 사람이 되어 나가는 둘이라면, 둘은 함께하는 영원히 서로를 더욱 신뢰하고 사랑하게 될 것입니다.

세상에는 여전히 함께하며 서로에게 고통을 주고, 다정하게 권유한 채 기다려주고 이끌어주기보다 강요하고, 서로가 다른 것을 넘어 반드시 고쳐야 할 틀린 것 앞에서도 여전히 고집을 부리고, 그렇게 나란히 나아가기보다 집착하고 통제하는 식의 '힘'을 사용하여 서로를 마주하는 관계가 많이 있습니다. 그리고 우리가 그 힘으로 관계를 마주할 때, 그 관계는 내리막을 걸을 수밖에 없을 것입니다. 힘은 반드시 저항하는 힘을 낳고, 하여 그때의 그 관계는 끝없는 갈등과 맞섬을 겪은 채 둘 모두가 진이 빠지고 소진될 수밖에 없는 소모적인 관계가 될 것이 분명하기 때문입니다.

그러니 서로가 바라보는 방향이 같고, 그 방향이 성숙이자 아름다움이며, 하여 그곳을 향해 두 손을 맞잡은 채 함께 걸어갈 수 있는 그런 사랑을 하십시오. 결국 성숙하지 않는 삶은 공허하며, 하여 우리는 그 공허와 결핍 때문에 타인에게 힘을 쓰며 마음의 헛헛함을 달래고자 하게 되며, 해서 진실의 빛이 그 공허를 깨뜨리기 전까지 우리는 그러한 악순환에 중독이 된 채 무기력하게 살아갈 수밖에 없을 것이며, 그래서 그때의 우리는 내 마음의 주권을 부정성에 완전히 넘겨준 채 그것에 휘둘리며 상처를 주고받을 뿐인 관계를 이어갈 수밖에 없을 것이기 때문입니다. 그러니까 그때는 그 공허와 불행의 늪 안에서 영원히 허우적거린 채 서로를 사랑하기에도 모자란 그 소중한 시간을 서로를 사랑하지 않는 일에 씀으로써 낭비하며 그 마음의 산만함과 예민함으로 서로를 평생 고통스럽게 하는 관계를 이어갈 수밖에 없는 것입니다.

그렇다면 당신이 사랑하는 사람과 함께 당신이 나아갈 방향은 어디입니까. 그것은 성숙입니까, 미성숙입니까. 영원한 고통입니까, 영원한 사랑입니까. 그러니까 행복입니까, 불행입니까.

사람은 모두가 자신이 생각하기에 가장 최선의 행복과 이익을 추구하며 살아가고 있습니다. 그러니까 히틀러에겐 대량 학살과 독재, 전쟁이 그가 선택할 수 있는 최선이었던 것이고, 하지만 테레사 수녀님에게 있어서 그러한 선택을 하는 사람이란 진정한 행복이 무엇인지 몰라 제한되어 있는 한 사람의 불쌍한 영혼으로만 느껴질 뿐이었을 것입니다. 그리고 히틀러가 그보다 높은 선택지가 자신을 행복하게 해준다는 것을 이미 알고 있었다면, 그는 그것을 선택했을 것입니다. 그래서 그것이 바로 한 사람의 수준이고, 우리는 우리가 성숙한 만큼만 더 나은 선택지, 더 진실한 행복을 선택할 수 있는 것입니다. 그것이 사람이 스스로 깨닫지 않는 이상 결코 변하지 않는, 변할 수 없는 이유인 것입니다.

그리고 그 변화란, 정말로 큰 시련이나 아픔을 겪지 않는 이상 끈기 있는 하루하루의 노력을 통해 천천히, 점진적으로 이루어질 것입니다. 그래서 또한 우리는 선택해야만 합니다. 누구와 함께할지, 누구와 함께하지 않을지를 말이죠. 왜냐면 함께하며 서로를 미워할 것 같으면, 그러니까 그럴 수밖에 없을 만큼의 미성숙한 사람과 함께하게 되었기에 미워하는 것 말고는 다른 선택지를 찾을 수 없을 것 같으면, 그때는 차라리 멀리 떨어진 채 존재하는 게 둘 모두에게 좋은 일일 테니까요. 사람은 정말 스스로 깨닫기 전에는 그것이 아무리 제한된 선택일지라도, 그것이 옳다고 말하고 고집을 부리는 경향이 있을 것이고, 해서 한쪽은 성숙을 향해 나아가고자 하는데, 다른 한쪽은 미성숙이 옳다고 고집을 부릴 때 그 둘은 결코 행복하게 함께할 수는 없을 것이기 때문입니다.

그러니 성숙을 향해 나아가고, 성숙을 함께할 수 있을 만한 사람과 함께하십시오. 그때의 둘은 반드시 공허를 넘어 진실한 사랑에 닿을 것이며, 하여 빛과 함께 진정 행복할 것입니다. 함께하는 매 순간 혼자일 때는 결코 이룰 수 없었던 성숙을 완성하며 나아갈 수 있다는 것, 그건 얼마나 낭만적이고 아름다운 일일까요. 함께함으로써 더욱 용서하는 사람이 되고, 더욱 기다려줄 줄 아는 사람이 되고, 더욱 다정하고 친절한 사람이 되고, 그렇게 아름다움에 매 순간 물들고 젖어가는 일이란 말이죠.

그렇다면 지금 이 순간 당신은 당신이 마주하고 있는 관계 안에서 성숙과 진실한 사랑을 향해 더욱 나아가고 있습니까, 아니면 함께 미성숙에 머무른 채 오직 영원한 공허와 불행을 확정 짓고 있을 뿐입니까.

늘 섣불리 사랑에 빠져서 아픔도, 후회도 많을 때.

세상에는 사랑에 쉽게 빠지는 두 가지 부류의 사람들이 있습니다. 자기 스스로 충족되지 않아 늘 외롭고 공허한, 하여 외부의 무엇인가를 통해 그 외로움을 채우고자 하기에 그 대상이 누구든 언제라도 사랑에 빠질 준비가 되어있는 감정적으로 결핍된 사람, 그리고 주어진 성숙을 최선을 다해 완성하며 이 삶을 살아왔기에 자신과 마찬가지로 예쁜 성숙을 이뤄낸 사람, 하여 함께하는 내내 그 성숙의 가치를 공유하고 나눌 수 있는 사람, 그런 사람을 금방이면 알아볼 수 있고, 왜냐면 자신의 세계관과 가치를 나누지 못하는 외로움을 수없이 겪어봤기 때문이며, 그래서 단 몇 마디의 대화만으로도 이 사람이 내 사람이다, 하고 서로의 빛을 알아본 채 서로에게 스며들 준비가 되어있는 온전한 사람, 이 두 가지 부류의 사람들이 있는 것이죠.

그리고 첫 번째 부류의 사람은 자주 사랑하고, 쉽게 사랑에 빠지지만, 두 번째 부류의 사람은 쉽게 사랑하지 않고, 하지만 어떠한 대상을 만났을 때에는 정말 그 누구보다 빠르고 쉽게 그 사람에게 마음을 열고 사랑하게 되는 경향이 있습니다. 또한 첫 번째 부류의 사람들은 언제나 쉽게 사랑한 만큼 쉽게 헤어지기도 하고, 그 사랑 안에서 이기적으로 존재하며 상대방의 마음 앞에서도 가벼이 굴지만, 두 번째 부류의 사람들은 이 사람이 아니면 안 된다는 간절함으로, 왜냐면 이렇게 마음이 예쁜 사람을 또다시 만나게 되는 일은 기적처럼 어렵다는 것을 알기 때문이며, 하여 지금의 만남을 마지막 기적으로 여기는 그 간절함으로 자신이 할 수 있는 가장 최선의 존중과 사랑의 마음을 다해 서로를 마주하기에 보다 영원의 색을 띠는 사랑을 하게 됩니다. 몇 번의 사랑을 했고, 또 몇 번의 이별을 했고, 그 모든 과정 안에서 최선을 다해 후회하고 아파하며 배웠고, 그렇게 찬란한 성숙을 완성한 만큼 예쁜 사랑을 기울일 준비가 되었으며, 또한 지난 모든 경험을 통해 어떤 사람을 만나야 할지에 대한 명확한 기준이 섰으며, 그러니까 이제는 마지막의 영원한 사랑을 맞이할 만큼 그 때가 무르익은 것이죠.

그래서 두 번째 부류의 사람들은 서로가 만나 서로를 알아보고, 또 결혼을 다짐하고 영원히 함께하길 선택하는 데 걸리는 시간이 그리 오래 걸리지 않는 경우가 많습니다. 정말로 한 달 만에 결혼을 하고자 마음먹는 경우도 이때는 있는데, 그것에는 첫 번째 부류의 사람들이 일찍이 결혼을 하고자 마음먹는 것과는 차원이 완전히 다른 깊은 농도와 진실함이 깃들어있으며, 그런 둘이라서 서로가 만나 아주 빠르게, 그리고 깊게 스며들고, 시간과 공간을 잊을 만큼의 짙은 시간을 보내며 그 모든 시간 안에서 서로가 완성한 성숙의 결을 느끼며, 그렇게 서로와 같은 사람은 이 세상에 결코 흔하지 않음을 지난 모든 세월을 통해 알아왔기에 이 사람이다, 하는 확신을 가지게 되며, 하여 결혼을, 그 영원을 함께하고자 마음먹게 되고, 그러니까 그 모든 것이 이때는 빠르더라도 결코 가볍지가 않은 것입니다.

세상이 말하는 금사빠에는 이렇듯 두 가지 부류의 형태가 존재한다고 저는 생각합니다. 그리고 두 번째 부류의 금사빠는 드물지만, 또한 그래서 아름답고 찬란합니다. 그러니 지금 만약 외롭고 공허해서 누구라도 만나야겠다는 마음에 쉽게 사랑을 약속하고 쉽게 사랑에 빠지고, 하지만 그 관계, 서로에 대한 확신과 존중이 없어 시간 낭비일 뿐인 관계며, 그러니까 늘 그런 관계만을 맺어온 당신이라면 이제는 먼저 온전한 나를 만들어갈 차례입니다. 더욱 진실한 마음으로 삶을 마주하고 성숙할 시간입니다. 그렇게 보다 깊은 사랑을 맞이할 준비를 할 때입니다. 왜냐면 사랑은 중요한 것이기 때문입니다. 내가 어떤 사람과 평생 함께하는지, 그것은 내 평생의 성숙과 행복을 결정지을 만큼의 영향력을 가진 것이기에 그 앞에서 나는 결코 가벼워서도, 신중하지 않아서도 안 되는 것이기 때문입니다. 그러니 반드시, 좋은 나를 준비하세요. 내가 좋은 내가 되고 나면, 나는 내가 좋은 사람이 된 만큼 꼭 좋은 사람을 만나게 될 것입니다.

대부분의 사람들이 결혼하지 않은 삶에 대해 두려워하는 경향이 있고, 그래서 한 번은 결혼을 하고자 하며, 하지만 우리는 이미 경험한 것에 대해서는 두려움이 사라지는 경향이 있고, 그래서 결혼 생활이 전혀 행복하지 않은 사람들은 아직 결혼하지 않은 사람들에게 굳이 결혼하지 않아도 된다, 혼자가 더 행복할 수도 있다, 라는 식의 조언을 하는 경우도 많이 있습니다. 그러니 당신은, 결혼하지 않은 삶이 두려워서, 평생 외로울 것 같아서, 그래서 섣불리 결혼을 결심했지만, 그 뒤에 뒤늦게 후회하는 사람이지는 마십시오. 함께하지만 혼자일 때보다 더 외로운 결혼 생활을 하면서 말입니다. 그러니 그런 일을 방지하기 위해서라도 혼자서도 행복한, 완전한 나를 먼저 완성하세요.

그러니 당신은, 사람들에게도 행복한 결혼 생활에 대한 영감을 줄 만큼의 진실한 행복이 함께하는 결혼을 하십시오. 그러니까 당신의 사랑을 보는 모든 이들이 진실한 사랑을 향해 나아가고자 더욱 마음먹게 할 만큼의 선하고 아름다운 영향력을 행사하는 예쁜 빛깔의 사랑을 하십시오. 그러기 위해 먼저 당신의 성숙과 온전함을 최선을 다해 완성하며 나아가십시오. 주어진 삶과, 주어진 관계와, 주어진 사랑 앞에서 최선을 다해 진심일 것이며, 하여 하나의 사랑 안에서 할 수 있는 한 많은 행복과 아픔, 기쁨과 절망, 그 모든 것들을 느끼고 끌어안으며 사랑하십시오.

그렇게 사랑하고, 하지만 그럼에도 헤어지고, 그렇게 아파하고, 그럼에도 다시, 사랑하고, 그 몇 번의 가슴 저미는 과정을 반복해야 할지도 모릅니다. 하지만 그렇게 무르익고 성숙하는 것입니다. 그렇게 당신은 남들이 다른 성에 대해 가벼이 말하고, 또 사랑에 대해 이기적이고 탐욕적으로 말할 때, 그런 그들과의 대화에서 참을 수 없는 가벼움과 견딜 수 없는 불편함을 느끼는 사람이 되어갈 것입니다. 하여 그런 만남이 이제는 불편하기에 당신은 서서히, 자연스럽게 보다 진중하고 사려 깊은 마음을 지닌 사람들과 함께하게 되어갈 것입니다. 그렇지 않은 사람들과 함께할 때면 자꾸만 마음이 불편할 테니까요. 그래서 서서히, 자연스럽게 그러한 예쁘고 진실한 향기를 지닌 사람과만 함께하고 있는 당신이 되어가는 것입니다.

그리고 그런 과정 중에 당신은 빛나는 서로를 알아보고, 이내 서로에게 깊게 빠져드는, 그런 사람을 만나게 될 것입니다. 그리고 그와 영원한 사랑을 맹세하게 될 것입니다. 그리고 그 사랑에는 실패가 없을 것입니다. 많은 사람들이 사랑 앞에서 실패하는 순간에, 이제 당신은 당신이 당신의 마음속에 피워낸 예쁜 성숙의 꽃으로 인해 성공할 수밖에 없어 성공하게 되는 것입니다. 남들이 부러워할 만큼 행복한 사랑, 결혼 생활을 하게 될 것이며, 그렇게 사람들이 결혼에 대한 막연한 두려움을 이기지 못해 그 두려움과 외로움에 의해 쫓기듯 결혼하고, 그런 뒤에 서로를 원망하고 탓하느라 자신의 평생을 낭비하고 있을 때, 당신은 두려워서 하는 결혼이 아닌 정말로 이 사람이 아니었으면 평생 혼자 살았을지도 모르고, 이 사람을 알기 전이었다면 그 혼자만의 삶도 그런대로 행복했을 거야, 라는 생각이 드는 결혼을 한 채 평생을 함께 성숙하며 나아감으로써 서로의 행복을 고취시켜주는, 하여 혼자서도 행복한 둘이었지만 둘이라서 더 행복한 둘이 되어가는 그 영원의 사랑을, 그렇게 모든 이들의 가슴에 아름다운 빛을 새겨주는 진실한 사랑을 하고 있을 것입니다.

그러니 만약 당신이 쉽게 사랑에 빠지는 사람이라면, 저는 당신이 당신에게 주어진 성숙을 최선을 다해 완성하며 나아왔기에 누구여도 된다는 외로움과 두려움 아닌, 꼭 너여야만 한다는 온전함과 완전함으로 쉽게 사랑에 빠지는 사람이길 바랍니다. 그러니까 평소에는 결코 쉽게 사랑에 빠지지 않는 당신이지만 너를 만났기에 아주 쉽게, 아주 빠르게, 하지만 무엇보다 깊고 짙게 사랑에 빠지게 된 그런 당신이길 바랍니다.

그렇다면 당신은 어떤 부류의 금사빠입니까. 그리고 당신은 평생을 함께할 누군가와 평생을 기쁘고 행복하게 함께할 준비를 충분히 진실하게, 깊게, 진중하게 하고 있습니까.

존재의 목적을 잊어 자꾸만 공허할 때.

성숙한 사람이 된다는 것은, 나 자신의 개인적인 욕망을 실현하고자 하는 사적인 이득에 대한 모든 갈망들, 외부적으로 더 성공한 사람이 되고자 집착하는 일들, 끝없이 마음 안을 소란스럽게 하는 타인을 향한 원망, 나 자신에 대한 혐오, 우울과 갈등, 수없이 많은 걱정에 대한 탐닉들, 이제는 그 모든 것들을 내려놓고 오직 진실한 행복과 마음의 진정한 평화를 찾기 위해, 그것을 완성하기 위해 살아가겠다고 다짐하는 일입니다. 그러니까 내가 태어나 존재하는 유일한 이유와 목적인 내면의 성숙을 망각한 채 외부 세계에 헛되이 관심을 두기보다, 그 내면의 일에 더욱 관심을 가지고 그것을 완성하기 위해 오직 살아가고자 내 삶의 주된 목적을 재정렬한 채 이제는 내재적인 삶을 살아가는 일입니다. 내가 오직 완전하게 나 자신의 진실한 행복과 다정함, 사랑을 완성하는 것에만 목적을 둔 채 정렬되었는데, 그렇다면 이제는 외부적인 그 어떤 것이 나를 흔들고 훼손할 수 있을까요.

그래서 우리가 성숙하고자 마음먹은 채 나아갈 때, 우리는 외부 세계로부터 아주 강한 면역을 얻게 되고, 하여 더 이상 외부의 조건, 타인의 반응에 전전긍긍한 채 쉽게 상처받거나 불안해하고, 집착하거나 얽매이고, 그러지 않게 됩니다. 왜냐면 이제는 나의 시선이 온전히 나를 향하고 있고, 하여 나의 마음 안에서부터 단단한 중심이 세워졌기 때문입니다. 결국 모든 것이 나의 내면에서 일어나는 내 반응의 문제였고, 내가 세상을 인식하는 방식의 문제였고, 내가 삶을 마주하는 태도의 문제였고, 그러니까 이제는 보다 성숙하고 단단한, 온전한 시선으로 세상을 마주하고 살아가게 되는 것이죠. 이제는 모든 것의 근원이 되는 나 자신의 존재, 그 내면에서부터 모든 것을 바로잡아나가기 시작했기 때문입니다.

그러니 당신이 태어나 존재하고 살아가는 유일한 이유와 목적인 성숙을 망각하지 마세요. 당신이 성숙을 잊고 잃은 채 그저 세상을 살아가게 될 때, 당신은 수없이 많은 불안과 걱정, 공허와 결핍, 불만족, 원망과 증오, 우울과 불면, 그러한 것들에 시달리게 될 것입니다. 그리고 구태여 그러한 가치들에 탐닉한 채 산만함과 걱정거리를 쌓아가게 될 것입니다. 그래서 태초부터 영원히 당신의 내면에서 찬란하고 아름답게 빛나고 있는 당신 존재의 빛은 그러한 식의 무의미와 무가치한 일들에 가려져 퇴색되기 시작할 것이고, 하여 당신은 생기를 잃은 채 불행하게 살아가게 될 것입니다.

태양은 언제나 변함없이 한자리에 있습니다. 먹구름이 너무나도 많이 낀 흐린 날씨에는 그 빛이 잠시 가려질 수는 있겠지만, 하여 우리의 눈에는 태양이 사라진 것처럼 보일 수도 있겠지만, 그럼에도 태양은 여전히 같은 자리에 같은 크기로 있는 것입니다. 해서 당신이 지금 해야 할 일은 당신이라는 존재의 태양, 그 빛을 인정한 채 다만 먹구름을 거두어내는 일입니다. 당신이 하나둘, 당신이라는 존재를 가리고 있는 그 먹구름들을 거두어내고 치워내기 시작할 때 당신 존재의 본연의 빛은 알아서 다시금 반짝이기 시작할 것이기 때문입니다. 그 빛은 태양처럼 언제나 같은 자리에 같은 크기로 당신의 마음속에 있었지만 당신이 세운 우상과 환상들로 인해 잠시 가려졌을 뿐이며, 하여 당신이 그것을 바라보지 못했을 뿐이며, 그러니까 그 모든 순간에도 그 빛은 여전히 변함없이 그 자리에 있어 왔기 때문입니다.

그러니 더 이상은 이 세상의 무의미하고 무가치한 일들에 탐닉하지 마세요. 그렇게 당신을 병들게 하지 마세요. 지금 이 순간 당신이 오직 행복하겠다고 선택할 때, 그 선택으로 말미암아 당신은 반드시 행복에 이르게 된다는 것을 잊지 마세요. 당신은 여전히 변함없는 사랑이며, 당신에게 필요한 건 당신 스스로 그 사랑을 바라보며 인정하는 일, 그뿐이었으니까요. 하여 결국 당신이 불행했던 건 당신의 외부의 조건 때문이 아니라 외부를 바라보는 당신의 시선, 그리고 외부의 무엇인가가 일어났을 때 당신이 습관적으로 해왔던 당신의 반응, 그 때문이었던 것이고, 그래서 여전히 행복과 불행을 결정할 힘은 오직 당신에게, 당신의 선택에 있으니까요. 그것이 바로 위대한 당신의 자유의지니까요.

그렇다면 성숙과 미성숙, 빛과 어둠, 행복과 불행, 천국과 지옥, 자존감과 연약함, 위대함과 왜소함, 사랑과 사랑 아닌 것들, 그들 중 지금 이 순간 당신은 무엇을 선택하겠습니까. 그러니까 지금 이 순간을 오직 성숙하기 위해 살아가시겠습니까, 아니면 여전히 미성숙을 선택한 채 스스로 불행에 머무르길 선택하며, 그래놓고는 그 불행을 스스로 탓하고 미워하는 식의 오류의 감옥에 갇혀 영원히 지금 이 순간의 천국을 낭비하시겠습니까. 그러니까 천국과 지옥, 당신의 선택은 무엇입니까.

● 나의 역할에 대한 책임감으로부터 보호받고
싶을 때.

　우리 모두에게는 자신에게 주어진 역할에 대해 최선을 다할 책임
이 있습니다. 만약 저에게 누군가가 저의 글을 자신의 사적인 이득
을 위해 사용해도 되냐고 묻는다면, 저는 그것을 검토하고, 또 그것
에 따른 사회적, 법적, 인간적인 책임을 다해 고려할 필요가 있는 것
입니다. 그래서 상대방이 저의 그러한 책임 앞에서 서운해한다고
해서, 그리고 서운해하는 그 모습을 지켜보는 게 제 가슴을 아프게
한다고 해서 제가 저의 역할을 저버릴 수는 없는 것입니다.

　왜냐면 인간적인 수준에서 사람들이 느끼는 서운함이라는 것은
대체로 자신의 사적인 이득에 관련한 것이기 때문입니다. 자신의
개인적인 입장만 놓고 봤을 때 자신에게 이득이 되면 그것은 좋은
것, 그렇지 않으면 서운한 것, 그렇게 되는 것이죠. 그러니까 그것이
지고의 선과 나의 아름다운 성숙, 그 진실한 행복과 책임 앞에서 이
득이 되는지 아닌지가 아니라 오직 자신의 이기심을 충족시켜주는
것이라면 좋은 것, 좋은 사람, 그렇지 않은 것이라면 미운 것, 미운
사람이 되는 것입니다.

　누군가가 테레사 수녀님의 이미지를 빌려 자신의 사업에 활용하
고자 했을 때, 테레사 수녀님께서 그것을 거절하면 그것은 자신에
게 서운한 것, 그래서 테레사 수녀님은 미운 사람, 좋지 않은 사람,
그러한 식이 되는 것이죠. 하지만 그렇다고 해서 테레사 수녀님께
서 그 서운함을 고려하느라 그것을 허락했을까요. 서운함이 속상했
을지라도 그럼에도 그 책임 앞에서 소홀하지 않았을 것입니다. 왜
냐면 그것이 자신의 역할에 대한 진실한 책임이기 때문입니다.

　해서 우리가 그 역할에 대한 책임을 진실로 이해할 때, 우리는 비
교적 평화롭고 자유로운 마음과 함께하게 됩니다. 나의 사적인 이

득에 대한 판단, 그 판단은 결국 나의 성숙을 제한하는 구속의 판단이고, 하지만 이제 나는 그 판단을 지고의 선과 진실함을 위해 기꺼이 놓아주었기에 그 구속으로부터 나 자신을 스스로 구원하게 된 것이죠.

그래서 우리는 이제 판단의 대가로부터 또한 자유로운 사람이 됩니다. 제가 저의 사적인 이득에 비추어 누군가를 미워한다면, 그 미움은 진실을 저버린 대가를 반드시 치러야 하는, 나를 그 미움의 결과에 얽매이게 하는 판단이 되겠지만, 그저 제가 가장 높은 성숙과 온전함, 그리고 선과 진실함에 의지하여 판단할 때 그 판단은 세상에 아무런 부정적인 영향도 미치지 않을 것이며, 하여 그 무엇으로부터도 묶이지 않을 것이기 때문입니다.

그러니까 산을 보고 산이라고 말하는 것은 아무런 결과를 낳지 않는 진실한 판단이기에 대가가 없지만, 산을 보고 미운 산, 더러운 산, 이라고 말하는 것은 무엇인가를 나의 뜻대로 함부로 훼손한 책임의 대가를 반드시 치러야 하는 판단이 되는 것이죠. 처음부터 영원히 사랑으로 태어났기에 그 자체로 사랑인 누군가를 두고 사랑스럽고 예쁘다고 판단하는 것과 그와 반대로 못나고 부족하다고, 밉고 싫다고 판단하는 것 또한 마찬가지로 그런 것입니다.

그리고 이제 우리는 더욱 진실한 판단만을 하는 사람이 되었기에 우리의 그 판단으로부터의 거절 또한 우주의 속박에서부터 자유로운 것이 됩니다. 그때의 거절은 나의 이득, 나의 입장, 나의 관념이 아니라 이 세상의 선, 그리고 그 모든 것을 넘어 그저 나의 역할에 대한 나 자신의 진실한 책임감으로부터의 판단, 그로부터의 거절이 될 것이기 때문입니다. 그래서 그때의 우리는 다른 사람의 역할과 그 책임 또한 더욱 존중하는 사람이 됩니다. 왜냐면 이제 우리는 역할에 대한 최선이 무엇인지 알고 있으며, 하여 상대방 또한 그 사람의 역할 앞에서 책임을 다하고 있는 것일 뿐임을 이해하기 때문입니다. 그래서 그것을 존중하지 않을 이유는 없는 것이기 때문입니다.

누군가가 당신의 음식점에서 단체 식사를 하려고 하는데, 하고 말했을 때, 그리고 당신이 지금은 코로나 규제 때문에 그것은 불가능하다고 거절했을 때, 어떤 누군가는 서운함을 느끼겠지만 또 어떤 누군가는 그 사람의 역할, 그 책임을 존중할 수 있는 것이죠. 그리고 우리는 그 책임 앞에서 서운함을 느끼기보다 존중할 줄 아는 사람이 된 것입니다. 그리고 애초에 그러한 책임을 이해하는 사람이라면, 사실 그 책임을 지켜주지 않는 제안이라면 건네지도 않을 것입니다. 그래서 사실 사적으로 서운해할 일이 그때는 일어나지도 않을 것입니다. 온전한 사람은, 온전함을 저버리는 제안을 건네는 법이 없기 때문입니다.

어쨌든 우리는 우리 모두의 역할 앞에서 상대방의 사적인 서운함을 배제한 채 책임을 다할 줄 알아야 하고, 그러한 일 앞에서 죄책감을 가지지 않는 단단한 자존감, 그 용기와 함께할 필요가 있을 것입니다. 그것이 우리를 보다 견고하고 높은 수준의 자유 앞으로 안내할 것이기 때문입니다.

그러니까 누군가가 저에게 불법을 저지르는 데 동참해달라고 했을 때, 저는 단언컨대 그것을 눈 한 번 깜빡이지 않고 거절할 것이고, 그래서 상대방이 제 거절 앞에서 서운해하며 저를 미워한다고 했을 때, 저는 또한 그 앞에서도 끝내 꿋꿋할 것입니다.

또한 누군가가 저의 저작권을 자신의 이득을 위해 사용하고자 하고, 그것의 동의를 구할 때, 저는 작가이자 출판사의 대표로서 그 제안을 면밀히 검토할 것이며, 해서 그 제안의 온전함의 여부를 신중하게 가릴 것이며, 하여 끝내 그것이 오직 이기적인 제안이라는 생각이 들거나, 혹은 세상의 선에 기여하는 것이 맞다라는 명확한 확신이 들지 않거나 한다면 저는 그것을 거절할 것입니다. 그래서 상대방이 저를 비난하고, 또 저에게 따뜻하지 않은 사람이라며 실망감을 표현한다고 해도, 저는 그런 것에 의해 흔들리지 않을 것입니다.

왜냐면 따뜻함과 자애로운 마음이 낮은 자존감에서 비롯된 우유부단함을 뜻하는 것도, 또 상대방의 사적인 이기심 앞에 내 온전함을 헌신하는 식의 순진함을 뜻하는 것도 아니라는 것을 저는 너무나도 분명하게 알고 있기 때문입니다. 또한 그 순간의 상대방의 미움과 실망감이라는 것은, 저 자신의 문제가 아니라 그 자신의 미성숙함에서 비롯된 오직 그의 문제라는 것을 저는 너무나도 선명하게 이해하고 있기 때문입니다.

그렇다면 당신은 당신의 역할 앞에서 최선의 온전한 책임을 다하고 있습니까. 그리고 나 자신의 사적인 이득과 상대방의 사적인 이득, 그것으로부터 생기는 서운함과 갈등들, 그 너머에 있는 가장 진실한 마음으로 이 세상을 마주하고 살아가고 있습니까. 그러니까 당신은 판단에 속한 자입니까, 아니면 판단을 초월한 채 진정 자유와 해방을 얻은 자입니까.

지난 실수에 대한 죄책감에서 이제는 벗어나고 싶을 때.

실수 그 자체는 아무런 문제가 되지 않습니다. 왜냐면 실수는 신, 혹은 삶, 우주, 그것을 뭐라고 부르든 이 세상의 절대자가 우리와 소통하기 위해 선택한 하나의 수단일 뿐이기 때문입니다. 그러니까 너는 잘못된 길로 가고 있어, 그러니까 이제는 이 방향으로 나아갈 필요가 있어, 하고 우리를 더욱 아름다운 방향으로 안내하기 위해 그는 실수와 실패를 통해 우리에게 말하고 신호를 주고 있을 뿐인 것이죠. 그래서 우리에게는 오직 그 아름다운 신호와 말 앞에서 귀를 더욱 기울이고, 하여 마침내 그 안내를 받아 더욱 온전하고 성숙한 방향으로 우리의 삶을 교정하며 나아갈 필요가 있을 뿐입니다.

그러니까 우리는 실수로부터 배우고, 그것을 반복하지 않기 위해 노력해야 합니다. 우리가 그렇게 할 때에만 우리는 변하게 되고, 또 그 변화가 일상이 되게 되고, 그렇게 끝내 그 변화를 소유하게 되어 애쓰지 않아도 이전의 미성숙한 나와 달리 더욱 예쁘고 아름답게 존재하는 사람이 될 수 있기 때문입니다. 왜냐면 그때의 우리는 실수가 우리에게 찾아온 이유와 목적 그대로 실수를 바라봄으로써 그 실수에서부터 충분히 배웠고, 그 실수를 통해 충분히 성숙했고, 하여 그것이 나를 찾아온 뜻과 이유를 마침내 완성하였기 때문입니다.

처음에는 그것이 실수의 목적이라는 것을 받아들이기가 힘들고, 해서 절망하는 시간을 보내게 될지도 모릅니다. 또 그것을 마침내 받아들였다고 해도, 새로운 방식을 배우고 적용하는 일 앞에서 고군분투하는 시기를 보내게 될지도 모릅니다. 하지만 그럼에도 불구하고 우리는 배우고, 채우고, 끝내 완성해내고, 그렇게 나아가야만 합니다. 그러기 위해 열려 있어야만 하고, 우리 자신의 외부를 탓하기보다 내부에서부터 문제를 찾고 그것을 돌아볼 줄 알아야만 합니다. 그 겸손과 함께 진정 자신의 실수를 딛고 일어선 사람만이 자신이 완성한 그 성숙으로 인해 그 무엇에도 의존하지 않는 오롯하며 영구적인 행복과 평화를 마침내 자신의 가슴에 소유하게 되기 때문입니다.

우리 모두는 실수와 실패를 딛고 일어선 사람과 그렇지 못한 사람 모두를 본 적이 있을 것입니다. 하여 실패를 통해 외부를 탓하는 사람이 얼마나 못나고 왜소해 보였는지, 또 실패를 탓하기보다 오직 책임짐으로써 배우고, 그렇게 함으로써 그것을 끝내 딛고 일어선 사람이 얼마나 성숙하고 위대해 보였는지, 빛나 보였는지를 기억할 수 있을 것입니다. 그러니 당신은 탓하기보다 책임지는 빛나는 사람이 되십시오. 강한 사람은 책임지고, 약한 사람만이 탓할 뿐이며, 그러니까 당신은 오직 강한 사람이십시오. 그러기 위해 그것에서부터 그저 채우고 배우겠다고 마음먹으십시오.

진실로 실수 자체는 아무런 문제도 아닙니다. 그러니까 그건 당신이 그것을 당신의 삶의 전부라고 생각한 채 전부가 무너졌다는 절망에 빠지라고, 하여 탓하고 무너진 채 아파하라고 찾아온 실패가 아닌 것입니다. 그러니까 실패는 그저 그것에서부터 배우고 성숙할 필요가 있다고 알려주는 당신 삶의 한 부분이자 아름다운 조각일 뿐이며, 소중한 안내자이자 예쁜 성숙의 선물일 뿐인 것입니다.

당신은 오직 배우고 성숙하기 위해 태어나 그 성숙을 완성하기 위해 존재하며 살아가고 있는 한 사람의 지구별 여행자일 뿐이기 때문입니다. 그래서 그것은 결코 그 자체로 문제가 되거나 당신 삶의 전체가 될 수는 없는 것입니다. 그저 하나의 조각이자, 일부분일 뿐이며, 경험하며 채울 필요가 있을 뿐인 하나의 과정이자 단계일 뿐인 것입니다. 성숙하기 위해 태어나 존재하는 당신 삶의 목적에 완전히 부합하는, 그 선물일 뿐인 것입니다. 그러니까 당신이 오직 이 삶의 목적을 외부에 두고, 그 외부를 위해 살아갈 때에만 그것은 당신 삶의 전부가 된 채 당신을 속박할 수 있을 뿐인 것입니다.

하지만 당신이 이 삶을 살아가는 목적은, 그 목적을 당신이 뭐라고 믿든지 간에 그 목적은 당신이 무엇을 소유하는지having, 무엇이 하는지doing가 아니라, 어떤 존재가 되어가는지being에 있으며, 해서 당신이 실수를 어떤 존재가 되어가는지를 완성하기 위한 과정으로써 여긴다면, 그것은 오직 그 목적에 정확히 부합하는 하나의 성숙의 선물이 될 수 있을 뿐일 것입니다. 그래서 당신이 오직 성숙을 위해 당신 자신의 직업과 역할을 그 수단으로써 찾은 사람이라면, 실패는 당신의 역할을 더욱 완성시켜주고 견고하게 만들어주는 하나의 경험이 될 뿐인 것입니다. 하지만 그 반대로 오직 소유와 그 직업 자체를 위해 그 직업을 당신이 가지고 꿈꿔왔다면, 당신의 실패는 당신에게 한해 때로 당신 삶의 전체를 흔드는 비극으로 느껴질 수도 있겠죠. 물론 그 비극은 당신의 오해가 빚어낸, 당신만이 실재한다고 믿고 있을 뿐인 환상에 불과하겠지만 말입니다.

그러니 오직 성숙, 그 빛과 진실만을 목적으로 둔 채 나아가세요. 그때 그 실수, 실패는 당신의 삶을 무너뜨리는 계기가 아니라 더욱 일으켜 세우는 계기가 되어 당신에게 닿을 수 있을 뿐일 것입니다. 무엇보다 그때의 당신은 더욱 너그럽고 여유로운 사람일 것이며, 더욱 겸손하고 빛나는 사람일 것이며, 책임질 줄 아는 내면의 위대함으로 사람들에게 더욱 존중받는 사람일 것입니다. 피해자를 자처한 채 탓하고 원망하고 자기 연민에 빠지는 식의 왜소함이 아닌 오직 책임진 채 배우고 채우며 나아가겠다고 마음먹은 그 위대함을 당신이 선택한 보상으로 그 성숙의 선물들이 당신에게 주어지는 것입니다.

그렇다면 당신은, 무엇을 위해 무엇을 하는 사람입니까. 그리고 당신에게 있어 실패와 실수는 패배의 상징이자 계기입니까, 아니면 배우고 채움으로써 당신을 더욱 성숙한 사람으로 만들어줄 하나의 선물입니까.

다정하되, 순진하지는 않는 지혜를 배우고 싶을 때.

세상에는 우리가 상식적으로 허용하고 받아들이기에 너무나도 멀리 있는 사람들이 생각보다 많이 있습니다. 그리고 그들은 모든 세상의 것들을 적대심을 품고 대하는 악의적인 사람들입니다. 무엇이든, 악의를 가진 채 사람들에게 가능한 많은 상처를 주고자 하며, 그러한 것으로 자신의 하루의 공허를 달래고자 하는, 가장 이기적인 방식으로 존재하는 사람들인 것이죠. 사람들의 고통과 상처를 기반으로 자신이 행복할 거라 믿는 그러한 존재의 방식은, 그렇다면 정말로 얼마나 악의적이고 이기적인 것일까요.

그래서 제가 당신이라면, 저는 그런 이들을 반드시, 기필코 피할 것입니다. 당신이 아무리 선한 의도를 가지고 최상의 것을 주어도, 그들은 그것의 가치를 오직 훼손한 채 당신에게 여전히 악의적일 뿐일 것이기 때문입니다. 그러니까 그들의 정화되지 않은 언어와 감정들은 끝내 당신의 평화와 온전함까지도 뒤흔들기 시작할 것입니다. 비판의 수준을 넘어선, 이 세상에서 가장 악의적인 감정이 담긴 비난과 조롱, 그것을 통한 공격, 그것이 그들이 하루 종일 탐닉한 채 존재하는 방식이기 때문입니다.

그렇다면 그런 사람들을 당신의 곁에 둔 채, 끝없이 그들이 당신을 향해 그러한 공격을 일삼도록 허용한다면 당신이 어떻게 당신의 평화를 지켜낼 수 있겠습니까. 그래서 그건 그 자체로 순진함이자, 당신 자신을 스스로 곤경에 빠뜨리는 식의 무지가 될 것입니다. 그러니 그들로부터 당신 자신을 시험에 빠지게 하지 마세요. 예수님께서도 돼지에게 진주를 주지 말라고 했습니다. 그 말인즉, 아무리 가치가 있는 아름다운 것도, 그 가치를 바라보지 못하는 사람에겐 소중하게 닿지 않을 것이며, 하여 그들은 그것의 가치를 훼손시킬 뿐이니 구태여 그들에게 진실을 건네지 말라는 말인 것입니다.

진실은 언제나 하나이며, 절대불변하는 가치입니다. 그래서 진실은 절대적이며, 결코 상대적이지 않습니다. 하지만 진실이 아무리 그 자체로 진실이라 한들, 그 진실을 바라보지 못하고 오직 폄하하고 훼손하는 이들에겐 그 진실을 말할 필요도, 보여줄 필요도 없을 것입니다. 왜냐면 그들은 그 진실을 오직 훼손하고 공격할 뿐이고, 해서 그건 내가 그들에게 진실을 보여준 것 자체로 진실을 내가 스스로 훼손시키는 일이 되는 것이기 때문입니다.

그래서 저는 이유 없이 악의적인 사람들이라면 예외 없이 그들을 차단하는 편입니다. 그들은 그저 그들의 미성숙함과 스스로 책임지지 못하는 불행과 공허함을 타인을 공격하는 식으로 풀고자 하는 가장 이기적인 사람들이기 때문입니다. 그런 그들이 안타깝고 가여워서 어떻게든 도와주려고 손을 내밀어도, 그들은 저의 따뜻한 그 마음을 따뜻하게 받아들이지 못한 채 오히려 공격하는, 하여 그들에게 따뜻했음을 제가 언젠가 반드시 후회하게 만드는 사람들이기 때문입니다.

그리고 그들은 그러한 공격 자체에 중독이 된 채 끝없이 자신이 공격할 만한 대상을 찾아다닙니다. 특히 진실한 가치일수록, 그들은 더욱 감정적으로 화를 내며 달려드는 경향이 있습니다. 왜냐면 그들이 진실을 마주하는 것 자체로 그들 존재의 기반이 흔들리게 되기 때문입니다. 자신은 그런 식의 존재 방식을 정당화해야 하는데, 진실은 자꾸만 그런 식의 존재 방식이 틀렸다고 말하기 때문이죠. 하여 계속해서 그렇게 존재하기 위해서, 그 존재의 방식을 정당화하는 일을 가장 위협하는 진실을 반드시 깎아내리고 훼손해야만 하는 것입니다.

그래서 저는 그들 하루의 평화를 위해, 굳이 화를 내면서까지 제 글을 보고 있는 그들을 대신해서 차단함으로써 조금이라도 그들의 평화를 지켜주고자 노력하는 편입니다(그것이 자신을 화나게 만드는데, 굳이 왜 자신을 화나게 하는 것에 스스로 머무르며 그들은 분노에 탐닉하고자 하는 것일까요). 그러고는 그들을 위해 기도합니다. 부디, 평화와 진실이 그들과 함께하기를, 그들을 그곳에서부터 구해주기를, 하고 말이죠. 그리고 그것이 제가 그들에게 건넬 수 있는 가장 최선의 다정인 것입니다.

어쨌든 저는 구태여 저를 시험에 들게 하지 않는 편입니다. 저에게도 순진했던 시절이 있었고, 성인들의 양의 탈을 쓴 늑대를 피하라는 말, 돼지 목에 진주라는 말이 불편했던 적이 있었고, 왜냐면 그럼에도 함께하며 사랑해줘야 하지 않나, 라고 생각했기 때문이며, 하여 그러한 말에 반항심을 품은 채 어떻게든 악의적인 사람들을 구하고자 노력했던 적도 있었던 것이죠. 하지만 그럴 때마다 그건 제 능력 밖의 일이며, 그들에게 필요한 건 오직 기도일 뿐이라는 것을 저는 새삼 깨닫게 되었을 뿐입니다.

그러니 당신은 저의 경험으로부터 당신의 시간을 절약하십시오. 당신이 진실할수록, 그들은 당신을 공격하고 당신을 조롱하고자 할 것이며, 그렇게 어떻게든 당신의 기분과 감정을 자신이 할 수 있는 가장 잔인한 말들로 훼손하고자 할 것입니다. 그렇게 당신의 마음에 있는 진실을 파괴함으로써, 당신도 자신과 같이 진실하지 않음을 증명하고자 할 것입니다. 그래야만 자신의 존재 방식을 더욱 정당화할 수 있을 테니까요.

그러니 그들의 하루의 평화를 지켜주기 위해서라도 그들을 멀리하고 그들을 차단하십시오. 그렇게 화가 나고 불편한데, 왜 그들은 그것을 감수하면서까지 내 곁에 어슬렁거리고 있는 것일까, 하는 것을 또한 이해하고자 하지 마십시오. 그저 그들의 수준이 그것인 것입니다. 당신은 결코 허용할 수 없는 일들을, 그들은 허용하고 허락하고, 그럴 수 있는 사람들인 것이죠.

누군가를 살인해주는 대가로 무엇을 드리면 될까요? 라고 누군가가 당신에게 물었을 때 당신은 그 무엇을 당신에게 준다 해도 그것을 허용할 수 없겠지만, 어떤 사람은 조건만 맞춰주면 그렇게 해드리죠, 라고 말할 수도 있는 것입니다. 그러니 당신이 그들을 어떻게 이해할 수 있겠습니까. 그리고 그들을 어떻게 구할 수 있겠습니까. 그러니 당신이 선하다고 해서, 모든 사람이 선할 거라고 추정하고 믿는 식의 순진함에 빠지지 마세요. 오직 지혜로우십시오.

그래서 사실 그들을 구하고자 하는 당신의 순진함은 높은 관점에서는 오만함일 뿐인 것입니다. 당신이 진정 겸손하다면, 당신은 당신에게는 그들을 구원할 힘과 자격이 없음을 알고 오직 두 손 모아 기도할 뿐일 것이기 때문입니다. 그리고 최선을 다해 당신의 평화를 지키고 완성함으로써, 오직 그것으로써 조금이나마 그들의 평화에 보탬이 되고자 할 뿐일 것이기 때문입니다. 끝내는 예수님께서도 구원하지 못했고, 하여 예수님께서도 여전히 자신에게 악의적인 이들을 마주했다는 것을 잊지 마세요. 그렇다면 당신이 그것을 하겠다고 한다면, 그것이 순진함을 넘어선 오만이 아니고 도대체 무엇이겠습니까.

그러니 최선을 다해 다정한 그룹에 속하고, 다정한 사람, 온전한 사람, 진실한 사람들과 함께하십시오. 그때, 당신은 지켜질 것이고, 또 서로로부터 선한 영향을 주고받으며 오직 행복할 것입니다. 그들에게는 그들의 최선이, 당신에게는 당신의 최선이 있을 뿐이며, 그 최선이 다를 때 각자는 각자의 성숙에 가장 도움이 되는 곳에서부터 배우고 시작하면 되는 것입니다. 어떤 이들에게 그곳은 감옥일 것이고, 어떤 이들에게 그곳은 다정한 그룹일 것입니다. 그래서 그것 앞에서 당신이 순진한 죄책감을 가질 필요는 없는 것입니다.

그렇다면 순진함과 오만, 그리고 지혜와 겸손, 그것들 중 당신의 선택은 무엇입니까.

서로의 일을 존중하는 사랑을 하고 싶을 때.

우리 모두는 영원히 우리 자신에게 주어진 일, 그 숙명의 과제와 운명을 완성하며 나아갑니다. 모두에게는 각자에게 주어진 역할이 있을 것이며, 우리는 그 역할로써 세계에 이바지하며 봉사하며 살아가는 것입니다. 결국 성숙하기 위해 이곳에 태어나 존재하며 살아가는 우리이기에, 그리고 일을 하지 않으면 이곳에서 생존할 수 없는 우리이기에, 우리에게는 우리에게 주어진 역할 안에서 또한 아름다운 성숙을 추구하며 나아갈 필요가 있는 것입니다.

그래서 우리가 일을 하는 이유가 오직 우리 자신의 개인적인 욕망을 실현하고 성취하기 위해서라면, 그때의 우리는 자주 타인들을 이용하고 타인의 것을 빼앗는 이기심을 기반으로 나아갈 것이고,

그리고 그것은 우리에게 주어진 성숙의 의무와 반대되는 것이기에 그때는 나 자신을 포함한 나의 것을 제공받는 모든 이의 마음을 공허하게 만들 우리일 테지만, 우리가 일을 하는 이유가 오직 나에게 주어진 사명을 완수하고, 그것을 통해 이 세상의 선에 기여하기 위한 것이라면 우리는 오직 그것을 통해 우리 자신의 마음뿐만이 아니라 다른 모든 이들의 마음에도 또한 기쁨과 행복을 가득 채운 채 나아가게 될 것입니다. 그리고 그때의 우리는 우리 자신의 유일한 존재의 목적인 성숙과 나란히 정렬되어 있을 것이기에 공허를 겪는 일 또한 더 이상은 불가능하게 될 것입니다.

그리고 우리가 그러한 마음으로 나아갈 때, 우리에게는 희생이라는 것 또한 불가능한 개념이 되기 시작합니다. 내가 사랑하고, 사랑하기에 평생을 바쳐 그것을 좋아하고 있는 것일 뿐이며, 또한 그것을 통해 누군가에게 기쁨과 행복을 주고 있을 뿐이며, 그러니까 그때의 나는 오직 그러한 마음으로 일을 마주하고 있을 것이기에 한계를 겪는 것도, 희생을 겪는 것도 더 이상은 불가능하게 되는 것이죠. 그래서 그때는 내가 일을 통해 제공받는 모든 것이 그저 받은 선물로만 여겨질 것입니다. 하여 선물이기에 우리는 오직 감사할 것이며, 감사하기에 또한 공허와 무의미에 빠질 이유가 없게 되는 것이죠. 또한 자만에 빠질 일도 없어 늘 겸손하게 나아가게 되는 것입니다. 언제나 감사와 사랑이 없는 곳, 바로 그곳에서만 무의미와 공허, 자만이 싹을 틔울 수 있는 것이기 때문입니다.

그러니 당신에게 주어진 평생의 과제와 숙명의 일을 성숙과 함께 마주함으로써 더욱 사랑으로 당신의 삶을 가득 채워보세요. 또한 당신의 일을 향한 열정과 사랑에 질투하고, 하여 열심히 일하는 당신에게 서운함을 느끼는 사람보다, 당신의 일을 존경하고, 존중하고, 지지해주는 사람과 함께하시길 바랍니다. 그런 사람과 당신이 함께할 때, 당신의 매 하루는 그로 인해 더욱 고취되고 행복한 활력이 돌기 시작할 것입니다.

많은 사람들이 사적인 감정을 채우기 위해 관계를 맺고 함께하지만, 진실로 위대한 사랑은 각자의 사적인 감정을 넘어 둘이서 함께 더욱 공적인 사랑을 향해 나아가며 그것을 완성해나가는 사랑입니다. 결국 사적인 감정만이 있는 사랑은 자주 한계에 부딪힐 것이며, 그 안에는 필연적으로 공허함과 무의미가 자리 잡을 수밖에 없을 것이며, 왜냐면 그곳에는 지고의 선을 향한 성숙, 그 아름다운 발걸음과 존재의 이유인 성숙의 가치를 더욱 완성해나가는 그 아름다움이 부재하기 때문입니다.

그러니 서로의 일을 존중하고, 또한 존중받을 만한 가치를 지닌 일, 자신이 진실로 사랑하고 의미를 느끼는 일을 하고, 각자의 그 실현을 지지하고 존경해주세요. 또한 둘이서 함께 더 나은 가치를 위한 고민을 나누고, 성숙한 삶의 방향에 대해 그리며, 그곳을 향해 손을 잡고 나아가기 위해 늘 살피며, 그 모든 일 앞에서 소홀함이 없도록 하세요. 그렇게, 하루의 시작의 행복과 하루의 마무리의 위로가 되는 사랑을 하세요. 하여 둘의 사랑을 지켜보는 모든 이들에게 아름다운 감수성을 북돋아 주는, 하여 모든 세계를 향해 더욱 아름다운 사랑의 향기를 전해주는, 그 사랑의 통로가 되어주는, 그런 사랑을 하세요.

만약 당신이 당신의 가치를 실현하고, 또 그것을 통해 많은 이들의 기쁨과 행복을 책임지는 일을 하고 있는데, 당신이 사랑하는 유일한 한 사람이 그러한 당신의 책임 앞에서 서운함을 느끼고, 하여 때로 거칠게 그 일을 깎아내리는 사람이라면, 당신은 그로 인해 잦은 갈등을 겪으며 아파할 수밖에 없을 것입니다. 그래서 만약 당신에게 그러한 삶을 향한 지향이 있다면, 당신 또한 그러한 삶을 향한 지향과 성숙에 대한 아름다운 감수성을 지닌 사람과 함께해야만 하는 것입니다. 그래야만 둘은 더욱 서로를 아끼고 존경하며, 그렇게 더 나은 가치를 실현함으로써 진정 아름답고 위대한 사랑을 완성할 수 있을 것이기 때문입니다.

어쨌든 세상에는 진실한 행복에 대해 관심이 있고, 마음의 성숙을 위해 노력하는 사람은 드물기 때문입니다. 그래서 보통의 사랑이 늘 서운함과 원망, 시들어짐과 공허, 무기력함과 우울, 그러한 것들과 함께하게 되는 것입니다. 왜냐면 성숙하기 위해 태어나 존재하고 있는 우리 모두의 가슴에는 그러한 사명이 새겨져 있고, 하여 우리가 성숙에 전혀 관심이 없는 무가치한 삶을 살아갈 때, 그때는 그러한 부정적인 감정들로 우리의 마음이 우리에게 제대로 된 길을 가달라고, 진실로 행복한 삶을 찾고 그것을 성취해달라고 신호를 보내기 때문입니다.

그리고 그, 나를 위한 마음의 울림과 외침을 평생 외면한 채 공허하게 살아가든, 이제는 그것에 귀를 기울여 진정한 의미와 가치를 완성하기 위해 살아가든, 그것은 여전히 각자의 자유이자 선택이 될 것입니다. 다만, 저는 당신이 최소 아주 사소하게라도 행복과 성숙에 관심을 가지는 삶을 살아가고, 그런 사랑을 하길 바랄 뿐입니다. 하여 당신의 삶과 사랑 안에 보다 진실한 기쁨과 행복이 함께하기를 바랄 뿐입니다.

당신이 하는 일이, 그리고 상대방이 하는 일이 이 세계의 선과 아름다움에 이바지하는 일이라면, 그리고 성숙을 향한 지향이 있는 둘이라면, 둘은 서로의 그것을 오직 기쁘게 여기고 지지할 수밖에 없을 것입니다. 또한 그런 둘이라면, 당연히 함께함에 대한 책임 앞에서도 소홀함이 없을 것입니다. 어쨌든 매일 아무것도 안 한 채 함께하지만, 그럼에도 서로에게 무신경하고 이기적인 것보다, 각자의 책임에 최선을 다하지만, 그럼에도 매 순간 서로와 연결이 되어있고, 서로에게 다정하고, 또한 함께하는 순간에 진실로 서로의 기쁨을 염려하는 다정한 관계가 서로의 가슴에 진정한 행복을 채워주리라는 것은 직감적으로 우리 모두가 느끼고 알 수 있는 진실일 것입니다. 그러니까 함께하는 시간의 양이 중요한 게 아니라, 함께하는 시간의 가치가 중요한 것이라는 것을요.

그러니 매 순간의 삶 앞에서 진심인 사람이 되고, 진심인 사람을 만나시길 바랍니다. 그리고 서로의 그 진심과 사랑, 그 책임을 진실로 존경하고 지지해주는 서로가 서로에게 되어주는, 하여 진실로 예쁘고 아름다운 빛과 함께하는 그런 사랑을 하시길 바랍니다. 어쨌든 쇼핑을 하고, 예쁜 카페에 가고, 영화를 보고, 텔레비전을 보고, 그러한 사적인 취미들 또한 충분히 소중하고 존중받을 수 있는 일들이지만, 그러한 사적인 재미를 모두 포기한 채 오직 위대한 실현을 향해 나아가고 있는 사람의 일 또한 그 무엇보다 소중하고 존경받을 만하며, 그래서 그것은 함부로 깎아내리고 서운해할 일이 아니라 더욱 지지하고 응원해줘야 마땅한 일인 것입니다(예를 들어 세종대왕이 한글을 만드는 마음).

그러니 당신이 그러한 실현을 향해 나아가고 있다면, 그것을 서운함과 원망 가득한 시선으로 바라보지 않는, 충분히 성숙한 가치를 지닌 사람과 함께하세요. 그런 둘이라면 서로가 서운해하고, 그 서운함으로 상대방을 압박하고 조르기보다, 서로를 향한 존중과 사랑의 마음으로 서로를 위해 할 수 있는 모든 최선을 다할 테니까요. 함께하는 동안 하루의 모든 책임을 내던진 채 자주, 그리고 오래도록 개인적인 취미에 머무르는 것, 그것은 섬세한 이라면 모두가 충분히 느낄 수 있을 만큼 필연적으로 우리를 공허에 빠뜨리는 탐닉이며, 무엇보다 그때의 둘은 그 공허라는 마음의 외침과 울림에 충분히 귀를 기울이고 있는 채일 테니까요.

그렇다면 당신의 사랑은 지금, 오직 사적인 감정만이 함께하는 사랑입니까, 아니면 하루의 성숙과 이 세상을 향한 사랑과 봉사, 서로의 일에 대한 책임, 그리고 서로의 일에 대한 지지와 존경, 그것이 또한 함께하는 사랑입니까.

늘 비슷한 문제를 겪으며 아플 때.

늘 비슷한 문제를 자주 겪으며 아파하고 있다면, 이제는 변화를 추구할 시간입니다. 그러니까 쉽게 이용당하고, 쉽게 배신당하고, 거짓말을 일삼는 사람을 자주 만나고, 진심이 아닌 욕망으로 나를 대하는 사람을 자주 만나고, 나에게 악의와 적대심을 품은 채 나의 마음을 헤집는 사람을 매 삶의 순간에 마주하고, 당신에게 이러한 식의 문제가 있다면, 이제는 그러한 외부를 탓하기보다, 나의 어떠한 성향과 생각의 습관이 그러한 것을 끌어들이고 있는지를 자문하고 그것에서부터 한 차례의 성숙을 이루어낼 차례입니다. 당신의 수준, 당신의 성숙, 당신의 습관, 당신의 사고가 마침내 한 단계 올라갈 때, 그때는 당신이 마주하는 삶 또한 그에 맞게 필연적으로 변할 것이기 때문입니다.

피해의식에 사로잡히고, 탓하고, 원망하고, 그렇게 무기력하게 내 모든 힘의 주권을 외부에 내던지는 것으로는 그 어떠한 변화도 이끌어낼 수 없음을, 그래서 당신은 이제 인정하고 받아들여야 합니다. 어쨌든 지금 당신이 마주하고 있는 외부는 당신의 수준에서 당신의 성숙을 위한 가장 최적의 배움과 환경을 제공하고 있는 것이며, 그래서 당신이 그것에서부터 배우지 못하면 당신은 그 수업을 마침내 완성하고 졸업할 때까지 계속해서 비슷한 시련을 겪을 수밖에 없는 것입니다. 당신이 시련이라 생각한 채 끔찍이도 혐오하고 있는 지금은, 그래서 사실 삶이 당신에게 주는 성숙의 선물이자, 계기이자, 기회이며, 그 아름다운 신호와 울림인 것입니다. 이제는 이런 식이 아니라 저런 식으로 살아줘, 그로 인해 더욱 행복하고 멋있는 네가 되어줘, 라고 말하는 나를 위한 사랑의 음성인 것이죠.

삶, 신, 우주, 그것을 뭐라고 부르든, 그것이 그것 자체의 언어이고 소통 방식인 것입니다. 그러니까 그것이 말 없는 신께서 삶을 운영하는 방식이자 법칙이며, 소통의 수단인 것입니다. 그러니 지금 매번 비슷한 문제를 겪고 있다면, 이제는 그 문제를 통해 진실한 성숙을 이끌어내세요. 그렇게 당신이라는 존재의 본질, 그 수준을 드높이세요. 또한 당신의 과거를 재점검해 보세요. 당신이 누군가에게 지금 당신이 겪고 있는 것과 비슷한 일을 한 적은 없는지, 그러니까 당신이 매번 이용당한다고 느낀다면 당신이 누군가를 이용하고자 한 적은 없는지, 하는 것을요. 이번 생에 생각나는 것이 없다면, 그건 과거 생에 당신이 누군가에게 했던 일일 수도 있습니다. 그러니 당신이 지금 당하고 있는 그 모든 것들을 용서함으로써, 당신 자신의 과거를 용서하세요. 그렇게 그것에서부터 구원되세요. 결국 당신이 마주하는 세계는, 당신의 내면을 바로잡기 위해 당신을 위해 준비된 가장 최적의 환경이자 조건이며, 하여 당신 내면의 사고와 습관을 반영하고 있는 하나의 거울임을 당신은 비로소 알게 될 것입니다.

타인을 의심하고 신뢰하지 못하는 사람은, 그래서 자신이 신뢰받지 못할 만한 사람인 경우가 많고, 그러한 그들 자신의 성질이 그러한 외부를 끌어당기고 있는 것이며, 그래서 사실 그 외부는 탓하고 원망해야 할 외부가 아니라 바라보고 바로잡을 필요가 있을 뿐인 외부이자 하나의 성숙의 선물, 그 계기이자 기회인 것입니다. 진실한 사랑을 주지 않는 사람은, 그래서 진실한 사랑을 받지 못할 것입니다. 그래서 그 사람이 진실한 사랑을 받기 위해 필요한 것은, 진실한 사랑을 상대방에게 줄 수 있을 만한 사람으로 성숙하여 자신의 수준과 존재의 습관 자체를 바꾸는 일이 될 것입니다. 그러니 타인이 이렇고 저렇고, 외부가 이렇고 저렇고, 하는 것은 그러한 변화의 힘 자체를 부정한 채 내 마음의 자존감과 주권 모두를 외부에 스스로 넘겨줌으로써 피해자 역할, 그 불행을 자처할 뿐인 왜소함이자 오류에 불과하다는 것을 잊지 마세요.

그렇다면 당신은 지금 어떠한 문제들을 자주 겪으며 아파하고 있습니까. 그리고 그 문제들 앞에서 당신은, 다시 한 번 외부를 탓하길 선택할 것입니까, 아니면 내면에서부터 진실한 책임을 지는 사람이 될 것을 선택할 것입니까. 그러니까 당신의 선택은 무엇입니까.

늘 쉽게 상처받고 서운함을 느끼는 유리 멘탈에서 벗어나 이제는 진정한 자존감과 함께하고 싶을 때.

우리가 주어진 삶을 마주하며 겪게 되는 모든 상황 안에서, 우리들 각자의 반응은 천차만별입니다. 그리고 우리에게 어떠한 일이 생겼을 때 우리가 습관적으로 하는 반응이, 우리 자신의 성숙의 수준인 것이며, 바로 그 성숙의 수준이 우리의 행복과 불행을 결정하는 오직 유일한 원인인 것입니다. 그래서 우리의 행복을 위해 우리가 할 일은 외부를 탓하며 그것을 변화시켜나가는 일이 아니라, 오직 우리 자신의 반응과 내면의 태도를 점검하고 그것을 변화시켜나가는 일이 될 것입니다.

이 세상에는 유리처럼 감정적으로 쉽게 깨지고 상처받는 감정적으로 취약한 사람들이 있고, 그들이 그렇게 존재하는 이유는 오직 바깥에 자신의 행복과 불행의 모든 원인을 투사한 채 외부에 의해 자신의 행복과 불행이 결정되게 하는 왜소함을 선택했기 때문이며, 그래서 자신의 원함과 바람과는 전혀 다른 모양의 외부를 마주하게 되었을 때 그들은 그토록이나 쉽게 무너지게 되는 것입니다. 그러니까 누군가가 자신에게 늘 웃어줘야만 자신이 비로소 행복할 수 있다고 믿기에, 자신을 향해 무신경한 표정을 짓는 사람을 바라보는 순간 불행해지고, 상처받고, 원망감을 품게 되고, 그렇게 되는 것이죠.

하지만 그와 반대로 이 세상에는 자신의 내면에서부터 만족과 행복을 느끼기에 외부의 조건이 어떻든 본인은 흔들림 없이 평화로운 사람, 그러니까 외부에 행복의 원인이 있다는 오류에서부터 자신을 완전히 구해냈기에 오롯이 행복할 줄 아는 사람, 그 방탄처럼 단단한 내면의 자존감으로 세상을 마주하고 살아가는 사람들도 있습니다. 그들은 자신의 행복을 타인에게 의지하지 않기에 타인이 자신에게 어떻게 해줘야만 자신이 비로소 행복해질 거라는 왜소함의 환상을 더 이상 숭배하지 않으며, 그래서 그들은 타인들의 태도를 통제할 필요성도 느끼지도 못하며, 또한 누군가가 자신에게 어떻게 했다고 해서 상처받거나 그것을 마음에 담아둔 채 곱씹지도 않으며, 왜냐면 누가 자신에게 어떻게 하든 그들은 이미 스스로 행복하기 때문이며, 그래서 그들은 그 마음의 여유와 너그러움으로부터 타인의 있는 그대로를 더욱 받아들여주고 아껴줄 준비가 된 진정으로 다정한 사람들인 것입니다.

그러니 당신은 유리가 아닌 방탄처럼 단단한 자존감과 함께하는 사람이 되세요. 하여 당신 자신의 평화와 행복을 스스로 지킬 줄 알며, 그 마음의 여유와 너그러움으로 타인의 있는 그대로를 더욱 아껴주고 사랑할 줄 아는 사람이 되세요. 당신이 여전히 그렇게 존재하길 선택하지 않을 때, 당신은 외부에 의존함으로써 자신이 행복해질 수 있을 거라는 이루어지지 않을 환상과 오해, 오류를 계속해서 헛되이 믿음으로써 사실은 스스로 불행을 선택하고 있는 사람이 될 것이며, 하여 여전히 미성숙하게 존재할 것이며, 그 결과 사람들은 당신을 불편해하며 당신과 연결되길 바라지 않을 것이며, 그러니까 그것은 결국 당신 스스로 당신의 불행과 외로움, 고독을 확정짓는 일이 될 것입니다.

매사에 작은 말 하나에도 쉽게 상처받고, 그것에 대해 캐묻고, 그저 넘기지 못해 따지고, 그 주제로 하루 종일 나를 지치고 괴롭게 하는 사람과 그러한 사소함 정도는 마음에 담지도 않은 채 넘어갈 줄 아는, 그보다 함께하는 시간의 소중함을 더욱 크게 생각하고 바라보는 사람, 당신이라면 그 둘 중 누구와 하루를 함께 보내고 싶습니까. 그 답을 직접 듣지 않아도 당연히 그 답은 후자일 것이고, 당신이 그런 것처럼 그것은 모든 사람에게 또한 마찬가지일 것이고, 하여 매사에 쉽게 불편해하고, 감정적으로 취약한 사람들은 끝내 세상으로부터 기피당한 채 결국 그러한 서로끼리 함께하게 될 것입니다. 그렇다면 그것이 그 불행과 외로움을 스스로 확정 짓는 일이 아니라면 무엇이겠습니까.

그렇다면 당신의 선택은 무엇입니까. 여전히 외부에 의해 당신 자신의 행복과 불행이 결정된다고 믿는 왜소함입니까, 아니면 스스로 행복할 줄 아는 진정한 자존감입니까. 그러니까 타인의 사소한 불친절에도 하루 전체의 행복을 잃은 채 미움과 서운함을 곱씹는 식의 왜소함, 타인이 내게 어떻게 대하든 내면에서부터 꽉 차오르는 기쁨과 만족과 매 순간 이미 함께하고 있기에 흔들림 없이 행복할 줄 아는 자존감, 그 둘 중 당신의 선택은 무엇입니까.

● 이제는, 진실함으로부터 보호받고 싶을 때, 예쁜 사랑을 하고 싶을 때.

우리가 모든 것을 상대적으로 생각할 때, 우리는 그만큼 우리가 지니고 있는 미성숙의 많은 부분을 쉽게 정당화하고 합리화하게 될 가능성을 지닌 존재가 됩니다. 왜냐면 사실 진실은 절대적이기 때문입니다. 그러니까 미움보다 용서가, 갈등보다 평화가, 증오보다 사랑이 진실이며, 하여 모든 존재의 있는 그대로를 존중해야 하기에 미움 또한 있는 그대로 존중해야 한다는 상대성은 우리의 성숙을 더욱 제한할 뿐인 오류가 되는 것입니다. 그래서 있는 그대로 사랑하고, 또 있는 그대로 사랑받으라는 말은, 어느 정도의 성숙한 수준을 이룬 사람들끼리 만났을 때에 한해서 말할 수 있는 이야기가 될 것입니다.

살인과 폭력, 거짓말과 이기심, 그러한 것을 우리가 상대적으로 생각하고, 하여 그 모든 것이 충분히 그럴 수 있는 소중함이라 허용한 채 그것들을 존중받아 마땅한 하나의 개성이라고 말할 때, 그것은 그 수준에 있는 사람에게는 성숙하지 않아도 되는 정당화를, 그 수준 너머에 있는 사람에게는 나의 온전함을 위협하는 사람과 그럼에도 함께하길 선택해도 된다는 순진함의 오류를 낳을 수도 있으며, 그러니까 그것이 바로 진실을 상대적으로 생각하는 것의 위험성이라 할 수 있을 것입니다.

많은 사람들이 그러한 상대적인 관점으로 자신의 미성숙을 미화하고, 마약과 무분별한 욕망의 해소, 폭력, 그러한 수준 안에서 쳇바퀴를 돈 채 머무르긴 선택하지만, 그래서 진정 행복한 사람이 되겠다고 마음먹은 사람에게는 그러한 것이 오직 시간 낭비이자 반드시 피해야 할 유혹이 될 뿐일 것이며, 하여 엄중한 성숙의 시선을 바탕으로 타협 없이 나아갈 필요성이 그들에겐 매 삶의 순간 더욱 요구되어질 것입니다.

예수님도, 부처님도, 모든 것이 존중받아 마땅하다고 말하지 않았습니다. 어떤 것은 피하고, 어떤 것은 선택하고, 또한 진실을 선택하는 것에 대해 그 어떠한 타협도 하지 않은 채 시간을 아끼라고 하셨죠. 천국에 가는 길은, 또 깨달음에 이르는 길은 좁고도 어렵다고 하셨습니다. 그리고 사랑과 이타심, 연민의 태도를 가르치셨습니다. 모든 것이 사랑받아 마땅하고 모든 것이 옳기에 폭력도, 거짓말도, 과도한 성적 욕망의 해소도, 외부 세계에 대한 지나친 탐닉도 모두 다 괜찮다고, 하여 그런 마음으로 세상을 살아가고 있는 이들의 개성 또한 모두 존중하고 사랑하라고 말하신 적은 없는 것입니다.

사랑을 통하고, 빛을 통하고, 진실을 통하고, 이해와 용서를 통하고, 분노와 증오, 원망, 욕망에 대한 합리화, 거짓, 이기심, 그러한 것들은 피하라고 모든 진실은 말합니다. 그리고 이 모든 것들이 결코 상대적으로 생각해서는 안 되는 절대적 진실인 것입니다. 많은 사람들이 이러한 진실에 관심이 없지만, 그럼에도 진실에서 크게 벗어나지는 않은 관점 안에서 온전하게 살아가지만, 어떤 수준의 사람들은 진실에서 아주 멀리 떨어진 관점 안에서 그것들을 정당화하고 합리화한 채 그곳에 끝없이 머무르는 식의 무지의 오류를 계속해서 반복하기도 합니다.

특히 예술을 하는 사람들에게 자신의 미성숙한 감정들, 또 이기적인 감정들을 미화한 채 진실에 대한 책임 자체를 회피하라는 내부, 혹은 외부의 유혹이 자주 찾아오는 경향이 있습니다. 하지만 사랑이 없는, 진실이 없는 예술은 존재하지 않습니다. 그래서 그것은 예술이 아니라, 그저 예술이라는 탈을 이용해 자신의 미성숙을 아름답게 미화하고 합리화하고자 하는 하나의 거짓 정체성에 불과하며, 어쨌든 진실은 결코 그러한 식의 상대성과 합리화를 허용하지 않는 엄중함을 따르는 것인 것입니다. 그러니 당신이 예술을 하는 사람이라면, 그 어떤 유혹 앞에서도 꿋꿋한 채 사랑의 예술을 하세요. 그 궁극의 아름다움으로 사람들에게 영감을 주는 사람이 되세요.

어쨌든 진실은 결코 상대적일 수가 없는 것입니다. 그것은 절대적이며, 또한 동시에 주관적입니다. 왜냐면 진실은 어떠한 외부 세계를 통해 증명할 수 있는 것이 아니기 때문입니다. 그러니까 내가 진실을 선택한 결과로 느낀 꽉 차오르는 기쁨과 만족감을, 그래서 진실을 진실이라고 믿게 된 그 아름다운 계기를 어떻게 객관적으로 증명할 수 있겠습니까. 그래서 오직 자신의 가슴으로, 자신의 삶의 경험으로, 그 감수성으로만 느끼고 채울 수 있을 뿐인 경험적인 것이자 주관적인 것인 거죠. 그래서 또한 우리는 진실 앞에서 무분별해서도, 순진해서도 안 되는 것입니다. 누군가가 이러한 것이 진정한 행복이라고 말할 때, 그것은 증명할 수 있는 게 아니며, 하여 겪어봐야만 알 수 있는 것이며, 하지만 그 길이 진실의 길이 아닌 현혹과 유혹의 길이었을 때 우리는 먼 길을 돌아가야만 하게 될 것이기 때문입니다.

그러니 언제나 온전하고, 분별력과 함께 깨어있을 것이며, 무엇보다 순진하지 마십시오. 또한 진실 앞에서 상대성을 허용하지 마십시오. 만약 당신이 우울함을 자기 자신의 개성이라 생각한 채 그것을 끝없이 미화한다면, 당신은 그러한 상태를 극복하기 위해 노력하기보다 오히려 예술적으로, 낭만적으로 그 우울을 미화한 채 스스로 그 자리에 머무르고자 하게 될 것이며, 더하여 그것을 타인들을 현혹시키는 수단으로까지 삼게 될 수도 있을 것이며, 어쨌든 그것이 당신 존재의 개성이 될 때, 그건 무엇보다 당신 자신을 스스로 불행하게 만드는 개성이 될 뿐일 테니까요.

폭력적인 사람은 폭력성을 개성으로 지니고 있지만, 그게 자신과 주변 사람들을 행복하게 하는 개성은 아닌 것처럼, 그래서 사실 모든 부정적인 감정은 극복하고 초월하고 딛고 일어서야 할 하나의 성숙의 단계이지, 그 자체로 충족되는 하나의 완성된 개성이 되지는 못하는 것입니다. 그래서 그것을 정당화하고 타당화할 수는 없는 것입니다.

진실로 성숙의 단계는 절대적입니다. 하여 우리가 그것을 상대적으로 생각하는 오류를 저지를 때, 우리는 모든 미성숙에 대한 합리화를 얻은 채 더 이상 성숙을 향해 나아가고자 하지 않게 될 것이며, 그렇게 자기 자신의 존재를 또한 스스로 제한하게 될 것입니다. 부처님도, 예수님도, 범사에 우울하라, 폭력적이라, 라고 말하지 않으셨습니다. 늘 나태함을 합리화한 채 게으르게 살라고도, 늘 미워하고 원수를 탓하고 그를 저주하라, 라고 말하지도 않으셨습니다. 모든 욕망을 극복하고 초월해 자유를 얻으라고 말했으며, 언제나 기쁜 마음으로 삶을 마주하라고 하셨으며, 감사하고, 용서하고, 사랑하라고 하셨으며, 늘 깨어있으라고 말씀하셨습니다. 그리고 그것이 바로 진실의 절대성입니다.

어둠이 빛을 이길 수 없듯, 거짓은 진실을 이길 수 없으며, 하여 미성숙이 성숙을 대신하고, 그것이 더욱 높고 행복한 상태라 오해될 수는 없는 것입니다. 그래서 순진해서는 안 되는 것입니다. 함께할 사람과, 함께하지 않을 사람을 구분할 줄 알아야 하는 것입니다.

부처님께서도 뜻과 마음이 맞지 않는 사람과 함께할 것 같으면 혼자서 가라고 하셨고, 뜻과 마음이 맞는 사람을 만났을 때라야 비로소 그 인연을 소중히 여기고 함께 의지라며 나아가라고 하셨습니다. 왜냐면 우리가 매사에 부정적이거나 방어적이고, 공격적이고, 늘 아니라고 말하는 사람과 함께할 때, 우리는 많은 시간과 감정을 소비하고 낭비한 채 서서히 우리 자신의 온전함까지도 상실하게 될 것이기 때문입니다. 평화롭던 나에게도 서서히 화낼 일이 생기게 될지도 모르는 것이죠.

그래서 어떤 사람과 함께할지, 그것은 정말로 신중에 신중을 기해야 할 아주 중요한 주제입니다. 그러니 순진하지 마세요. 당신에게 계속해서 용서할 거리를 가져다주는 사람이라면, 마지막으로 한 번만 더 용서하고 더 이상 함께하지 마세요. 용서하고 사랑하되, 함께하지는 않을 수 있는 지혜를 연습하세요.

정말로 특별한 관계에 놓이지만 않는다면, 당신은 모든 사람을 연민의 태도로 바라보며 사랑할 수 있을 것입니다. 그러니 특별한 관계는, 함께함에도 사랑과 연민의 태도를 유지할 수 있고, 또 서로라는 거울을 통해 그러한 성숙을 더욱 고취시키며 나아갈 수 있는, 그런 인연과만 맺어야 하는 것입니다. 더 큰 이해를 향해, 더 큰 다정함을 향해, 더 큰 사랑을 향해, 더 큰 빛을 향해 서로가 함께 나아가며 때로 그렇지 못한 서로를 그 관계 안에서 발견하게 되었을 때는 함께 교정하고 치유하며, 그렇게 나아가는 것이죠. 그게 제가 모든 연인, 부부에게 해주고 싶은 권유입니다.

서로의 완벽하지 않음, 부족함, 미성숙, 그러한 것들을 함께하는 시간 동안 찾고 발견하며, 그것을 겸허히 받아들이고 수긍하며, 하여 다음에는 보다 나은 태도를 선택함으로써 함께 발전하고 성숙하는 관계를 우리가 맺을 때, 그 사랑은 영원히 예쁘고 아름다운 빛이 사라지지도, 그 따뜻하고 소중한 불꽃이 꺼지지도 않을 것이기 때문입니다. 더욱 큰 빛으로, 더욱 거대한 불꽃으로 나아가기만 할 것이기 때문입니다.

그러니 그런 사랑을 하세요. 그런 관계를 맺으세요. 언제나 사랑과 특별한 관계는 당신의 인생에서 두 번째입니다. 그것을 잊지 마세요. 가장 중요한 첫 번째는 바로 당신의 성숙과 행복입니다. 그래서 그 첫 번째를 포기해야만 하는 두 번째를 추구해서는 안 되는 것입니다. 오직 첫 번째를 함께할 수 있는 두 번째일 때라야 그 관계, 유일하게 가치 있고 의미가 퇴색되지 않는 영원한 사랑의 관계가될 테니까요.

그러니 매 순간 행복과, 사랑과, 빛과, 진실을 추구하시길 바랍니다. 당신이 진실의 길을 걸어가겠다고 마음먹는 그 순간부터 당신은 영원히, 매 하루에 어제보다 더욱 큰 성숙과 행복을 당신 자신의 가슴에 소유하게 될 것입니다. 그렇다면 그것만으로 우리가 이 길을 걸어가지 않을 이유는 없는 것입니다.

그러니 진실하지 않은 사람을 피하고, 절대적인 관점 안에서 당신의 온전함과 성숙을 방해하는 사람을 기꺼이 피하고, 그러니까 사랑하고 용서하되 함께하지는 말고, 더하여 오직 사랑과 이해, 용서, 감사를 통하며 나아가세요. 결코 상대적일 수 없는 빛과 사랑, 진실에 대해 언제나 공부하세요. 하여 절대적인 관점 안에서 당신이 지금 제대로 된 길을 걸어가고 있는지를 점검하세요. 있는 그대로 사랑받고 존경받을 수 있을 만큼의 성숙과 온전함을 추구하고, 있는 그대로를 사랑하고 존경해도 될 만한 사람들과 함께하세요. 진실하지 않은 어떠한 행동을 하며, 그럼에도 그것을 미화하며 합리화하는 사람들과는 결단코 함께 머무르지 마세요. 그들은 당신의 눈과 귀를 가릴 것이며, 당신의 감정을 갉아먹을 것이며, 또한 당신의 소중한 시간을 오래도록 낭비하게 할 것입니다.

그렇게 성숙을 향해 걸어가는 매 순간의 전념 안에서, 당신은 어느새 있는 그대로 존경받고 사랑받아도 될 만큼의 온전한 사람이 되어있을 것입니다. 그리고 무엇보다 그 길 안에서 당신 자신의 자존감이 높아졌을 것이기에, 당신은 이제 내부와 외부의 모든 결핍을 초월한, 당신 존재로부터 충족되는 진실로 행복한 사람이 된 채일 것입니다. 그렇다면 그것으로 된 것입니다.

그렇다면 진실하지 않음과 진실함, 상대성을 통한 회피와 절대적 엄중함, 행복한 척하는 불행과 진짜 행복, 그 둘 중 당신의 선택은 무엇입니까.

예쁜 생각으로부터 예쁜 열매를 맺고 싶을 때.

우리 모두는 매 순간 우리의 마음에 생각의 씨앗을 뿌리고 있습니다. 그리고 우리가 수많은 생각의 씨앗들 중 어떤 하나의 씨앗에 특별히 에너지와 정성을 들일 때, 그 곱씹음과 집중이 하나의 영양분이 되어 그 씨앗을 더욱 자라나게 할 것이며, 그 과정을 우리가 계속해서 반복할 때 마침내 그 씨앗은 어떤 일을 마주할 때 우리가 본능적으로, 습관적으로 하게 될 생각의 한 형태, 그 생각의 습관이라는 하나의 열매 되어 결실을 맺게 될 것입니다. 그래서 그 열매는, 바로 지금 우리 자신의 존재이자 마음 자체며, 우리의 개성이라고도 할 수 있을 것입니다. 그러니까 결국 우리 모두의 지금을 만들어 온 것은 바로 과거에 우리가 뿌린 그 씨앗들의 집합이자 결실인 것입니다. 정말 그렇지 않나요?

그렇다면 당신이라는 존재의 개성은 지금 어떠합니까. 당신은 다정하고 친절한 성격을 지닌 사람입니까, 아니면 폭력적이고 공격적인 성격을 지닌 사람입니까. 사랑받을 자격이 충분한 자신임을 알기에 늘 자신감 넘치고 사랑스러운 성격을 지닌 사람입니까, 아니면 매사에 두려워하고 우울해하는 성격을 지닌 사람입니까. 감사할 줄 알기에 기쁨과 풍요를, 넉넉함을 삶의 매 순간 누리며 나아가는 관대한 성격을 지닌 사람입니까, 아니면 불평불만하고 늘 자신에게 주어진 결핍을 세는 왜소하고도 인색한 성격을 지닌 사람입니까.

그것이 무엇이든, 그 모든 당신의 개성을 결정하게 된 것은 당신이 매사에 곱씹음으로써 강화한, 하여 마침내 습관 자체가 되어 굳어진 당신의 어떤 생각일 것이며, 그래서 당신이 이제는 변하고 싶다면 당신에게는 지금 이 순간부터 예쁘고 다정한 씨앗만을 뿌릴 것이, 그 생각의 씨앗에만 특별히 정성과 집중을 기울임으로써 영양분을 줄 것이, 하여 그러한 열매만을 맺고자 노력할 것이 오직 요구되어질 것입니다. 그 노력과 동시에 또한 당신은 당신 마음 안에 있는 부정적인 사고방식들, 폭력적이고 파괴적인 사고방식들, 왜소하고 인색한 사고방식들, 그러한 것들에는 더 이상 관심과 마음을 기울이지 않음으로써 그것들이 마침내 영양분을 받지 못해 죽고 소멸되도록 힘을 써야만 할 것입니다.

우리 모두에게는 행복한 사람이 되기 위해 노력하며 나아가야 한다는 우리 자신의 존재에 대한 오직 유일한 책임이 있으며, 하여 우리는 그 책임 앞에서 할 수 있는 모든 최선과 사랑을 기울이며 나아가야 하기 때문입니다. 하루하루 더 큰 행복을 찾고 발견하는 것, 그게 우리가 존재하고 살아가는 모든 이유이자 의미이기 때문입니다.

또한 환경과 조건이 맞아서 같은 종류의 열매가 자라고 있는 밭에는, 그 밭마다의 의무라는 것이 있습니다. 그러니까 어떤 밭에서는 사과나무가 잘 자라고, 하지만 다른 열매를 맺는 나무가 살아가기에 그곳은 적절하지 않은 환경이라서 그곳에서 그 나무는 생존할 수 없는 것처럼, 우울한 사람에게는 우울한 사람이 살아가기 좋은 밭이, 화내는 사람에게는 화내는 사람이 살아가기 좋은 밭이 있는 것이며, 각자 자신의 열매를 맺기 좋은 밭에서 존재하고 있는 각각의 사람들에게는 그곳에서 지키고 추구해야 할 의무라는 것이 있는 것입니다.

테러 집단에게는 한 사람의 생명이라도 더 죽이고 세상을 떠나는 것이 그들의 숭고한 의무가 될 것이며, 하지만 보통의 사람들에게 있어 그러한 행동들은 야만적이고 비윤리적인 행동으로 여겨질 것이기에 그곳에서는 그러한 식의 잔인함이 절대적으로 금지될 것이며, 그러니까 그곳에서는 온전한 상식과 함께 이 세상에서 자신이 할 수 있는 최대한의 성취를 이루어내는 것이, 또 다정하고 행복한 가정을 이루어 오순도순 잘 살아가는 것이 그들의 의무가 될 것이며, 이렇듯 각각의 밭마다 그 밭에서 존경스러운 가치로 여겨지는 것이 이토록이나 다른 것입니다.

어떤 밭에서는 각자가 이룰 수 있는 최대한의 성숙과 평화, 행복을 소유함으로써 그것을 통해 봉사하는 것이 그들 자신의 가장 수고한 의무가 될 것이며, 또 어떤 밭에서는 기독교인의 의무를 다하는 것이, 불교인의 의무를 다하는 것이, 힌두교의 의무를 다하는 것이 최선의 의무로 여겨질 것이며, 그렇게 우리는 같은 열매를 지닌 집합끼리 뭉쳐 그곳에서 저마다의 의무를 수행하며 나아가고 있는 것입니다. 그리고 어떤 곳의 의무는, 결코 다른 곳에서의 의무가 될 수 없을 것입니다. 그러니까 어떤 곳의 의무는, 다른 모든 곳에서 결코 허용할 수 없는 의무가 될 것입니다. 용서가 테러 집단의 의무가 될 수 없는 것처럼, 잔인함이 어떤 사랑의 집단의 의무가 될 수 없는 것처럼 말입니다.

그래서 우리에게는 하루하루 보다 더 나은 씨앗을 뿌리고, 더 나은 열매를 맺음으로써 더 나은 밭에서 더 나은 사람들과 함께 존재할 것이 요구되어지는 것입니다. 내가 여전히 이기적인 사람일 때, 나라는 존재는 진실하고 다정한 사람들이 있는 곳에서는 기피될 수밖에 없을 테니까요. 나 또한 그곳에서 살아가기가 어딘지 모르게 늘 불편하고 어색할 테니까요. 그렇다면 지금, 당신이 지닌 삶의 의무는 무엇입니까. 당신의 방향을 정하기 위해 먼저 그것을 재점검해 보세요.

그러니까 당신의 의무는 어떻게든 더 많은 돈을 벌어야겠다는 탐욕과 이기심의 의무입니까, 아니면 나의 이득을 위해 진실을 저버리는 것을 결코 허용하지 않는, 또 매사에 타인의 행복과 기쁨을 염려하고 고쳐시켜주고자 하는 반듯함과 다정함, 그리고 이타심의 의무입니까. 만약 당신이 기꺼이 믿고 숭배하는 그 의무가 이기심이라면, 당신이 매 순간 뿌리고 있는 생각의 씨앗은 무엇입니까. 또 그 씨앗으로부터 결실을 맺은 당신의 존재와 당신의 삶이라는 열매는 어떤 모양입니까. 그리고 그것은 당신이 믿어온 것처럼 진정 당신을 행복하게 해주고 있는 게 맞습니까.

우리가 낮은 차원의 성숙의 밭에서 머무르고 있을 때, 우리는 무엇이 진정 나를 위한 것인지, 그것을 알지 못해 그곳에서 오랜 시간을 헤매게 되곤 합니다. 때로 누군가를 힘으로 억압하고 억누르는 것이 자신의 행복에 이득이 되는 것이라 오해한 채 그러한 모양의 밭에서 계속해서 머무르길 선택하는 사람도 있고, 또 누군가를 살인하는 집단에 속하여 그 집단의 잔인함을 전 세계에 알리는 것이 자신의 행복에 이득이 되는 것이라 오해한 채 그곳에서 계속해서 머무르길 선택하는 사람도 있으며, 탐욕을 통해 타인을 이용함으로써, 그러니까 타인의 손해를 기반으로 자신의 배를 불리는 것이 자신의 행복에 이득이 되는 것이라 오해하고 있는 사람도, 나의 뜻대로 상대방이 움직여주기를 원하기에 타인을 교묘하게 조종하여 내가 원하는 이상에 맞게 변화시켜나가는 것이 자신의 행복에 이득이 되는 것이라 오해한 사람도, 그러니까 그러한 모양의 각각의 밭에서 하염없이 머무르길 선택하며 존재의 이유를 낭비하는 정말 많은 사람들이 있는 것입니다.

그리고 무엇보다 내가 속한 밭에서는 그것이 정상적이고 상식적인 가치로 불리기에 다른 길을 알기가 더욱 어렵고, 하여 다른 곳을 향해 나아가겠다고 마음먹는 일 자체가 드문 것입니다. 폭력적인 그룹에서는 어떤 자식이 나를 자꾸 쳐다보길래 가서 한 대 때려줬지 뭐야, 라고 말하면 영웅이라도 된 것처럼 칭찬을 들을 테니까요. 와 정말 멋있다, 너, 하면서 말이죠. 이기적인 그룹에서는 오늘 이렇게 거짓말 쳐서 이만큼이나 이득을 봤지 뭐야, 라고 말하면 영웅이라도 된 것처럼 칭찬을 들을 테니까요. 와 대단하다, 나도 비법 좀 알려줘, 하면서 말이죠. 그래서 저는 이 글이, 당신에게 더 행복한 다른 길이 있다는 것을 꼭 알려주었길 바랍니다.

나의 영혼에 진실로 이득이 되는 것은 바로 다정함이자 사랑이며, 용서이자 이타심입니다. 그것이야말로 우리를 진정 행복하게 해주고, 우리 영혼의 배를 채워주는 유일한 절대적 진실이니까요. 그래서 때로 우리의 눈에는 엄청난 손해로 보이는 것이, 우리의 영에게는 다시는 없을 소중한 선물이 되기도 하는 것입니다. 그러니 진실로 나의 행복을 위하는 것, 나 자신의 진정한 이득을 위한 것, 그러한 생각의 씨앗을 뿌리고, 그것을 열매로 맺도록 하세요. 그렇게 나 자신의 존재 자체가 빛이자, 선물이자, 기쁨이자, 아름다움이자, 기도이자, 예배이자, 사랑이 될 수 있게 매 순간 노력하며 나아가세요.

이 땅에 태어나 우리가 짊어진 유일한 의무는 바로 성숙할 의무이며, 유일한 책임은 바로 우리 자신의 존재에 대한 책임입니다. 그러니 매 순간 그 의무와 책임을 다함으로써 당신 존재를 더욱 고취시키고, 당신의 영혼을 더욱 기쁘고 풍요롭게 하도록 하세요. 매 순간이 성숙의 장입니다. 그래서 매 삶의 순간이 당신에게 묻고 있는 것입니다. 무엇을 선택할래, 하고 말입니다. 그러니까 성숙할래, 아니면 여전히 그 자리에 있을래, 하고 말입니다. 그러니까 행복할래, 아니면 여전히 불행을 행복이라 믿은 채 그 오해투성이 관점 안에 갇혀서 살래, 하고 말입니다. 그리고 그 지금 이 순간의 선택이, 당신의 씨앗과 열매를 바꿀 것이고, 하여 당신의 운명을 마침내 결정짓게 될 것입니다.

그렇다면 지금 이 순간 당신의 선택과 의무, 존재에 대한 책임은 무엇입니까. 그러니까 당신이 마음과 정성을 다해 영양분을 주고 있는 생각의 씨앗은 무엇입니까. 혹시 지금 이 순간의 그것이 미움이며, 증오이며, 탐욕이며, 폭력은 아닙니까. 지금 이 순간 당신의 선택이, 당신의 미래를 결정하고, 당신 미래의 존재를 변화시킬 수 있는 유일한 결정의 장이라고 한다면, 당신은 무엇을 선택하시겠습니까. 그러니까 지금 이 순간 당신의 선택은 무엇입니까.

● 이제는 나의 평화와 행복을 지켜내는 판단과 함께하고 싶을 때.

우리는 우리가 바라는 대로, 원하는 대로 세상을 심판하고자 합니다. 그러니까 나의 뜻과 바람에 맞게 사람과 세상이 움직여주면 좋아하고, 그렇지 않을 경우에는 속상해하거나 미워하고, 그런 식으로 판단하는 것이죠. 하지만 그것은 그런 식으로 판단함으로써 속상해하고, 미워하고, 그 서운함을 통해 떼쓰고 강요하는 식의 이기심이자 집착일 뿐이며, 진실이 아니라 나 자신의 환상과 사적인 이득을 숭배하는 미성숙의 오류에 불과한 것입니다.

무엇보다 그러한 식의 심판은, 나 자신의 진실한 이득을 위한 심판이 아닙니다. 진실한 행복, 진실한 사랑, 진실한 평화, 진실한 용서와 이해, 그러한 것이 진정 나를 위한 것일 텐데, 그러한 식의 사적인 이득에 얽매인 판단은 오히려 그것과 반대되는 길로 나를 이끌기 때문입니다. 누군가가 나의 무리한 제안을 거절했을 때, 사실 그것은 내게도 이로운 일이 될 테지만 그때의 나는 그것을 모르는 채로 끝없이 서운해하고 원망할 테니까요. 하여 내 마음의 평화를 더욱 잃게 될 테니까요.

그래서 우리가 그러한 심판의 태도를 내려놓지 않을 때, 우리는 어느 곳에서도 행복하게 존재할 수 없게 됩니다. 나의 남편, 나의 아내, 나의 부모, 나의 자식이 내 구미에 맞게 움직여주길 바라며, 그렇게 움직여줄 때는 잘하는 것, 그렇지 않을 때는 잘못하는 것이라 판단한 채 그들에게 그러한 판단으로 끝없이 영향을 미치고자 하며, 그러니까 그런 우리라면 우리가 어떻게 해서 그들과 나 자신의 진정한 자유를 완성한 채 행복하게 존재할 수 있겠습니까. 그래서 그것은 나 자신과 상대방 모두를 불행하고 고통스럽게 만드는 집착이자 환상에 불과한 것입니다.

그러니 당신이 당신의 사적인 이득, 욕망에 얽매여 판단하기보다 가장 높은 진실의 관점에서 무엇이 옳은지 그른지를 그저 사랑과 객관성을 갖춘 채 말할 수 있게 되기 전까지, 판단은 오직 신께 맡겨 둔 채 신께서 판단하게 하세요. 그게 당신의 마음에 평화와 자유, 그리고 상대방의 마음에 또한 평화와 자유를 가져다주는 진실한 사랑의 길이 될 것입니다.

저에게 많은 광고 업체들이 광고 문의를 하지만, 저는 단 한 번도 그런 식의 광고를 함께한 적이 없었습니다. 왜냐면 저는 그 기업의 온정성, 그 광고의 목적, 그러한 것에 대해 전혀 알지 못하기 때문입니다. 그리고 그들이 저에게 하는 제안이란, 얼마를 줄 건데 하실래요, 마실래요를 정해주세요, 라는 말이 다이기 때문입니다. 그렇다면 제가 그 광고의 영향이 수많은 사람들에게 미칠 책임을 어떻게 가늠할 수 있겠습니까. 그래서 저는 겸손한 마음으로 거절할 수밖에 없었던 것입니다.

얼마 전 한 출판사에서 어떠한 책의 광고를 부탁한 일이 기억이 납니다. 그리고 저는 그 책을 읽어보고 그 책이 추천할 만한 책이라면 그 어떠한 조건도 없이 추천을 해주겠다고 했습니다. 하지만 아무리 그들에 제게 큰돈을 준다고 하더라도, 그것이 추천할 만하지 않은 온전하지 않은 책이라면 저는 그 제안을 받아들일 수 없는 것입니다. 저를 믿고 그 책을 구매한 단 한 사람이라도 삶에 안 좋은 영향을 받게 되어선 안 되는 거니까요. 그리고 그것이 바로 저의 온전한 책임인 것입니다.

그러니까 만약 제가 저의 사적인 이득에 급급한 채 판단을 일삼는 사람이라면, 저는 오직 돈의 액수만을 보고 광고를 받을지 말지를 결정할 것이며, 그때의 저에게는 제가 원하는 금액을 업체가 흔쾌히 맞춰줄 때 그 사람은 좋은 사람, 그렇지 않을 때 그 사람은 나쁜 사람이 될 것입니다. 그리고 제가 그러한 식으로 나 자신의 이기심에 맞추어서만 무엇인가를 판단하는 사람일 때, 그로 인해 저는 제 마음의 평화와 자유를 자주 잃게 될 것이며, 무엇보다 저 자신의 온전함을 상실하게 될 것이며, 하여 저는 그 이기심의 노예가 된 채 그것에 끌려다니듯 이 세상을 마주하고 살아가게 될 것입니다.

그렇다면 그 빛 한 줄기 없는 어둠의 상태 안에서 제가 어떻게 행복할 수 있겠습니까.

외부적인 성취는 중요한 것이지만, 우리가 우리 자신의 중심을 지키지 않은 채 오직 그것에만 목적을 둔 채 살아갈 때, 우리는 그 어떤 외부적인 성취 앞에서도 여전히 결핍되고 불행하게 살아갈 수밖에 없을 것입니다. 성숙하기 위해 태어나 존재하는 우리인데, 그 성숙을 추구하지 않은 채 오히려 그 반대 방향으로 갈 때 우리는 늘 존재의 목적을 상실한 공허를 마주하게 될 수밖에 없기 때문입니다. 그래서 삶의 어떤 순간에도 우리는 온전해야만 하고, 또 자유로이 내 존재를 지키고 내 영혼에 가장 이득이 되는 판단을 하기 위해 노력해야만 하는 것입니다.

양심을 어겨서라도 돈을 좇는 건, 그래서 온전한 사람들에게는 존재하지 않는 선택지가 됩니다. 하지만 어떤 영역에서는 조건과 돈만 맞으면 그 어떤 양심도 어길 수 있다고 생각할 것입니다. 더 크게 어겨야 할수록, 더 많은 돈만 받으면 된다, 라고 생각하는 것이죠. 행복의 기준을 돈에 두었기에 돈만 많이 벌면 자신이 행복해질수 있을 거라고 믿으니까요. 하지만 그 뒤에도 여전히 그들은 한 사람의 왜소하고도 불행한 자신을 바라보고 있을 뿐일 것입니다. 행복의 기준은 내가 세울 수 있는 주관적인 것이 아니기 때문입니다. 행복의 기준은 이미 정해져 있는 절대적인 것이며, 그래서 우리가 행복하기 위해서는 우리가 그 기준에 맞추어 살아가고 변해야 하는 것이기 때문입니다.

그러니 오직 나 자신의 진실한 이득만을 추구하고, 그 진실한 이득을 추구하는 나의 뜻이 이 세상을 위한 것이자, 동시에 나 자신을 위한 것이자, 하여 동시에 신의 뜻이기도 한 것이 될 때까지 판단을 내려놓도록 하세요. 그렇게, 절대적인 선과 행복의 관점을 향해 나아가세요. 그러니까 나의 판단이 절대적 선과 행복의 관점에 부합하기에 그 판단으로 인해 내가 더 큰 기쁨과 평화를 누릴 수 있게 되기 전까지, 진정한 행복과 진실에 대해서 열린 마음으로 알아가고 배우세요.

예수님께서 이건 아니다, 라고 했을 때, 그건 정말로 이 세상의 선과 아름다움에 그것이 전혀 도움이 되지 않기에 아니다, 라고 말한 것일 것입니다. 그리고 그러한 진실한 판단을 할 수 있게 되기 전까지 우리가 일삼는 판단이란 오직 나 자신의 이기심만을 위한 판단일 뿐일 것이고, 그래서 사실 그건 나의 행복에도 전혀 도움이 되지 않는 판단인 것입니다. 내가 그것으로 인해 행복해질 수 있을 거라는 환상을 내가 여전히 믿고 있을 수는 있겠지만 말입니다.

무엇보다 그러한 식의 판단과 내가 여태 함께해왔지만, 여전히 나는 불행과 왜소함과 함께하고 있을 뿐이라는 것, 그것이 그 판단의 끝에 행복이 없다는 그 자체의 증거인 것입니다. 그렇다면 그럼에도 조금만 더 가면 반드시 행복해질 수 있을 거라는 환상에 여전히 미련을 둔 채 계속해서 더 큰 불행과 어둠 속으로 스스로 걸어 들어가시겠습니까. 아니면 지금 이 순간 오직 빛과 함께 지혜로우시겠습니까.

그러니까 판단 대 내려놓음, 미움 대 용서, 집착 대 자유, 불행 대 행복, 이기심 대 사랑, 그 둘 중 당신은 당신의 진정한 이득으로 무엇을 선택하시겠습니까. 나의 판단으로 인해 지금 이 순간 내가 평화롭지 않다는 것 자체로 그 판단은 오직 불행만을 담고 있는 판단일 텐데, 그렇다면 당신의 선택은 무엇입니까. 언젠가의 예쁘고 진실한 판단, 나에게 기쁨과 평화를 안겨주는 판단, 그 자유를 얻기 위한 내려놓음입니까, 아니면 여전히 판단에 미련을 둔 채 내려놓지 못하는, 스스로 불행하기 위한 집착입니까.

● 삶에 대한 감사를 회복하여 행복을 되찾고 싶을 때.

이 세상 모든 관점을 넘어선 가장 높은 수준의 감사하는 마음은 끝없는 내려놓음으로부터 성취할 수 있는 존재 자체에 대한 감사입니다. 우리의 소유, 우리를 둘러싼 외부에 대한 감사는 사실 우리를 적당한 행복으로 이끌어줄 수는 있지만, 그것이 결코 그 무엇에도 흔들리지 않는 영원한 행복의 마음을 우리에게 전해줄 수는 없기 때문입니다. 진실로, 진실로 감사하는 마음은 그저 내가 존재하고 있고, 이렇게 살아 숨 쉬고 있다는 그 기적 자체에 대한 감사이기 때문입니다. 그러니 외부에 대한 감사에서부터 시작해 존재 자체에 대한 감사로 서서히 나아가 보세요. 아주 자세하고 세밀하게 감사하고 또 감사함으로써 그 궁극의 감사에 끝내는 닿도록 해보세요.

나의 욕망과 계획, 그 모든 것들을 끝없이 내려놓음으로써 마음 안에서 그 감사의 빛이 스스로 자신을 드러내게 하면서요.

이 세상을 살아가면서 우리가 선택할 수 있는, 우리를 가장 높은 성숙의 수준으로 이끄는 길에는 사랑의 길과, 마음의 길과, 그리고 봉사의 길이 있습니다. 사랑의 길은 모든 생명을 그 어떤 편견도 없이 연민과 자비심 가득 바라봄으로써 있는 그대로 사랑하고자 노력하는 사랑의 시선 자체의 길이며, 마음의 길은 나 자신의 모든 개인적인 생각들을 부정한 채 내려놓음으로써 무한한 고요와 평온함을 되찾고자 노력하는 침묵 그 자체의 길이며, 그리고 봉사의 길은 내 모든 사적인 의지를 신께 바침으로써 끝내는 나의 생명마저도 그분께서 주관하실 수 있게 나의 자리를 끝없이 그분께 비워드리고자 노력하는 예배 그 자체의 길입니다.

그러니까 봉사의 길은 나라는 존재가 살아가는 매 순간이 기도이자 예배 그 자체가 될 수 있게 내가 존재하는 모든 순간을 신께 바치고 헌신하는 마음으로 하루를 보내는 길입니다. 그러니까 나의 모든 사적인 의지를 신께 내려놓고 그분께 바치고 드림으로써 그분의 종이 되는 것, 하여 나의 뜻이 아닌 그분의 뜻만으로 살아가고자 하는 것, 바로 그러한 길인 것입니다. 그리고 이 길은, 테레사 수녀님께서 주님의 몽땅 연필이 되었던 바로 그 길입니다. 그리고 우리로 하여금 그러한 마음에 몰두하게 해주는 것, 그것이 바로 지고한 감사의 마음인 것입니다.

그저 존재하고 있다는 것조차 당신께서 제게 주신 기적이자 선물이며, 하여 저에게는 더 이상 바랄 것이 없습니다. 그러니 당신께서 저에게 그저 주신 이 선물을, 이 육체를, 이 존재 자체를 오직 겸허한 마음으로 당신께 드리니, 당신의 뜻대로 사용하여 주소서, 이렇게 매 순간 기도하며 내 존재 자체를 재물로 바치며 헌신하며 나아가는 마음, 그것은 바로 가장 높은 존재에 대한 가장 낮고 겸허한 감사하는 마음에서부터 비롯되는 것이기 때문입니다.

그래서 이 길은 또한 전통적인 카르마 요가의 길과도 같은 길이 됩니다. 내가 하는 모든 일, 내가 존재하는 모든 순간, 내게 오는 모든 보상들, 그 모든 것들을 신께 바치는 마음으로 마주하며 나아가는 것, 그게 바로 카르마 요가의 길이니까요. 대가를 바라지 않고 그 일 자체를 위해 그 일을 하고, 내가 행한 모든 선한 의지와 친절, 그 모든 것들에 대한 영광을 오직 신께 드리는 것, 그러니까 오직 신의 알아줌만에 만족하는 것, 하여 인간적인 대가에 얽매이지 않는 것, 그러니까 그게 바로 카르마 요가의 길이니까요.

그리고 우리로 하여금 그러한 길을 향해 기꺼이 걸어가고자 마음먹게 해주는 것이 바로 감사하는 마음인 것입니다. 우리가 우리 자신의 모든 사적인 의지들을 신께 바치며 희생하고 헌신하며 나아가는 것은, 그저 주어진 이 생명과 존재에 대해 무한히 감사하는 마음에서만 비롯할 수 있는 것이기 때문입니다. 그저 받은 이 선물이, 이 기적이, 이 축복이, 이 은혜가 너무나 감사해서 나 또한 당신께 무엇인가를 주고 싶다는 마음이 끝없이 생길 때, 그때라야 그 길을 가고자 마음먹을 수 있는, 마음먹게 될 우리이니까요.

그러니 지금 이 순간 당신의 삶 자체가 하나의 요가이자, 예배이자, 기도이자, 사랑이자, 감사의 재물이 되게 해보세요. 밖에서부터 안으로, 넓고 많은 것에서부터 좁고 적은 것으로, 그렇게 서서히 감사에 감사를 더하며, 또다시 감사에 감사를 더하며, 그것에 더하여 감사하고 또 끊임없이 감사함으로써 끝내는 가장 깊숙한 곳, 가장 좁고도 적은 곳, 구석 중에서도 가장 구석에 있는 곳, 바로 당신 존재 자체에 대한 감사에 닿음으로써요.

그렇게 당신이 당신 존재 자체에 대한 감사에 비로소 닿게 되었을 때, 당신은 그 순간 모든 결핍을 넘어선 채 무한한 신의 보호 아래에서 안도하며 기뻐하게 될 것입니다. 뜨거운 눈물 없이는 버틸 수가 없을 만큼의 그 사랑에 압도당해 그저 무릎을 꿇고 두 손을 모아 기도할 수밖에 없게 될 것입니다. 그리고 그곳에, 당신의 천국과 구원이, 당신의 깨어남과 빛이 있을 것입니다.

그러니 지금 이 순간 그저 감사하고, 모든 것에 감사하세요. 인간 적인 감사에서, 외부를 향한 감사에서, 그것이 무엇이든 그것에서 부터 시작해 끝없이 감사를 더하며 나아가다 보면 끝내 당신은 당 신이라는 존재의 본질, 그 생명에 대한 감사에 이르게 될 것입니다. 당신이 신을 믿든 안 믿든, 그것은 상관이 없습니다. 결국 당신은 그 길의 끝에서 신께 이르게 될 것이기 때문입니다. 당신이 종교가 있 든 없든, 그것 또한 상관이 없습니다. 결국 당신은 가장 높은 분, 그 아래에 속할 것이며, 그분께서는 종교에 단 한 번도 속한 적이 없는 태초부터 영원히 가장 높은 분이셨고, 사랑이셨고, 앞으로도 그러실 분이시기 때문입니다. 당신이 무엇을 가지고 있든 없든, 그조차도 상관이 없습니다. 결국 당신은 당신의 몸 하나를 가지고 태어나 끝 내는 그 몸조차 두고 가는 아무것도 가질 수 없는 존재이기 때문입 니다.

그러니 감사하세요. 조건적인 감사부터 시작해 조건 없는 감사의 마음에 닿을 때까지, 감사하고 또 감사하세요. 거창한 다른 것들을 떠나서, 그저 당신 하루의 행복과 편안한 수면을 위해서라도 감사 하세요. 관계 안에서 더 다정하고 예쁜 내가 되기 위해, 더 예쁜 사 랑을 주는 내가 되기 위해 나 자신의 감정적인 결핍과 폭풍, 그 모든 다정하지 않음을 잠재우기 위해서라도 감사하세요. 더 부자가 되기 위해서라도 더 많이 감사하세요. 그것의 시작이 무엇이었든, 의도가 무엇이었든, 그저 끝없이 감사하세요. 하여 이 세상 모든 결핍을 넘 어선 그곳에서, 당신이 오직 무한하게 행복하기를 저는 바랄 뿐입 니다. 이조차도 제가 신께 무한히 감사하며 눈물을 흘리다 쓰는 글 이기에, 사실 이 글은 신께서 저를 대신해 당신에게 전해주는 선물 입니다. 그러니 그저 감사하세요.

그렇다면 지금 이 순간 모든 결핍을 넘어선 감사와, 여전히 아무것도 소유하지 못한 불만족, 그 둘 중 당신의 선택은 무엇입니까.

내 영혼의 채움을 위한 진짜 사랑을 하고 싶을 때.

이 세상에서 가장 아름답고 예쁜 봉사의 행위는 바로 나의 행복과 기쁨으로써 사람들에게 또한 그것을 전해주는 봉사의 행위입니다. 그러니 매 순간 당신 자신의 행복을 지키고, 행복을 드높이고, 기뻐하고, 또 가장 밝은 미소를 지음으로써 세상과 동료 인간들을 향해 봉사하는 사람이 되세요. 다른 무엇을 할 필요는 없습니다. 그저 당신이 이러한 기쁨에 젖어있고, 매사에 행복할 때 당신의 곁에 있는 사람들 또한 자연히 당신으로 인해 행복해질 것이기 때문입니다.

늘 우울하고, 무기력하고, 부정적이고, 불평불만하고, 폭력적이고, 의심이 많고, 두려워하고, 걱정투성이고, 그것이 무엇이든 그러한 상태, 감정, 수준을 지니고 있는 사람과 당신이 함께할 때, 당신은 그 자체로 당신까지도 불행해진다는 것을 알 수 있을 것입니다. 그들이 당신에게 무엇인가를 해서가 아니라, 그저 그들과 함께하고 있다는 사실 자체만으로 말입니다. 진실로 당신이 당신 자신의 존재를 이미 오롯하고 온전하게 완성했고, 하여 스스로 완전하게 채워지며 존재하는 사람이 아니라면, 당신은 타인의 불행에 영향을 받을 수밖에 없기 때문입니다.

일을 할 때도 함께 일하는 사람이 늘 한숨을 쉬고, 늘 어둡고, 늘 대꾸도 없고, 힘도 없고, 그렇게 무기력한 표정과 행동으로 당신의 옆에서 함께하고 있다고 생각해 보세요. 당신까지도 괜히 힘들어지고, 또 그럼에도 함께 씩씩하게 하루를 잘 보내보자 싶어 친절한 말을 건네 보지만 돌아오는 건 그저 무신경함일 뿐이고, 그래서 괜히 서운한 감정까지도 든 채 그 부정적인 기운의 영향을 하루 종일 받고 감내해야만 하게 될 것입니다. 불평불만을 일삼는 사람 옆에서는 소진될 것이고, 폭력적이고 강압적인 사람 옆에서는 숨 막히는 답답함과 함께 옥죄어질 것이고, 예민한 사람 옆에서는 자꾸만 눈치를 보게 될 것이며, 하여 의기소침하게 될 것입니다.

그래서 우리는 우리 자신의 존재에 대한 유일한 책임이 있는 것입니다. 매 순간 행복하게 존재하는 것, 매 순간 기쁜 마음으로, 감사하는 마음으로 존재하는 것, 그것으로써 우리는 전 인류를 끌어 높이는 마음과 행동의 봉사를 하는 것이기 때문입니다. 결국 우리 모두는 하나이며, 하여 시간과 공간을 초월한 채 우리의 마음은 연결되어 있기에 이곳에서의 내 평화가 지구 반대편까지도 그 즉시 영향을 미치게 되는 것이기 때문입니다.

그러니 그저 행복한 사람이 되세요. 그렇게 당신이 행복한 사람이라서, 기쁨을 당신 마음속에 늘 소유하고 있는 사람이라서 당신의 곁에 있는 사람들까지도 행복하고 더욱 사랑스러워지게 하는 그런 사람이 되세요. 결국 그것이 가장 최상의 봉사입니다. 왜냐면 아무리 그 직업이나 역할 자체가 봉사적이라도, 그것을 하는 사람의 마음이 부정적이라면 그 봉사는 그 어떤 사람의 영혼도 도울 수가 없을 것이기 때문입니다.

세상에는 사람의 육체의 배고픔을 채워주는 봉사와, 사람의 정신적 결핍, 즉 지식을 채워주는 봉사와, 사람의 영혼의 갈증을 채워주는 봉사가 있습니다. 그리고 그중 가장 으뜸이 되는 봉사가 바로 영혼을 채워주는 봉사인 것입니다. 왜냐면 배고픔은 잠시 채워줄 수 있지만, 그 사람은 또다시 배가 고파질 것이기 때문입니다. 해서 배고픔이 채워졌을 때 오는 만족감은 정말로 일시적인 것이기 때문입니다. 하지만 그 사람의 정신을 채워주는 봉사는 그보다는 영구적이며, 또한 단단할 것입니다. 왜냐면 정신과 지식을 채워주는 봉사는 그 사람이 이 세상을 살아가고 마주하는 마음의 힘 자체를 단련시켜주는 것이기에 그것을 통해 그가 스스로 자립할 수 있도록 이끌어줄 수 있기 때문입니다.

하지만 여전히 그 사람은 공허하고 불행할 수 있습니다. 사랑받기 위해 태어나 사랑받지 못하고 있다는 공허에 여전히 마음의 깊은 허기짐을 느낀 채 허덕이고 있을 수 있는 것이죠. 그래서 결국 우리는 마지막 봉사의 단계를 향해 나아갑니다. 테레사 수녀님께서 말씀하신, 그러니까 소유가 가난한 자들을 향한 봉사도 필요하지만, 마음이 가난한 자들을 향한 봉사 또한 필요하며, 배부른 자들의 공허한 눈빛과 쓸쓸함은 가난한 자들의 그것보다 더욱 짙고 어둡기에 그 무엇보다 그들은 구원을 필요로 하고 있다고 말씀하신, 바로 그 영역의 봉사를 향해 말이죠.

그리고 사람의 영혼을 채워줄 수 있는 유일한 것은, 바로 그 사람을 사랑하는 것입니다. 모든 사람이 서로를 마주하고 있지만, 또한 동시에 그들은 여전히 서로를 마주하고 있지 않기도 합니다. 자신의 갈증과 목마름, 결핍, 생각의 먹구름에 마음과 눈빛이 온통 가려진 채 그 누구의 있는 그대로도 바라보지 못하고 있으며, 하여 사랑하지도 않고 있기 때문입니다. 한 사람의 존재 뒤에 있는, 그러니까 그 사람의 겉모습과 행동과 언어, 그 모든 것 뒤에 있는 본연의 진짜 있는 그대로를 바라보는 것, 그 영혼을 바라봐주는 것만이 바로 진정한 사랑의 시선이기 때문입니다.

그리고 그 사랑을 가능하게 해주는 것이 바로, 우리 자신의 성숙입니다. 우리가 성숙할수록 우리는 그만큼 깨어난 채 우리 마음 안에 드리워진 어둠을 거두어내게 될 것이고, 하여 그만큼 있는 그대로의 빛으로 세상과 사람들을 마주하게 될 것이기 때문입니다. 그리고 우리가 성숙할수록 우리는 자동적으로 행복하고 기쁨이 넘치는 사람이 되어갈 것이며, 하여 우리가 완성한 그 기쁨과 평화로써 사람들에게 더욱 선하고 아름다운 영향력을 행사하게 될 것이기 때문입니다. 나에게 더 이상 결핍과 부정성이 없기에, 모든 존재를 또한 더욱 있는 그대로 받아들여주고 사랑하게 되겠죠.

그래서 내가 나의 행복을 내가 할 수 있는 최고로 완성한다는 건, 내가 할 수 있는, 될 수 있는 최고의 사랑으로써 존재하는 일과도 같은 것입니다. 내가 행복할수록, 나는 자연히 이 세상과 사람들을 더욱 사랑하고 있을 것이며, 그들에게 기쁨을 전해주고 있을 것이기 때문입니다. 그러니 행복을 주고자 애쓰지 말고, 행복한 사람이 먼저 되세요. 그때는 당신이 애쓰지 않아도 모든 사람이 당신으로 인해 더욱 행복하게 존재하게 될 것입니다. 당신이 아무리 그렇게 하고자 애써도 그렇게 하지 못했던 전과는 완전히 반대로 말입니다.

그저 당신의 가슴 안에 그러한 기쁨과 사랑을 소유하였을 뿐인데, 당신은 당신을 마주하는 전 생명을 기쁘게 하고 고취시켜주는 기쁨의 통로이자 선물이 되는 것입니다. 그렇다면 그보다 더 큰 사랑이 또 어디에 있겠습니까. 그리고 오늘, 당신은 그런 사랑을 마음에 품은 사람을 몇이나 봤습니까. 아마 단 한 사람도 보지 못했을 것이며, 서로의 불행으로 서로를 더욱 불행하고 우울하게 만드는 관계만을 마주했을지도 모를 것입니다. 아마 당신부터가 그런 사람이었을지도 모를 것입니다.

그러니 이제는, 당신부터가 먼저 행복한 사람이 됨으로써 사람들에게 또한 행복을 전해주는 사람이 되세요. 그저 기쁨의 빛을 당신 가슴에 가득 품고 있다는 사실 하나로 당신은 온 세상을 향해 그 기쁨을 내뿜으며 사람들에게 선한 영향력을 행사하게 될 것입니다. 그리고 그때, 모든 사람들이 당신으로 인해 자신의 하루가 보다 채워지고 행복해졌음을 느끼게 될 것입니다. 그들 스스로는 당신으로 인해 자신이 행복해졌다는 것을 전혀 모를지라도, 어쨌든 그들은 더 고양된 상태로 하루를 행복하게 보내게 되는 것입니다. 왜냐면 당신으로 인해 그들 자신의 영혼이 채워졌기 때문입니다. 당신의 시선과, 당신의 사랑과, 당신의 다정함과, 당신의 기쁨으로 인해서 말입니다. 그러니까 당신이라는 존재 자체로 인해서 말입니다. 그렇다면 사람들에게 줄 수 있는, 그보다 더 예쁘고 큰 선물이 또 어디에 있겠습니까.

그렇다면 당신은 타인에게 불행한 영향력을 행사하는 사람입니까, 아니면 행복한 영향력을 행사하는 사람입니까. 또 당신은 타인의 불행에 영향을 받은 채 함께 불행해지는 사람입니까, 아니면 오롯이 당신 자신의 존재를 지켜낼 만큼 스스로 완성된 사람입니까. 그러니까 당신은 당신이라는 존재를 이 세상을 향해 당신이 줄 수 있는 가장 예쁘고 사랑스러운 선물로 만들어가고 있습니까, 아니면 그 반대입니까. 그리고 지금 이 순간부터 당신이 내릴 선택은 기쁨과 사랑입니까, 아니면 무기력과 우울, 분노와 증오, 욕망과 결핍, 그 모든 불행입니까.

함께하는 이들의 미성숙함으로부터 상처받고 싶지 않을 때.

모든 사람을 나의 스승이자 신께서 주신 선물로 보도록 해보세요. 만약 극도로 무심한 사람을 제가 만났다면, 저는 그의 무심한 앞에서 생기는 감정적인 서운함이나 저 사람은 너무 무심해서 싫어, 라고 하는 저 자신의 옳고 그름에 대한 관념을 발견할 수 있게 될 것이고, 하여 그것은 사실 저의 결핍을 내면에서부터 인식하게 해주는, 그로부터 저를 더욱 완전하게 만들 기회이자 선물인 것입니다. 그리고 내가 기꺼이 그렇게 함으로써 내게 주어진 성숙을 완성할 때, 나는 이제 그 어떤 무심함을 마주해도 감정적으로 무너지지 않는 단단함과 함께하게 될 것이고, 그래서 그것이 내게 있어 선물인 이유인 것입니다.

나에게 미운 감정이 생기게 하는 사람은, 그래서 내게 용서를 가르쳐주는 스승입니다. 나를 자꾸만 답답하게 만드는 사람은, 그래서 내게 다정한 인내심을 가르쳐주는 스승입니다. 하루에도 우리는 우리 자신의 감정을 수없이 휘청거리게 만드는, 사실은 우리 자신을 더욱 단단하게 만들게 해주고 또 존재 자체로부터 온전하고도 완전하게 행복할 수 있도록 우리를 이끌어주는 수많은 스승과 선물들과 함께하고 있습니다. 그러니 그 모든 상황 안에서 나의 결핍을 초월하고 나의 존재를 완전하게 만드는 지혜를 배워보세요.

어느 순간 당신은 실망하고, 서운해하고, 미움을 곱씹고, 그러한 식의 감정적인 미성숙과 결핍으로부터 완전한 자유를 얻은 당신을 발견하게 될 것입니다. 외부의 그 어떤 것도, 그래서 그 순간이 되면 당신의 평화와 흔들림 없는 행복을 깨뜨릴 수 없을 것입니다. 당신이 어떤 미움 앞에서 완성한 용서는 그와 비슷한 모든 미움 앞에서 당신의 마음을 지켜줄 것이기 때문입니다. 그것이 미움이든, 서운함이든, 분노든, 무기력함이든, 그것이 무엇이든 말입니다. 그래서 정말로 그 모든 것들이 나를 위한 스승이자 선물인 것입니다.

그 모든 것이 진정으로 선물임에도 불구하고 당신은, 또한 여전히 지혜롭게 선택하십시오. 결코 무분별하지도, 순진하지도 마십시오. 누구와 함께할지, 누구와 함께하지 않을지를 선택하는 일 앞에서 말입니다. 그리고 그 선택 앞에서 당신은 언제나 고요하고 평화로우십시오. 그것을 선택하는 데 있어 감정적인 동요는 전혀 필요치 않을 것입니다. 그러니까 함께하지 않는 것을 선택하는 데서부터 오는 죄책감을 덜기 위해 미움을 합리화하는 식의 증오는 필요치 않을 것입니다. 저 자식이 나에게 이렇게 했기 때문에 그를 미워할 수밖에 없는 나이며, 하여 이 함께하지 않음은 내게 있어 정당한 것이다, 하는 식의 합리화, 그것에서부터 오는 증오 말입니다.

그저 서로의 평화와 행복을 위해 다른 길을 갈 것을 선택하면 그만입니다. 어떠한 감정도 없이 있는 그대로의 선택을 하고, 그렇게 꿋꿋이 나아가면 그만입니다. 그것에 있어 순진한 죄책감을 가질 필요도 없으며, 죄책감이 들기에 그 죄책감을 덜기 위해 애써 더욱 미운 이유를 찾을 필요도, 하여 증오를 정화하지 않은 채 끝없이 들고 있을 필요도 없는 것입니다. 그를 위한, 나를 위한 선택을 하고, 그저 고요와 침묵 속에서 꿋꿋이 앞으로 나아가면 되는 것입니다.

하지만 만약 당신이 여전히 감정적으로 무엇인가를 선택하고 있다면, 당신에게는 아직 많은 스승들로부터 배우며 당신 자신의 자존감을 더욱 키우며 나아갈 필요가 있을 것입니다. 오늘의 스승과, 오늘의 선물을 통해 당신에게 부족한 성숙을 더욱 채우며 나아갈 필요가 있는 것입니다. 그리고 그 후에 완성된 확고한 이성과 합리성, 온전함으로부터 선택할 필요가 있는 것입니다. 그때의 그 선택이야말로 진정 당신 자신과 상대방을 위한 사랑과 진심의 선택일 테니까요. 그가 미워서도 아니고, 그가 부족해서도 아니고, 그저 서로의 평화와 성숙을 위해 서로가 함께하지 않는 것이 더 나음을 아는 그 지혜로부터의 선택 말입니다.

어쨌든 우리는 선택해야 하며, 그것 앞에서 무분별해서도, 순진해서도 안 되는 것입니다. 그러니 지혜롭게, 흔들림 없이, 온전함으로부터 선택하고, 그렇게 당신과 함께할 다정하고 반듯한 사람들과 함께 좋은 에너지를 나누고 공유하며, 하지만 여전히 순간적으로 마주하는 수많은 부정적인 상황, 사람들로부터는 배우고 성숙하며 나아가고, 그렇게 하세요. 매 순간 당신이 할 수 있는 가장 좋은 선택을 하고, 매 순간 당신이 할 수 있는 가장 큰 배움을 얻으며 성숙하며, 그렇게 나아가는 것입니다.

그때, 당신은 모든 부정적인 감정을 초월한, 그 어떠한 결핍도 존재하지 않는 평화와 지혜의 땅 위에서 오직 행복한 당신을 곧 맞이하게 될 것입니다. 당신의 자존감으로부터 보호받고, 안전함을 얻고, 하여 그 무엇에도 굴복하지 않을 수 있는 자유와 함께 이 세상을 살아가게 될 것입니다. 이 세상 안에서 여전히 살아가되, 하지만 이제는 더 이상 이 세상 안에 속하지는 않는 그 평화라는 이름의 진정한 기쁨과 함께 이 삶을 누리게 될 것입니다. 그리고 그 순간 당신이 밟고 있는 그 땅의 이름은 천국이자, 구원이자, 빛이자, 무한한 행복의 시간들이자, 영원한 기쁨일 것입니다.

그렇다면 지금 당신에게 그러한 성숙과 온전함, 자유를 선물하기 위해 당신을 찾아온 스승은 누구입니까. 또 그러한 의미로 당신이 마주하고 겪어내고 있는 삶의 선물은 무엇입니까.

이제는 진짜 좋은 인연을 만나고 싶을 때.

나와 안 맞는다고 해서 꼭 그 사람이 나쁜 사람인 것도, 나와 잘 맞는다고 해서 그 사람이 꼭 좋은 사람인 것도 아닙니다. 한때 내가 참 좋아했고, 좋은 사람이라 생각했던 사람이 지금 생각해 보니 그리 좋은 사람은 아니었다는 생각이 드는 것처럼. 그래서 어느 정도까지는 좋은 사람이라는 기준은 상대적입니다. 하지만 만약 당신이 절대적으로 좋은 것이 뭔지, 또 좋은 사람이 어떤 사람인지를 이해하고, 당신 또한 그 수준을 추구함으로써 끝내 그 모양의 성숙을 이루어낸다면, 그때는 좋은 사람이 어떤 사람인지 하는 의미와 기준이 당신에게 한해 절대불변하는 절대성으로 굳어질 수도 있을 것입니다.

당신이 미성숙할 때는, 당신이 누군가를 음해하고 미워하고 있는 그 순간에 그 감정에 함께 휩쓸리며 당신의 편을 들어주는 사람, 하여 함께함으로써 그 미움을 더욱 정당화한 채 마음 편히 부풀릴 수 있게 해주는 사람, 그런 사람과 함께할 때 당신은 위로받은 채 편안함을 느끼고, 오히려 객관적으로 당신에게 그 상황에 대해 말해주고 당신의 마음을 정화시켜주고자 노력하는 사람, 그렇게 함으로써 당신을 더욱 아름답고 성숙한 방향으로 이끌어주고자 하는 사람,

그런 사람과 함께할 때 당신은 그가 당신의 편을 들어주지 않는다며 서운해하며 그 사람을 미워하게 될 수도 있는 것입니다.

그러니까 그때는 정말 좋은 인연은 무조건 나의 편을 들어주고 내 입장에서 생각해주는 사람이라고 당신은 믿고 있을 것이기에 너는 내게 좋은 인연이 아니야, 하고 생각한 채 그를 당신의 곁에서 밀어낼 수도 있을 것입니다. 어떻게 그 상황에서 그런 말을 할 수가 있어, 하며 서운해하고 원망하다가 끝내는 그 서운함과 원망이 감당이 안 되어서 말이죠. 하지만 시간이 지나 조금 더 성숙한 뒤에는 그 사람이 사실 무조건적으로 편을 들어주는 사람보다 당신에게 더 좋은 사람이었다는 것을 당신은 알게 될 수도 있는 것입니다. 그래서 아쉬워하고, 아까워하고, 후회하게 될 수도 있는 것입니다.

만약 함께 사기를 치고 다니는 부부 사기단이 있다면, 그들에게는 서로가 서로의 이익에 부합하고, 그리고 둘 모두의 수법이 이미 교묘하고 악랄해서 이렇게 하면 더 좋을 거야, 하고 서로에게 말할 필요도 없이 서로가 너무나도 잘 맞고, 그러니까 서로가 더 능숙한 사기꾼일수록 그들은 서로를 그만큼 더 자신에게 좋은 인연이라 생각한 채 함께할 수도 있는 것입니다. 그래서 그때는 만약 한쪽이 조금은 진실해서 사기를 치다가 실수를 하거나, 죄책감을 가지거나, 우유부단하게 굴거나, 그렇다고 한다면 다른 한쪽은 그 사람을 답답해하며 미워하게 될 수도 있는 것이죠. 정말 안 맞네, 하면서 말입니다. 그렇다면 이때 각자가 믿고 있는 좋은 사람의 기준은 과연 진짜 좋은 사람의 기준이라 할 수 있겠습니까.

그래서 우리가 미성숙할 때, 그때의 우리는 그만큼 내게 좋지 않은 영향을 주는 사람을 나와 정말 잘 맞는 좋은 사람이라고 여기는 오해와 오류를 반복하게 될 가능성을 더 많이 지니게 되는 것입니다. 그렇다면 그때는 나의 삶에 파괴적이고 진실하지 않은 영향을 줌으로써 나의 소중한 성숙의 시간을 낭비하게 한 사람을 내가 어떻게 탓할 수 있겠습니까. 그 모든 것이 나의 선택이자, 나의 수준에서부터 비롯된 나의 책임일 텐데 말입니다.

그러니 먼저 성숙한 내가 되세요. 내가 성숙한 만큼, 내게 있어 좋은 사람의 기준은 정말 좋은 사람의 기준이 될 가능성이 높아질 것입니다. 내가 어느 정도의 성숙한 수준에 닿기 전까지, 내게 있어 좋은 사람의 기준은 결국 내가 좋은 사람이 된 만큼으로 정해지는 것이고, 그러니까 오직 그 기준으로 우리는 누군가를 사랑하고, 또 미워하게 될 테니까요.

죽이 척척 잘 맞는 부부 사기단의 수준에서는 그렇게 사기를 쳐서 번 돈을 집에 와서 세며 하하호호 하며 서로를 더욱 사랑스럽게 바라볼 수도 있는 것이죠. 너 정말 좋은 사람이야, 너 같은 사람이 내 아내, 혹은 신랑인 것이 정말 자랑스럽고 기쁘고 고마워! 하면서 말이죠. 그래서 이때는 한쪽이 진실할수록, 정말 좋은 사람일수록 그만큼 더 미움받게 되는 것입니다. 너 때문에 오늘 더 크게 땡길 수 있었는데 그러질 못했잖아! 하면서 말이죠. 넌 아직 많이 부족해, (사기를) 조금 더 배우고 공부해, 하면서 말이죠.

그리고 그것이 나의 개인적인 이득, 혹은 이기심, 그러한 기준으로 우리가 나의 행복을 계산하고 생각하는 미성숙한 사람일수록, 우리가 실제로 좋은 사람을 좋은 사람이라 여긴 채 그들과 함께하게 되는 일이 결코 일어나지 않는 이유인 것입니다. 그래서 그것이, 내가 먼저 성숙한 사람이 되어야만 하는 이유인 것입니다. 진실로 선하고 아름다운 가치를 가진 사람을 그런 사람 그대로 바라본 채 간절하고 소중한 마음으로 함께하기 위해서 말입니다.

어떤 수준에서는 누군가가 나를 무시할 때, 나를 대신해서 멱살을 잡아주고 그 사람을 협박하고, 때리고, 그러한 사람이 진정 나를 위하는 내게 좋은 사람이라 여겨질 수도 있는 것이고, 그래서 그 수준에서는 그래도 우리가 참자, 그게 더 잘하는 일일 거야, 라고 말하는 사람은 나를 위해 폭력을 행사해줄 만큼의 용기도 없는 나약한 겁쟁이로만 여겨질 수도 있는 것이기 때문입니다. 그러니까 우리가 미성숙하고 이기적인 사람일수록, 결국 우리는 미성숙하고 이기적인 사람을 만날 수밖에 없는 것입니다. 그때는 그런 사람이 나를 행복하게 해주는, 나와 잘 맞는 진짜 좋은 인연이라고 여겨질 수밖에 없을 테니까요.

그러니 당신이 함께하게 될 사람이 정말로 좋은 사람이었으면 좋겠다면, 당신의 좋은 사람의 기준이 절대적 성숙의 기준과 일치하게 될 때까지 매 순간 아름다운 성숙을 추구하며 나아가세요. 그러니까 그 기준이 여전히 상대적이라서 당신의 미성숙, 그리고 이기심에 의해 흔들리고 왔다 갔다 하게 내버려 두지 마세요. 그때는 당신의 마음을 해치는 사람을 당신은 당신을 위하는 사람이라고 생각한 채 그를 아끼고 사랑하게 될 것입니다. 그리고 당신 또한 그 사람에게 그런 사람일 것입니다. 하지만 시간이 조금 더 지난 뒤에는 지금의 인연을 돌이켜 당신은 반드시 후회하게 될 것입니다.

그래서 당신이 당신을 지키기 위해 할 수 있는 최선은, 매 순간 할수 있는 최대한의 성숙을 완성하며 나아가는 것, 그 성숙에 당신의 몸과 마음을 완전히 담은 채 하루하루를 마주하는 것, 오직 그것일 것입니다. 그리하여 마침내 당신의 성숙이 무르익고, 하여 당신이 정말로 좋은 사람이 되었을 때, 그때의 당신은 좋은 사람을 만날 수밖에 없어 좋은 사람을 만나게 될 테니까요. 부부 사기단의 수준에서 더 진실한 사람이 미움을 받을 수밖에 없었던 것처럼, 하여 끝내 서로가 서로로부터 멀어질 수밖에 없는 것처럼, 결국 우리는 그 인연의 법칙에 따라 자연스레 우리 자신과 성숙의 수준이 비슷한 사람끼리 함께하고 있게 되는 거니까요.

그러니 절대적으로 진실하고 정직하고자 노력할 것이며, 이기적이기보다 이타적일 것이며, 비난과 증오보다는 이해와 관용을, 용서를, 그리고 사랑이 없는 모든 행동과 말 대신에 오직 사랑과 함께할 것을 선택하세요. 그리고 그렇게 당신이 정한 그 절대적 성숙의 방향과 다른 방향을 향해 나아가고 있는 사람을 당신이 그 길을 걸어가는 과정 안에서 만나게 되었다면, 이제는 끌림을 느끼기보다 거부하고, 허락하지 마세요. 그렇게 당신의 존재가 온통 아름다움에 물들고 사랑과 선함에 흠뻑 젖게 하세요.

당신이 여전히 예쁘고 아름답다고 불릴 만큼 성숙하지는 못한 채일지라도, 당신이 나아갈 방향을 절대적인 아름다운 성숙으로 정했다면, 하여 하루의 매 순간 당신 자신의 미성숙을 돌아보고 바로잡으며 나아가고 있다면, 그렇게 서서히, 하지만 최선을 다해 조금씩 나아가고 있다면 당신의 어제와 오늘, 그리고 내일, 그 아주 가까운 시간 안에서의 당신은 여전히 미성숙할지라도, 그 모든 하루를 더한 언젠가의 당신, 그 미래의 당신 존재는 결국 아름다울 것입니다. 그리고 당신이 지금 그 길을 걸어가겠다고 선택한다면 이미 그 미래는 정해진 것입니다. 그래서 그 미래는 오직 당신의 선택만을 지금, 기다리고 있는 것입니다.

그러니 이제는 선택하세요. 그리고 꿋꿋이 나아가세요. 그 과정 안에서 조금씩 당신의 내면이 아름다워지고 있다는 것 자체로 당신은 이미 전에는 느끼지 못했던 행복과 함께하게 될 것입니다. 그래서 그 기쁨을 계속해서 느끼기 위해서라도 당신은 더욱 전념하며 나아가게 될 것입니다. 그리고 여전히 완전한 성숙을 향해 나아가는 어느 과정 위에 있는 당신이지만, 그러니까 여전히 아름답다고 할 수는 없는 당신이지만, 그럼에도 그 모든 과정을 함께함으로써 아름다운 성숙의 종착지까지 함께하며 서로를 지지해줄 수 있는 그런 인연이 있다면 그때는 함께해도 괜찮습니다. 결국 이미 완전한 성숙을 완성한 사람을 만나는 게 중요한 게 아니라, 상대방이 함께하며 더욱 예쁜 성숙을 향해 함께 나아갈 수 있는 사람인지 아닌지가 중요한 것이니까요. 그 성숙을 향한 지향이 서로에게 있다면, 그래서 그 인연은 지금은 미성숙한 서로일지라도 이미 절대적으로 예쁘고 아름다운 인연이라 할 수 있는 거니까요.

그러니까 반드시, 그 성숙의 과정을 함께할 수 있는 사람과 함께 하세요. 그때, 당신은 안전할 것입니다. 서로가 서로의 미성숙한 수준에서 고집을 부리며 그 자리에 머무르고자 하는 서로는 더 이상 아닐 것이기에, 둘 모두에게 서로가 안전할 것입니다. 그러니까 그때는 둘 모두가 나아가고자 하는 방향이 용서와 사랑일 것이며, 때로 그 과정 안에서 인간인지라 누군가를 미워하게 될 수도 있겠지만, 그때는 한쪽이 그러고 있을 때 다른 한쪽은 그럴 수도 있지, 우리 모두 사람이잖아, 하지만 그래도 우리, 우리 자신의 평화와 행복을 지키기 위해 조금 더 내려놓고 용서하도록 해보자, 라고 말해줄 테고, 그 말을 들은 상대방 또한 서운함을 느끼기보다 고마움을 느낄 것이기에 서로가 서로에게 완전히 안전한 인연인 것입니다. 그리고 그때의 둘은 혼자서 성숙을 향해 나아갈 때보다 둘이서 함께하기에 더욱 아름다운 성숙을 완성하며 나아가게 될 것이기에 이미 아름다운 인연인 것입니다.

세상에는 정말로 다양한 수준이 있고, 모두가 그 각자의 수준 안에서 배우며 나아가고 있습니다. 하지만 결국 사랑이, 우리가 배워야 할 모든 것입니다. 그리고 그 목표에 모든 것을 정렬한 사람은, 하여 그 목표에 모든 마음을 전념한 채 나아가고 있는 사람은, 결국 다른 모든 수준을 금방이면 초월한 채 이 삶 안에서 그 사랑을 완성하게 될 것입니다. 그래서 지금 당장에 누군가에게 끌린다고 해서 그 사람과 평생을 함께하길 결정하는 것은 지혜롭지 않을 것입니다. 지금보다 먼 미래에 내가 있을 곳, 그곳을 향해 함께 나아갈 수 있는 사람인지, 그것을 바라보고 그 기준에 맞추어 함께할 사람을 정할 때, 그러니까 오직 그 기준과 시선만이 우리를 지켜주고 보호해줄 유일한 관점일 것이기 때문입니다.

지금의 나는 여전히 누군가를 미워하는 사람이지만, 그럼에도 나의 목표가 용서라면, 하여 어렵지만 매 순간 그러기 위해 노력하고 있는 나라면, 하지만 내가 함께할 사람은 그런 목표가 전혀 없으며 그런 목표를 왜 가져야 하는지도 모르는 사람이라면, 지금은 성숙의 수준이 비슷해 서로에게 끌릴 수 있을지라도 결국 얼마 지나지 않아 둘은 갈등하고 싸우게 될 수밖에 없을 것이기 때문입니다. 그래서 그 미래를 바라보지 않고 오직 지금 누군가에게 끌린다고 해서 함께하길 결정하는 것은 나의 아픈 미래를 나 스스로 결정하고 확정 짓는 것이나 다름없는 순진함일 것이기 때문입니다.

그렇다면 당신이 지닌 좋은 사람의 기준은 무엇입니까. 그리고 당신은 지금 어떤 사람과 함께하고 있습니까. 그 사람은, 실제로 좋은 사람이 맞습니까. 그리고 당신은, 어떤 사람입니까.

시련 앞에서 더 이상 무너지고 싶지 않을 때.

성장하지 않은 삶은 죽어가는 삶입니다. 우리가 태어나 존재하고 살아가는 유일한 의무이자 책임이 바로 성숙이기 때문입니다. 그러니 매 순간을 성숙하기 위한 목표 하나로 보내세요. 그때, 당신은 그 어떤 것에도 절망하지 않을 수 있는 내면의 단단함을 얻게 될 것입니다. 왜냐면 우리가 매 순간을 오직 성숙하기 위한 마음으로 보낼 때, 모든 기쁨과 슬픔, 희망과 절망, 만족과 고통, 그 모든 것들이 정확히 우리의 성숙에 기여하는 하나 같이 아름답고 예쁜 선물들로 보이기 시작할 것이기 때문입니다. 그렇다면 우리가 그러한 시선으로 삶을 마주하는데, 더 이상 어떻게 꺾이고 무너질 수 있겠습니까.

그러니 모든 삶의 경험을 성숙할 장이자 통로로 여긴 채 내가 할 수 있는 최대한의 사랑과 다정함, 받아들임과 인내, 그 시선으로 마주하도록 해보세요. 우리는 결국 다른 무엇이 아니라 우리 자신의 존재로부터, 우리가 된 바로부터 타인을 행복하게 해주며, 고양시켜 주며, 사랑스럽게 만들어주기에 성숙함으로써 보다 행복한 사람이 되는 것, 그것이 또한 이 세상 모든 생명을 향해 우리가 할 수 있는 가장 최고의 봉사이자, 헌신이자, 사랑이자, 기도이자, 예배가 되어 줄 것이며, 하여 우리에게는 우리 자신이 행복함으로써 타인을 행복하게 해줄, 자신에게 주어진 행복을 완성할 오직 유일한 책임이자 의무가 있을 뿐입니다.

그래서 우리가 성숙하지 않은 채 제자리에 머무르며 방황할 때, 우리는 공허함을 느끼게 됩니다. 우리 자신의 존재의 유일한 목적과 의무, 그것을 내가 스스로 상실한 채 방황하고 있다는 것을 알아차린 우리의 마음이라는 안내자가 공허함을 통해 이제는 제대로 된 길을 가달라고, 주어진 책임에 최선을 다해달라고, 오직 영혼의 성숙을 목적으로 살아가며 보다 행복한 사람, 진실로 행복한 사람이 되어달라고 신호를 보내며 울부짖을 것이기 때문입니다.

그러니 지금 내가 공허하다면, 내 마음이 내게 무엇을 말하고 있는지에 귀를 기울이세요. 언제나 나의 마음 안에 내가 가야 할 길에 대한 모든 해답이 있을 것입니다. 결국 모든 불행은, 마음이 내게 그 불행을 통해 해줄 말이 있어서 찾아오는 것이며, 하여 우리에게는 마음의 소리에 귀를 기울일 오직 유일한 필요가 있을 뿐인 것입니다.

그래서 사실 고통과 절망, 우울과 시련은 말 없는 신께서 우리와 소통하는 하나의 방식이자 언어와도 같은 것입니다. 그러니까 그건 우리를 무너뜨리기 위해 찾아온 것이 아니라, 진정한 삶의 방향을 안내해주기 위해, 우리 자신의 행복을 위해 신께서 우리에게 주신 선물인 것입니다. 결국 우리는 시련 없이는, 고통 없이는 우리 자신의 성숙에도, 행복에도, 내면에도, 결코 관심을 가지지 않을 것이기 때문입니다. 그것이 많은 사람들이 시련을 통해 진정한 기쁨에 닿게 되었다고, 하여 그것이 사실은 선물이었음을 알게 되었다고 말하는 이유입니다.

그래서 시련을 통해 성숙한 사람은, 더 이상 시련 앞에서 아파하지 않습니다. 그 안에 나를 위한 숨은 의미와 목적, 그 선물이 있음을 알기에 그것을 바라보기 위해 더욱 노력할 뿐입니다. 그러니까 그때의 나는 지금은 이 선물이 선물처럼 보이지 않지만, 지금을 딛고 일어서며 조금씩 성숙해가는 그 과정 안에서 서서히, 그리고 반드시 이것이 선물임을 알게 될 것이고, 그래서 아, 이런 의미와 이유가 있었구나, 하고 반드시 이 선물에 고마워하게 될 나라는 것을 이미 분명하게 알고 있기 때문입니다. 하여 그 성숙을 완성하기 위해 오직 기쁜 마음으로, 담담한 마음으로 최선을 다해 지금을 딛고 나아갈 뿐입니다.

그렇다면 우리가 그런 마음으로 살아갈 때, 더 이상 무엇이 우리를 흔들 수 있으며, 또 절망하게 할 수 있으며, 아프게 할 수 있으며, 고통스럽게 할 수 있겠습니까. 이제 시련은 있어도, 그래서 고통과 절망은 없습니다. 그리고 그것이 바로 성숙이라는 삶의 유일한 목적과 이유에 완전히 정렬한 채 나아가는 사람에게 주어지는 마음의 선물인 것입니다. 매 삶의 순간 앞에서 흔들림 없이 꿋꿋함으로써 나 자신의 기쁨과 평화를 스스로 지켜낼 수 있게 해주는 그 단단한 마음 말입니다.

그러니 매 순간을 통해 성숙함으로써 매 순간 내가 될 수 있는 가장 행복한 사람으로서 존재할 수 있도록 노력하세요. 그러기 위해 늘 내가 할 수 있는 최대한의 다정함과 사랑으로 하루를 마주하세요. 그저 오늘을 내가 될 수 있는 가장 최고로 아름다운 나로서 마주하고 보낸다면, 그것으로 된 것입니다. 그 오늘을, 영원히 쌓으며 나아간다면, 그것으로 된 것입니다. 그리고 그 성숙을 향한 절대적 전념이, 당신을 외부의 그 무엇에도 흔들리지 않는 행복으로, 그 천국의 마음으로 반드시 이끌어줄 것입니다.

그렇다면 지금 당신의 마음은 당신에게 뭐라고 울부짖고 있나요. 그리고 당신은 여전히, 그 소리와 안내, 신의 언어를 외면한 채 불행할 것을 선택할 건가요. 그러니까 당신의 선택, 그리고 앞으로의 방향은 무엇입니까.

이제는 아름다운 방향을 향해 나아가고 싶을 때.

진실의 길은 나 자신을 버리는 길입니다. 그러니까 우리가 성숙하기 위해 태어났고, 성숙하기 위해 살아간다고 한다면, 결국 우리가 완성해야 할 성숙이 무엇인지 우리는 궁금할 것입니다. 그리고 그 성숙의 끝, 완성이 바로 '나'를 완전히 초월한 채 존재하는 완전한 비이기심인 것입니다. 그것이 모든 종교가 말하고 있는 절대불변의 높은 진실입니다. 그래서 성숙해나간다는 것은, 그 절대적 진실 앞에서 나 자신을 내려놓고 헌신함으로써 서서히 나 자신의 이기심, 개인적인 욕망, 그 모든 환상과 우상을 떠받치고 숭배하며 존재하던 미성숙을 이제는 그만둔 채 오직 그 진실의 길을 걸으며 나아가는 것을 뜻하는 것이 될 것입니다. 그리고 그 모든 과정 안에서 우리의 행복은 더욱 완성되고 커져나가게 될 것입니다.

전통적으로 진실에 이르는 길에는 세 가지의 길이 있다고 알려져 왔습니다. 박티 요가, 모든 사랑하는 행위에 나를 헌신하는 길, 즈나냐 요가, 모든 마음을 버리고 단 하나의 집중을 얻는 것에 나를 헌신하는 길, 카르마 요가, 모든 일을 신께 바치는 예배이자 헌신이라 생각한 채 일을 통해 나 자신의 의지를 더욱 내려놓으며 헌신하며 나아가는 길, 이 세 가지 요가의 길이 있는 것이죠. 그리고 우리가 이 길들 중 우리와 잘 맞는 하나의 길을 선택하고 그것에 전념함으로써 나아갈 때, 우리는 끝내 궁극의 진실에 닿게 될 것입니다.

설명을 더하자면 예수님께서 말씀하신 길이 바로 박티 요가의 길입니다. 살아가며 마주하는 모든 생명을 용서하고 사랑함으로써 나를 내려놓고 포기하는 무조건적인 사랑과 용서의 길인 것이죠. 그리고 부처님께서 말씀하신 길이 바로 즈나냐 요가의 길입니다. 내 마음에 떠오르는 모든 생각과 감정들, 그 일체를 부정한 채 내려놓고 또 내려놓음으로써 모든 생각과 감정이 멎어있는 단 하나의 마음, 그 나를 완전히 버림으로써 찾게 될 진짜 나에 닿는 길인 것이죠. 그리고 크리슈나께서 말씀하신 길이 바로 카르마 요가의 길입니다. 그 어떤 크고 작은 일이든 그 일을 오직 신께 바치는 마음으로 함으로써 일을 하는 모든 순간을 신께 바치는 예배이자 기도가 되게 하는, 그렇게 함으로써 신께 닿는 길인 것이죠.

그리고 우리는 그중 하나를 선택해서 가든, 모든 길을 동시에 추구하며 가든, 결국 단 한 가지 진실에 이르게 될 것입니다. 나 자신을 완전히 버린 채 완전한 이타심으로 살아가는 마음, 바로 그곳에 말입니다. 그러니까 우리는, 매 순간의 경험을 통해 나와 다른 것들을 더욱 분리한 채 사고하는 이기심이 아니라, 나와 다른 것들을 더욱 하나라고 여기는 이타심을 향해 나아가야만 하고, 그러니까 오직 그것만이 진실의 길인 것입니다. 그러니 오직 진실의 길을 걸어가세요. 그리고 저는 당신이 일을 하는 순간에는 카르마 요가의 마음으로, 사람들과 함께하는 순간에는 박티 요가의 마음으로, 혼자 있는 순간에는 즈나냐 요가의 마음으로 임함으로써 모든 길을 동시에 가는 것을 추천합니다.

그 시작이 어느 곳이었든, 그것은 상관이 없습니다. 중요한 건 결국 방향이기 때문입니다. 처음에는 사적인 이득, 동기를 위하여 어떤 일을 시작했지만, 서서히 그 일을 통한 경험들로 인해 타인을 생각하는 마음이 생기고, 그래서 타인의 기쁨과 행복을 위해 일하는 마음이 강해지고 있다면, 그래서 그것은 그 자체로 진실한 길인 것입니다. 하지만 서서히 어떠한 개인, 혹은 단체의 이기심 자체에 나 자신의 마음을 헌신하며 많은 사람들을 아프게 하는 길을 향해 더욱 걸어가고 있다면, 그래서 그것은 오직 거짓된 길이 될 수 있을 뿐일 것입니다.

실제로 몇몇 종교 단체, 혹은 사회 단체, 그것이 어떤 것이든 어떠한 집단은 사람들이 더욱 거짓된 길로 걸어가도록 현혹하고 세뇌시킨 채 그 자신들의 이득을 챙기기 위해 사람들의 순진함을 이용하기도 합니다. 그리고 순진한 누군가가 그러한 그룹에 속한 채 그 길이 진실의 길이라고 믿고 걸어가게 되었을 때, 사실 그 사람은 다른 사람들을 아프게 하고 다치게 하는 이기심의 길, 즉 진실하지 않은 길, 거짓된 길을 향해 스스로 더욱 걸어가고 있는 게 될 것이며, 하지만 이제 우리는 더 이상 속지 않을 것입니다. 무엇이 진실의 길인지를 들었고, 느꼈고, 하여 알게 되었기 때문입니다.

그러니 그 관점에 비추어 당신이 속한 그룹, 단체, 함께하는 사람들, 그 모든 것들을 점검하며 나아가세요. 그것이 당신의 길을 지켜주고, 당신이 안전하게 당신의 성숙을 완성하며 더욱 큰 행복을 향해 나아갈 수 있도록 당신을 안내해줄 것입니다. 그리고 당신의 마음 또한 언제나 점검하며 나아가세요. 당신의 동기가 무엇인지, 현재의 목적과 행복을 얻는 수단이 무엇인지, 그러한 것들을 말입니다. 그것을 점검하는 것만으로도 당신의 마음 안에는 더욱 선한 의지와 빛이 함께하게 될 것입니다.

만약 당신이 타인을 이용하고 속임으로써 당신 자신의 이득을 채우는 것을 당신의 행복으로 여기고 있다면, 그래서 당신은 당신 자신이 태어나 존재하고 살아가는 목적을 잘 수행하고 있지 않은 것이 될 것이며, 왜냐면 그 행복은 절대적인 관점 안에서 결코 행복이 아닌 불행이 될 뿐이기 때문이며, 그런 식으로 진실의 관점에 비추어 당신 자신의 오늘을 바라보는 것만으로도 당신은 내일을 어떻게 마주하고 살아갈지에 대한 답을 얻게 될 테니까요.

그래서 당신이 그러한 관점으로 당신의 삶을 늘 점검하며 나아갈 때, 당신의 삶은 서서히 진실의 빛과 그 아름다움에 젖어들기 시작합니다. 어떤 날에는 사람을 속이는 회사에 속해 사람을 속이는 것으로 돈을 벌던 것이 괜찮았지만, 그러니까 그렇게 해서라도 당신 자신만 편하면 된다고 생각했던 적도 있었지만, 이제는 그러한 일이 당신에게 죄책감과 후회를 가져다주는 것이죠. 그래서 당신은 더 온전한 직업을 구하고자 다짐하게 되며, 하여 그 다짐으로부터 서서히 그러한 회사, 단체에 속하게 되며, 그렇게 당신은 자동적으로 당신의 삶을 더욱 아름답고 진실하게 바꾸어나가게 되는 것입니다.

어쩌면 우리는 테레사 수녀님과 같은 분들처럼, 우리 자신을 완전히 버린 채 완전한 이타심의 삶을 살아가게 되지는 못할지도 모릅니다. 그러한 삶과 마음을 끝내 성취하는 사람은, 전 지구를 통틀어 극소수이기 때문입니다. 하지만 그럼에도 우리의 방향은 그곳이어야만 합니다. 주어진 삶의 많은 경험을 겪으며, 끝내 그러한 방향으로, 서서히, 아주 조금씩이라도 나아가야만 합니다. 왜냐면 그것이 진실한 방향이고, 우리를 더욱 행복으로 이끌어주는 방향이며, 무엇보다 성숙의 방향이기 때문입니다.

그래서 그러한 길을 향해 나아가는 것만으로도 우리는, 우리 자신의 사명을 다하고 있는 것이 될 것입니다. 그러니까 그때는 적어도 나의 가정 안에서, 내가 속한 그룹 안에서 내 주변 사람들의 안부를 다정하게 물어보고, 그들의 행복을 염려하고, 그들의 삶을 진심으로 응원하고 지지하는, 그렇게 그들의 마음에 짐과 아픔이 되는 것이 아니라 힘과 응원이 되어주는, 그런 우리가 되어가고 있을 것이기 때문입니다.

그러니 제자리에 머물러있거나, 더욱 뒷걸음질 치는 선택만을 피하면 되는 것입니다. 아주 조금씩이라도 성숙의 방향으로 나아가기만 하면 되는 것입니다. 그게 무엇보다 당신 자신을, 그리고 당신과 함께하는 주변 사람들을 더욱 사랑과 행복으로 물들이는 일이 될 것이며, 그렇다면 우리에겐 그것만으로도 그 길을 걸어가지 않을 이유는 없는 것입니다. 정말 그렇지 않나요?

그렇다면 당신은 지금, 진실의 길의 처음과 끝에서, 서서히 끝을 향해 나아가는 사람입니까, 아니면 도리어 처음으로 되돌아가거나, 혹은 어떤 점 위에 멈춰선 채 공허와 무의미를 느끼며 방황하고 있는 사람입니까. 그러니까 당신 자신의 행복을 위해서, 당신이 걸어갈 방향은 어디입니까.

겉모습이 아닌 마음이 예쁜, 진짜 아름다운 사람이 되고 싶을 때.

우리의 외부적인 어떠한 모습이 아니라, 우리의 내면이, 우리의 성숙과 행복을 결정하는 유일한 척도입니다. 예수님께서도 외식하는 자가 되지 말라고 하셨고, 사람의 밖에 있는 것이 사람을 더럽히는 것이 아니라 사람의 속에 있는 것이 사람을 더럽힌다고 하셨습니다. 부처님께서도 무엇인가를 먹고 안 먹고, 혹은 삭발을 하고 하지 않고, 어떤 옷을 입고 입지 않고가 아니라 그 사람의 마음이 그 사람을 비리게 할 수 있는 유일한 것이라고 하셨습니다. 그래서 모든 것을 하고도, 우리 자신의 마음가짐이 바르다면 우리는 진실한 것이며, 또한 행복할 것입니다.

이 삶으로부터 벗어나 수행을 하고 있는 많은 수행자들 중에는 여전히 마음에서부터 그 어떠한 자유도 얻지 못한 채 그럼에도 세속에서부터 벗어나 살아가고 있다는 사실 자체만으로 자신이 올바르고 경건한 사람이라고 생각하는 사람들이 많이 있습니다. 그런 식으로 자신의 영적, 도덕적 우월감을 채우면서 말입니다. 하지만 진실로 그 사람의 외부적인 역할이 목사라고, 신부라고, 스님이라고 해서 경건할 수 있는 것이 아니라, 각 개인의 마음과 생각, 그것이 얼마나 정돈되어 있는지, 그러니까 각자의 내면이 얼마나 아름다운지, 하는 그것이 바로 그 사람의 성숙을 가늠할 수 있는 유일한 기준인 것입니다.

그러니 오직 마음의 성숙을 추구하세요. 결국 내면의 빛은 외부로 표현될 수밖에 없습니다. 그러니까 당신이 매사에 다정하고 기쁨에 차 있을 때, 그것은 결국 타인들에게 사랑을 전해주는 따스함으로, 행복을 전해주는 다정함으로 닿게 될 것입니다. 하지만 당신이 외부적으로 어떤 모습을 지니고 있든, 당신이 여전히 악하고 탐욕스러운 마음, 비판적이고 인색하고 이기적인 마음과 함께하고 있다면, 그때의 당신은 당신 자신을 포함한 모든 사람들을 아프게 하는 사람일 수밖에 없을 것입니다. 정말 그렇지 않나요?

여전히 나의 작은 장점은 최대한의 빛으로만 바라보고, 타인의 작은 티끌은 최대한의 어둠으로만 바라보고, 그렇게 나의 수많은 장단점 중 하나의 장점과 타인의 수많은 장단점 중 하나의 단점을 골라 그것으로 타인과 자신을 비교함으로써 비난하고, 그것에서부터 도덕적 우월감을 채우고, 그러니까 내가 여전히 그러한 마음을 지니고 있는 채라면, 내가 이 세상에서 맡은 외부적인 역할이 무엇이든 간에 그것이 다 무슨 소용이겠습니까.

나는 여전히 맑지도 깨끗하지도 못하고, 진실하지도 순수하지도 못한 사람일 텐데 말입니다. 여전히 온전하지 않아 온전함에 대한 그 어떠한 말도 조화롭게 설명할 수가 없는 지혜롭지 못한 사람일 텐데 말입니다. 나 자신이 믿고 있는 어떤 옳음에 대한 정의로움에 가득 차 분노하고, 선동하고, 그것으로 세상을 바꿀 수 있다고 내가 여전히 믿고 있다면, 그래서 내 마음 안에 사랑이 부재하다면, 그러니까 그것이 어떻게 세상을 바꿀 수 있는 어떤 아름다움이 될 수 있겠습니까.

세종대왕이 한글을 만들 때, 분노심으로부터 동기를 얻어 그것을 만들었을까요. 테레사 수녀님이 사랑의 집을 세울 때, 분노심에서부터 동기를 얻어 그것을 만들었을까요. 아니요, 그것은 오직 타인에 대한 무한한 연민과 자비심, 사랑에서부터 실현된 아름다움이었습니다.

그러니 분노가 무엇인가를 바꿀 수 있다며 분노를 정당화하는 오류에 빠지지 마세요. 어떠한 분노에 가득 찬 운동이 세상을 바꿨다면, 그것은 '분노'가 아니라 그 '운동' 자체가 세상을 바꾼 것입니다. 그러니까 분노와 함께했음에도 불구하고 어떤 변화를 일으켜낸 것인 거죠. 그래서 그 운동을 시작한 동기가 분노가 아니라 사랑이었다면, 그것은 분명 더 따뜻한 빛이 되어 더 좋은 사회 발전에 기여했을 것입니다. 그러니까 간디가 만약 분노에 의해 비폭력 투쟁을 했다면, 그것 또한 분명 세상을 바꾸는 데 조금의 기여를 했겠지만, 대영제국을 무너뜨릴 만큼의 위대함을 갖추지는 못했을 것입니다.

그러니 제 말은, 그 어떠한 부정성도, 그것이 낳은 결과에 의해 정당화될 수 없다는 말입니다. 왜냐면 그것이 부정성에 의해서가 아니었다면, 분명 그보다 더 아름답고 위대한 결과를 낳을 수 있었을 것이기 때문입니다. 그러니 오직 마음을 먼저 다스리고, 마음의 성숙을 추구하세요.

무엇인가를 한다면, 오직 사랑에서부터 그것을 할 수도 있는 것입니다. 그리고 당신이 이 삶 안에서 더욱 위대한 성숙을 성취하게 될 때, 결국 그 성숙은 당신 자신을 구원하고 자유롭게 할 것입니다. 그러니까 그것은 결국 당신 자신의 행복을 위한 것입니다. 왜냐면 우리는 우리가 행복한 사람이 됨으로써만 타인을 행복하게 해줄 수 있기 때문입니다.

그래서 저는 스스로를 사랑하지 않는 사람의 타인을 사랑한다는 말을 믿지 않습니다. 스스로 행복하지 않은 사람의 타인을 행복하게 해주겠다는 말도 믿지 않습니다. 왜냐면 우리는 우리가 성숙한 만큼, 정확히 그 성숙의 크기만큼만 진실한 사랑을 줄 수 있는 사람이, 타인의 행복을 염려할 수 있는 사람이 될 수 있는 것이기 때문입니다. 그러니까 미성숙한 사람의 사랑에는 이기적인 동기가 그만큼 더 많이 함께하고 있을 수밖에 없는 것이고, 하여 그때의 그 사람은 그만큼 오직 자기 자신의 이기심을 위해서만 타인을 사랑하고 있을 뿐일 테니까요.

그러니 먼저, 나를 사랑하고, 나부터가 행복한 사람이 되세요. 당신이 그렇게 될 때, 그때의 당신은 알아서 타인을 사랑하고, 타인을 행복하게 하는 사람이 되어있을 것입니다. 사실 누군가가 지갑을 잃어버렸을 때, 그리고 우리가 그 지갑을 발견하였을 때, 그 순간 우리가 그 지갑을 훔치는 것이 아니라 어떻게든 주인에게 돌려주기 위해 최선을 다하는 것은 그것이 우리가 세상을 살아가는 하나의 습관이자 존재 방식이라서 그렇게 하는 것입니다. 그래서 우리가 예쁜 존재가 되고 나면, 우리는 이미 어떻게든 세상의 편의와 행복을 위해 최선을 다하는 사람이 되어있을 것이며, 그것이 그저 내가 먼저 예쁘고 아름다운 사람이 될 필요가 있는 모든 이유인 것입니다.

이 세상에는 바닥에 떨어져 있는 지갑을 발견하게 되었을 때 그저 무관심하게 지나가는 사람도, 지갑에 있는 내용물을 다 뺀 뒤 지갑만을 다시 버려두는 사람도, 모든 것을 다 훔치는 사람도, 지갑을 보자마자 그 지갑을 돌려주며 사례를 얼마나 받을지를 본능적으로 계산하고 있는 사람도 있는 것입니다. 그리고 그 모든 행동을 결정하는 오직 유일한 것이 우리 자신이 평소에 완성한 성숙의 농도인 것이며, 그러니까 그것이 우리가 성숙한 사람이 된 만큼, 우리가 자연히 세상과 더 다정한 방식, 올바른 방식으로 관계를 맺고 살아갈 수밖에 없는 이유인 것입니다.

그래서 내면의 성숙이 중요한 것입니다. 내가 아무리 멋진 모습으로 나를 치장한들, 타인의 불친절한 눈빛 한 번에 내 하루의 자존감이 무너지는 사람이라면, 그러니까 내가 어떻게 해서 진정 멋진 사람이라고 할 수 있겠습니까. 좋은 사람이 되기 위해 늘 채식을 하지만, 그 채식을 통해 채식을 하지 않는 사람을 여전히 비난하고 미워하는 나라면, 그러니까 내가 어떻게 해서 생명을 아끼고 존중하는 좋은 사람이라고 할 수 있겠습니까. 매일 밤 불경을 외우거나 성경을 열심히 읽지만, 내가 여전히 이기적이고 탐욕적인 생각에 가득 찬 채라면, 그러니까 내가 어떻게 해서 신실한 사람이라고 할 수 있겠습니까.

진실로 외부에는 우리를 아름답고 멋지게 만들어줄 힘이 없으며, 앞으로도 그럴 것입니다. 채식을 하는 행위가 나를 좋은 사람으로 만들어주는 게 아니라, 평소에 내가 어떤 마음으로 세상을 마주하고 살아가고 있는지가 나를 좋은 사람으로 만들어줄 수 있는 것이며, 그러니까 모든 힘은 오직 태초부터 영원히 내면에 있는 것이니까요. 그래서 그저 내가 거룩한 사람이 되고 나면, 내가 가는 모든 곳이 예배당이자 절이 되는 것이며, 내가 하는 모든 말이 진리의 말이자 경전 그 자체가 되는 것이지, 그 반대는 결코 아닌 것입니다.

내가 여전히 거룩하지 못한 채라면, 내가 아무리 아름다운 성전에 있다 하더라도 그것이 어떻게 해서 나를 거룩한 사람으로 만들어줄 수 있겠습니까. 그래서 예수님께서 계시는 모든 곳이 진리를 말하는 거룩한 성전이었으며, 예수님께서 말씀하시는 모든 말이 그 자체로 경전이었던 것처럼, 나의 존재만이 나를 거룩하게 할 수 있는 유일한 것인 것입니다. 그리고 내가 그렇게 될 때, 내가 어디에서 무엇을 하든 나는 거룩할 것입니다.

그러니 오직 내면이 빛나는 사람이 되세요. 당신이 어떤 사상에 심취해 있든, 당신의 종교적, 정치적 신념이 무엇이든, 또 당신이 당신을 경건하게 하기 위해 어떤 식습관이나 행동을 취하고 있든, 당신이 당신을 멋있게 만들기 위해 입는 옷이 무엇이든, 결국 당신의 마음이 어긋나있다면, 그것은 결코 당신에게 자유와, 행복과, 성숙과, 진정한 멋과 아름다움을 선물해주지는 못할 것입니다. 오직 진실만이 당신을 자유롭게 할 수 있으며, 그런 힘이 있는 유일한 것이 니까요.

그렇다면 당신은 내면이 아름다워서 진정으로 행복하고 멋진 사람입니까, 아니면 그렇지 못해 아름답고 멋진 척을 하고자 애쓸 뿐이지만 여전히 불행하고 왜소한 한 사람의 미성숙한 사람일 뿐입니까.

● 나의 행복을 위해 이기적이기보다 이타적이고 싶을 때.

우리가 인생을 살아가는 목적이 무엇이냐고 묻는다면, 저는 그것이 모든 삶의 경험을 통해 나 자신을 버리고 포기해나감으로써 더욱 이타적인 내가 되기 위해서라고 말하고 싶습니다. 그러니까 이기심의 왜소함에 더 이상 속박당하지 않는 한계 없는 나, 그 진짜 사랑인 나를 되찾기 위해서요. 그래서 우리가 어디서, 어떤 일을 하고 있든, 우리는 느리게, 혹은 빠르게 오직 그 목적을 위해 이 삶을 경험해나가고 있는 것이라고 말할 수 있을 것입니다.

그래서 각자가 겪고 있는 모든 스트레스와 시련, 고민과 역경은 사실 정확히 그 목적에 기여하고 있는 것입니다. 회사의 대표와 직원은 자신의 이기심과 자신의 입장으로 서로 마주하며 대립하지만, 그래서 그들은 끝내 자기 자신을 조금 더 내려놓고 포기함으로써 상대방의 입장을 그만큼 더 이해하고 존중하게 될 것이고, 그렇게 하나의 소중한 결론에 닿아가게 될 것입니다. 아니, 천천히라도 그렇게 되어야만 할 것입니다.

그렇게 나아가지 않을 때, 우리는 나의 이득만을 지키고 방어하기 위해 상대방을 미워하고 공격하는 한 사람의 왜소하고도 이기적인 사람일 테고, 그때는 그것이 나의 행복을 위해서라고 생각할 테지만 사실 그건 오직 나 자신의 불행을 스스로 더욱 확정 짓는 행동에 불과하기 때문입니다. 무엇보다 나의 것만을 중요하게 생각하며 타인을 심판하고자 하는 태도로부터 나의 것을 더욱 내려놓는 마음, 오직 그 이해와 사랑을 배우기 위한 목적 하나로 우리는 그곳에 놓여있는 것이기 때문입니다. 더 이용하고, 더 갈취하고, 더 이기심을 채우고, 그러기 위해서가 아니라 말이죠.

그러니까 남녀 관계, 자식과 부모 관계, 선생과 학생, 그것이 무엇이든 우리는 그렇게, 그것을 배우기 위해 그 경험의 장 안에 놓여진 채 치열하게 그것을 완성하며 나아가고 있는 것입니다. 무엇보다 우리가 그 목적을 완전히 잊은 채 살아가고 있다 한들, 우리가 태어나면서부터 부여받은 그 태초의 사명은 여전히 변함없을 것이기에 결국 우리는 그곳을 향해 나아가야만 하는 것입니다. 다만 우리가 그것을 기억하고, 또 간직한 채 나아갈 수 있다면, 우리는 보다 빨리 우리의 목적을 이 삶 안에서 완성해낼 수 있을 것입니다.

그러니 서로가 대립하고, 갈등하고, 기득권을 행사하고, 관계 안에서 힘과 권력의 투쟁을 하고, 나의 실리를 더욱 생각한 채 타인을 이용하거나 압박하고, 그러기 위해 지금 이 순간 우리가 이곳에 존재하고 있는 것이 아님을 언제나 잊지 마세요. 우리는 오직 나를 더 내려놓은 채 상대방을 마주하는 그 진실한 사랑을 더욱 완성하기 위해, 그 모든 나아감의 과정에서부터 오는 보다 진실한 행복을 누리기 위해, 그 영혼의 기쁨과 만족을 위해 이곳에 오직 놓인 채 존재하고 살아가고 있는 것이라는 것을요.

그러니 당신이 있는 그 자리에서, 그 역할 안에서, 당신의 그 위대한 사명과 목적을 완성하며 나아가세요. 천천히, 아주 조금씩 해내면 됩니다. 어제는 이랬는데 오늘은 다를 수 있는 것, 그것이 성숙이며, 하여 어제는 보다 옥죄었는데 오늘은 조금 더 자유로워지는 것, 그 자유로부터 더욱 행복해지는 것, 그것이 성숙 그 자체의 기쁨이자 결과이며 보상인 것입니다.

그래서 당신이 그러한 방향으로 나아갈 때, 당신은 당신이 태어나 존재하는 이유와 당신 자신을 완전히 정렬한 채 나아가는 것이기에 이제 당신은 당신의 육체, 마음이 아니라 당신의 진짜 본질인 당신의 영혼을 기쁘게 하고 채우며 나아가게 됩니다. 해서 그때의 당신은 영원히 실망하거나, 공허해하거나, 무의미에 빠져 무기력해지거나, 그럴 수가 없게 될 것입니다. 진정한 기쁨이 매 순간 함께하며 당신을 지켜주고 보호할 테니까요.

그래서 그곳은, 체험하고 겪어본 사람만이 아는 진정한 기쁨이 있는 곳입니다. 돈을 얼마 벌어서 잠시 기쁘고, 누군가가 나에게 아첨을 해줘서 잠시 기쁘고, 그러한 덧없는 외부적인 보상과는 비교할 수도 없는, 내면에서부터 빛나고 꽉 차오르는 진정한 만족감이자 행복이 있는 곳인 것입니다. 그래서 당신이 그렇게 나아갈 때, 이제 당신은 세상으로부터 바라는 것이 점차 줄어들게 될 것입니다. 스스로 채워지는 진정 행복한 사람은, 외부를 향해 바라는 것이 더 이상 없기 때문입니다.

그래서 당신은 더 이상 타인을 당신의 구미에 맞게 바꾸려고 하지도, 또 당신이 기대하는 어떠한 반응을 타인이 해주지 않았다며 실망하거나 슬퍼하지도 않게 됩니다. 왜냐면 그들이 살아가는 방식, 그들의 반응, 그러한 것들은 사실 전적으로 그들의 자유이고, 또 당신은 그런 것에 관계없이 안에서부터 이미 행복한 사람이 되었기 때문입니다. 그래서 당신은 타인의 있는 그대로를 더욱 존중하고 사랑하게 되며, 당신의 삶으로부터도 더 이상 바라는 것 없이 오직 만족과 감사와 함께 나아가게 됩니다. 그렇다면 그게 진정하고도 영원한 행복이 아니라면 무엇일 수 있겠습니까.

그래서 그것은 또한 진정한 자존감입니다. 외부의 반응과 외부의 그 무엇에도 불구하고 흔들림 없이 웃고 기뻐할 수 있는 진정한 자유, 오직 나의 존재로부터 행복할 줄 아는 힘과 권능, 그 자존감인 것이죠. 그렇다면 그러한 세계가 곧 당신에게 찾아올 수 있다는 사실이 기대가 되지 않습니까. 그러한 자유, 그리고 행복을 당신이 성취할 수 있다는 것, 해서 마침내 그것을 성취하고 난 뒤에 당신이 되찾게 될 무한한 행복, 그 천국을 당신이 당신의 것으로 소유하게 된다는 것 말입니다.

그러니 당신은, 당신이 이 삶을 살아가는 진정한 목적이 무엇인지를 언제나 간직한 채이십시오. 미워하기보다 이해하기 위해 살아가고 있다는 것, 이기적이기보다 이타적이기 위해 살아가고 있다는 것, 분리된 채 갈등하기보다 하나된 채 사랑하기 위해 살아가고 있다는 것, 그러니까 '나' 자신을 더욱 내려놓고 포기한 채 보다 타인을 진정 사랑하기 위해 살아가고 있다는 것을 말입니다. 그러니까 오직 그것을 배우기 위해, 당신이 지금 당신의 순간과 장소에 놓여져 있는 것이라는 것을요.

당신의 회사, 당신의 가정, 그곳이 어디든 지금 이 순간 당신이 마주하고 있는 그 사람과 함께 당신은 그것을 배우기 위해 그곳에 존재하고 있는 것입니다. 사실은 돈을 벌기 위해서, 당신의 이기심을 지키고 더욱 부풀리기 위해서, 관계 안의 권력 싸움에서 이긴 채 기득권을 가지기 위해서 그곳에 있는 것이 전혀 아닌 것입니다. 그것이 바로 신께서 당신의 삶을 바라보는 관점입니다.

그래서 당신이 그러한 당신의 존재 이유와 존재의 목적을 진실로 이해하고 받아들이게 될 때, 당신은 서서히, 그리고 반드시 당신의 마음 안에 진정한 자존감을 소유하게 될 것입니다. 그러니까 진짜 행복한 사람이 될 것입니다. 그게 바로 신의 관점으로 살아가는 당신에게 주어지는, 당신을 향한 신의 선물이기 때문입니다. 그러니 사랑과 이기심 앞에서 갈등하게 되는 순간이 찾아온다면, 그리고 도무지 사랑을 선택하기가 어렵다면, 그 순간에는 나의 마음에 대고 이렇게 물어보세요. 신이라면 지금 이 상황에서 어떻게 생각하고, 어떻게 행동하셨을까, 하고요. 그것이 당신을 도와줄 것입니다.

그리고 당신이 당신 자신을 더욱 내려놓고 포기한 채 그 공간을 사랑에게, 신에게 내어준 만큼, 이제 사랑이, 신께서 당신을 보살피기 시작할 것입니다. 당신이 아무리 머리를 싸맨 채 골몰하고 애씀에도 해낼 수 없던 일들이 그 사랑 앞에서는 너무나 작은 일이기에 하여 당신은 애쓰지 않고도 해내는 사람이 될 것입니다. 그러니까 이제 당신은 당신 자신의 왜소하고도 나약한 보호가 아니라 그 사랑의 진정한 힘으로부터의 진짜 보호를 받게 될 것입니다. 그러니까 신의 보살핌을 받는 사람이 될 것입니다. 그리고 그 영원한 보호와 안전이 당신이 당신을 신께 바친 것에 대한 신의 보답이자 선물인 것입니다.

그렇다면 지금 이 순간 당신이 있는 그곳에서 당신의, 이 세상을 바라보고 마주하는 태도와 시선은 무엇입니까. 당신 자신의 환상과 이기심을 더욱 채우고 부풀리기 위한 이용과 압박, 분노와 통제, 미성숙과 분리, 그 가짜 힘입니까, 아니면 당신의 진실한 행복과 영혼의 진정한 채워짐을 위한 이해와 내려놓음, 관용과 자비, 용서와 사랑, 성숙과 하나됨, 그 진짜 힘입니까. 그러니까 당신의 선택은 무엇입니까.

세상을 살아가되, 세상에 속하지는 않는 자유를 누리고 싶을 때.

세상을 여전히 살아가며 최대한 기쁘게 누리되, 그것에 집착하거나 속하지는 마세요. 그것이 바로 자유입니다. 하지만 당신이 많은 것에 얽매인 채 집착하고, 그것에 골몰하게 될 때, 그때는 그것이 황금으로 지어진 감옥이든, 지푸라기로 지어진 감옥이든, 어쨌든 그것은 당신을 속박하는 감옥이 될 뿐일 것입니다.

세상을 살아가되 그것에 속하지 않는 자유는, 타인에 대한 무한한 존중심을 기반으로 할 때 비로소 완성됩니다. 저는 저의 생일날에 그 어떠한 특별한 관점도 부여하지 않습니다. 추석과 설날, 그러한 날 또한 그저 하나의 똑같은 하루로 여길 뿐입니다. 하지만 그렇다고 해서 저는 저의 생일을 축하해주는 사람들을 잘못된 관점에 속박된 사람이라 치부한 채 그들을 비난함으로써 저의 관점에 대한 우월감에 젖지도 않으며, 저의 관점을 그들에게 설득하거나 강요하지도 않습니다. 그저 그들의 축하를 이해하고, 존중하고, 하여 고마워하고 사랑할 뿐입니다.

　그래서 저에게는 그날 누군가가 저를 축하해주지 않는다고 해서 서운함을 느낄 필요가 없는 것입니다. 그리고 그것이 자유인 것입니다. 그러니까 저는 추석과 설날에는 가족들이 꼭 모여야 한다는 어떤 관념과 그 의무에 저 자신을 스스로 속박하지 않지만, 그럼에도 또한 그 의무 앞에서 다른 이들에 대한 존중감으로 최선을 다할 뿐인 것입니다.

　왜냐면 저에게는 한 가족의 아들이자 동생이라는 역할이 있고, 그 앞에서 저는 최선을 다할 의무가 있기 때문입니다. 예수님께서도, 부처님께서도 자식의 도리를 다하라고 말씀하셨고, 하여 저는 그 의무 앞에서 최선을 다할 책임을 결코 외면하지 않을 것이기 때문입니다. 무엇보다 저는 사람들이 이러한 특별한 날들을 기념하고 축복하는 그 모든 관점들을 존중하고, 이해하고, 더하여 사랑하고 기뻐하기에 그것을 부정하기보다 그것에 기꺼이 참여하는 것입니다.

　그리고 그것이 타인에 대한 무한한 존중심을 기반으로 할 때라야 우리의 자유가 비로소 완성된다는 말의 의미인 것입니다. 제가 그것을 존중하지 않을 때, 하여 그것들을 깎아내리고 폄하할 때, 그 마음 자체가 사실 또 하나의 속박이며, 하여 저는 그로 인해 자유롭기보다 더욱 불행해질 테니까요.

그래서 내가 자유롭다는 것이, 세상의 관점을 부정하거나, 혹은 세상의 관점을 비난함으로써 저 자신의 관점에 대한 숭배, 혹은 우월감을 가져와서는 안 되는 것입니다. 그것은 그 자체로 새로운 하나의 속박일 뿐이기 때문입니다. 저에게 악의적인 사람들을 보았을 때 또한 마찬가지입니다. 또한 종교적인 편견을 강요하는 이들을 보았을 때 또한 마찬가지입니다. 저는 그들의 공격, 편견에 앞에서 오직 침묵하는데, 왜냐면 그들의 말에 저의 말을 더한들, 그것은 오직 더 큰 악의와 편견만을 가져올 뿐임을 저는 모르지 않기 때문입니다.

그리고 제 마음은 여전히 그 말을 듣기 전과 같습니다. 왜냐면 그들의 비난은, 그들의 삐딱한 마음과 미성숙, 무지를 상징하는 것일 뿐 저 자신의 문제는 아님을 저는 분명하게 알고 있기 때문입니다. 그래서 저는 기분 상해하지 않습니다. 사람들은 묻습니다. 그런 말을 들을 때, 속상하지 않으세요? 혹은 미움이 생기지 않으세요? 라고 말이죠. 진실로 말하지만, 전혀 그렇지 않습니다.

그것을 어떻게 설명할 수 있을까요. 저는 여전히 그들을 위해 기도합니다, 라고 설명할 수 있을 것 같습니다. 그리고 그 기도는, 그들에 대한 저주가 아니라 그들에 대한 안녕과 보호의 기도입니다. 부디 저들의 마음이 평화로울 수 있도록 지켜주고 이끌어주세요, 혹은 자신의 길만이 진실이라고 믿는 무지로부터, 그들을 구원하여 주세요, 하고 말이죠. 진실로 저는 그들을 여전히 사랑합니다. 그래서 저에게는 사실, 용서할 필요조차 없습니다. 왜냐면 애초에 그들을 미워한 적조차 없기 때문입니다. 하지만 그렇다고 해서 그들과 특별한 관계를 맺지도 않습니다. 그것이 바로 용서하되, 여전히 사랑하되, 함께하지는 않는 지혜의 마음입니다.

그리고 저는 그들이 계속해서 저를 공격할 때, 그때는 끝내 그들을 차단하는데, 그것의 기반이 되는 저의 유일한 의도는 여전히 미움이 아니라 온전함입니다. 그러니까 저의 의도는 진실로 저를 통해 마음에 분노심을 가지는 이들이 더 이상 분노심을 품지 않아도 되게 하기 위한 작은 배려인 것입니다. 그러니까 그들에게 분노심을 유발하는 저의 무엇인가를 그들이 아예 보지 못하도록 제가 그러지 못하는 그들을 대신해서 신경을 써주는 작은 배려이며(왜냐면 그들은 자신을 화가 나게 하는 것들, 그래서 자신을 불행하게 하는 것들에 오히려 탐닉하며 더 크게 화를 내고자 하고, 하여 스스로 더 큰 불행으로 빠져들고자 노력하는 사람들이기 때문입니다), 또한 그러한 악의적인 마음을 우연히 보게 됨으로써 그 부정적인 영향에 의해 평화를 훼손당하게 될 저의 공간에서 함께하는 다른 많은 이들의 마음을 지켜주고자 하는 작은 배려인 것입니다.

그리고 그것은 또한 예수님의 말씀과, 부처님의 말씀과, 다른 모든 성인들의 말씀에 충실히 따르고자 하는 제 영혼의 역할에 대한 저 자신의 진실한 책임감이기도 합니다. 저의 스승들은 그럼에도 불구하고 그들과 함께하는 것, 그들에게 계속해서 진실을 설명하는 것, 그러한 순진함을 피하고 반복하지 말라고 하셨기 때문입니다.

어쨌든 그들을 구원하고 돕고자 하는 것은, 오히려 그들을 더욱 큰 분노와 증오의 구덩이로 빠뜨릴 뿐임을 저는 모르지 않습니다. 그래서 침묵하되, 함께하지 않되, 여전히 사랑과 다정함으로, 연민으로 그들을 위해 기도하고, 그들의 행복과 평화를 진심을 다해 소원하고 바랄 뿐입니다. 그리고 저의 이 모든 존중은 결국 지금 이 세상을 살아가고 있는 모든 이들에게는 각자가 완성해야 할 성숙이 있고, 그것에는 반드시 높은 뜻과 이유가 있을 것이고, 하여 나는 그것을 오직 존중할 필요가 있을 뿐이라고 믿는, 신에 대한 저의 믿음과 사랑에서 비롯하는 존중의 마음인 것입니다.

그래서 그러한 것을 비난하는 것은, 신의 의지를 비난하는 또 하나의 악의가 될 뿐이라고 저는 믿는 것입니다. 세상이 바뀔 필요가 있다면, 전지전능한 그분께서 이미 그렇게 하셨을 테니까요. 그리고 또한 이 모든 존중의 마음은, 저 자신의 자유와, 그 자유에 대한 저 자신의 선하고 온전한 책임에서부터 나오는 것입니다. 세상을 여전히 살아가되, 세상에 속하지는 않는 자유, 사랑하고 용서하되, 미워하거나 함께하지 않을 수는 있는 자유, 그 모든 자유는, 자신의 존재에 대한 책임감 없이는 결코 성취할 수 없는 자유이기 때문입니다.

사실 자유에는 늘 이면성이라는 것이 있습니다. 그래서 어떤 이에게 자유란, 그들 자신을 파멸로 이끄는 무책임의 상징이 될 것이며, 왜냐면 폭행을 참지 못하고, 마약을 참지 못하고, 그런 사람들에게 있어 자유란 타락을 의미할 뿐일 것이기 때문이며, 그리고 어떤 이에게 자유란, 의무의 속박과 구속이 있으면 자신이 더 안전하고 편안할 것이라 믿기에 하나의 불편함으로 인식될 것이고, 왜냐면 아직은 스스로 자신의 마음을 통제하지는 못하는 사람들에게 있어 자유란 자신을 더 나태하게, 혹은 더 방탕하게 살아가게 하는 가능성을 높일 수 있는 것으로 여겨질 것이기 때문이며, 또 어떤 이에게 자유란, 존재하는 매 순간 내가 할 수 있는 모든 존중과 책임을 다하되, 그 무엇에도 집착하거나 속박될 필요는 없는 하늘나라의 마음을 뜻하는 것이 될 것입니다. 왜냐면 그들은 그 누구의 통제도, 법과 제도에 대한 두려움 없이도 존재에 대한 책임을 매 순간 다하기에 땅의 구속과 강제가 전혀 필요하지 않을 만큼 이미 온전하고 완전한 사람들이기 때문입니다.

그래서 자유로 인해 스스로를 파멸하는 이들에게는 자유보다는 의무가 필요할 것이고, 의무가 있는 것, 그리고 그 의무 앞에서 최선을 다하는 것이 더 편안한 이들에게는 이제는 서서히 진정한 자유를 위해 의무를 초월할 것이 필요할 것이고, 이미 자유로운 이들에게는 이 세상에 대한 자신의 사명과 존재의 책임으로써 많은 이들을 더욱 선한 방향으로 이끌어주고 안내할, 속박이 아닌 사랑으로부터의 너무나도 자연스럽고 당연한 책임이 있을 뿐일 것입니다.

예수님께서도 그 책임 앞에서 최선을 다하셨고, 부처님께서도 그 책임 앞에서 최선을 다하셨고, 테레사 수녀님께서도, 라마 크리슈나도, 간디도, 그 존재가 누가 됐든 간에 자유를 성취한 이들은 그 자유에 머무르면서도 자신의 역할 앞에서 또한 모든 최선을, 그 어떤 속박과 얽매임도 없는 가장 순수한 영혼의 눈과 책임으로써의 최선을 다했습니다. 하지만 그들은 여전히 세상에 속하지는 않았습니다. 모든 세상을 초월했고, 하지만 여전히 세상을 살아가며 그들 자신의 의무와 역할 앞에서 책임과 소명을 다한 것일 뿐입니다. 그리고 그것이 바로, 자유 중의 자유인 것입니다.

그러니 여전히 세상을 살아가세요. 하지만 그것에 속박되거나 집착하지는 마세요. 상처받고, 미워하고, 증오하고, 판단하고, 비난하고, 그 모든 것이 비자유로부터 비롯되는 것입니다. 결국 세상이 당신이라면, 그러니까 세상이 당신의 외부가 아니라 당신의 마음에 있고, 당신이 그 마음을 소유한 사람이라면, 그때의 당신은 오직 평화로울 뿐일 것입니다. 결국 미움도, 서운함도, 증오도, 기쁨도, 평화도, 사랑도 내 마음 안에서 생기는 것이며, 하여 외부는 그것을 내게 강요할 수 없는 거니까요. 그래서 그것을 진정으로 이해하고 아는 나는 더 이상 세상으로부터 구속되지 않을 테니까요.

그렇다면 당신은 지금, 충분히 자유롭습니까.

● 이제는 내 영혼의 이로움을 위해 일하고 싶을 때.

남들이 다 한다고 해서, 그것이 해도 되는 일이 되는 것은 아닙니다. 왜냐면 대체로 다수가 진실이 아닌 환상과 우상을 숭배하고 있으며, 하여 다수를 따라가는 길은 나의 성숙과 행복에 전혀 도움이 되지 않는 파멸의 길이 될 수도 있는 것이기 때문입니다. 그러니 오직 나의 온전함을 바탕으로, 가장 최선의 도덕적 양심과 선한 의지를 바탕으로 해도 되는 것과 하지 말아야 할 것을 선택하세요.

제가 운영하는 회사가 힘들 때, 저의 직원은 다른 사람들이 자극적으로 만든, 거짓되고 현혹된 광고를 만들어 그것으로 판매를 유도하자고 말한 적이 있었습니다. 그리고 직원의 의도 자체는 회사를 향한 사랑이었고, 저는 그 마음이, 그러니까 회사를 아끼고 사랑하는 그 마음이 기특했습니다. 하지만 저는 그럼에도 그렇게는 할 수가 없다고 다정하게, 하지만 또한 단호하게 거절하였습니다. 남들도 이미 다 그렇게 하고 있고, 그것을 통해 많은 이익을 거두어들이고 있고, 하여 그 길을 향해 걸어만 가면 충분한 수익을 얻을 수 있다고 해도, 그건 거짓된 방식이기 때문입니다.

그래서 졌지만 원칙은 지켰다, 라고 말할 수 있는 것, 그것이 우리 모두가 추구해야 하는 가장 장기적인 성취입니다. 한 번, 두 번은 지더라도 장기적으로 봤을 때 그 원칙 안에서 이겨내는 것이 진정한 승리이며 영원한 승리이기 때문입니다. 이득을 위해 양심을 어기는 것은, 거의 대부분의 사람들이 그렇게 하지만, 그래서 사실 그것은 진정 나를 위한 길이 아닙니다. 우리는 우리 자신의 성숙과 행복을 완성하기 위해 태어나 살아가고 있는 것이지, 그 첫 번째 의무를 저버린 채 고작 세상의 이익을 구하기 위해 살아가고 있는 것이 결코 아니기 때문입니다. 당신은 정말 우리가 고작 돈 따위를 위해 태어나 살아가고 있다고 믿나요.

그래서 진실로 나의 이득을 위한 길은 나의 양심을 지키고, 온전함을 지키고, 자존감을 지켜냄으로써 나의 영원한 이득인 나의 성숙과 행복을 추구하는 길입니다. 그럼에도 나는 나의 가치를 지키고, 선한 원칙을 지켜냈다는 자존감이 언제나 함께할 때, 그때야 비로소 우리는 진실로 빛나는 행복을 성취할 수 있게 되기 때문입니다.

결국 우리가 죽기 전 마지막 순간에 기뻐하거나 후회하게 될 유일한 것은, 결국 내가 얼마나 벌었냐, 하는 하늘에 들고 가지 못하는 가치들이 아니라 내가 얼마나 반듯하게 살아왔냐, 얼마나 선하게 살아왔냐, 얼마나 진실하게 살아왔냐, 와 같은 성숙의 가치, 내면의 가치이기 때문입니다.

불교에서는 카르마, 업보를 통해 그것을 설명합니다. 내가 이 세상에서 아무리 부자여도 내가 잘못 살아왔다면 나는 다음 생에 가난하게 태어날 것이기에 그것은 진정한 이득의 추구가 아니라고 말하죠. 하지만 내가 진정으로 성숙한 삶을 살아왔다면, 나는 다음 생에 훨씬 더 좋은 조건과 환경에서 태어날 것이고, 무엇보다 나는 내가 이전 생에 완성했던 성숙을 이 생에도 고스란히 가지고 태어날 것이기에 그것이야말로 진정한 이득의 추구라고 말하고 있는 것입니다.

진실로 내가 이번 생에 이루어낸 성숙의 끝을 우리는 다음 생의 시작으로 맞이하게 될 것입니다. 그래서 부도덕한 사람은, 부도덕으로부터 시작하게 될 것이며, 사랑과 행복이 가득한 사람은, 사랑과 행복이 가득한 곳에서부터 시작하여 단 몇 걸음만 더 내디디면 인간으로서의 마지막 성숙을 완성하게 될 것입니다. 그것이 모든 이들이 천차만별의 성숙의 수준으로 이 세상에 태어나 존재하고 있는 이유인 것입니다. 그리고 또한 그것이 나의 모든 선택이 사실은 하늘로부터 매 순간 심판받고 있으며, 단 하나도 세어지지 않고 넘어가는 일이 진실로 없는 이유인 것입니다. 결국 우리는 우리가 행한 모든 것 앞에서 카르마적 책임을 지게 될 것이기 때문입니다. 그래서 우리는 언제나 나 자신의 온전함을 지킬 필요가 있는 것입니다. 그것이 진정한 이득의 추구이기 때문입니다.

기독교적 가치관에는 구원과 천국에 대해서 이야기합니다. 그리고 예수님께서는 말했죠. 나더러 주여 주여 하는 자마다 천국에 다들어가는 것이 아니요, 다만 하늘에 계신 내 아버지의 뜻대로 행하는 자라야 천국에 들어가는 것이라고 말이죠. 그러니 내가 나의 양심을 어겨서 어떻게 천국에 갈 수 있겠습니까. 내가 여전히 세상의 가치에 속박되어 자유롭지 못하고, 하여 그것의 노예가 되어있는데 내게 어떻게 구원이 일어날 수가 있겠습니까. 그 모든 것을 떠나서, 지금 이 순간 나의 행복과 성숙을 위해서, 그 최상의 이득을 위해서만 생각을 해보아도 내가 진실하지 않다면, 내 마음 안에 사랑이 부재하다면 내가 어떻게 해서 진정으로 행복할 수가 있겠습니까.

만약 당신이 추구하는 행복이, 진실함을 저버린 대가로 얻은 것에서부터 느낄 수 있는 일시적이고 유한한 행복이라면, 그러니까 가장 높은 곳에서는 결코 행복이 되지 못하는 불행을 행복으로 믿는 무지일 뿐이라면, 그리고 그것이 당신이 추구할 수 있는 가장 큰 행복이라면, 저는 당신이 안타까울 것이지만, 그럼에도 당신은 그렇게 하십시오. 다만 예수님이 말한 천국과 구원, 그리고 부처님이 말한 영원한 자유, 그것들과 당신이 추구하는 행복은 완전히 반대되는 것이라는 것만은 명심하십시오.

어쨌든 저는 저의 온전한 판단 아래에서, 해도 되는 것을 할 것이고, 하지 말아야 할 것은 하지 않을 것입니다. 새로운 직원과 함께 하게 되며, 또한 제가 말한 것이 그것입니다. '돈'과 '이익'이 아니라, 사랑과 봉사로써 일하고, 많은 사람들의 행복과 기쁨에 기여하는 마음으로 이 일에 참여하라고 말이죠. 그래서 단 한 사람이라도 너의 일을 통해 행복했다면, 위로를 받았다면, 그걸로 나는 잘했다고 생각할 것이라고. 그리고 나의 유일한 역할은 네가 성숙할 수 있는 하나의 장이 이 회사가 되도록 만들어주는 것이며, 하여 가장 온전한 성숙을 추구하고, 또 서로가 서로의 기쁨을 진실하게 염려하는 다정함으로 묶인 공동체를 만들어주는 것이며, 또한 이 분야에서 최고가 되고, 하여 최고로서의, 가장 최대한의 잠재력을 실현함으로써 기쁨이 충만한 상태에 닿게 해주는 것이라고 말입니다.

또한 보통의 회사에서 생각되는 약점, 이를테면 무섭고 불편한 어떤 거래처의 사람을 만나 대화하는 것이 두려워 피하고 싶을 때, 보통의 회사 동료들은 그것을 약점으로 생각하고 공격할 것이지만, 그래서 그것은 숨겨야 할 결점이 될 것이지만, 우리 회사는 그러한 인간적인 약점을 약점으로 보지 않고 하나의 성숙해야 할 계단으로 생각할 뿐이니, 그러니까 나는 그것에 대해 공격하기보다 그것을 통해 성숙할 수 있도록 안내해주고 격려해줄 것이니, 그러한 인간적인 성숙을 또한 함께하며 보다 완성된 행복을 추구하며 나아가면 되는 것이라고 덧붙여 말해주었습니다. 그러니까 이곳에서, 할 수 있는 최대한 행복과 사랑이 되고, 성숙의 기쁨을 누리며 함께하면 되는 것이라고 말이죠.

왜냐면 성숙이 없고, 사랑이 없고, 선한 의지가 없는 모든 것은 무의미하고 무가치한 것이기 때문입니다. 그래서 제가 운영하는 회사가, 영혼이 없고, 무의미하고, 무가치하고, 그런 회사라면 저에게는 더 이상 회사를 존립시킬 이유가 없는 것입니다. 왜냐면 그것은 직원들과 저, 모두에게 공허함만을 심어줄 뿐일 것이기 때문입니다. 그래서 이곳의 대표자로서의 제 유일한 역할은, 직원들에게 어떻게 해서든 이익을 창출하라며 채찍질을 하는 것이 아니라, 함께하며 서로가 더욱 큰 인간적인 성숙을 향해 나아가고, 또한 일을 통해 많은 사람들의 행복에 기여하고, 그렇게 봉사하고, 그럴 수 있도록 올바른 판단력으로 때론 다정하게, 때론 단호하게 이끌어주며, 또 상호 간의 다정한 신뢰를 더욱 확고히 다지며 나아가며, 그러니까 그럴 수 있는 환경을 제공해주고 이끌어주는 것, 바로 그것인 것이죠.

그렇게 해서 잘 되면 좋은 것이고, 잘 안돼도 그것은 충분히 좋은 것입니다. 왜냐면 우리는 세속적인 이득을 넘어, 이미 함께하는 모든 시간 안에서 더욱 성숙했으며, 하여 더욱 빛나고 사랑이 가득 찬 채일 것이기 때문입니다. 그리고 그것은, 우리 모두에게 영원히 사라지지 않을 가치이기 때문입니다. 무엇보다 그렇게 해서 얻게 된 외부적인 보상만이 진정으로 저를 채워주는 가치 있는 보상이 되어 줄 것임을 저는 알기 때문입니다. 그것이 아니라면 저는 여전히 공허하고 불행한 한 사람의 왜소한 사람일 뿐일 것이기 때문입니다.

그렇다면 이미 이것은 돈과 이득을 넘어서, 그 자체로 가치 있으며 나를 충족시켜주는 일일 텐데, 제가 어떻게 무기력에 빠지거나 공허할 수 있겠습니까. 어떻게 슬픔에 빠지거나 불행할 수 있겠습니까. 그러니까 제가 어떻게 행복하지 않을 수 있겠습니까. 정말로 그때는 외부적인 보상이 거의 주어지지 않았다고 해도 저는 이미 만족하고 있는 채일 텐데 말입니다. 그 길을 걸으며 성숙했고, 더 아름답고 다정한 사람이 되었고, 더욱 지혜로운 사람이 되었고, 그러니까 제가 그것에 더해 더 이상 무엇을 더 바랄 수 있겠습니까.

그렇다면 지금 이 순간 당신이 추구하고 있는 가장 최상의 이득은 무엇입니까.

타인의 마음을 지켜주는 건강한 다정함을 향해 나아가고 싶을 때.

우리에게는 우리 자신의 이타심으로 타인을 더 이기적으로 만들 권리는 없습니다. 이타심이 진보고, 이기심이 퇴보입니다. 그래서 우리가 만약 우리 자신은 진보하면서 타인을 퇴보시킨다면, 그것은 선이 아니라 순진함이자, 무지가 될 뿐일 것입니다.

그러니까 만약 당신이 타인에게 다정하고 타인을 기쁘게 하고자 노력한답시고, 그들의 이기심에 당신 자신의 마음을 헌신함으로써 그들이 더욱 이기적인 사람이 되도록 부추긴다면, 그래서 그들이 실제로 당신으로 인해 당신과의 관계 안에서 더욱 이기적인 사람이 된다면, 그건 결국 당신의 다정함으로 그 관계를 빛내기보다 더욱 어둡게 만든 것이 되는 것입니다.

　그들의 손과 그들의 생각과 그들의 선한 마음, 성실함, 다정함을 더욱 나약하게 만들고, 더욱 나태하게 만들고, 하여 그들의 이기심의 노예가 되어 기능하는 것이 어떻게 해서 사랑일 수가 있겠습니까. 그러니 언제나 타인의 머리와 가슴과 손을 일하게 하십시오. 그리고 그것이 더욱 선하고 아름다운 방향으로 나아가는 일일 수 있게 당신이 도와주고 이끌어주십시오.

　좋은 관계는 어느 한쪽만 다른 한쪽을 위해 이타적인 것이 아니라, 둘 모두가 서로의 행복을 위해 열심히 마음을 쓰고 몸을 움직이고 끝없이 생각하고 염려하는 그런 관계입니다. 그래서 당신이 사랑으로써 상대방의 모든 이기심에 당신 마음을 헌신하고, 하여 상대방의 모든 아름다운 의지를 오히려 멈추게 만든 채 당신에게 모든 것을 의존하게 하고, 그러기 위해 당신을 이용하게 만든다면 그것은 그 관계를 결코 온전하게 지켜내는 방식이라고 할 수 없을 것입니다.

　그러니 당신이 맛있는 밥을 한다면, 당신의 사랑에 대한 보답으로 설거지를 하고, 또 커피를 끓여주는, 그리고 감사의 표현을 아끼지 않는, 서로를 위해 자신이 할 수 있는 최대한의 사랑을 기울이는 그런 관계를 향해 나아가세요. 또한 당신의 사랑에 대한 보답으로 누군가가 당신에게 사랑을 건넬 때, 그것 앞에서 미안해하며 거절하는 것은 사실은 사랑이 아니라 냉담일 뿐임을 잊지 마세요. 진실한 사랑은 상대방의 기쁨을 위해 상대방의 사랑 또한 온전히 받아들일 줄 아는, 그리고 그것에 자신 또한 미소와 사랑으로 보답하고자 하는, 사랑받을 자격과 사랑할 책임과 의무, 둘 모두 앞에서 열려 있는 따스함이기 때문입니다.

　그래서 자신이 사랑받을 만한 자격이 없다고 생각하는 사람은 타인의 친절 앞에서 움츠러들 것입니다. 상대방의 사랑을 온전히 받아들이기보다 그것 앞에서 미안함을 느끼거나 죄책감을 가질 것이며, 혹은 그 사랑의 마음을 의심하며 방어할 것입니다. 그래서 그것은 끝끝내 냉담함입니다. 그리고 그런 식으로 상대방의 사랑을 받아들일 줄 모르는 사람은, 상대방을 진실하게 사랑할 수도 없을 것입니다. 왜냐면 자기 자신을 사랑할 줄 모르는 사람이 다른 누군가를 진실하게 사랑한다는 것은 애초에 이루어질 수 없는 환상에 불과하기 때문입니다. 결국 우리는 우리 자신의 마음에 있는 사랑의 양만큼만 타인을 사랑할 수 있는 것이기 때문입니다.

그러니 먼저 나 자신을 사랑하세요. 그리고 타인을 향해서도, 자존감이 없어 눈치를 살피는 식의 우유부단함과 왜소함의 힘 없는 사랑이 아니라, 오직 빛과 함께하는 진정한 힘이 있는 진실하고도 위대한 사랑을 주세요. 나의 사랑으로 상대방이 더욱 약한 사람이 아니라 강한 사람이 되게 하는 것, 그것만이 진정한 사랑임을 잊지 마세요. 그리고 그런 사랑을 주기 위해 나부터가 먼저 오롯하고 온전한 사람이 되세요.

아무것도 하지 않는 직원에게 그럼에도 칭찬을 하고, 식사를 제공해주고, 월급도 많이 준다면, 그것이 어떻게 해서 진정한 사랑으로부터의 복지라고 할 수 있겠습니까. 내가 그렇게 할 때, 상대방은 진실한 행복을 찾지 못한 채 더욱 어두워지고, 더욱 이기적이 되고, 더욱 나약해지고, 더욱 나태해질 텐데, 그러니까 그것이 어떻게 해서 이타심이라 할 수 있겠습니까. 그래서 그건 결국 나의 이타심으로 상대방을 더욱 이기적으로 만드는 사랑이 아닌 왜소함이자 지혜 없는 순진함에 불과할 것입니다.

더욱 기쁨에 넘치고 감사한 마음으로 자신의 잠재력을 최대한으로 실현하고, 그렇게 자신의 머리와 가슴과 손으로 일하게 하는 것, 또한 그것이 많은 사람들의 기쁨에 기여할 수 있도록 이끌어주는 것, 그리고 그 아름다움에서부터 자신 또한 진정한 기쁨과 보람, 성취감을 느끼게 해주는 것, 그래서 그것이 대표로서 저의 역할이자 이타심인 것입니다. 그리고 저는 저의 그 책임을 다하기 위해 타인이 서운해하며 자신이 계속해서 이기적일 수 있도록 봐달라고 하는 어떤 형태의 요청들 앞에서 결코 저의 마음을 무너뜨리지 않을 것입니다.

많은 사람들이 이기적임으로써 이기심을 더욱 부추기거나, 이타적임으로써 이기심을 더욱 부추기는, 그러한 끝없는 악순환의 고리 안에서 관계를 맺으며 아파하고 상처받고 있습니다. 그리고 사실 그들은, 단 한 번도 진실로 이타적인 적은 없었던 것입니다. 아파하고, 상처받는 것, 진정한 이타적인 마음 안에는 그러한 보상 심리와 기대심에서부터 오는 서운함이 존재할 공간이 전혀 없기 때문입니다.

그저 가장 마땅하고 적절한 마음을, 가장 온전하고 타당한 마음을 상대방에게 줄 뿐이고, 그게 나의 최선이기에 그렇게 할 뿐인 것입니다. 그것을 통해 상대방의 마음에서 고마움을 끌어내고자 하고, 그 고마움으로부터 내게 더 잘하길 기대하고, 결국 그것은 여전히 상대방을 나의 뜻대로 조종하고자 하는 이기심일 뿐이기 때문입니다. 그래서 진정한 이타심에는, 사랑에는, 다정함에는, 결코 아픔이 없으며, 왜냐면 나는 단 한 번도 무엇인가를 바라고 다정했던 적이 없기 때문입니다. 그래서 실망할 일도, 상처받을 일도 없는 것입니다. 상대방이 나로 인해 기뻤다면 그것으로 됐다고 생각할 테니까요.

그리고 그때의 그 사랑은 진정 온전하고, 진실하고, 자존감 있는 사랑이었기에, 상대방 또한 그 사랑 앞에서 어떠한 존중심과 경외심을 가질 수밖에 없는 것입니다. 그래서 감히, 그것을 이용하고자 하지는 못하는 것입니다. 왜냐면 낮은 마음은, 자연히 그보다 높은 마음 아래에 자신을 두기에 결코 함부로 그것을 대하지 못하기 때문입니다. 단 하나의 두려움 없는 진실한 사랑은, 그래서 사실 가장 위대한 위엄감과 함께하는 사랑인 것입니다.

우리가 두려워하지 않을 때, 그 누가 우리를 함부로 해할 수 있을까요. 상대방의 반응, 상대방의 태도, 상대방의 기분은 그래서 더 이상 우리를 주눅 들게 하지 못할 것입니다. 왜냐면 우리는 가장 진실하고, 가장 마땅하고, 가장 적절하고, 가장 온전한 행위를 했기 때문입니다. 그래서 그것에는 상대방의 인정이나 납득이 더 이상은 필요하지 않기 때문입니다. 내가 거짓말에 동참하지 않는다고 해서 누군가가 서운해하거나 나를 공격할 때, 내가 그것에 흔들릴 이유가 전혀 없는 것처럼요.

그래서 상대방이 나를, 나의 의도를 어떻게 생각하든, 이제 그것은 그들의 자유입니다. 왜냐면 나의 진실함과 선함을 이용하고자 하고, 그것을 함부로 해하고 훼손하고자 하는 사람이 있다면, 그건 그들이 진실하지 않고, 온전하지 않은 사람임을 그들 스스로 증명하고자 발버둥 치는 행동이 될 뿐이며, 하지만 진실한 사랑은 그러한 낮은 마음에 휘둘리고 눈치를 살피는 식의 두려움과 왜소함, 그러한 마음들과 더 이상은 함께하고 있지 않기 때문입니다. 그리고 나는 이제 그것을 분명히 알고 있는 사람이 되었기 때문입니다. 그래서 오직, 오롯이 마주할 뿐입니다. 다만, 용기와 함께하고 있을 뿐입니다.

그래서 그때의 우리는 또한 그러한 사랑을 주고받을 수 있을 만한 사람과만 특별히 함께하게 됩니다. 그럴 수 없을 만한 사람이 있을 때, 여전히 두려움 없이 사랑하지만, 그럼에도 사적으로 또다시 만나지는 않게 되는 것이죠. 사랑하는 것과, 함께하는 것은 언제나 구분되는 일임을 알고 있고, 또 그렇게 하는 것이 서로를 위한 일임을 무엇보다 명확하게 알고 이해하는 지혜와 그때는 함께하고 있기 때문입니다. 순진함이 아니라, 온전함으로부터의 높은 지혜와 말입니다.

그렇다면 당신은 지금, 당신의 이타심으로 타인을 더욱 이기적으로 만드는, 그래서 사실은 당신이 상대방을 그 관계 안에서 더욱 이기적으로 만든 것인데, 그럼에도 상대방이 이기적이라며 상대방을 탓하는, 그런 사랑 아닌 사랑을 하며 상대방의 이기심의 노예가 되는 관계를 맺고 있습니까. 아니면 둘 모두가 각자의 마음의 온전한 주인으로서 진실로 힘 있는 사랑을 주고받는 진정한 사랑하는 관계를 맺고 있습니까. 그러니까 당신은 사랑을 하고 있습니까, 아니면 우상을 숭배하고 있습니까. 그러니까 당신의 선택은 무엇입니까.

● 매일 일을 하면서도, 또한 행복을 놓치고 싶지 않을 때.

우리는 살아가는 평생 동안 일과 분리될 수가 없습니다. 최고로 큰 권력을 가진 사람도 일을 하고, 최고로 많은 재산을 가진 사람도 일을 합니다. 그래서 우리는 모두 일을 통해 성숙할 필요가 있습니다. 우리가 이곳에 태어나 존재하는 이유와 목적이 성숙이라면, 그리고 어차피 평생 일해야 하는 숙명을 지닌 것이 우리 존재라면, 일 안에서도 성숙을 추구하는 것이 우리로 하여금 보다 빨리 우리 자신의 존재 이유와 목적을 완성하게 해줄 것이기 때문입니다.

사실 좋은 일, 나쁜 일이라는 것은 존재하지 않습니다. 그저 좋은 의도, 나쁜 의도만이 존재할 뿐입니다. 당신이 만약 선한 양심을 가지고 있는 사람이라면, 그리고 만약 당신이 광고를 제작하는 회사에서 일을 하고 있다면, 하지만 그 회사에서 당신에게 온전하지 않은 광고를 만들고, 그것을 통해 고객을 속여 돈을 벌자고 요구하고 있다면, 그래서 당신은 그 일 앞에서 죄책감을 가지게 될 것이고, 하여 다른 일을 찾게 될 것입니다. 하지만 당신이 선한 양심보다 당신의 이득을 더욱 우선시하는 사람이라면, 페이만 맞춰주시면 무엇이든 할 수 있습니다, 라고 말하는 사람이 되겠죠. 그래서 중요한 단한 가지는 일을 마주하는 우리 자신의 의도이자 자세인 것입니다.

부처님께서도 합당한 일을 하고, 인내하고, 또한 노력하라고 말씀하셨고, 테레사 수녀님께서도 나태하지 말고 끝없이 일하라고 하셨습니다. 우리에게 돈을 가져다주지 않는 일일지라도, 그러니까 그것이 고작 집을 청소하는 일일 뿐일지라도 우리가 마음과 정성을 다할 때, 그 일은 그 자체로 하나의 아름다운 수행이 되어줄 것입니다. 그러니 감자 껍질을 깎는 일마저도 사랑과 기쁨과 축복을 다해 보세요. 내가 그런 마음일 때 나는 모든 일을 통해 나의 아름다운 성숙을 완성하게 될 것이며, 또한 그 행위로써 세상을 축복하게 될 것입니다.

우리 모두는 일을 함에 있어 성실하고 부지런해야 하며, 또 선한 양심을 지니고 있어야 하며, 그러기 위해 일을 하는 과정 속에서 드러나는 우리 자신의 이기심들을 잘 살피고 그것을 극복해나가야만 할 것입니다. 처음에는 돈과 명성을 위해 일을 시작할 수 있지만, 결국에는 타인의 행복과 그들의 편의를 위해 일을 하는 것까지 성숙해나가야만 하는 것이죠. 그리고 비로소 그때가 되면, 나에게 있어 모든 외부적인 보상들은 그저 선물이 될 것입니다. 그리고 그것이 바로 전통적으로 불리는 카르마 요가의 길입니다. 일을 통해 내가 될 수 있는 최상의 존재가 되고, 그것을 통해 봉사하고, 타인들에게 행복을 전해주며, 그 모든 과정 안에서 과정 자체에 만족하기에 결과나 대가를 바라지 않는 것, 바로 그것입니다.

제가 만약 신부라면, 저는 신부의 역할 안에서 최선을 다할 것이며, 제가 만약 스님이라면, 저는 스님의 역할 안에서 최선을 다할 것입니다. 그리고 저에게 주어진 역할과 사명을 철저히 완수하며 나아갈 것입니다. 그리고 그 길을 통해 끝내 제가 이룰 수 있는 최대의 행복과 사랑을 소유할 것입니다. 제가 만약 어떤 회사의 대표라면, 저는 또한 그 대표의 역할 안에서 최선을 다할 것입니다. 누군가의 남편이라면, 누군가의 아들이라면, 누군가의 동생이라면, 그것이 무엇이든, 그 역할 안에서 최선을 다할 것이며, 또 그 길을 통해 끝내 제가 이룰 수 있는 최대의 행복과 사랑을 소유할 것입니다. 그리고 그 과정 자체를 저의 유일한 만족으로 삼을 것입니다. 그렇다면 그것으로 된 것입니다.

나라를 잘 이끄는 존경받는 대통령도, 매일 아침 거리를 청소하는 청소부도, 그 모두가 그 역할 안에서 자신의 모든 최선과 사랑을 다 한다면, 그것은 하나 같이 고귀한 것입니다. 왜냐면 그 둘이 자신의 역할을 바꾼다면, 그러니까 대통령이 오늘은 청소를 하고, 청소부가 오늘 대통령을 한다면, 그 둘 모두 그 역할을 제대로 수행해내지 못할 것이기 때문입니다. 그래서 각자에게는 각자의 역할이 있는 것이고, 그 역할은 그 형태가 무엇이든 저마다 소중하고 위대한 것입니다.

그러니 자신이 하고 있는 일이 무엇이든, 그 분야 안에서 최고를 추구하고 최고가 되세요. 그리고 그것을 통해 봉사하세요. 그 과정 안에서 대가를 바라기보다 오직 성숙의 완성만을 위해 임하세요. 당신이 그런 마음일 때, 매 삶의 순간이 당신을 성숙하게 해주는 선물이 될 것이며, 그 자체로 당신의 행복이 커지기 시작할 것이고, 하여 끝내 당신은 당신의 일을 통해 영원한 행복을 소유하게 될 것입니다.

그것이 바로 현대인에게 가장 적절한 행복 수업이라고 저는 생각합니다. 마음의 평화와 높은 수준의 성숙을 추구하기 위해 세상에서 단절된 채 하루 종일 명상하고, 굶고, 수련할 필요는 없습니다. 만약 당신이 그러한 역할을 지닌 수행자라면 이야기가 다르겠지만 당신에게 그러한 역할과 의무가 없다면, 그것은 당신의 선택일 뿐, 그것이 꼭 당신의 성숙에 기여한다고 할 수도 없기 때문입니다. 왜냐면 중요한 것은 오직 의도이기 때문입니다.

당신이 외식을 할 때도, 사실 당신은 수많은 사람들의 생계에 이바지하고 있는 것이며, 그래서 당신이 밥을 먹는 것 또한 축복과 감사로써 행한다면 그건 봉사이자 사랑의 한 표현이 될 수도 있는 것입니다. 하지만 굶으면서도 당신이 머릿속으로 누군가를 끝없이 원망한다면 그건 여전히 미성숙일 뿐일 것입니다. 그러니까 당신을 반드시 성숙으로 이끌어주는 어떤 행위는 이 세상에 존재하지 않는 것입니다. 무엇을 하든, 그것에 임하는 당신의 마음가짐이 어떠한지, 오직 그것만이 당신을 성숙으로 이끌어줄 수 있는 유일한 힘 있는 것이니까요.

누군가의 남편이면서, 다른 여자를 탐한다면, 당신은 당신의 역할 안에서 제대로 임하지 않고 있는 것입니다. 그 반대 또한 마찬가지입니다. 그래서 남편은 아내를 행복하게 해줄 의무가, 아내는 남편을 행복하게 해줄 의무가 있는 것이고, 그 둘은 그 의무와 역할 안에서 최선을 다해야만 하는 것입니다. 그리고 당신이 그렇게 한다면, 신부가 신실한 주님의 종이 되기 위해 기도하는 것처럼, 스님이 최대의 평화와 고요를 얻기 위해 명상하는 것처럼 당신은 그와 다르지 않은 수행을 한 것이며, 그 결과 당신은 당신 마음 안에 자존감과 행복을 소유하게 될 것입니다.

그러니 당신이 지금 처한 상황과 역할 안에서 최선을 다해 그것에 임하세요. 그리고 당신의 역할이 사람들의 행복과 편의에 충분히 이바지하고 있는지를 늘 점검하며 나아가보세요. 그리고 그러한 뜻을 충분히 이행할 수 있는 그룹에 속하세요.

부처님께서도 서로의 선한 뜻과 의지를 나눌 수 있는 사람과 함께하라고 하셨고, 그럴 수 없다면 차라리 혼자가 되라고 하셨습니다. 예수님께서도 양의 탈을 쓴 늑대를 피하라고 하셨습니다. 그래서 누구와 함께할지 앞에서는 언제나 신중해야 하며, 그 선택 앞에서 당신은 가장 지혜로울 필요가 있는 것입니다.

당신에게 이기심과 불법을 강요하는 회사에서 당신이 일을 하고 있다고 했을 때, 처음에는 아무렇지 않게 그 일을 해왔던 당신일지라도 어느 순간 당신은 죄책감을 가지게 될 것입니다. 당신이 죄책감을 가지지도 않을 만큼 충분히 양심적이지 못한 순간에도, 사실 당신의 마음은 무의식적 죄책감과 함께하고 있을 것입니다. 그래서 당신이 주어진 삶을 살아가며 서서히 성숙하게 되었을 때, 당신은 반드시 그 일을 후회하게 될 것이며, 그건 제법 길고 큰 아픔이 될 것입니다.

그러니 지금 이 순간 깨어있으십시오. 그리고 죄책감을 가지지 않아도 될 만큼 충분히 온전하고 적절한 일을 찾고, 그 일을 하세요. 그때는 그 일을 영원히 기쁨과 행복, 감사와 사랑 안에서 할 수 있을 것이며, 하여 당신은 그 일을 하는 영원히 성숙과 함께하며 당신이 존재하는 의미를 실현하며 나아갈 수 있을 것입니다. 그리고 그런 일을 할 때, 그리고 당신이 그런 마음으로 임할 때, 당신의 삶에 공허와 무의미는 찾아올 수가 없을 것입니다.

그러니 온전한 그룹 안에 속하세요. 똑같은 물건을 만드는 회사도, 그 회사의 이념과 뜻에 따라 그것을 만드는 의도는 천차만별일 것입니다. 어떤 회사는 식품을 만들며, 자신들의 이득을 위해 원산지를 속일 것이며, 어떤 회사는 식품을 만들며, 고객들의 건강을 위해 가장 최상의 식품을 개발하며 나아갈 것입니다. 그러니 좋은 의도를 품고 있는 곳에서 일하세요. 그 일을 열심히 하는 것만으로도, 당신은 이 세상을 향해 봉사하는 사람이 될 것입니다.

결국 우리는 모두 우리에게 주어진 숙명의 역할 안에서 우리에게 주어진 성숙을 완성하며 나아가게 될 것입니다. 저는 글로써 봉사하며, 그렇게 나아가는 모든 순간 안에서 최선을 다해 성숙함으로써 마침내 제가 이루어낸 그 성숙과 행복으로써 봉사하며, 그러니까 저에게는 저의 역할 안에서 완성한 성숙을 통해 봉사할 책임이 있는 것입니다.

저에게 수많은 사람들이 고민을 상담하고, 또 저는 그들의 고민 앞에서 최선을 다해왔습니다. 하지만 그것을 누군가에게 말하며, 나 정말 최선을 다하지? 하며 자랑한 적도 없습니다. 그리고 그 고민을 들어준 사람에게 돈을 요구하거나, 저의 책을 구매할 것을 강요한 적도 없습니다. 심지어 고민을 상담한 사람들 중에는 저의 책을 읽지 않은 사람들이 대부분이었습니다. 하지만 그렇다고 해서 제가 그것에 덜 진심이 되고, 더 진심이 된 적도 없습니다. 왜냐면 그것이 저의 역할이고, 저에게는 저의 역할 앞에서 최선을 다할 책임이 있을 뿐이기 때문입니다. 무엇보다 그러한 마음에는 어떠한 결과나 대가를 바라는 기대심이 전혀 없기 때문입니다.

그래서 만약 그 사람이 저의 진심에 감동을 받고 책을 구매한다면, 사실 그건 저에게 있어 그저 받은 선물이자 감사한 일이 될 것입니다. 하지만 그것에 앞서 그 사람이 고민을 잘 이겨내고 행복해진다면, 그것이 저에게는 가장 큰 선물이자 감사한 일이 될 것입니다. 때로 저의 책을 꼭 읽어봤으면 좋겠다는 생각이 드는 고민 앞에서도, 제가 저의 책을 잘 추천하지 않는 것은, 어쨌든 제가 진심으로 제 책이 필요하다고 생각하기에 권한다고 하더라도 상대방은 그 마음을 오해하여 저의 권유 앞에서 마음을 닫을 수가 있기 때문입니다. 그것이 다입니다. 제가 이런 마음인데, 그렇다면 제가 어떻게 공허함을 느끼며, 또 어떻게 불행할 수가 있겠습니까.

연인을 만나고, 사랑을 약속하고, 함께 데이트를 하고, 예쁜 카페에 가고, 또 예쁜 풍경을 보기 위해 놀러 가고, 그런 모든 사적인 행복을 나의 사명을 위해 포기했다고 할지라도 그것이 전혀 희생이라 느껴지지 않을 만큼, 그러니까 그저 매 순간 쉬지 않고 일하는 동안에도 저는 완전하게 충족되어지는 것입니다. 그래서 저에게는 사적인 기쁨이 크게 필요하지도 않은 것입니다. 그것에 대해 생각할 필요가 없을 만큼 이미 저는 행복하고 채워진 채이기 때문입니다. 그래서 그만큼 저는 결핍 없이 완전하게 존재하는 것입니다.

사실 그러한 것들 중 하나라도 포기한 채 일을 더하게 된다면 대부분의 사람들은 그것을 희생이라 여길 것입니다. 왜냐면 자신의 일을 충분히 사랑하지 않기 때문입니다. 어쩌면 사랑한 적조차 없기 때문입니다. 만약 세종대왕이 한글을 만드는 사명을 희생이라고 느꼈다면, 그저 놀고 즐기고자 마음먹기만 한다면 그럴 수 있는 그 위치와 권력 앞에서 그는 결코 한글을 만들고자 하지 않았을 것입니다. 하지만 그보다 더 큰 기쁨이 있고, 그게 바로 한글을 만드는 일이기에 그는 사랑의 마음으로 오직 그 일에 전념한 것일 뿐인 것입니다. 희생했다고 여기는 데서부터 오는 자기 연민과 피해자 의식, 그 모든 왜소함이 아닌 사랑에서부터 오는 진정한 기쁨과 함께 말입니다.

진실로 그 기쁨을 아는 사람에게는 사적인 기쁨에서부터 느낄 수 있는 행복이 너무나 작게 여겨지기에, 사실은 기쁨이 아니라 공허일 뿐이라는 생각이 들 만큼 진짜 기쁨에 비하면 그건 전혀 기쁨이 아닌 것으로 여겨질 것이기에 오직 진정한 기쁨만을 위해 그들은 최선을 다해 나아갈 뿐인 것입니다. 테레사 수녀님의 봉사는 많은 사람들에게 고행으로, 엄청난 희생으로 느껴졌겠지만, 그녀 자신에게 있어 그건 오직 기쁨이었고, 그리고 그 기쁨은 그것을 고행이자 희생으로 바라본 사람들은 단 한 번도 느껴본 적조차 없을 만큼의 무한하고 완전한 기쁨이었을 것입니다. 그래서 사실 그녀는 자신의 기쁨을 위해 봉사했을 뿐인 것입니다.

정말로 이 세상에는 그런 기쁨도 있는 것입니다. 누군가를 위해 무엇인가를 하고, 또 그것이 누군가에게 행복과 기쁨이 되어주고 있다는 사실에서부터 느낄 수 있는 기쁨이 있는 것이죠. 그리고 우리가 비로소 그러한 기쁨을 추구하게 될 때, 우리에게는 희생도, 공허함도 더 이상은 불가능할 것입니다. 그리고 그것이 바로 일을 통한 최고의 성숙을 추구하는 행위이며, 우리가 오직 그런 마음으로 나아갈 때 우리의 존재는 더 이상 결핍을 겪지 못할 만큼 완성된 채일 것입니다. 하여 우리는 오직 감사와 기쁨만을 품은 채 나아가게 될 것입니다.

그러니 그저 최고를 추구하고, 최선을 추구하고, 그것을 통해 세상에 빛과 선물이 되도록 해보세요. 그것이 당신의 수준을 드높일 것이며, 하여 가장 높은 수준의 성숙을 향해 당신을 안내할 것입니다. 그렇게 당신이라는 존재 자체가 선물이자, 기도이자, 사랑이자, 빛이자, 하나의 예배가 되어갈 것입니다.

그렇다면 지금 이 순간 당신이 일을 하고 있는 자세와 마음가짐은 무엇입니까.

나를 진짜 행복하게 하는 것을 가까이하는 지혜가 필요할 때.

이 세상에서 가장 무서운 사람은 한 권의 책도 읽지 않은 사람보다, 단 한 권의 책만을 읽은 사람이라는 말이 있지만, 저는 그렇게 생각하지 않습니다. 만약 한 권의 책만을 읽은 사람이, 예수님의 말씀이나 부처님의 말씀을 읽었다면, 그리고 그 책을 읽으며 감동을 받았다면, 그는 누구보다 큰 행복과 선한 의지를 마음에 선물로 소유한 채 이 삶을 살아갈 것이기 때문입니다. 반면에 아주 많은 책을 읽었지만, 그 모든 책들이 온전하지 않은 방향성을 가진 책이라면, 그것이야말로 한 사람의 마음을 평생토록 부정적인 영향의 늪에 빠지게 할 만큼 위험한 일이 될 것이기 때문입니다.

부처님께서는 사람을 파멸로 이르게 하는 것은 선한 사람의 가르침을 좋아하지 않고, 나쁜 사람의 가르침을 좋아하는 것이라고 했습니다. 그러니 사람에게 선한 마음이 아니라, 우월감, 과도한 자기

애, 혹은 폭력성, 이기심의 정당화, 자기 연민을 부추기거나 우울함을 미화하거나, 그러한 모든 것들을 담은 책, 그리고 그런 사람, 그러한 것들을 피하세요. 그러한 사람, 혹은 책, 문화를 접하며 그것에 익숙해지고 스며드느니 차라리 혼자인 채 순수한 마음을 고스란히 지니고 있는 것이 나을 것입니다.

온전한 마음이 담긴 책과 가르침, 사람은 나의 마음에 평화와 사랑을 가져다주고, 온전하지 않은 것들은 나의 마음 안에 있는 평화와 사랑을 해칠 것입니다. 그리고 온전함은, 온전하지 않은 이들에게는 그 어떠한 감동도 주지 않는 지루한 것으로만 여겨질 뿐일 것입니다. 정말이지 많은 사람들이 평화 안에서 기쁨을 찾기보다 그 안에서 지루함을 느낀 채 평화 자체를 혐오하곤 하며, 그러니까 그들은 분노와 질투, 미움과 슬픔, 불안과 갈등, 그 모든 감정적인 자극 안에서 기쁨을 찾고자 하는 환상에 사로잡힌 채 나아가고 있는 것입니다. 그래서 온전함과 온전하지 않음은 섞일 수가 없는 것입니다.

그래서 만약 당신이 온전한 사람이 된다면, 당신은 온전하지 않은 사람, 책, 그러한 문화를 불편하게 여기게 될 것이고, 하여 자연스럽게 그러한 것들을 피하게 될 것입니다. 그러니 진실로 당신이 행복하고 싶다면, 지루하더라도 선한 의도를 지닌 사람, 책, 문화를 좋아하고 그것에 익숙해지세요. 포르노물을 보지 않는 당신에게 포르노물을 추천하는 사람은 좋은 친구가 될 수 없을 것이지만, 서로가 그러한 것을 좋아한다면 그 둘은 그러한 것들을 공유하며 서로의 사적인 이득에 부합하는 좋은 친구가, 사실은 서로에게 선하지 않은 영향을 줄 뿐인 친구가 되어줄 것입니다.

그래서 깨진 창문의 이론이라는 것이 있는 것입니다. 사람들은 더러운 길거리에서는 쓰레기를 함부로 버리지만, 쓰레기가 하나도 없는 아주 깨끗한 길거리에서는 쓰레기를 결코 아무렇지도 않게 버리지는 않는 것입니다. 그리고 그것이, 당신이 먼저 깨끗하고 맑은 마음을 지닌 사람이 되는 것이 이토록이나 중요한 이유인 것입니다. 그때가 되면 깨끗하지도, 맑지도, 선하지도 않은 마음을 지닌 사람은 당신을 불편하게 여기게 될 것이고, 당신 또한 그들을 불편하게 여기게 될 것이고, 그러니까 당신은 이제 당신이 완성한 당신 자신의 그 온전함으로부터 보호받게 되는 것입니다. 어떤 억지와 애씀도 없이 그저 자연스럽게 말입니다.

그러니 좋은 책, 좋은 사람, 좋은 문화와 함께하세요. 다정한 그룹에 속하고, 온전한 마음에 대해 늘 연구하고 그것을 당신의 것으로 소유하기 위해 매 하루 안에서 노력하세요. 비로소 당신의 마음이 온전하고 선해지고 나면, 당신을 둘러싼 모든 세계가 그렇게 될 것입니다. 그러니까 당신을 파멸로 이르게 하는, 선한 사람의 가르침을 좋아하지 않고, 나쁜 사람의 가르침을 좋아하는 것, 정확히 그 반대로 할 때 당신은 행복에 이르게 될 것입니다. 단 한 권의 책이라도, 그 책이 우주적인 진실을 담고 있는 선한 책이라면, 그래서 그 책 한 권만을 백 번이고 천 번이고 읽는 것이 나은 것입니다. 그렇지 않은 천 권의 책을 읽는 것보다 말입니다.

그렇다면 당신의 선택은 무엇입니까.

● 지 금 의 아 픔 을 통 해 더 욱 예 쁜 꽃 이 되 어
피 어 나 고 싶 을 때.

내면의 자존감이라는 것은 삶의 역경과 무수히 많은 고민, 갈등, 그 모든 시련을 마주하고 딛고 일어서는 과정 안에서 서서히 우리의 마음 안에서 꽃을 피우기 시작하는 아름다움입니다. 그래서 지금 아픈 시간을 보내고 있다면, 세상은 당신을 향해 잘못되었다고 말할 테지만 저는 그래서 당신이 잘하고 있다고 말해줄 것입니다.

그렇게 더욱 아름답고 멋지게 피어날 당신이라는 것을 저는 믿기 때문입니다.

지금은 무척이나 어렵고, 답이 보이지 않는 길고 어두운 터널 속에 놓인 듯한 기분이 들어 우울과 공허에 사무친 채 슬퍼하고 주저하고 있는 당신일 테지만, 당신은 끝내 반드시 이겨낼 것이고, 하여 그 시간이 지난 뒤에는 훨씬 더 단단하고 행복한 당신이 되어있을 것이며, 해서 그때의 당신은 그때의 아픔으로 인해 지금의 아름다운 내가 될 수 있었음에 감사하고 있을 것입니다. 그 시련이 없었다면 나는 어떤 어른이 되었을까, 아마도 여전히 쉽게 미워하고, 쉽게 탓하고, 쉽게 무너지고, 쉽게 무기력해지는 왜소한 사람이겠지, 하면서 말입니다.

그래서 아픔과 함께 성숙해온 사람들은 과거를 자신의 지금을 있게 해준 선물로, 오늘의 아픔을 언젠가의 찬란한 나를 있게 해줄 선물로만 여기기에 더 이상 아픔을 두려워하지 않습니다. 하여 많은 사람들이 과거를 편집하고자 하고, 다시 그때로 돌아갈 수 있다면 나, 다른 선택을 했을 텐데, 하는 식의 후회와 미련의 늪에 빠진 채 허우적대고 있는 것과는 달리 이들은 지난 시간의 아픔을 없어서는 안 되었던, 오늘의 자존감 있는 나를 만들어준 선물로만 여기기에 오직 그 모든 지난 시간의 일들로 완성된 가장 행복하고 빛나는 지금에 감사하며 나아갈 뿐인 것입니다. 또한 오늘을 통해 마주하게 될 언젠가의 찬란한 나를 기대하며 기쁜 마음으로만 나아갈 뿐인 것입니다.

과거로 돌아가고 싶지 않냐는 질문에, 보다 어린 시절로 돌아가고 싶지 않냐는 질문에, 그래서 저는 진심으로 지금이 가장 좋다고 말합니다. 왜냐면 그때의 저는 미성숙했고, 불안했고, 아팠고, 하지만 지금의 저는 그때의 저보다 훨씬 더 행복하고, 온전하며, 찬란하기 때문입니다. 그래서 오늘이 제가 가장 사랑하는 날이자, 가장 감사하는 순간이기 때문입니다. 그 모든 지난 시간들이 없어서는 안 되는 선물이었음을, 그러니까 저는 진정 모르지 않기 때문입니다.

그러니 지금 아파하고 있는 당신을 저는 축복합니다. 잘하고 있다고 꼭 말해주고 싶습니다. 정말 잘하고 있습니다. 그리고 잘 해낼 것입니다. 그렇게 성숙하여 끝내 그 길고도 긴 불안의 터널을 지나 밝고도 청아한 세계를 맞이하게 될 것입니다. 그리고 그때가 되면 이제 당신은 삶을 보다 느긋하게 즐기게 될 것입니다. 앞으로도 아픈 시련이 없지는 않겠지만, 이제는 그 시련을 통해 끝내 더욱 성숙하게 될 나임을 당신은 알고 있을 것이기 때문입니다. 해서 오늘을 살아가는 일이 두렵기보다, 기쁘고 설렐 것이기 때문입니다.

애석하게도 아픔이 없는 성숙은 없습니다. 사람은 절대 변하지 않는다고들 하지만, 큰 시련과 역경을 겪은 사람은 반드시 변하기 마련입니다. 그래서 정말로 큰 계기와 삶을 송두리째 뒤흔드는 아픔이 없는 한 사람은 잘 변하지 않는다, 라고 말하는 것이 맞을 것입니다. 물론 아픔을 진정성 있게 마주하지 않고, 그 앞에서 더욱 도망치고 회피하길 선택한 비겁한 사람들은 아프고 난 뒤에 더욱 가볍고 거짓된 사람이 되기도 합니다. 그래서 사람은 잘 아파야 하는 것이고, 언제나 진실하고 순수해야 하는 것입니다.

어쨌든 최선을 다해 아파하느라 지금을 견뎌내는 일이 너무나 버겁다면, 그래서 하염없이 눈물을 흘리고 있는 당신이라면, 당신은 정말 잘하고 있는 것입니다. 그리고 잘 해낼 것입니다. 그러니 당신이 이 아픔 앞에서 흘린 그 모든 진실한 눈물과 순수한 슬픔과 아름다운 불안들, 그것들이 결국에는 당신을 빛나게 할 것이라는 것만 잊지 마세요. 당신이 이 말을 간직한다면, 당신은 여전히 아플 것이지만, 그럼에도 더욱 꿋꿋하고 담대하게 아플 수 있을 것입니다.

결국 그 아픔은 지나갈 것이고, 몇 년 뒤에는 생각도 나지 않을 하나의 해프닝이 되어있을 것입니다. 당신이 어릴 적 그토록이나 두려워하고 아파했던 일이 지금은 아무렇지도 않은 일이 되어버린 것처럼요. 그렇게 성숙하는 것입니다. 그렇게 무르익는 것입니다. 그렇게 아름다워지는 것이고, 더 예쁜 존재가 되어가는 것입니다. 그리고 그게, 아픔이 당신에게 찾아온 유일한 의미이자 이유며, 또한 당신이 존재하고 살아가는 유일한 의미이자 이유인 것입니다.

그러니 오직 지금 이 순간이 아니면 다시는 되돌아오지 않을 이 아픔 앞에서, 최선을 다해 잘 아프고, 그렇게 무르익길 바랍니다. 정말 잘하고 있고, 잘 해낼 것입니다. 그리고 지금은 그렇게 느껴지지 않겠지만 이 또한 반드시 지나갈 것이며, 하지만 그 안에서 이루어낸 당신의 성숙은 결코 지나가지 않은 채 당신의 곁에 남아, 당신을 영원히 지켜줄 것입니다.

그렇다면 최선을 다해 아픔을 마주하는 것과, 아픔 앞에서 가벼울 뿐인 회피, 그리고 아픔이라는 선물에 감사할 줄 아는 아름다움과 아픔을 오직 미워하고 원망할 뿐인 아름답지 못함, 그 둘 중 당신의 선택은 무엇입니까. 당신은 여전히 지난 시간의 의미를 알지 못해 후회하는 사람입니까, 아니면 이제는 지난 시간의 의미를 완성한 채 오직 감사하며 나아갈 줄 아는 사람입니까.

● 이제는 쉽게 화내지 않는 다정함으로 사랑을 마주하고 싶을 때.

우리가 분노할 때, 우리는 그 분노의 대상이 실재한다고 생각하지만, 사실 그것은 오직 환상에 불과한 것입니다. 왜냐면 우리가 이 사람의 무엇무엇 때문에, 혹은 어떠한 상황 때문에 화가 나, 라고 말할 때, 사실 그건 그 사람이나 그 상황이 내가 기대하는 어떤 모습이지 않아서, 내가 기대하는 어떤 모습과 전혀 달라서, 그러니까 그 있음의 부재 때문에 화를 내는 것이기 때문입니다. 그러니까 지금 있는 것이 아니라, 지금 없으며 결핍되어 있는 부분을 보고 그것이 있었으면 좋겠다, 하는 기대심에 의해 우리는 화를 내는 것이고, 그래서 그건 실재하지 않는 환상에 대고 분노하는 것과 전혀 다르지 않은 것이라 할 수 있는 것입니다.

마찬가지로 우리는 우리 자신의 어떤 모습이나 상황에 대해서도 화를 내지만, 그것 또한 내가 나의 모습이나 나를 둘러싼 상황에 대해 내가 기대하는 바가 현실에 제대로 반영되고 있지 않다고 믿기 때문이며, 그래서 그것 또한 지금 실재하지 않는 비실재의 환상을 바라보며 화를 내는 것과 전혀 다르지 않은 것이라 할 수 있는 것입니다. 누군가가 나에게 다정했으면 좋겠는데, 다정하지 않아서, 혹은 나의 외부가 풍족하고 부유했으면 좋겠는데, 지금 나의 현실은 전혀 그렇지가 않아서, 그래서 우리는 분노하는 것이기 때문입니다.

그래서 사실 분노의 원인은 언제나 무엇'인' 것이 아니라 무엇이 '아닌' 것을 바라보는 우리의 결핍되고 미성숙한 시선에 있는 것이며, 해서 분노는 그 자체로 오류이자 환상이라 할 수 있는 것입니다. 어쨌든 분노는 언제나 우리의 '기대심'과 강렬하게 연결되어 생긴다는 것을 우리는 쉽게 알 수 있을 것입니다. 무엇이 이랬으면 좋겠는데, 하고 기대하지만 그 기대를 충족시켜주지 않는 있는 그대로의 현실 앞에서 우리는 화를 내게 되는 것이죠. 기대하고, 화내고, 통제하고, 조종하고, 그리고 그것이 또한 대부분의 인간관계에서 우리가 취하고 있는 행동이기도 합니다. 그래서 그것이 우리가 대부분의 인간관계에서 실패한 이유이기도 한 것입니다.

그렇다면 내 마음의 평화를 위해서도, 이 관계의 성공적인 미래와 그 안에서의 행복을 위해서도, 기대하기보다 있는 그대로를 받아들이기 위해 노력하는 것이 더 나은 방식이 아니겠습니까.

누군가가 내 뜻대로 변하길 바라고, 내게 이렇게 해줬으면 좋겠다고 기대하고, 또 이 세상이 나에게 이랬으면 좋겠다고 기대하고, 그래서 나를 둘러싼 이 모든 외부를 탓하고, 어쨌든 그래서는 무엇보다 우리 자신이 행복할 수 없게 되는 것입니다. 더 많이 기대할수록, 더 많은 스트레스와 함께하게 되고, 해서 하루를 더욱 예민하고 고통스럽게 살아가야만 하게 되는 우리니까요.

그러니 있는 그대로의 지금에 만족하고 감사하는 법을 배우세요. 지금을 있는 그대로 받아들이는 방법을 배우세요. 우리가 이 세상의 있는 그대로를 더욱 존중하고 소중히 여기는 사람이 될 때, 우리는 그만큼 덜 분노하는 사람이 되어있을 것입니다. 더욱 받아들이고, 더욱 내려놓을수록, 그만큼 우리는 있는 그대로의 현실에 만족하게 되고, 하여 분노로부터 더욱 자유로울 수 있게 되는 것이기 때문입니다.

어쨌든 우리가 분노할 때, 우리가 분노하는 대상은 사실 존재하지 않는 것이기에 그건 그 자체로 아무런 의미가 없는 일인 것입니다. 그러니까 이 사람이 나에게 늘 까칠해서 화가 나, 라고 하는 것은 사실 이 사람이 다정한 사람이 되길 바라는 나의 기대심이 투영된 것이고, 하지만 내 기대와 달리 이 사람의 지금 모습이 다정하지 않기에 우리는 분노하고 있는 것이고, 그러니까 우리는 언제나 이미 인 바, 된 바가 아니라 이지 않은 것, 되지 않은 것에 대해 나의 기대와 바람을 투사한 채 실재가 아닌 비실재를 향해 마음을 쓰고 분노하고 있는 것이기 때문입니다.

그래서 그건 그 자체로 아무런 의미가 없는 것입니다. 왜냐면 이 세상에 어둠은 존재하지 않기 때문입니다. 오직 빛이 있고, 우리가 편의상 어둠이라 부르는 빛의 부재가 있을 뿐인 것이죠. 그러니까 오직 사랑이 있고, 사랑의 부재가 있을 뿐인 것입니다. 그렇다면 누군가의 어둠, 사랑이지 않은 측면에 시선을 둔 채 마음을 쓰는 것은 그 자체로 존재하지 않는 환상을 붙드는 오류이며, 그래서 우리에게는 오직 빛과 사랑, 그 실재에 시선을 둔 채 그것들을 더욱 강화시킬 필요가 있을 뿐인 것입니다.

그러니 나와 나를 둘러싼 외부에 나 자신의 기대를 투영하기보다, 있는 그대로를 더욱 받아들이는 법을 배워보세요. 굳이 함께하며 스트레스를 받기보다, 차라리 혼자인 채 잘 지내도록 해보세요. 당신이 외부에 덜 의존적인 사람이 될수록, 그만큼 당신은 외부가 어떻게 되었으면 좋겠다고 기대하지 않을 것이고, 해서 당신은 당신인 그 자체로 완전하게 존재할 수 있게 될 것입니다. 그래서 이때는 어떤 사람과 함께하는 것이 언제나 즐겁고 좋지만, 그렇다고 그 사람과 함께하지 않는다고 해서 내가 우울해지거나 불안해질 필요는 이제 더 이상 없게 되는 것입니다.

그래서 이때는 상대방의 어떤 모습 앞에서, 우리는 우리의 기대나 바람대로 상대방을 조종하고 통제하고자 하는 욕구를 그만큼 더 많이 내려놓게 됩니다. 왜냐면 그래도 좋지만, 그렇지 않더라도 이제는 상관이 없을 만큼 나는 스스로 완전한 사람이 되었기 때문입니다. 또한 혼자서 잘 지내는 것과, 함께 잘 지내는 것은 엄연히 다른 것이고, 해서 혼자서도 잘 지내는 나는 함께하며 나와 잘 지내지 못할 것 같은 사람과는 이제는 굳이 마음 앓아가면서까지 함께하지도 않게 될 것입니다. 잘 맞지 않고 늘 갈등하게 되지만 그럼에도 그 사람이 없는 불안과 결핍을 못 이겨 함께함을 선택하는 식의 온전하지 않음이 이제 우리에게는 더 이상 없기 때문입니다. 그래서 진실로 나와 잘 맞는 사람, 함께하며 서로가 즐겁고 행복한 관계, 이때의 우리는 자연스레 그러한 식의 긍정적인 관계만을 맺게 될 것입니다.

내가 스스로 온전하며, 스스로 완전하며, 하여 스스로 자존감 있는 사람이 되었는데, 그래서 이 삶의 많은 것들에 스스로 만족하며 기쁨을 느끼는 사람이 되었는데, 그렇다면 이때에 이르러 더 이상 무엇에 과하게 의존하고 집착하고자 하겠습니까.

그래서 우리는 더욱 자유롭게 주어진 매 순간을 살아가게 됩니다.

나 자신에게 또한 어떠한 기대심의 압력을 밀어놓고 옥죄기보다, 그저 오늘을 더욱 사랑스럽게 살아가게 됩니다. 무엇인가가 어떻게 되길 늘 바라며 그렇지 않은 나 자신의 모습에 화를 내기보다, 그저 하루를 반듯하고 사랑스럽게 살아갈 때 보다 긍정적인 미래를 맞이하게 될 우리라는 것을 이제는 진정 이해하고 있기 때문입니다.

그러니 이제는 지금 없는 것을 바라보며 그것이 있길 늘 기대하기보다, 이렇지 않은 무엇인가가 이렇게 되길 늘 기대하기보다, 그저 있는 그대로를 받아들이는 법을 배워보는 것이 어떻겠습니까. 그러니까 폭력적인 사람이 폭력적이지 않길 기대하기보다, 그 사람이 계속해서 폭력적이게 내버려두세요. 그 사람에게는 그 자신의 최선이 바로 폭력성이기 때문에 자신의 행복을 위해 그는 그것을 선택하고 있는 것일 뿐이며, 해서 당신이 그것이 그렇게 되지 않길 바랄 때, 그는 더욱 폭력적인 사람이 될 뿐일 것입니다. 당신은 그가 폭력성에서부터 얻고 있는 행복을 그에게서 빼앗아가는 사람이 될 테니까요.

그러니 그가 변하길 바라고 기대하는 대신에, 그 자체를 그대로 사랑할 수 있을지, 아니면 나는 다른 사람과 함께할지에, 오직 그것만을 고민한 채 선택하며 나아가십시오. 그러니까 이제 당신이 선택할 차례입니다. 폭력적인 그 사람과 계속해서 함께할지, 아니면 함께하지 않을지를 말입니다. 어차피 변화를 바라고 기대하는 마음은 싸움과 갈등만을 일으킬 뿐일 것이고, 그래서 당신이 그가 다른 모습이 되길 바랄 때 그 관계는 결코 평화와 함께할 수 없을 것입니다. 그러니 늘 싸우고 상처 주고, 나의 뜻대로 되지 않음에 늘 속상해하고 화내고, 그 악순환을 반복하기만 할 뿐인 관계 안에서 그럼에도 변화를 기대하며 끝없이 함께길 선택할 이유는 없는 것입니다. 스스로 아픔과 분노를, 갈등과 싸움을 사랑해서가 아니라면 말입니다. 그게 아니라면 그러한 식의 관계를 스스로 붙들 이유라는 게 도대체 어디에 있습니까.

그러니 그 사람의 그 모습을 그대로 받아들일 수 있을지 없을지, 그 기준으로 함께할지 말지를 선택하는 사람이 되십시오. 그게 둘의 행복을 위해 제가 줄 수 있는 가장 최선의 제안입니다.

그래서 저는 최소 어떤 사람이 지금과 다르게 변하길 당신이 많이 바라지 않아도 이대로 괜찮다 싶은 그런 사람을 당신이 만나길 추천합니다. 다시 한 번 말하지만 함께 잘 지내는 것과, 혼자서 잘 지내는 것은 다르기 때문입니다. 그리고 당신이 혼자서는 괜찮은데, 함께하며 괜찮지 않다면 그건 꼭 어느 한쪽의 문제라기보다 그저 둘이 잘 맞지 않는 것이라 할 수 있을 것입니다.

예를 들어서 당신은 전화를 끊을 때 상대방이 기다림 없이 바로 전화를 끊는 것에 서운해하는 사람이고, 상대방은 전혀 그렇지 않아 그런 당신을 소심하다고 여길 뿐일 때, 아마 둘은 하나부터 열까지 그러한 부분에서 잘 맞지 않을 것입니다. 그래서 둘은 자주 갈등하게 될 것이고, 해서 둘이서 잘 지내기 위해서는 아주 많은 노력이 필요할 것입니다. 그럼에도 서로가 서로에게 간절해서 함께하고 싶다면, 그때는 많은 노력을 기울여 서로의 습관을 서로를 위해 양보하며 새로운 하나의 예쁜 사랑을 만들어가면 되는 것입니다. 하지만 그렇지 않을 거면서 함께하는 건, 제 생각엔 정말 굳이 왜? 라는 생각이 들 것 같습니다.

어쨌든 상대방을 위해 당신이 할 수 있는 최선의 배려와 이해를 쏟으세요. 하지만 그래놓고 서운해할 배려와 이해라면 애초에 쏟지 마세요. 그러니까 당신의 마음 안에서, 당신이 할 수 있는 역량만큼만 최선을 다하되, 그 역량을 넘어서까지 하지는 마십시오. 당신이 당신의 역량을 넘어선 배려를 하게 될 때, 당신은 자주 서운함을 느끼게 될 것이고, 하여 자주 상대방에게 어떤 반응과 행동을 기대하게 될 테니까요. 그래서 그것은 언젠가의 분노가 될 씨앗인 것입니다. 그러니 할 수 있는 만큼만 하세요. 언제나 기대에는 서운함과 분노가 따라온다는 것을 잊지 마세요.

　서로가 진실로 상대방의 행복을 위해 자신의 무엇인가를 포기하고 양보하면서까지 이해하고 배려하는 것은 헌신이라는 이름의 아름다운 사랑의 한 면입니다. 하지만 곧이어 생색과 서운함이 뒤따라오고, 그 생색과 서운함을 통해 상대방이 나에게 어떻게 해주길 기대하고 강요하는 것은 그저 집착과 통제일 뿐입니다. 그리고 분명한 것은 당신이 당신과 정말 잘 맞지 않는 사람을 만났을 때, 그때는 당신이 정말 괜찮은 사람이라 하더라도 당신은 자주 서운해지고 자주 화를 내게 될 수도 있다는 것입니다. 그래서 자연스럽게 서로가 서로의 이해와 배려를 알아주고, 또한 자연스럽게 이 관계 안의 행복을 위해 더욱 노력하며 나아가는 다정한 사람을 만나는 것이 중요한 것입니다.
　왜냐면 상대방이 함께함을 선택한 것에 대한 책임과 의무 앞에서 어떤 최선도 기울이지 않는 사람이라면, 그때는 아무리 내가 좋은 사람이라 해도 서운함을 느끼지 않기가 더 힘들 것이기 때문입니다. 늘 약속을 어기고, 그 앞에서 대수롭지 않은 사람이라면, 그리고 그것을 지켜주길 바라는 내 모습을 오히려 비난하는 사람이라면, 내가 어떻게 서운하지 않을 수 있겠습니까. 어떻게 화가 나지 않을 수 있겠습니까. 그래서 그런 사람이라면 구태여 함께하지 않는 것이 서로를 위해 좋은 일이 되는 것입니다. 그때는 군이 함께함으로써 원래의 나에게는 없던 서운함과 분노를 느낄 필요도 없을 테니까요.
　어쨌든 누군가와 함께하는 당신 자신의 모습이 당신이 생각하기에 자랑스럽지 않다면, 그때는 그 관계를 지속할지에 대해 신중하게 고민해 보십시오. 저는 만약 제가 혼자서는 성숙하고 다정한 사람인데, 누군가와 함께하고 나서는 평소에 없던 서운함과 화를 괜히 품게 되고, 하여 원래의 저보다 함께함으로써 더욱 미성숙해진 것 같은 기분이 드는 관계에 제가 놓여져 있다고 한다면 저 자신이 자랑스럽지 않을 것 같습니다. 해서 저는 그 관계를 계속할지 신중하게 생각해 보게 될 것 같습니다. 그리고 그때는 그것이 저의 문제고 상대방의 문제고, 그렇게 생각하기보다, 그저 서로가 많은 부분에서 잘 맞지 않는 것이고, 해서 그것을 맞춰나갈 수 있을 만한 저인지, 상대방인지, 그것만을 고려해서 생각해 볼 것 같습니다. 다만 제가 계속해서 기대하게 되고, 하여 서운함과 분노를 품게 되는 관계라면, 끝내 저는 그 관계를 지속하지 않길 선택할 것 같습니다.

그렇다면 당신은 지금 당신 자신과 당신의 외부를 향해 어떠한 기대심을 가지고 있나요. 그리고 그 기대심으로 인해 당신이 자주 예민해지고 자주 화가 난다면, 그 분노의 원인은 어디에 있는 것인가요. 당신의 바깥인가요, 아니면 당신 내면인가요. 그리고 그 분노는 '있음'에 대한 것인가요, '없음'에 대한 것인가요. 그러니까 그 분노의 대상은 실재하는 것인가요, 비실재이자 환상일 뿐인가요. 그렇다면 받아들임과 결핍으로부터의 기대, 둘 중 당신의 선택은 무엇입니까.

성공할 수밖에 없는 사람이 되고 싶을 때.

성공은 선택입니다. 당신이 성공을 선택하면, 당신은 끝끝내 성공하게 될 것이기 때문입니다. 하지만 또한 당신은 기꺼이 성공을 선택하지는 않을 것입니다. 성공하고 싶다고 늘 말하고 갈망하지만, 그럼에도 성공을 결코 선택하지는 않는 것이죠. 왜냐면 성공에는 엄청난 책임이라는 것이 함께 따라온다는 것을 당신은 의식적, 혹은 무의식적으로 알고 있기 때문입니다. 많은 사람들이 작가로서 성공하길 갈망하지만, 그래서 그 사람들이 저의 하루를 단 하루라도 대신해서 체험하게 된다면 그들은 버티지 못하고 도망갈 것입다. 그것에 대해서 자신 있게 제가 말할 수 있을 만큼, 성공은 엄청난 노력과 책임을 요구하는 것이기 때문입니다.

365일 밤낮없이, 먹고 자는 시간을 제외한 모든 마음을 당신은 성공에 바쳐야만 할 수도 있습니다. 모든 또래 친구들이 신나게 노는 순간에도 당신은 오직 그 모든 마음을 인내한 채 노력해야만 할 수도 있습니다. 그 모든 하루를 쌓아 만든 작품을 누군가가 그저 베껴서 쓴 뒤에 며칠 만에 출간하여 당신의 마음을 심란하게 만들 수도 있지만, 그럼에도 그 심란함마저도 눈앞에 놓인 노력을 위해 포기한 채 집중해야만 할 수도 있는 것이죠. 정말로 많은 작가들이 누군가의 글을 베끼고, 그것을 자신의 글인 양 속여서 출간하곤 합니다. 그러고는 그 가식으로 수많은 돈을 버는 것이죠. 그 순간 앞에서도 당신은 그들의 잘못을 폭로하고 그것에 대한 책임을 묻는 그 시간과 감정마저 아까워한 채 다시 당신의 책임을 다하러 가야만 하는 것입니다. 왜냐면 그때의 우리에게 있어, 성공이란 것에 대한 무게와 책임은 그들의 것과는 진정 다를 것이기 때문입니다.

사랑하게 될 것만 같은 사람을 그럼에도 놓쳐야만 할 수도 있고, 그렇게 당신은 오랜 시간 외로울지도 모릅니다. 또한 당신이 그 모든 성공의 시간을 보내며 빨리 성숙할수록, 당신은 당신의 곁에 있는 당신의 또래들과 더 이상 많은 대화를 나누기가 힘들게 될지도 모릅니다. 왜냐면 그들이 보내는 하루의 농도와, 당신이 보내는 하루의 농도는 진실로 그 깊이와 채도부터가 다를 것이며, 해서 당신은 더 이상 그들과 당신의 수준을 공유하지 못할 것이기 때문입니다. 그래서 외롭고, 때로 혼자가 될지도 모릅니다.

살이 찌고, 눈이 아플지도 모르고, 그럼에도 당신은 끝끝내 그 모든 것을 이겨내야만 할지도 모릅니다. 하나의 책을 쓰기 위해 3년이라는 시간을 그렇게 보내고, 하지만 그럼에도 정말로 정신이 혼미해질 만큼 봤던 글을 또다시 보는 그 무한한 책임을 다해야만 할지도 모릅니다. 하지만 그렇게 노력했음에도 당신의 그 노력을 베끼고, 혹은 출판사가 대신해서 책을 내주는 사람들을 보고 당신은 때로 당신의 노력 앞에서 공허함을 느끼게 될지도 모릅니다. 그럼에도 끝끝내 당신은 노력하고, 또 노력하며, 그렇게 노력해야만 할지도 모릅니다. 왜냐면 그것이 당신의 꿈에 대한 당신 자신의 진실한 사랑이기 때문입니다. 그 어떤 외부와도 바꿀 수 없을 만큼, 그 자체로 가치 있고 무한하게 소중한 당신의 꿈이기 때문입니다.

그렇다면 당신은 기꺼이 성공을 선택하시겠습니까. 아니면 성공하고 싶다고 말하면서도 여전히 성공하고자 하는 노력은 하지 않는, 한 사람의 왜소한 사람으로 남으시겠습니까.

그리고 대부분의 사람들이 성공을 선택하는 대신 선택하는 것이 바로 외부를 탓하는 것입니다. 사실 모든 것이 이 세상이 잘못된 탓이야! 라고 말하는 순간 당신은 더 이상 죄책감을 가지지 않아도 될 수는 있을 것입니다. 그래서 그것은 정말로 편안한 위로가 되어줄 것입니다. 하지만 그렇게 시간이 흐른 뒤에 당신에게 남는 것은 나태함과, 끝없는 합리화와, 그럼에도 변하지 않은 현재일 것입니다. 그것이 당신의 삶에 대해 당신이 가진 무게이며, 그러니까 당신이 당신의 삶을 책임감 없이 살아온 대가입니다. 당신이 진실로 당신의 삶을 사랑한다면, 당신은 결단코 가만히 있을 수가 없을 것이기 때문입니다. 그 소중함을 만끽한 채 최선을 다해 그 하루를 살아갈 것이기 때문입니다.

책을 내고 싶은데, 책을 어떻게 내나요? 저에게 많은 사람들이 이렇게 물어보지만, 저는 진실로 그러한 것을 누군가에게 물어본 적이 없었습니다. 왜냐면 제가 그 모든 것을 스스로 알아보고 찾아보며 그렇게 나아왔기 때문입니다. 그래서 저에게 있어 성공은 그 누구에게도 의존하지 않고 저 스스로 만들어낸 오직 저 자신만의 자신감입니다. 모두가 안 된다고 말할 때, 그럼에도 그것을 되게 만들

만큼의 노력을 쏟아부은 기적 그 자체이기도 합니다. 제가 해냈기 때문에, 많은 사람들이 또한 이 길을 쉽게 걸어갈 수 있게 할 만큼의 용기를 전해주는 희망이기도 하지요.

하지만 정말로 제가 이 길을 가고자 처음 마음먹었을 때, 그때는 모두가 말릴 만큼 이 길 위에는 성공한 사람들이 거의 없었습니다. 그 모든 막연함 앞에서도, 그럼에도 꿋꿋이 나아갈 수 있을 만큼의 사랑을, 그렇다면 당신은 당신의 꿈 앞에서 기울이고 있습니까.

당신이 성공하지 못했다면, 당신이 성공할 만큼 당신의 꿈을 사랑하지 않았다는 것, 그래서 그것이 실패의 유일한 이유입니다. 다른 이유는 진실로 존재할 수가 없습니다. 왜냐면 당신이 저만큼 했다면, 당신은 반드시 성공했을 것이기 때문입니다. 진실로 성공한 다른 사람들만큼 당신이 했다면, 당신은 성공하지 않는 것이 불가능해서 성공했을 것이기 때문입니다. 그러니 이제는 그 모든 정당화와 합리화는 쓰레기통에 버리십시오. 그리고 오직 선택하십시오. 성공하시겠습니까. 아니면 성공하지 않으시겠습니까.

그리고 제가 늘 말하지만, 성공과 행복이 언제나 함께하는 것은 아닙니다. 우리는 성공하지 않아도, 충분히 만족하며 행복하게 살아갈 수도, 성공했지만, 여전히 결핍된 채 불행하게 살아갈 수도 있습니다. 그리고 당신이 성공을 질투하고, 해서 실패를 오직 외부의 탓으로 돌린 채 합리화하고, 그런 사람이라면 그때의 당신은 성공도 하지 못할 것이지만 결단코 행복하지도 못할 것입니다. 그러니 둘 중 하나입니다. 성공했지만 여전히 불행한 사람이시겠습니까, 아니면 성공하지는 못했더라도 충분히 행복한 사람이시겠습니까.

만약 당신이 성공 없이 행복하고자 한다면, 성공에 대한 미련은 접어둔 채 오직 당신의 삶에, 그 지금에 있는 그대로 감사하십시오. 그리고 그 감사로부터 생기는 사랑으로 세상을 마주한 채 살아가십시오. 또한 동시에 성공한 다른 사람들의 삶을 충분히 존중하십시오. 그때 당신은, 그 무엇에도 불구하고 진정 아름답게 행복한 사람일 수 있을 것입니다. 그리고 만약 당신이 성공을 선택했다면, 행복이 함께하는 성공을 하십시오. 그러니까 무수히 많은 외부를 성취했음에도 여전히 내면은 결핍되어 있을 뿐인 가짜 성공이 아니라, 안에서부터 꽉 차오르는 만족감과 함께하는 그 진짜 성공을 해내십시오.

만약 당신이 그저 외부의 성취만을 목적으로 한 채 노력하며 나아간다면, 그때의 당신은 아무리 대단한 성공을 성취했다 하더라도 여전히 불행할 것입니다. 왜냐면 그때의 당신은 돈을 위해 당신의 양심 따위는 안중에도 없는 사람일 것이기 때문입니다. 그러니까 돈을 위해 누군가의 책을 베껴 쓰는 것에 대해 전혀 연연하지 않는 뻔뻔한 사람일 뿐인 것이죠. 오직 돈을 위해 출판사가 모든 것을 대신 써준 책을 자신의 책인 양 속여 파는 일 앞에서 전혀 연연하지 않는 뻔뻔한 사람일 뿐인 것이죠. 그럼에도 독자들은 그 모든 것이 당신의 글인 양 읽을 것이고, 그렇다면 그것은 사실 누군가를 속이는 일이 될 텐데, 그것 앞에서 당신이 진정 떳떳할 수 있겠습니까.

그래서 그때의 당신은 의식적, 무의식적 죄책감과 함께하게 될 것입니다. 하지만 그럼에도 그 죄책감을 초월할 노력을 할 생각은 하지 못한 채 더 많은 돈을 위해 당신 내면에 대해서는 오직 눈을 감고 뒤로할 것입니다. 그렇다면 그렇게 해서 당신이 진정 행복할 수 있겠습니까. 아마도 당신은 오직 불행할 것입니다. 여전히 자신감이 없어 왜소할 것이며, 여전히 채워지지 않아 결핍된 채일 것입니다. 해서 스스로 떳떳하지 못해 끝없이 외부의 상징에 기대어 자신을 설명하고 자랑하는, 그런 왜소하고도 빛없는 사람으로서 존재하게 될 것입니다.

그래서 사람들은 당신을 질투하거나 부러워할 수는 있어도, 당신을 진실로 존경하지는 않을 것입니다. 왜냐면 당신은 그저 돈만 많은 사람일 뿐이기 때문입니다. 그렇다면 돈만 많은 상태를 우리가 진정 성공한 상태라고 말할 수 있는 것이겠습니까. 여전히 자기 자신의 힘으로는 무엇 하나 통달하고 초월해 보지 못한 한 사람의 왜소한 사람, 과정의 아름다움에서부터 싹트는 내면의 빛이 전혀 느껴지지 않는 사람, 그런 사람을 존경하는 사람은 없을 텐데 말입니다. 결국 사람들은 결과가 아니라 과정의 아름다움 속에서 존경할 점을 찾을 텐데 말입니다. 무엇보다 그때는, 나조차도 나를 존경하지는 못할 텐데 말입니다.

그러니 오직 당신의 분야 안에서 진실로 최고가 되고, 그러기 위해 당신이 할 수 있는 모든 진심과 사랑을 다하고, 그 모든 과정 안에서 내면의 아름다운 성숙을 또한 보상으로 받는, 그런 성공을 해내십시오. 그때의 당신은 반드시 채워질 것이고, 불행하는 법을 몰라 행복할 것입니다. 오직 진정한 자신감과 함께하게 될 것이고, 하여 오롯하고 완전할 수만 있을 뿐일 것입니다. 그것이 컨닝을 하여 시험에 통과한 사람과, 자기 자신의 힘으로 시험에 통과한 사람의 차이인 것입니다.

그렇다면 당신의 선택은 무엇입니까.

옳고 그름의 미움에서 벗어나 사랑하고 싶을 때.

우리가 이 세상을 살아가며 더욱 다정하고 자유롭게 존재하기 위해서는 결국에는 좋음과 나쁨의 관점에 대해서 초월해야만 할 것입니다. 그러니까 어떤 행동, 어떤 사물, 어떤 마음은 나쁜 것이고, 또 어떤 것은 좋은 것이다, 와 같은 이분법적인 사고방식에서부터 끝내는 자유를 얻어야만 하는 것입니다. 왜냐면 우리가 좋고 나쁨에 대해 더욱 많은 관점을 지니고 있을수록, 우리는 그만큼 세상을 판단해야만 할 것이고, 해서 우리의 사랑은 제한될 수밖에 없을 것이기 때문입니다.

그러니 내가 요가를 좋아한다고 해서 헬스가 나쁜 운동이 되어야만 한다고 믿는 그 오류에서부터 진정 구원을 얻으세요. 그렇게 다른 관점을 존중할 줄 아는 방법을 배우세요. 당신의 하루가 그로 인해 더욱 다정하고 아름다워질 것입니다. 또한 언제나 그럼에도 불구하고 신중할 줄 아세요. 제가 만약 어떤 아이와 함께 등산을 하게 된다면, 저는 그 아이에게 독버섯의 위험성에 대해 가르칠 것입니다. 하지만 그렇다고 해서 저는 독버섯이 나쁜 것이라고 말하지는 않을 것입니다. 그저 그것은 위험한 것일 뿐이기 때문입니다. 해서 우리가 그 위험성에 대해 충분히 인지한 채 독버섯을 피할 줄 안다면, 우리에게 있어 독버섯은 그 어떠한 위해도 가하지 못하게 되겠죠.

우리는 흔히 무엇인가를 나쁜 것으로 만들어 놓고 그것을 미워하는 식의 원망 자체에 탐닉하곤 하지만, 사실 우리가 조금만 더 신중하고, 조금만 더 지혜로워도 우리에게는 누군가를 미워할 일이 애초에 일어나지도 않을 것입니다. 그때는 그것, 그 사람은 나쁜 것, 나쁜 사람이 아니라 그저 안전하지 않은 구석이 많기에 조금 멀리해야 할 필요가 있는 것일 뿐이라 생각한 채 그 신중함과 지혜로써 우리는 스스로를 지키고 보호해낼 테니까요. 우리가 독버섯을 스스로 먹지만 않는다면, 그러니까 그것의 위험성을 알고 그저 피해간다면 그것으로 인해 앓을 일이 없고, 해서 미워할 필요도 없는 것처럼요. 하지만 그러지 못해 독버섯을 먹었다면, 하여 일주일을 꼬박 죽다 살아났다면, 그때는 독버섯을 미워해야만 할 수도 있는 것처럼요.

제가 어릴 때 저는 산타 할아버지의 존재에 대해서 아주 진실하게 믿었습니다. 그래서 크리스마스가 다가올 때면 항상 트리에 양말을 걸어두곤 했죠. 그러고는 산타 할아버지가 언제쯤 선물을 가져다주고 갈까, 하는 설레는 마음과 함께 잠들었고, 또한 우는 아이에게는 산타 할아버지가 선물을 안 준다는 말을 철석같이 믿었기에 크리스마스가 다가올 무렵에는 우는 것을 참는 법을 배워야만 했죠. 정말로 산타 할아버지가 루돌프 사슴이 끄는 하늘을 나는 썰매를 타고 저에게 선물을 가져다줄 거라고 저는 믿었습니다. 그것이 바로 아이의 순수함입니다. 이 얼마나 아름답고 고귀한 순수함입니까. 진실하게 믿고, 의심하지 않는 마음, 그 아이의 순수함이란 말입니다.

그리고 아이는 순수하기에 나쁘고 좋은 것에 대한 관점을 가지고 있지도 않습니다. 다만 어른이 되어가며 그 순수함으로 인해 아프고 다쳤던 기억 때문에 세상에 대해 알아가며 점차 나쁘고 좋은 것, 미워하게 되는 것이 생기게 되었을 뿐인 것이죠. 그리고 저는 그것이 순수함을 상실하게 만드는 순진함이라고 생각하는 것입니다. 그러니 충분히 순수하되, 그 순수함을 지키기 위해 순진하지는 마십시오.

아이는 두려움 없이 사랑하지만, 때로 그 사랑으로 인해 다치는 경우가 많이 있고, 해서 어른들은 아이에게 안전과 신중함에 대해 가르칩니다. 하지만 여전히 우리는 많은 부분에서 순진합니다. 누군가를 미워하고, 나쁜 것으로 생각하는 것 또한 우리가 여전히 순진하고 착한 아이를 우리의 마음속에 지니고 있기 때문인 것입니다. 그만큼 순수하게 믿음을 줬기에, 그만큼 순수하게 상처를 받은 것이니까요. 그러니 당신의 마음 안에 여전히 있는 당신 아이의 순수함을 이제는 당신이 지켜나가십시오. 어른의 신중함과 지혜로써 말입니다.

원망 없이 이 세상을 살아가기 위해서, 세상을 의심하고 두려워하기보다 오직 꿋꿋하게 사랑하기 위해서 당신에게 필요한 한 가지가 바로 신중함입니다. 당신이 신중할 때, 이제 당신은 더욱 안전하게 이 세상을 살아가게 될 것이고, 하여 당신의 행복은 지켜질 것입니다. 그리고 당신의 사랑은 더 이상 어떠한 관점에 크게 얽매이지 않게 될 것이고, 해서 결코 제한적이지 않은 무한한 다정함과 함께하게 될 것입니다.

왜냐면 당신이 독버섯의 위험성을 인지하고 있기에 그것을 채집한 뒤 요리의 재료로 쓰지만 않는다면, 당신은 독버섯을 그저 사랑스럽게 바라볼 수 있을 것이기 때문입니다. 정말 통통하고 귀엽게 생겼구나, 하면서 아름답게 한참을 바라볼 수도 있겠죠. 그래서 당신은 독버섯을 나쁜 것이라 생각하지 않을 것이며, 또한 독버섯을 미워하지 않을 것이며, 하지만 그럼에도 독버섯을 당신의 곁에 두지는 않을 것이며, 그런 식으로 독버섯을 여전히 충분히 사랑할 수 있는 것입니다.

내가 아메리카노를 좋아한다고 해서 카페에서 과일 쥬스를 마시는 사람을 미워하거나, 과일 쥬스를 나쁜 것이라 생각할 필요는 진실로 전혀 없는 것입니다. 그러니 그저 당신이 좋아하는 것을 계속해서 좋아하세요. 그리고 그 순수한 좋아함이라는 감정을 잘 지켜나가세요. 그렇게, 관점 자체에 얽매이기보다 관점을 존중할 줄 알며, 또한 이 세상의 어떤 한 면에 대해 악마적으로 여긴 채 그것을 미워하기보다, 그저 멀리서 그것 또한 사랑스럽게 바라볼 줄 아는 사람이 되세요. 그때, 당신은 진정 자유로울 것입니다. 해서 당신은 보다 무한하게 사랑할 것이며, 하여 진정 행복할 것입니다.

그렇다면 당신이 지금 나쁜 것이라고 판단하고 있는 행동과 사물, 사람들은 무엇입니까. 무엇보다 당신은 순진한 어리석음과 함께하고 있습니까, 아니면 순수한 지혜와 함께하고 있습니까.

아름다운 과정과 함께 빛나는 사람이고 싶을 때.

    끝을 생각하기보다, 순간순간의 과정 자체에 충실하며 나아갈 때 우리는 진실로 기쁨과 함께하는 과정을 만들어 나갈 수 있을 것입니다. 같은 결과를 얻었다 하더라도, 그 결과만을 위해 편법과, 양심을 어기는 속임수를 동원한 사람은 그 결과 앞에서 일시적인 욕망의 충족에서부터 오는 얄팍한 미소를 띨 수는 있겠지만 그는 여전히 스스로 떳떳하지 못해 왜소할 테고, 스스로 충족되지 못해 공허할 테고, 그러니까 그 기쁨은 진실하고도 영원한 기쁨은 결코 아닐 것이기 때문입니다. 그래서 결국 진실한 기쁨이 있는 곳은 결과가 아닌 과정 속이며, 하여 과정이 아름다울 때라야 우리는 비로소 진정한 자존감, 진정한 만족, 진정한 성숙과 함께할 수 있는 것입니다.

    내가 나아가고 있는 과정에서 내가 그 어떤 거짓도 없이 진실했고, 또 내가 기울일 수 있는 모든 노력과 최선을 쏟았고, 그러니까 오직 그때만 우리는 그 모든 순간 안에서 많은 것을 배운 채 성숙했다는 기쁨을 우리 자신의 내면에 진정 소유할 수 있을 것입니다. 그리고 내가 기울였던 그 모든 진실함과 최선의 노력은, 앞으로도 나로 하여금 어떤 일 앞에서도 그 정도의 노력은 당연히 기울일 수 있을 만큼의 성실함이 되어 나의 인생을 지켜줄 것입니다. 하지만 그 어떤 진실함과 노력도 없이 꼼수만을 쓴 채 나아온 사람은 그 일을 통해 여전히 성숙하지도, 어떤 성실함을 소유하지도 못했을 것이기에 다음 번에도 꼼수를 쓰고자 하는 사람이 될 것이며, 왜냐면 그가 기울일 수 있는 노력의 한계를 그는 단 한 번도 초월해 본 적이 없기 때문이며, 그 결과 결국 그는 사람들에게 실망감을 안겨준 채 추락하게 될 것입니다.

    그러니 과정에 최선을 다하십시오. 과정 그 자체를 위한 과정으로써 나아가십시오. 진실로 내가 기울일 수 있는 모든 정성을 쏟았다면, 우리는 그 안에서 내가 충분히 배우며 나아가고 있다는 만족감과 함께하게 될 것입니다. 그리고 그 만족감 자체가 우리의 유일한 보상이 되어줄 것입니다. 지금은 그 보상이 너무 작은 보상처럼 생각될지 몰라도 당신이 그 내면의 성숙이라는 보상을 한 번이라고 느껴본다면, 이 세상에 그보다 나를 기쁘게 해주는 보상은 없다는 것을 당신은 그 즉시 알게 될 것입니다. 그래서 그때의 당신에게는 더 이상 결과가 중요하지 않게 될 것입니다. 그리고 그것이 바로 자유인 것입니다.

무엇보다 그런 예쁜 과정들이 모이고 쌓여 서서히 당신이라는 존재의 빛을 더욱 진실하고 아름답게 변형시켜나갈 것입니다. 그리고 그 빛은 당신이 찾지 않아도, 사람들이 당신을 향해 끌려오게 할 만큼의 힘과 영향력이 있는 빛이며, 하여 사람들은 당신의 존재 자체에 감명을 받고, 또 존경심을 가지게 될 것입니다. 당신의 존재, 당신 내면의 빛에서는 당신이 모든 하루에 쏟은 진실함과 정성이 아름다움이 되어 묻어나고 있을 것이며, 그 아름다움은 볼 수도 만질 수도 없지만 곧장 느낄 수는 있는 것이며, 그것이 사람들로 하여금 경이와 존경의 마음을 품게 만들 것이기 때문입니다.

그렇게 사람들은 당신을 존경할 것이고, 그럼에도 당신은 오만하지 않을 것입니다. 왜냐면 그때의 당신은 당신이 성취한 결과를 통해 자부심과 허영심을 채우기 위해서 나아온 적이 단 한 번도 없을 것이기 때문입니다. 그저 이 일을 사랑했을 뿐이고, 또 이 일을 하는 모든 순간 안에서 무엇인가를 배우고 채우고 싶었던 것일 뿐이고, 그러니까 오직 그 성숙을 위해 과정 자체에 충실하며 나아왔을 뿐인 것이죠. 그래서 사람들의 존경이든, 외부의 보상이든, 그 모든 것들은 당신에게 있어 당신이 거저 받은, 감사해야 할 선물로 여겨질 뿐일 것이고, 오직 감사하기에 당신은 겸손할 것이고, 그래서 이때의 당신에게는 오만의 유혹에 빠져들 틈 자체가 없는 것입니다.

제가 만약 어떤 시험을 준비하며 편법을 동원한다면, 저는 내면에서부터 꽉 차오른 기쁨을 느끼기보다 그저 공허함에 가득 찬 비열한 웃음만을 지을 수 있을 뿐일 것입니다. 그렇다면 그곳에 어떠한 아름다움과 멋이 존재하겠습니까. 그것으로 어떻게 해서 사람들로부터 진심 어린 존중을 받을 수 있겠습니까. 여전히 자존감이 없어 외부의 상징으로 그 텅 빈 마음을 채우고자 헛되이 시도하고 있을 뿐일 테고, 또 그 모든 과정 안에서 나 자신의 힘만으로는 해낼 자신도, 실력도, 성실함도 없어 전처럼 편법만을 동원하고 있을 뿐일 텐데 말입니다.

그러니 진실한 과정을 바탕으로 나아가십시오. 때로 당신이 남들보다 느리다고 느껴지는 순간에도 그때의 당신은 분명 잘하고 있는 것입니다. 멀지 않은 미래에 진실하지 않은 모든 사람들이 하나, 둘 사람들에게 실망감을 준 채 추락하게 되는 그 순간에도, 당신은 여전히 어제와 같이 나아가고 있을 것이며, 그렇게 당신 존재는 서서히 그 아름다운 빛에 의해 젖고 물들어갈 것입니다. 그리고 그 빛은 영원히 당신의 내면에서 당신과 함께하며 당신 존재와 운명을 지켜줄 것입니다. 당신이 이 세상을 마주하고 살아가는 하나의 위대하고 아름다운 습관이라는 이름의 빛이 되어 말이죠.

그렇다면 당신은 지금, 당신의 과정 앞에서 얼마나 과정 자체에 충실하며 당신 자신의 정성을 쏟고 있는 채입니까. 당신의 과정은 진실로 아름답고, 또 존중받을 만한 것입니까. 남들에게 공유하여도 될 만큼의 진실함과 함께하고 있습니까. 그러니까 과정 앞에서의 진실함과 거짓, 그 둘 중 당신의 선택은 무엇입니까.

● 나의 평화를 해치는 비난하는 태도에서부터 벗어나고 싶을 때.

이 세상에는 온전하지 않은 타인에 대해 과도하게 비난함으로써 자기 자신까지 온전하지 않은 영역으로 추락하길 선택하는 많은 사람들이 있습니다. 그리고 그들은 말합니다. 이렇게 비난하고, 공격해야만 그 사람이 깨우친 채 변하지 않겠냐고, 그냥 넘어가는 것으로 어떻게 아름다운 세상을 만들 수 있겠냐고, 말이죠.

그리고 그러한 식의 논리는 그들의 비난하는 태도에 대한 타당성과 정당성을 가져다주는 듯이 보입니다. 하지만 예수님께서 말씀하셨듯 타인의 눈에 있는 티를 빼기 전에 우리는 나 자신의 들보를 먼저 빼야만 할 것입니다. 그래야만 내가 행복할 수 있고, 내가 더 아름다운 세계를 마주하고 살아갈 수 있기 때문입니다. 그래서 우리에게는 우리 자신을 위해서라도 그 태도로부터 우리 자신을 구원할 필요가 있는 것입니다.

그러면 세상을 어떻게 아름답게 가꾸냐고요? 보다 나은 세계를 바라보고 그것에 집중하며, 그 아름다움에 당신 자신의 삶을 봉헌함으로써 그렇게 할 수 있습니다. 그러한 아름다운 노력 하나 없이 아름답지 않은 비난만으로 어떻게 세상을 바꿀 수 있겠습니까. 그건 마음에 사랑이 전혀 없는 사람이, 그러니까 미움과 분노, 욕망과 이기심만이 마음에 가득한 사람이 온 세상 사람들을 향해 사랑하라고 외치는 것만큼이나 모순이고, 환상일 뿐일 텐데 말입니다.

저는 저의 글을 통해, 또 수많은 독자분들의 고민에 대가 없이 모든 진심을 다해 상담을 해준 것을 통해 많은 사람들의 마음에 아름다움을 조금이라도 심어주었다고 생각합니다. 많은 사람들이 우울함에 빠지기보다, 미움과 증오에 빠지기보다 더 예쁘고 사랑스러운 생각을 할 수 있도록 제 모든 책임을 다함으로써 세상의 아름다운 면에 아주 조금이라도 기여했다고 생각합니다. 그런데 만약 제가 누군가를 매일 비난하는 글을 올렸다면, 그리고 저에게 고민 상담을 요청한 사람에게 누군가를 비난하라고 말했다면, 그것이 과연 아름다운 측면에 아주 조금이라도 기여할 수 있었을까요. 단 한 사람의 마음이라도, 아름답게 변화시킬 수 있었을까요.

그때는 수많은 사람들의 마음에 더 큰 분리와 증오를, 평화 없는 갈등을, 예쁜 미소를 짓게 하는 아늑함보다는 인상을 가득 찌푸려야 할 만큼의 불쾌함을 낳는 것에는 성공할 수 있었을 것입니다. 하지만 진실로 그때는 누군가의 마음에 티끌만큼의 아름다움을 심는 일조차 해내지 못했을 것입니다.

아주 가끔, 저에게도 아주 악의적인 댓글, 혹은 메시지가 오는 경우가 있습니다. 그리고 저는 그들의 그러한 마음에 어떠한 말도 보태지 않는 편입니다. 왜냐면 그들이 관심을 가지는 유일 것은 진실 자체가 아니라 오직 비난을 통해 저의 아름다움을 훼손함으로써 자신의 비난에 대한 정당화를 얻는 일이기 때문입니다. 그래서 제가 그것에 반응한 채 아주 조금이라도 부정적인 반응을 한다면 그때는 그들의 일이 성공한 것이 되는 것이죠. 봐봐, 결국 너도 나와 같은 삐딱하고 못난 사람일 뿐이잖아, 하는 식으로 말입니다.

그냥 그 정도의 수준이 느껴지는 감정의 에너지, 마음이라는 게 있는 것입니다. 그래서 저는 그들을 죄책감 없이 차단하는 편입니다. 그것은 그들에 대한 미움, 혹은 제 감정이 상했다거나 하는 식의 속상함에 의해서가 결코 아닙니다. 저는 그저 안타까운 연민으로써 그렇게 합니다. 제 가슴 깊숙한 곳에 대고 그들의 평화를 위해 기도하면서 말입니다. 제가 그렇게 하지 않고 그들을 위해 어떠한 말을 건네면, 그것이 아무리 따뜻하고 예쁜 말이라 할지라도 그들은 그것을 삐딱하게만 바라볼 뿐일 것이기 때문입니다. 그래서 제가 그들을 위해 할 수 있는 최선은 그저 멀리서 그들을 위해 기도하는 것, 그것이 다인 것입니다. 안 그래도 미워할 사람이 많은데, 그 사람 중에 저까지 포함된다면 그건 그들 자신에게 너무나 불행하고 고통스러운 일이 될 테니까요.

물론, 그들은 제가 아니더라도 또 다른 어떤 사람을 공격하고자 눈을 부릅뜬 채 찾아 나설지도 모릅니다. 아마도, 그럴 것입니다. 그래서 그것은 정말이지, 안타까운 일입니다. 유감인 일입니다. 그래서 나는 그들과 같이 그러한 악의에 탐닉하지 않을 수 있다는 것, 그것이 무엇보다 나의 행복에 전혀 도움이 되지 않는다는 것을 스스로 명확하게 알고 있다는 것, 그러니까 내가 그들과 같은 식이 아닌 다른 식으로 존재하고 있다는 것, 그건 우월감에 젖을 만한 일이 아니라 오직 감사해야 마땅한 일인 것입니다.

사실, 그건 정말 감사한 일입니다. 왜냐면 이 세상에는 태어나면서부터 어떤 결함과 한계를 가진 채 존재하며, 그래서 그러한 민감성과 온전함을 지니기가 구조적으로 힘든 사람들도 있기 때문입니다. 혹은 그러기에는 너무나 열악한 환경과 조건 속에서 태어난 사람도 있기 때문입니다. 그래서 나는 자연스럽게 이렇게 생각하고 있는데, 저들은 자연스럽게 저렇게 생각하고 있다는 것, 그것을 깊이 생각해 보면 우리가 할 수 있는 일은 감사하는 일밖에 없다는 것을 우리는 금방이면 알 수 있을 것입니다. 누군가는 우리가 결코 빠져들 수 없는 사이비 종교에 너무나도 쉽게 빠져들기도 하고, 그래서 그러지 않을 수 있다는 것, 그건 내가 그저 받은 행운이자 축복이기 때문입니다.

그래서 나는 그들처럼 그렇지 않다는 것은 감사해야 할 부분이고, 그들의 그러한 점은 안타까운 부분이며, 하여 그들이 그렇다는 것에 우리 또한 아름답지 않은 마음을 품은 채 그들을 비난하고 깎아내릴 필요는 없는 것입니다. 그것을 통해 나의 우월감을 채울 필요도 없는 것입니다. 그리고 그것이 바로 겸손함이라고 저는 생각합니다. 왜냐면 나는 다만 운이 좋았을 뿐이기 때문입니다. 태어나면서부터 자신이 감당할 수 없는 악의를 지닌 채 태어나, 결국에는 타인을 무참히 살해하고, 하지만 그럼에도 그 살해를 정당화하고, 이 세상에는 그런 사람들도 있는 것이며, 하지만 그게 운 좋게도 나는 아니었기 때문입니다.

그러니까 저희 중 대부분은, 그 어떠한 살인도 정당화할 수 없다는 것을 압니다. 그래서 저희는, 그 어떠한 미움 앞에서도 살인, 폭력을 허용하지는 않습니다. 법이 두려워서가 아니라, 저희가 그것을 허용할 수 없는 사람이기 때문에 허용하지 않는 것입니다. 아무리 미워도, 그렇게 할 수는 없기 때문에 그렇지 하지 않는 것인 것이죠. 하지만 그것이 안 되는 사람들도 있는 것입니다. 그렇다면 그것은 그저 안타깝고 불운한 일일 뿐인 것입니다. 그리고 나는 다만 운이 좋았을 뿐인 것이죠.

그리고 우리가 그렇게 생각할 줄 알 때, 우리는 더 이상 우리 자신의 어떠한 면을 토대로 타인을 비난하고 깎아내리지 않게 됩니다. 그러니까 누군가를 비난하는 것을 통해 우리 자신의 도덕적 우월감을 채우는 식의, 그릇된 방식으로 우리의 공허함을 채우고자 하지 않게 됩니다. 내가 이렇게 존재하는 것이, 누군가를 비난하기 위해서는 아니기 때문입니다. 내가 이렇게 존재하는 것이, 나 자신의 허영심을 채우기 위해서는 아니기 때문입니다. 그저 이렇게 존재할 수밖에 없는 사람이라서, 이렇게 존재하는 게 내가 더 편하고 좋아서 이렇게 존재하는 것일 뿐인 것이죠.

그러니 누군가를 비난하는 대신에, 그저 아름다운 삶을 살아가세요. 테레사 수녀님께서 누군가를 늘 비난하는 일에 자신의 매일을 썼다면, 우리 중 누가 테레사 수녀의 삶을 통해 아름다운 감명을 받을 수 있었겠습니까. 그리고 그녀는, 그 어떠한 비난하는 태도 없이도 그 누구도 해낼 수 없을 만큼의 아름다운 영향력을 이 세상을 향해 행사하였습니다. 그것만으로 비난은 그 자신의 정당성을 잃는 것입니다. 너를 위해 비난하는 것이다, 아름다운 세상을 위해 비난하는 것이다, 하는 식의 정당화는 이제 불가능한 것이 되는 것이죠.

왜냐면 저는 태어나 단 한 번도, 그러한 댓글, 메시지를 써본 적이 없기 때문입니다. 잠시 멈추어 서서 그러한 것에 에너지를 써볼 수 있다는 건, 그래서 저에게는 그저 신기한 일일 따름입니다. 그러니까 누군가에게는 당연한 일이, 누군가에게는 당연하지 않은 일이며, 그래서 어쩔 수 없이 그렇게 한다는 것, 그럴 수밖에 없다는 것은 성립될 수가 없는 것입니다. 결국 모든 것은 우리 자신의 선택이며, 그러니까 우리 모두에게는 우리 자신의 태도를 선택할, 오직 유일한 자유가 있기 때문입니다.

사실, 무엇인가를 비난하기 위해 마음을 쓰며 어떤 것을 준비하고, 또 그러한 비난을 즐기기 위해 끝없이 어떠한 사람을 추종하는 것은 시간이 많아야 할 수 있는 일입니다. 그렇게 한 사람의 인생이 추락하는 것을 지켜보기 위해 끝없이 그 사람을 따라다니고 공격하는 일이란, 정말로 시간과 감정이 많아야 할 수 있는 일입니다. 만약 세종대왕께서 그러한 것을 즐겼다면, 우리는 한글을 쓰고 있지 못할 것입니다. 하지만 세종대왕께서 그러한 식의 시간과 감정을 낭비하는 일을 하는 대신에 그러한 일을 하지 않고 자신의 위대하고 아름다운 일에 몰두한 덕분에 우리의 삶이 훨씬 더 이롭고 풍요로워질 수 있었던 것입니다.

그러니까, 진정 아름다운 변화를 일으키기 위해 몰두하는 사람에게, 그러한 사명을 가진 채 나아가는 이들에게 그러한 감정적인 여유나 시간적인 여유는 허락되지 않을 것입니다. 오직 자신이 무엇을 통해 이 세상의 행복에 기여할 줄 몰라 방황하고 있는 공허한 사람들에게만 그러한 식의 탐닉이 허용될 뿐인 것이죠.

그러니 그저 아름다운 일을 하세요. 수많은 비난과 분노가 세상을 바꾼 것이 아니라, 그러한 위대한 노력이 세상을 바꾼 것이며, 분노와 악의, 적대심과 비난을 담은 어떠한 운동이 세상을 바꿨다면, 그것은 분노와 악의, 적대심과 비난의 힘이 아니라 그 운동 자체의 힘이었다는 것을 잊지 마세요. 그러한 마음이 아니라 더 높고 아름다운 마음으로 그 운동을 했다면, 더 좋은 세상이 펼쳐졌을 것입니다.

그러니 더 이상 그러한 식의 비난을 정당화하고, 하여 그 비난하는 태도를 스스로 유지하며 살아가지 마세요. 왜냐면 그래서 가장 불행해지는 것은 바로 당신 자신이기 때문입니다. 그러니 당신 자신을 위해 그저 아름다우십시오.

그렇다면 당신이 세상을 바꾸고자 선택한 노력은 당신과 사람들을 훼손하고 아프게만 할 뿐인 헛된 비난입니까, 아니면 진실로 타인의 행복과 이 세상의 아름다움을 위한 헌신과 봉헌, 그 사랑으로부터의 몰두입니까.

예쁜 사랑을 하기 위해, 예쁜 사람을 만나고 싶을 때.

내가 아무리 좋은 사람이라도, 상대방이 나의 좋은 마음을 좋게 바라보지 못한다면 그 관계는 좋은 관계가 될 수 없을 것입니다. 내가 했던 선한 배려를 오히려 악의적으로 왜곡하고, 오해하고, 홀로 곱씹으며 편집하고, 그런 식으로 예쁜 마음을 예쁘게 받아들이지 못하고 공격하는 사람들도 이 세상에는 더러 존재하기 때문입니다. 그래서 함께함에는 언제나 신중함이 따라야 하며, 왜냐면 그 선택의 결과는 언제나 선택한 자가 오롯이 책임지고 감당해야만 하는 그 자신만의 몫으로 남는 것이기 때문입니다. 구매한 사람이, 그 물건을 구매함에서 오는 모든 책임을 져야만 하는 구매자 위험 부담의 원칙이 관계 안에서도 그대로 적용되는 것이죠.

같은 조건 안에서 같은 현재를 살아가는 사람들 중에도 누군가는 감사하며, 누군가는 불평불만을 일삼습니다. 그리고 감사에 끝이 없듯, 불평불만에도 끝이 없습니다. 만족할 줄 모르는 내면은 결국 그 어떤 상황 안에서도 결코 만족하지 못하기 때문입니다. 무엇보다 중요한 건 객관적인 시선과 합리성, 온전한 이성으로부터의 판단이냐 아니냐 하는 것인데, 대체로 불평을 일삼거나 감정적으로 정화가 잘 되어있지 않은 사람들은 또한 상황을 왜곡하고 자신의 이기적인 관점 안에서만 상황을 해석하는 경향이 많기 때문입니다. 그래서 언제나 문제와 갈등이 생기고, 불만과 결핍이 더욱 커지는 상황을 마주하게 되는 것이죠.

그러니까 그들의 삶에 언제나 문제와 갈등이 함께하는 것은 사실 그들 자신이 문제와 갈등을 굳이 만들어내며 존재하기 때문이라는 것이 다인 것입니다. 불평하기 위해 불평할만한 상황을 만들고, 정당함을 주장하기 위해 피해자 역할을 자처하고, 그렇게 늘 미워해야 할, 바뀌어야 할 세상과 사람들을 애써 찾아 나서며 존재하기 때문인 것이죠. 그리고 그들이 그렇게 존재하는 것은 그곳에서부터 느낄 수 있는 정당한 사람이 되는 기쁨, 억울한 사람이 되는 기쁨, 불쌍한 사람이 되는 기쁨, 그 모든 왜소한 기쁨을 그들 스스로가 평화의 진정한 기쁨보다 소중히 여기기에 그런 것입니다. 그렇다면 그런 사람들과 내가 함께할 때, 내가 어떻게 내 마음의 평화를 지켜낼 수 있겠습니까.

불평의 밑바닥에는 언제나 결핍과 분노, 이기심이 자리 잡고 있기에 그들과 함께하게 될 때 우리는 어딘지 모르게 불편하게 존재하게 됩니다. 왜냐면 그들은 자신이 행복하기 위해서 타인의 무엇인가를 빼앗아야 한다고 믿는 사람들이기 때문입니다. 그리고 그걸 무의식적으로 느끼는 우리는 우리도 모르는 사이에 그 불편함을 감지한 채 보다 방어적이고, 보다 조심스럽게 존재하게 되는 것이죠. 그리고 그들은 우리를 통해 자신이 원하는 바를 성취하지 못하면, 결국에는 화를 내는 식으로라도 우리에게서 그것을 갈취하고자 할 텐데, 왜냐면 스스로 행복할 줄 모르는 그들은 그런 식으로라도 우리의 감정 에너지를 빼앗아 와야만 생존할 수 있는 오롯할 줄 몰라 왜소하고, 온전하지 못해 의존하는 사람들이기 때문입니다.

사실, 우리가 무엇을 어떻게, 얼마나 잘해줘도, 정확히 그들이 원하는 것을 그들에게 주더라도, 그들은 결국 또다시 폭발하고 분노하게 될 것입니다. 그 오해를 잘 풀고 충분히 다독여준 뒤에도, 그들은 그들 자신의 미성숙과 존재의 한계로 인해 또다시 우리의 마음을, 어떤 상황을 왜곡한 채 우리를 공격할 것이기 때문입니다. 우리가 그들에게 어떻게 하는지가 중요한 게 아니라, 그들에게는 자신이 어떻게 해야 타인으로부터 에너지를 갈취할 수 있을지, 그것만이 오직 중요할 뿐이며, 그래서 우리가 그들과 함께할 때 결국 우리의 온전함까지도 훼손당할 수밖에 없게 되는 것이죠.

그전에는 별생각도 없이 잘해줬다면, 이제는 나에게도 억울한 감정이 생겼기에 내가 잘해준 것을 괜히 세어보게 되고, 또 그럼에도 나의 마음을 저렇게 생각하다니, 하는 생각에 후회와 원망이 생기게 되고, 또 다른 사람들을 만날 때도 이 사람과 함께한 트라우마 때문에 편하게 말하지 못하게 되고, 그러니까 혹여나 내 마음을 오해할까 괜히 신경 쓰고 조심하게 되고, 그렇게 평화롭던 마음이 이제는 더 이상 평화롭지가 않고, 그렇게 되는 것이죠. 그리고 그들이 원하는 것이 바로 그것입니다. 그들과 함께함으로써 내가 그렇게 될수록, 그들은 묘한 만족감을 느낄 것이며, 그러니까 그것이 바로 그들이 우리로부터 빼앗고 있는 감정 에너지인 것이죠.

그것이, 우리에게 있어 내가 좋은 사람이 되는 것만큼이나 좋은 사람을 만나기 위해서도 정성과 노력을 다해야 하는 이유인 것입니다. 마음의 결핍이 많아 매사에 불평하거나 자신에게 어떠한 대우를 강요하는 사람들, 피해자적인 생각에 사로잡혀 늘 상황을 왜곡하고 오해한 채 자신의 그 생각만으로 단정 짓고 공격하는 사람들, 그런 사람들과 내가 함께하게 될 때 그들은 결코 이 관계 안에서의 행복과 평화를 우선순위로 삼지 않을 것이기 때문입니다. 하여 끝없이 헤집고, 끝없이 할퀴고, 끝없이 훼손할 것입니다. 그리고 그럼에도 끝없이 결핍과 피해자적인 망상에 사로잡힌 채 자신의 행동을 정당화할 것이며, 하여 변하지 않을 것이며, 무엇보다 자신의 그러한 존재 방식에서부터 어떠한 미묘한 즐거움을 느끼고 있을 그들이기에 그들의 이기심은 함께하는 시간이 더해질수록 더욱 심해져만 갈 뿐일 것입니다.

그러니까 사랑해달라면서, 결코 사랑받을 만한 내면을 갖추고자 노력하지는 않을 것입니다. 오직 사랑을 우리로부터 갈취하고자 더욱 노력할 뿐일 것이며, 그것을 감정적인 협박을 통해 이루어내고자 더욱 악랄하고 격렬해질 뿐일 것입니다. 미성숙한 왕이, 신하들이 자신을 진심으로 존경하고 사랑하고 있지 않는 것 같다는 생각이 들자 신하들에게 나를 사랑하냐고 묻고, 신하들이 조금 망설이자, 나를 사랑할 때까지 이들을 매우 쳐라, 라고 말해 신하들에게 곤장을 때리고, 그러니까 그런 식의 감정적인 협박과 강요로 사랑받고자 애쓸 뿐인, 하여 결국 존경받고 사랑받을 만한 내면을 갖추지 못해 스스로 미움받길 자처하며 살아가고 있을 뿐인 사람들이 바로 이 수준의 사람들이기 때문입니다.

사실, 우리가 사랑받을 준비가 되고, 하여 사랑받을 만한 사람이 되면 우리가 애쓰지 않아도 우리는 사랑받고 있을 것입니다. 결코 사랑할 줄 모르는, 몇몇의 극도로 이기적이고 악의적인 사람들을 제외한다면 대체로 그때의 우리는 모두에게 존경받고 사랑받고 있는 채일 것입니다. 그러니 사랑받을 만한 사람이 되고, 사랑받을 만한 사람과 함께하세요. 둘 중 한 사람이라도 그러한 준비가 되어있지 않다면, 둘은 그 관계 안에서의 행복과 평화를 결코 지켜낼 수 없을 것입니다.

그렇다면 당신은 좋은 사람입니까. 그리고 충분히 온전하고 좋은 사람과 함께하고 있습니까. 그러니까 당신이 만들어가고자 하는 예쁘고 다정한 관계와 그 관계 안에서의 행복을 충분히 함께할 수 있을 만한 사람과 당신은 함께하고 있는 게 맞습니까.

자꾸만 나의 다정함이 시험에 빠지는 기분이 들 때.

우리가 더욱 다정하고자 결심하고, 더욱 온전하고자 결심하고, 하여 그 방향으로 나아가기 위해 전념하기 시작할 때, 우리의 그러한 의지는 역설적으로 그와 반대되는 많은 상황들을 끌어당깁니다. 왜냐면 그때, 우리는 우리 자신의 의지를 시험받기 때문입니다. 그리고 우리는 새로운 성숙을 맞이하기 전에 이전에 해왔던 선택들의 결과를 모두 갚아야 하기에 그건 이전 선택의 책임을 한꺼번에 딛고 초월하겠다는 결정과 다르지 않은 것이기 때문입니다.

그래서 당신이 진실로 성숙하며 나아가고자 마음먹었을 때 당신이 맞닥뜨리게 되는 수많은 시련들은 사실 당신이 잘하고 있다는 하나의 증거입니다. 그러니 꿋꿋이 그것을 감당하고, 또 최선을 다해 이겨내십시오. 당신이 온전함으로부터 성공하고자 한다면, 그러니까 남을 속이는 것에서부터 이득을 얻는 것을 그만두고, 오직 진실한 가치로 성공을 거두고자 결심했다면, 그래서 당신은 그 의지를 시험하는 수많은 삶의 시련들을 마주하게 될 것입니다.

거절하기 힘들 만큼 매력적인 형태를 띤 온전하지 않은 유혹이 당신에게 찾아올 것이며, 온전하지 않은 많은 사람들이 당신에게 자신들과 함께하자고 속삭일 것입니다. 혹은, 그런 결정을 할 수밖에 없도록 경제적인 시련이 당신을 몰아세울지도 모릅니다. 이제는 용서하고 사랑하고자 결심한 사람에게 용서하고 사랑하기가 더욱 어렵고 힘든 상황이 계속해서 찾아오는 것처럼요. 그렇다면 그때, 당신은 무엇을 선택하겠습니까.

대체로 이 지점에서 대부분의 사람들이 성숙을 포기한 채, 진실한 가치와 온전성을 포기한 채, 용서와 사랑을 포기한 채 다시 뒤돌아가길 선택합니다. 다시 이기적이길 선택하고, 다시 탐욕적이길 선택하고, 다시 거짓말하길 선택하고, 다시 미워하길 선택합니다. 그것이 성숙의 빛을 소유하는 사람이 이토록이나 드문 이유며, 또 이 삶 안에서는 아주 작은 한 단계의 성숙을 이루어내는 것조차도 보통의 의지로는 거의 불가능에 가까운 이유입니다.

그러니까 사람은 한평생 동안 자기 자신의 원래 수준 안에서만 고착된 채 머물며, 그것에서 나아가 본연의 수준에서 아주 조금 더 발전된 성숙을 이루어내기도 하지만, 눈에 보일 만큼의 성숙을 이루어내는 사람은 진실로 드문 것입니다. 그러니 이 점에 대해 미리 알고 있으세요. 언제나 성숙을 선택할 때, 우리에게는 그와 반대되는 상황들이 더욱 거세게 찾아오며, 그것은 하나의 시험이라는 것을요. 그것을 알아두는 것만으로 우리는 우리에게 주어진 시험을 보다 꿋꿋하게 통과하게 될 것이고, 하여 반드시 위대한 성숙을 이루어내게 될 것입니다.

내가 타인에게 보다 다정하고 친절한 사람이 되고자 할 때, 그래서 당신은 그러기가 힘든 많은 상황들을 겪게 될지도 모릅니다. 하지만 그때 당신이 그것을 해낸다면, 당신은 영원의 성숙을 소유하게 될 것입니다. 그러니까 그때의 당신은 웬만한 상황 앞에서는 흔들릴 필요가 없을 만큼의 다정함과 친절을 당신 마음에 소유하게 될 것이고, 그래서 이전에는 나의 다짐을 뒤흔드는 위기로만 여겨지던 일 앞에서도 아무런 갈등도 겪지 않은 채 당연하게 다정함을 선택하는 당신이 될 것입니다. 당신이 끝내 완성한 그 성숙으로 인해서 말입니다.

그렇다면 당신은, 당신에게 찾아온 시련이, 사실은 성숙의 선물이 당신을 흔들고 유혹한다고 해서 끝끝내 진정한 행복과 영원한 성숙의 기쁨을 포기한 채 다시 온전하지 않음과 사랑 없음의 감옥에, 그 불행에 갇히길 스스로 선택하시겠습니까. 조금만 더 나아간다면 당신은 흔들릴 필요가 없을 만큼의 완고한 성숙을 소유하게 될 텐데 말입니다. 우주선이 지구 중력권을 벗어나기까지는 엄청난 에너지가 들지만 마침내 중력권을 벗어나고 나면 더 이상 많은 에너지가 들지 않는 것처럼 당신의 가장 자연스러운 존재 상태가 마침내 그 아름다운 성숙이 될 텐데 말입니다.

그러니 당신이 왜 진실한 사람이, 다정한 사람이 되고자 마음먹었었는지, 그것을 잊지 마십시오. 그것은 당신의 행복을 위한 결정이었으며, 지금 이러한 존재의 태도로는 결코 이 공허와 불행에서부터 벗어날 수 없다는 것을 분명하게 안 지혜로부터의 결정이었을 것입니다. 그러니 이미 그것을 알기에 그것을 선택했다면, 당신의 그러한 앎을 믿고 꿋꿋이 지켜내십시오. 이미 분명하게 아는 행복을 포기할 이유라는 게 어디에 있으며, 또 이미 분명하게 아는 불행을 또다시 선택할 이유라는 게 어디에 있겠습니까.

그 어떤 시험이 찾아오더라도, 절대적인 의지와 함께 이겨내고 감당해내는 것이 그래서 필요한 것입니다. 왜냐면 그것은 당신이 갚아야 할 하나의 책임(이전에 선택해왔던 수많은 미성숙에 대한 책임)이며, 또한 그것은 당신이 당신 자신에게 그러한 행복을 누릴 자격이 있다고 말해주고 증명해주기 위해 치러야 할 하나의 시험이자 관문이기 때문입니다. 그리고 당신이 끝내 그것을 극복해낼 때, 당신은 이제 더 이상 이전과 같은 일들 앞에서는 흔들리지 않는 감정적인 초연함과 여유를, 진실함과 다정함을, 온전함을 얻게 될 것이고, 그러니까 그것이 바로 성숙의 소유이자 그 자체의 보상이기 때문입니다.

당신의 그릇이 보다 넓어졌기에 이제는 이전에 당신의 마음을 헤집고 흔들던 것들이 당신의 그릇에 담겨도 더 이상은 넘치지 않게 되는 것이죠. 그렇게 몇 번의 시험을 거쳐 가장 높은 수준의 성숙을 향해 나아가고 있는 우리인 것입니다. 그렇다면 그 과정 속에 있는 고작 이 작은 시험 앞에서, 벌써부터 포기한 채 무너지시겠습니까. 행복하기 위해 태어나 존재하고 있는 당신 존재에 대한 스스로의 사랑이 고작 이 정도밖에 안 된다고, 그 포기를 통해 당신 자신에게 말함으로써 당신 마음을 스스로 외면하시겠습니까.

이 세상 그 어떤 일이 내 앞에 찾아와도 우리가 더 이상 상처받지 않기 위해서, 우리는 우리 존재의 근원이 우리 자신의 내면이라는 것을 깨달아야만 합니다. 누군가의 말에 의해 감정적으로 쉽게 흔들리며 무너지는 건, 내가 나 자신의 진정한 본질인 나의 내면을 내 존재의 유일한 근원으로 여기고 있지 않기에 일어나는 일이기 때문입니다.

그래서 스스로의 내면이 진정한 나라는 것을 완전하게 아는 사람들은 더 이상 상처받지 않습니다. 왜냐면 사람들이 공격하는 것은 나의 외부이며, 겉이며, 하지만 그것은 내가 아니기 때문입니다. 그러니까 이때는 나의 본질이 나의 내면이라는 것을 무엇보다 스스로 분명하게 알고 있기에, 하여 행복의 근원이 오직 나 자신의 마음 안에 있다는 것을 진정 이해하고 있기에 외부에 내 행복의 근원을 투사한 채 외부에 의존하는 식의 환상을 더 이상 숭배하고 있지도 않기 때문입니다.

그래서 이제는 더 이상 나를 향한 누군가의 반응과 태도에 의해 불행해지지 않습니다. 왜냐면 이제 우리는 타인의 반응에, 또 외부의 무엇인가의 유무에 나의 행복을 투사하던 오류를 완전히 멈춘 채이기 때문입니다. 그리고 이 진정한 행복과 자유를 향해 우리는 지금, 천천히 이 삶의 경험들을 통해 배우며 나아가고 있는 것입니다. 외부에서부터 우리 자신의 진정한 본질인 내면으로 그렇게, 우리 자신의 시선을 서서히 옮겨내고 있는 것입니다. 그러니 그 전적인 자유를 향한 투쟁 앞에서, 멈추지 마세요. 그러니까 그 자유를, 행복을 누릴 자격이 있는지 없는지를 당신에게 물어보고 있는 그 시험 앞에서 포기한 채 계속해서 같은 수준에서 머무르길 선택하지 마세요.

만약 그럼에도 당신이 포기한다면, 당신은 당신의 행복을 외부에 투사하고 의존한 채 그것에 의해 행복했다 불행했다 하는 식의 감옥에서 영원히 벗어나지 못할 것입니다. 하여 당신은 여전히 당신이 행복하기 위해 누군가가 당신에게 이렇게 해줘야 한다고, 세상이 이렇게 변해야 한다고 믿고 있을 테고, 왜냐면 그때의 당신은 당신의 행복이 전적으로 그들의 표정과 그들의 반응, 그들의 태도에 달려있다고 믿고 있기 때문이며, 그러니까 당신은 그 믿음으로부터 세상과 타인을 통제하고자 하는 사람일 것입니다. 그래서 당신의 그 믿음과 바람대로 사람들이 움직여주지 않을 때, 온 세상을 잃은 듯 불행과 원망, 서운함에 빠지는 당신일 것입니다.

그렇다면 이제는 더욱 오롯해야 하지 않겠습니까. 진정한 자유와 행복을 향해 나아가야 하지 않겠습니까. 그 무엇에도 불구하고 여전히 나는 사랑이며, 나라는 존재의 본질인 내면의 크기와 빛은 늘 같으며, 그래서 나는 완전하다고 하는 그 앎의 꽃을 피워내야 하지 않겠습니까. 그래서 지금 당신이 그 모든 당신 자신의 행복을 위해 성숙을 결정했다면, 그리고 그것에 대한 시험으로 아픔과 감내의 시간을 보내고 있는 중이라면, 당신은 무조건 잘하고 있는 것입니다. 그 누구보다, 그 무엇보다 잘하고 있는 것입니다.

그렇다면 당신에게 주어진 지금의 이 시험 앞에서, 당신이 내릴 결정은 무엇입니까.

● 아름다운 내면으로부터 예쁜 운명을 맞이할 수밖에 없는 사람이고 싶을 때.

우리는 보다 행복하고 좋은 삶을 살아가기 위해 외부를 바꾸고자 끝없이 노력하지만, 그렇게 해서는 탓하고 원망하고 아파할 일만이 더 많이 생길 수 있을 뿐이라는 것을 우리는 알아야만 합니다. 여태까지 그래왔지만, 여전히 나는 행복하지 않은 사람이라는 것, 그것이 바로 그 증거입니다. 그래서 우리가 그것을 겸허하게 인정한 채 이제는 내부를 향해 돌아서길 선택할 때, 우리의 미래는 여태까지

와는 다를 것이며, 왜냐면 이제 우리는 행복이 있는 곳에서 행복을 찾는 사람이 되었기 때문입니다.

사실 모든 순간, 모든 현재는 나의 불행을 일깨워줌으로써 이제는 내가 전과는 다를 수 있도록 나를 이끌어주기 위해 찾아온 선물입니다. 하지만 우리가 그 선물을 바라보지 못한 채 여전히 전과 같은 것을 선택하며 존재한다면, 우리는 지금 이곳에서 단 한 걸음도 나아가지 못한 채 늘 같은 형태의 불행을 마주해야만 할 것이며, 그러니까 우리의 내면이 그대로라면 우리의 외부 또한 결코 변하지 않는 것입니다. 그래서 그때의 우리는 세상이 이 지경이라 내가 불행하다고 말하는 왜소한 사람으로 남을 것입니다.

늘 부당한 대우를 받는 사람이 여전히 세상이 부당한 탓이라고 말한다면, 그래서 그는 다음에도 부당한 대우를 받는 일을 계속해서 마주하게 될 것입니다. 그러고는 여전히 피해자 역할을 자처하며 모든 것이 세상이 부당한 탓이라 원망한 채 부당한 일들을 수집하며 살아가겠죠. 그래서 이제는 그런 나에서, 그런 환경을 늘 마주하는 상황에서 벗어나고 싶다면 외부를 바라보며 탓할 것이 아니라 나의 내면을 바라봐야 할 것이며, 그곳에서부터 변화를 이끌어내야 할 것입니다. 제발 좀 그렇게 해달라고, 삶이 나에게 같은 상황을 계속해서 선물해주고 있는 것이니까요.

그래서 진실은, 나에게 일어나는 모든 부당한 일들은 그 부당함에서부터 나를 구원하기 위한 수업이라는 것, 그러니까 나를 보다 예쁜 성숙으로 안내해주기 위해 찾아온 선물이라는 것입니다. 그것이 부당함이든, 아니면 다른 어떤 문제이든 간에 말입니다. 그러니 이제는 외부에서 원인을 찾으며 제자리걸음 하기를 멈추고, 나의 내면의 무엇이 이러한 일들을 계속해서 끌어당기고 있는지를 물어볼 차례입니다. 삶이 나에게 어떤 성숙을 완성하길 원해서 이러한 일들을 계속해서 선물하는지를 생각해 볼 차례입니다.

그렇게 질문을 던진 뒤에 나의 마음을 살펴보면, 사실 내가 예민하고, 쉽게 오해하고 불편해하고, 감정적으로 정화되지 않은 탓에 좋은 100가지의 일 안에서도 부당한 몇 가지의 일만을 곱씹고, 반추하고, 과장하고, 왜곡했기 때문이라는 것이 드러날지도 모릅니다. 아니면 내 내면의 우유부단함과 과도하게 눈치를 보는 성격이 타인들로부터 나에게 그런 대우를 할 수밖에 없도록 이끌었기 때문이라는 것이 드러날지도 모릅니다. 그리고 그곳에서부터 시작하면 되는 것입니다. 답이 있는 곳에서 답을 찾았기에, 이제 나는 마주하는 모든 삶에서부터 답을 완성하기 위해 노력하며 나아가기 시작할 것이고, 그 과정 안에서 꽃 핀 성숙이 우리를 반드시 그곳에서부터 구원해줄 테니까요.

그래서 이제는 내면을 바라보기로 선택한 사람은, 삶의 어떤 문제를 마주하든 그것을 자신의 내면을 점검할 기회로 삼은 채 자신에게 주어진 성숙을 완성하며 나아가기 시작합니다. 그렇게 그는 그 과정 안에서 서서히 전보다 아름다운 내면을 지닌 사람이 되기 시작하며, 그 내면의 빛으로부터 더욱 예쁜 현재를 비로소 마주하게 되는 것입니다. 그리고 그는 그 문제를 이제는 완전히 해결했기에 더 이상 삶으로부터 같은 위기를 겪지 않게 됩니다. 같은 위기가 찾아와도, 더 이상 그것을 위기로 느끼지 않아도 될 만큼 성숙했기에 위기가 찾아온 줄도 모르는 채 지나치게 됩니다. 그렇다면 이보다 진정한 치유이자 해결이라 할 수 있는 것이 또 있을까요.

그래서 늘 자신을 이용하는 이성과 연애 관계를 맺는 사람, 혹은 늘 친구들 사이에서 좋지 않은 대우를 받는 사람, 사업적인 관계를 우호적으로 이어가지 못하는 사람, 내가 어떤 경우에 해당되든 우리에게 어떠한 일이 반복적으로 자주 일어난다면, 이제 우리는 우리 내면의 무엇이 그러한 외부를 끌어당기고 있는지를 살펴볼 줄 알아야 할 것입니다. 그러지 못한 채 늘 외부를 탓하고, 외부를 원망하고, 그런 식으로 내 내면의 지금 상태를 정당화하는 것으로는 또 다른 불행만을 낳을 뿐일 것이며, 왜냐면 우리가 그 미성숙에서 부터 성숙으로 나아가기 전까지 삶은 계속해서 그와 같거나 비슷한 일들을 가져다줄 것이기 때문입니다. 오직 우리를 사랑하는 마음 하나로 말입니다.

그러니 이제는 내면을 바라본 채 그곳에서부터 원인을 찾길 선택 하세요. 나의 지금 성향, 성격, 그 모든 것들을 충분히 정직하고도 겸손하게 바라보고 점검해 보세요. 그리고 이제는 전보다 나은 삶 의 태도를 선택하고자 결심하십시오. 쉽게 상처받고, 쉽게 원망하는 성향이 있다면 이제는 더욱 너그럽고 단단한 내가 되겠다고 다짐하 는 것입니다. 그렇게 다짐하는 순간 당신은 전과 같은 상황을 마주 하게 되었을 때 당신이 습관적으로 건네는 반응, 태도, 감정, 그러한 것들을 무분별하게 되풀이하기보다 이제는 잠시 멈춰 선 채 살피게 될 것이고, 그렇게 하는 것 자체로 서서히 변해가기 시작할 것입니 다.

그렇게 매 삶의 순간 안에서 당신은 당신의 주된 문제를 해결하 며 나아가게 될 것입니다. 그와 관련된 책을 읽기도 하고, 도움이 되 는 사람을 만나 상담을 받기도 하고, 그렇게 얻은 지식을 실천하기 위해 최선을 다해 노력하고, 그러면서 서서히 변해가는 것이죠. 그 렇게 당신이 조금씩 성숙할수록, 당신에게 그러한 일이 찾아오는 빈도도 서서히 줄어들기 시작할 것입니다. 그리고 어느새 그것을 말끔히 해결한 채인 당신 자신을, 하여 전보다 훨씬 행복한 삶을 마 주하고 살아가고 있는 당신 자신을 발견하게 될 것입니다. 그렇게 성숙하며 나아가는 것입니다. 그렇게 한다면, 그것으로 된 것입니 다.

그러니 다만 멈춰 있지만은 마십시오. 그렇게 미성숙으로 굳어진 채 존재하기에 당신 존재는, 당신의 삶은 너무나 소중한 것이니까 요. 또한 당신이 당신 자신을 스스로 불행하게 만드는 당신의 어떤 태도로부터 당신을 구원하기 위해 찾아온 삶의 선물 앞에서 이제는 원망하기보다 감사할 줄 아십시오. 이 모든 경험을 통해 당신은 보다 높은 성숙, 진정한 사랑, 영원한 행복을 향해 나아가게 될 것이며, 그래서 그것은 미워해야 마땅한 시련이 아니라 감사해야 마땅한 선물인 것입니다. 그리고 다만, 최선을 다하십시오. 하루빨리 성숙하여 이제는 전과는 다른 삶을 마주하는 것, 그 행복이 당신이 당신 자신에게 줄 수 있는 가장 최고의 사랑이니까요.

이 세상에는 평생 행복과 불행의 원인을 그것이 없는 곳에서 찾는 오해를 반복하며 삶을 허비하는 무지한 사람, 하여 단 한 번도 진정한 행복을 경험해 보지 못한 채 이 삶을 참 허탈하게도 마무리하는 사람, 그리고 행복과 불행의 원인을 그것이 있는 곳에서 찾음으로써 자신이 태어나 존재하는 이유를 완성하며 나아가는 지혜로운 사람, 하여 진정한 기쁨과 행복의 유일한 근원은 바로 나 자신의 내면에 있다는 것을 알고 그, 안에서부터의 꽉 차오르는 행복을 경험한 채 나아감으로써 자신에게 주어진 숙제와 사명을 완수했다는 깊은 자존감과 감사함으로 이 삶을 마무리하는 사람, 그 두 가지의 사람이 있을 뿐입니다. 그러니까 존재의 유일한 목적인 성숙을 완성하며 나아가는 사람과, 그렇지 못한 사람이 있을 뿐인 것이죠.

그렇다면 당신은 어느 쪽에 속한 사람이겠습니까. 먼 훗날에 있을 마지막 날을 생각하지는 않더라도 지금 이 순간 당신의 행복을 위해서 당신은 무엇을 선택하시겠습니까. 평생토록 하나의 배움도 완성하지 못해 하나의 주제를 가진 시련만을 반복하다 이 삶을 마무리하는 것이, 그런 식으로 세상을 탓하고 원망만 하다 이 삶을 마무리하는 것이 당신이 존재하는 유일한 이유이자 목적이라고 생각하신다면, 그렇게 하십시오. 만약 그것이 아니라면, 이제는 바로잡고, 변화를 추구하고, 끝내 아름다운 성숙을 완성해내고, 그러기 위해 최선을 다하십시오. 그렇게, 진정 행복한 당신이 되십시오.

그렇다면 당신의 선택은 무엇입니까.

이제는 나를 위해, 용서하고 싶을 때.

많은 사람들이 어떤 미움 하나를 들고 하루 종일 그것을 붙든 채 미움의 노예가 되어 살아가고 있습니다. 그리고 저는 그런 이들에게 용서를 추천하곤 합니다. 하지만 그들은 내가 왜 그 자식을 위해 그 자식을 용서해야 하는데? 라고 말합니다. 그리고 저는 그 자식을 위해서가 아니라 당신 마음의 평화와 행복을 위해서 용서해야 한다고 말합니다. 그러니까 다름 아닌 나를 위해서 말입니다.

하지만 그들은 그것이 불가능하다고 말합니다. 어떻게 그런 자식을 용서할 수 있어, 라고 말합니다. 그리고 저는 그것은 그러한 미움이 내 머릿속에 떠오르는 순간, 그것을 곱씹기 전에 곧장 내려놓음으로써 가능하다고 말해줍니다. 명상을 하면 그 생각이 떠오르는 찰나의 순간을 포착하는 섬세함과 순발력을 더욱 개발할 수 있으며, 그러한 의식을 더욱 잘 느낀 채 다스릴 수 있다며 명상을 추천해주기도 하죠. 하지만 그럼에도 그들은, 그렇게 하지 않아야 할 이유에 대해 제게 늘어놓으며 그 앞에서 저항합니다.

그래서 사실 용서는 하지 '못'하는 것의 문제가 아니라 하고자 하지 '않'는 것의 문제인 것입니다. 용서할 수 있는 힘은 내 것이며, 내가 선택하기만 하면 나는 용서할 수 있기 때문입니다. 만약 어떤 사람이 당신에게 칼을 들이밀면서 당신을 지금 죽이려고 하는데, 당신이 지금 미워하고 있는 그 사람을 용서한다면 살려주도록 할게, 그러니까 죽을래? 용서할래? 라고 말한다면 당신은 그토록이나 오래도록 움켜잡아왔던 미움을 그 순간 곧장 내던져버리고는 용서할 테니 살려달라고 애원할 것입니다. 그러니까 사실은 용서할 수 있었던 것입니다. 다만, 그렇게 하고자 하지 않아 왔던 것뿐이죠.

그래서 용서는 선택의 문제입니다. 우리에게 계속해서 미워하라고 강요하는 이는 없으며, 그 누구도 그것을 우리에게 강요할 수도 없으며, 오직 나만이 나에게 그것을 강요할 수 있을 뿐인 것입니다. 제가 아무리 용서하라고 말해도, 끝끝내 용서하지 않는 것을 선택한 많은 사람들처럼 그 누구도 당신에게 어떤 감정을 선택할지를 강요할 수 없는 것이니까요. 그래서 우리가 용서를 선택하기 위해서 우리는 용서가 진정 나의 행복을 위한 것이라는 것을 아주 분명하게 알아야만 하는 것입니다. 그때는 누가 뭐라고 해도 나는 나를 위해 용서할 테니까요. 결국 우리 모두는 자신이 생각하는 가장 최선의 행복을 매 순간 선택하고 있는 것일 뿐이고, 지금은 그게 미움이 된 나인 거니까요.

그래서 당신은 지금 행복합니까? 만약 당신이 행복하다고 말한다면, 당신은 미움을 완전히 내려놓은 행복을 단 한 번도 느껴보지 못했기에 그 아무것도 아닌 행복을, 행복이라 할 수도 없을 만큼의 행복을 행복이라 오해하고 있을 뿐인 것입니다. 하지만 당신의 마음 안에 있던 그 미움이 사라지고 나면, 그 미움에 가려져 있던 당신 마음 안의 엄청난 평화와 행복이, 안도감과 자유의 빛이 당신의 마음 안에서 비로소 쏟아져나와 당신의 하루하루를 무한하게 고취시키기 시작할 것이고, 그때가 되면 당신도 알게 될 것입니다. 미움이 주는 행복은 행복이 아니라 그 자체로 지옥 같은 불행이었을 뿐임을요. 그래서 여전히 당신이 미움에 머무르길 선택할 때, 당신은 스스로 진짜 행복을 포기한 채 지옥 같은 불행에 머무르길 선택하고 있는 것이며, 그렇다면 언제까지 미움에서부터 얻을 수 있는 불행 따위를 당신이 추구할 수 있는 행복의 전부라 믿은 채 왜소하게 살아가시겠습니까.

그러니 용서하세요. 당신이 용서를 하는 것까지 제가 해줄 순 없습니다. 그건 오직 당신만이 완성할 수 있는 일이고, 당신의 선택과 의지로써만 이루어낼 수 있는 당신의 과제이자 몫이기 때문입니다. 그러니 당신 자신에 대한 스스로의 사랑으로 이제는 용서를 선택하세요. 미움이 찾아오는 그 순간 그 즉시 내려놓음으로써 그렇게 할 수 있을 것입니다. 그것을 곱씹은 채 그것에 에너지를 쏟기 전에 말입니다. 그렇게 하는 모든 과정 안에서 당신은 서서히 행복의 빛에 다가서게 될 것입니다. 그래서 한 번이 어렵지, 그 뒤는 어렵지 않은 것입니다. 이제 당신은 애써 노력할 필요도 없이 당신 자신의 행복을 위해서 자연스럽게 용서를 선택하는 사람이 되어있을 테니까요.

그리고 명심하세요. 용서하는 것과 함께하는 것은 다르다는 것을요. 그러니까 당신이 어떤 한 사람을 끝내 용서했다면, 하지만 그 사람이 여전히 이전과 다르지 않은 수준으로 세상을 살아가는 사람이라면, 그와 더 이상 함께하지는 마십시오. 그건 당신의 행복과 사랑과 용서를 당신 스스로 시험에 빠지게 하는 순진한 행동이 될 것입니다. 그는 당신에게 끝없이 용서할 거리를 가져다줄 테고, 당신이 방심한 어떤 순간에 그에 대한 미움을 잠시라도 곱씹게 된다면 그 순간 당신은 당신이 어렵게 완성한 용서의 행복과 평화를 순식간에 상실하게 될 테니까요.

다만, 한 가지만 명심하세요. 미움은 상대방보다 당신 자신을 더 괴롭히는 감정이며, 또 당신이 그 사람을 미워한다고 해서 그 관계가 좋아질 수 있는 것도 아니며, 그러니까 그 사람이 변화를 겪게 되는 것도 아니며, 오히려 서로를 향한 더욱 큰 미움과 분노만을 낳게 될 뿐이라는 것을요. 무엇보다 당신이 용서할 때, 그건 당신 자신의 평화와 행복을 확정 짓는 일이지 상대방을 위한 것은 아니라는 것을요. 그러니까 그 사람을 용서해야만, 지금의 이 미움에서부터 비로소 당신이 자유를 얻게 될 것이며, 하여 지금의 이 끔찍한 불행에서 벗어나 행복을 마주할 수 있게 된다는 것을요.

만약 당신이 끝없이 누군가를 용서하지 못한 채 미워한다면, 저는 당신과 함께 보내는 시간을 줄일 수밖에 없을 것입니다. 왜냐면 당신은 한두 번이 아니라 저와 함께하는 매 순간 그 시간 안에서 그 사람의 미운 점을 분노와 함께 저에게 털어놓을 것이며, 왜냐면 당신의 머릿속과 마음은 그 사람에 대한 미움으로만 가득 차 있기에 당신이 누구와 함께하든 그 사람의 이야기를 하지 않고는 그 미움을 감당할 수 없어 불안할 당신일 것이기 때문이며, 하지만 그것은 저를 비롯해 당신과 함께하는 많은 사람들의 소중한 시간을 분노와 미움으로 물들이게 하는 일이기도 하기 때문입니다.

몇 번은 괜찮습니다. 하지만 한 달, 일 년 내내 그러한 것을 들어줄 수는 없습니다. 그것을 무조건적으로 들어주는 것이 당신을 향한 사랑도 아니며, 무엇보다 저의 시간을 그런 식으로 쓰는 것은 저 자신의, 저를 향한 사랑도 아니기 때문입니다. 저에게는 저를 행복하게 해줄 책임이, 불행에서부터 지켜줄 책임이 있으니까요. 그러니까 당신의 끝없는 자기 연민과 피해자적인 생각들, 그리고 미움과 분노, 그러한 것들을 계속해서 들어주는 일은 저 또한 소진시킬 것이며, 하여 그것이 장기적으로 반복될 때 저의 온전함도 결국에는 서서히 상실되어갈 것이며, 그로 인해 저 또한 다시 불행의 영역으로 빠져들 수 있는 거니까요.

그러니 용서하세요. 용서함으로써 더 사랑받는 사람이 되고, 당신 삶의 소중한 시간들을 지켜내세요. 또 소중한 사람들과 함께하는 시간을 또한 소중하게 지켜내세요. 저를 위해서도, 다른 누군가를 위해서도 아니라 오직 당신 자신을 위해서 그렇게 하세요. 무엇인가를 해야 행복해지는 우리인 게 아니라, 무엇인가를 안 할 때 행복해지는 우리인 것입니다. 왜냐면 우리는 이미 행복한 사람이기 때문입니다. 그러니 더 이상 미움으로 그 행복을 가리지 마세요. 그저 미워하지 않는 것만으로도 이미 당신의 내면에 가득 차 있던 행복이, 당신이 기뻐 울 수밖에 없도록 만들 만큼의 그 행복이 당신의 마음 안에서 가득 쏟아져나올 것이고, 당신에게는 그 진짜 행복을 딱 한 번 느낄 필요라는 게 있을 뿐입니다. 사람은 모두가 자신의 아는 한 가장 최선의 행복을 추구하며 존재하기 때문입니다. 그러니 지금, 용서하세요.

당신은, 당신의 소중한 시간들을, 또 소중한 사람들과 함께하는 다시는 돌아오지 않을 소중한 순간들을 누군가를 미워하고, 또 그 미움을 쏟아붓는 일에만 쓰고 싶습니까. 당신이 그 미움으로 인해 얼마나 불안하고 아픈지 모르지는 않지만, 그럼에도 그 미움은 결국 당신을 고립시킬 것입니다. 당신이 상대방보다 당신 자신을 더 위하기에 그 미움을 털어놓는 것처럼, 상대방 또한 당신보다 그들 자신을 더 위하기에 당신을 멀리할 것이기 때문입니다. 그래서 그 미움은 다른 누군가가 아니라 오직 당신을 외롭고 불행하게 만드는 일인 것입니다. 그럼에도 당신이 용서하지 않겠다고 한다면 저도 더 이상 당신에게 용서를 권유하지는 않겠습니다. 그것 또한 당신의 선택이기 때문입니다.

그렇다면 당신의 선택은 무엇입니까.

최고가 되어 성공할 수밖에 없는 사람이고 싶을 때.

우리가 일을 함에 있어서 우리는 우리가 할 수 있는 가장 최선의, 최고의 잠재력을 실현함으로써 봉사해야만 합니다. 그러니까 우리는 매 순간 최고를 추구해야만 합니다. 왜냐면 우리의 재능, 역량이 최고가 되지 못할 때 우리가 아무리 좋은 사람이라고 해도 우리는 사람들에게 슬픔과 불행을 안겨주는 사람이 되고야 말 것이기 때문입니다.

그래서 일 안에서의 다정함과 사랑은 우리가 그 역할 안에서 가장 최고가 되고 최고로서 존재하는 것과 다르지 않은 것입니다. 아무리 다정하고 친절한 사람이 하는 음식점이라도, 음식이 너무나 맛이 없다면 우리는 그 음식점에 다녀온 후 기분이 좋지 않을 것이기 때문입니다. 아무리 다정하고 친절한 사람이 하는 미용실이라도, 그가 우리의 머리를 너무나 형편없게 잘라준다면 미용을 하며 나눈 모든 다정한 대화와 공감들에도 불구하고 우리는 결국 불행하게 될 것이기 때문입니다.

그래서 인격적인 다정함을 넘어서, 일을 할 때의 우리는 가장 최고의 섬세함과 재능을 추구하고, 그것을 통해 사람들에게 봉사할 책임과 의무가 있는 것입니다. 우리가 그 앞에서 나태할 때, 그래서 우리는 실패하게 될 것입니다. 하지만 또한 우리가 진정으로 사랑한다면, 우리는 최고가 될 수밖에 없을 것입니다. 그래서 만약 최고가 되지 못했다면, 우리는 사실 그 일을 사랑한 적이 없는 것입니다. 일을 통해 사람들의 행복과 편의에 기여하고자 하는 그 사랑의 마음으로 정성을 다해 최고가 되길 추구할 때, 우리는 최고가 될 수밖에 없을 것이기 때문입니다.

저는 일을 함에 있어서는 매 순간 완벽을 추구합니다. 그래서 직원이 만든 아이디어 앞에서도 그것이 가장 최선의 완벽이 될 때까지 고민하고, 연구하고, 가다듬고, 그렇게 최선의 조언을 하고자 노력합니다. 그리고 직원은 그 조언을 들은 뒤 달라지는 작업물을 보며 저의 조언을 더욱 신뢰하게 됩니다. 그것에 있어서 저는 다정하게 말하고, 다정하게 이끌어줄 책임이 있지만, 제가 다정하다고 해서 그것을 대충, 혹은 완벽하지 않게 허용하는 것은 직무 유기이자 나태함, 혹은 우유부단함이 될 뿐이라는 것을 또한 알기에 오직 최선을 다할 뿐인 것입니다.

그리고 저의 그러한 조언과 시선이 가장 최선, 최고의 것이며 가능한 절대적인 것이 될 수 있도록 저는 언제나 저의 센스와 재능을 늘리기 위해 많은 것들을 접하며 저의 감각을 예민하게 유지하고자 노력합니다. 그것이 제 역할에 대한 저의 책임이기 때문입니다. 글을 잘 쓰는 것뿐만이 아니라 가장 최선의 디자인과 색, 느낌, 감각에 대한 민감성을 지니기 위해 그래서 저는 모든 다양한 예술을 접하며 그것에 있어서의 최고를 소유하고자 노력하는 것입니다. 모든 부분에서 최고를 추구해야만, 저의 책을 접하는 사람들이 대체로 행복할 수 있을 것이기 때문입니다.

그리고 그렇게 나아온 저라서 일의 방향성에 대한 확신과 함께 우유부단함 없이 말할 수 있는 것입니다. 아주 분명하게 이것은 이렇게 하는 게 좋겠다, 라고 말입니다. 그렇다고 해서 그것이 여전히 절대적이라고 할 수는 없을 것입니다. 하지만 대부분의 사람들에게 만족감을 줄 수 있을 정도는 될 것이라고 그때의 우리는 확신하고 있는 채일 것입니다. 매 순간 겸손한 마음으로 부족한 부분을 점검하며 채우기 위해 모든 최선을 다해 나아온 우리니까요.

그래서 저는 일을 할 때 있어서는 아주 깐깐한 완벽주의자입니다. 친구들과 함께할 때는 친구들의 모든 실수와 약점에 대해서 그것을 귀엽고 사랑스럽게 바라볼 뿐이지만, 일을 할 때는 전혀 다른 것입니다. 왜냐면 일을 할 때의 다정함과, 그저 사람들과 함께할 때의 다정함은 전혀 다른 것이라고 저는 믿기 때문입니다. 일을 할 때는 제가 어떤 실수를 했을 때, 많은 사람들이 피해를 보게 될 것이고, 또 제가 실수하지 않았을 때 누리게 될 편의와 행복을 포기해야만 하게 될 테니까요.

그래서 저는 그러한 실수와 약점을 최대한 보완하고자 매사에 최선을 다하는 편입니다. 정말 제 모든 영혼을 다 바쳐 최선을 다해도 부족함이 있는 것이 이 일이라는 것이기에, 그럼에도 후회는 없도록 끝없이 반복하고, 끝없이 되살피고, 끝없이 무엇이 가장 최선일지에 대한 고민을 하고 반영하고자 노력하는 것이죠. 그리고 그 노력이라는 것 또한 결국 상대적이겠지만, 가급적 그 노력이 절대적으로도 누구보다 정성과 사랑을 다한 노력이 되게 하기 위해 저는 물리적으로 가능한 모든 것을 쏟아붓고자 노력합니다.

예를 들어서 제가 몸이 두 개가 아닌 이상 할 수 있는 물리적인 노력은 한정되어 있을 것입니다. 운전을 하면서 동시에 그림을 그릴 수 없는 것처럼 말이죠. 그렇다면 그 물리적 한계가 허용하는 한에서 가장 최고의 임계점에 다다를 만큼의 노력을 쏟는 것, 그러니까 하나의 육체로 할 수 있는 가장 최고의 최선을 다하는 것, 그래서 그것이 바로 제가 추구하는 최선의 노력인 것입니다. 시간적으로, 육체적으로, 정신적으로 모두 제가 할 수 있는 한계치까지 임하는 것입니다. 일을 하는 내내 최대한으로 집중하고, 그 집중력으로 할 수 있는 최대한 오래 일하는 것이죠. 그리고 그러한 노력을 쏟았을 때 우리는 우리가 임하는 분야가 어떤 분야든 최고가 될 수밖에 없어 최고가 될 것이라고 저는 확신합니다.

센스와 미적인 감각이 절대적으로 부족한 사람도 이 세상에는 있을 것입니다. 하지만 그것 또한 노력의 부재라고 저는 생각합니다. 음악을 하는 사람은 가장 최고의 음악을 하기 위해, 그저 열심히만 하기보다 음악을 하는 데 필요한 센스와 재능을 기르기 위해 노력할 책임도 있는 것이며, 그러니까 더욱 풍성한 감정을 노래에 담기위해 연기를 배울 수도 있을 것이며, 그런 식으로 최고가 되기 위해 자신이 할 수 있는 모든 최선을 다할 때 그는 분명 자신이 될 수 있는 가장 최고의 음악가로서 존재하게 될 것이기 때문입니다. 중요한 것은 이 세상 모든 사람들 중 최고가 아니라, 내가 될 수 있는 가장 최대한의 최고로 존재하는 것이기 때문입니다.

그러니 나 자신의 한계 내에서 내가 될 수 있는 가장 최고를 추구하세요. 그 최고로서 사람들에게 기쁨과 행복을 주는 사람이 되세요. 하나의 선, 하나의 색의 차이가 사람들에게 닿는 아름다움의 차이가 어떤 것일지에 대해서도 결코 소홀한 사람이지 마십시오. 하나의 선율, 한 단어의 가사, 그 모든 사소한 하나의 것들 앞에서도 결코 소홀한 사람이지 마십시오. 당신이 임하고 있는 그 분야 안에서, 당신이 할 수 있는 가장 최고의 완벽함을 매사에 추구하고, 그렇게 함으로써 하루하루 더욱 최고가 되며 나아가는 것입니다. 그게 일 안에서의 성숙이며, 사랑이며, 다정함인 것입니다.

그렇게 당신이 최고를 추구하고, 하여 비로소 최고가 될 때, 당신은 사람들에게 행복을 주는 사람이 되어있을 것입니다. 당신이 친구, 혹은 가족들과 함께 지내며 그러한 일 안에서의 최고를 추구할 필요는 없습니다. 그때는 그저 될 수 있는 한 가장 다정하고 관대한 사람이 되면, 당신은 그 다정함으로써 사람들의 행복과 기쁨을 지지하고 고취시켜주는 사람이 되어있을 테니까요.

하지만 당신이 일을 할 때는 당신이 아무리 다정해도 여전히 미숙하다면 당신은 사람들에게 불행을 안겨주게 될 것입니다. 당신의 직장 동료들, 그리고 당신의 고객들, 그 모든 사람들이 당신으로 인해 고통받게 될 것입니다. 그래서 일과 관계 안에서의 성숙은, 사랑은, 다정함은 다를 수밖에 없는 것입니다. 그래서 당신이 일을 할 때는 일을 최고로 능숙하게 잘해야 하며, 거기에 더하여 프로 정신으로써 다정해야 하며, 그렇게 할 때라야 비로소 당신은 사람들을 그 일로써 행복하게 해줄 수 있을 것입니다.

그러니 당신의 역할 안에서의 책임과 의무 앞에서도 결코 소홀하지 마십시오. 사적, 공적인 영역 모두에서 당신은 사람들의 행복을 책임지고, 사람들의 기쁨을 지지하고, 그렇게 봉사할 책임이 있는 것입니다. 그것이 당신이 추구할 수 있는 최고의 성숙이며, 사랑이며, 다정일 테니까요.

그렇다면 당신은 일 안에서 사람들을 불행하고 슬프게 하는 사람입니까, 아니면 당신의 것을 접하는 모든 이들에게 행복과 기쁨을 주는 사람입니까. 그러니까 당신은 당신의 일을 진정 사랑하고 있습니까.

● 용서하기 어려운 사람, 상황 앞에서 갈등을 겪게
될 때.

우리가 용서하며 나아가고자 할 때, 우리는 오히려 용서하기 힘든
상황을 그만큼 더 자주 마주하게 됩니다. 문득 아름다운 마음으로
세상을 살아가기로 다짐했는데, 갑자기 그날 아침 누군가가 자신의
상가를 깨끗하게 유지하기 위해 내가 영업하는 곳 앞에 자신의 쓰
레기를 가져다 놓을 수도 있는 것이죠. 그러면서도 오히려 뻔뻔하
게 굴 수도 있습니다. 또 때마침 나의 아랫집에 이사 온 누군가가 그
어떠한 안전장치도 없이 사나운 개를 키울 수도 있으며, 그래서 집
밖으로 나설 때마다 조마조마해야 하는 일이 생길 수도 있을 것입
니다. 그러면서도 매일 그 개가 짖는 소리에 시달려야 할 수도 있으
며, 그래서 배려를 부탁했는데 오히려 나에게 성을 낼 수도 있는 것
이죠.

그래서 용서하기에 세상은 이처럼 이기적이고 제멋대로라고 느
껴질 것입니다. 그런 세상이라서, 내가 용서하면 나의 손해만 커지
는 것처럼 느껴질 것입니다. 또한 때로는 유감스럽지만, 나도 말을
해야 하는 이 상황이 불편하지만, 그럼에도 불구하고 내 마음의 온
전함과 책임감으로부터 말을 하는 것이 옳은 것 같다는 생각에 용
기를 내어 말했음에도, 최선을 다해 어떤 미움도 없이 다정하게 말
했음에도 오히려 세상은 뻔뻔하게도 나에게 큰소리를 칠 수도 있을
것입니다. 말할 만한 것을 말했을 뿐인데도 말이죠. 그래서 용서하
기보다 더 이기적이고, 더 분노하는 게 더 편한 세상처럼 느껴질 것
입니다.

그래서 용서는 이렇게나 힘든 것입니다. 왜냐면 세상엔 너무나도
다양한 사람들이 살고 있으며, 그만큼 나와 수준이 너무나도 다른
많은 사람들이 존재하고 있기 때문입니다. 그래서 내가 용서하면,
한없이 물리적인 피해를 받아야 하는 상황을 우리는 마주하게 되기

마련이며, 그렇다고 용서를 하지 않자니 마음에 불편함과 죄책감이 들고, 그러니까 그 갈등이 용서하고자 하는 마음 앞에는 늘 따라다니는 것입니다. 무엇보다 용서하겠다고 결심하는 것은 평생에 걸쳐 이뤄야 할 어떤 성숙을 단번에 이루겠다고 다짐하는 것과 다르지 않기에 그만큼 우리의 삶에 길게 늘어져 있던 시련이 한꺼번에 우리를 찾아오게 될 것이며, 그래서 용서하고자 하는 마음을 지켜내기란 이토록이나 어려운 것입니다.

그래서 저는 용서를 하고자 하는 사람이 원하는 행복과 평화의 수준이 무엇인지에 따라 다른 대답을 하는 편입니다. 때로 적당히 용서하고자 하고 적당히 행복하고자 하는 사람에게 완전한 용서를 말하면, 그 사람은 더욱 거대한 우울과 분노에 빠질 수도 있기 때문입니다. 하지만 존재의 이유가 성숙임을 완전히 알고 있기에 그 성숙을 완성하기 위한 목적 하나로 하루를 살아가는 사람, 그런 사람에게는 무조건적인 용서를 권유하는 것이죠. 결국 우리가 완전한 성숙에 닿기 위해서는 용서를 통해야만 하고, 언젠가는 마주해야 할 시련이고 극복해야 할 미움이라면 지금부터 용서하는 것이 가장 좋기 때문입니다. 그럼에도 이 한 번의 생 안에서 그 성숙을 완성할 수 있을지는 그 누구도 장담하지 못할 테니까요. 그래서 그런 이들에게는 오직 시간을 낭비하지 않는 것이 필요한 거니까요.

그러니 당신이 적당히 용서함으로써 적당히 행복하고 평화롭고자 한다면 용서하기가 힘든 상황을 마주하게 될 때 맞서기보다 일단 피하세요. 말을 하고, 도움을 요청하고, 그렇게 최선을 다해보고, 그래도 안 된다면 이사를 고려하세요. 함께하지 않는 것을 고려하세요. 그 사람이 떠나는 것이 정당하지만, 그래서 나 또한 고집을 부리고 싶겠지만, 그래서는 아마 당신이 스트레스를 받는 시간만이 연장될 뿐일 것입니다. 왜냐면 그런 식의 극도로 이기적인 사람들은 타인의 감정을 결코 배려하지 않을 것이기 때문입니다.

그래서 이러한 상황에서는 아마 피하는 것이 나의 행복과 평화를 지키기 위한 가장 최선의 선택이 될 것입니다. 하루라도 빨리 그런 사람의 곁에서부터 멀리 벗어나는 것이 내 몸과 마음의 건강에 가장 이로운 일일 테니까요. 왜냐면 버티고 싸워봐야, 버티고 싸우는 데는 그들보다 나은 사람이 없기 때문입니다. 그들에게는 당신과 같은 다정함과 양심이 없기에 진실로 그들은 아무런 스트레스도 없이 버티고 싸울 것입니다. 오히려 그런 상황을 즐기는 것처럼 보일 수도 있을 것입니다. 하지만 당신은 몸져누워야 할 것입니다. 그러니 피하고, 다만 피한 뒤에 용서하세요. 그때의 용서는 피하지 않은 채 마주할 때의 용서보다는 훨씬 쉬울 것입니다. 그때는 그게 당신에게 요구되는 용서의 노력이 될 것입니다.

하지만 만약 당신이 완전히 용서함으로써 완전히 행복하고 평화롭고자 한다면, 그럼에도 불구하고 이해하세요. 그럼에도 불구하고 용서하세요. 그 어떤 상황 안에서도 그렇게 하세요. 이때는 때로 정말로 개차반인 어떤 사람을 용서해야만 할지도 모릅니다. 용서함에도 끝없이 용서할 거리를 가져다주는 그 한 사람을 끝끝내 완전히 용서해야만 할지도 모릅니다. 하지만 그럼에도 불구하고 그렇게 하세요. 그 어떤 위기 앞에서도 마음을 꿋꿋이 세우세요. 그렇게 모든 미움의 유혹을 거절하고, 오직 용서만을 선택하세요. 그 어떤 상황 안에서도 절대적으로 말입니다.

그리고 그와 함께할지 말지를 선택하는 것 또한 신께 맡기세요. 함께하지 않는 것이 신의 뜻이라면 그렇게 될 것입니다. 하지만 여전히 함께하는 것이 신의 뜻이라면, 그 또한 그렇게 될 것입니다. 그리고 당신이 용서에 전념할 때, 그건 신께 한 걸음씩 다가가겠다고 마음먹는 일과도 같기에 결국 신께서 당신에게 적당한 때에 답을 주실 것입니다. 그러니 그전까지, 오직 용서하세요. 아직은 더 용서해야 하고, 그럴 필요가 있기에 그런 상황 속에 놓여져 있는 것임을 믿으세요. 신께서 가학적이고 잔인하지 않으시다면 당신을 굳이 그런 상황 안에 놓아두지 않으실 것입니다. 그리고 당연히, 신께서는 가학적이고 잔인하시지 않으십니다. 오직 무한한 사랑이실 뿐입니다.

때로 어떤 단계에서는 그러한 용서가 필요합니다. 지금의 이 단계를 넘어 더 나은 단계로 나아가기 위해서는 때로 그러한 무조건적인 전념이 요구되어집니다. 쏟아지는 마음의 속삭임과 옳고 그름을 세고 따지는 목소리, 그러한 것들을 바라본 채 모두 내려놓는 것이 그래서 이때는 필요한 수업입니다. 그리고 그러기 위해 이보다 좋은 조건은 없는 것입니다. 내가 입는 물질적이고 경제적인 손해, 마음적인 손해, 그 모든 것이 내게 아무것도 아닌 것임을 깨달을 때까지, 그래서 끝없이 용서를 해야만 할지도 모릅니다. 그리고 이건, 정말로 인간적인 수준 너머에 있는 성숙을 추구하는 극소수의 사람들에게만 해당되는 이야기입니다. 결국 모든 환상을 초월한 채 진실 그 자체의 세계를 보고자 하는 사람들, 그 좁고 곧은 진실의 길을 끝내 통과하겠다고 마음먹은 사람들에게만 해당되는 이야기입니다. 오직 완전한 성숙만을 유일한 목표로 삼은 채 이 삶을 살아가는 이들 말입니다.

그리고 그 성숙에 닿기 위해 용서를 통해야 하는 것은, 용서한다는 것은 진정 지금 이 순간만을 살아가겠다고 다짐하는 일과도 같기 때문입니다. 그 어떤 미움도, 지금 이 순간만을 살아가는 사람에게는 불가능하기 때문입니다. 누군가가 내게 한 일이 오늘 밤 떠오른다면, 그래서 그건 여전히 과거를 살아가는 일입니다. 그래서 완전히 지금 이 순간을 살아가는 사람은 찰나의 순간 지나가버리는 지금, 그 아주 잠깐의 과거조차도 곱씹지 않습니다. 그조차 환상으로 여길 뿐입니다. 그리고 그러한 수준에 닿기 위해서는 무조건적인 용서가 무조건적으로 필요한 것입니다. 결국 우리가 용서하는 것은 우리에게 일어난 과거이며, 그래서 우리가 용서할수록 우리는 과거를 우리에게서 놓아주게 되는 것이며, 하여 더욱 지금을 살아가게 되기 때문입니다. 하여 끝내는 더 이상 용서할 세계를 바라보지도 못할 만큼 완전한 현재를 살아가고 있을 우리일 것이기 때문입니다.

그리고 그런 마음으로 우리가 용서할 때, 서서히 우리는 이 땅의 것들에 초연해지기 시작합니다. 그것이 결국 아무런 중요성도 지니고 있지 않았음을 알게 됩니다. 누군가가 내가 계약한 땅에 무엇인가를 했다는 것 또한 결국은 인간적인 환상인 것은, 우리는 신으로부터 땅을 받은 적이 없기 때문입니다. 그래서 그러한 이 땅의 갈등 앞에서 더 이상 영향받지 않게 되는 것입니다. 이제 우리는 종이로 만든 돈이라는 것을 중요하게 여기는 환상, 한 번도 소유한 적이 없는 땅을 소유했다고 믿는 환상, 그 모든 환상 밖에서 존재하는 자가 되었기 때문입니다. 그래서 완전히 용서한 자는 이 세계를 살아가지만, 더 이상 이 세계에 속하지는 않게 됩니다. 이 세계를 완전히 초월한 채 이 세계를 살아가게 됩니다. 환상 속이 아닌 환상 밖에서, 그러니까 오직 진실 안에서 말입니다.

그래서 아래층의 개가 짖는 것도, 개가 위협하는 것도 더 이상은 나에게 두려움을 심어주지 못하게 됩니다. 왜냐면 나는 그 개가 나를 물더라도 그 순간 그 과거의 일을 용서할 것이기 때문입니다. 그리고 그 개를 그럼에도 사랑할 자신이 있기 때문입니다. 무엇보다 나는 용서를 통해 나의 삶과 죽음을 신께 의뢰한 자이기 때문입니다. 그래서 그것이 뜻이라면 그렇게 될 것이고, 그것이 뜻이 아니라면 그런 일은 일어나지 않을 것입니다. 그래서 그분의 뜻에 의해 일어난 일 앞에서 미움을 품을 이유조차 없는 것입니다. 나는 오직 높으신 그분의 뜻에 의해 나를 위해 가장 알맞은 장소와 위치에 서 있음을 이때는 모르지 않기 때문입니다. 진실로 그렇다는 것을, 완전히 알고 있기 때문입니다.

그래서 이때는 개에 대한 미움과 두려움조차도 아름다운 성숙의 기회로 여길 뿐입니다. 이조차도 신께 내려놓고 용서한다면, 그럴 수만 있다면 나는 얼마나 큰 행복과 평화를 얻을 수 있을까, 하며 기대하는 마음으로 나아갈 뿐입니다. 모든 삶의 상황을 용서를 배우기 위한 선물로 여기기 때문에 그렇습니다. 나는 무슨 일이 있더라도 용서하겠다고 다짐했기 때문에 그렇습니다. 그 모든 용서를 통해 신께 한 걸음씩 다가가고 있다는 것을 알고 있기 때문에 그렇습니다. 그것을 모를 수가 없는 것은, 용서할 때마다 내 가슴 안에서 느껴지는 황홀한 기쁨의 진동이 그것을 끝없이 내게 알려주기 때문입니다. 말로도, 과학적으로, 그 무엇으로도 설명할 수 없는 그 진실을, 그래서 나는 그저 아는 사람이 됩니다. 내가 진실 그 자체가 되었기 때문입니다.

　내가 그러한 용서를 하고자 나아갈 때, 사람들은 나를 이상한 사람이라고 여길지도 모릅니다. 바보처럼 순진한 사람이라고 생각할지도 모릅니다. 하지만 그럼에도 불구하고 미움이 있는 것보다는 바보처럼 여겨지는 게 낫다고 여기는 게 또한 이 수준의 마음가짐입니다. 땅의 관점에서 바라보면 바보일지 몰라도, 하늘의 관점에서 바라보면 정확히 그 반대라는 것을 이때는 모르지 않기 때문입니다. 그래서 나는 무조건적으로 용서하는 사람이 됩니다. 그럼에도 불구하고 용서하는 사람이 됩니다. 어떤 상황이 내게 찾아오더라도 용서하는 사람이 됩니다.

　그렇게 처음에는 용서를 해야 했지만, 어느새 이미 용서를 하고 있는 내가 되고, 또 어느 순간에는 더 이상 용서할 세계를 찾지 못할 만큼 용서를 완성한 내가 됩니다. 그렇게 용서를 초월하게 됩니다. 용서조차도 환상이었음을 알게 되고, 그 환상을 깨뜨릴 수 있는 유일한 길이 용서였을 뿐이었다는 것도 하여 비로소 알게 됩니다. 그렇게, 끝내 완전한 사랑에 닿게 됩니다. 그리고 이 사랑의 수준에서는 모든 사람들의 겉모습 너머에 있는 그들의 진짜 존재, 그 영을 보기에 사랑에 제한이 없습니다. 그 무엇에도 불구하고 여전히 찬연한 빛이자 사랑인 그 영만을 바라보며, 그 영만을 사랑할 뿐이기 때문입니다.

그리고 이때는 이제 말하는 것이 생깁니다. 단 하나의 오류도 없이 말하는 것이 생깁니다. 그러니까 단 하나의 미움도, 단 하나의 이기심도, 단 하나의 입장도 없이 말하는 것이 생깁니다. 오직 진실에 의해서 옳고 그름을 말하며, 이다 아니다를 말하게 되는 것입니다. 내가 용서의 수준을 초월하기 전에는, 결국 그 사적인 마음에서 벗어난 말을 할 수가 없었는데, 하지만 이 수준에서는 오직 진실에 의해서만 말하는 게 가능하게 된 것이죠.

그래서 어떤 경우에도 죄책감을 가질 필요가 없게 됩니다. 내가 하는 말은 신의 뜻과도 일치하며, 성령이 나를 통해 하는 말이기도 하기 때문입니다. 나는 신의 생각을 닮은 생각만을 하는 자이며, 오직 이 세계의 지고의 선과 아름다움에 기여하는 말만을 하는 자이기 때문입니다. 그래서 이때 하는 말은, 그 자체로 권위가 생깁니다. 그리고 그 권위는 진실의 힘에서부터 오는 권위입니다. 그래서 이때는 단 하나의 갈등도, 불안도, 죄책감도, 미움도, 두려움도 갖지 않은 채 오직 무한한 평화와 행복 안에서, 그 끝없는 침묵 안에서 무엇인가 말할 필요가 있다면 말할 뿐입니다.

그리고 우리가 이 완전한 진실에 닿기까지는 무조건적인 용서가 필요한 것입니다. 그 용서를 통해 어떤 한 수준을 무조건적으로 건너고 초월할 필요가 있는 것입니다. 그래서 이 길을 곧고 좁은 길입니다. 그 자체로 험난하고 통과하는 자가 드문 길입니다. 예수님과 부처님과 그 모든 성인들이 말한 그 길인 것입니다. 하지만 그래서 또한 그 자체로 아름답고도 위대한 길입니다.

그러니 이 세상 너머에 있는 완전한 행복과 평화만을 내가 구하는 자라면, 이 길을 통하세요. 적당한 각오와 적당한 의지로는 결코 건널 수 없는 길일 것입니다. 때로는 몇십 번의 생 동안 전념해야만 통과할 수 있을 길일 것입니다. 삶과 죽음의 의지조차도 신께 내어드려야만 겨우 지날 수 있을 만큼, 그 자체로 엄청난 시련인 길일 것입니다.

그렇다면 당신이 원하는 행복과 평화는 어떤 것이며, 그래서 당신이 추구할 용서는 무엇입니까. 완전한 용서에 대해 들은 것만으로도 지금 내가 하고자 하는 용서는 너무나 사소한 것임을 알았을 텐데, 그렇다면 당신은 용서하시겠습니까. 아니면 여전히 미워하시겠습니까.

● 자꾸만 내 마음을 갉아먹고 소진시키는 사람이 내 곁에 있을 때.

부정적인 감정을 지닌 사람을 피하세요. 그들은 끝내 당신의 에너지를 갉아먹을 것이고, 그렇게 당신을 추락하게 만들 것입니다. 왜냐면 그들은 스스로 에너지를 충족시키지 못해 타인들의 에너지를 빼앗아 살아가고자 하는 이기심을 기반으로 존재하는 사람들이기 때문입니다. 끝없이 당신에게 자신이 왜 이 세상의 피해자인지를 말하며 그 자신의 우울함을 털어놓을 것이며, 하지만 그 감정의 기반에는 우울함에 대한 묘한 자부심이 있을 것이며, 그러니까 그런 이와 당신이 함께할 때, 그날 하루 정도는 그의 이야기를 들어줄 수 있겠지만 매일 밤 그가 당신을 찾아온다면 다정하고 온전한 당신 또한 결국에는 소진될 수밖에 없을 것이기 때문입니다.

그래서 당신은 말하게 될 것입니다. 매번 똑같은 이야기, 매일 들어주느라 이제 나도 지쳐, 이제는 나도 내 삶에 조금 집중을 해야 할 것 같아, 라고 말이죠. 그러면 이제 그들은 계속해서 당신에게 달라붙어 있기 위해서 당신을 끈질기게 협박하기 시작할 것입니다. 네가 내 이야기를 안 들어주면 자살해버릴 거야, 라는 식의, 혹은 역시 너도 똑같은 이기적인 사람에 불과했구나, 역시 사람들은 다 똑같아, 이 가식적인 인간아! 하는 식의 감정적인 협박을 말입니다. 왜냐면 그들은 처음부터 끝까지 단 한 번도 당신의 마음을 생각한 적이 없었고, 그러니까 오직 이기적이었을 뿐이기 때문입니다. 그래서 그 순간에도 자기 자신의 감정만을 중요하게 여긴 채 당신을 통해 어떻게든 자신의 에너지를 채울 궁리만을 할 뿐인 것이죠.

온전한 사람도 갑자기 자신을 찾아온 어떤 시련을 겪으며 우울함과 두려움에 빠질 수도 있습니다. 하지만 그들은 여전히 온전할 것이며, 하여 타인의 감정을 그 순간에도 배려할 것입니다. 그래서 우리는 그들을 진심으로 지지하고 응원합니다. 하지만 애초에 온전하지 않은 사람은 기본적으로 악의적이며 극도의 이기심을 기반으로 존재하고 있기에, 우리는 그들과의 대면이 불편할 수밖에 없습니다. 그들의 이야기를 듣고 있자면 귀가 아플 것이고, 또 마음이 계속해서 소진되어 간다는 것을 느낄 수밖에 없을 테니까요. 그럼에도 우리가 순진해서 그들의 이야기를 계속 들어주고, 또 그들에게 도움의 손길을 내밀 때, 그들은 끝내 우리의 그 손을 잡아 그들의 영역으로 끌어당길 것입니다.

일주일에 한 번, 그런 사람과 함께한다면, 아마도 일주일에 세 번은 온전한 사람들과 함께하며 소진된 에너지를 채우는 시간을 가져야만 할 것입니다. 이곳에서 에너지를 소모하고, 저곳에서 채워야만 하는 것이죠. 하지만 어떤 이유에서든 그 에너지를 채우지 못한다면 우리의 수준은 결국 위협받게 될 것입니다. 당신이 당신의 인간성을 완전히 초월한 현자가 아니고서는 그렇게 될 수밖에 없을 것입니다.

그러니 피하세요. 어차피 그들은 당신이 아니어도 다른 사람을 붙들고 그렇게 살아갈 것입니다. 그리고 결국 그 자신의 이기심을 초월하지 못한다면 그들과 맞는 수준의 사람들끼리 뭉쳐 살아가게 될 것입니다. 결국 그들의 선택으로 인해 그들은 외면당하고 고립되고야 말 것이기 때문입니다. 교도소든, 특정 병원이든, 그곳이 어디든 살아가기 아주 열악한 환경에서 그 자신과 비슷한 수준의 사람들끼리 어울려 살아가게 되는 것이죠.

그래서 중요한 것은 나 스스로 나의 감정을 잘 다스릴 줄 아는 사람이 되는 것입니다. 제가 몸이 아파 죽을 것 같은 상황에서도 저는 글을 올리고 답글을 달며 메시지에 답을 합니다. 제가 어떤 시련을 지나며 극도로 우울하고 불안한 순간에도 저는 그렇게 합니다. 제가 오늘 너무 죽을 것 같은데, 제발 저 좀 내버려 두세요, 라고 말하지 않습니다. 늘 그래왔듯 저는 다정합니다. 그럴 수 없을 것 같은 날에는 차라리 쉬었다가 돌아오길 선택할 것입니다. 왜냐면 저의 부정적인 감정으로 다른 사람들을 불행하게 만들 권리가 저에게는 없기 때문입니다.

제가 만약 아침에 누군가를 욕하며 비난하는 글을 올리며 사람들에게 함께 욕해주고 저의 마음에 공감해줄 것을 바란다면 얼마나 많은 사람들의 마음이 휘청거리게 될까요. 눈살이 찌푸려지고, 귀가 아프고, 마음이 잔잔해지기보다는 폭력적인 무엇인가를 느낀 채 요동치게 될 것입니다. 그래서 그러지 않는 것, 그럴 만한 감정을 가질 필요도 없을 만큼 온전하게 존재하는 것, 그것이 바로 성숙한 마음가짐인 것입니다. 함께 부정적이 되어달라고 떼쓰며 함께 불행해지길 강요하는 것이 아니라, 하루빨리 나의 부정성을 처리하고 딛고 일어선 채로 나의 행복과 기쁨으로부터 사람들의 하루를 고취시켜주는 사람이 되는 것, 바로 그것인 것이죠.

그렇다면 당신은 어떤 사람입니까. 나와 함께 부정성에 빠지자고 떼쓰는 이기적인 사람입니까, 아니면 그런 사람의 그 이기심에 끌려다니며 서서히 그쪽으로 함께 추락하고 있는 순진한 사람입니까, 아니면 그 모든 이기심과 순진함을 넘어선 온전함의 편에 서 있는 사람입니까. 그러니까 당신의 선택은 무엇입니까.

내 하루 안에서 숨겨진 의미를 찾는 행복한 습관을 갖고 싶을 때.

우리가 모든 삶의 순간 안에 숨겨져 있는 아름다운 의미를 찾고 자 노력하는 습관을 지닌 사람이 될 때, 우리는 매 하루의 삶을 더해갈수록 더욱 아름다운 성숙의 꽃을 피우며 나아가는 사람이 됩니다. 대부분의 사람들이 자신의 하루 안에서 일어나는 많은 문제들을 그저 겪으며 보내고 있는 것과는 달리 말입니다. 배가 고팠고, 그래서 밥을 먹었습니다. 그러니까 그런 식으로 하루를 그저 보내고 있는 것과는 달리 말입니다.

경제적인 시련이 찾아왔을 때, 그래서 보통의 사람들은 불평불만을 하며 그저 버텨내고 이겨내기에 바쁘지만, 아름다운 성숙의 습관이 있는 사람들은 그 문제 앞에서 질문을 하는 것입니다. 이것이 나에게 찾아온 이유가 무엇일까, 나의 무엇을 일깨워주려고 찾아온 것일까, 하고 말이죠. 그래서 지금의 이 시련이 내 성공에 대한 자부심과 오만함, 그것을 무너뜨리고 겸손을 가르쳐주기 위해 찾아왔다는 것을 비로소 알게 됩니다. 혹은 보다 진실하고 정직한 삶을 살아가라는 조언으로써 나를 찾아왔다는 것을 비로소 알게 됩니다.

그래서 그들은 그 시련의 형태가 무엇이든, 그 안에서 그들 자신이 직면한 미성숙을 찾고 발견하며, 하여 그 미성숙을 보다 예쁜 성숙으로 대체하기 위한 목표로 하루를 보내기 시작하며, 그런 식으로 자신의 마음을 점검하며 나아감으로써 자신이 초월해야 할 하나의 성숙의 과제를 찾고, 해결하고, 비로소 아름답게 꽃피고, 그렇게, '마음의 변화'를 겪으며 나아가게 되는 것입니다. 또한 그래서 자신에게 주어진 하루하루들을 무엇보다 소중하고 의미 있게 여기게 되는 것이죠. 하여 더 이상의 무의미와 공허는 그들에게 있어 불가능한 것이 됩니다.

　많은 사람들이 문제를 겪지만, 그 문제를 겪은 뒤에 그 존재의 결이 변하는 경우는 또한 진실로 거의 없습니다. 그저 외부 상황만이 이것에서 저것으로 바뀌어 나갈 뿐이죠. 하지만 우리가 그러한 모든 외부 상황을 겪으며 나의 내면을 점검하고 바라볼 때, 우리는 우리 자신의 존재를 완성하는 계기로써 그것을 보내게 되며, 하여 그때는 우리라는 존재 그 자체가 더욱 아름다워지는 그 예쁜 변화를 반드시 이루어내게 될 것입니다. 그리고 그 예쁜 변화로부터, 우리의 외부 또한 더욱 예쁘고 아름답게 변해가기 시작할 것입니다. 결국 모든 것은 우리 자신의 마음에서 비롯하는 것이기 때문입니다.

　육체적으로 아플 때 또한 보통의 사람들이 그저 병원에 가고, 약을 얻거나 그에 맞는 치료를 하고, 하여 그 병이 치료되었을 때 만족하는 것과는 달리 그래서 성숙하며 나아가는 사람들은 그 병이 내게 찾아온 이유와 의미를 물으며 그것을 완성하며 나아가고자 노력하는 것입니다. 하여 신체적인 노력뿐만이 아니라 마음의 노력 또한 함께 기울이며 나아가는 것입니다. 나를 조금 더 아껴주고 사랑해주라는 몸의 신호를 발견하거나, 누군가에 대한 미움을 내려놓고 용서를 배우라는 마음의 신호를 발견하거나, 그런 식으로 그 안에서 어떤 소중한 의미를 찾고 완성하며 나아가는 것입니다. 그래서 진정한 '치유'를 또한 일으키게 되는 것이죠.

　무엇보다 그런 마음으로 매 순간을 살아가기에 행복이 커지고, 다정함이 커지고, 자존감이 높아지고, 온전함이 더욱 완성되어집니다. 그렇게 존재 자체의 이유와 목적을 보다 견고하게 다지며 무르익어 나가게 됩니다. 성숙하기 위해 태어나 성숙하기 위해 존재하고 살아가고 있는 우리 자신의 삶에 대한 책임과 의무 앞에서, 그래서 단 한 순간도 소홀하거나 나태하게 굴지 않습니다. 다른 모든 사람들이 그 존재의 목적과 이유를 까마득히 망각한 채 시간을 낭비하고 있는 순간에, 그래서 여전히 공허하고 결핍되어 있는 순간에, 하여 그들은 오직 영혼의 기쁨을 만끽한 채 온 마음을 채우며 나아가고 있을 뿐인 것입니다. 성숙의 기쁨이 매 순간 마음 안에서 가득 함께하기에 불행할 틈이, 공허할 틈이 전혀 없는 것이죠.

그래서 이들의 눈에는 오늘 아침에 나를 화나게 했던 그 사람은, 사실 여전히 내 마음 안에 극복되지 않은 분노가 있음을 알려줌으로써 내가 분노를 완전히 정복하고 초월할 수 있도록 이끌어주기 위해 찾아온 선물로만 보이는 것입니다. 나는 그 안에서 보다 완성된 평화와 용서를, 이해를 배우게 될 것이고, 하여 나는 외부의 그 어떤 상황 안에서도 분노하지 않을 수 있는 진정한 자존감과 평정심을 소유하게 될 것이라는 것을 이때는 분명하게 알고 있는 채이니까요.

그런 식으로, 모든 순간 안에서 그것이 찾아온 진짜 이유와 의미를 느낀 채 그것을 완성하며 나아가기에 마음이 꺾일 이유가 없습니다. 모든 순간을 통해 그저 더욱 아름다이 꽃 피며, 그렇게 아름다운 존재 그 자체가 되어갈 뿐입니다. 그렇다면 그곳에 어떠한 결핍과 공허가, 불행이 있을 수 있겠습니까. 내가 태어나 존재하고 있는 그 유일한 목적과 이유를 완전히 기억한 채 그것과 완전히 하나 되어 나아가고 있을 뿐일 텐데 말입니다. 그렇게 매 하루를 더해가며 나의 진짜 이름인 사랑을 더욱 되찾고 있으며, 하여 그 사랑이 되어가고 있을 뿐일 텐데 말입니다. 아니, 태초부터 영원히 사랑이었던 나를 기억해나가고 있을 뿐일 텐데 말입니다.

그렇다면 당신은 매 순간의 삶 안에서 당신 존재의 이유를 기억한 채 그것을 완성하며 나아가는 사람입니까, 아니면 그것을 완전히 잊은 채 영혼의 방황을 일삼으며 무의미로 당신 자신의 삶을 지워가고 탕진하고 있을 뿐인 사람입니까. 그러니까 당신은 채워지고 있습니까, 아니면 더욱 공허해지고, 더욱 불행해지고, 더욱 결핍되어지고 있습니까. 그러니까 당신은 이 삶을 살아가며 아름다이 꽃 피고 있습니까, 아니면 더욱 죽어가며 오직 시들어지고 있을 뿐입니까. 그렇다면 의미와 무의미, 당신의 선택은 무엇입니까.

이제는 답이 있는 곳에서 답을 찾아 지금을 이겨내고 싶을 때.

결코 선택할 수 없을 것만 같았던 답은, 우리가 마침내 성숙한 뒤에야 선택하는 것이 가능한 답이 됩니다. 남의 문제에 대해서는 그토록이나 분명한 답을 쉽게 제시해줄 수 있지만, 그래서 자신의 문제에 대해 그러한 답을 적용하는 데에는 많은 '시간'이 들게 되는 것입니다(그 어떤 바보도 남의 문제에 대해서는 그 누구보다 현자이니, 바보에게라도 조언을 구하라는 말의 의미가 바로 이것인 것입니다). 그리고 그 시간이란, 바로 우리가 그 고민 안에서 성숙하고 무르익을 시간을 뜻하는 것입니다.

그래서 하나의 문제 안에서 여전히 성숙하지는 않은 채 지금 자신의 수준으로만 고민하는 것은 그 문제를 해결하는 방법이 아닌 것입니다. 그 성숙의 수준 안에서 무엇인가를 선택한다고 해도, 여전히 그 문제는 반복될 것이며, 하여 그것은 해결이 아닌 지연일 뿐이기 때문입니다. 그러니 지금 어떠한 문제를 겪고 있다면, 이것이 나에게 어떠한 부족함과 미성숙이 있음을 알려주기 위해 왔을까? 하고 고민하는 습관을 가져보세요. 그리고 그렇게 떠오른 나의 미성숙의 반대에 있는 성숙을 선택할 수 있는 사람이 되고자 주어진 시련 앞에서 최선을 다해 하루하루 노력하며 나아가세요. 미움이 문제라면 용서를, 욕망이 문제라면 감사와 받아들임을, 집착이 문제라면 내려놓음을, 이런 식으로 말입니다.

그렇게 당신의 성숙이 마침내 무르익어 당신이 겪고 있는 문제의 한계를 넘어설 지점에 다다르게 되었을 때, 당신은 이제 그 어떠한 갈등도 없이 정답을 선택하게 될 것입니다. 왜냐면 당신에게 있어 이제 그 문제는 당신을 아프게 하거나 고민하게 할 만큼의 문제가 더 이상 아니게 되었기 때문입니다. 당신은 그 문제를 문제로 바라보지 않을 만큼 성숙하였고, 하여 그 문제를 이미 초월하였고, 그러니까 그것이 진정한 해결인 것입니다.

언젠가 감정 기복이 너무 심해서 늘 자신까지도 우울하게 만드는 사람이 있는데, 우울증 약까지 먹어야만 할 정도로 그 사람과의 만남이 힘들지만, 무엇보다 친구가 그러한 상황에 처했다면 고민 없이 헤어지라고 조언해줄 것 같지만, 자신은 헤어지기가 너무나도 힘들다는 고민을 누군가가 저에게 털어놓은 기억이 납니다. 그리고 저는 그 질문을 받고 이렇게 답변했었습니다.

"그 만남이 정말로 나에게 큰 고통과 아픔을 주는 만남이라면, 그리고 내가 그 고통에 더 이상 미련이 없을 만큼 충분히 많이 아팠다면, 그때는 끝내 결정할 수 있게 될 거예요. 사람이 모두 답을 알고 곧장 선택할 수 있다면, 이미 모든 사람은 사람이 아니라 천사로 태어났을 거예요. 그래서 그 답을 선택하는 데까지 배움과 성숙의 시간과 필요한 우리인 것이고, 하여 지금은 그 성숙을 완성하기 위해 무르익어가는 시간일 거예요. 그렇게, 그 성숙이 끝내 무르익고 나면 그때는 온전한 선택을 이미 하고 있을 거예요. 그러기 전에는 누가 뭐래도 선택할 수 없을 거예요. 그러니 지금은 충분히 아프고, 그렇게 배워내세요. 그 선택을 할 수 있기 전까지 말이에요."라고 말입니다.

그리고 제가 그렇게 말한 이유는, 그 사람이 충분히 무르익기 전에는 제가 무슨 말을 해줘도 여전히 미련을 가질 것이고, 하여 헤어짐을 결코 선택하지 못할 것이라는 걸 이미 알고 있기 때문이었습니다. 헤어질 수 있을 거라면, 저에게 말하기도 전에 헤어졌을 테니까요. 그래서 그 고민에 대한 답은 결국 그가 조금 더 성숙한 뒤에야 선택하고 바라볼 수 있는 답인 것이고, 하여 지금은 그 아픔과 함께 무르익을 필요가 있을 뿐인 거니까요. 그리고 그렇게 충분히 배우고, 무르익고, 성숙하고 나면 누가 뭐래도 이미 현명한 선택을 하고 있을 그 사람이니까요. 그래서 필요한 단 한 가지는 나를 반드시 성숙시켜줄 그 아픔 앞에서 꿋꿋이 감사할 줄 아는 마음가짐, 오직 그뿐인 거니까요.

어떤 사람은 자신이 어떤 남자와 만나고 있는데, 늘 바람을 피우고 자신을 아프게 하지만, 그럼에도 자신은 그 사람을 그럼에도 안아주고 사랑하는 헌신적인 사랑을 하고 있다고 말했습니다. 그리고 그 질문에는, 자신이 가련한 피해자 역할을 담당하고 있다는 것에 대한 자기 연민과, 동시에 그 자기 연민에 대한 자부심과, 또 그 남자가 연예인 지망생이라 인기가 많을 수밖에 없다고 말하는 데서 자신이 만나고 있는 사람의 직업에 대한 자부심, 그러한 것들이 있음을 저는 쉽게 느낄 수 있었죠.

사실 그 고민의 겉은 슬프고 아픈 고민이었지만, 그 고민의 속은 오직 자부심이었기에 그건 고민 상담이 아니라 실제로는 자기 자랑이라는 것을 알게 된 것이죠. 아픔을 낭만화하고 미화하고, 피해자 역할에서부터 어떤 미묘한 단물을 찾고 그것에 탐닉하며, 그런 것입니다. 이렇듯, 우리는 우리 자신을 불행하게 하는 가장 본질적이고 중요한 기준을 바라보지 못한 채 여러 가지 불필요한 감정적인 미련 때문에 스스로 아픔과 불행을 자처하는 경우가 많이 있는 것입니다.

나를 불행하게 하지만, 너무 예뻐서 이 사람과는 헤어지기 아쉬워, 왜냐면 함께 있으면 사람들이 다들 부러워하잖아. 이런 것이죠. 나에게 늘 폭력적이지만, 그래도 헤어짐을 선택하기는 너무 어려워. 왜냐면 당장에 혼자인 시간이 너무나 외로운걸. 이런 식인 것이죠. 혹은 그러한 사람들과 만나며 슬프고 불행한 역할에 대한 자기 연민에 빠진 채 그것에서부터 짜낼 수 있는 단물, 그 왜소한 기쁨을 포기하지 못해 선택하지 못하는 경우도 많습니다. 사람들과 만나면 늘 이랬어 저랬어, 하면서 나는 참 불쌍한 사람이야, 하고 말하지만 사실은 은근히 그 슬픔을 낭만화하고 미화하고, 자랑하고, 그곳에서부터 단물을 계속해서 짜내고 있는 것이죠.

어쨌든 대체로, 자기 연민과 자부심, 그 두 가지의 감정이 연애 관계 안에서 우리의 본질적이고 중요한 선택을 방해하는 가장 대표적인 감정들인 것은 분명한 것 같습니다. 하지만 진정 지혜로운 사람은 그 모든 부수적인 잔가지들 뒤에 있는 본질을 곧장 바라볼 것입니다. 그는 무엇이 진정 자신을 행복하게 하는지, 그것을 분명하게 알고 있는 채일 것이며, 또한 그는 그러한 미성숙하고 부정적인 감정에 스스로 탐닉한 채 미련을 가질 만큼 자존감이 낮지 않을 테니까요. 그래서 모든 문제의 답은 결국, 성숙인 것입니다.

그리고 그 성숙을 향해 나아가기 위해서, 때로 그러한 불행 안에 머물며 배워야만 하는 우리인 것입니다. 그것은 연애 관계뿐만이 아니라 모든 관계, 혹은 성공, 그것이 무엇이든 그 모든 것 안에서도 마찬가지로 그렇습니다. 성취를 향해 나아가는 과정 중에 늘 자신의 자존심이 무너지는 상황을 마주하는 사람은, 그래서 자신이 겸손하지 않고 자부심에 가득 찬 사람이라는 것을 알아야만 하는 것이죠. 우리가 겸손할 때, 우리는 결코 자존심 상하지 않을 테니까요. 그러니까 자신의 그 미성숙이, 그러한 상황을 끝없이 불러일으키는 것입니다. 성숙을 가르쳐주기 위해서 말입니다.

늘 부당한 피해를 겪으며 억울한 일을 당하는 사람은, 그래서 대체로 우유부단한 사람인 경우가 많습니다. 우유부단해서 모든 것을 자신이 허락해놓고, 뒤늦게 올라오는 부당한 감정에 휩싸여 그 모든 것을 한꺼번에 폭발시켜버리는 식인 것이죠. 그래서 영구적으로 그 문제를 초월하기 위해서는 합리적인 사람이 될 것이 요구될 것입니다. 애초에 합리적으로 생각할 줄 알며 온전하게 거절할 줄 아는 사람에게는 그러한 일이 생기지도 않기 때문입니다.

이 세상이 부당하고 정의롭지 않다며 분노심 가득 정의를 외치는 사람은, 그래서 대체로 자기 자신이 정의롭지 못한 사람인 경우가 많습니다. 그런 사람들 중에 저는 진실한 정의를 따르는 사람을 단 한 번도 본 적이 없는데, 애초에 진실한 사람은 그러한 식의 공격성과 분노심을 마음에 품고 있지도 않을 것이며, 세상이 부당하다고 말하기 전에, 그러니까 외부를 탓하기 전에, 그저 자신의 내면의 성숙에 관심을 가진 채 자신의 내면 세계를 반듯하게 책임지기 위해 하루를 살아가고 있을 뿐일 것이기 때문입니다.

그러니 그것이 무엇이든, 나의 내면을 점검하고 돌아볼 기회로 삼아보세요. 지금 나에게 어떤 성숙을 선물해주기 위해 이것이 나를 찾아왔을까, 그것을 늘 자문하며 나에게 필요한 성숙이 무엇인지를 알아보는 습관을 가져보세요. 그 성숙만이, 문제의 유일한 영구적인 해결책이 되어줄 것입니다. 그러니까 당신이 성숙하기 전에는 당신이 그 일을 어떤 식으로든 해결한다고 해도, 당신은 그와 비슷한 또 다른 문제를 끌어당길 수밖에 없을 것입니다. 그 문제가 당신에게 일어난 유일한 이유가 당신에게 어떤 성숙의 꽃을 피우게 하기 위해서인데, 여전히 당신은 그 꽃을 피우지 못한 채이니까요.

당신 주변만 둘러보더라도, 늘 억울한 일을 당하는 친구는 그 일을 해결하고 나서도 또다시 억울한 다른 일을 당한다는 것을 쉽게 관찰할 수 있을 것입니다. 늘 이러한 남자 문제로 고생하는 친구는, 그 남자와 헤어진 뒤에 또다시 시작한 연애 안에서도 그러한 문제로 고생을 하곤 하죠. 그래서 오직 성숙만이 유일한 해결책인 것입니다. 무엇을 선택해야 하는지, 무엇이 진정 나의 행복에 기여하는 것인지를 명확하게 알고 선택할 수 있게 해주는 그 지혜의 꽃을 내 가슴에 피워내는 유일한 해결의 열쇠인 것입니다.

그렇다면 당신이 지금 겪고 있는 문제는 무엇입니까. 그리고 당신은 그와 비슷한 형식의 문제를 과거에도 겪은 적이 있습니까. 그렇다고 한다면 앞으로도 여전히 그러한 문제들을 늘 겪으며 살아가고 싶습니까. 그러니까 성숙과 제자리걸음, 그 둘 중 당신의 선택은 무엇입니까.

공감할 줄 아는 따뜻한 사람이 되고 싶을 때.

타인의 말, 타인의 감정, 타인의 생각, 타인의 슬픔과 기쁨, 그것에 공감할 줄 아는 사람은 따뜻한 사람입니다. 나에게만 중심을 두던 이기심에서 타인과 나를 더욱 같다고 여기는 이타심으로 옮겨감으로써 자신의 마음 안에 있는 분리를 더욱 초월하게 되었고, 그러니까 그 하나 됨의 이타심으로 타인의 것을 자신의 것처럼 여긴 채 아끼고 사랑하는 사람, 그런 사람이 바로 '공감'할 줄 아는 따뜻한 사람이기 때문입니다.

공감을 잘해주는 사람과 함께 있으면 그래서 우리는 기분이 좋아지고, 위로받음을 느끼고, 하여 따뜻한 기분에 사로잡히게 됩니다. 왜냐면 누군가가 나를 분리 없이 사랑할 때, 우리는 그 사랑을 본능적으로 느끼게 되기 때문입니다. 그래서 공감을 잘하지 못하는 사람과 함께 있을 때 또한 우리는 그가 나를 사랑하지 않고 있음을, 나에게 이기적일 뿐임을 본능적으로 느끼게 되고, 그러니까 그의 무관심과 차가움, 냉정함, 나를 이용하고자 하는 어떤 욕망, 그 모든 것을 느끼게 되고, 하여 함께함에도 외롭고 쓸쓸한 기분을 느낄 수밖에 없게 되는 것이죠.

그러니 공감할 줄 아는 다정한 사람이 되세요. 당신이 누군가에게 주는 어떤 값비싼 선물도, 공감하는 마음만큼 관계를 행복하게 해주지는 못할 것입니다. 아무리 나에게 물질적으로 많은 것을 제공해주는 사람과 함께해도, 결국 우리는 우리의 존재가 공감받지 못하고 있고, 관심받지 못하고 있고, 사랑받지 못하고 있다는 기분이 들 때는 외롭고 공허할 수밖에 없기 때문입니다. 우리 모두는 결국 우리를 자기 자신처럼 아끼고 사랑해주는 그 진짜 사랑에 굶주리고 목말라 있는 사랑받기 위해 태어난 존재들이니까요.

그리고 그것이, 세계대전 때 생긴 전쟁고아들에게 미군들이 충분한 영양소와 음식을 제공했음에도 아이들이 영양실조에 걸려 죽어갔던 이유이기도 한 것입니다. 그래서 그 원인이 사랑의 부재에 있음을 안 미군들은 아이들을 10분에 한 번씩 안아주기 시작했고, 아이들의 상태는 그 따뜻함 속에서 다시 회복되기 시작했죠. 그러니까 그것이 바로 사랑의 힘인 것입니다. 결국 우리에게 가장 위험한 환경은 육체적인 굶주림, 외부적인 것들의 부재가 아니라 영혼의 굶주림, 사랑의 부재이기 때문입니다. 사랑이 없으면, 관심이 없으면, 공감이 없으면, 우리는 결국 그 외로움과 공허에 몸과 마음의 건강까지도 상실하게 될 것이기 때문입니다.

그렇다면 내가 먼저 타인의 입장, 타인의 감정, 타인의 말과 행동, 생각들에 공감할 줄 알고, 또 따뜻한 연민을 품을 줄 아는 다정한 사람이 되어보는 것은 어떨까요? 그렇게 치유의 감정을 전해주는 사람이 되어보는 것은 어떨까요? 왜냐면 결국 우리가 타인과 나를 더욱 같다고 여기는 이타심의 수준에 들어서게 되었을 때, 그러니까 공감할 줄 아는 따뜻한 사람이 되었을 때, 그때는 타인에게 준 것이 곧 나에게 준 것과 같은 것임을 알게 될 것이기 때문입니다.

그래서 우리는 타인이 우리로 인해 더욱 행복해지고, 위로받았으며, 기쁨 가득해졌다는 그 자체로 채워질 것입니다. 왜냐면 그것이 곧 나의 행복이자, 위로이자, 기쁨과도 같을 테니까요. 하여 눈덩이가 불어가듯 당신의 행복과 사랑은 매 순간 더욱 커져 나가기 시작할 것입니다. 그와 반대적인 입장에서 살았을 때, 당신의 외로움과 공허가 매일매일 더욱 커져 왔던 것과는 완전히 반대로 말이죠.

그렇다면 당신 자신을 위한 당신의 선택은 무엇입니까. 그러니까 무엇이 가장 당신 자신의 행복을 위한 길이겠습니까. 무관심과 냉정함, 그 사랑 없는 눈빛이겠습니까, 아니면 따스함과 진실한 공감, 그 사랑 가득한 눈빛이겠습니까.

다정하지만, 우유부단한 사람은 아니고 싶을 때.

다정함과 순진함은, 우유부단함은 완전히 다른 것입니다. 다정함은 온전함과 함께하며, 하여 자기 자신을 위해로부터 스스로 지켜낼 줄 아는 자기 자신에 대한 진실한 사랑을 포함하는 것이기 때문입니다. 그러니 다정하되, 순진하진 마십시오. 또 우유부단함으로 인해 아닌 것을 아니다, 라고 말하지 못해 속으로만 앓고, 그런 식으로 나를 끝없이 온전하지 않음으로 끌어당기는 사람들 곁에서 나 자신의 소중함을 내맡기고 저버리지 마십시오.

저는 서로가 서로를 배려하고 알아서 상대방의 마음을 존중하고 살펴주는 사려 깊은 다정함을 좋아합니다. 하지만 또한 세상의 많은 부분에 있어서 그러한 태도가 결여되어 있고, 그렇게 하는 것이 불가능할 만큼 이기적인 사람들도 많다는 것을 저는 모르지 않습니다. 그래서 그런 상황, 혹은 사람을 마주하게 되었을 때, 저는 때로 그것이 저 또한 불편하지만, 그럼에도 온전함으로 판단한 뒤에 아닌 것은 아니다, 라고 말하는 편입니다.

저희 집의 아래층에 새롭게 들어온 회사에서는 대형견을 데리고 있는데, 그 강아지는 공격성의 훈련이 제대로 되지 않은 강아지였고, 그래서 제가 계단을 통해 앞을 지나갈 때면 늘 문으로 달려와 저를 위협하곤 했습니다. 하지만 그때도 저는 말하지 않았습니다. 제가 지나간 후에 그 강아지가 문을 열었고, 직원들이 깜짝 놀란 듯 달려와 강아지를 말리는 것을 보았기 때문입니다. 그러니 알아서 조치를 취하겠지, 하고 생각하고 기다렸습니다.

다음날에는 그 강아지가 택배 아저씨를 위협해서 아저씨가 큰 소리를 쳤고, 그래서 그때도 저는 이제는 조치를 취하겠지, 하고 생각했습니다. 온전한 상식이 있는 사람들이라면, 알아서 배려하고 챙길 것이고, 상황이 이 정도면 아무리 둔해도 자신들로 인해 누군가가 피해를 보고 있다는 사실을 알아차렸을 테니까요. 그러니까 저라면 그러한 상황이 생겼을 때 맛있는 음식이라도 챙겨가 죄송하다며 사과를 구하고, 또 그 이후로는 그런 일이 없도록 최선을 다했을 것이기 때문입니다. 아니, 그런 일이 생기지도 않게 미리 조치를 취했을 것이기 때문입니다. 하지만 그 이후로도 상황은 같았습니다. 그러니 어쩌겠습니까. 찾아가 말할 수밖에요.

저도 이러한 것을 말하는 것을 즐기거나 좋아하는 편은 결코 아닙니다. 하지만 그렇다고 해서 제가 말하지 않으면, 언젠가 그 강아지가 저를 공격할지도 모르고, 또 그렇다면 제가 그 강아지를 미워해야만 하게 될지도 모르겠죠. 그래서 모든 강아지의 주인에게는 자신의 강아지가 다른 사람으로부터 미움받기보다는 사랑받게 할 책임이 있는 것이고, 그 책임 앞에서 최선을 다할 의무가 있는 것입니다. 정말 그렇지 않나요?

그리고 또한 저에게는 공격적인 강아지로부터 저 자신을 지켜낼 저 자신에 대한 책임과 의무가 있는 것입니다. 하여 그것을 말할 용기가 없어 주저한다면, 그래서 그것을 운에 맡겨야 한다면, 그것이야말로 저를 스스로 시험에 들게 하는 순진함이자 우유부단함이지 않겠습니까.

때로 세상에는 그러한 배려를 하지 못하고, 또 자기 자신의 편의와 안녕만을 생각하는 사람들도 있습니다. 그래서 저는, 모든 사람들이 나와 같이 선하고 다정한 사람일 거라고 추정하는 식의 순진함의 오류에 빠지지 않을 것입니다. 반드시 지혜로울 것이며, 그 지혜로써 저 자신을 지켜낼 것입니다. 또한 저는 그런 사람들 앞에서 그럼에도 애써 다정하고자 노력하며 그들의 이기심에 제 마음을 헌신하지도 않을 것입니다. 저의 배려와 다정함을 알아주고 알아서 배려와 다정함으로 되돌려주는 사람들한테만 제 온 마음을 다해 저의 다정함을 쏟을 것입니다. 그것에 저 자신에 대한 다정이기 때문입니다. 그리고 자기 자신을 진실하게 사랑할 줄 아는 사람만이, 타인을 또한 진실하게 사랑할 수 있기 때문입니다.

　강도가 저를 찾아와 저를 위협하려 하는데, 때마침 자신에게 칼이 없다며 저에게 칼을 빌려달라고 했을 때, 그때 제가 그것에 응하며 거절하지 않는 태도를 보여야 하는 것일까요. 그리고 그것이 우리가 흔히 말하는 다정함인 것일까요. 저는 그렇게 생각하지 않습니다. 그건 사랑의 위엄과 권위가 전혀 느껴지지 않을 만큼의 두려움만 가득한 왜소함의 상태일 뿐이기 때문입니다. 진정한 사랑에는 용기와, 권위와, 위엄이 함께하는 것이고, 그래서 그 사랑 안에는 우유부단함, 순진함, 두려움, 눈치를 보는 태도, 이러한 것들이 결코 함께하고 있지 않을 것이기 때문입니다.

　그래서 용서하고 사랑하는 것과, 거절할 만큼의 용기가 없어서 속으로는 끙끙 앓지만 어쩔 수 없이 허용했을 뿐인 우유부단함은 전혀 다른 수준인 것입니다. 애초에 다정한 사람들은 인내심이 많아 많은 것들을 참고 견디겠지만, 그럼에도 자신의 온전함으로 판단했을 때 참아야 하는 수준의 범위를 넘어섰을 때, 그때는 그것을 말하는 것 앞에서 결코 주저하지 않을 것이기 때문입니다.

　왜냐면 모든 것에는 절대성이 있기 때문입니다. 진실은 결코 상대적이지 않기 때문입니다. 그러니까 두려움보다는 용기가, 갈등과 분리보다는 이해와 화합이, 미움보다는 용서가 더욱 높은 수준이라는 진실 앞에서는 그 어떠한 주관성도, 상대성도 포함될 수가 없는 것이기 때문입니다. 하여 그 절대적 진실에 너무나도 반하는 사람, 상황이 있다면 기꺼이 거절할 줄 아는 것이 자신의 진실을 또한 지키는 길인 것이기 때문입니다. 그러지 못해 함께 거짓으로 추락하는 것, 그러니까 그건 결코 다정함과 배려가 아님을 이때는 모르지 않기 때문입니다.

그러니 용기 있는 사랑을 하세요. 이해하고 사랑하되, 그리고 용서하되, 아닌 것은 아니다, 라고 말할 줄 아세요. 그리고 아닌 것에 대한 판단을 잘하기 위해 매 순간 최선을 다해 선하고 아름다운 마음으로 삶을 마주하고 살아가세요. 당신의 성숙과 온전함이 마침내 무르익었을 때, 그때 당신은 진실하지 않은 것을 누구보다 민감하게 느끼고 알아차리는 지혜와 함께하는 사람이 되어있을 것입니다.

그리고 그때의 당신은 말을 많이 하지 않는 사람일 것입니다. 그러니까 누군가가 온전하지 않은 제안을 당신에게 했을 때, 그것을 거절함에 있어 더 이상 많은 설명을 하지는 않는 사람일 것입니다. 왜냐면 그때의 당신은 무엇이 더욱 온전함의 편에 서 있는 것인지를 명확하게 아는 지혜와 함께하고 있을 것이며, 하여 다만 온전하지 않은 것을 거절하는 것일 뿐임을 알고 있을 것이기 때문입니다. 그리고 그것이 바로 진실의 권위인 것입니다.

그렇다면 당신은 다정한 사람입니까, 아니면 다정한 척하지만 사실은 순진하고 우유부단할 뿐인 한 사람의 왜소하고도 두려움 많은 사람일 뿐입니까. 그러니까 진실의 권위와 함께하는 진짜 사랑과, 진실이 아닌 것들까지 허용하는 순진함과 우유부단함, 그 둘 중 당신 자신을 위한 당신의 선택은 무엇입니까.

서운함을 느끼지 않는 완전한 사랑을 하고 싶을 때.

때로 이 세상에는 다정하고 친절한 사람, 타인의 마음에 진심으로 귀를 기울여주는 사람보다 그렇지 않은 사람들이 더 많은 것처럼 보입니다. 그래서 마음이 선하고 타인을 많이 이해하는 사람일수록 내가 타인을 대한 것처럼 나를 대해주는 사람이 없다는 외로움에 사로잡혀 실망하게 되는 순간이 잦을 수도 있습니다. 내가 열 번, 타인의 아픔과 불평불만에 대한 이야기를 진심을 다해 편견 없이 들어주어도, 그들에게 내가 한 번, 나의 아픔을 이야기하는 순간 그들은 귀찮음을 짜증과 예민함 가득 표현하기에 자꾸만 외롭고 억울한 기분이 드는 것이죠.

하지만 그게 억울하고 서운하다고 해서 나마저도 그런 사람이 되겠습니까. 나는 용서했는데, 그들은 나를 용서하지 않는다고 해서 내가 다시 세상을 미워한다면, 그게 나의 행복과 성숙이 도대체 어떤 도움이 되겠습니까. 그러니 그런 순간을 마주할수록 더욱 온전하고 완전한 사람이 되세요. 결국 아직 나에게 결핍되고 왜소한 면이 있어서 그런 것입니다. 내가 진실로 완전하다면, 하여 위로받기보다 위로를 주는 게 당연한 사람이라면 그런 것에 속상해할 이유도 더 이상은 없을 것이기 때문입니다.

누가 나에게 사기를 쳐서 내가 모든 재산을 잃었을 때는 나는 이렇게 선하게 살아왔는데 세상은 왜 이럴까 하는 생각이 들 수도 있습니다. 하지만 그 순간 나 또한 그렇게 살아야겠다고 생각한다면, 사실 나는 단 한 번도 진실로 선했던 적은 없는 것입니다. 그리고 진실하고 선한 것이 옳은 것인데, 진실하고 선했음에 대해 억울해하며 오히려 진실하지 않고 선하지 않길 스스로 선택한다면, 그것이야말로 어리석음이지 않겠습니까. 그러니 그럼에도 불구하고 꿋꿋이 예쁜 사람이십시오. 다만, 그럼에도 함께할지 말지 앞에서는 언제나 지혜롭고 온전하십시오.

사실 모든 삶의 억울한 순간들은 나의 완전함이 어느 정도 수준에 이르렀는지 살펴볼 좋은 기회가 되기도 합니다. 내가 선하게 산 만큼, 내가 많은 사랑을 준 만큼 나 또한 받길 바라는 마음은 충분히 이해할 만한 감정이지만, 그건 또한 여전히 대가를 바라면서 주는 왜소한 수준에 갇혀있는 감정이기도 하기 때문입니다. 그리고 그

대가를 바라는 마음에서 모든 서운함이 생겨난다는 것을 안다면, 그 순간 그 마음을 느끼고 완전해질 계기로 삼을 수도 있을 것이기 때문입니다. 무엇보다 그 서운함으로 인해 하루가 불행하다면, 나의 행복을 위해 내가 무슨 일을 해야 할지는 이미 정해진 것이기 때문입니다.

만약 내가 사랑하는 사람이 나를 내가 사랑하는 만큼 사랑하지 않아 자꾸만 속상한 감정이 든다면, 이제 우리에게는 두 가지 선택지가 남게 됩니다. 그럼에도 불구하고 사랑하는 사람이 되는 것과, 나 또한 그처럼 덜 사랑하는 사람이 되는 것, 이 두 가지 선택지가 남게 되는 것이죠. 그리고 이 선택의 순간 앞에서 나 또한 덜 사랑하는 사람이 되길 선택하는 것은 나의 사랑을 제한하고, 나의 성숙과 행복에 스스로 한계를 두겠다고 다짐하는 일이기도 합니다. 그리고 무엇보다 우리는 아마, 여전히 그럼에도 사랑하는 사람으로 남을 것입니다. 이미 그런 우리이니까요.

그렇다면 어차피 그렇게 사랑해야 한다면, 속상함 없이 사랑하는 사람이 되는 것이 나의 행복과, 또 이 관계의 행복을 위해 마땅한 마음가짐이 될 것입니다. 내가 준 것을 늘 세고 재고 기억해둔 채 똑같이 받길 바라기보다, 그저 내가 사랑이 많은 사람이라서 사랑을 주는 사람이 되는 것이 보다 완전한 마음이기 때문입니다. 그리고 그 완전한 마음으로부터 우리는 무너지지 않는 평화를 얻게 되기 때문입니다.

그러니 이 세상에는 여전히 미성숙하며, 하여 타인에게는 당연한 듯 받고, 또 받길 바라면서 자신은 전혀 그렇게 주질 못하는 사람들이 많다는 것을 받아들이세요. 남의 먼지처럼 작은 티는 어떻게든 찾아서 깎아내리면서, 자신의 들보 앞에서는 정당화와 합리화를 일삼고 방어하는 사람이 이 세상엔 정말 많다는 것도 받아들이세요. 그것을 받아들일 때, 우리는 그것 앞에서 더 이상 저항하지 않게 될 것입니다. 하여 그들이 그렇든 말든 나는 나의 마음을 굳건히 세운 채 나아갈 수 있게 될 것입니다. 그러니 받아들이고, 나는 나의 길을 가세요.

결국 그들의 마음에 사랑이 부족해서 그들은 그렇게 존재하는 것입니다. 하지만 그들이 그렇게 존재하는 게 못마땅한 나 역시 마찬가지로 사랑이 부족할 뿐입니다. 그저 그들보다 조금 더 많은 사랑을 품고 있을 뿐이지, 여전히 사랑이 많이 부족해서 바라는 것이고, 속상해하는 것이고, 미워하는 것이고, 실망하는 것이기 때문입니다. 하여 내가 진실한 사랑에 더욱 닿아 완전해진다면, 결국 이런 감정 또한 빛 앞에 선 어둠처럼 순간에 흩어지고 사라질 환상임을 알게 될 것입니다.

무엇보다 내가 더 사랑하는 사람이 되는 것은 누군가가 내가 준 만큼 나에게도 주길 바라기 때문이 아니라, 나의 행복과 기쁨을 위해서 그렇게 하는 것인 것입니다. 분명 처음에는 그랬는데, 뒤늦게 서운함과 억울함이 생기게 되는 것일 뿐인 것이죠. 하지만 그렇다고 해서 나 또한 성숙과 예쁜 마음을 포기한 채 똑같이 덜 사랑하는 사람이 되길 선택한다면, 그것만큼 스스로를 불행하게 하는 어리석은 행동이 또 어디에 있겠습니까. 결국 우리가 더 사랑할수록, 사랑이 더 많은 사람이 될수록 우리 자신이 그만큼 더 행복한 사람이 되는 것일 텐데 말입니다.

그러니 이제는 오직 나의 행복과 평화를 위해서, 나의 예쁜 성숙을 위해서 사랑하세요. 대가를 바라며 억울해하고 서운해하는 대신에 말입니다. 그렇게 나의 선함과 예쁜 마음을 지켜내되, 다만 특별한 관계로 함께하는 것 앞에서는 언제나 신중하세요. 또한 이미 함께하고 있고, 어차피 앞으로도 함께할 사람이라면 저항하기보다 더욱 받아들이길 선택하세요. 그게 내 마음의 평화를 지켜줄 테니까요. 어차피 함께할 거면서 스트레스를 받으며 함께하는 것만큼 지혜롭지 않은 행동 또한 없을 테니까요.

그렇다면 내가 준 이해만큼 나에게 이해를 주지도, 내가 준 사랑
만큼 나에게 사랑을 주지도, 내가 준 공감만큼 나에게 공감을 주지
도, 내가 준 용서만큼 나에게 용서를 주지도 않는 것처럼 보이는 이
세상 속에서 당신의 선택은 나 또한 그들과 같이 그렇게 하겠다는
후퇴입니까, 아니면 그 모든 나의 서운함과 실망을 딛고 더욱 성숙
한 채 오직 완전한 사랑을 향해 나아가겠다고 마음먹는 아름다운
나아감입니까.

사랑하기 위해 태어났기에 사랑하며 살아가고 싶을 때.

제가 이 세상에 왜 태어났냐고 누군가가 제게 묻는다면 저는 사
랑을 배우고, 사랑을 깨닫고, 하여 저 자신의 완전한 사랑을 회복하
기 위해서라고 대답하겠습니다. 그 사랑을 완전히 회복하기 전까지,
우리는 영원한 굴레 앞에서 끝없이 태어나고 죽길 반복하며 이 지
구라는 별에서 온갖 경험을 하며 사랑을 배워야만 하는 것입니다.
그래서 사실 우리에게 주어진 모든 경험은 그 사랑을 배우게 하기
위한 삶의 가르침인 것입니다. 때로 우리의 눈에는 그것이 전혀 그
렇게 보이지 않는 순간에도 말입니다.

모든 사람에게는 저마다 짊어지고 있는 카르마라는 속박의 굴레
가 있습니다. 그리고 인간적으로 생기는 수많은 고통의 원인은 사
랑이 아닌 다른 감정들 때문이며, 그 감정들을 여전히 지니고 있는
한 우리는 그 굴레에서 결국 벗어나지 못할 것입니다. 그래서 삶의
모든 문제는 사실 우리의 마음속 깊숙한 곳에서 사랑을 찾고 사랑
을 꺼내어달라고 우리의 마음과 삶이 우리에게 외치는 울림인 것입
니다.

하여 우리가 마침내 사랑을 선택할 때, 이제 우리는 모든 문제를

진정으로 초월하고 극복하게 됩니다. 그것이 어떤 어려운 문제라 하더라도, 사랑은 그것을 치유하고 초월하게 해줍니다. 오직 사랑에게만이 그러한 힘이 있습니다. 그래서 다른 모든 것은 일시적으로는 그 문제를 해결하는 것처럼 보일 수는 있지만, 결국 사랑이 아닌 것을 통할 때 우리는 그와 비슷한 또 다른 문제를 겪으며 아파할 수밖에 없으며, 그래서 그건 치유와 해결이 아닌 것입니다. 왜냐면 오직 사랑만이 치유와 해결을 일으킬 수 있는 유일한 힘이 있는 것이기 때문입니다.

인간관계 또한 마찬가지입니다. 모든 인간관계 안에서의 문제 또한 결국 사랑의 부재에서 생기는 것이며, 하여 그것을 해결할 수 있는 유일한 방법은, 타인에게 선한 영향을 미칠 수 있는 유일한 방법은 그를 분명하게 사랑하는 방법밖에 없는 것입니다. 그러니까 사랑한다면서, 사실은 사랑하고 있지 않기에 무수히 많은 갈등과 문제를 안게 되는 것입니다. 진실하고 겸손한 마음으로 살펴본다면, 그렇다는 것을 반드시 알게 될 것입니다.

저는 많은 사람들로부터 내가 왜 이런 환경에서 태어났냐고, 세상은 왜 이렇게나 불공평하냐고, 왜 내게만 이런 부당한 일이 생기냐고, 그런데 내가 어떻게 세상과 사람을 사랑할 수 있겠냐고, 하는 식의 질문을 받아왔습니다. 그리고 저는 진실이 낳게 될 차가움과 저항이 그들을 더욱 몰아세울까 싶어 그때마다 마음 깊이 아파하며 그저 최선을 다해 공감과 위로의 말을 전해왔습니다. 책에서도 에둘러 표현하며 저항 없이 성숙과 사랑에 눈과 발을 돌릴 수 있게 하기 위해 최선을 다해왔습니다.

하지만 그럼에도 여전히 제 근원의 생각은 변함이 없습니다. 그 또한 당신의 모든 선택의 결과이며, 그래서 그것이 완전함이라는 것. 이런 부모 밑에 태어나 밉다고 말하지만, 사실 우리는 우리가 선택할 수 있는 가장 최선의 부모를, 우리의 카르마적 한계 안에서 선택할 수 있을 뿐이며, 그래서 그 안에 불공평과 원망스러운 점은 없다는 것. 나라와 부모, 그 모든 처음의 시작 또한 사실은 처음이 아니며 무수히 많은 당신의 과거의 선택이 낳은 결과이며, 하여 당신은 그곳에서부터 최선을 다해 사랑을 배우며 사랑을 향해 나아가면 될 뿐이라는 것. 이 근원의 생각들 말입니다.

진실로 모든 사람에게는 그의 성숙에 가장 적절한 최선의 환경이 제공되어지고 있습니다. 다만 많은 사람들이 그 진실을 바라보지 못하기에 그 완전함을 불공평으로 느낀 채 오해하고 있을 뿐입니다. 저 또한 어려운 환경에서 태어난 사람들을 보면 그들이 안타깝게 보이고 그들에게 도움을 주고 싶은 사랑과 연민의 감정이 가슴 깊이 듭니다. 하지만 그런 감정이 이 세상과 신이 불공평을 낳았다고 믿기 때문에 생기는 것은 아닙니다. 동료 인간에 대한 진실한 사랑과 제 가슴속에서부터 싹트는 따뜻한 연민의 감정이 그들에게 손을 내밀게 만들 뿐인 것입니다.

그들은 그곳에서부터 배워야만 하는 것입니다. 그리고 그것이 그들이 사랑을 배우는 데 있어 가장 최선의 조건이자 적절한 환경인 것입니다. 전 우주는 진실로 완전하고 완벽한 질서 안에 놓여져 있기 때문입니다. 신께서는 실수하시는 법이 없기 때문입니다. 그러니까 전생에 탐욕을 이기지 못해 타인을 희생시킨 사람은 이번 생에는 그 희생자의 위치에서 태어나 그것을 경험하며 자신이 했던 일의 반대편에서 그 입장을 이해해야만 하는 것입니다. 그것이 그가 사랑을 배우고 탐욕을 극복할 가장 최선의 방법이기 때문입니다.

그래서 당신이 환생을 믿든 믿지 않든, 종교가 무엇이든, 그러한 것에 관계없이 저는 오직 사랑을 배우기 위해 이곳에 태어난 당신이 이 삶을 통해 그 사랑을 배우고 실천할 수 있기를 바랍니다. 하여 당신이 처한 환경이 아무리 부당하고 불합리해 보여도, 그 안에 사랑을 위한 완전한 뜻과 이유가 있음을 믿은 채 그 부당함을 곱씹기보다 이제는 초월하여 완전한 사랑을 향해 나아갈 수 있기를 바랍니다. 그 어떤 상황 안에서도 사랑할 수 있는 내면의 능력만큼은 모두에게 똑같이 공평하게 깃들어져 있습니다. 그래서 사랑하지 않은 것에는 그 어떤 변명도 허용되지 않는 것입니다.

그럼에도 여전히, 사랑이 어려울 수도 있습니다. 용서하고 이해하는 일이 어려울 수도 있습니다. 그리고 그 또한 당신이 인간이기에, 그리고 성숙하기 위해 태어나 성숙을 향해 나아가고 있을 뿐인, 하여 지금은 여전히 미성숙할 뿐인 당신이기에 그 어려움은 어쩌면 당연한 것입니다. 그래서 다만 포기하지 않고 나아가면 되는 것입니다. 최선을 다해 어려움을 딛고 나아가는 과정 안에서 당신의 성숙과 사랑이 꽃 필 것이기 때문입니다. 그리고 그거면 된 것이기 때문입니다.

어려움이 찾아오는 매 순간마다 신의 완전함에 대해 생각해 보는 것도 좋은 방법입니다. 과연 당신이 겪고 있는 어떤 어려움이 그저 우연일까요. 당신을 괴롭히기 위해 신께서 실수했거나, 혹은 고의로 그러한 환경을 당신에게 제공한 것일까요. 인간마저도 어느 정도 성숙하고 나면 누군가를 괴롭히는 사랑을 하지 않습니다. 그렇다면 하물며 신께서 그렇게 하시겠습니까.

그래서 당신이 그것에 대해 생각할 때, 당신은 저항하거나, 탓하고 억울해하거나, 그러기보다 이제는 그것이 당신에게 일어난 이유에 대해 생각해 볼 줄 아는 사람이 됩니다. 하여 그 의미를 찾고 완성하기 위해 나아가는 사람이 됩니다. 과거 생에 내가 어떤 일을 누군가에게 했을지도 몰라, 하고 생각하게 될지도 모르죠. 그게 아니라면 신께서 가학적이고 잔인해서 일부로 당신을 괴롭히는 것이 될 텐데, 그건 불가능하기 때문입니다. 그러니 나를 누구보다 가장 완전한 마음으로 사랑하시는 신께서 내게 이러한 시련을 선물하셨다면, 이 시련에는 분명 나를 위한 어떤 의미가 있지 않을까, 하고 생각할 줄 아는 사람이 되어보세요. 그때, 당신은 더욱 꿋꿋하게 나아갈 수 있을 것입니다.

그렇다면 당신은 지금 사랑을 향해 나아가는 사람입니까, 아니면 여전히 사랑하지 못하는 이유를 세고 곱씹으며 그 이유의 틀에 갇혀 사랑을 스스로 제한하는 사람입니까. 존재의 완성과 제자리걸음, 그러니까 그 둘 중 당신의 선택은 무엇입니까.

● 내면이 예뻐서 예쁜 세상을 바라보는 사람이고 싶을 때.

우리가 우리의 마음 안에 사랑스럽지 않은 면들을 많이 지니고 있을 때, 그만큼 우리는 그것을 버틸 수가 없어 외부에 투사하게 됩니다. 그것이 모든 비판적인 마음과 미움이 생기는 진정한 원인입니다. 그러니 이제는 그저 사랑스러운 사람이 되세요. 내 마음 안에 있어도 내가 자랑스럽고 기특하게 여길 수 있을 만한 감정과 생각들만을 내 안에 간직하기 위해 매 순간을 노력하며 나아가세요. 마주하는 매 순간과 일련의 상황들을 그러기 위한 기회이자 선물로 여긴 채 나아갈 때, 당신은 빠른 시일 내에 반드시 사랑스러운 내면을 가진 사람이 될 수 있을 것입니다.

대부분의 사람들에게 이 세상에서 가장 마주하기 힘든 순간이 바로 진실한 자신을 마주하는 순간입니다. 누군가를 쉽게 미워하고, 타인을 내 욕구와 이기심을 위해 이용하고, 순간의 욕망을 참지 못해 그 욕망의 노예가 된 채 살아가고, 진실로 대부분의 사람들이 성숙에는 관심이 없기에 그런 생각과 감정을 여전히 지닌 채 하루를 살아가고 있으며, 하지만 자신의 그런 면들을 바라보거나 인정할 시간조차 가지지 않은 채 그저 그렇게 하루를 살아가고 있는 것이죠. 그러니까 그 모든 면들이 자신에게 주는 공허와 불행을 어떻든 외면하기 위해 더욱 바깥에 눈길을 돌린 채 치열하고도 바쁘게 살아가고 있는 것입니다. 내면의 고결함은 포기한 채 외부의 고결함은 지켜내면서 말이죠. 그러면서도, 여전히 자기 자신의 내면이 전혀 자랑스럽거나 사랑스럽지 않다는 것을 스스로도 알기에 늘 공허한 감정에 시달리며 아픈 하루를 보내고 있는 것입니다.

그러니 이제는 나를 마주하세요. 그 힘든 일을 기꺼이 해낸 채 한 발을 내딛으세요. 내 내면의 부정적인 면들은 정직하게 인정하고 진실하게 마주하는 순간 이미 어느 정도 해소되기 시작합니다. 왜냐면 우리는 우리의 마음 안에서 인정한 것들은 소유하게 되고, 하여 초월할 수 있게 되기 때문입니다. 내가 내 마음 안에 없다고 믿는 것들을 내가 어떻게 소유할 수 있겠으며, 하여 어떻게 초월할 수 있겠습니까. 그러니 겸허하게 인정하고 마주하는 것에서부터 시작하세요. 그리고 유구한 역사 속에서 생존해야만 했기에 발달된 그 모든 이기심과 욕망들, 자신의 마음 안에 있는 그러한 면들에 대해 미워하기보다 연민을 가지도록 해보세요. 미워하기보다 사랑스럽게 바라보는 것, 그 연민의 시선이 마음에 있는 부정적인 면들을 녹여서 풀어줄 테니까요.

당신이 당신의 마음 안에서 부정적인 면들을 인정하고 그것을 긍정성으로 대체하며 나아가기 시작할 때, 어느 순간 당신은 당신의 내면에 부정성이 없어서 외부에서 또한 부정성을 발견하지 못하는 자신이 되어있음을 알게 될 것입니다. 그래서 당신은 자연스럽게 세상을 쉽게 미워하고 비난하던 이전의 태도에서 벗어나 이해와 사랑의 태도를 선택하고 있는 자신을 발견하게 될 것입니다. 진실로 모든 것이 내 내면의 투사이며, 그리고 그 투사는 내가 내 마음 안에 있다고 인정하기가 두려운 것들을 외부에 떠넘김으로써 나는 잘못이 없다고 믿길 바라는 작은 마음의 시도에서부터 비롯되는 것이기 때문입니다. 그러니 이제는 그저 큰 나가 되세요. 그저 사랑스러운 내가 되고, 그저 아름다운 내가 되세요. 그 사랑과 아름다움으로부터 외부에서 또한 그것을 발견하는 내가 되는 것입니다.

당신이 이 모든 노력 끝에 비로소 아름다운 내면을 지닌 당신이 되었을 때, 그때야 비로소 당신은 당신의 투사와 왜곡된 지각을 넘어선 있는 그대로의 세상을 마주하게 될 것입니다. 그러니까 도둑은 미운 도둑이 아니라 조심해야 할 필요가 있는 도둑이 될 것이며, 하여 당신은 당신의 자동차 키를 도둑에게 맡기지는 않는 사람이 되는 것이죠. 그건 도둑을 미워해서가 아니라, 도둑에게는 도둑의 본성이 있고, 이제 당신은 그 있는 그대로를 직면할 줄 아는 사람이 되었기 때문입니다. 사실 도둑에게 자동차 키를 함부로 맡기는 사람은 진실한 사람이 아니라 순진한 사람이며, 지혜로운 사람이 아니라 우유부단한 사람일 뿐이기 때문입니다. 무엇보다 이해하고 용서하고 사랑한다는 게 순진함을 뜻하는 것은 전혀 아니기 때문입니다.

그리고 순진함은, 결국 그 자신의 미성숙한 면의 결과로 인해 끝내 누군가를 미워하게 될 만한 상황을 스스로 만드는 경우가 많죠. 나는 착하고 좋은 사람이니까 당신을 믿어요, 여기 자동차 키가 있어요, 라고 말하고, 하지만 실제로 내 차가 도둑질을 당했다는 것을 알게 된 순간부터는 그 도둑을 미워하게 되고, 그런 것이죠. 그러니 언제나 순진함으로 나 자신을 미움의 유혹에 빠뜨리지 말 것이며, 또한 미워하지 않는 것과 함부로 믿는 것은 전혀 다른 문제라는 것을 잊지 마세요.

어쨌든 저는 당신의 내면에 빛이 임하기를 바랍니다. 당신 마음에 여전히 해소되지 않은 채 남아있는 부정적인 감정의 덩어리들을 당신이 진실하게 인정하고 바라봄으로써 그곳에서부터 한 걸음씩 나아가기를, 하여 끝내 예쁜 성숙에 닿게 되기를 바랍니다. 그렇게 완성한 사랑스럽고 아름다운 내면으로부터 꼭, 빛나는 하루들을 살아가게 되기를, 하여 더 이상 비판하거나 미워하지 않아도 된다는 안도감과 평화와 함께 하루를 보내게 되기를, 그럼에도 불구하고 순진하지 않기를 바랍니다. 그러기 위해, 이제는 당신 자신의 마음에서부터 시작하기를.

그렇다면 지금 이 순간 당신의 선택은 내면의 마주함입니까, 아니면 여전히 외부로의 투사입니까.

이제는 아름다움을 가까이하는 지혜로운 사람이고 싶을 때.

내게 주어진 모든 순간 안에서 아름다움과 함께하도록 하세요. 아름다운 음악, 아름다운 영상, 아름다운 대화, 아름다운 마음, 아름다운 글, 아름다운 풍경, 그것이 무엇이든 아름다움을 가까이하고, 아름다움에 흠뻑 젖을 때, 우리의 영혼은 그 자체로 사랑의 찬연한 빛에 젖어 진정한 기쁨과 함께하게 될 것입니다. 그러니 아름다움을 가까이하고, 아름답지 않은 것을 멀리하세요.

사실 지금의 이 세상에서는 아름답지 않은 것은 재미있고 흥미진진한 것, 아름다운 것은 지루하고 따분한 것으로 여겨지곤 합니다. 하지만 아름답지 않은 그 무엇이든 그것과 내가 가까이할 때 나는 공허할 수밖에 없습니다. 아름다움이란 사랑의 가치를 포함하는 모든 것이고, 하여 아름답지 않음이란 사랑의 가치가 부재함을 뜻하는 것이기 때문입니다. 사랑이 메마른 그 어떤 곳에서도 우리는 결코 진정한 기쁨을 느낄 수 없으며, 그 거짓된 탐닉과 자극 앞에서 영혼은 굶주린 채 시들어질 수밖에 없기 때문입니다.

사실 저는 세상이 말하는 슬픈 음악, 신나는 음악, 흥분되는 음악, 그러한 것들 안에서 그 어떤 흥미도 발견하지 못하는 편입니다. 슬픈 음악을 들으며 감정에 젖던 날들도 있었지만, 어느 순간부터는 더 이상 그런 음악을 들으며 짜낼 감정적인 단물이 제게는 남아있지 않게 되었기 때문입니다. 그래서 저는 아름다운 선율이 가득 넘치는 신성한 음악들을 즐겨 듣는 편입니다. 슬픈 음악을 들으며 울게 되는 눈물과는 전혀 다른 의미의 눈물을 흘리면서 말이죠. 하지만 여전히 제 플레이리스트에는 제가 저의 섬세한 감성으로 고른, 세상이 말하는 감성적인 음악이 가득 담겨있기도 합니다. 제 집에 누군가를 초대할 때 그 손님의 즐거움을 위해서 말이죠.

언젠가 제가 즐겨듣는 신성한 음악을 틀어놓았을 때 저의 집에 손님이 온 적이 있었습니다. 그리고 저는 별다른 생각 없이 그 음악을 계속 틀어놓은 상태였죠. 하지만 손님은 얼마 지나지 않아 머리가 너무 아프니 다른 음악을 틀어줄 수 있냐며 제게 배려를 요청했습니다. 그리고 그때 저는 알게 되었죠. 아주 높은 수준의 아름다움은 사람들의 머리를 아프게 할 수도 있다는 것을요. 그리고 많은 사람들이 그 아름다움을 받아들일 준비가 되지 않았다는 것을요.

진실로 하루 종일 침묵과 함께하는 하루란 이 세상에서 가장 잔인한 수준의 고문이라 불러도 모자람이 없을 만큼 견디기 힘든 하루로 여겨질 것입니다. 하지만 몇몇 마음 안에 빛을 가득 품고 있는 이들에게 있어서는 침묵이 없는 산만한 하루가 오히려 더 버티기 힘든 하루로 여겨지겠죠. 저는 그 모든 수준 안에서 머물러봤기에 자신 있게 이렇게 말할 수 있을 것 같습니다. 진정한 기쁨은 산만함 속에서는 결코 찾을 수도, 느낄 수 없는 것이라고 말이죠.

사람들이 빠져들고 있는 영상들만 봐도 얼마나 자극적이며, 또 얼마나 시끄러운지 모릅니다. 그리고 그 모든 것이 지금 이 순간의 침묵을 견디지 못해 우리가 무의식적으로 침묵을 지우기 위해 하는 선택들입니다. 사람들은 자신이 선택해서 생각하고, 선택해서 무엇인가를 보고, 선택해서 무엇인가를 하고 있다고 생각하지만, 사실 대부분의 사람들에게 있어 진실로 그건 선택이 아닙니다. 왜냐면 그들에게 그럼 잠시 생각을 멈추고 침묵하자, 라고 말했을 때 그들은 아주 길어봐야 몇 분을 넘기지 못해 다시 생각에 젖어들고, 그 생각에 탐닉하게 될 테니까요.

어쨌든 우리 모두는 공포 영화를 보고 나서 그로부터 얼마간 집에 혼자 있거나 밤길을 걷는 것이 무섭게 느껴지는 경험을 해보았을 것입니다. 그리고 그것이 뜻하는 바에 대해서 한 번 깊게 생각해보세요. 진실로 우리가 순진하게 매 순간 선택하고 있는 모든 것들이 아주 강렬하게 우리의 마음을 사로잡고, 또 우리에게 영향을 미치고 있는 것입니다. 그렇다면 공포가, 두려움이, 흥분과 자극이, 폭력성과 분노가, 슬픔과 자기 연민이, 그 모든 것이 우리에게 좋은 영향을 미쳤다고 말할 수 있을까요?

그러니 내가 함께할 사람, 함께할 책, 함께할 영상, 함께할 음악, 그것이 무엇이든 이제는 아름다움이 가득한 곳으로 내 발길을 옮기세요. 마약에 중독이 된 사람이 마약 없이는 못 산다고, 그렇게 되면 자신은 결코 행복할 수 없을 거라고 말하는 것처럼, 하지만 바깥에서 그 사람을 관찰하는 사람은 그 사람이 행복하기 위해서는 마약을 반드시 끊어야 한다는 것을 너무나도 명백하게 아는 것처럼, 지금 당신은 아름답지 못한 너무나도 많은 것들에 중독이 되어있는 것입니다. 그래서 아마도 그것을 끊어내기란 나 자신을 위한 진실하고도 간절한 사랑에 의지하지 않고는 불가능할 것입니다.

그러니 이제는 그 사랑에 의지하여, 아름다움을 향해 그럼에도 불구하고의 한 발을 내딛으세요. 저는 당신이 그 아름다운 침묵 속에서 강렬한 사랑을 발견하고, 그 사랑에 겨워 뜨거운 눈물을 흘릴 수 있는 사람이 되기를 진심으로 바랍니다. 그 어떤 것과도 비교할 수 없는 그 기쁨을 당신도 누리고 느꼈으면 하는 그 사랑의 마음에서요. 하여 당신의 마음을 가리고 있는 지금의 모든 어둡고 산만한 먹구름을 거두어내고, 이제는 당신이 진실의 아름다운 빛과 함께 빛나는 하루를 보내기를 바랍니다.

그리고 그 빛을 한 번이라도 느끼고 바라보는 순간, 내가 행복이라고 여겨왔던 그 작고 보잘것없는 감정들이 얼마나 불행이었고,

얼마나 어두움이었는지 당신은 분명하게 알게 될 것입니다. 그래서 그 순간부터 당신은 이제 아름다움을 향해 나아갈 수밖에 없는 사람이 될 것입니다. 왜냐면 모든 사람은 자신이 믿고 아는 최선의 행복만을 추구하며 살아가기 때문이며, 이제 당신에게 최선의 행복이란 바로 그 진실의 아름다움과 뜨거운 사랑의 눈물이 되었기 때문입니다.

그러니 사랑을 바깥에서 찾았지만 사실 사랑은 매 순간 당신의 마음 안에 있었고, 다만 당신이 그 사랑이 있는 고요한 자리를 바라보기만 하면 되었던 것이라는 것을, 그러니까 당신 존재 자체가 바로 사랑이었으며, 그래서 당신은 그저 숨 쉬고 있는 이 순간 그 사랑을 가득 느끼며 울 수 있을 만큼의 기쁨과 매 순간 함께하고 있었다는 것을 당신이 꼭, 알게 되기를 바랍니다. 그러기 위해 고요하고도 아름다움이 가득 함께하는 하루를, 지금 이 순간을 보내기를.

그렇다면 지금 당신은 아름다움을 가까이하고 있습니까, 아니면 아름답지 않음을 가까이하고 있습니까. 그러니까 지금 당신의 영혼과 마음은 기쁨에 젖어 울고 있습니까, 아니면 공허함에 젖은 채 슬퍼 울고 있습니까.

참 예쁘고 선한 마음을 지니고 있지만,
그래서 상처받는 일도, 무너지는 일도 많은,
하여 세상이 밉고 싫어져 펑펑 울어도 보고,
복수심에 나 또한 이제는 어느 사람들처럼,
여느 사람들처럼 예쁘지 않은 못난 마음으로
이 세상을 살아가겠노라고 다짐해보기도 하지만,
그럼에도 그럴 수가 없어 여전히 참 예쁘고 선한,
그러니까 참 예쁘고 선할 수밖에 없는 당신에게

이 책을 바칩니다.

있는 그대로, 참 예쁘고 선한 너라서.

- 김지훈 작가 올림.

있는 그대로

참 예쁘고 선한 너라서

1판 01쇄 인쇄 ┃ 2023년 06월 30일
1판 01쇄 발행 ┃ 2023년 07월 07일

지은이 ┃ 김지훈

발행인 ┃ 김지훈
기획편집 ┃ 김지훈
책임디자인 ┃ 김진영

발행처 ┃ (주)진심의꽃한송이
주소 ┃ (04074) 서울특별시 마포구 상수동 333-28번지 에프하우스 3층
대표전화 ┃ 02-337-8235 ┃ 팩스 ┃ 02-336-8235
등록 ┃ 2018년 8월 30일 제 2018-000066호